SANTO GUERREIRO

Outras obras do autor publicadas pela Verus

A Batalha do Apocalipse:
Da Queda dos Anjos ao Crepúsculo do Mundo

Filhos do Éden:
Livro 1 — Herdeiros de Atlântida

Filhos do Éden:
Livro 2 — Anjos da Morte

Filhos do Éden:
Livro 3 — Paraíso Perdido

Filhos do Éden:
Universo Expandido

Santo Guerreiro:
Roma Invicta

EDUARDO SPOHR

SANTO GUERREIRO

VENTOS DO NORTE

1ª edição

Rio de Janeiro-RJ / São Paulo-SP, 2022

VERUS
EDITORA

Copidesque
Ana Paula Gomes

Revisão
Cleide Salme

Diagramação
Abreu's System

Capa
André S. Tavares da Silva

Imagem da capa
Predrag Todorovic, *St. Georg*

Mapas e diagramas
Marcelo Amaral
www.paladinopirata.com.br

ISBN: 978-65-5924-120-0

Verus Editora Ltda.
Rua Argentina, 171, São Cristóvão, Rio de Janeiro/RJ, 20921-380
www.veruseditora.com.br

CIP-BRASIL. CATALOGAÇÃO NA PUBLICAÇÃO
SINDICATO NACIONAL DOS EDITORES DE LIVROS, RJ

S749s

Spohr, Eduardo, 1976-
Santo guerreiro: ventos do norte / Eduardo Spohr. - 1. ed. - Rio de Janeiro : Verus, 2022. (Santo guerreiro ; 2)

Sequência de: Santo guerreiro: Roma invicta
ISBN 978-65-5924-120-0

1. Ficção brasileira. I. Título. II. Série.

22-79584 CDD: 869.3
CDU: 82-3(81)

Gabriela Faray Ferreira Lopes – Bibliotecária – CRB-7/6643

Revisado conforme o novo acordo ortográfico.

Outros talvez, que não tu, saberão, acredito, dar melhor vida ao bronze e tirar do mármore vívidas figuras; outros saberão melhor defender causas, melhor descrever o movimento dos céus e dos astros. Mas tu, romano, lembra-te que nasceste para impor tuas leis ao universo. Teu destino é ditar tuas condições de paz, poupar os vencidos e domar os soberbos.

VIRGÍLIO, *Eneida* (século I a.C.)

SUMÁRIO

TERCEIRO TOMO — GERMÂNIA

QUARTO TOMO — ATÉ O FIM DO MUNDO

QUINTO TOMO — O JULGAMENTO

CALEDÔNIA
MAR GERMÂNICO
HIBÉRNIA
BRITÂNIA
Castra Vetera
MAGNA GERMÂNIA
OCEANO
GERMÂNIA INFERIOR
BÉLGICA
Reno
Castra Regina
Lutécia
Tréveros
Lauriaco
LUGDUNENSE
GERMÂNIA SUPERIOR
Augusta Vindélica
Carnut
Limono
GÁLIA
Lugduno
RÉCIA
NÓRICA
PANÔNIA SUPERIOR
AQUITÂNIA
Alpes
Mediolano
Danúbio
Burdigala
ITÁLIA
DALMÁC
NARBONENSE
TARRACONENSE
Narbo
MAR ADRIÁTIC
HISPÂNIA
CÓRSEGA
Roma
Emérita Augusta
LUSITÂNIA
Óstia
Tarraco
Córdova
SARDENHA
BÉTICA
Cesareia Mauritana
SICÍLIA
CESARIENSE
Cartago
MAURITÂNIA
NUMÍDIA
MAR MEDITERRÂN
TINGITANA
N
Capitais imperiais
Capitais provincianas
Cidades
Fortalezas
Fronteiras do Império
Limites das províncias
Rios
Províncias de Constâncio Cloro
Províncias de Maximiano
Províncias de Galério
Províncias de Diocleciano
ÁFRICA PROCONSULAR

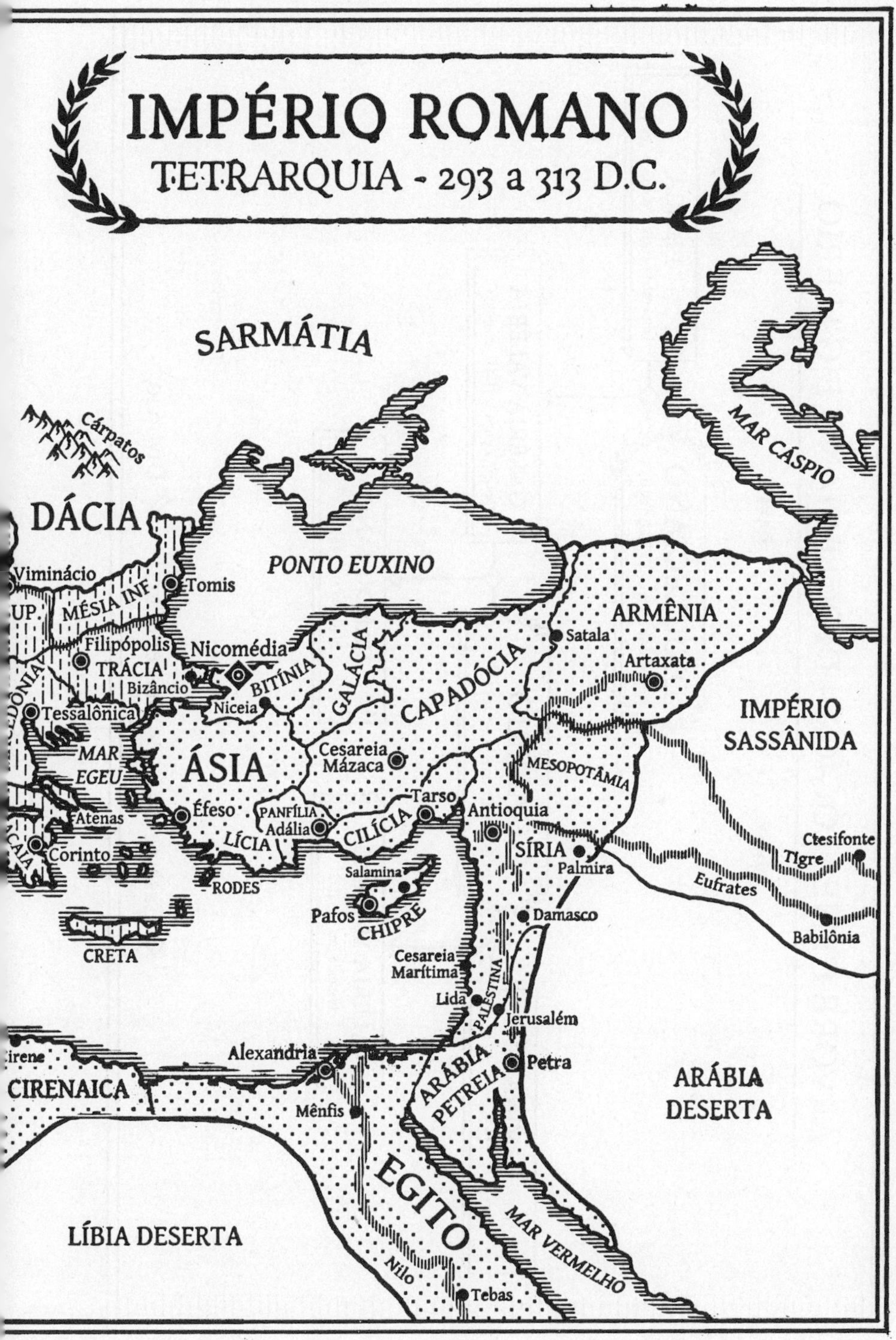
IMPÉRIO ROMANO
TETRARQUIA - 293 a 313 D.C.
SARMÁTIA
Cárpatos
DÁCIA
PONTO EUXINO
MAR CÁSPIO
Viminácio
Tomis
MÉSIA INF.
UP.
Filipópolis
TRÁCIA
Nicomédia
Bizâncio
BITÍNIA
GALÁCIA
CAPADÓCIA
ARMÊNIA
Satala
Artaxata
Niceia
Tessalônica
MAR EGEU
ÁSIA
Cesareia Mázaca
MESOPOTÂMIA
IMPÉRIO SASSÂNIDA
Tarso
Antioquia
Atenas
Éfeso
PANFÍLIA
Adália
LÍCIA
CILÍCIA
SÍRIA
Palmira
Corinto
RODES
Salamina
Pafos
CHIPRE
Ctesifonte
Tigre
Eufrates
Babilônia
Damasco
CRETA
Cesareia Marítima
Lida
PALESTINA
Jerusalém
Alexandria
Petra
CIRENAICA
Mênfis
ARÁBIA PETREIA
ARÁBIA DESERTA
EGITO
MAR VERMELHO
LÍBIA DESERTA
Nilo
Tebas

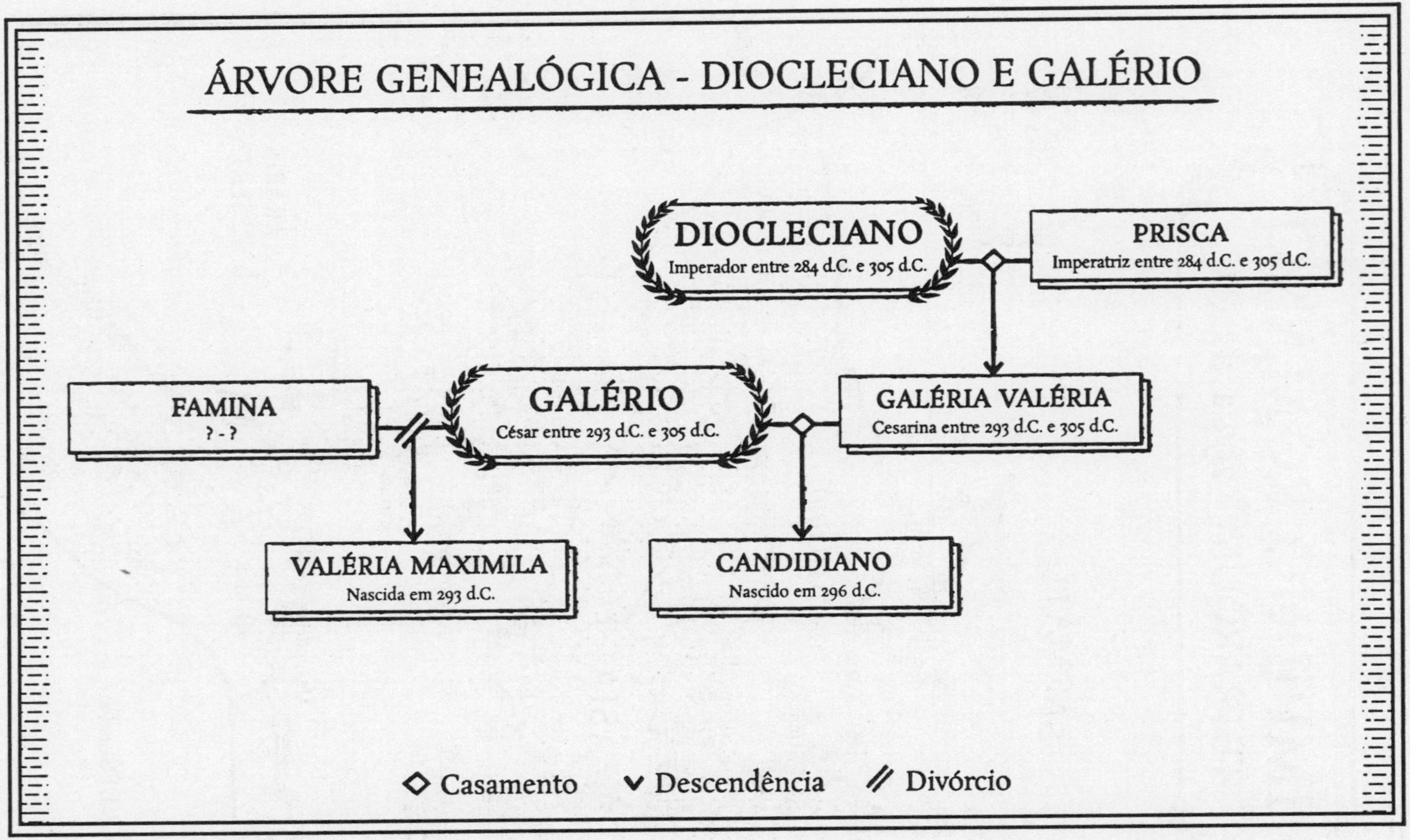
ÁRVORE GENEALÓGICA - DIOCLECIANO E GALÉRIO
DIOCLECIANO
Imperador entre 284 d.C. e 305 d.C.
PRISCA
Imperatriz entre 284 d.C. e 305 d.C.
FAMINA
? - ?
GALÉRIO
César entre 293 d.C. e 305 d.C.
GALÉRIA VALÉRIA
Cesarina entre 293 d.C. e 305 d.C.
VALÉRIA MAXIMILA
Nascida em 293 d.C.
CANDIDIANO
Nascido em 296 d.C.
Casamento
Descendência
Divórcio

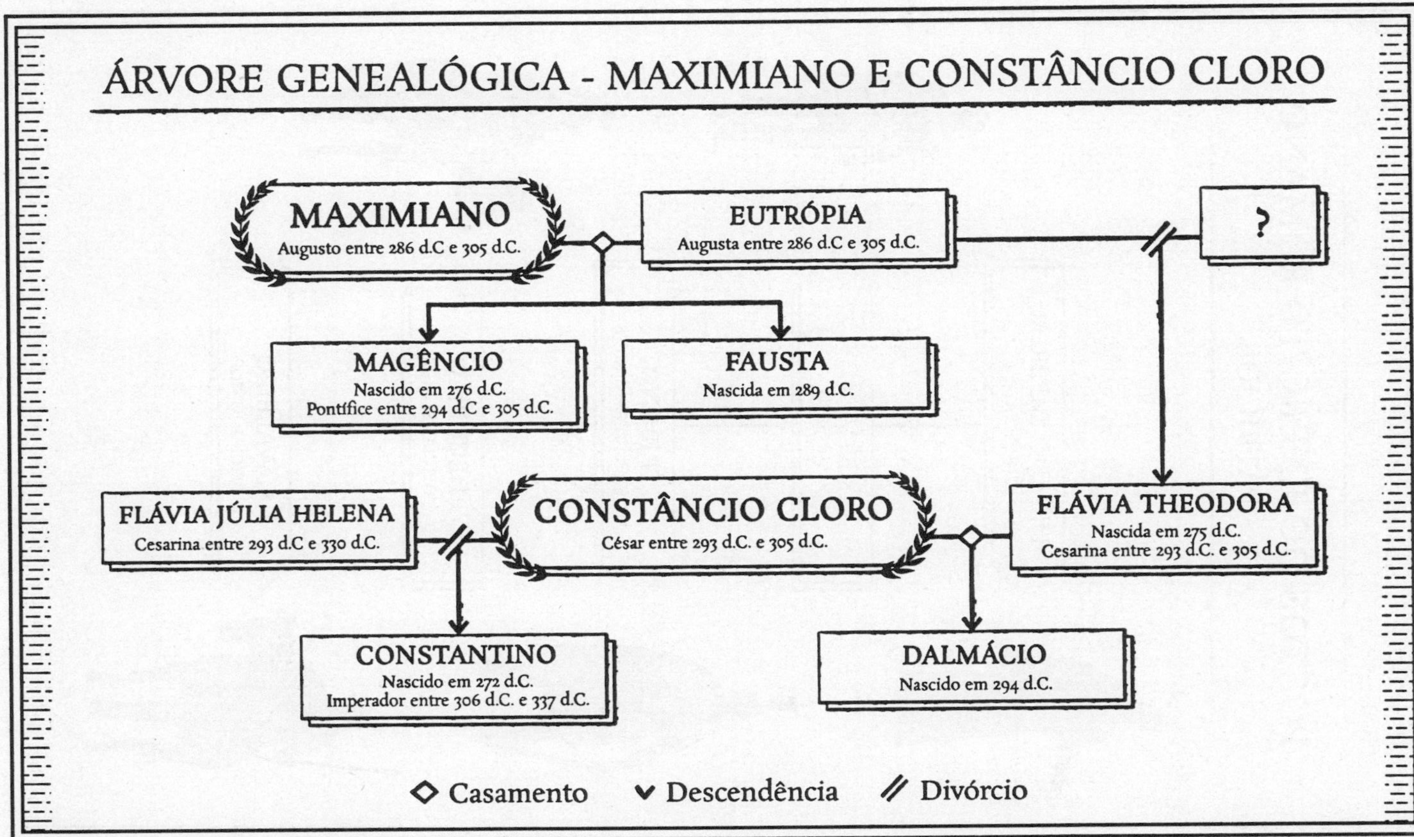
ÁRVORE GENEALÓGICA - MAXIMIANO E CONSTÂNCIO CLORO
MAXIMIANO
Augusto entre 286 d.C e 305 d.C.
EUTRÓPIA
Augusta entre 286 d.C e 305 d.C.
?
MAGÊNCIO
Nascido em 276 d.C.
Pontífice entre 294 d.C e 305 d.C.
FAUSTA
Nascida em 289 d.C.
FLÁVIA JÚLIA HELENA
Cesarina entre 293 d.C e 330 d.C.
CONSTÂNCIO CLORO
César entre 293 d.C. e 305 d.C.
FLÁVIA THEODORA
Nascida em 275 d.C.
Cesarina entre 293 d.C. e 305 d.C.
CONSTANTINO
Nascido em 272 d.C.
Imperador entre 306 d.C. e 337 d.C.
DALMÁCIO
Nascido em 294 d.C.
Casamento
Descendência
Divórcio

POSTOS DO EXÉRCITO ROMANO
PATRÍCIOS

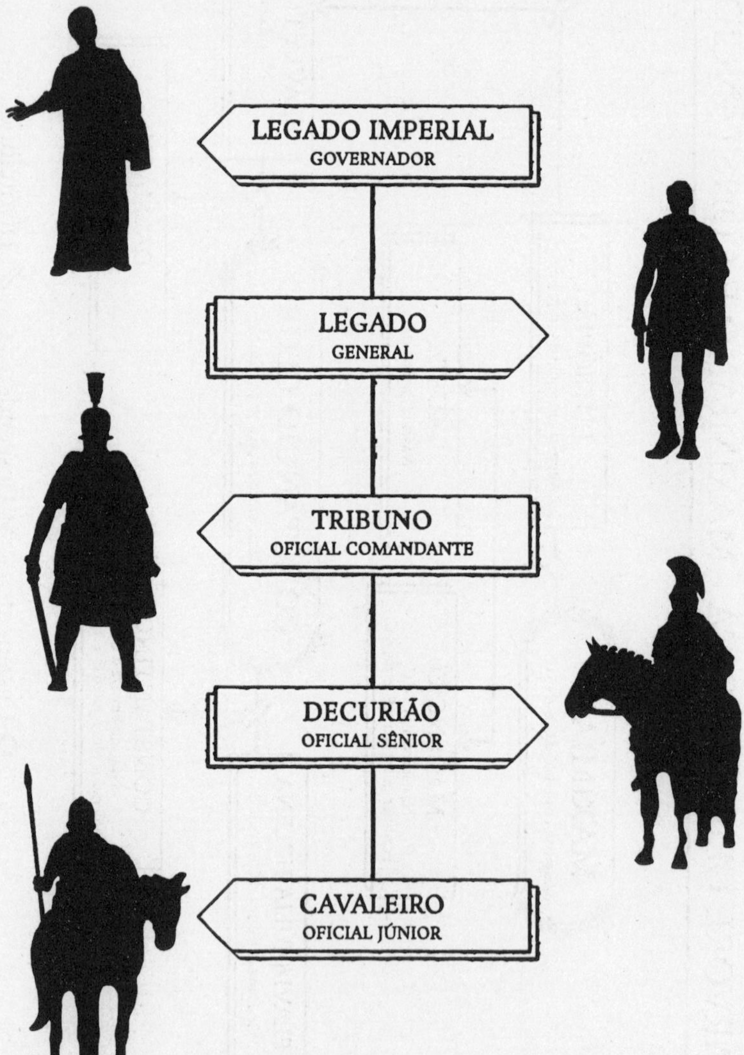

POSTOS DO EXÉRCITO ROMANO
PLEBEUS

PRETOR
PREFEITO DO ACAMPAMENTO

PRIMIPILO
CENTURIÃO PRIMEIRA-LANÇA

CENTURIÃO
CAPITÃO DE CENTÚRIA

OPTIO
SOLDADO DE PRIMEIRA CLASSE

DECANO
LÍDER DE UM CONTUBÉRNIO

LEGIONÁRIO
SOLDADO RASO

TÍTULOS HONORÍFICOS

DUQUE
COMANDANTE MILITAR

CONDE
COMBATENTE ESTRANGEIRO

DUCTOR
INSTRUTOR DE OFICIAIS

AQUILÍFERO
PORTA-ESTANDARTE

CORNICEN
REGENTE DE BANDA

LISTA DE PERSONAGENS

Bores Libertino	Centurião e instrutor da Escola de Oficiais do Leste.
Caio Númbio Cipriota	Senador romano e governador do Chipre depois de Caio Valério Fúlvio.
Caio Valério Fúlvio	Marido de Tysa, senador romano e governador do Chipre.
Caleb	Médico cristão de Salamina, no Chipre.
Cássio Pertinax	Tribuno militar da Terceira Legião Italiana, estacionada em Castra Regina, na Récia. Depois, capitão da guarda pessoal de Constâncio Cloro.
Chen Liang	Embaixador a serviço do imperador Hui, da China.
Cingetorix	Porta-estandarte da Trigésima Legião de Trajano.
Círio Galino	Pretor da Trigésima Legião de Trajano.
Cláudio Régio	Ex-governador da Síria, depois legado da Trigésima Legião de Trajano.
Constâncio Cloro	O césar do Oeste, chamado também de césar das províncias transalpinas. Pai de Flávio Constantino.
Dalferin	Líder guerreiro dos francos, chamado por eles de *graf*. Pai de Isgerd e Granmar.

Décio Camilo	Um dos centuriões da Trigésima Legião de Trajano.
Diocleciano	Imperador romano entre 284 e 305 da era cristã. Chamado de divino augusto, era o cabeça da tetrarquia.
Écio Caledônio	Prefeito da colônia de Úlpia Trajana, na Germânia Inferior.
Erhard, o Louro	Conde imperial e chefe da guarda palatina, sendo, portanto, chamado de paladino.
Eusébio de Cesareia	Bispo de Cesareia Marítima, é quem redige este livro, com base nas instruções de Flávia Júlia Helena.
Eutrópia Máxima	Mãe de Theodora e esposa de Maximiano.
Ezana	Mercador de escravos atuante no Chipre.
Falco	Marco Júnio Falco, o *ductor*. Instrutor da Escola de Oficiais do Leste.
Flávia Júlia Helena	Mãe de Flávio Constantino, augusta de Bizâncio e ex-esposa de Constâncio Cloro.
Flávia Theodora	Meia-irmã de Magêncio e enteada de Maximiano, o Inclemente.
Flávio Constantino	Cavaleiro da Púrpura, decurião e duque. Filho de Constâncio Cloro e Flávia Júlia Helena. Futuro imperador de Roma.
Flávio Fúrio	Centurião da marinha lotado na Frota Germânica. Depois, almirante da mesma tropa.
Galério	Um dos tetrarcas, o césar das províncias centrais. Casado com Valéria Galéria, filha do imperador Diocleciano.
Georgios Anício Graco	Cavaleiro da Púrpura, depois tribuno militar da Trigésima Legião de Trajano. Filho de Laios Anício Graco e Polychronia.

Granmar, o Lobo Negro	Filho de Dalferin, o *graf* dos francos. Um dos guerreiros germânicos mais temidos e respeitados.
Husna	Capitão do navio *Cisne Branco* e chefe da guilda de pescadores do Chipre.
Ida	Diaconisa de Úlpia Trajana.
Isgerd, a Feiticeira das Sombras	Filha de Dalferin, o *graf* dos francos.
Ivar, o Errante	Líder dos batavos, tribo germânica escravizada pelos francos.
Jania	Suma sacerdotisa de Afrodite, no Chipre. Chamada pelo título de *wanassa*.
Kartir	Sumo sacerdote de Zoroastro, é considerado um dos magos mais poderosos do mundo.
Libânio	Lúcio Mário Libânio, um dos paladinos. Irmão de Prisca, a imperatriz de Roma, esposa de Diocleciano.
Lúcio Vero Décimo	Filho do ex-cônsul romano Flávio Décimo, é um dos colegas de Georgios na Escola de Oficiais do Leste.
Mabeline	Prostituta da Casa Sete, na colônia de Úlpia Trajana.
Magêncio	Marco Aurélio Magêncio, filho de Maximiano, o Inclemente, e meio-irmão de Theodora. Colega de Georgios Graco na Escola de Oficiais do Leste e, depois, pontífice máximo da cidade de Roma.
Marco Mauseu Caráusio	Ex-almirante da frota romana no Canal da Mancha, autoproclamou-se imperador da Britânia.
Maximiano, o Inclemente	O augusto do Oeste, o mais poderoso dos tetrarcas, depois do imperador. Pai de Magêncio e padrasto de Theodora.

Neyva	Sacerdotisa de Afrodite, no Chipre. Imediata de Jania, a *wanassa*.
Numa	Conselheiro de Constâncio Cloro. Escravo e eunuco, fora secretário do legendário imperador Aureliano.
Númio Tusco	Cônsul romano no período em que esta história se passa.
Osric, o Castanho	Sumo sacerdote de Wotan e conselheiro de Dalferin, o *graf* dos francos.
Otho Pólio	Centurião-chefe (conhecido como primipilo, ou centurião primeira-lança) da Trigésima Legião de Trajano.
Oxion, o Crocodilo	Um imenso guerreiro nascido na Sarmátia, atua como segurança de Sevílio Druso.
Pantaleão	Médico cristão servindo na corte de Galério, em Sirmio, na Panônia.
Prisca	Esposa do imperador Diocleciano e mãe de Valéria.
Rasha	Escravo, secretário e homem de confiança do senador Caio Valério Fúlvio, marido de Tysa.
Sevílio Druso	Procurador-geral da Nicomédia e advogado do imperador Diocleciano.
Sigrid	Profetisa germânica.
Tysa Lídia Drago	Filha de Räs Drago e esposa do senador e governador do Chipre Caio Valério Fúlvio. É formalmente chamada de senhora Fúlvia.
Urus, o Peludo	Oficialmente Caio Júlio Saturnino, é o almirante da frota romana no Rio Reno — em latim, *Classis Germanica*.
Valéria Galéria	Esposa de Galério e filha do imperador Diocleciano.

Zeno	Bispo de Pafos, no Chipre.
Zenóbia	Esposa do falecido governador Odenato, da Síria, depois esposa do também falecido imperador Cláudio Tácito, é uma figura respeitada entre os senadores romanos.

Constantinopla, 1082 *ab urbe condita*

Prezado augusto,

Ontem à noite, orei pelo senhor.

Respeito o juramento que fez diante de Mitra e entendo que, apesar do batismo, ainda seja fiel aos deuses do Lácio, mas não pude evitar, especialmente depois de saber que os godos dizimaram duas das nossas centúrias em uma recente emboscada na Mésia. No palácio, todos parecem confiantes na vitória romana. Sou, porém, um funcionário da Igreja e, como tal, deposito minhas esperanças na fé.

Do lado de cá, as notícias não são das melhores. Suponho que já tenha sido informado sobre o estado de saúde de sua mãe, mas imagino que esteja, também, ansioso para escutar minhas impressões sobre o caso.

Segundo os profissionais que a examinaram, o tumor é de fato muito agressivo. O que essa terrível doença não contava era com a determinação da paciente, que, além de ter o coração de leoa, é uma cristã fervorosa. Com a assistência dos médicos e obedecendo a uma rotina de orações, temos conseguido avançar na biografia de Georgios Graco, e acredito que será possível completá-la antes que a nossa amada cesarina — ou *augusta*, como ela prefere ser chamada — parta para os braços de Deus.

Envio por intermédio de Magno a primeira parte do livro — escrita por mim com base nas instruções de Helena. Como o senhor ainda não teve a oportunidade de ler os textos anteriores, farei um resumo com os pontos mais relevantes — muitos dos quais, acredito, conheça melhor que eu. Justamente por isso, sua mãe pede que comente e, se necessário, proponha correções, pois teme ter perdido alguns detalhes, apesar do esmero com que conduziu as pesquisas.

De acordo com pelo menos uma dúzia de testemunhas, Georgios Anício Graco nasceu na Palestina, exatos cinquenta e três anos atrás. Ele era filho de Laios, um oficial capadócio, e Polychronia, uma jovem cristã. Laios ganhou notoriedade na Batalha de Palmira, ao capturar Zenóbia, a famosa governante da Síria. Como recompensa, foi alçado ao cargo de magistrado da cidade de Lida e passou a administrá-la junto de Räs Drago, seu antigo rival e ex-centurião do exército romano. Esses dois homens receberam a tarefa de realizar uma série de reformas urbanas, mas Laios acabou por não concluí-las, ao ser convocado para lutar as guerras na Pérsia e depois na Germânia, sendo morto por bárbaros às margens do Reno. Quando soube que as terras dele estavam desguarnecidas, Drago as invadiu e assassinou Polychronia.

Georgios, com apenas catorze anos de idade, e Strabo, seu pedagogo, fugiram para a Nicomédia, residência oficial do imperador Diocleciano. Para a sorte do jovem, o soberano o reconheceu como um dos Anícios e decidiu patrociná-lo. O rapaz se alistou na Escola de Oficiais do Leste, um misto de fortaleza e prisão, foi treinado por instrutores severos e, ao final de dois anos, introduzido ao culto de Mitra, conquistando o direito de usar as armas, as cores e as insígnias próprias de um oficial combatente.

Foi nessa época, conforme a augusta me disse, que o senhor teve o primeiro contato com o santo. Ela alega que se tornaram amigos e que, certa noite, sofreram uma emboscada nas ruas escuras da capital, reagindo e matando os agressores. Esse teria sido um evento histórico da maior relevância, que definiria os rumos da política romana dali em diante.

Os registros descrevem também a jornada de outra personagem: Tysa, filha de Drago, o centurião que usurpou as terras de Laios. Apresentada aqui como vítima do pai, Tysa foi entregue em casamento ao governador do Chipre, o senador Caio Valério Fúlvio. De menina deslocada e ingênua, ela se transformaria em uma peça de destaque no jogo de intrigas, tomando gradualmente as rédeas do clã. No começo, admito, julguei sua trajetória enfadonha. Contudo, aos poucos fui me convencendo da importância dessa mulher não só para a vida do nosso herói como para o percurso da roda que faz girar a grande metrópole. Pode-se dizer, em linhas gerais, que, enquanto Georgios estava à frente dos acontecimentos militares que marcaram os dias finais do governo de Diocleciano, Tysa colocou-se no centro da disputa que se estabeleceu, naquela época, entre a Púrpura, isto é, o imperador, e a cidade de Roma, representada pelo Senado, pela guarda pretoriana e seus agregados.

O tomo que se segue descreve os dias subsequentes ao atentado e a tentativa de Sevílio Druso, procurador-geral da Nicomédia, de utilizar o sistema romano de leis para exercer o poder de modo arbitrário. É, na minha opinião, um capítulo fascinante da nossa história, o qual mostra como certos processos que se propõem a ser benéficos podem — dependendo da situação e de quem os opera — ser usados para fins obtusos.

Finalmente, gostaria, mais uma vez, de agradecer por ter me escolhido para redigir este trabalho. Tem sido uma experiência edificante, que, acredito, vai inspirar muitos cristãos nos anos vindouros.

Com votos de sucesso em sua próxima campanha.

Eusébio

PRIMEIRO TOMO

A PRINCESA E O CAVALEIRO

I

DOZE BALIZAS

NO DIA 13 DE SETEMBRO DAQUELE ANO, AS RUAS DA NICOMÉDIA AMANHECERAM banhadas de sangue.

O sol acabara de nascer quando dois corpos foram encontrados em um beco a leste do hipódromo. O fato teria passado sem alarde se um mendigo não tivesse revelado aos guardas que aqueles homens, antes de serem mortos, haviam atacado uma dupla de oficiais romanos, enquanto a lua ainda estava alta no céu.

Como o episódio supostamente envolvia membros do exército, precisou ser comunicado ao capitão da tropa, que levou o caso a seus superiores. O relatório com a descrição do crime terminou sobre a mesa de Sevílio Druso, advogado pessoal do imperador, magistrado jurídico e procurador-geral da cidade.

Um detalhe contido nos autos chamou-lhe a atenção, e no dia seguinte, bem cedo pela manhã, Druso estava ajoelhado diante de um dos cadáveres no cemitério de indigentes, fora dos muros da suntuosa metrópole.

— Sicários — ele pensou em voz alta, observando as assaduras nos braços dos mortos, marcas provocadas pelo uso contínuo do tefilim, o talismã judaico de reza. — Como se mata um sicário?

O soldado que primeiro chegara ao beco, um veterano gaulês de bigode vermelho, aproximou-se do magistrado e entregou-lhe uma adaga de lâmina curva.

— Estava na sarjeta, senhor — disse ele. — Foram encontradas mais duas. Se quiser...

— Envie para o meu escritório no palácio — ordenou Druso, esfregando as mãos para espanar a sujeira. Era um homem de cinquenta e nove anos, corpo franzino e cabelos cinzentos. Usava uma toga preta, e seu traço marcante eram as sobrancelhas unidas, o que lhe dava uma postura autocrática.

O magistrado cobriu o nariz com um pano, levantou-se e olhou ao redor. O cemitério ficava sobre uma colina obtusa, distante duas léguas da capital e a oitenta passos da estrada. O solo estava coberto de fuligem, com valas comuns onde os defuntos eram cremados. No ponto mais alto do morro, havia um templo dedicado a Plutão, com as paredes enegrecidas e as colunas rachadas.

— Onde está o mendigo? — Druso perguntou ao soldado.

— Nós o liberamos, senhor — respondeu o guarda. — Ele afinal nos ajudou. Dei a ele um sestércio como recompensa.

— Encontre-o. E leve-o a Oxion, meu segurança.

O vigia tremeu ao escutar aquele nome. Oxion era o guarda-costas de Druso, um gigante originário da Sarmátia, terra de planícies secas e homens selvagens. Oxion ganhara a alcunha de "Crocodilo", graças a uma cicatriz na face esquerda que deixava uma fileira de dentes expostos, fazendo-o se parecer com um desses terríveis predadores do Nilo.

— Sim, senhor.

— O quanto antes.

— Sim, senhor.

Druso se afastou para acompanhar a cremação coletiva. Um coveiro trajando manto e capuz empurrou os cadáveres para um grande buraco, despejou óleo sobre eles e ateou fogo. O processo demorou cerca de uma hora. Só depois de ter certeza de que os sicários — se é que eram sicários — haviam sido reduzidos a pó, ele retornou à carruagem, fez sinal para o cocheiro, encostou-se no assento e começou a pensar.

Fazia três meses que o imperador estava ausente da corte. Diocleciano havia transferido a sede do governo para a Nicomédia, a fim de se manter afastado de Roma, longe dos senadores e da guarda pretoriana. No entanto, passava a maior parte do ano na Dalmácia, sua terra natal, traçando planos de guerra às margens do Mar Adriático. Os problemas de administração pública eram resolvidos pelo prefeito, e as questões de segurança, entregues ao chefe da guarnição militar. Contudo, às vezes, um ou outro incidente caía nas mãos de Druso, e de repente, enquanto contemplava o firmamento através da janela, ele se sentiu agradecido pela oportunidade que os deuses lhe haviam ofertado.

O sol do meio-dia reluziu sobre as torres da Cidade Branca, assim apelidada pelos comerciantes locais. Poucos anos antes, o centro urbano da Nicomédia havia sido completamente reformado. Exceto a região das docas e os distritos antigos, quase tudo era novo, claro e imaculado, com escadarias revestidas de mármore, chafarizes de bronze polido e estonteantes colunas votivas.

O carro do procurador, puxado por dois cavalos robustos, adentrou a metrópole, percorreu o cardo, a avenida de comércio, passou sob o aqueduto e transpôs a muralha interna que levava ao palácio. O complexo era imenso, com diversos parques, jardins e corredores. Ele desceu do transporte em frente a um edifício quadrado, subiu as escadas, chegou ao pátio, contornou uma estátua e entrou em seu gabinete.

Sentado à mesa de trabalho, Druso se lembrou do que ouvira sobre o legendário rei Salomão, construtor do Templo de Jerusalém, que teria acumulado fortunas e controlado pessoas com a ajuda de fórmulas mágicas. Esses mistérios — os segredos do templo — haviam sobrevivido, até onde se sabia, graças aos famigerados sicários. Se pudesse obter essas fórmulas e aprender tais feitiços, seria tão poderoso — e tão rico — que o mundo inteiro se ajoelharia a seus pés.

No sábado, 17 de setembro, um brutamontes apareceu no escritório de Druso. Trazia pelo braço um indivíduo magérrimo, imundo e vestido com trapos, que ao se dar conta da presença do advogado se curvou em deferência, encostando a testa no chão de ladrilhos.

— Eis o mendigo — anunciou Oxion. De perto, ele era mais assustador do que se comentava à surdina. Ostentava uma couraça de bronze enegrecida, segurava uma maça com a cabeça cheia de pregos e tinha o rosto grotesco, marcado por estigmas de guerra. — Nós o capturamos enquanto tentava fugir pelas docas.

Druso foi até o cativo e se ajoelhou fraternalmente. Pegou-lhe as mãos e afagou-lhe os cabelos.

— Não se apavore — chiou. — Está tudo bem.

Sem entender o que se passava, o mendigo arregalou os olhos. O advogado o abraçou. Depois, ordenou a Oxion, com a voz impostada:

— Traga comida e água para este homem. — E voltou a encarar o pedinte. — Que coisa terrível fizeram com você. Porcos insensíveis! O importante é que não vai acontecer de novo. — E completou: — Meu nome é Sevílio Druso. Quero que saiba que está entre amigos.

Não muito longe dali, no hipódromo da cidade, o jovem Georgios Graco segurou firme a lança sobre o cavalo. Diante dele havia uma série de armações de madeira, algumas altas, outras baixas, sustentando rodelas de palha e sacos de areia. O objetivo do exercício era percorrer a pista de equitação até o fim, acertando o máximo de balizas possível. Quem conseguisse completar o percurso em menos tempo seria recompensado com uma ânfora de vinho e oito denários, a moeda de prata romana.

Parecia fácil, mas os instrutores da Escola de Oficiais do Leste, onde Georgios estudava havia dois anos, trataram de colocar alguns empecilhos. Primeiro, outros alunos foram posicionados nas laterais do estádio e armados com dardos de ponta cega, que não eram capazes de ferir, mas podiam desnortear. O segundo entrave era o calor. Embora já fosse setembro, o sol ardia sobre o metal da armadura. O elmo romano era confortável, mas na cavalaria utilizava-se, além dele, uma incômoda máscara de aço, que limitava a visão e a entrada de ar. Georgios a detestava — sentia-se cego, surdo e sufocado.

O aluno à sua frente havia derrubado cinco balizas — eram doze no total. Ele esperava apenas o apito do instrutor para iniciar o galope. Enquanto aguardava, olhou para as arquibancadas vazias, as bandeiras tremulando, e recordou-se instintivamente de Laios, seu pai, que sonhara em vê-lo no exército. Como ele, Georgios era um equestre, um nobre sem terras, pertencente à baixa aristocracia de Roma. Se bem que, ele sabia, nomes e títulos não eram mais tão importantes. O próprio Diocleciano, por exemplo, nascera filho de escravos, e muitos de seus funcionários eram plebeus — alguns, inclusive, oriundos de regiões fronteiriças, tais como a Síria, a Germânia e a Dácia.

Súbito, o centurião assoprou o apito. Georgios voltou à realidade, soltou as rédeas de Pégaso, seu cavalo branco, e o fustigou com os calcanhares. O animal entendeu o comando, deu um pinote e disparou.

Os doze alvos se projetavam ao longo de quinhentos metros. Georgios derrubou uma das estacas, à direita, mas seria impossível trocar a lança de mão, porque no braço esquerdo já segurava o escudo — e havia armações de madeira dos dois lados da pista. Conseguiu driblar os obstáculos no início, controlando perfeitamente o cavalo, quando os primeiros dardos o alcançaram.

Um deles se chocou contra suas costelas, sobre uma antiga cicatriz de batalha, fazendo-o perder a quarta e a quinta balizas.

Sacudindo a cabeça, ele calculou que poderia se desviar dos projéteis — se fosse capaz de enxergá-los. Largou então o escudo, tirou a máscara e atiçou a montaria, agachando-se na sela, esquivando-se dos tiros e acertando os alvos sistematicamente.

Estava perto de completar o circuito quando um cavaleiro adulto — Georgios tinha apenas dezesseis anos na época — surgiu na direção contrária, galopando rápido e empunhando um bastão. Era Falco, chamado de *ductor*, o oficial responsável por treinar os alunos. Montado em sua égua castanha, ele se aproximou pela esquerda e brandiu o porrete. Sem escudo e sem máscara, Georgios foi atingido no rosto e desabou na areia. Felizmente, fora ensinado a cair de modo seguro e não sofreu nenhum arranhão.

Ergueu-se no ato, para ver-se cercado por três aprendizes, que tinham ordens para atacá-lo. Em condições normais, ele poderia enfrentá-los — e vencê-los —, mas o cérebro ainda rodava e era difícil revidar com destreza. O aluno à direita, Magêncio — filho de Maximiano, um dos maiores generais do Império —, aproveitou-se da brecha e acometeu. Georgios aparou todos os golpes com desenvoltura, quando sentiu uma pancada na nuca, de um segundo aluno, que o surpreendera por trás. O equestre contra-atacou, porém estava exausto e já não tinha forças. Uma torrente de pauladas, socos e chutes finalmente o levou ao solo.

Magêncio, que era um rapaz especialmente perverso, teria continuado a atacar se o apito não tivesse soado. Falco parou na lateral da pista, desceu de sua égua, removeu a máscara e esbravejou com toda a energia:

— Senhores, comigo. — Os jovens foram se reunindo à sua volta, formando um círculo. Marco Júnio Falco, o *ductor*, era um homem de trinta e três anos, de corpo esbelto, olhos verdes e cabelos ondulados. Usava a capa vermelha de Marte e uma armadura de escamas de ouro. Era um indivíduo belíssimo, que tinha muitas amantes, em contraste com o centurião Bores Libertino, seu assistente direto, um sujeito careca, de hábitos toscos e nariz amassado, que comprava escravos com a intenção de estuprá-los.

Em respeito ao comandante, Georgios ensaiou se levantar. Falco, no entanto, pressionou o bastão contra seu peito e o manteve estirado na pista.

— No chão, Graco — disse ele, dirigindo-se então ao restante da turma. — Senhores, o que vimos aqui foi uma legítima demonstração de barbárie. — O tom era mais didático que agressivo. — Em um ato de loucura, o senhor

Graco abandonou seu equipamento, dispensou o escudo e se esqueceu de tudo o que ensinamos na escola. O resultado não poderia ser outro. — Encarou-o com uma expressão de desprezo. — Olhem para ele agora.

Houve um burburinho de reprovação. Georgios era o centro das atenções, um objeto a ser estudado.

— Que o dia de hoje sirva de lição. Confiem no que aprenderam e jamais serão derrotados — continuou Falco e se virou para Libertino: — Bores, quando é o próximo feriado?

O centurião se aproximou e informou ao *ductor*:

— Festival de Apolo. Faltam apenas seis dias.

— Excelente. — E tornou a falar com Georgios, recolhendo o bastão e permitindo que ele se levantasse: — Folga revogada, Graco. Ficará detido na escola.

O jovem ergueu-se, colocando-se em posição de sentido.

— *Sic, ductor* — retrucou em latim.

Com cara de tédio, o comandante declarou finalmente:

— Chega por hoje. — Deu as costas para a turma. — Dispensados.

Georgios saiu da pista de cabeça baixa e foi andando na direção das galerias. O centurião Bores Libertino o abordou. Carregava uma tabuleta revestida de cera e um pequeno estilete para fazer anotações.

— Cela oito, corredor norte — avisou.

Georgios não entendeu.

— O quê?

— Cela oito, corredor norte — repetiu. — É onde você deve se apresentar para cumprir a detenção.

— Certo.

— Ninguém acerta as doze balizas — comentou Libertino. — Agora pegue o seu cavalo. — Apontou para Pégaso, que vagava solto no estádio. — E pare de me olhar com essa cara de idiota.

Só depois de recolher Pégaso e escová-lo, Georgios foi se lavar. No hipódromo da Nicomédia, o estábulo ficava nas galerias subterrâneas e, como a tarde já ia caindo, o ambiente começou a ficar obscuro.

Um pálido raio de luz entrava através das janelas altas. Georgios saiu da cocheira e ajoelhou-se em frente a uma bacia de cobre, reparando em seu reflexo na água. Os olhos pareciam duas sementes de avelã, e os cabelos eram acobreados e curtos, cortados à moda romana. Naquela época era permitido aos militares, plebeus ou patrícios, deixar crescer a barba, mas na escola os aspirantes precisavam raspá-la quase que diariamente, sob pena de detenção.

Com as mãos em concha, molhou o rosto e assoou o nariz. Os colegas conversavam ali perto. Magêncio se destacou dos demais, foi até ele e o provocou:

— Não fique decepcionado. É um excelente lutador. Poderia ser campeão de luta grega. Mas não é bom cavaleiro — afirmou, para que todos ouvissem. Magêncio era baixo para os padrões do exército, de madeixas amarelas, olhos grandes e pálpebras caídas. — Talvez possa servir entre os oficiais da marinha. Não é uma carreira assim tão ruim.

Georgios se levantou. Ele e Magêncio eram tidos como rivais desde que se enfrentaram em um torneio no primeiro ano. Na ocasião, o filho de Laios levara a melhor.

— Foda-se a marinha. Sou melhor cavaleiro que você. Quantas balizas conseguiu acertar?

— Da última vez, dez — gabou-se. — E olha que o meu cavalo não é tão bom quanto o seu. Quer me vendê-lo?

Como era de esperar, a discussão atraiu o interesse da turma. Cerca de quinze rapazes os observavam, torcendo para que os dois começassem a brigar.

Nesse momento, porém, Bores Libertino apareceu no estábulo e o grupo se dispersou. Magêncio voltou para junto de seus bajuladores e disse:

— Parte da minha família virá à Nicomédia para o feriado. Faremos uma festa na mansão do meu pai. Quero convidá-los. Tudo por minha conta. Quem se habilita?

Seus amigos mais próximos celebraram com um grito de entusiasmo.

Georgios ficou quieto, apanhou Pégaso pelas rédeas e o conduziu para fora do estádio. Quem tivesse reparado em sua expressão teria visto um rosto sombrio e fechado, mas em seu íntimo o jovem sorria.

No ano anterior ele se envolvera com Theodora, meia-irmã de Magêncio. Constantino, seu amigo, o aconselhara a esquecê-la, tarefa que todavia se revelara impossível.

Georgios estava determinado a reencontrá-la — ou, pelo menos, a tentar. Se fosse descoberto, poderia ser preso, denunciado pelo pai da garota e expulso da escola.

E era *isso* — justamente isso — que realmente o excitava.

*

No princípio da noite, um banquete foi servido no pátio ao redor dos aposentos de Sevílio Druso, dentro do complexo palaciano. O advogado do imperador, apesar de toda a opulência, tinha apenas um convidado para lhe fazer companhia: um homem moreno, de dentes podres e unhas feridas. Seu nome era Yesuf, e até aquela manhã ele vivia como mendigo nas ruas, bebendo a água das calhas e às vezes se alimentando de ratos.

Yesuf tomara banho nas dependências particulares de Druso, ganhara uma túnica nova, de linho branco, e sandálias caras. Agora olhava para a mesa, atônito, sem saber o que fazer, como se comportar ou quais iguarias escolher.

O magistrado sinalizou para os escravos — havia cinco no pátio, além de Oxion, seu guarda-costas —, que ajudaram Yesuf a montar o prato e a encher uma taça de vinho. Depois, os mesmos escravos o instruíram a se sentar em um dos divãs, perto do anfitrião.

— Por favor, coma — pediu Druso, saboreando um pedaço de figo. — É tudo seu.

Enfim o mendigo tomou coragem e se fartou. Em menos de um minuto, havia devorado quatro fatias de pão. Bebeu todo o conteúdo do copo de uma só vez. Os escravos serviram mais. E mais. E de novo.

Um menino seminu, maquiado à moda egípcia, os abanava com uma folha de palmeira. O centro do pátio era dominado por uma estátua de Vênus, e mais além havia uma gaiola com um par de falcões amestrados. Era noite de lua cheia, com muita luz e poucos insetos.

— Quero que seja meu assistente a partir de agora — disse Druso, quando Yesuf parou de comer. — Quanto deseja ganhar de salário?

O mendigo franziu o cenho, sem entender. Era de fato uma proposta estranha, independentemente das circunstâncias.

— Sou um homem tolo, césar — respondeu ele. Druso pensou que seu convidado o havia confundido com o imperador, mas Yesuf achava que "césar" era um jeito de tratar todos os patrícios, ainda que Druso fosse um plebeu. — Estúpido. Não sirvo.

— Nesse caso, permita-me ao menos lhe oferecer algumas moedas. Sem você, nunca teríamos descoberto o que aconteceu no beco. É um homem leal, um cidadão de respeito.

Oxion se adiantou e depositou uma algibeira na mesa de centro. Druso a abriu, revelando seu conteúdo: eram áureos, as peças de ouro romanas.

Os olhos do indigente brilharam. Ele fez menção de apanhar o dinheiro, mas se deteve, como uma lebre que fareja o ardil.

— São suas — garantiu Druso. — Mas, antes, preciso de algumas informações. Quero saber se consegue se lembrar do rosto dos oficiais envolvidos no crime.

— Escuro, césar. — Yesuf sorriu, constrangido. — Era noite.

— Faça um esforço, meu caro. Pela nossa amizade. E pelo ouro.

O mendigo apertou as pálpebras, para a seguir declarar:

— Um era jovem. Não vi o rosto. O outro era alto. Forte. Grandes olhos azuis. Nariz de grego. Parecia grego. Queixo encovado. Estavam armados.

— E quanto aos assassinos?

— Eu vi três sombras. Não eram de gente. Eram demônios.

— Demônios? — estranhou Druso. — Mas os corpos eram de carne e osso. Eu os examinei. Foram cremados no cemitério.

— Eles ficam assim depois que morrem, césar. Eram demônios — insistiu. — Escutei o grito. Grito de pássaro. Eles voam. Chegaram ao beco voando.

O magistrado soltou uma risadinha de incredulidade.

— Isso é impossível.

— Juro sobre a Pedra de Júpiter. Eles são conjurados pelos feiticeiros judeus. São gente má. Profanos.

Druso raciocinou sobre o que o mendigo dissera. Por mais absurda que fosse a história, tinha certa conexão com a verdade, afinal os sicários eram oriundos de Israel e, segundo as lendas, utilizavam magia — a mesma magia que ele tanto desejava aprender. Sendo assim, estimulou o diálogo.

— Esses feiticeiros vivem na Nicomédia?

— Sim, césar. No distrito judaico. — Cuspiu no chão, como uma forma de afastar maus agouros. — Eles têm um livro. É de onde saem os demônios.

— Como é esse livro?

— Não sei, césar — admitiu Yesuf, declinando a cabeça. — Não vi. Só ouvi falar.

— Muito bem. Foi de grande ajuda, meu amigo. — Druso apontou para a algibeira. — Pode pegar suas moedas. Os meus escravos o conduzirão aos portões.

Por um minuto, e mais uma vez, o pedinte desconfiou. Era só isso? Responder algumas perguntas e ir embora?

Bom, tanto melhor, refletiu. Não esperaria que a sorte se transformasse em azar. Pegou a pequena sacola, fez uma vênia e seguiu um escravo em direção à saída. Quando cruzava a porta, porém, o mundo inteiro se apagou para ele. Ainda sentado no divã, Sevílio Druso presenciou o momento em que Oxion, obedecendo às suas ordens, sacudiu a maça de pregos e acertou a cabeça do miserável informante. O crânio se espatifou como um recipiente de argila, manchando o chão e as paredes de sangue.

Os escravos pararam o que estavam fazendo, chocados. O menino largou a folha de palmeira. Um cão latiu na noite fechada.

Druso andou até o que restava de Yesuf. Ficou de cócoras e pinçou a algibeira entre a massa encefálica.

— Dez peças de ouro — contou as moedas. — Não dá para desperdiçar. — Guardou o objeto e olhou para Oxion. — Flávio Constantino — murmurou. — É *ele*.

O Crocodilo grunhiu:

— Ele?

— O oficial atacado pelos sicários. Segundo a descrição, é Flávio Constantino, o filho de Constâncio Cloro — disse. — Quero vê-lo em breve. E descobrir que livro é esse que o mendigo citou. Com sorte, talvez eu consiga acertar duas aves com uma só pedra. — Por fim, virou-se para os escravos e ordenou: — Limpem esta sujeira.

II

INTELIGÊNCIA E LÓGICA

FLÁVIO CONSTANTINO FORNICAVA EM UM BORDEL DE CLAUDANA, UMA ALDEIA de pescadores a três milhas da Nicomédia. O nome da prostituta era Níobe, ou Niome, ou Nínive — ele não sabia ao certo. Não raro, elas se apresentavam com nomes exóticos e às vezes forçavam um sotaque estrangeiro. Os clientes, aparentemente, as consideravam sensuais por causa disso, mas para Constantino a boa meretriz era aquela que sabia agradá-lo na cama — e que estava disposta a realizar seus desejos.

Níobe — ou Niome, ou Nínive — era uma jovem esbelta, de quadris largos e cabelos crespos. Nua contra a luz vespertina, parecia uma escultura de ébano, a tez lisa e perfumada, sem estrias ou cicatrizes. Devia ter nascido na Núbia, ele pensou, um país ao sul do Egito, fora dos limites do Império Romano. Mas a verdade era que Constantino não se importava — *ninguém* se importava com o que acontecia em Claudana.

Virou a garota de bruços e ergueu seu traseiro, para que ela ficasse de quatro. Começou a penetrá-la com força, como se a desafiasse, como se quisesse chamar-lhe a atenção. Em resposta, a moça se limitou a gemer, a gritar, a *fingir* o orgasmo.

O ato brutal era uma forma de o príncipe romano extravasar suas angústias, suas frustrações e dissabores. Dias antes, ele sofrera uma tentativa de assassinato supostamente arquitetada para colocar seu pai — Constâncio Cloro, o césar do Oeste — contra o imperador e os interesses do Estado. Constantino precisava, agora, descobrir o mandante do crime — mas como? Era um refém na corte de Diocleciano. Não podia fugir da capital e da Escola de Oficiais do Leste sem prejudicar sua família ou abalar o prestígio do clã. Não havia nada que pudesse fazer e tampouco em quem confiar — exceto em Georgios, o jovem equestre que salvara sua vida. O rapaz era dois anos mais novo que ele e tinha um potencial estupendo. O que não significava nada, no fim das contas, porque àquela altura nem os deuses poderiam ajudá-lo. Constantino queria ser livre, sonhava em lutar, em comandar legiões, em viajar pelo mundo. Em fevereiro faria dezenove anos. Os filhos dos senadores eram enviados à frente de batalha muito antes disso, às vezes aos dezessete. Por que logo ele, o legítimo herdeiro de Constâncio Cloro, tinha de ser prisioneiro? Era ridículo. Injusto. Não fazia sentido.

De repente, sentiu que ejaculara. Uma gota de prazer — em meio a um oceano de pensamentos funestos.

Retirou o falo de dentro da moça. Ela se deitou de barriga para cima, esticando-se sobre o colchão.

— Mais? — perguntou a jovem, sorrindo. — Quer mais?

Constantino sentou-se na cama, de costas para ela. Estava suando. Enxugou a testa com o dorso da mão.

— Estou com pressa — mentiu. Ele já havia se formado e não tinha nada que precisasse fazer na escola. Estava, sim, com medo de falhar se tentasse possuí-la outra vez. Sua mente flutuava em outro lugar, muito longe do bordel de Claudana. — Quem sabe amanhã.

Levantou-se e andou até uma mesinha perto da janela. O quarto ficava no segundo andar, com vista para um terreno baldio. Era o meio da tarde, e a maioria dos clientes ainda não havia chegado. O vento soprava a sudoeste, entortando as palmeiras à beira da estrada.

Constantino encheu um copo de água e bebeu alguns goles para se refrescar. Forte e alto, tinha o nariz adunco e grandes olhos azuis. Buscou algumas moedas na algibeira e pagou a prostituta. Ela se fez de indiferente, aceitou o dinheiro, envolveu-se em um xale e saiu. Sozinho, o oficial equipou-se, vestindo a tanga, a túnica vermelha, as ombreiras e o saiote franjado. Enfiou nos pés os *calcei*, as botas romanas de equitação, para enfim trajar a armadura de escamas. Depois, prendeu a espada e a adaga no cinto.

O sol já tinha descido quando ele chegou ao estábulo, uma área cercada na parte traseira do malcuidado edifício. Montou em seu garanhão cinzento e tomou o caminho do quartel. Galopou o mais rápido que pôde, à sombra do aqueduto, até dobrar em uma via secundária que desembocava em uma estrada de terra. Sob os raios do poente, avistou a enorme fortaleza romana, com muralhas altas, ameias, portões metálicos e torres de guarda. O lugar — a Escola de Oficiais do Leste — ficava a duas léguas da capital, em uma planície árida, ao sopé de um monte escarpado. Era praticamente uma cidadela autossustentável, com fontes, armazéns, cisternas e oficinas.

Constantino acenou para a sentinela, que fez descer a ponte sobre o fosso. Cruzou o portão e adentrou o pátio central, dominado por três colunas de mármore. Sobre uma delas, destacava-se a estátua do corvo de prata, símbolo do acampamento e eterno padroeiro da escola.

Um suboficial o abordou na chegada.

— Flávio Constantino? — perguntou. Eles já se conheciam. O príncipe franziu o cenho, olhando para o sujeito, sem entender.

— O que foi?

— Desculpe a formalidade. Mas neste caso os ritos são necessários.

Sacou um rolo de papiro e o entregou ao cavaleiro. Seria impossível ler no lusco-fusco, então Constantino pediu que lhe trouxessem uma lamparina.

Rompeu o selo e lá estava o que era — ou o que *parecia* ser — a melhor notícia de sua vida.

Na área externa do alojamento, Georgios golpeava um poste de madeira. O objeto, normalmente usado para a prática de exercícios com a espada, era chamado pelos alunos de Xerxes, em alusão ao legendário governante da Pérsia. O braço direito doía, porque ele havia repetido o movimento centenas de vezes. Reparou na chegada de Constantino, que seguiu direto para dentro do quarto. Eles dividiam o mesmo cômodo, no andar térreo, ao redor de um pátio murado.

Perseguiu o amigo e parou na soleira. O aposento era simples, com duas camas, duas janelas, paredes caiadas e uma latrina particular. Já era noite. Constantino aproveitou o fiapo de luz que vinha de fora para acender sua lâmpada a óleo, queimando delicadamente o pavio.

— O que foi? — perguntou a Georgios, que permanecia de pé, olhando fixamente para ele. — Está apaixonado?

O equestre sentou na própria cama, deu um longo suspiro e confessou:

— Acho que sim.

— Pederastia é proibido no exército — brincou Constantino.

— Eu sei. — Colocou a espada de lado. — Refiro-me a Theodora.

— Theodora? Por Júpiter. — Ele se mostrou descrente. — Você ainda pensa naquela garota?

— Penso — admitiu.

Constantino desafivelou o cinto e começou a despir a armadura.

— Pois trate de esquecê-la. Se é uma mulher que você quer, eu lhe pago uma prostituta.

Georgios ficou alguns instantes calado, para em seguida explicar:

— Magêncio fará uma festa na mansão da família, no próximo dia 23. Se Theodora ainda não estiver casada, ela provavelmente virá à Nicomédia. Certa vez você me disse que conseguia obter informações privilegiadas por já ter se formado na escola e ser um oficial. Pensei se não poderia me dizer em que parte da cidade fica o palacete de Maximiano.

— Magêncio não lhe disse, ao convidá-lo?

— Não fui convidado.

— E o que pretende fazer, então? Invadir a casa?

— Não sei. Ainda preciso bolar um plano.

Constantino riu.

— Isso não pode acabar bem, Georgios. Esqueça essa loucura.

— Estou disposto a correr os riscos.

O cavaleiro estendeu a armadura sobre o cobertor. Pegou um frasco de óleo, um pedaço de lã e se ajoelhou ao lado da cama para fazer o polimento.

— Não é tão simples. Você é apadrinhado de Diocleciano. É o nome do imperador que está em jogo.

Georgios fitou o piso, desconsolado. Ficou assim por alguns minutos, refletindo sobre várias questões. Então, teve uma ideia.

— Eu salvei sua vida. Você me deve uma.

— Quer que eu pague uma dívida de vida colocando-o em perigo de morte?

— Morte?! — exclamou o rapaz, indignado. — Que exagero. Só quero me encontrar com uma garota.

— Foi o que Páris disse a Menelau. — Deu de ombros. — Bom, para mim tanto faz. Estou indo embora deste lugar.

E, ao dizer isso, Constantino apanhou o papiro e o entregou a Georgios, que se esforçou para ler à luz fraca do candeeiro.

— Quem é Sevílio Druso?

— O advogado do imperador. Druso me convocou para uma audiência amanhã, no gabinete dele, no complexo palaciano. Certamente vai iniciar o processo que me permitirá seguir com a minha carreira, longe desta maldita cidade. Não vejo a hora de ter o meu próprio esquadrão de cavalaria — divagou. — No ano que vem, já devo estar com o meu pai, galopando nas planícies da Bélgica.

— Tenha cuidado com esse homem. — Georgios se recordou de que Diocleciano o havia apresentado a Druso e de que na ocasião ele se sentira mal na presença do advogado. — Não confie nele.

— Sei me cuidar.

— Eu também sei — atalhou o equestre, aproveitando para retomar o assunto. — E quanto a Theodora?

Constantino terminou de polir a armadura e a guardou em um baú ao pé da cama. Buscou no mesmo baú uma garrafa de hidromel, tirou a rolha e ofereceu a bebida a Georgios.

— Quer?

O jovem recusou, insistindo:

— Vai me ajudar ou não?

— Fiz um juramento e vou cumpri-lo. Darei um jeito para que se encontre com a enteada de Maximiano, o Inclemente, o augusto do Oeste, o homem forte do imperador, o tetrarca de Mediolano, o matador de bárbaros etc. etc. — discorreu, fazendo gestos e sinais jocosos, como se imitasse um orador. — E assim estaremos quites.

— Feito. — O equestre apertou a mão do amigo. Os dois selaram o pacto e ele voltou para a área externa do alojamento, para continuar os exercícios.

Constantino bebeu toda a garrafa sozinho, pegou rapidamente no sono e sonhou com mulheres, batalhas, esquadrões de combate e, claro, com figuras sombrias que tentavam matá-lo.

Com a armadura lustrosa, o elmo debaixo do braço e ostentando sua melhor capa, Flávio Constantino apresentou-se no gabinete de Sevílio Druso na tarde de 19 de setembro. Logo de início, achou o lugar um tanto esquisito. O advogado do imperador vestia-se de preto, como se estivesse de luto. A sala era escura, com uma única janela estreita e enevoada pela fumaça dos incensários. Sobre a mesa, além da papelada jurídica, havia um crânio parcialmente quebrado.

Mais atrás, com as pernas rígidas e a clava na mão, o gigante Oxion os observava em silêncio.

De sua parte, e a despeito desses detalhes, Constantino sorria por dentro. Embora Druso não fosse um militar — na realidade, nem sequer servira ao exército —, o oficial colocou-se em posição de sentido.

— Descansar — disse o magistrado, erguendo-se da cadeira e posicionando-se na frente dele.

Constantino obedeceu, separando os pés a uma curta distância. Druso trocou um olhar com Oxion. Em seguida, falou:

— Sabe por que está aqui?

— Sim — o cavaleiro titubeou antes de retrucar. Não era óbvio o motivo de sua visita? — Eu sei.

— Ótimo. Porque quanto antes resolvermos essa questão, melhor. Não concorda?

— Concordo.

O magistrado regressou à sua cadeira. Sentou-se à escrivaninha, abriu uma gaveta e colocou sobre a mesa a sica, a adaga curva dos sicários. Constantino, ao ver aquilo, ficou pálido.

— Preciso que me conte exatamente o que aconteceu na madrugada do dia 13 de setembro — pediu Druso, indicando um banco no fundo da sala. — Se quiser, pode se sentar.

Constantino não se sentou. Manteve-se de pé, aturdido. O magistrado percebeu sua reação e perguntou, com a voz controlada:

— Quer beber alguma coisa?

Como que atingido por um raio, o cavaleiro voltou a si, soltou um pigarro, encheu-se de coragem e exclamou:

— Está me acusando de alguma coisa?

— Por enquanto, não. Os corpos encontrados no beco, ao que tudo indica, pertenciam a assassinos judeus. Um homem de sua estirpe jamais seria condenado por matar judeus, ainda mais em legítima defesa. No entanto, essas não são as únicas acusações que pesam sobre o senhor.

— Como assim? — reagiu o príncipe, enérgico. — Do que está falando?

Druso abriu uma pasta de couro e tirou uma grande folha de pergaminho. Desenrolou o objeto e bateu com o indicador sobre uma parte específica do texto.

— O senhor era o comandante do esquadrão que ateou fogo no acampamento dos calouros da Escola de Oficiais do Leste dois anos atrás?

O rosto pálido de Constantino começou a ficar vermelho.

— Como sabe disso?

— Um processo foi aberto para apurar a morte de dois alunos durante o treinamento. Eles *não* eram judeus, eram patrícios, rapazes de origem nobre, filhos de gente importante.

— Está me ameaçando?

— De modo algum. — Druso mostrou as palmas em um gesto conciliatório. — Só estou dizendo que essa história ainda pode gerar muita dor de cabeça. O meu objetivo aqui, como advogado do divino augusto, é resolver o problema com o mínimo de estardalhaço. Para tal, o senhor deve colaborar.

Furioso, Constantino levou a mão ao cabo da espada. Nesse instante, Oxion apertou a maça e deu um passo à frente, disposto a esmagar quem chegasse mais perto. Intimidado, o filho de Constâncio Cloro recuou.

— Solicito uma audiência com o imperador — exigiu. — É meu direito como cavaleiro da Púrpura.

— O imperador está na Dalmácia — informou o advogado.

— Não tenho pressa.

— Pois deveria ter. Sabe quem são os sicários? — Druso apontou para uma pilha de livros no canto da mesa, obras antigas e empoeiradas, com um forte cheiro de mofo. — Estive estudando sobre eles. Certamente o senhor leu a respeito da Primeira Revolta Judaica na escola.

— Sim — admitiu Constantino. O evento era de fato bastante discutido nas academias militares, porque envolvia batalhas, cercos, escaramuças e invasões. — Ocorreu na Palestina, há quase trezentos anos.

— Exatamente — pontuou o jurista. — Naquele tempo, a província se chamava Judeia. Era uma terra muito difícil de ser administrada, porque a população vivia se rebelando. Uma das seitas judaicas mais perigosas eram os zelotas, que promoviam ataques contra os romanos, apunhalando-os nas ruas, nos mercados, enquanto eles estavam dormindo ou fornicando. Como não conseguia encontrá-los, o imperador promoveu uma série de retaliações, levando a uma luta violenta que terminou com a destruição do Templo de Jerusalém. Os zelotas tiveram de fugir e se reinventaram como uma organização de assassinos. Em suas incursões, eles utilizam técnicas secretas desenvolvidas durante séculos, no Levante e em outros lugares. Conta-se que são invencíveis.

— Eles *não* são invencíveis — afirmou Constantino, com um sorriso de orgulho nos lábios. Um segundo depois, porém, percebeu que havia caído na armadilha e confessado quatro assassinatos de uma só vez, sendo dois deles de legítimos romanos.

— Mas são persistentes — acrescentou Druso em tom sereno, de modo que desfizesse a tensão. — Como o senhor, os sicários também têm uma reputação a zelar. Isso significa que *não* vão desistir. Quando menos esperar, será esfaqueado no meio de uma multidão, à noite ou enquanto estiver defecando. Eles nunca esquecem uma vítima.

O príncipe imaginou quão vulnerável estivera ao se deitar com a prostituta em Claudana.

Perguntou, insolente:

— O que você quer de mim?

— Já disse — repetiu Druso. — Quero que me conte tudo o que sabe. E que entenda que eu não sou seu inimigo. Estamos trabalhando em prol de um objetivo comum.

Encurralado — e preocupado com o futuro de sua carreira —, Constantino relatou ao magistrado, então, tudo o que acontecera naquela noite fatídica, como os assassinos haviam aparecido "do nada" e — em suas palavras — lançado sobre ele um "feitiço". Só não revelou o nome de Georgios, a quem desejava proteger. Sevílio Druso insistiu e perguntou, sem melindres:

— Quem é o rapaz que o salvou?

— Jurei não contar. De todo modo, o nome dele é irrelevante.

— Nada é irrelevante.

— Está me pedindo o impossível — endureceu Constantino. — Entre os soldados, nada é mais importante que um juramento.

— Que seja assim — concordou Druso. Tornou a se levantar e apertou a mão do cavaleiro. — Esteja preparado.

— Preparado para quê?

— Em breve eu lhe darei uma ordem, que o alcançará através de terceiros — ele disse, afagando a toga negra. — Quando o momento chegar, o senhor deve cumprir essa ordem à risca. Faça isso e todos os seus processos desaparecerão como as gotas frias de orvalho. Entendido?

Constantino ainda não acreditava em Druso. No entanto, precisaria obedecer-lhe, ou as consequências seriam terríveis, não só para ele como para toda a sua família.

E para Georgios, possivelmente.

Deixou o palácio a galope. O furor era tanto que resolveu se concentrar em outro assunto — não tão perigoso, mas igualmente complexo.

Constantino decidiu que não contaria a Georgios sobre a entrevista com Druso — primeiro, por puro constrangimento e, segundo, para poupá-lo de preocupações desnecessárias. Quando o amigo perguntou como havia sido a audiência, ele simplesmente desconversou. Dois dias depois, entretanto, apareceu no quarto com boas notícias.

— Sabe onde fica o Templo de Mercúrio?

O equestre estava deitado, aproveitando o descanso a que tinham direito após o almoço. Uma brisa suave agitava a cortina.

— Sei — respondeu ele. — Fica a três quadras do fórum. Pensei que estivesse desativado.

— Está, desde que a cidade foi reformada. — Constantino entrou no aposento, encostou-se em uma das paredes e continuou, agora mais sério: — Escute com atenção. No fim da rua existe uma pequena travessa, e no final dessa travessa há uma fonte esculpida com a cara de um leão. Esteja lá no dia 23, ao meio-dia. Theodora estará esperando por você.

Georgios sentou-se, os olhos arregalados. Já começara a aceitar o fato de que o colega não conseguiria ajudá-lo.

— Pensei que seria à noite — retorquiu ele, ainda surpreso. — Não seria melhor, considerando que se trata de um encontro secreto?

— À noite tem a tal festa na mansão da família. Theodora precisa estar em casa antes do pôr do sol.

— É, tinha me esquecido. Mas não é arriscado? E se alguém nos descobrir?

Constantino falou grosso:

— Que merda é essa? Onde está aquela sua valentia?

— Foi só uma pergunta — defendeu-se Georgios. — Não estou com medo.

— Meu conselho é que vá à paisana e desarmado. Vista-se como um cidadão comum. Sem luxos, mas decentemente. Para chamar menos atenção. Nem pense em usar a túnica do exército.

— Jamais.

— Bom, é assim que eu pago a minha dívida — exclamou ele. — Continuo achando um péssimo modo de retribuir, mas a escolha foi sua.

— Estou ciente e assumo a responsabilidade.

— Se você for pego, eu não tive nada a ver com isso.

Foi a vez de Georgios endurecer:

— Não sou delator.

— Sei que não. Caso contrário nunca teria me arriscado.

Uma corneta tocou ao longe. Constantino, que já havia se formado, podia ignorar o aviso e fazer o que bem entendesse. Georgios, todavia, precisava se juntar aos colegas e retomar os exercícios.

Equipou-se e dirigiu-se à porta. Estava quase do lado de fora quando lhe bateu uma curiosidade:

— Já nos conhecemos há um certo tempo, então acho que posso perguntar: como você consegue todas essas informações?

O príncipe sorriu de esguelha.

— Um bom mágico nunca revela seus truques. — Apontou para o céu através da janela. — É melhor ir andando. Bores Libertino, o fornicador de cabras, o espera.

— Com Libertino é fácil lidar. Meu problema é o *ductor*.

— Já parou para pensar que talvez *você* seja o problema dele? — E completou, evocando o apelido pelo qual Georgios costumava ser chamado no primeiro ano da escola: — Boa caçada, Greguinho.

III

DESAFIO AOS DEUSES

É COMUM UM LEIGO, AO VISITAR OS TEMPLOS ROMANOS, IMAGINAR QUE SEUS DEUses são meras reinterpretações das entidades olímpicas. O assunto é um pouco mais complexo do que parece, mas de todo modo houve — e ainda há, sobretudo no Oeste — alguns ícones que foram literalmente importados da Grécia. É o caso de Apolo, o deus do Sol, de Diana, a Ártemis grega, e de Vênus, chamada de Afrodite pelos povos helênicos.

O culto a Apolo, em especial, ganhou força nos primeiros anos do Império, para entrar em decadência durante o reinado de Caracala. No período em que esta história se passa, ele era lembrado mais como um nome nos epitáfios do que como uma divindade a ser venerada. O festival em sua honra, entretanto, continuava a atrair populares, pois marcava o fim do verão e o início da colheita na maior parte do mundo romano.

Na Nicomédia, as praças ficavam cheias de camponeses comprando e vendendo produtos agrícolas. O hipódromo, com entrada franca para todos os públicos, apresentava espetáculos contínuos, alternando entre as corridas de biga e as famosas competições a cavalo. Como Apolo era também o deus das profecias, muitos aproveitavam a época para consultar os oráculos. Videntes de todos os tipos invadiam as ruas, prometendo ler o futuro e decifrar seus sinais.

Georgios pouco dormiu naquela noite. Estava animado para a festa e ansioso para encontrar Theodora. Despertou ao primeiro raio de sol, comeu um pedaço de pão, vestiu uma túnica parda, cobriu-se com uma capa verde-musgo e prendeu a algibeira no cinto. Esgueirou-se para fora do alojamento, de modo que não acordasse Constantino, e saiu da fortaleza por uma porta secundária, sem dar explicações ao vigia.

O caminho até a capital era margeado por ciprestes italianos, túmulos de gente famosa e antigos armazéns estatais. Muitos desses prédios haviam sido vendidos para particulares e convertidos em tavernas baratas. Outros serviam como estábulo e depósito de lenha nos meses de inverno. Dois aquedutos cortavam o horizonte, convergindo nos muros da Cidade Branca.

Faltando uma milha para alcançar os portões, o trânsito de carroças ficou lento, até parar. Havia uma barreira à frente, com meia dúzia de guardas revistando os transportes, sob a orientação de um cavaleiro. Como estava a pé, Georgios pegou um atalho, cortou caminho por dentro de um apiário e chegou rapidamente às muralhas. Entrou na Nicomédia e foi direto para a rua do comércio.

Era uma manhã seca e empoeirada, sem nuvens no firmamento. Faltavam três horas para o meio-dia, então ele decidiu matar o tempo circulando pelo espaço amplo do fórum. Um palco havia sido montado em frente ao Templo do Sol Invicto, onde doze touros seriam sacrificados, assados e servidos à população. Um desses touros, mantido em uma jaula sob a proteção dos soldados, era branco e estava enfeitado com uma coroa de louros. Georgios sabia que aquele espécime, o mais vistoso de todos, seria morto no começo da tarde, para que um áugure enxergasse o futuro em suas entranhas. Esse costumava ser o ápice do festival, que no entanto não lhe despertava o menor interesse. Sua mãe, que alguns acusavam de ser cristã, detestava esse tipo de prática — ela não se opunha ao abate de animais, mas era contra usá-los para propósitos religiosos.

Georgios comprou um espeto de porco e subiu no pedestal de uma estátua para melhor visualizar o entorno. De repente, quatro flautistas começaram a tocar no terraço de um prédio e as pessoas se aglomeraram para escutá-los, travando a principal via de acesso ao fórum. Com medo de ficar preso na multidão, ele se dirigiu às ruas transversais.

Não sabia o que era mais apropriado: chegar ao ponto de encontro um pouco antes ou ligeiramente depois. Na dúvida, resolveu aguardar nas proximidades. Caminhou até o templo desativado de Mercúrio, que ficava em uma vereda obscura, entre duas casas de muro alto. Era retangular e comprido, com quatro pilastras sustentando a fachada. Uma escadaria de degraus tortos culminava em uma porta dupla, lacrada por correntes e tábuas. Georgios deu um passo atrás e ficou admirando o frontão, esculpido com a figura do caduceu, o símbolo sagrado do deus do comércio.

Olhou para cima. O sol atingira o zênite.

Desviou a atenção do templo, andou mais alguns metros, entrou na travessa e chegou a um pátio abandonado, com a relva crescendo entre as frestas do piso. No fundo desse pátio localizava-se a tal fonte com cara de leão mencionada por Constantino. Estava seca e cheirava a urina, como se, à noite, os mendigos a fizessem de mictório.

Cruzou os braços e esperou por Theodora. Passados quinze minutos, dois indivíduos apareceram do nada e começaram a encará-lo sem razão aparente. Um deles era calvo, atarracado, de tez clara e olhos azuis. O outro tinha a pele morena, os cabelos curtos e o rosto quadrado. Georgios presumiu que fossem bandidos e se preparou para atacá-los quando se lembrou de que já os vira, dois anos antes. Os colares com placas de bronze confirmavam que eram escravos de Eutrópia Máxima, mãe de Theodora.

Desfez a guarda. O moreno deu um passo adiante. Com a expressão sisuda, perguntou:

— É o cavaleiro?

Georgios não gostou do tom com o qual foi abordado. Respondeu também de maneira severa:

— Sim. Onde está Theodora?

Nisso, o homem ergueu a mão e deu-lhe um sonoro tapa na cara. Georgios era um soldado, um guerreiro treinado, mas não esperava ser agredido de modo tão frívolo. Ficou em choque, sem reação.

— Olhe como fala — resmungou o sujeito. — Tenha mais respeito com a princesa.

Coçando a face, ele balbuciou:

— Quem são vocês?

O careca de olhos azuis abanou a cabeça em desaprovação, fez um muxoxo e virou-se de costas.

— Vamos andando. Não temos o dia todo.

Movido mais pela curiosidade que por qualquer outro sentimento, Georgios os seguiu. O trio percorreu vielas e becos, evitando a populaça e terminando no portão sul. Uma passagem em arco desembocava em uma estradinha de terra batida, flanqueada por quatro ou cinco estruturas de pau a pique. O moreno entrou em uma delas e trouxe de lá três cavalos. Montaram e convidaram Georgios a fazer o mesmo.

O escravo de pele clara advertiu-o, grosseiro:

— Tenha cuidado. Esse animal pertence à senhora Eutrópia.

O equestre teve vontade de socá-lo. Nem ele, que era afilhado do imperador, tratava as pessoas daquela maneira. Em vez disso, porém, respondeu:

— Terei cuidado.

O pequeno grupo iniciou o trote. Seguiram em meio a uma plantação de tamareiras, afastando-se gradualmente da Nicomédia. Fizeram uma curva à direita, transpuseram um regato, passaram por baixo do aqueduto, cavalgaram por mais meia hora e reduziram o passo ao avistar o que aparentava ser um celeiro. Mais além, havia um terreno cercado, com o chão de areia e um poste no centro. Nascido e criado no campo, Georgios sabia que aquela era uma área própria para a prática de equitação, chamada por alguns de picadeiro.

Os três desmontaram.

— Pode ir entrando, se quiser. — O moreno apontou para a porta do cercado. — Leve o cavalo, esse mesmo que já está com você. Confira se a sela está firme. É melhor evitar acidentes.

Georgios entrou no cercado, ainda sem entender o que estava acontecendo. Nesse meio-tempo, o careca foi até o celeiro e voltou com uma bolsa de couro. Retirou dali alguns sestércios e os estendeu ao rapaz.

— Pegue — disse ele.

— O que é isto?

— O seu pagamento — insistiu e, desconfiado, o jovem aceitou a contragosto. — Quer um pouco de água?

— Sim.

— Lívio já está trazendo.

Lívio, ao que parecia, era o nome do escravo moreno, que também havia se ausentado e agora retornava com um odre na mão. Uma moça, de cabelos negros encaracolados, pele branca e olhos azuis, o acompanhava pela direita.

Era Theodora.

Naquele momento, Georgios sentiu um frio na barriga. Suas pernas tremeram e ele começou a suar — os mesmíssimos sintomas que os instrutores da escola chamavam de "fraquejo", um tipo de pânico que frequentemente acomete os soldados em batalha. De sua parte, o filho de Laios nunca fraquejara em combate, então por que esse pavor repentino — e logo diante de uma mulher?

Ficou paralisado, o rosto teso como o de uma esfinge.

O moreno o sacudiu.

— Pegue. — Entregou-lhe o odre. — Não vou descontar do seu pagamento. — Fez uma pausa e prosseguiu: — Esta é a princesa Flávia Theodora. Dirija-se a ela usando a palavra *domina*, que em grego significa "mestra".

O insulto o despertou.

— Um momento. — Ele já tinha suportado o bastante. — Essa é a forma pela qual os escravos chamam seus mestres. E eu *não* sou um escravo.

— Somos todos servos do imperador — argumentou o homem, com ar prepotente. — Maximiano é o augusto. Nosso mestre, portanto.

— Errado. Maximiano é *um* dos augustos. Diocleciano é o único imperador de Roma. Qualquer cidadão que negue isso está cometendo perjúrio.

— Eu não sou um cidadão. — O escravo bateu no peito, sobre a placa de bronze. — Sou propriedade da senhora Eutrópia — sorriu, triunfante — e portanto não estou sujeito a tais leis.

Enquanto eles discutiam, Theodora entrou no cercado e se aproximou do cavalo.

— Ei, você — ela chamou Georgios. — Pode me ajudar?

Súbito, ele sentiu aquele perfume cítrico, o mesmo que ela usava quando os dois se conheceram no Festival da Cereália, e toda a raiva se desvaneceu.

Andou até ela, tomou coragem e se apresentou:

— Salve, princesa. Sou Georgios. Nós já... — ele começou a falar, mas perdeu a voz. — Eu e você...

— Pode me ajudar a montar? — ela voltou a pedir, como se o ignorasse. — É o seu trabalho, não é?

O rapaz a suspendeu e a colocou sobre a sela. Theodora calçava sandálias resistentes, vestia uma túnica curta, calças de algodão e tiras de linho sobre as canelas, um tipo de roupa pouco elegante, que as mulheres só usavam em ocasiões específicas, para cavalgar ou praticar exercícios.

Georgios amarrou uma corda no pescoço do animal e fez com que ele se movesse em círculos, primeiro a passos curtos e em seguida em ritmo de trote. Depois de algumas voltas, já suada, a enteada de Maximiano desmontou sozinha, abriu a porta do cercado e ordenou que os escravos lhe trouxessem um segundo cavalo. Quando a montaria chegou, ela a entregou ao equestre.

— Por que não me acompanha? Quero ver como você faz.

Ele concordou, e em questão de minutos os dois estavam galopando em perfeita sincronia, como se ensaiassem juntos havia anos. Theodora era melhor que muitos cavaleiros experientes, fazendo o quadrúpede dobrar as patas, bater os cascos, andar de costas e empinar.

Então, ela foi até uma das extremidades do picadeiro e soltou as rédeas. Por algum motivo, o bicho se assustou, desferiu um coice no ar, disparou em direção à cerca e saltou sobre ela, ganhando campo aberto e levando a princesa consigo. O escravo moreno, ao ver aquilo, gritou para Georgios, histérico, agitando os braços:

— Vá buscá-la, seu idiota! Ela não sabe cavalgar. Faça alguma coisa!

Sem pensar duas vezes, o jovem obedeceu. Fustigou o equino com os calcanhares e fez com que ele saltasse também. O cavalo aterrissou suavemente, deslizando como um pássaro através do gramado.

Georgios inclinou-se sobre a sela, deixando que a montaria acelerasse. Theodora havia desaparecido uns cem metros adiante, entre um amontoado de castanheiras, e o equestre se dirigiu até lá.

Georgios atravessou o conjunto de árvores, sem encontrar sinal da princesa. Os campos além se estendiam por milhas, sinuosos e verdejantes, terminando em um palácio em ruínas, ao norte, e no cemitério de indigentes, ao sul.

Perto dali jazia a estatueta de uma mulher nua, medindo uns setenta centímetros, já desgastada e coberta de erva daninha. Theodora estava ajoelhada diante da imagem, com as palmas apoiadas no solo e os olhos fechados, em postura de oração. O cavalo dela vagava sozinho, e o primeiro impulso de Georgios, ao desmontar, foi o de apanhar os dois animais e prendê-los a um tronco. Quando se aproximou, entretanto, escutou a moça dizer:

— Não se preocupe, eles não vão fugir. São adestrados.

— Pelo jeito, você cavalga melhor do que eu — ele disse.

— Pelo jeito, sim.

— Então era tudo encenação?

Theodora não respondeu. Voltou-se para o equestre e, ainda de joelhos, apontou para a estátua.

— Sabe quem ela é?

— Não faço ideia.

— Líbera, a senhora do vinho. Proserpina, se preferir. Ou Perséfone, para outros.

Georgios tinha uma vaga noção de quem era Proserpina — e nunca ouvira falar de Líbera. O panteão romano possuía centenas de divindades, e era quase impossível decorar todas elas.

O rapaz perguntou:

— É devota dessa... Proserpina?

— Não — respondeu Theodora, e só então ele entendeu que a garota não tinha se ajoelhado para rezar, mas para tentar erguer um alçapão ao pé da escultura. — Pode me ajudar? Está pesado demais.

O jovem ficou de cócoras e removeu o quadrilátero de rocha. Sob ele havia um buraco raso, com algumas ânforas escondidas. Theodora apanhou uma delas, sacou a rolha e bebeu quase metade do conteúdo. Entregou o que sobrara ao rapaz.

Sempre desconfiado, ele indagou:

— O que é isto?

— Ora, vinho. Não gosta de vinho?

— Gosto. — Ele se esforçava para transmitir virilidade, mas estava perdido. — Só quero saber o que essas coisas estão fazendo aí dentro.

— São oferendas, imagino. Deixadas pelos camponeses. Pode beber, está fresco.

— Proserpina não se sentiria insultada?

— Lógico que não.

Por experiência própria, Georgios sabia que desafiar os deuses era uma aposta arriscada. Uma vez ele se esquecera de prestar respeito a Netuno, que o salvara de um naufrágio, e acabou o dia sem dinheiro, sem comida e perdido na cidade grande. Por outro lado, pensou, se recusasse a oferta, Theodora o veria como um covarde. Então, concordou em experimentar o vinho, que por sinal era excelente. Ela esperou que ele sorvesse alguns goles, pegou uma segunda ânfora no buraco e o interpelou:

— O que você queria falar comigo? — E, antes que Georgios respondesse, a princesa o alertou: — Não se esqueça de que estamos dentro de um santuário. Líbera não tolera mentiras.

— Dentro? — Eles estavam ao ar livre. — Como assim?

— Este lugar já foi um templo. Não está vendo? — Ela lhe mostrou o chão, onde havia restos de calçamento. — Estamos sobre as ruínas do palácio de Nicomedes, o primeiro rei da Bitínia.

— Que interessante. Então esta é a Nicomédia original?

— Não se esquive. — Theodora deu-lhe um empurrão. — O que você tinha para me dizer?

— Eu? — Georgios ficou confuso. Na realidade, suas intenções eram puramente lascivas.

— Sim, *você*. Foi o que me disseram, que era algo urgente. Espero que seja mesmo importante.

Já ligeiramente embriagado, atordoado pelo calor e receoso de decepcionar a donzela, o jovem cavaleiro da Púrpura estufou o peito e declarou:

— Quer se casar comigo?

Houve um instante de pura apatia. Ninguém, nem o próprio Georgios, acreditava no que havia escutado — tampouco no que havia dito. Era uma loucura, um delírio, a começar pelo fato de que não cabia a Theodora escolher o marido: isso era papel da família, ou melhor, de Maximiano, seu padrasto. Além do mais, ainda que ela aceitasse e tudo corresse como em um conto de fadas, ele se tornaria cunhado de Magêncio, e nenhuma mulher valia tanto. Se a jovem, contudo, o rejeitasse, ele se sentiria o pior dos seres humanos, afinal estava apaixonado por ela.

Para sua surpresa, não aconteceu nem uma coisa, nem outra. Em vez de responder objetivamente, a garota perguntou:

— Por que quer se casar comigo?

Ele se lembrou de Tysa, seu primeiro amor, que havia sido entregue em matrimônio a um comerciante do Chipre.

— Sou o tipo de homem que gosta de pegar o que quer, antes que outro o faça.

Theodora, então, desatou a rir. Um riso agradável, típico dela, sem traços de ironia ou escárnio.

— O que foi? — Georgios sentiu-se acuado. — Qual é a graça?

— Sua ingenuidade me encanta — ela explicou. — Estou lisonjeada com o seu pedido de casamento. É o primeiro que recebo.

— Mas eu achei que você... Está zombando de mim?

— Por que estaria?

— Quando nos conhecemos, no ano passado, pensei que você estivesse na cidade para ser apresentada a certos patrícios.

— Quem lhe disse isso?

— Foi... — Por pouco ele não mencionou o nome de Constantino. — Bom, não importa.

— Magêncio fica espalhando essas coisas. O que acontece é que eu sou uma desonra para a minha família. Nenhum homem do Leste me aceitaria como esposa.

— Por quê? O que você fez?

Theodora desconversou:

— Nunca vou me casar. Nem com você, nem com ninguém. Minha mãe me prometeu ao templo. Quando eu fizer dezoito anos, vou entrar para o colégio de sacerdotisas.

Na hora, vieram à cabeça dele as vestais, adoradoras da deusa Vesta, um culto exclusivamente feminino cujas participantes faziam voto de castidade. Havia gerações, essas mulheres eram as guardiãs das virtudes romanas, possuindo autonomia social e privilégios políticos.

— Quer dizer que nunca se deitará com um homem?

— Ao contrário. Há muitas deusas versadas na libertinagem. Em Éfeso, por exemplo, as clérigas de Vênus vendem o corpo para sustentar o orfanato da cidade.

O equestre estava agora mais confuso que antes.

— Quer se tornar prostituta?

— Sacerdotisa. Não prostituta.

— Sexo por dinheiro é prostituição.

— Não quando se defende uma causa.

— Causa? Que causa?

— Caridade, como eu disse. Muitos templos são responsáveis por acolher crianças abandonadas e alimentar os indigentes. Pensei que você fosse entender, pois é um soldado.

— O que tem uma coisa a ver com a outra?

— Não é o que você faz? — perguntou ela. — Entrega o seu corpo ao exército em troca de um soldo?

— Não faço pelo dinheiro.

— Nem eu.

— Bom, se não pode se casar comigo — ele continuou, tentando esquecer o que acabara de escutar —, será que ao menos eu poderia beijá-la?

— Um beijo não pode ser pedido. — Theodora o fitou com um misto de sensualidade e complacência. — Precisa ser conquistado.

Georgios interpretou a resposta como positiva e aproximou o rosto do dela, mas a princesa se desviou. Uma segunda tentativa surtiu o mesmo resultado. Então ele a segurou pelos quadris, depois pela nuca e em seguida a abraçou, como se a domasse. Enfim a garota se rendeu aos gracejos e o beijou como nenhuma mulher o havia beijado. O corpo dele se enrijeceu de prazer, de um calor que ia da cabeça à ponta dos pés. Sentiu o volume crescer sob a túnica e ficou envergonhado, pois Strabo lhe ensinara que homens civilizados deviam "controlar seus desejos" e não se entregar a eles. Se era esse o caso, ele falhava em seu dever social, porque, naquele momento, Georgios daria tudo para penetrar Theodora.

Em vez de recuar ao sentir o inchaço, a moça apertou-o com força, como se o convidasse a tomá-la por completo. Ele entendeu o recado, suspendeu a túnica, tirou o pênis para fora e a deitou sobre o pavimento rochoso, mas se lembrou de que ela usava a famigerada calça de montaria — e não uma saia ou um vestido comum. Procurou o cordão na cintura, começou a desfazer o nó, quando escutou o som de cavalos.

— São Zaitha e Lívio. — Theodora o afastou energicamente.

— Quem?

— Os escravos de minha mãe.

Ela se colocou de pé e se apressou a arrumar os cabelos. Os carrapichos na roupa, porém, a denunciavam, bem como sua postura ofegante.

Georgios procurou se endireitar também. Os dois homens surgiram entre as árvores, montados.

— Enfim, aí estão vocês. — O moreno de rosto largo desceu da sela, visivelmente irritado. Eles não eram tolos e perceberam o que estava acontecendo, mas nada podiam fazer contra Theodora, que afinal era uma princesa romana. — Não me ouviram chamar? Estou gritando há horas.

— Não ouvi. Deve ter sido por causa do vento — justificou-se a garota. — Ele sopra forte nestas paragens — mentiu, enquanto caminhava na direção do cavalo.

O serviçal olhou para Georgios.

— E você? O que tem a dizer sobre isso?

— Sobre o quê?

— Já está tarde — interferiu a donzela. — É melhor irmos embora ou não estaremos em casa para o jantar.

O moreno tornou a montar e cavalgou rumo ao celeiro. Theodora o seguiu, sem se despedir do equestre.

O segundo escravo, que Georgios agora sabia chamar-se Zaitha, avançou até ele. O rapaz suspeitou de suas intenções e se preparou para brigar. O sujeito, no entanto, tirou mais algumas moedas da algibeira e as ofereceu pacificamente.

— Peço desculpas. Ela às vezes faz esse tipo de coisa. — Entre as peças havia quatro dracmas gregas, que valiam o triplo dos sestércios romanos. Era um suborno, uma clara tentativa de comprar seu silêncio. — Não conte a ninguém, está certo? Posso confiar na discrição do senhor?

— "Senhor"? — Georgios deu um tapa na mão do escravo, fazendo com que as moedas se espalhassem no solo. — Depois de me tratar como um rato, eu agora sou "senhor"?

— Mil perdões. — Zaitha juntou as palmas, em um gesto de submissão. — Foram palavras tolas. Somos ignorantes.

— Não quero o seu dinheiro. — Ele cuspiu no chão, contou até dez e se conteve para não esmurrá-lo. — Fique com essa merda. Engula essa bosta!

— Permita então que eu o leve até a cidade — sugeriu. — De cavalo é mais rápido.

Sentindo-se duplamente insultado, Georgios ignorou as declarações do homem, deu as costas para ele e saiu campo afora, tomado por um turbilhão de sentimentos estranhos.

Duas coisas o haviam enfurecido. Primeiro, a certeza de que Theodora já estivera com outros homens, o que talvez explicasse o fato de ela ser uma "desonra" para sua família. E, segundo, o modo como ela o deixara, sem ao menos olhar para ele.

Como podia ser tão insensível? Como pôde tratá-lo assim, feito um animal rastejante? Será que era isso que significava o amor, conforme descrito nas epopeias?

Orfeu teria sentido o mesmo? Jasão? Édipo? Medeia?

Dali até a escola era uma longa caminhada. O problema não era a fadiga — ele estava acostumado a marchar —, mas o tempo que levaria até lá.

*

Tomou a estrada principal, cruzando com centenas de transeuntes. Lembravam fantasmas, sombras ocultas, desprovidas de expressão. Imaginou-se vagando nas planícies do Tártaro, o submundo dos pecadores, onde tudo era estéril, pedregoso e cinzento.

Já no escuro, avistou os muros da fortaleza. Entrou na escola por um portão lateral, acenando para a sentinela, que o reconheceu e permitiu sua passagem. Passou ao largo do grande pátio, fazendo todo o possível para não ser descoberto, dobrou à direita e estava quase no alojamento quando alguém o chamou:

— Graco. — Era o centurião Bores Libertino, assistente do comandante Falco. Ostentava trajes militares, estava armado e totalmente equipado. — Parado. Está preso.

Georgios se deteve. Depois se virou e disse:

— Preso?

— O senhor não compareceu à detenção no horário e local combinados. — Libertino o fitou com seus olhos de górgona. — Sendo assim, está preso.

Era verdade — ele deveria ter se apresentado para o castigo, mas no afã de encontrar Theodora havia se esquecido não só do compromisso como de tudo o mais que o rodeava. Sem ter como se justificar, exausto pela caminhada e transtornado com o que acontecera mais cedo, ele apelou para a autoridade.

— Desde o ano passado sou considerado um oficial. Portanto não lhe devo satisfações. Saia da minha frente, plebeu.

— Lamento, mas tenho minhas ordens.

Com um movimento rápido, Bores Libertino cerrou os punhos e acertou-lhe um soco no estômago. O jovem dobrou-se de dor, para em seguida ser arrastado através de escadas e túneis até os subterrâneos da torre central.

Quando menos esperava, Georgios estava sozinho, trancado em uma cela minúscula, dez metros abaixo do solo.

Chamou o carcereiro.

Nada.

Cheirando a álcool, faminto, sujo e humilhado, só o que lhe restava era clamar aos deuses.

Orou para Mitra, o Reluzente, depois para Marte, seu protetor, mas teve a sensação de que nenhum dos dois o escutava.

Então, lembrou-se de que bebera o vinho ofertado a Líbera.

Era uma punição, concluiu. Só podia ser. Ulisses, um dos escravos de seu pai, costumava dizer que era assim que os deuses se expressavam, "por meio de ações, de acontecimentos, de eventos e tragédias".

Georgios se conformou ao pensar nisso. Procurou descansar.

O que ele não sabia era que aquele era só o começo. E que ia ficar pior.

Muito pior.

IV

CAÇA ÀS BRUXAS

O VINHO "EXCELENTE" QUE GEORGIOS HAVIA PROVADO NA VÉSPERA ESTAVA provavelmente estragado. Ou talvez tivesse sido o espeto de porco. Ou as duas coisas. O fato é que, ao amanhecer, o carcereiro que apareceu para trazer-lhe comida o encontrou estirado no chão, duro e coberto de vômito — e achou que ele estivesse morto. Mandou avisar aos oficiais superiores, que enviaram um médico para examiná-lo.

Nas legiões romanas, a indisciplina era punida com rigor, mas Georgios fora iniciado no culto de Mitra, e, como os comandantes da escola eram também mitraístas, precisavam honrar o juramento de tratá-lo com dignidade. Castigos corporais, como o açoitamento, estavam descartados, então o que lhe restava era esperar — até que os instrutores decidissem soltá-lo.

O médico, um homem de meia-idade, careca e estrábico, entregou-lhe um punhado de ervas, pediu que ele as misturasse à comida e que aproveitasse para descansar.

— Este lugar está imundo. — O sujeito coçou o nariz, como se o ambiente lhe causasse ojeriza. — Vou solicitar que o troquem de cela.

— Não precisa. — Georgios queria demonstrar hombridade. — Logo vão me soltar.

— Pode demorar um pouco mais do que o senhor imagina. — O médico recolheu a bolsa de primeiros socorros. — Bom, aconteça o que acontecer — deu um sorriso amarelo —, estimo melhoras.

Naquela noite, Georgios foi transferido para um compartimento maior, no fim do corredor, e agraciado com um saco de dormir. Não havia latrina, mas alguém colocou à sua disposição um penico e uma jarra de água. Como o calabouço ficava nos subterrâneos da torre, não era possível calcular o avanço das horas, e a única luz vinha de uma lamparina no corredor, que tremulava com o vaivém dos insetos.

Pela manhã, ele recebeu uma tigela de mingau de cevada, alimento menosprezado pela elite romana por ser normalmente oferecido aos escravos. Só no quarto dia de detenção, deram-lhe uma fatia de toucinho. No sexto, ele ganhou uma maçã.

O tempo na cadeia passava devagar. Para se distrair, Georgios pegou um fragmento de argila e rabiscou na parede o nome de alguns indivíduos contra os quais jurara vingança. O primeiro foi o filho de Räs Drago, Hron, que assassinara sua mãe quase três anos antes, e o segundo foi o próprio Drago. Incluiu nessa lista o governador da Síria, Cláudio Régio, que se recusara a ajudá-lo em Antioquia, e o centurião Bores Libertino, que o havia colocado naquela situação humilhante.

No décimo terceiro dia, quando o martírio parecia infindável, um homem alto, de cabelos curtos e rosto severo, surgiu como um gato em meio à penumbra. Exibia uma faixa vermelha sobre a armadura e detalhes dourados na manga franjada, o que o identificava como um decurião, o cavaleiro responsável por um esquadrão de combate. Deslizou até a porta da cela, segurando um candeeiro. O jovem o reconheceu e colocou-se de pé.

— Constantino?

— Georgios, eu... — O oficial evitou encará-lo. — Sinto muito por ter metido você nesta enrascada. É tudo minha culpa. Se eu não tivesse armado o encontro com Theodora, você não estaria preso agora. Sou um grande idiota.

— Não. O idiota sou *eu* — retrucou o equestre. — O problema não foi o encontro, mas a minha imprudência. Desafiei os deuses. Eu sabia do perigo que estava correndo e mesmo assim decidi arriscar. — Arregalou os olhos e abriu os braços, em um gesto sarcástico. — Eis o resultado.

Georgios contou-lhe então o que acontecera na tarde do dia 23, falou sobre o reencontro com Theodora e o romance diante da estátua. Constantino escutou com atenção, raciocinou por alguns instantes e pontuou:

— Está claro agora. Proserpina foi raptada por Plutão e levada para o submundo, onde não podia comer ou beber. Por isso os aldeões esconderam o vinho, para que ninguém o consumisse. É um costume antigo. O que vocês fizeram foi uma blasfêmia; atiçaram a ira das entidades do Tártaro.

— Eu sei — concordou Georgios, envergonhado.

— Isso pode trazer graves consequências no futuro. Essas divindades são vingativas.

— Eu sei — resignou-se.

— Em todo caso, espero que tenha valido a pena.

— Sim, mas a que preço.

— Não se preocupe — o decurião o cortou, o entusiasmo clareando o semblante. — Prometo que darei um jeito de tirá-lo daqui.

— Você não me deve nada. Estamos quites. Ademais, não quero comprometê-lo.

— Não vai. — Constantino se afastou uns dois passos, para que o colega notasse a faixa sobre o peito metálico. — Sou um decurião agora. Não percebeu?

— Percebi. — Georgios tinha reparado, mas o diálogo começara de outra maneira, e ele não tivera tempo de congratular o amigo. — Parabéns. Se bem que, confesso, não esperava que Falco fosse promovê-lo. Isso o coloca um posto abaixo dele, certo? O *ductor* me parece orgulhoso demais para conceder esse tipo de privilégio a um aluno.

— Não sou um aluno. Não *mais*. E não foi Falco quem me promoveu — disse. — Foi Sevílio Druso.

O rosto de Georgios se anuviou.

— Druso é um civil e não tem esse poder. Essa é uma atribuição exclusiva do exército.

— No entanto — deu de ombros —, aqui estou eu.

— Como o *ductor* reagiu a essa arbitrariedade?

— Não disse nada. Druso tem duas denúncias engavetadas contra Falco, ambas o acusando de seduzir mulheres casadas. Se essas denúncias vierem à tona, pode ser o fim da carreira do nosso comandante.

Georgios fez cara de decepção. Era um guerreiro, tinha alma de lutador e detestava subterfúgios.

— Em outras palavras: vocês o chantagearam?

— Eu não fiz nada — Constantino riu-se. — Lavo minhas mãos — disse, jocoso. — Deixei tudo a cargo dos órgãos competentes.

— Que situação.

— Gostemos ou não — insistiu ele —, Sevílio Druso está do nosso lado. Prometeu me entregar os sicários. E através deles chegaremos ao mandante do atentado.

Georgios duvidava de que o magistrado tivesse conseguido aquelas informações e alertou:

— Druso é um patife. Ele está manipulando você.

O príncipe estranhou a reação.

— Um momento. Quantas vezes esteve com ele?

— Uma — admitiu o equestre, meio zangado, meio constrangido.

— Então, como sabe que ele é um patife?

— Eu *sinto*. — Enrugou a testa. — De alguma forma, eu *sei*.

Constantino suspirou, balançando delicadamente a cabeça.

— Georgios, meu caro, você está há dias enfurnado nesta cela. Quando se fica preso por muito tempo, é normal começar a ter ideias estranhas. Como amigo, peço que faça um esforço para que encontremos os responsáveis pelo atentado no beco. Druso me contou que os sicários são obstinados e tentarão novamente me matar. Preciso encontrá-los antes que eles me encontrem.

— E como pretende fazer isso?

— Druso tem uma pista. Se tudo der certo, eu consigo tirá-lo deste chiqueiro, obter autorização para deixar a cidade e capturar os assassinos com um só golpe de espada.

— E se tudo der errado?

— Não temos alternativa — ponderou. — O seu caso é também delicado. Como os instrutores não podem açoitá-lo, serão forçados a processá-lo, obrigando-o a pagar pesadas multas e atrasando a sua formatura em um ano ou mais.

— Como é? — Georgios projetou-se contra as grades de ferro. — Não posso perder todo esse tempo. Minhas terras... Meu pai... — Ofegou, as narinas dilatadas de raiva. — Preciso recuperá-las o quanto antes.

— Bom, pelo menos agora você sabe como *eu* me sinto. Entende por que, desta vez, temos de dançar conforme a música?

Cabisbaixo, o prisioneiro aquiesceu.

— Esteja pronto — ordenou Constantino, e agora falava como decurião, não como amigo. — Mantenha-se forte e bem alimentado. Posso ter de convocá-lo a qualquer momento.

— Convocar-me para quê?

— Não sei. Gostaria de poder dizer — confessou —, mas sinceramente não sei.

Naquela noite, Georgios sonhou — várias vezes — que estava preso em um caixão, sem conseguir se mover, enquanto assistia a um grupo de homens fechar a tampa e pregá-la, ao som da mesma música entoada pelos flautistas que haviam se apresentado na entrada do fórum no dia em que ele saíra para encontrar Theodora.

O sonho sempre terminava do mesmo jeito: com ele abrindo o próprio ataúde. Lá dentro, havia um cadáver sem rosto, usando a armadura, as armas e as insígnias de seu pai.

No vigésimo dia de prisão, dois legionários — um deles um *optio*, um aspirante a centurião — apareceram na masmorra, abriram a cela, ataram os pulsos de Georgios e o conduziram para fora dos túneis. Um dos homens perguntou se podia cobrir-lhe os olhos. Ele estranhou a liberdade de escolha, afinal era um prisioneiro, e, na dúvida, preferiu que não o vendassem.

Grande erro. No momento em que os três subiram as escadas, o sol o alcançou de tal modo que quase o cegou. Sentiu o impulso de proteger o rosto com o braço, mas estava algemado, e o que lhe restou foi abaixar a cabeça.

De pouco em pouco, acostumou-se à luz. Quando enfim conseguiu se situar, descobriu-se no pátio de um edifício quadrado, de paredes rochosas, ladeado por doze celas aparentemente vazias. Georgios entendeu que estava na tradicional área de detenção da escola, um lugar arejado, muito mais agradável que o insalubre calabouço da torre.

O *optio* o soltou. O guerreiro a seu lado mostrou-lhe um dos compartimentos e disse:

— É ali que o senhor vai ficar. Número oito, corredor norte. — Deu-lhe um leve empurrão. — Alguma pergunta?

— Sim. — Georgios inspirou profundamente, como há muito não fazia. — Quanto tempo ainda vou ficar preso?

— Não sei. — Foi o *optio* quem respondeu. — Esse assunto não é da nossa alçada.

— Que dia é hoje?

— Dia 13 de outubro — retrucou ele. — Mais alguma coisa?

Georgios fez que não com a cabeça. Os dois soldados deram-lhe as costas e andaram até a porta, uma estrutura de madeira grossa, reforçada com placas de bronze. Pelo que o equestre pôde notar, não havia outros alunos no cárcere, apenas uma dupla de carcereiros, ambos veteranos, armados de gládio e protegidos por cotas de malha.

Enquanto se deslocava à cela oito, um desses vigias se levantou de um banquinho e indicou-lhe uma área aberta, na entrada do prédio, onde havia um balcão de cimento e, sobre ele, uma série de utensílios culinários, potes de cerâmica e alguns sacos de farinha perto de um forno de boca larga.

— Aquela é a cozinha — ele disse, apontando em seguida para o norte do pátio. — E naquele canto ficam as latrinas — avisou, tornando a se acomodar no banquinho. No meio dos dois guardas, Georgios reparou, jazia um caixote sobre o qual se apoiava um tabuleiro de cedro pontilhado de peças brancas e pretas. O sujeito perguntou então ao rapaz, como se o conhecesse de longa data: — Quer jogar? Que tal uma aposta?

— Não, obrigado — ele respondeu sem pensar duas vezes. O jogo em questão era o latrúnculo, famoso desde os tempos de Homero. Quando criança, durante uma viagem de navio, Georgios se metera em uma confusão envolvendo uma disputa de latrúnculo e desse dia em diante perdera o interesse em jogos do tipo.

Os carcereiros chamavam-se Ênio e Doroteu, ambos nascidos na Trácia. O jovem acabou almoçando com eles e constatou que eram bons homens, apesar de pouco letrados para os padrões da escola. Georgios era moço, com grandes sonhos e esperanças, enquanto aqueles soldados estavam em fim de carreira e só pensavam em comer, beber e planejar a aposentadoria.

Com muito tempo livre, seguiu o conselho de Constantino e passou a treinar sozinho, alongando os músculos, correndo em círculos, realizando flexões abdominais, contrações e exercícios de resistência.

Na manhã do dia 29 de outubro, um aluno se apresentou para a detenção. Era Lúcio Vero Décimo, filho de um importante senador italiano. Quando se conheceram, Décimo e Georgios não se gostavam, porque o primeiro o esnobava dizendo ser um "romano legítimo", por ter nascido na Itália. Com os meses, porém, e diante de rivais muito piores, Georgios passou a tolerá-lo e posteriormente a admirá-lo. Décimo tornara-se um estudante aplicado, mais interessado em aprender que em prejudicar a vida dos outros. Por isso, a detenção dele lhe causou estranheza.

— O que houve? — o equestre perguntou ao colega assim que ele entrou na cadeia.

Décimo o olhou com um misto de alívio e comiseração.

— Georgios. — Apertou-lhe a mão. Tinha a pele bronzeada, típica dos italianos, e cabelos negros cacheados. — Por Mitra, você está parecendo um maldito germânico.

Georgios não tinha parado para pensar que estava havia dias sem fazer a barba e sem tomar um banho de corpo inteiro. Os vigias haviam lhe fornecido roupas novas, mas pareciam trapos se comparadas às túnicas do exército.

— Sinto muito se o assustei — ele respondeu com bom humor. — Lamento não ser um romano legítimo.

Os dois riram.

Décimo contou que fora detido por "puro descontrole" de Falco.

— O *ductor* anda nervoso ultimamente. Ordenou que marchássemos no meio da noite, como se fôssemos recrutas. Depois passou em revista a tropa e implicou com a minha sandália desamarrada. Esse é o motivo da minha detenção.

— Foi detido por causa de uma sandália?

— Sim. Juro sobre a Pedra de Júpiter.

— Fique tranquilo. Garanto que não é pessoal. Ele certamente o pegou como exemplo.

— Meio excessivo, não acha?

— Talvez. Os instrutores são rigorosos. Sempre foram.

— Rigor é uma coisa — resmungou. — Injustiça é outra.

Georgios aproveitou que Décimo estava lhe contando seus problemas para também desabafar:

— E eu que fui preso por Bores Libertino? Pensei que ele fosse apenas um capacho de Falco, mas pelo jeito os dois são farinha do mesmo saco.

— Libertino é o pior. — Décimo arregalou os olhos. — Soube na semana passada que ele estuprou um menino até a morte.

— Sério?

— Sim, um escravinho. Seis, sete anos.

— Quem lhe contou?

— Marco Petrônio — revelou, referindo-se a um de seus colegas de quarto.

— E quem contou a Petrônio?

— Bom, aí já não sei. O que sabemos é que Bores Libertino é maluco. Um depravado. Precisamos ter cuidado com ele.

— Libertino é quem tem que se cuidar. Não somos mais menininhos. Ele que tente se engraçar para cima de nós — disse Georgios, mas em seguida se lembrou do modo como o centurião o submetera, com um mero soco no estômago.

Depois de alguns instantes, Décimo voltou ao princípio:

— Corre o boato de que você se embebedou e se esqueceu da detenção. É verdade?

— É — confirmou ele. — Fui um tolo e tive o que mereci. Não reclamo. Já aprendi a lição. Só não esperava ficar tanto tempo encarcerado.

— Realmente exageraram, mas você os desafiou. Somos oficiais e temos de aprender o valor da disciplina. Portanto, entendo o lado deles também.

Georgios concordou.

Lúcio Décimo ficaria os próximos três dias preso. Nesse período, ajudou o colega a raspar a barba e a cortar o cabelo. Em troca, recebeu aulas de luta grega e lições de filosofia.

No segundo dia, eles estavam jantando quando Doroteu, o carcereiro, comentou que se mudaria para Jerusalém ao se aposentar, pois tinha parentes que viviam na cidade. O assunto atiçou a ira de Ênio, que rebateu com os olhos inchados:

— Jerusalém é terra de judeu. Não vai querer conviver com aqueles merdas, vai?

Doroteu ficou sem saber o que responder. Georgios rebateu:

— Os judeus estão em toda parte, inclusive aqui na Nicomédia. Já convivemos com eles, de uma forma ou de outra.

— Por pouco tempo — rosnou Ênio, o rosto corado pelo vinho. Houve um momento de silêncio, com uma atmosfera ruim ameaçando se alastrar. Décimo reparou que Georgios estava por fora dos últimos acontecimentos e esclareceu:

— Um mágico judeu foi preso no fórum, pregando contra o imperador. Desde então, o prefeito determinou o toque de recolher no distrito judaico após o pôr do sol.

— Quando foi isso? — quis saber o equestre.

— Cerca de vinte dias atrás. Você estava na solitária. Rumores dão conta de que um segundo judeu tentou fazer o mesmo e acabou preso também.

— Essa história está muito estranha — disse Georgios. — Por que um judeu iria sozinho até o fórum desafiar o imperador? É suicídio. E qual é a relevância de ele ser um "mágico"?

Ênio o fitou, agressivo:

— Por que está defendendo os judeus?

— Não estou defendendo ninguém — retrucou o jovem, contrariado.

— Eles são uma raça imunda. Merecem ser atirados ao fogo — rosnou. — Bando de ratos!

Doroteu acalmou o parceiro, que de fato tinha bebido em excesso. Nesse instante, chegaram os guardas que faziam o turno da noite para substituí-los, e não se tocou mais no assunto.

Georgios e Décimo se recolheram às suas celas, que tinham portas gradeadas, mas permaneciam abertas mesmo à noite. No dia seguinte, voltaram a treinar, sem mencionar o ocorrido. Décimo se despediu do colega ao entardecer, quando seu período de detenção chegou ao fim.

— Espero que o soltem logo, amigo — desejou o fidalgo. — Se bem que as perspectivas lá fora não são nada animadoras.

— Por quê?

— Muita tensão na cidade. Esse episódio com os judeus — torceu o nariz — ainda vai render um bocado.

— Pelo que você me disse, um homem foi preso. Talvez dois. O assunto, a meu ver, está encerrado.

— É, acho que tem razão. — Os dois se cumprimentaram. — Fique tranquilo que eles não podem mantê-lo aqui por muito mais tempo.

— Que Mitra o escute.

— Escutará — afirmou Décimo. — Logo nos falamos de novo.

O desejo de Lúcio Décimo, fosse pela ação dos homens ou pela vontade dos deuses, acabou se realizando. Quatro dias depois, três guardas a serviço de Falco adentraram a prisão, libertaram Georgios do cárcere e o encaminharam de volta ao quartel.

Na Escola de Oficiais do Leste, o outono era, tradicionalmente, dedicado a atividades de estudo e equitação, mas naquele ano a situação se inverteu. Durante as três primeiras semanas de novembro, os estudantes acamparam próximo a Colela, uma aldeia repleta de construções antigas que costumava ser usada para o treinamento de invasão a ambientes fechados. A fim de simular o confronto em corredores, escadas e passadiços, grande parte das operações era conduzida a pé, e eles tiveram a oportunidade de praticar táticas de infantaria, como não faziam desde que haviam se graduado.

Georgios estava feliz por voltar à ativa, mas muitos de seus amigos se diziam insatisfeitos, argumentando que eram cavaleiros e não legionários.

— Estamos sendo rebaixados. Não posso acreditar — reclamou certa noite um jovem moreno, de lábios finos e rosto ossudo, chamado Flávio Basílio. Ele integrava o time de oito rapazes que dividiam a mesma tenda no acampamento. — No fim do ano que vem completaremos o curso. Era para estarmos na cidade, desfilando com nossos cavalos, não neste lamaçal.

— Basílio tem razão — concordou um segundo aluno, Macrino, neto do atual governador da Hispânia. — É um ultraje! Por Mitra — protestou —, o que eles estão querendo com isso? Nos humilhar?

— Pode ser um teste — sugeriu Georgios.

Os colegas estavam sentados em círculo, envoltos em suas capas, ao redor de um braseiro.

— Que tipo de teste? — demandou Basílio.

— Da última vez, a prova de graduação aconteceu em meados de dezembro. O mesmo deve se dar este ano. Podem estar nos preparando para alguma coisa grande.

— Nos tratando como plebeus?

— Só os deuses sabem o que se passa na cabeça do *ductor* — murmurou Georgios, friccionando as palmas diante do fogo. — O que nos cabe é obedecer.

Lá fora, o vento assoviou de um jeito sinistro, o que foi interpretado como mau agouro por Lino, sobrinho de um famoso sacerdote de Júpiter.

Os oito foram dormir apreensivos, sem ter noção do que os esperava, mas na próxima manhã toda a confusão se desfez com eles marchando de volta aos muros da escola.

O mês de dezembro começou chuvoso, trazendo frio e umidade à capital do Império Romano. Os jovens oficiais receberam folga no dia 17, mas poucos afluíram aos bares, porque o clima era tenso, com a iminência das provas finais. Eles já haviam cumprido dois dos três anos de curso, e ser reprovado àquela altura seria uma humilhação sem tamanho, ainda que o repetente tivesse a chance de tentar de novo, e de novo, e assim sucessivamente, até se formar. Refletindo sobre isso, Georgios chegou à conclusão de que esse devia ser o motivo da grande revolta de Constantino: ele permanecera na escola por anos, mesmo sendo um dos cavaleiros mais exímios do Leste.

Desde que se tornara decurião, Constantino passara a morar na Fortaleza Cláudia, a sede do Décimo Corpo Imperial de Cavalaria, a tropa que gerenciava as defesas urbanas. Georgios sentia falta do amigo e estava convencido de que fora ele quem o pusera em liberdade. Sendo assim, decidiu visitá-lo no feriado da Divália, comemorado em 21 de dezembro.

Entrou a cavalo na Nicomédia, armado e trajando sua armadura de escamas. Enquanto passava pelo cardo, percebeu um amontoado de gente reunida diante de uma loja, falando alto e praguejando. Dirigiu-se até lá e encontrou um grupo de seis guardas municipais — os *vigiles* — se revezando para apagar um princípio de incêndio. Eles iam até uma carroça carregada de areia, recolhiam o conteúdo com um balde e o atiravam sobre as pilhas fumegantes. Georgios entendeu que a ameaça estava praticamente controlada e se preparou para seguir caminho, quando reparou nos murmúrios da populaça.

— Era a loja de Isac — comentou alguém.

Outro perguntou:

— O judeu?

— Isso mesmo — respondeu o primeiro. — Ele teve o que merecia. Esses fariseus já foram longe demais.

O equestre pensou em abordar aqueles homens para se informar sobre o ocorrido, mas quando olhou para o lado eles tinham desaparecido na multidão.

Percorrendo a rua de comércio, escutou outros cidadãos discutindo, especulando sobre as causas do incêndio, e notou que a antipatia pelos judeus se alastrara. Lembrou-se de Simão, um jovem israelita com quem certa vez viajara. Onde ele estaria agora? E o pai dele, Davi? E Jocasta, a missionária cristã que se casara com Strabo, seu antigo tutor? O que havia acontecido com todas aquelas pessoas?

Como já era quase hora do almoço, deixou Pégaso no estábulo do hipódromo e caminhou até um bar que servia deliciosas costeletas de porco. O prato era depositado sobre o balcão e o cliente comia ali mesmo, dividindo espaço com os transeuntes.

Depois foi às latrinas. Recolheu o cavalo e tomou o rumo da Fortaleza Cláudia, quando começou a chuviscar. Observando a nuvem negra no horizonte, entendeu que, se caísse um temporal, só chegaria à escola ao anoitecer — e ele já tivera problemas demais.

Decidiu adiar o encontro com Constantino para a tarde de 25 de dezembro, quando se celebravam tanto o solstício de inverno — a noite mais longa do ano — quanto o festival em honra ao Sol Invicto, então a principal divindade do Império.

Segundo os registros públicos da Nicomédia, hoje disponíveis no tabulário de Roma, os dois — príncipe e cavaleiro — de fato se encontrariam na data em questão.

Embora não do modo que Georgios pensava.

Nem do jeito que Constantino queria.

V

PROVA DE FOGO

O DESFILE COM O QUAL OS ALUNOS TANTO SONHAVAM ACABOU ACONTECENDO NA tarde de 25 de dezembro.

O culto ao Sol Invicto, organizado apenas vinte anos antes, mesclava elementos do mitraísmo, aspectos de Marte — o deus romano da guerra —, de Hércules e de Sol Indiges, uma antiga divindade latina. O objetivo era unificar práticas e angariar seguidores, reunindo o clero sob o aparato do Estado. Diocleciano, na tentativa de conquistar os soldados, fez do Sol Invicto, também, o padroeiro oficial do exército. O feriado do dia 25, portanto, era caracterizado por uma série de paradas militares em diversas cidades do Império, quando o cidadão tinha a oportunidade de conhecer as tropas que o protegiam, apreciar suas armas e prestigiar seus guerreiros.

Na Escola de Oficiais do Leste, os preparativos começaram cedo. Os jovens passaram a manhã escovando os cavalos, polindo os elmos e afiando as espadas. Depois de uma breve refeição, galoparam em linha dupla até alcançar a estrada que levava à Nicomédia, encontrando outras unidades pelo caminho. Quase chegando às muralhas, um alto oficial assumiu o controle da procissão, posicionando na dianteira a banda de música, seguida por nada menos que dois mil legionários a pé. Logo atrás vinham os cavaleiros profissionais, acompanhados pelos rapazes do segundo e terceiro anos, com suas capas rubras e máscaras de aço. Finalmente, na retaguarda do cortejo, acumulava-se uma dezena de carroças gradeadas, trazendo feras exóticas, recolhidas em diversos pontos do mundo. Era uma cortesia do colégio de gladiadores, que emprestara ao prefeito parte de seus animais em cativeiro.

Os portões — ritualisticamente fechados — abriram-se na exata hora do sol meridiano. Embora fosse uma tarde de céu azul, uma brisa gelada soprava do golfo, agitando o penacho dos centuriões, sacudindo bandeiras e estandartes.

Era o primeiro desfile público de que Georgios participava, e, apesar do vento cortante, o que resistiu em sua memória foi a inigualável sensação de ter se tornado parte de *algo*, de pertencer a uma nação que, como dizia seu pai, projetava luz sobre as noites mais sórdidas. Quando ele escutou, então, o som das trompas soando, esqueceu seus inimigos, os colegas da escola e até Theodora. Tudo o que ele pensava, naquele momento, era em ser um soldado, em lutar, obedecer, matar e morrer em nome da Púrpura.

Percorreram o cardo, passaram sob um dos arcos do aqueduto, cruzaram a antiga praça do comércio e terminaram no fórum, o coração administrativo do Império. Sobre a plataforma do Templo do Sol Invicto, reuniam-se figuras notáveis: comerciantes, senadores, cortesãs e generais. Causava desconforto, porém, a ausência do imperador, que não visitava a cidade já fazia um ano.

Os tambores rufaram quando o comandante Falco foi chamado às escadarias para receber, das mãos de um sacerdote, uma belíssima coroa de louros. Georgios não tinha ideia do que estava acontecendo e do motivo de o *ductor* estar sendo condecorado. Perscrutou a multidão e avistou Constantino em seu cavalo cinzento. Quis acenar para ele, mas precisava manter a formação até que a cerimônia se encerrasse.

Enquanto os espectadores se divertiam, balançando ramos de oliveira, um escravo trouxe ao altar, na parte externa do santuário, um pequeno novilho, que teve a garganta cortada. O sangue escorreu e um áugure, logo em seguida, examinou a poça vermelha, anunciando que eram "formidáveis" os presságios para o próximo ano, que as colheitas seriam fartas e a paz reinaria "em nome de Mitra".

Finalizado o ritual, os legionários se retiraram, a banda se dispersou e os animais foram conduzidos de volta às dependências da arena. Com o estômago roncando, os alunos seguiram o *ductor* até a Fortaleza Cláudia, que se situava na parte antiga da grande metrópole. Quartel-general do Décimo

Corpo Imperial de Cavalaria, essa fortificação tinha muros altos, erigidos em pedra calcária, com passadiços largos, parapeitos dentados e duas torres de guarda. Dentro havia oito galpões, sendo quatro estábulos, um depósito de armas, o armazém de suprimentos, o refeitório e o alojamento dos oficiais e seus funcionários.

Lá chegando, os estudantes desmontaram, guardaram os cavalos e foram convidados a almoçar. O prato era guisado de porco com alho e cenoura, acompanhado de água, cerveja e hidromel.

A refeição foi servida ao ar livre, em caldeirões de bronze. O clima começou a esfriar com o declínio do sol, mas eles estavam com o corpo quente, suados, e comeram ali mesmo, sentados no chão de pedrinhas, encostados nas muralhas da fortaleza ou nas paredes das construções.

Enquanto isso, no aconchego do refeitório, os cavaleiros adultos saboreavam carneiro assado, bebiam vinho de qualidade e conversavam sobre diversos assuntos.

Em dado momento, o comandante Falco, posicionado na cabeceira da mesa, tirou a coroa de louros, ergueu a taça de prata e propôs um brinde solene, apontando na direção de Constantino.

— Salve, alteza — ele exclamou, meio sério, meio debochado. — Hoje é o seu dia.

Os oficiais ao redor seguiram o exemplo do *ductor*, levantaram o cálice e beberam. Constantino os acompanhou, sem entender o que se passava. Para não ser tomado como arrogante — e não ser visto como idiota —, fez questão de comentar:

— Meu dia? Sou um mero cavaleiro, comandante. Um novato nesta fortaleza. O fato de o meu pai ser Constâncio Cloro, o césar do Oeste, não faz de mim especial. Desejo apenas servir à Púrpura e ao nosso imperador. É só o que busco na vida.

Os oficiais — havia uns quinze na sala, entre decuriões e tribunos, além do centurião Bores Libertino — trocaram olhares cúmplices, depois pararam de murmurar, e o galpão de repente mergulhou em completo silêncio. Falco andou até Constantino, que fez menção de se levantar para saudá-lo. O *ductor*, no entanto, sinalizou para que ele permanecesse sentado, acomodou-se a seu lado e o abordou de maneira informal:

— Soube que o senhor está cansado desta cidade. Que deseja entrar em ação. — Limpou os dentes com a língua, engolindo um fiapo de carne. — É verdade?

Claro que era verdade. Não havia nada que Constantino desejasse mais do que estar livre para seguir com sua carreira longe da Nicomédia. Mas não podia admitir isso diante de um superior, muito menos diante de vários. Seria uma afronta ao exército e a suas obrigações militares. Sendo assim, respondeu de viés:

— Só o que almejo é servir ao Império.

O *ductor* sorriu, apertando-lhe o ombro em uma falsa demonstração de amizade.

— Pois hoje terá essa chance.

— Sempre às ordens, comandante.

— Então escute. — O *ductor* se afastou, coçando o queixo com um olhar penetrante. — Os judeus têm nos causado diversos problemas. O procurador-geral me disse que o senhor tem contas a acertar com eles. Sendo assim, eu o estou colocando à frente dessa operação. Os seus soldados serão os alunos da escola.

— O que devo fazer exatamente?

— Deve aguardar instruções. — O *ductor* se levantou, esfregando as palmas. — Entendido?

Constantino olhou para os outros oficiais à mesa em busca de esclarecimento, de apoio, talvez, e percebeu no rosto deles um profundo descaso. Eram veteranos e não estavam dispostos a arriscar a carreira para defender judeus, cristãos, gregos ou qualquer grupo que fosse. Não bastasse, conforme Georgios ficaria sabendo não muito tempo depois, eles temiam, acima de tudo, a pena de Sevílio Druso, que tinha processos engatilhados contra a maioria dos presentes ali.

— Entendido. — Era só o que Constantino podia dizer, mas arriscou uma pergunta. — O imperador foi informado dessa operação, comandante?

Falco, que já caminhava de volta para seu lugar, parou abruptamente, deu meia-volta e o fitou, com os olhos faiscando e o belo rosto encrespado.

— O divino augusto será informado oportunamente. Será que fui claro desta vez?

O príncipe respondeu em latim:

— *Sic, ductor.*

— Que Mitra nos proteja — completou Falco. — Que o Reluzente nos livre da ira dos deuses — disse ele —, bem como do pernicioso assédio dos mágicos.

Na área externa da Fortaleza Cláudia, os oitenta alunos do segundo ano foram separados dos quarenta e cinco do terceiro. Os mais velhos seguiram para buscar seus cavalos, enquanto os primeiros permaneceram no pátio. Já se escutava um burburinho, rumores de que eles seriam testados. Magêncio, que sempre enxergara Georgios como rival, aproximou-se do colega e o cutucou:

— E então, Graco? Está com medo?

Desde a discussão no hipódromo, Georgios desistira de conversar pacificamente com Magêncio e estava preparado para confrontá-lo, mas se recordou do envolvimento que tivera com Theodora, que era meia-irmã dele, e procurou se controlar.

— Medo de quê?

— É hoje. — Magêncio empinou o nariz, como se farejasse o perigo. — Pode apostar que é.

— Do que está falando?

— Esta é a noite do solstício. No ano passado, neste mesmo dia...

— Eu sei — Georgios o cortou. Ele não queria prolongar o diálogo, então achou melhor ir direto ao ponto e dispensá-lo. — Já entendi. Não estou com medo, se é o que quer saber.

— Dizem que o ritual de iniciação ao terceiro ano é o pior — insistiu o rapaz. — Eles o chamam de prova de fogo.

— Eles? Eles quem?

— Ora, os instrutores.

— Como sabe disso?

— Meu pai é o augusto do Oeste, esqueceu? Ele me contou tudo sobre o assunto.

Agora era Georgios quem estava interessado.

— E o que mais ele disse?

— Que esse é um teste de obediência. De retidão. Quem hesitar está fora do curso. E da escola. Para sempre.

O equestre pediu mais detalhes. Magêncio continuou a falar, mas se calou ao ouvir o improvável som de carroças. Os alunos se encararam, intrigados, porque naquele momento qualquer coisa era motivo de alerta. O sol estava se pondo e alguns *vigiles* brotaram das esquinas carregando tochas e as fincaram no solo, ao redor deles. Instantaneamente, os rapazes entraram em formação, traçando dez linhas de oito soldados.

Ficaram assim por cerca de vinte minutos, duros como estatuetas de chumbo. Era a prova de que já se comportavam como profissionais, que haviam aprendido a perceber os sinais e a reagir a eles, sem que o comandante precisasse ordenar.

Enfim Falco apareceu sobre o cavalo, acompanhado de Constantino e seguido pelos alunos do terceiro ano, todos montados e com máscara, à exceção do *ductor*, que deixara o rosto descoberto para que os presentes o escutassem melhor.

— Sentido! — gritou, e os alunos se aprumaram. — Soube que nos últimos meses muitos dos senhores se sentiram — ele fez uma pausa, como se procurasse o termo certo, e quando encontrou o proferiu com desprezo — *insatisfeitos* com as tarefas que lhe foram impostas. Que se sentiram humilhados por terem de atuar como legionários e não como cavaleiros da Púrpura.

Georgios ousou olhar para o lado. Seus colegas — a maioria, pelo menos — estavam em pânico, suando frio e respirando pesadamente. Os cavaleiros do terceiro ano puxaram as lâminas e os cercaram, como que para intimidá-los. Os animais bufavam, relinchando, soltando fumaça pelas narinas.

— Para aqueles que acham que são oficiais, eu tenho uma notícia. — Falco sacou a espada e a brandiu. — Os senhores *não* são oficiais. Não são legionários. Não são sequer recrutas. Os senhores são aquilo que o seu comandante disser que são. Se *eu* disser que são porcos, os senhores serão porcos. Se eu disser que são formigas, serão formigas. Se eu disser que são lesmas, serão lesmas. — Elevou a voz. — Fui claro?

A resposta veio na forma de uma estonteante onda sonora, que fez o solo vibrar:

— *Sic, ductor.*

Nisso, Bores Libertino adentrou a fortaleza guiando uma carroça entulhada de escudos de infantaria, objetos retangulares, compridos e côncavos, diferentes daqueles usados pela cavalaria, que costumavam ser ovais e mais leves.

Os soldados da guarda urbana pegaram esses itens e começaram a distribuí-los entre os alunos. Nesse entremeio, Falco os circulava, insultando-os ao ponto da humilhação, gritando palavras chulas e os atiçando. Então, quando estavam todos devidamente equipados, ele tomou fôlego para completar o discurso.

— Hoje os senhores serão demônios — rosnou, e havia algo de macabro no modo como ele se portava. — Entidades nefastas, surgidas diretamente do Tártaro — exclamou e se virou para Constantino. — Decurião, eis as suas ordens: o senhor vai conduzir esses jovens até o bairro judeu. Quero que invadam o condomínio, prendam as mulheres e as crianças e executem os homens. Depois, queimem o prédio. Mandei separar alguns tonéis de betume, que estão em uma carroça que os espera na rua. — Apontou para além do muro. — Os guardas do prefeito vão ajudá-los com o transporte — disse, colocando a própria máscara. — Perguntas?

Constantino engoliu em seco. Já praticara crueldades na vida, mas aquilo era demais. Falco percebeu sua hesitação e acrescentou, aos sussurros:

— O magistrado mandou lhe dizer que os indivíduos que procura estão escondidos dentro da comunidade judaica. Elimine-os e eliminará o problema.

O príncipe indagou, trêmulo:

— Como saberei quem são eles, senhor?

— Não temos como saber — murmurou o *ductor*. — É por isso que a orientação é matar *todos*. Mas tome cuidado. Druso me avisou que há feiticeiros à espreita. Eles podem voar e cospem ácido quando encurralados.

Constantino era temente aos deuses, como qualquer romano deveria ser, mas achava ridículas aquelas superstições.

— O senhor realmente acredita nisso, comandante?

— Não importa em que eu acredito. O que preciso saber é se está pronto para liderar esses homens. — Fez um gesto na direção dos alunos. — Se não estiver, diga logo.

Constantino nunca recusara uma missão e jamais falhara em uma demanda. Sendo assim, assentiu:

— Estou pronto.

— Ótimo. — Falco sorriu mais uma vez. — Boa sorte, então.

Dito isso, o *ductor* passou, formalmente, o comando da tropa a Flávio Constantino. Georgios não havia escutado a conversa deles, mas, quando saiu para a rua e viu os tonéis, teve um pressentimento ruim.

*

O betume é uma substância negra, viscosa e altamente inflamável, empregada desde os tempos antigos como impermeabilizante. Os romanos, influenciados pelos gregos, aprenderam a acondicionar o betume em recipientes de argila e passaram a atirá-lo com suas catapultas. Embora fosse útil para destruir prédios e reduzi-los a cinzas, ainda não havia ficado claro como a substância seria usada nas próximas horas. De sua parte, Georgios não podia admitir que Falco atearia fogo a qualquer coisa dentro da cidade. Na escola, ele aprendera que incêndios eram perigosos e podiam se alastrar, fosse por faíscas levadas pelo vento, fosse pelas próprias labaredas, que não raro se projetavam através de praças e avenidas, como a propósito acontecera durante o grande incêndio de Roma.

O condomínio judaico ocupava todo um quarteirão a oeste da zona portuária. Era cercado de muros, que, apesar de não ser tão altos, ofereciam proteção relativa. O portão dianteiro conduzia a um pátio retangular, orlado por colunatas e delimitado por árvores. No centro havia uma área gramada e, mais ao fundo, localizavam-se três prédios residenciais, construídos em pedra clara, com dezenas de janelinhas. Finalmente, existia um portão secundário, menor, que se abria para um beco, o qual terminava nas docas.

Georgios já conhecia o lugar. Dois anos antes, viajara de Antioquia, na Síria, onde vivera por oito meses, até a capital sob a proteção de uma família judaica. Ele se lembrava de ter travado um duelo com o guarda-costas da caravana, um ex-legionário chamado Pórcio, tendo-o matado com um golpe de espada. Embora o conde Erhard, que o resgatara na ocasião, tenha lhe dito que aquele fora seu "rito de passagem" à idade adulta, ele nunca se perdoaria pela morte de Pórcio — a imagem do soldado ajoelhado na grama, tentando segurar o próprio intestino, era algo que o assombraria pelo resto da vida.

Chegando ao local, Constantino reuniu os cavaleiros e decidiu que eles conduziriam o ataque principal, sob sua liderança direta. Destacou cinquenta jovens a pé para cercar o quarteirão e trinta para vigiar a porta traseira, impedindo que os judeus fugissem por lá. Georgios estava nesse grupo. Ele era de longe o mais competente da turma. Entretanto, Constantino escolheu Magêncio para chefiar os garotos.

— Suas ordens são simples — disse Constantino a Magêncio. — Ninguém deve sair. Se um judeu que seja puser os pés no beco, a responsabilidade será *sua*.

O rapaz bateu sobre o peito esquerdo, esticando o braço com a mão espalmada.

— Sim, senhor.

— Boa caçada, demônios — ele desejou aos infantes, declamando, em latim, a saudação em honra de Mitra: — *Inventori lucis soli invicto augusto.*

Os trinta contornaram o complexo e chegaram ao portão secundário. Era uma passagem em arco, com um metro e meio de largura por dois de altura, fechada por seções de madeira. Magêncio destacou quatro rapazes para empunhar tochas, e não espadas, iluminando o perímetro. Foi quando Georgios avistou letras judaicas delineando o umbral. Não conseguiu identificá-las, porque era uma noite escura, sem lua, e além disso ele estava com a maldita máscara de cavaleiro, o odioso acessório que tanto o incomodava.

Estabeleceram posições, desenhando um meio quadrado de parede de escudos. Só o que lhes restava, agora, era esperar, e eles o fizeram em silêncio, como haviam aprendido durante o outono em Colela.

Os minutos que antecedem a batalha são sempre os piores, pois dão tempo ao soldado para refletir sobre a situação — o que é péssimo em termos estratégicos. O que se espera de um guerreiro, em vez disso, é que ele simplesmente reaja, sem pensar nas consequências ou nos perigos que vai enfrentar. "Quem pensa morre", dizia Cipião Africano, embora — ironicamente ou não — ele tenha sido um dos mais inteligentes generais de seu tempo.

Observando os rabiscos gravados na rocha, Georgios recordou-se de Yasmir, o príncipe persa que conhecera na infância. Certa vez, esse homem o advertira de que, no futuro, tentariam persuadi-lo de que coisas erradas poderiam ser feitas em prol de um "objetivo maior". Yasmir o havia aconselhado, categoricamente, a não confiar nessas pessoas, afirmando que "o bem será sempre o bem, e o mal será sempre o mal".

Então, a turma escutou três pancadas retumbantes, seguidas por um estraçalhar de madeira.

— Soldados! — gritou Magêncio. — Sacar espadas. Escudos erguidos — ordenou. — Segurem a linha.

*

Do outro lado do quarteirão, um aríete acabara de destruir o portão dianteiro. Flávio Constantino impulsionou o cavalo e tomou a frente do ataque. Foi o primeiro a entrar no pátio do condomínio e o encontrou escuro e vazio, salvo por um homem idoso, de barba crespa e nariz aquilino, usando um chapéu em forma de cone. Coruscando perto dele, enxergava-se uma pilha metálica, que cintilava à luz dos archotes. Constantino avançou, abrindo caminho para as tropas montadas.

Um calafrio o assaltou — seria aquele um dos feiticeiros mencionados por Falco? Pelo sim, pelo não, ele progrediu com cautela, pronto para se esquivar das cusparadas de ácido. O ancião, contudo, mostrou-lhe as palmas e disse, sereno:

— *Shalom*. Salve, excelência. Sou Yeshua ben Hana. O senhor é bem-vindo.

O príncipe manobrou o cavalo para que o animal ficasse de lado. Nesse instante, o velho curvou-se, como que para reverenciá-lo. Depois endireitou a coluna, apontando para o tesouro. O montículo era composto de objetos dourados e prateados, pedras coloridas e pequenas arcas. Havia castiçais de ouro, urnas de bronze e taças incrustadas de joias.

— Por favor, excelência — continuou o ancião —, aceite esta oferta. É um presente do meu povo para os seus homens.

Constantino entendeu do que se tratava. Não era feitiçaria, mas suborno. Os judeus haviam escutado as tropas chegando e sabiam que algo terrível estava para acontecer, então tentariam evitar a tragédia aliciando o oficial responsável. Havia muito dinheiro ali, o suficiente para contratar um pequeno exército. Em condições normais, Flávio Constantino teria aceitado — ele já subornara e fora subornado algumas vezes —, mas naquela noite tinha ordens a cumprir e nada o impediria de completar sua tarefa.

— O que significa isto? — Ele fingiu estar indignado. — Está querendo me comprar, fariseu? O que pensa que eu sou? Uma prostituta?

O judeu arregalou os olhos, balançando as mãos freneticamente.

— De modo algum, excelência. É só um presente. Peço que aceite. Somos amigos do imperador. O augusto nos concedeu este...

Antes que o velho terminasse, um brilho refulgiu na noite gelada. Com a mesma velocidade com que atacara os sicários meses antes, Constantino sacou a espada e o golpeou. Por instinto, o homem deu um passo atrás, tropeçou no dinheiro e a lâmina o acertou enquanto ele caía, rachando-lhe o crânio, mas não totalmente. O corpo desabou sobre moedas e candelabros, tremendo, balbuciando, com o sangue esguichando da testa.

Constantino não se deu o trabalho de desmontar. Gesticulou para um de seus subordinados, que completou o serviço, enfiando-lhe uma lança no coração.

Trotando em perfeita sintonia, os cavaleiros invadiram o condomínio, como entidades nascidas do fogo.

Depois de uma curta oração a Mitra, eles estavam prontos para iniciar o massacre.

VI

A NOITE MAIS LONGA

— Os romanos mataram o rabino — gritou um homem através da janela. — Eles vão nos matar!

Dentro dos prédios, o pânico se espalhou. Os três edifícios — chamados pelos latinos de ínsulas — eram idênticos, com cinco andares e uma entrada principal que levava a um pátio interno, cercado por dezenas de apartamentos. Nos corredores, os judeus tentavam recolher suas coisas, sem saber para onde levá-las.

Farejaram então o cheiro de fogo, betume e fumaça e entenderam que os invasores não estavam lá para prendê-los, mas para liquidá-los.

— Salvem as crianças. Corram para o portão traseiro — sugeriu um dos moradores, andando de um lado para o outro com um candelabro na mão. — Depressa!

Em meio à balbúrdia, o jovem Ezequias, de quinze anos, que desde os onze trabalhava como assistente de Yeshua ben Hana, entrou no apartamento do mestre com a intenção de encontrar os pergaminhos sagrados — e salvá-los. Havia uma prateleira cheia deles, mas, como já era noite, não conseguiu identificar os papéis. Sua atenção voltou-se para uma arca revestida de placas metálicas, e ele concluiu que havia algo de valioso lá dentro. Ergueu a tampa e se deparou com um livro de capa marrom, as pontas enegrecidas pela passagem do tempo. Fascinado pelo objeto, Ezequias o segurou e o retirou do baú.

Nesse momento, os trinta rapazes que montavam guarda no portão traseiro escutaram o som de gente correndo, crianças gritando, corpos caindo. Então, um dos prédios começou a arder. Magêncio ouviu passos e pressentiu a chegada dos fugitivos. Selecionou quatro alunos para bloquear a passagem. Um deles era Georgios.

— Lá vêm eles — avisou Magêncio. — Preparem-se.

O alarido terminou com alguém puxando as argolas da porta. Três judeus com porretes e facas, usando túnicas longas, se lançaram para fora, sem saber o que os aguardava. Eram homens fortes, que poderiam fazer frente aos alunos — e quem sabe feri-los. Ciente disso, o filho de Maximiano emitiu a ordem para que seus homens iniciassem o ataque.

— *Contendite vestra sponte* — rugiu, usando o tradicional comando em latim e colocando os rapazes em posição agressiva. — Espadas em riste. É agora!

Por entre os escudos, as lâminas começaram a saltar, como os ferrões de uma vespa gigante. Georgios, mesmo sem enxergar com clareza, achou que acertara um deles. Os israelitas tombaram, mas havia outros, dispostos a tudo para deixar o complexo.

Para muitos daqueles patrícios, era a primeira experiência em um confronto real. Um deles começou a tremer, ameaçando deixar o combate. Outro se colocou à sua frente, como se o protegesse.

— Fique atrás de mim — bradou o rapaz, dando cobertura ao colega assustado. — Mantenha a posição.

No segundo levante, cinco indivíduos se aproximaram. Um deles era grande, barbudo e trazia um machado de lenhador. Cruzou o portão com um grito de guerra, projetando-se sobre o romano à esquerda. O machado rompeu as escamas da armadura, atirando o jovem no meio-fio. Imediatamente depois, outro soldado tomou seu lugar, refazendo o bloqueio e cobrindo a passagem.

Usando as técnicas aprendidas na escola, munidos de escudos e de armas possantes, os discípulos de Falco não poderiam ser derrotados — não por meros civis, arrancados da cama na calada da noite. Reconhecendo o perigo, o sujeito com o machado deu um passo atrás e Georgios notou que, ao fundo, havia mulheres trazendo crianças. Eram meninas, não muito mais velhas que ele. Em um lampejo, recordou-se de sua mãe, Polychronia, que perdera a vida para salvá-lo da morte. Emoções confusas o sacudiram, ele perdeu o fôlego e vacilou, quando escutou alguém gargalhar:

— Ou você mata, ou você morre. Seja um lobo, não um cordeiro. Vamos lá. Faça um sacrifício em meu nome.

Georgios se distraiu com aquelas palavras, aparentemente surgidas do nada. O barbudo percebeu seu fraquejo e investiu com toda a energia. O machado se chocou contra o umbo, a semiesfera no centro do escudo, produzindo um ruído metálico. O equestre sentiu uma fisgada no braço, que em vez de intimidá-lo o injetou de bravura. Reagiu depressa, saltou adiante e golpeou o adversário de baixo para cima. O fio da espada perfurou as costelas do homem, alcançando obliquamente o pulmão. Ele fez uma cara azeda e retrocedeu, tossindo, sangrando. Girou duas vezes, cambaleou e caiu.

Magêncio — ele não era um líder tão ruim, afinal — notou que Georgios estava atordoado e esbravejou:

— Homem atingido! Reforços.

Um dos soldados da reserva o segurou pelo pescoço e o arrastou para trás. O empuxo foi tão enérgico que Georgios escorregou na calçada oposta. Lúcio Décimo, o "romano legítimo", era quem o havia ajudado. Ele removeu a máscara para respirar e o equestre fez o mesmo. Perto deles, dois outros combatentes tentavam reanimar o rapaz ferido pelo machado, que se encontrava na sarjeta, duro como uma pedra.

Georgios se prontificou a examinar o colega. Mediu-lhe os batimentos cardíacos, verificou o brilho dos olhos e a temperatura do corpo.

— Está morto — avisou.

Décimo queria ter certeza.

— Como sabe?

— Já fui enfermeiro. — Ele contara essa história ao jovem italiano quando estavam na prisão. — Perdeu muito sangue, está frio e sem pulso.

— Que Mitra o receba — murmurou o fidalgo, fez uma prece silenciosa e exclamou: — De volta à linha!

Georgios o acompanhou, recuperando o escudo, o capacete e as armas. Observando o cenário de um ponto afastado, reparou que um dos prédios entortara e estava prestes a desmoronar. Era como uma imensa fogueira, cuspindo fumaça e labaredas dançantes. O ar se encheu de um cheiro esquisito, de fuligem, betume e carvão.

Ele esfregou as pálpebras. Cinco passos adiante, a luta prosseguia sem trégua. Uma fila de alunos do segundo ano aguardava para substituir os quatro colegas na parede de escudos, conforme as orientações de Magêncio. O bloqueio, porém, já não era tão sólido, porque os cadáveres se amontoavam, dificultando a formação. O excesso de sangue os fazia escorregar; o volume dos corpos desnivelava o terreno.

Georgios estava hipnotizado pelo fogo quando um relincho o despertou. O comandante Falco apareceu em sua armadura de ouro e com um estalo de língua fez o cavalo parar. Removeu a máscara e olhou para os alunos, como se os avaliasse por todos os ângulos. No rosto, uma expressão de orgulho. Poucos feridos, apenas um morto. O guerreiro de trás apoiava o da frente. Era como assistir a uma máquina com todas as engrenagens girando, em perfeito funcionamento.

Gradualmente, a resistência no portão diminuiu. O vozerio foi se apagando. O *ductor* ordenou:

— Em frente, rapazes. Estão livres para buscar seus espólios.

Como hienas, os jovens oficiais avançaram. Georgios e Décimo juntaram-se a eles. Para atravessar o portão, tiveram de pisar sobre seres humanos, alguns dos quais ainda gemiam. Desviaram-se das tripas de um homem, driblaram uma estátua e o defunto de um cão.

Era horrível. Uma catástrofe.

Era *errado*.

Georgios respirou fundo. Sacudiu a cabeça.

Ofegou.

O prédio em chamas servia como farol, iluminando o complexo e as regiões circundantes.

Os invasores progrediram cautelosamente, unidos, agachados atrás dos escudos. Deram a volta nos edifícios, com o braço no rosto para não inalar fumaça. Chegaram ao pátio dianteiro, onde os alunos do terceiro ano, que haviam realizado o ataque principal, mantinham cerca de quarenta pessoas sob custódia, entre elas mulheres e crianças, algumas sujas, outras feridas. Os clamores eram angustiantes. Choros e gritos se misturavam às ordens desencontradas.

Onze homens — um deles era jovem, com talvez dezesseis anos de idade — haviam sido alinhados contra o muro e preparados para a execução. Constantino — agora suado, com a capa enegrecida e a armadura ensanguentada — mandou que os soldados da guarda urbana traçassem um semicírculo em volta deles, de modo que era impossível fugir. Para evitar contratempos, achou melhor oferecer aos condenados o direito de fazer uma prece, de acordo com os costumes judaicos. Georgios, Décimo e os rapazes do segundo ano se reuniram para assistir à matança.

— Se alguém está com pena — disse Magêncio aos homens que havia liderado —, basta lembrar que eles destruíram duas das nossas legiões durante a Terceira Revolta Judaica.

Encerrada a oração, Constantino desceu da sela e golpeou os judeus com sua espada de cavalaria. Decapitou oito pessoas desse jeito, concedendo-lhes uma morte limpa, indolor. Naquelas circunstâncias, era o melhor que podia fazer, mas um dos condenados se desesperou. De joelhos, abraçou-lhe as pernas e implorou pela vida:

— Poupe-me, senhor. Não me mate. Faça de mim seu escravo.

Com as mãos doendo, Constantino o afastou.

— Recomponha-se, fariseu. Morra como um homem.

— Eu suplico — ele insistiu. — Sei quem é o senhor. E sei também quem ordenou que o matassem.

O decurião estacou, perplexo.

— Como é?

— Isso mesmo. — O sujeito parecia um mendigo, não tinha dentes e estava ferido. — Eu juro.

Só podia ser um truque, Constantino refletiu. Um truque judaico. Mesmo assim, falou:

— Então diga. Diga o que sabe, se tem apreço à vida.

O judeu apontou para Magêncio, que os observava de uma posição afastada.

— Foi o pai dele, senhor — acusou, em tom alarmista.

— O que está falando, homem?

— Exatamente o que o senhor ouviu. — O condenado tornou a afirmar, o dedo rígido na direção de Magêncio: — Foi o pai *dele*.

Constantino estava tão atordoado que não percebeu o próprio Magêncio se aproximando. Com os olhos rubros e a cara felina, ele sacou a adaga e investiu contra o delator. Foi tão rápido que, quando os demais soldados tomaram ciência, o judeu estava morto, estirado de bruços na relva noturna.

Flávio Constantino, que era afinal o líder da operação, demorou alguns instantes para se dar conta do que acabara de acontecer. Quando caiu em si, olhou para o cadáver fresco, depois encarou o filho de Maximiano com uma expressão de repúdio.

— O que você fez, seu merda?

— Este cão estava prestes a desonrar o nome da minha família — Magêncio explicou-se, em posição de sentido.

O príncipe não esperou mais detalhes. Fechou o punho e acertou um soco no nariz de Magêncio, que foi pego desprevenido. Caiu para trás, de costas sobre um arbusto.

Constantino ordenou:

— Levante-se.

Trôpego, Magêncio se levantou. O campo de visão era uma mancha fosca, com vultos brilhantes e cintilações granuladas.

— Sentido — gritou Constantino.

O rapaz se endireitou.

Em seguida, outro soco, no olho esquerdo. Outro soco inesperado.

Dessa vez o jovem desmaiou. Constantino cuspiu sobre ele.

— Tirem esse traste da minha frente.

Os guardas municipais assim o fizeram. Constantino estava furioso, e quem pagou o preço foram os judeus. Ensandecido, ele os eliminou com golpes tortos, mais dolorosos. O ato, pelo menos, serviu para que ele descarregasse a raiva. Quando acabou, estava calmo. Sentou na grama para descansar. Secou as mãos com um pedaço de pano.

Em pé, à direita de uma criança morta, Georgios assistira a tudo em estado de choque. Por meses nada acontecia, e de repente aparecia um evento que virava o mundo de pernas para o ar. Talvez este fosse o cotidiano nas legiões, pensou: semanas de marcha, de calmaria, e então uma batalha mudava o rumo das coisas, transformando inocentes em criminosos e soldados dignos em assassinos brutais.

Bores Libertino organizou os *vigiles*, ordenando que recolhessem o tesouro. Um cavaleiro do terceiro ano contava as moedas, separando áureos, denários e sestércios. Perto de uma fonte, os alunos repartiam os espólios encontrados nos apartamentos. Georgios olhava para tudo aquilo como se estivesse em um circo, cercado de leões. Sem perceber, descobriu-se examinando os cadáveres. No meio deles, encontrou um tomo marrom, de pontas escuras e desgastadas.

Constantino se aproximou dele. Parecia exausto.

— Bom trabalho — elogiou.

Georgios ficou de pé e prestou-lhe continência.

— Obrigado, senhor.

O decurião perguntou:

— Georgios, é a primeira vez que você mata alguém?

— Infelizmente não. — Ele se lembrou de Silas Pórcio, que havia falecido naquele exato lugar. — De todo modo, não fico contando essas coisas.

— Pois deveria. — Constantino lançou um olhar tristonho para o amigo. — Sabe, Georgios, tirando aquele maldito sicário que nos atacou em setembro, foi a minha primeira vez.

O equestre não acreditou. Em seu primeiro dia na escola, fora forçado a atravessar um corredor de açoites, chamado pelos instrutores de Caminho de Sangue. Constantino participara da cerimônia, que acabara com a morte de um pequeno escravo. Meses depois, durante uma simulação de batalha, o mesmo Constantino, na companhia de outros ginetes, incendiara o acampamento dos alunos do primeiro ano, ataque que resultara na morte de dois estudantes. Sendo assim, querendo ou não, o príncipe tinha as mãos sujas de sangue, mas tinha também argumentos para justificar suas ações.

— Não fui eu que organizei o Caminho de Sangue. E, quanto a Juno, já lhe disse que não fiz de propósito.

Georgios não queria remoer o passado.

— Sim, já me disse.

— Por que esses judeus foram dar guarida aos sicários? — Constantino vislumbrou a chacina. — Eles nos deixaram sem opção.

— Não acho que deram guarida aos sicários.

— Você insiste nessa tese? Só porque não gosta de Druso?

— Senhor. — Como estavam em serviço, ele precisava tratar o amigo segundo os protocolos militares. — Já se esqueceu do que aquele homem — ele apontou para o judeu que delatara Maximiano — nos disse?

Constantino não esquecera, mas preferiria não ter sido lembrado. Se fosse verdade o que o judeu dissera, que Maximiano conspirara para assassiná-lo, isso significaria guerra civil. Nesse caso, o imperador e seu pai, Constâncio Cloro, além dele próprio, estariam em perigo. Era uma perspectiva tão desoladora que, de fato, seria melhor simplesmente ignorá-la.

De repente, começou a nevar. Flocos graúdos se precipitaram sobre as pilhas crepitantes. Falco, que a tudo assistia, atribuiu o fenômeno à intervenção direta de Mitra, afinal era o dia dele, isto é, o solstício, a noite mais longa do ano. Fez um discurso curto, sem importância, aproximou-se de Constantino e apertou-lhe a mão.

— Operação de sucesso. Parabéns, oficial. Que todos os deuses o louvem.

Constantino não sabia se era um elogio ou uma troça.

— Obrigado, comandante.

O *ductor* fez um gesto na direção de Georgios e perguntou a Constantino, como se o equestre não estivesse presente:

— Este é o homem que matou o fariseu com o machado?

Constantino não tinha ideia do que ele estava falando. Mesmo assim, confirmou:

— Sim, senhor.

— Excelente. Seja bem-vindo ao terceiro ano. — Ele agora olhava diretamente para o filho de Laios. — Quem diria. Logo você, meu pior cavaleiro.

Georgios não disse nada. Inclinou a cabeça, apenas. O *ductor* falou aos homens:

— Recolham seus espólios. É tudo nosso. Ouro, prata e cobre. — Sorriu, espiando a montanha de corpos. — Suponho que Mitra esteja satisfeito. Não tem sacrifício melhor. — Outro sorriso. — *Inventori lucis soli invicto augusto.* Salve o Reluzente. Não tem sacrifício melhor.

VII

PONTO DE RUPTURA

O ATAQUE DO DIA 25 NÃO SURTIU O EFEITO ESPERADO. OS MORADORES DA CIDADE, sobretudo os mais pobres, se sentiram intimidados ao saber do massacre — apesar do forte sentimento antijudaico. Se hoje o alvo eram os judeus, amanhã poderiam ser outras comunidades minoritárias, e havia muitas delas na Nicomédia, com pouca — ou nenhuma — representatividade política.

O clima de terror se espalhou pelas ruas e a popularidade do imperador despencou — ainda que ele não tivesse nada a ver com o incidente. Para tentar contornar o problema, o prefeito reduziu os impostos sobre o trigo, distribuiu ingressos para espetáculos circenses — que só seriam retomados na primavera — e mudou a cor da túnica dos guardas urbanos, que haviam sido associados à matança.

No dia 1º de janeiro, os alunos foram recebidos no Templo do Sol Invicto para uma cerimônia que, aos olhos de Georgios, fazia lembrar o batismo cristão. O iniciado percorria o santuário ao som de cornos, aplausos e tubas, então se ajoelhava aos pés do sacerdote, que mergulhava o rosto dele em uma pia cheia de sangue e vísceras de boi, entoava algumas palavras e lhe entregava uma adaga com o cabo de ouro, adornado com o símbolo da coroa solar.

Os dois meses seguintes transcorreram sem grandes surpresas. Georgios, que faria dezessete anos em agosto, era agora um oficial respeitado e estava prestes a se formar na Escola de Oficiais do Leste, sonho que alimentava desde criança. O ataque ao condomínio judaico, contudo, enchera seu coração de amargura. O jeito que ele encontrou de seguir adiante foi descarregar as frustrações nos exercícios de combate. Converteu-se em um guerreiro atroz, tanto em duelos a pé quanto em disputas sobre o cavalo.

No feriado de Marte — comemorado em 1º de março —, os alunos ganharam a tarde de folga. Georgios decidiu realizar uma cerimônia particular, visto que o deus da guerra o ajudara em momentos difíceis. Lembrou-se de que havia uma estátua de Marte sobre uma colina nos arredores da capital, montou em Pégaso e cavalgou até lá.

O lugar fora-lhe apresentado por Constantino. De acordo com ele, a estátua pertencera ao imperador Aureliano, um dos mais célebres governantes de Roma. Desgastada pelo tempo e carcomida pela erosão, retratava a figura de um homem em trajes militares, segurando um escudo e usando um capacete de crina alta, no meio de uma área de arbustos rasteiros. De cima do morro, enxergavam-se o porto e a própria cidade da Nicomédia em todo o seu esplendor, os templos e aquedutos, as águas picotadas pelo vento e as montanhas do outro lado do golfo, encobertas pela brisa marinha.

De joelhos, Georgios tocou a grama rala do inverno e recitou uma prece:

— Oh, Marte, senhor da guerra e meu protetor — murmurou, de olhos fechados e com a espada na mão. — Hoje renovo a promessa que fiz dois anos atrás. Ofereço-lhe o corpo dos carrascos de minha mãe. Desejo em troca ser invencível em batalha. Faça de mim um bom cavaleiro, oh, Marte, e eu então lhe retribuirei a contento.

Repetiu três vezes aquelas palavras. Depois abriu os olhos, pegou a adaga solar, que ganhara do sacerdote, fez um pequeno corte na palma da mão e deixou o sangue escorrer, como que para selar o pacto sagrado. Limpou-se com um lenço vermelho e ficou mais alguns instantes ajoelhado, quando escutou o som de cascos se aproximando.

— Imaginei que o encontraria aqui. — Constantino acenou para ele. Desceu do cavalo e o prendeu a uma árvore. Georgios, ao avistá-lo, fez uma saudação militar, mas o príncipe estendeu-lhe a mão, deixando claro que não estava em serviço. — Fui até a escola à sua procura. Disseram que você havia saído, e como hoje é feriado de Marte...

Súbito, o equestre recordou-se de que Constantino fizera aniversário poucos dias antes.

— Parabéns. Dezenove anos, certo?

— Não temos nada a celebrar. — O oficial sentou-se sobre uma pedra. Parecia triste e cansado. — Ou você acha que temos?

Georgios compartilhava do mesmo sentimento. Desde a noite do solstício, não conseguia dormir tranquilo. Constantino também passava as madrugadas em claro, mas por motivos diferentes, talvez menos nobres.

— E se for verdade? — questionou-lhe o decurião. — E se Maximiano tiver realmente conspirado para me matar?

— Bom, se for verdade — respondeu, após refletir por quase um minuto —, você ainda corre perigo. Nesse caso, eu recomendaria que escrevesse para o seu pai contando-lhe tudo o que sabe.

— Não posso fazer isso, Georgios. Se a carta for interceptada, eu posso ser acusado de conspirar contra um dos homens mais poderosos do Império.

— Não assine, então.

— Os tribunais têm gente especializada em identificar a letra das pessoas. Nunca assistiu a um julgamento público?

— Peça que alguém escreva por você, ora. Posso fazer isso.

Constantino deu um sorriso amistoso, meneando a cabeça e colocando-se novamente em pé.

— Sua ingenuidade me revigora, Greguinho. Nada disso vai funcionar. Não posso simplesmente pedir socorro ao meu pai, como uma criança babona. Sou um cavaleiro. Um decurião. Preciso eu mesmo desvendar esse mistério.

Os dois ficaram calados, pensativos, a expressão desolada, observando o sol do começo de tarde, as construções portuárias, os campos queimados pelas geadas do inverno. Reparando em uma lagarta negra que se contorcia no chão, Georgios teve uma ideia.

— Druso lhe disse que os sicários estavam dentro do condomínio, certo? Eu sempre me perguntei como ele obteve essa informação.

O nome do magistrado pareceu acender uma luz na mente de Flávio Constantino, que pela primeira vez concordou com o amigo.

— Druso... Era para ele já ter iniciado o processo que me permitiria deixar a Nicomédia. Esqueci completamente — admitiu, coçando a testa.

— É você quem está sendo ingênuo agora — Georgios falou duro. — Ele jamais abrirá o processo.

— Como sabe?

— Ele está usando você desde o começo. Como usou Falco. Eu o alertei sobre isso há meses.

De repente, as suspeitas de Georgios fizeram sentido na mente de Constantino. Se Druso tivesse boas intenções, já teria dado a ele permissão para se juntar a seu pai na Bélgica. O que o procurador-geral escondia? Por que o fizera de tolo?

Furioso com a conclusão a que chegara, o príncipe declarou:

— Estou farto de subterfúgios. Vou esclarecer essa história.

Georgios o apoiou:

— Conte comigo.

Constantino trepou em seu cavalo. O equestre ficou a observá-lo, quieto. Não terminara suas preces e pretendia continuar na colina por mais alguns minutos. O decurião, ao vê-lo parado, no entanto, reagiu energicamente:

— O que está fazendo aí?

— Como assim?

— Não acabou de dizer que eu podia contar com você?

— Sim. Claro que pode — reforçou. — O que quer que eu faça?

— Quero que me acompanhe ao palácio.

— Ao palácio do imperador?

— Que outro seria?

— O que faremos no palácio?

— Confrontaremos Druso — retrucou Constantino, enquanto se ajeitava na sela. — E desta vez será para valer. Ele *vai* contar o que sabe.

Georgios subiu em Pégaso. Sentiu-se como que liberto de um pesadelo, mas sabia que Druso era um homem perigoso.

— Não nos esqueçamos, porém — advertiu —, de que ele é advogado do imperador.

— E você é afilhado do imperador — Constantino lembrou-lhe, cheio de determinação e orgulho. — E eu sou filho do césar do Oeste.

Diocleciano realmente financiara os estudos de Georgios, o que fazia dele seu padrinho, de acordo com as leis romanas. O curioso é que o rapaz nunca pensara em tirar proveito da situação. Preferia até esconder sua amizade com o augusto, pois não desejava obter regalias, distinções militares ou privilégios políticos.

— Se vamos colocar Druso contra a parede, precisamos conhecer os nossos direitos. E os dele, é lógico.

— O sujeito ordenou uma chacina por conta própria, sem consultar sequer o prefeito — exclamou Constantino. — Se ele tinha direito a qualquer coisa, o perdeu aí. Queria que o conde Erhard ou ao menos um dos paladinos estivesse na cidade para prendê-lo, mas como não estão — soltou as rédeas e o cavalo começou a trotar — eu vou assumir o risco.

Enquanto descia a colina a galope, Georgios teve uma sensação oposta à que tivera na noite do ataque — um sentimento de independência, de altivez, como se estivesse fazendo a coisa certa, como se estivesse procurando justiça em nome daqueles que ele próprio matara.

O percurso levou quase uma hora, porque era feriado, havia muita gente na cidade e não se podia correr pelas ruas.

O sol já ia caindo quando os dois cavaleiros chegaram ao complexo palaciano. Os portões estavam fechados, as grades, arriadas, e havia ao menos dez homens observando-os desde o passadiço. Constantino os saudou, fazendo um gesto com o braço estendido.

— Salve. Sou Flávio Constantino, decurião imperial. Ordeno que abram os portões.

Um dos guardas, que parecia ser o líder da guarnição, respondeu do alto dos muros:

— Salve. Preciso verificar os registros — ele disse, pedindo que os visitantes esperassem. Como os demais, estava armado de lança, trazia um elmo brilhante e um escudo com quatro raios estampados.

— Não tenho hora marcada — esclareceu Constantino, antes que o sujeito se afastasse. Ele se lembrou da sentinela que costumava montar guarda na entrada do palácio, um indivíduo que já conhecia. — Chame o centurião Paulo Púlio. Ele se lembrará de mim.

— O capitão Púlio se aposentou — informou-lhe o vigia. — Minhas ordens são para não permitir o ingresso de ninguém sem autorização.

Constantino se irritou.

— Ordens? Ordens de quem? Eu, Flávio Constantino, decurião imperial — repetiu, dessa vez de modo severo —, ordeno que abra os portões. O que está esperando?

Disputas de autoridade são sempre arriscadas. Se os homens se recusam a obedecer, o oficial fica desmoralizado, o que é péssimo para qualquer militar. Constantino, porém, estava disposto a testar sua sorte, e a aposta deu certo.

Com medo de ser julgado por insubordinação, de perder o salário e a aposentadoria, o chefe do turno deu-lhes passagem.

Os dois cruzaram o bosque imperial e foram direto para o prédio da procuradoria. Prenderam os cavalos a um mourão no jardim externo e entraram no edifício. Chegaram a um pátio retangular, em cujo centro havia uma estátua de Vênus, com alguns aposentos laterais. Um deles era o gabinete de Sevílio Druso, que parecia vazio.

O lugar inteiro estava supostamente deserto — não se ouvia nenhum barulho, fosse na área aberta ou nas câmaras circundantes. Constantino indicou a Georgios qual era a sala do magistrado e o equestre caminhou até lá. Empurrou a porta com a ponta do pé e notou que, sobre a mesa de trabalho, jazia um livro antigo, de capa marrom, que ele já vira anteriormente — só não lembrava *onde*. Ficou contemplando o tomo, como que hipnotizado, e se moveu na direção da escrivaninha. Foi quando escutou a voz grave de Druso, que brotara no pátio atrás deles, como que surgido do nada.

— Salve — o procurador tentou ser educado. Oxion, o Crocodilo, o escoltava pela direita, segurando sua maça com cabeça de pregos. — Eu agradeço pela visita. Em que posso ser útil?

Georgios sentiu um tremor na espinha, retornou ao pátio e levou a mão à espada. Os jovens se aproximaram cuidadosamente de Druso, que olhou para eles e comentou:

— Ora, se não é o menino Georgios? Então os senhores estavam juntos desde o começo. O príncipe e o cavaleiro. — Deu um sorriso com traços de escárnio. — Eu deveria ter suspeitado.

Uma das coisas que Georgios mais detestava era ser chamado de "menino", afinal, aos dezesseis anos, vivera um bocado e já atingira a maioridade legal. Constantino, ao entender que as palavras de Druso o haviam ofendido, colocou-se à sua frente e encarou o impetuoso jurista.

— O comandante Falco me disse que o senhor... que *você* — corrigiu-se ao se dar conta de que estava falando com um plebeu — ordenou o ataque ao condomínio judaico. É verdade?

O magistrado franziu a testa. Suas sobrancelhas unidas lembravam a lagarta que Georgios havia visto mais cedo, contorcendo-se na relva queimada.

— Sim, fui eu. Com isso, acabei com os sicários e salvei seu pescoço. O senhor deveria me agradecer.

— Onde estão as provas de que os sicários estavam escondidos na comunidade? — exigiu. — Quero vê-las. É meu direito.

— O único direito que o senhor tem — endureceu o advogado, cruzando os braços em postura insolente — é o de dar meia-volta e sair daqui com o rabo entre as pernas. Se não o fizer, eu o levarei aos tribunais e o julgarei pela morte dos dois rapazes durante o treinamento da escola. Será preso, condenado e sentenciado ao cadafalso.

Constantino, entretanto, já escutara aquela ameaça e estava pronto para respondê-la.

— O que aconteceu naquele dia foi um acidente. Você, por outro lado, ordenou um massacre sem a permissão do imperador. Na ausência dos paladinos, eu estou aqui para prendê-lo.

O príncipe deu um passo adiante e Oxion fez o mesmo, interpondo-se entre ele e o procurador, como uma muralha, protegendo seu mestre.

Georgios, ao compreender que Constantino chegara a um impasse, resolveu agir em vez de esperar. Sacou a espada, apertou o cabo com as duas mãos e se lançou ao combate. O alvo era o tronco do musculoso gigante, e o objetivo, além de feri-lo, era jogá-lo para trás, abrindo espaço para que o parceiro avançasse. Ergueu a arma acima da cabeça, potencializando a força do golpe, mergulhou e acertou em cheio o segurança de Druso.

Oxion, contudo, usava uma couraça de bronze, e a lâmina foi repelida por ela. Incólume, o guerreiro sármata rodou a cintura, atingindo o equestre com o punho da maça.

O impacto serviu para atordoá-lo, projetando-o contra a estátua de Vênus. Constantino saiu em sua defesa e tentou atacar o Crocodilo, que foi mais rápido, apesar do tamanho, e com uma só mão o agarrou pelo pescoço, erguendo-o a trinta centímetros do solo.

— Crianças... — Druso sorriu enquanto Constantino se contorcia, tentando inutilmente se libertar. — Será que não entendem quem dá as ordens neste lugar? — Sinalizou para Oxion, que atirou o príncipe no chão, ao lado do colega de escola. — Como são patrícios, vou lhes conceder mais uma chance. Sumam daqui. E, se contarem a alguém o que aconteceu esta tarde, eu prometo que sofrerão as consequências.

Georgios se levantou, ainda tonto, desnorteado pela pancada. Segurou o amigo pelos braços e o arrastou até o jardim externo.

Constantino demorou alguns instantes para se recompor. Quando enfim conseguiu respirar, escutou do equestre as seguintes palavras:

— O que fazemos agora? Quer tentar de novo? Lutar até a morte?

— Seria inútil. — Constantino pigarreou, os olhos inchados pelo sufocamento. — O maldito gigante é invencível — constatou, observando o edifício pelo lado de fora. — Por enquanto, não há nada que possamos fazer. — Pediu ajuda para se levantar. Depois, eles montaram nos cavalos.

— Fomos derrotados, então? É assim que acaba? Com a justiça reduzida a frangalhos?

— Não, Georgios. Não é assim que acaba — respondeu o cavaleiro. — É assim que começa. — E repetiu: — Este é o começo de tudo.

VIII

DIA DE SORTE

CIENTE DE QUE NENHUM DOS DOIS CONSEGUIRIA DORMIR À NOITE, CONSTANTINO convidou Georgios para acompanhá-lo até a aldeia de Claudana, onde, nas palavras dele, havia uma excelente taverna na qual poderiam conversar sem ser incomodados — e quem sabe planejar sua vingança. O equestre aceitou, mas ao chegar descobriu que a "taverna" era na realidade um prostíbulo.

— Não se preocupe — Constantino o tranquilizou. — Prostitutas são criaturas leais — disse. — Contanto que sejam pagas, é claro.

Claudana era uma colônia de pescadores construída sobre as ruínas de uma fortaleza grega. Do antigo baluarte restaram apenas o calçamento, sujo e coberto de areia, o esqueleto de um templo e as muralhas, que defendiam a praça do comércio e os edifícios públicos. O bordel era um prédio quadrado com um pátio no meio, ao redor do qual ficavam dezenas de quartos, separados do exterior por cortinas de feltro. O espaço central lembrava um refeitório ao ar livre, onde os clientes bebiam, comiam e conversavam com as meretrizes.

Constantino estivera lá diversas vezes e nunca vira o lugar tão vazio. O crescimento econômico da capital talvez estivesse afetando os negócios fora dela, o que era um pouco triste, ele pensou. Comprou um jarro de vinho, sentou-se à mesa, encheu duas taças e bebeu alguns goles.

— Que dia de merda. É muito azar para uma pessoa só — resmungou, contemplando a lua em quarto crescente. — O que eu fiz para os deuses me tratarem desse jeito? O que eles querem de mim?

— Hoje é feriado de Marte — observou o equestre. — Talvez ele quisesse nos testar.

— Nós falhamos, então. Druso poderia ter nos matado. Só não o fez por causa dos nossos vínculos familiares.

— O dia dele vai chegar — prometeu Georgios, mais para si. Mentalmente, ele refazia repetidas vezes o ataque contra Oxion, tentando entender onde errara e como poderia vencê-lo em uma próxima vez. — Onde está o imperador quando precisamos dele?

— Diocleciano está a caminho de Sirmio, na Panônia — informou. — Ele vai oferecer a filha, Valéria, em casamento a Caio Galério, o césar das províncias centrais.

— Você já havia me falado sobre esse tal de Galério. — Georgios recordou-se da noite em que foram emboscados, quase um ano antes. — Ele é o antigo comandante da guarda imperial, certo?

Constantino desviou-se da pergunta, acrescentando:

— Sirmio fica muito longe daqui. Eis o motivo de o augusto estar há tanto tempo afastado. Se for verdade que Maximiano planeja uma conspiração contra ele, faria sentido o imperador reforçar sua aliança com pessoas importantes. Galério controla as legiões estacionadas à margem do Danúbio, é um homem aguerrido e sagaz.

Georgios guardou silêncio. Depois de alguns minutos, indagou:

— Como sabe de tanta coisa?

— Já lhe contei o meu segredo: sou um sujeito bem relacionado.

— Se é — provocou-o o amigo —, como ainda não descobriu quem tentou matá-lo?

Constantino abriu a boca para responder, mas se calou ao discernir um indivíduo que acabara de entrar no prostíbulo. Era o centurião Bores Libertino, o mesmo que havia submetido Georgios e o arrastado para a solitária. Os dois sentiram o sangue gelar quando o veterano os abordou.

— Oficiais. — Libertino fez uma saudação preguiçosa. — Posso me sentar?

— Depende — retrucou o príncipe, com um misto de seriedade e cinismo. — O que você tem a nos oferecer?

Ele lhes mostrou uma garrafa de cerâmica.

— Isto serve?

— Talvez. O que tem aí dentro?

— Hidromel. Já provaram?

— Claro.

— Este é diferente — garantiu. — Importado da Germânia. Não é para crianças. Vamos ver como se saem.

Libertino puxou uma cadeira e se sentou. Sua presença era inoportuna por vários motivos. Primeiro, porque ele era um plebeu, e os demais, patrícios. Segundo, porque nenhum dos dois o convidara e, terceiro, porque não havia um só aluno ou ex-aluno da Escola de Oficiais do Leste que não o detestasse acima de tudo.

— Os senhores ainda têm medo de mim? — O centurião tirou o gládio da cintura e o colocou sobre a mesa, para mostrar que viera em paz. — Se têm, não deveriam. Não sou mais seu instrutor.

Georgios resolveu falar:

— Medo não é bem a palavra.

— Qual seria a palavra?

— Não nos cabe dizer.

Constantino interveio:

— Repugnância. É o termo correto.

— O povo fala demais. — Bores Libertino não se alterou. Certamente sabia dos boatos que circulavam a seu respeito. — Que tal um trago?

Serviu as duas taças que já estavam sobre a mesa e as ofereceu aos patrícios, que beberam a contragosto. O hidromel, porém — pelo menos *aquele* hidromel —, era delicioso, e eles repetiram a dose.

O plebeu apenas os observava, sem dar sinal de que também beberia. Georgios quis saber o motivo.

— Por que não se junta a nós?

— Eu? Não. Estou velho para abusar do álcool. Prefiro posca. — Ele se referia à tradicional mistura de água e vinagre, muito apreciada pelos populares. — Sou um homem de hábitos simples.

Incapaz de se livrar do intruso, Constantino puxou assunto:

— Se é um homem de hábitos simples, o que está fazendo em Claudana? Este é um estabelecimento caro. Gastando o dinheiro que roubou dos judeus?

— Não fiquei com um só sestércio, se querem saber. Sou um mero soldado, sem ambições financeiras. Recebo ordens e as cumpro.

— Então diga — insistiu Constantino. — O que faz tão longe de casa?

— Já lhe digo. Beba mais um pouco e eu conto.

Constantino e Georgios aproveitaram e se serviram novamente. O hidromel não era tão forte quanto Libertino fizera crer. Na realidade era suave, doce e ligeiramente apimentado.

— Está melhor assim. — O homem sorriu com os dentes amarelos. Usava sua cota de malha, mas não trazia elmo ou escudo. Depois de alguns instantes, prosseguiu: — Bom, respondendo à sua pergunta, estou aqui a trabalho.

— Que tipo de trabalho? — estranhou Georgios. — Se é que pode nos contar.

Libertino os espiou com astúcia. Ignorou a pergunta do rapaz e encarou Constantino.

— Diga-me uma coisa, decurião: o senhor não achou mesmo que os sicários iriam desistir de matá-lo, achou? Ainda mais depois do ataque ao condomínio judaico. Os sicários são judeus, sabia?

— Como é? — O príncipe fechou a cara. — Quem lhe contou sobre os sicários? — Elevou a voz. — Como sabe dessa história?

Nesse momento, Georgios sentiu um embrulho no estômago. O hidromel, apesar de saboroso, não lhe caíra tão bem. Começou a suar.

— Que vergonha. — Libertino os fitou com ar de decepção. — Um dia vão contar por aí que Flávio Constantino, herdeiro de Constâncio Cloro, e Georgios Graco, filho de Laios, o Libertador do Leste, morreram porque foram estúpidos.

— Que conversa é essa? — Constantino deu um soco na mesa. — Explique-se! É uma ordem.

Nisso, o centurião colocou-se de pé. Georgios farejou o perigo e também se levantou.

— É uma emboscada! — balbuciou, mas era tarde demais. Suas pernas começaram a tremer, o corpo fraquejou e os joelhos se dobraram. Zonzo, caiu para trás, como uma tora de madeira podre. Embora consciente, ele não conseguia se mover. Era como se tivessem colado um bloco de concreto em suas costas.

Constantino escutou o alerta e sacou a espada, quando sentiu a cabeça girar, os dedos formigarem, o campo de visão enegrecer.

— Veneno. — Ele reparou que havia flocos marrons no fundo do copo. — Maldito seja, traidor!

Deu um passo à frente, mas sucumbiu, como Georgios sucumbira.

Libertino montou sobre ele e o amarrou com uma corda.

— Bons sonhos, rapaz — sussurrou. — Durma bem.

Georgios despertou com o canto de uma cotovia.

Era uma manhã quente de inverno, que mais parecia uma tarde primaveril. Descobriu-se estirado na relva, à sombra de uma árvore de folhas caducas. Constantino jazia a seu lado, os olhos fechados, babando.

Procurou uma posição sentada. Seus cavalos estavam pastando na grama, ao lado de uma carroça pequena, movida por uma mula de carga. Sacudiu o amigo, que acordou com um susto.

Constantino ergueu-se prontamente, mas perdeu o equilíbrio e tornou a se deitar. Rolou no chão e regurgitou, botando para fora o pouco que havia comido. Georgios fez o mesmo, e logo eles estavam se sentindo melhor.

O príncipe tomou fôlego e perguntou:

— O que aconteceu? Onde está aquele filho da puta?

Georgios andou até a carroça e começou a revirá-la. Procurava um odre ou cantil. Estava sedento.

— Quem?

— Bores Libertino. O canalha nos envenenou.

— Sonífero — disse uma terceira voz, que se aproximava trazendo uma ânfora. — Não era veneno. Era sonífero.

O recém-chegado não era ninguém menos que o próprio centurião. Estendeu o recipiente a Georgios, que o levou aos lábios sem medir as consequências.

— Não beba isso — bradou Constantino. O colega, porém, já tinha bebido. Não pôde evitar. Era água pura.

Naquele momento, Flávio Constantino poderia ter se lançado contra seu captor, mas pensou duas vezes. Estava ainda muito fraco, e o plebeu, apesar da idade, era um lutador competente.

Libertino foi até a carroça, enfiou a mão em um balaio e entregou a eles dois pedaços de pão.

— Sejam rápidos — rezingou. — Não temos o dia todo.

Famintos e sem opções, os dois obedeceram. Enquanto comiam, Constantino perguntou ao veterano para onde ele os havia levado. Libertino andou uns três passos e mostrou que eles se encontravam sobre uma colina, às margens de um pequeno bosque. De lá, enxergava-se um estreito de águas azuis com centenas de barcos, civis e militares. Do outro lado descortinava-se uma cidade que era provavelmente a mais bela que Georgios já vira. Os muros se estendiam até onde a vista alcançava, encimados por ameias, guaritas e torres de guarda. O interior estava repleto de parques, palácios, basílicas, e havia um hipódromo gigantesco, muito maior que o da Nicomédia, com bandeiras drapejando.

Constantino também se admirou e, estupefato, soltou um murmúrio:

— Bizâncio...

— Que lugar maravilhoso. — Georgios se lembrou do paraíso dos gregos, conforme descrito na *Odisseia*. — Parece os Campos Elísios.

Passado o fascínio inicial, o príncipe sacudiu a cabeça e se deu conta de um detalhe importante.

— Que as Fúrias o cacem, seu rato — praguejou ele, o dedo na cara do centurião. — Sabe que eu não posso passar a noite fora da capital, não sabe? Ordens do imperador. Na Bélgica, o meu pai sofrerá as consequências.

Libertino o encarou como se ele fosse um pobre coitado.

— O senhor não teve culpa. Flávio Constantino é um sujeito honrado, que jamais desobedeceria a uma ordem imperial. Mas ele não teve chance. — Olhou rapidamente para Georgios, depois voltou a atenção ao mais velho, fingindo tristeza. — O filho de Constâncio Cloro foi emboscado e morto pelos sicários.

Os jovens se entreolharam, confusos, sem saber o que dizer, sem ter noção do que pensar. O homem estava louco? Era um lunático?

Constantino insistiu:

— Já chega! Diga-nos quem você realmente é e por que nos raptou.

Entediado, o centurião respondeu:

— Comam logo, peguem os animais e me sigam. — Desamarrou o cavalo, subiu na carroça e falou: — Pare de reclamar, rapaz. — Soltou as rédeas. — Hoje é o seu dia de sorte.

IX

BIZÂNCIO

Bores Libertino, Georgios e Constantino tomaram a estrada que descia a colina. Em dado momento, o centurião parou em um recuo na pista, certificou-se de que estavam sozinhos e pediu que os jovens tirassem a armadura, escondessem as armas, despissem a túnica e a substituíssem por trajes civis, os quais trazia na carroça, sob uma pilha de tecidos emaranhados. Constantino não ficou satisfeito com a ideia.

— Para que este teatro? Não somos ladrões. Por que temos de nos cobrir?

— Faça o que eu digo. — Libertino jogou as roupas no chão. — Minha paciência está se esgotando.

De novo, os patrícios obedeceram. Havia um pacto silencioso entre eles. O centurião poderia ter-lhes cortado a garganta enquanto dormiam e, como não o fez, Georgios e Constantino deram a ele o benefício da dúvida. Decidiram acompanhá-lo momentaneamente, até que suas intenções fossem enfim reveladas.

Fantasiados de cidadãos comuns, os três tomaram a balsa que cruzava o estreito. Libertino pagou dez moedas de prata para transportar a carroça e as montarias, uma verdadeira fortuna, embora Constantino tivesse a impressão de que o homem já conhecia o timoneiro. Desembarcaram em um dos braços do porto de Prosfório, sobre um atracadouro de madeira que se conectava ao calçadão, diretamente abaixo de um prédio sobre o qual se destacava uma gigantesca estátua de Hécate, a deusa helênica das encruzilhadas. O farol ficava mais adiante: um prédio alto de pedra calcária, coroado por uma chaminé de granito.

De lá, eles seguiram para o portão sul e o cruzaram sem retenções. Libertino deixou a carroça no largo de entrada, deu dois sestércios a um menino para que ele a vigiasse e os três continuaram a pé pela avenida do comércio, ladeada por estabelecimentos que vendiam de tudo. Georgios achava que Antioquia era uma cidade cosmopolita, mas ela não se comparava a Bizâncio, três vezes maior e quatro vezes mais populosa, com dezenas de hospedarias, tavernas, templos, anfiteatros, banhos públicos, arcos do triunfo, palácios, fóruns e parques. Os esgotos raramente transbordavam, a limpeza urbana era impecável e os soldados da brigada de incêndio circulavam noite e dia, carregando pás, picaretas e baldes de água, prontos para agir diante de qualquer emergência.

Bizâncio fora completamente reformada nos tempos do imperador Sétimo Severo, cerca de setenta anos antes dos eventos aqui relatados. Era, portanto, uma cidade de construções novas que, apesar disso, mantivera sua identidade original. Os prédios obedeciam aos padrões gregos, mas eram dotados de tecnologia romana. Para quem caminhava pelas ruas, o único contratempo eram os gatos, que estavam em todos os lugares: sobre os muros, no telhado das casas, nas praças, nas árvores e nos becos, roubando comida, saltando e correndo.

À medida que avançavam, Georgios começou a observar as pessoas. Romanos e árabes, judeus e fenícios, homens e mulheres, ricos e pobres, todos convivendo pacificamente, fazendo compras, conversando, negociando e bebendo.

Constantino estivera pela última vez em Bizâncio aos treze anos. Quase não se lembrava de como a cidade era, e estava maravilhado também.

— Se um dia eu for imperador — ele disse —, mudo a capital para cá.

O equestre achou graça.

— Não sabia que você tinha ambições políticas.

— Quem não tem?

— Eu, por exemplo.

— Sua humildade me comove. — Constantino deu risada. — Já pensou em se candidatar ao cargo de bispo?

— Bispo, eu? Sou devoto de Mitra e filho de Marte.

— Era uma piada. — O príncipe sorriu, balançando a cabeça. — Onde está o seu senso de humor?

Libertino fez um gesto para que eles estacassem. Olhou ao redor cautelosamente. Depois sussurrou:

— Por aqui.

O grupo entrou em uma ruela que fazia uma série de curvas, subia e descia. Enfim chegaram a um pátio minúsculo, com um poço no centro. Em uma das paredes havia uma porta estreita, trancada.

— Deixem os cavalos neste ponto — pediu o veterano.

Georgios não queria se separar de Pégaso. Era um animal caríssimo, que o servira bravamente.

— O que vai acontecer com eles? — perguntou.

— Em breve serão devolvidos a vocês, assim como o equipamento que deixaram para trás. — O homem pegou uma chave no bolso, andou até a porta e a abriu. — Vamos. Não há tempo a perder.

Os viajantes desceram uma escada que parecia levar ao sistema de esgoto. Ouviram o som de goteiras, sentiram o cheiro de argila e de sais minerais. O ar estava úmido e esfriava a cada degrau. Por uns dez minutos caminharam na completa escuridão, com os braços abertos para se orientar. Mais à frente, alcançaram um túnel com lamparinas apoiadas em consolos nas paredes. O centurião pegou uma delas. Os rapazes o imitaram.

Continuaram progredindo, agora sobre terreno plano. O solo rangeu e Georgios reparou que estavam se deslocando sobre uma plataforma com toscos corrimãos de madeira, e que logo abaixo havia um espelho d'água. Um lago subterrâneo, talvez? Cutucou Constantino, que perguntou ao guia:

— Onde estamos, capitão?

— Nas cisternas, abaixo da cidade — respondeu Libertino. — Os gregos as construíram muitos anos atrás.

Dito isso, ele tomou a lamparina de Constantino e a atirou para o alto. O objeto descreveu uma parábola de fogo, e por um instante os andarilhos tiveram a oportunidade de contemplar o reservatório em toda a sua beleza — uma galeria imensa, com o teto composto por um conjunto de abóbadas e sustentado por colunas de mármore. Georgios percebeu que na base de uma delas fora esculpido o rosto de uma esfinge e se perguntou por que, afinal, os gregos haviam tido todo aquele trabalho, já que quase ninguém — além de uma dúzia de funcionários, talvez — tinha autorização para descer até lá.

Seguindo por mais alguns passos, encontraram uma escada coberta de limo, que ascendia em espiral. Pouco a pouco, a temperatura subiu e eles começaram a suar. O percurso era longo e cansativo, e o túnel, escuro e abafado.

Quando estavam no limite de suas forças, Bores Libertino abriu outra porta e eles penetraram em um corredor largo, com janelas amplas e portais coloridos. O chão e o teto eram revestidos de mosaicos belíssimos, marrons e dourados, retratando os estadistas romanos, desde Júlio César até Probo. Dada a opulência que os cercava, parecia óbvio que eles haviam chegado a algum tipo de palacete, ou à casa de alguém muito rico. Libertino parou diante de um pórtico que se abria para um quarto, no qual havia uma mulher no fim da casa dos trinta anos, sentada a uma escrivaninha, compenetrada, estudando. O cômodo era entulhado de prateleiras, e sobre elas destacavam-se pergaminhos antigos, vasos egípcios, armas, moedas, tábuas de cerâmica e estatuetas de deuses havia muito esquecidos.

O centurião fez-se notar:

— Minha senhora.

Ela se levantou da cadeira e andou até eles. Usava uma estola de seda branca coberta por uma capa de lã em tons negros e amarelos. Os cabelos eram castanhos, e os olhos, de um azul profundo, idênticos aos de Constantino.

— Obrigada, Bores — ela agradeceu ao veterano, que fez uma reverência, deu meia-volta e saiu. Depois a mulher acariciou o rosto de Flávio Constantino, que respondeu ao toque com um olhar de criança.

Quando a jovem dama derramou a primeira lágrima, o príncipe a abraçou e cobriu a própria face, porque estava emocionado também. Georgios recuou para o corredor e os deixou a sós, respeitando o momento. Mesmo sem apresentações formais, ele sabia onde estava e quem era aquela mulher que os recebera.

Passados alguns instantes, ela se afastou de Constantino e com um sorriso sincero encarou o equestre.

— Georgios Graco, imagino.

— Sim. — Ele fez uma mesura. — Sim, senhora.

— Meu nome é Flávia Júlia Helena — apresentou-se. — É uma honra conhecê-lo. O imperador manda lembranças.

— O imperador? — O rapaz estranhou. — Ele sabe que estou aqui?

Helena, então, foi até uma das prateleiras e apanhou um objeto pontudo enrolado em tecidos grossos. Entregou-o a Georgios, que o desembrulhou cuidadosamente, trazendo à luz uma espada longa e afiada, com a lâmina resplandecente, leve e ao mesmo tempo elegante. O cabo era de madeira polida e terminava em uma esfera de aço, decorada com linhas e formas em alto-relevo.

— É a Ascalon. — Os olhos dele brilharam. — A espada do meu pai.

— É a *sua* espada — corrigiu Helena. — Forjada nas chamas do Monte Etna quando o mundo era jovem.

O equestre apreciou a relíquia, contemplando-a contra os raios do sol. Ele a havia deixado aos cuidados de Diocleciano ao se matricular na Escola de Oficiais do Leste, dois anos antes. O fato de a arma estar em poder de Helena provava que ela e o imperador estavam unidos, planejando alguma coisa. Mas o quê?

— Este palácio é inviolável — garantiu a jovem senhora. — Quero que descansem, se alimentem, se recuperem, porque um grande destino os aguarda — ela disse, alterando a voz para um tom mais formal. — Preciso que saibam, antes de tudo, que uma guerra se aproxima. E os senhores têm uma missão a cumprir.

X

O REFÉM

— Zenóbia — murmurou Helena, contemplando o céu, que de azul passara a cinzento. — Foi ela quem tramou esta conspiração.

— Zenóbia? — Bores Libertino afagou a careca, ponderando o que a cesarina dissera. Os dois estavam lado a lado, caminhando pelos jardins do palácio. — Quer dizer, a rainha Zenóbia de Palmira, viúva de Odenato?

— Sim, também viúva de Tácito, que governou Roma cerca de quinze anos atrás. Desde que ele faleceu, Zenóbia é tratada pelo Senado como uma espécie de imperatriz honorária, o que lhe confere forte influência política.

Libertino fitou o horizonte. Escutou-se o som de um trovão, seguido pelo cheiro de tempestade. Os ciprestes começavam a farfalhar.

— Pensei que o atentado contra Constantino tivesse sido ideia de Maximiano.

— Digamos que os dois têm o mesmo objetivo, que é derrubar o imperador. Diocleciano, porém, é esperto demais; Zenóbia não tem como controlá-lo. Para ela, Maximiano é a marionete perfeita.

Helena sentou-se em um banco de mármore, à sombra de uma figueira de raízes entrelaçadas. Uma dúzia de libertos — ex-escravos a quem ela concedera a alforria — os observava de longe. Com trinta e sete anos, ela era uma mulher esguia, de pele clara e cabelos longos, que transmitia respeito com seu olhar de rapina. Descansou as mãos sobre os joelhos, endireitou as costas e retomou a palavra:

— Preciso de sua ajuda mais uma vez, Bores. Meu filho tem de chegar são e salvo à Bélgica, onde terá a proteção de Constâncio Cloro, seu pai. Não posso escondê-lo por muito tempo.

— Conheço todos os atalhos daqui até a Germânia. Posso guiá-lo — ofereceu-se o centurião, retomando o assunto anterior. — De todo modo, admito, custo a acreditar que Zenóbia esteja manipulando Maximiano. Ele é um homem poderoso, que poderia destruir a cidade de Roma com um estalar de dedos. O que faz essa rainha síria ser assim tão poderosa?

— Obstinação, inteligência e carisma — respondeu a jovem senhora. — Zenóbia viu o seu único filho ser assassinado por legionários nos portões de Palmira. Ela não vai desistir enquanto não desmantelar o Império Romano. — Fez uma pausa, se levantou e disse: — Os filósofos persas afirmam que todas as relações humanas são baseadas no exercício do poder, mas eles estão errados. Há um sentimento mais forte, que é o amor. É justamente esse amor que a move, o amor por seu filho, e é por esse motivo que ela sempre estará um passo à frente dos senadores, que buscam unicamente fama, dinheiro e fortuna.

— Sou ignorante nesses assuntos — reconheceu Libertino. — Confio na senhora. É o que me basta. — E completou: — Farei o que me for ordenado.

— Que Deus nos ajude nesta empreitada, Bores. — Helena inclinou levemente a cabeça. — E que Ele perdoe os nossos pecados.

— Que assim seja, cesarina — assentiu. — Que seja assim.

Naquele ano, o 1044º desde a fundação de Roma, Helena ainda morava com sua corte no palácio de Sétimo Severo, um complexo de construções luxuosas, mas impessoais, a leste do fórum, à direita do aqueduto e a dois quarteirões do hipódromo. Bizâncio, àquela época, era um bom lugar para viver porque, embora fosse um polo comercial importante, não atraía generais ou políticos. A Nicomédia era a capital da província — e de todo o Império, na ocasião —, e a base legionária mais próxima ficava na fronteira com a Dácia. Bizâncio, portanto, acabou por se tornar uma cidade livre, um porto aberto às culturas estrangeiras, indulgente e sem preconceitos.

Georgios e Constantino foram acomodados no setor norte do edifício central. O jantar precisou ser acelerado, porque ambos estavam famintos. Nesse entremeio, eles foram às latrinas, se limparam, trocaram de roupa e fizeram um lanche.

— Se lhe pedirem que jure sobre a Pedra de Júpiter — disse Helena ao filho, ao encontrá-lo no quarto —, você sempre poderá dizer que foi envenenado e trazido a Bizâncio contra a sua vontade. Não será mentira, e os deuses não ficarão aborrecidos.

Constantino estava dobrando a túnica militar sobre a cama, organizando seus pertences, com a disciplina característica de quem passara anos no exército. O cômodo tinha janelas altas, gradeadas, por onde penetravam raios oblíquos.

— Por que está me dizendo essas coisas — perguntou ele —, se não acredita nos deuses?

— Não nego a existência dos deuses romanos — rebateu a mulher —, apenas considero que são aspectos de um único Deus. Que fazem parte de algo maior.

O príncipe sentou-se sobre o colchão, os olhos fixos no assoalho. Naquele momento, não era o oficial carismático, mas uma criança taciturna, que discordava dos atos da mãe.

— O meu pai sabe — ele hesitou — que a senhora se converteu?

— O seu pai sabe de tudo.

— E aceitou continuar casado com uma cristã?

Helena experimentou um sopro gélido no coração. Um segundo de dor. E depois o alívio.

— É uma longa história — disse a mulher —, que ele lhe contará pessoalmente.

— O quê? — Constantino colocou-se de pé, como se um alfinete o tivesse espetado. — O meu pai está aqui?

— Não. — Com a mão estendida, ela o acalmou. — Você irá ao encontro dele em Tréveros.

— Tréveros? — O decurião tornou a se sentar, contemplativo. — Não há nada que eu mais deseje, senhora minha mãe. Por seis anos sonhei com este momento, mas o imperador precisa estar ciente dos nossos planos, ou as consequências poderão ser devastadoras para a nossa família.

— Não se preocupe — manobrou a cesarina. — Como eu disse mais cedo ao seu amigo, estas são precisamente as ordens do imperador.

— Menos um problema, então. — Demonstrando serenidade, o oficial comentou, depois de divagar por alguns instantes: — Suponho que a senhora saiba do ataque ao condomínio judaico.

— O Leste inteiro sabe. Esse foi o assunto principal nas praças e sinagogas por toda a província.

— Naquela noite, um homem me disse que Maximiano mandou me matar. É verdade?

— Não tenho dúvida disso, mas também estou certa de que não foi pessoal. Legalmente, você vivia na Nicomédia sob a proteção do imperador. Maximiano sabia que, se você fosse assassinado nas ruas da capital, o seu pai ficaria enfurecido. Seria mais fácil, assim, convencê-lo a integrar uma rebelião contra o divino augusto. Sem as legiões da Gália, Maximiano não tem força para se insurgir. Ele precisa do apoio de Constâncio Cloro.

— Precisava — corrigiu o príncipe —, pois nós descobrimos a farsa.

— Os próximos passos serão decisivos — continuou a mulher. — Devemos agir para manter a integridade do Império, impedindo que ele se desmantele.

— Como?

— Unindo os tetrarcas. Para isso, no entanto, é crucial que você chegue inteiro à Bélgica.

Mãe e filho sentiram cheiro de carneiro assado. O jantar em breve seria servido. Helena pediu licença para supervisionar os preparativos da refeição, mas antes que ela saísse Constantino fez questão de abordar mais um assunto.

— Só mais uma coisa, minha mãe. Preciso lhe falar sobre Georgios. O sonho dele é se tornar um oficial romano. Precisamos devolvê-lo à escola.

— O seu amigo terá melhores oportunidades no Oeste — declarou a cesarina. — Muito melhores, eu diria.

— Falta ainda um ano para ele se formar — contou. — Não temos o direito de afastá-lo do exército.

— O que eu quero é aproximá-lo do exército — ela esclareceu, antes de sair do quarto. — O que se produz na escola é um mero teatro. Não digo que nada de útil se aprenda por lá, mas garanto que os verdadeiros soldados são forjados no calor da batalha. É para esse lugar que eu o estou enviando. Será que entende?

Passados alguns segundos, Constantino assentiu.

Helena deu-lhe um beijo no rosto.

— Meu filho — ela disse —, Deus tem um destino especial para você.

O oficial protestou:

— Não acredito no Deus cristão, minha mãe.

— Não é necessário que acredite — sorriu a dama. — Siga apenas os seus instintos — sugeriu. — Faça a coisa certa e não se preocupe com mais nada.

O palácio de Sétimo Severo tinha muitos salões, mas o jantar foi servido em uma sala pequena, de teto abobadado, colunas baixas e piso aquecido. Era uma noite fria, o tempo havia mudado e estava chovendo torrencialmente lá fora.

O prato principal era carneiro coberto de azeite e recheado de cogumelos. Pães, tigelas de ameixas, nozes e uma grande rodela de queijo foram postos sobre a mesa de centro. Para beber, vinho branco, água e suco de uva.

Georgios e Constantino estavam sentados, cada qual em um divã, quando Helena chegou, escoltada por Bores Libertino.

— Obrigada, meu amigo — ela agradeceu ao veterano, que saiu da sala e fechou a porta. Em seguida, a dama sinalizou para os jovens, que a aguardavam para comer. — Por favor, comecem. Prefiro esperar esfriar.

Com água na boca, os rapazes se entregaram ao banquete, enquanto a anfitriã fazia sua oração em silêncio. Depois de devorar alguns pedaços de carne, Constantino espiou a porta e comentou, desconfiado:

— Devia tomar cuidado com esse tipo de gente, minha mãe.

Helena concluiu a prece com um tímido sinal da cruz. Pinçou algumas uvas e serviu-se de vinho.

— Se está se referindo a Bores, saiba que ele é um amigo leal, além de um cristão dedicado.

— Estuprar crianças — manifestou-se Constantino — é atitude de um cristão dedicado?

— Que bom que faz esse juízo dele — respondeu a mãe, enquanto cortava uma fatia de queijo. — Sinal de que alcançamos o nosso objetivo. — Deu uma bicada no vinho, suspirou e prosseguiu. — Contratamos alguns grafiteiros e artistas de rua para espalhar esses boatos. Infiltrei Bores na Escola de Oficiais do Leste pouco antes de o seu pai alistar você. Ele o tem vigiado por todos estes anos.

O príncipe quase engasgou ao escutar aquelas palavras.

— Estou surpreso — admitiu. — Se Libertino sempre foi nosso aliado, por que atacou Georgios e o manteve na cadeia por tanto tempo?

— Magêncio ficou sabendo que a meia-irmã, Theodora, havia se relacionado com um certo rapaz — explicou a cesarina, olhando diretamente para o equestre. — Ele mandou que os capangas da família encontrassem alguém com a sua descrição. Por quase dois meses, esses homens vasculharam as ruas e casas da cidade. Bores o manteve preso com o intuito de protegê-lo.

Georgios, que até então permanecera calado, indagou:

— Se Libertino não é o estuprador de crianças que conhecemos, então quem ele é, se me permite perguntar?

Um liberto se aproximou com uma bandeja, oferecendo ostras cruas, temperadas com pimenta e limão. Constantino apanhou duas e as pôs em seu prato.

— Seu nome real é Bores Quinto Vigílio, ex-centurião da Terceira Legião Italiana — revelou a mulher. — Ele e o irmão, Mauzio, tiveram participação de destaque na Batalha dos Campos Cataláunicos, que marcou a retomada da Gália pelos romanos, cerca de vinte anos atrás. Encerrado o confronto, Bores, Mauzio e outros soldados cristãos pediram que o então imperador Aureliano lhes permitisse continuar no exército sem renegar sua fé. Irritado, o soberano se recusou e decidiu executá-los, mas eles conseguiram fugir. Bores se transferiu para o Oriente e Mauzio desapareceu da face da Terra. Dizem que se refugiou em Tebas, além da segunda catarata do Nilo, mas eu duvido. O mais provável é que esteja morto há décadas — disse, enchendo outro cálice. — Convidei Bores Vigílio para jantar conosco, mas ele não se considera digno. Fez voto de pobreza e prefere comer a sós na cozinha.

— Que história. — Georgios agora se sentia mal por ter prejulgado Libertino. — Eu deveria ter suspeitado. Sou um completo idiota.

— Se não fosse por você — lembrou Helena —, o meu filho teria sido morto pelos sicários naquele 13 de setembro. Quero agradecer por tê-lo salvado.

Georgios nunca considerara tal ato uma virtude, muito menos uma proeza notável.

— Não posso me gabar. — Deu de ombros. — Nada fiz de extraordinário. Creio que tive sorte.

— Já que são amigos — ela murmurou quando um relâmpago estourou na janela —, gostaria de saber se estaria disposto a acompanhar o meu filho até a Gália.

O jovem parou de comer e encarou Constantino, perguntando com o olhar se ele estava de acordo com a proposta. O amigo fez um sinal afirmativo, confirmando que desejava a presença dele naquela jornada.

Georgios limpou a garganta com um gole de água.

— Jurei retomar as terras da minha família na Palestina, mas não tenho como fazê-lo sozinho — considerou. — O meu pai morreu na Germânia. — Ele se recordou daquele dia fatídico, visualizando o cadáver embalsamado de Laios, os soldados com o estandarte do bode, a mãe gritando ao abrir o caixão. — Talvez seja meu destino partir para o Oeste.

— Não vejo a hora de ter os meus próprios esquadrões — celebrou Constantino, erguendo a taça em uma demonstração de alegria —, de combater, de lutar. Não posso acreditar que o meu exílio acabou.

— Sugiro que não exagere na bebida — aconselhou Helena. — Porque vocês dois partem amanhã.

— Já? — reagiu o equestre. O inverno era tradicionalmente a pior estação para viajar. — Não seria melhor esperar o começo da primavera?

— Seria melhor — aquiesceu a cesarina. — Contudo, logo Maximiano saberá que estão vivos e enviará homens para persegui-los. Pensando nisso, forjei documentos falsos, que serão úteis na estrada.

— Não é o suficiente — argumentou Constantino. — Precisamos das nossas armas e equipamentos, além, naturalmente, dos nossos cavalos.

— E de mais uma coisa — acrescentou a mulher. — Um refém.

— Um refém? — O príncipe fez uma careta, expressando seu desagrado. — Ele não vai nos atrasar?

— Quanto mais garantias, melhor — disse-lhe a mãe. — Não se preocupem, Bores tem experiência nesses assuntos. Ele vai acompanhá-los.

O jantar se encerrou com um tônico refrescante, preparado com uma mistura de canela e anis.

Em seguida, os três se recolheram. Chegando a seus aposentos, Helena ajoelhou-se diante de uma cruz de madeira apoiada sobre o criado-mudo e começou a chorar, martirizando-se por ser obrigada a envolver seu único filho naquele nefasto jogo de intrigas. Em todo caso, ela não tinha opção. Se nada tivesse feito, Constantino teria permanecido na Nicomédia, onde seria morto em algum momento, fosse pelos sicários de Maximiano ou por assassinos contratados por Druso.

Foi quando alguém bateu à sua porta. Ela se levantou, secou as lágrimas, dirigiu-se até lá e a abriu.

— Senhora, sinto perturbá-la. — Era Georgios. Ele sussurrava, envergonhado, sem conseguir encará-la. — Mas preciso falar-lhe a sós.

Helena pediu que ele esperasse. Cobriu-se com um xale e saiu para o corredor.

— O que há de tão importante — ela perguntou secamente; detestava ser interrompida no meio de uma oração — que não pode esperar até amanhã?

— Sei que a senhora é cristã.

— Não só eu como todos neste palácio.

— Conversa com Deus? Digo, com o deus dos cristãos?

— Claro. Uma das práticas da nossa religião é conversar com ele todas as noites.

— Poderia dar-lhe um recado?

Helena achou graça na inocência do rapaz. Mas não demonstrou. Seria desrespeitoso.

— Qualquer um pode falar com Deus, Georgios — redarguiu ela. — Se quiser, pode dirigir-se pessoalmente a ele.

— Não seria apropriado. Fiz um pacto com Marte e fui iniciado no culto de Mitra — disse. — Ouvi que o deus dos cristãos é ciumento. Não quero atiçar a ira de mais uma divindade. Proserpina já não gosta de mim.

— Está bem — dobrou-se a mulher. A visita tinha sido, de fato, inoportuna, e ela estava disposta a tudo para encerrá-la o mais rápido possível. — Qual seria o recado?

— Diga ao Nazareno que o inimigo dele às vezes fala comigo.

Helena não entendeu.

— Inimigo?

— Lúcifer. O antagonista. O anjo caído. Ele me persegue, senhora. Peça ao seu deus que o afaste de mim.

— Um momento. — A cesarina o puxou para dentro do quarto e sibilou: — O que está me dizendo é muito sério. Conte-me como isso começou.

— Não sei há quanto tempo ele me observa. O que posso dizer é que o Diabo se revelou para mim no ano passado, em meio a um dos ritos de iniciação da escola. Na hora pensei que fosse uma alucinação, mas em dezembro escutei a voz dele durante o ataque ao condomínio judaico, pedindo que eu fizesse um sacrifício em seu nome.

Helena experimentou um calafrio, uma presença maligna, trevosa. Segurou as mãos de Georgios e rezou em silêncio por um minuto completo.

— Pode não parecer, mas sou leiga nesses assuntos. Conheço alguns homens santos que poderiam ajudá-lo. Para que o processo funcione, entretanto, você precisaria se converter.

— Homens santos? Não, obrigado. Se é essa a condição, eu me recuso. — Ele se afastou, a um só tempo agradecido e desapontado. — Obrigado, de qualquer maneira.

— Espere — pediu a dama. — Fale-me mais sobre esse demônio. Lúcifer, você disse? É a primeira vez que escuto esse nome.

— Foi um erro tê-la incomodado. — Georgios fez uma vênia e saiu. — Boa noite, senhora.

Sem ter o que fazer, Flávia Júlia Helena voltou a se ajoelhar e retomou suas orações. Naquela noite, rezou pela segurança do filho e pela felicidade de Georgios Graco. Quando terminou, estava amanhecendo. Ouviu passos do lado de fora, portas se abrindo, os criados aquecendo os fornos, ocupando a cozinha.

Olhou pela janela. O temporal tinha se dispersado. O dia que nascera trouxe de volta o calor, a luz, os raios do sol.

Helena tinha fé que Deus a escutaria, que protegeria Constantino de qualquer turbulência e exorcizaria o demônio que assediava Georgios.

Mas era cedo para ter certeza.

Cedo demais.

Os cavalos estavam no pátio traseiro, prontos e totalmente equipados. O lugar era amplo, cercado de oficinas, com um arco pequeno que conduzia ao estábulo e outro, maior, que terminava nos jardins do palácio.

Bores Libertino aguardava os demais sobre o dorso de uma égua castanha. Georgios e Constantino, armados, com armadura, elmo e roupas de guerra, subiram nas selas. Não traziam lança, mas foram-lhe dados escudos novos, pintados com o símbolo da flor de anis, a marca que Helena usaria, anos mais tarde, como emblema da Primeira Legião Cesarina, a guarda de elite estacionada em Bizâncio.

Georgios perguntou, da sela de Pégaso:

— O que estamos esperando?

O centurião respondeu, carrancudo:

— O refém. — E olhou para Constantino. — Sua mãe foi buscá-lo.

Não deu nem cinco minutos e Helena chegou ao pátio a pé, cruzando o arco menor, trazendo pelas rédeas um cavalo cor de fogo cuja pelagem refulgia ao sol matutino. Sobre ele, estava o refém — *a* refém. Uma moça altiva, de cabelos negros encaracolados, tez branca e olhos azuis.

Georgios não tinha dúvida — era Flávia Theodora. Quase perdeu o fôlego quando a enteada de Maximiano o fitou, sedutora.

Depois ela observou o ambiente que a cercava. Cumprimentou os homens com um sorriso faceiro. Não estava amarrada, amordaçada e não parecia reticente. Cavalgou sozinha até os soldados, controlando o animal com desenvoltura.

— Sei que já se conhecem — a cesarina dirigiu-se a Georgios e Theodora, perscrutando-os com severidade enrustida. — O que aconteceu entre vocês deve ficar para trás — ela determinou, resoluta. — Entenderam?

— Perfeitamente — prometeu a moça. — Juro pela cruz de Vênus.

Dito isso, Helena acenou para um de seus libertos, que entregou a cada um dos três jovens um tubo de couro. Lá dentro, ela explicou, havia documentos falsos para eles usarem nas estalagens e postos de parada. Constantino, em especial, recebeu dois tubos, um dos quais continha alguns pergaminhos selados.

— Entregue essas cartas ao seu pai — a dama ordenou. — São confidenciais.

— Entendido — o decurião anuiu, ajustando o capacete.

— E a menina — ela falou só para o filho, sem que os outros ouvissem — deve completar o trajeto em segurança. Não permita que ela e o seu amigo se envolvam mais uma vez. Seria catastrófico.

— Pode deixar.

— Que os deuses de hoje e de ontem os protejam nesta jornada — desejou-lhes a vigorosa matrona. — Percorram seus caminhos sabiamente, sejam astutos e corajosos, pois o que está em jogo não é apenas um punhado de vidas humanas, mas a sobrevivência de todo o Império — disse. — Boa viagem, senhores — exclamou. — E boa sorte.

Com um gesto dela, o cavalariço abriu o portão. Bores Libertino saiu primeiro, seguido de Constantino, Theodora e Georgios.

Não eram mais crianças. Eram homens adultos, soldados completos. Então, Helena fez o que toda mãe, cedo ou tarde, precisa fazer.

Tocou o próprio ventre. Olhou para Constantino.

Deu um longo suspiro.

E permitiu que ele seguisse adiante.

Mésia, 16 de maio, 1082 *ab urbe condita*

Salve, excelência.

Bom receber sua mensagem, ainda mais neste momento, quando tudo o que vejo à minha volta são soldados, sangue e lama. Seus textos me trouxeram lembranças de uma época mais inocente, em que eu era um jovem cavaleiro em busca de fama, fortuna e mulheres. De lá para cá, muita coisa mudou, e admito que, hoje, enxergo aqueles tempos com certa melancolia. É um sentimento estranho, como se eu tivesse morrido e renascido na pele de outra pessoa, de um indivíduo calejado, idoso, com menos energia e mais confiança. Não sei se isso é bom ou ruim, sinceramente. Talvez seja apenas normal na minha idade.

Devo confessar, também, que muito do que foi relatado eu já havia esquecido, o que me parece razoável a qualquer ser humano. O segredo de minha mãe para se lembrar de tudo (ou quase tudo) é a obsessão que ela tem — sempre teve — por colecionar papéis e fazer anotações. Meu avô materno, o senhor deve saber, trabalhava como bibliotecário em Drepanon, na Bitínia. Suponho que tenha nascido daí a paixão dela por livros e pela pesquisa acadêmica.

Postos esses detalhes, soa-me estranho ler sobre acontecimentos da minha vida a partir do olhar da minha própria mãe. De outra perspectiva, entretanto, cheguei a me assustar com a precisão com que ela narrou os fatos e reconstruiu meus pensamentos. Um trabalho magnífico. Parabéns a ela e ao senhor, bispo, por nos ajudar nesse projeto.

Já que me foi solicitado, vou destacar alguns pontos que carecem de ajuste.

O capítulo sete sugere — pelo menos foi minha impressão — que os paladinos se mantiveram afastados da corte graças a uma negligência do imperador, o que não é verdade. Diocleciano ficou sabendo do atentado contra mim e acompanhava tudo o que acontecia na capital por meio de seus espiões. Ele deixou as rédeas frouxas de propósito, para testar Sevílio Druso e saber até onde ele iria. Infelizmente o augusto não conseguiu prever o ataque ao condomínio judaico. Compreende-se, afinal ninguém àquela altura poderia imaginar que o magistrado ordenaria algo tão vil.

Quando aconteceu, Diocleciano entrou em contato com minha mãe, que também mantinha seus agentes na Cidade Branca — um deles, como o senhor agora sabe, era Bores Libertino. Juntos, Diocleciano e Helena armaram um plano para nos transferir, a mim e a Georgios, para Bizâncio e de lá para a Bélgica. O que me impressionou — disso me lembro bem — foi a inteligência com que Libertino conduziu a operação. Se ele tivesse me pedido para fugir da Nicomédia, na ocasião eu não teria aceitado. Ele sabia disso e nos drogou com o maldito sonífero.

Outra questão que não ficou clara foram os reais interesses de Druso. Como Georgios havia suspeitado, ele não tinha a menor ideia de onde estavam os sicários. O procurador, com efeito, queria obter um compêndio contendo supostas fórmulas mágicas que estava em poder dos judeus. Não sei o que minha mãe apurou a respeito, mas estou aqui, prestes a completar cinquenta e oito anos, e, posso garantir, nunca fui alvo de nenhum sortilégio.

O "mágico judeu preso no fórum", conforme as palavras de Lúcio Décimo, era, a propósito, um ator contratado por Druso. O objetivo dessa encenação foi intensificar o sentimento antijudaico, para que o massacre no condomínio fosse mais bem aceito pela população em geral — o que obviamente não ocorreu. No fim das contas, quem realmente governa é o povo. Quando o prefeito, os políticos locais e a guarda urbana começaram a sentir a inimizade da plebe, a posição de Druso ficou muito fragilizada. Embora minha mãe não tenha descrito meu cotidiano na Fortaleza Cláudia — nada mais justo, afinal esta é a biografia de Georgios —, preciso acrescentar que foi essa "voz das ruas" que me levou a confrontar Druso naquele 1º de março, tão revoltado eu estava.

Para encerrar, queria fazer um pedido. Entendo a importância de descrever o ataque ao condomínio para entendermos a formação militar de Georgios. Contudo, receio que minha atuação nesse episódio possa gerar certo repúdio entre os cristãos. Não nos esqueçamos de que até bem pouco tempo atrás eles eram uma seita judaica, e em todo caso os ensinamentos de Cristo condenam a matança de inocentes. O que eu menos preciso, nas atuais circunstâncias, é entrar em atrito com as autoridades eclesiásticas. Sendo assim, gostaria que não vinculassem meu nome ao massacre. Talvez minha mãe possa inventar outro personagem ou pôr tudo na conta de Falco — ele morreu sem deixar herdeiros, então ninguém sofrerá as consequências.

Sinceramente,

Flávio Valério Constantino, augusto de Roma
e governante supremo do Império unificado

Prezado augusto,

Sua mãe está ao meu lado neste exato momento. Ela diz que o ama profundamente, roga que não se sinta de modo algum melancólico e afirma que os feitos que o senhor realizou — não só para o povo de Deus como para toda a humanidade — são extraordinários, inigualáveis e serão lembrados por séculos. Ela acrescenta que tem orgulho do senhor e se sente privilegiada por tê-lo gerado.

Dito isso, tenho a felicidade de informar que Flávia Júlia Helena apresentou ligeira melhora em seu estado de saúde. Os médicos não sabem o que aconteceu — e, como sempre, não arriscam fazer previsões. O fato é que ela já consegue se levantar da cama e andar pelos jardins do palácio. Seguimos, assim, com nossa rotina de orações e com o árduo trabalho na biografia do santo.

Envio, destarte, o segundo tomo do referido projeto e aproveito para tecer, em meu nome e em nome de Helena, alguns comentários sobre sua última carta.

No que diz respeito a Diocleciano, sua mãe esclarece que tem plena consciência de que ele não foi negligente. Ocorre que ela se propôs a contar a história da perspectiva de Georgios — e da sua, nesse trecho —, e ambos, como o senhor confirmou, não sabiam na época o que estava acontecendo. Helena garante, entretanto, que o leitor terá a oportunidade de tirar as próprias conclusões à medida que a trama for avançando.

De minha parte, sou obrigado a discordar quando o senhor minimiza os atributos mágicos de Druso. Estou convencido de que ele era um bruxo da pior estirpe, como os próximos tomos vão revelar. Nunca se deve, a meu ver, subestimar o poder do Mal. O Diabo é especialista em nos convencer de que não existe, e é preciso ter cuidado com as forças do inferno.

Em relação ao massacre contra os judeus, levei seu pedido a Helena, que insistiu em manter o texto inalterado. Fiz de tudo para demovê-la da ideia, mas a augusta apresentou um ótimo argumento, que reproduzo a seguir.

De acordo com ela, a maior virtude cristã é a capacidade de redenção, de nos arrepender dos nossos pecados e de começar uma nova vida segundo os ensinamentos de Cristo. Quanto maior o pecado, maior a graça. Não há canalha, ladrão ou assassino que esteja longe demais da Casa de Deus.

Como o senhor já foi batizado, portanto, não tem nada a temer. Com efeito, tem muito de que se orgulhar.

Prometo mantê-lo informado sobre o progresso de sua mãe. Ela insiste que não se esqueça de nos escrever assim que terminar o próximo tomo.

Eusébio

SEGUNDO TOMO

A FUGA

XI

FRONTEIRAS DO IMPÉRIO

PARTINDO DE BIZÂNCIO, CAVALGANDO DOZE HORAS POR DIA, CONSTANTINO, Georgios, Theodora e Bores Libertino conseguiram cobrir grandes distâncias em um tempo relativamente curto. Sempre percorrendo boas estradas, cruzaram diversas cidades trácias e alcançaram Naísso, na Mésia, em fins de março. Naísso era a cidade natal de Constantino, mas ele não a conhecia, porque fora levado para o Leste ainda criança. O curioso é que, apesar disso, eles nem chegaram a atravessar as muralhas. O grupo passou a noite em um celeiro abandonado e retomou a viagem ao nascer do sol, evitando perguntas.

Na maior parte das vezes, o quarteto pernoitava em estações do correio. O imperador Augusto criara essa rede de comunicação fazia trezentos anos e Adriano a ampliara, construindo pousadas ao longo das estradas a cada duas léguas, onde os carteiros podiam repousar, comer e substituir os cavalos por animais descansados. Essas pousadas eram, em regra, bastante singelas. Costumavam ser administradas por um legionário aposentado, assistido por três ou quatro escravos domésticos. Os oficiais romanos tinham o privilégio de usá-las como abrigo noturno, mediante a apresentação dos documentos.

No entardecer do vigésimo segundo dia, eles pararam em uma dessas estalagens, na fronteira da Dalmácia com a Panônia, a duas milhas do Rio Sava. O lugar resumia-se a um galpão tosco, mas amplo, com paredes de tijolos e janelas altas, fechadas por básculos de madeira. No teto, as telhas quebradas haviam sido substituídas por tufos de palha, amarrados uns sobre os outros.

O estábulo ficava na parte traseira, ao redor de um pátio cercado onde se localizavam também as latrinas.

O terreno era repleto de castanheiras, cujas folhas dentadas começavam a brotar. Libertino desmontou, foi até a entrada da pensão e tocou um sino afixado à parede. Um homem pequeno, barrigudo, usando uma túnica do exército e sem alguns dentes na boca apareceu na porta, reparou na comitiva e a saudou:

— Boa tarde, senhores. — Acenou para eles. — Sejam bem-vindos.

— Sou Bores Libertino — apresentou-se o plebeu —, centurião da Terceira Legião Italiana.

— Sétimo Coríntio — o soldado abriu um sorriso inesperado —, ex-legionário da mesma.

Libertino estendeu a mão e o cumprimentou calorosamente.

— Salve, irmão. Quando esteve em serviço? Não me lembro de você.

— Sob Aureliano — ele disse. — Combati na Batalha dos Campos Catláunicos. — E completou, mantendo o sorriso: — Eu me lembro do senhor.

— Lembra?

— Sim, senhor. Imagino que tenha sido transferido para o Leste depois da queda de Tétrico.

— Exato.

— Pois é, lembro bem. — Sétimo Coríntio olhou para o trio ainda sobre os cavalos. — Por favor, entrem. — Coxo, ele deu alguns passos e abriu o portão da cerca. — Deixem os cavalos lá atrás. Já vai escurecer. Estou sem lenha para aquecer a água, mas tenho um bom vinho e uma sopa de cogumelos excelente.

Os jovens apearam. O encontro entre os dois veteranos, pensou Georgios, não era exatamente promissor, como poderia parecer a princípio. Era um azar, na verdade, porque eles queriam passar despercebidos e agora seriam obrigados a mentir.

Depois de remover a sela, alimentar e escovar os corcéis, Georgios e Constantino entraram no estabelecimento. Libertino e Theodora já estavam lá, sentados a uma mesa longa, bebendo e conversando com o estalajadeiro.

O galpão contava com uma área comum, usada como refeitório, seguida por uma série de baias, muito semelhantes a cocheiras. Georgios supôs que eles estivessem em uma antiga estrebaria, reformada para servir de dormitório.

Sentaram-se e o homem ofereceu-lhes bebida. Uma mulher gorda com um lenço na cabeça, trajando um vestido sujo, entrou no recinto, apressada.

— Sopa para cinco hoje, Balbina — Coríntio a instruiu. — Use a banha de porco que está no armário.

— Sim, senhor. — Ela sorriu e desapareceu pela porta dos fundos.

Entrosados, Libertino e Coríntio puseram-se a debater sobre a batalha em que ambos haviam lutado. Nos tempos de Aureliano, um senador chamado Caio Pio Tétrico foi nomeado governador da Gália Aquitânia e, aproveitando que a nata do exército romano estava concentrada em Palmira, tomou o controle da região. A *Legio III Italica* (em grego, Terceira Legião Italiana) moveu-se contra o usurpador e recuperou os territórios da Púrpura.

— Foi um massacre — lembrou Coríntio. — De vez em quando fico pensando se tudo não passou de encenação.

— Da minha parte — disse Libertino, sério —, não houve encenação.

— Nem da minha. Mas os soldados de Tétrico estavam apáticos. O homem capitulou sem resistência. Eu me lembro de vê-lo de joelhos diante do imperador.

— Isso era normal. Aureliano forçava os oponentes a ficar de joelhos. Gostava de espezinhá-los.

— Mesmo assim — o legionário bateu o indicador contra a têmpora —, é algo que ainda me intriga. Sempre vai me intrigar.

Georgios comentou:

— Não vejo nada de intrigante. O usurpador nada mais é que um homem que desafiou o Senado e o povo de Roma. Faz todo o sentido ordenar que um sujeito desses se humilhe publicamente.

— Pode ser — opinou Sétimo Coríntio. — Quem é o senhor, a propósito? Como disse que se chamava?

Georgios travou. Era péssimo mentiroso e sabia que, se respondesse, o soldado desconfiaria dele. Foi salvo pela cozinheira, que veio trazendo um caldeirão. No recipiente um caldo borbulhava, contendo gordura suína, cebolas, cogumelos, ervas e pedaços de pão para encorpar. Por incrível que pareça, a mistura era deliciosa, apesar do aspecto insalubre. Os presentes comeram e conversaram mais um pouco, até que Coríntio pediu licença para se recolher. Constantino fez o mesmo. Georgios e Theodora permaneceram sentados, esperando a oportunidade de ficar juntos. Bores Libertino, porém, continuava entre eles, bebendo e saboreando o restante da sopa, raspando o prato com uma colher.

Para os dois jovens, o trajeto, até agora, tinha sido angustiante. Eles queriam se tocar, mas era impossível, porque sempre havia gente por perto.

Mesmo assim, restava a esperança. Era noite e só havia duas lamparinas acesas. Libertino trouxe uma delas para perto. Sacou o *pugio*, sua adaga de ferro, e, enquanto bebericava, começou a talhar na madeira a figura de um peixe. Theodora nunca imaginara que ele tivesse qualquer talento artístico e perguntou:

— O que é isso?

— O símbolo da minha religião — alegou. — Nós temos vários, na verdade. É uma espécie de código, um jeito de nos comunicarmos. O próximo cristão que se sentar nesta mesa saberá que este lugar já foi ocupado por um dos seus e talvez se sinta menos solitário.

— Sim, mas por que um peixe? — ela quis saber.

Georgios precipitou-se:

— Porque as igrejas de Antioquia foram construídas sobre as ruínas dos templos de Dagon — ele disse —, uma entidade marinha cujo símbolo era o peixe.

Bores Libertino fez uma careta e contra-argumentou:

— Não é nada disso.

— Pode apostar que é — teimou o equestre.

— Não é — o centurião garantiu. — O peixe é um dos signos da multiplicação. Jesus multiplicou pães e peixes durante uma festa às margens do Mar da Galileia, onde viveu e pregou por anos. Por trás desse milagre está a ideia de que, do mesmo modo que os peixes, nós, cristãos, e, mais precisamente, a palavra de Cristo se multiplicam quando há fé verdadeira.

Georgios entendeu o conceito, mas não podia negar o que vira.

— Eu morei em Antioquia. Conheci todas essas igrejas. Vi o peixe ser utilizado pelos bispos e diáconos, o mesmo peixe lapidado nas paredes dos santuários de Dagon.

— Rapaz — o veterano recolheu a adaga —, não existem cristãos só em Antioquia.

— Sim, mas a cidade sempre foi importante para o cristianismo, desde que Paulo de Tarso abriu a seita aos gentios.

— Pelo jeito você sabe mais do que eu — ironizou Libertino. — Quer ouvir minha confissão?

Theodora interveio:

— Não poderia ser as duas coisas?

— Não acredito em coincidência — disse Georgios. — Pode até ser que os cristãos tenham ressignificado a figura do peixe. Não duvido disso. Mas o símbolo nasceu em Antioquia. Estou absolutamente convencido.

Libertino propôs:

— E se eu lhe dissesse que Dagon, assim como Mitra, Zeus e Apolo, são apenas aspectos de Cristo?

Theodora acompanhava o debate, mas não digeriu aquele último argumento e perguntou:

— Como assim?

— "Todas essas formas que, no passado, eram meramente alegóricas se encarnaram na figura do nosso Salvador" — declamou o plebeu. — Segunda Epístola de Pedro.

Georgios não retrucou, pelo risco de eles se embrenharem em uma discussão infinita. Como era interessado em tudo o que dizia respeito a mitologia, ficou refletindo sobre aquelas palavras, tentando decifrá-las. Theodora também não disse nada. Fora iniciada no culto de Ísis, como muitas moças de ascendência nobre, mas nunca dera a menor importância às cerimônias. O que ela mais gostava era do cheiro dos rapazes, era poder beijá-los e acariciá-los sem que ninguém a perturbasse.

Georgios e Theodora estavam cansados e, como o centurião não dava sinal de que iria dormir, separaram-se e foram em direção às suas respectivas baias.

Em algum lugar, um galo cantou.

Obedecendo à rotina, os quatro acordaram ao nascer do sol. Selaram os cavalos, prepararam o equipamento e só então se sentaram para tomar o desjejum, constituído basicamente das sobras do jantar, além de pão, leite e água pura.

Sétimo Coríntio morava em uma cabana nos fundos da estalagem. Desejou-lhes bom dia e avisou que precisava ir à aldeia comprar banha de porco. Fez votos de boa viagem e os deixou sob os cuidados de dois escravos: um cavalariço de treze anos e a cozinheira.

Logo que ele saiu, o grupo escutou o som de cascos se aproximando. Estavam na metade da refeição quando três homens entraram pela porta. Usavam cotas de malha, traziam espadas, punhais, elmos e capas cor de açafrão, características dos jovianos, a guarda de elite do imperador. Os jovianos eram, quase todos, naturais da Dalmácia, e fazia todo o sentido encontrá-los naquelas paragens. Georgios, em particular, tivera uma boa experiência com eles no passado. Sendo absolutamente leais a Diocleciano, dificilmente homens assim lhes fariam algum mal.

Os guardas os saudaram e tiraram os capacetes. Dois eram louros, de olhos claros. O terceiro era moreno, barbudo e forte.

— Oficiais — cumprimentou-os o de cabelo preto. — Sou Tito Máximo, decurião ordenado pela Sétima Legião Gêmea. Comando este pequeno destacamento. Quem seriam os senhores?

Libertino tomou a iniciativa de apresentá-los.

— Somos homens da Quarta Legião, senhor — declarou. A *Legio IV Flavia Felix* estava baseada às margens do Danúbio desde a morte de Vespasiano. — Estes são Márcio Túlio e Décio Terêncio, cavaleiros da Púrpura. Nossa missão é escoltar a menina — ele estendeu a caneca na direção de Theodora — até Mediolano. O que os traz tão longe de Salona?

O três jovianos sentaram-se à mesa. Salona era a cidade natal do imperador, onde se localizava seu palácio de verão, na costa do Mar Adriático.

— Estamos patrulhando a fronteira — respondeu o moreno. Pegou um copo usado, encheu-o de água e bebeu todo o conteúdo de uma vez. Depois, ofereceu água a seus dois colegas. — De onde vocês são? Fiquei curioso. — Dirigiu-se a Constantino. — De onde você é?

— Sou de Tessalônica — volveu o príncipe, conforme diziam os documentos falsos.

O homem esticou o dedo para Georgios:

— E você?

— De Antioquia — mentiu.

O sujeito olhou para Libertino, encarando-o.

— E você, capitão?

— Eu o quê, senhor? — respondeu ele, insolente.

— De onde você é?

— Por que isso é relevante? Somos todos romanos, certo?

O moreno endureceu o discurso:

— É relevante porque sou um patrício e você é plebeu. Quando o patrício pergunta, o plebeu responde. Certo?

Georgios sentiu o clima de tensão aumentar, como um caldo fervente, prestes a transbordar.

— Posso ser plebeu, mas também sou italiano — retrucou Libertino. — O senhor é de onde?

O homem ergueu o queixo, em postura de desafio. Em seguida, replicou:

— Sou da Dalmácia, província romana desde a República. E tenho muito orgulho de ter...

De repente, Georgios enxergou, de relance, um borrão à sua direita. O braço de Bores Libertino descreveu um arco e desceu com violência. Em um primeiro momento, ele pensou que o centurião tivesse dado um soco na mesa, mas quando olhou novamente entendeu que ele trespassara a mão do joviano com sua adaga de ferro. O homem deu um grito e ficou preso, pregado, sem ter como se mexer, à mercê de seus oponentes.

Com a presteza de quem já participara de confrontos reais, Georgios ergueu-se da cadeira quando viu o segundo guarda sacar a espada. O homem parecia decidido a matá-lo, porque investiu contra ele. O ataque, contudo, foi detido pela armadura de escamas, e o equestre sentiu apenas como se tivesse levado uma chibatada no peito. Compreendeu, enfim, o que estava acontecendo e retirou a Ascalon da bainha.

À sua esquerda, Constantino havia sido mais rápido. Golpeou por cima da mesa, mirando a testa do terceiro agressor. O joviano conseguiu se esquivar, mas a lâmina decepou-lhe a orelha e seguiu seu percurso, até se encravar na madeira. O príncipe a puxou de volta, subiu em um banco e chutou o rosto do soldado de elite, que caiu para trás, desmaiado.

Theodora correu para a porta traseira. Libertino usou o gládio para degolar o chefe dos inimigos, que continuava paralisado, lutando para se libertar. No instante seguinte, avisou para quem ainda não tinha percebido:

— Eles *não* são jovianos — gritou. — São impostores!

O homem que agredira Georgios, agora em desvantagem, recuou na direção da saída. Foi detido por Constantino, que bloqueou o caminho e começou a duelar com ele. O sujeito era melhor espadachim e certamente o teria derrotado, não fosse o centurião espetá-lo por trás.

— Para o inferno — praguejou Libertino, sacudindo o gume sujo de sangue. — Malditos farsantes.

Theodora informou:

— Tem mais dois lá fora.

— Não vale a pena enfrentá-los — calculou Libertino. — Eles têm menos a perder do que nós. Vamos fugir enquanto há tempo.

Os quatro passaram ao estábulo, montaram em seus cavalos, saíram pelos fundos e alcançaram a estrada. Com menos peso e mais destreza, Theodora ia na frente. Em certo ponto, escutaram um tropel atrás deles. Constantino afirmou:

— Estamos sendo seguidos.

— Continuem cavalgando — bradou Libertino. — Não parem! Estamos quase na fronteira com a Panônia.

Georgios não entendeu como cruzar a fronteira iria salvá-los, mas prosseguiu.

Era uma manhã quente e úmida, sem brisa e com poucas nuvens no céu. Gradualmente, as árvores foram desaparecendo, dando lugar a arbustos, capim e vegetação rasteira, terminando em uma ponte larga, de pedra, muito sólida e bem conservada, que cruzava a ravina sobre o Rio Sava.

Enfim os perseguidores surgiram na estrada, à distância de uns sessenta metros. Ninguém parou para observá-los, ou então seriam alcançados. O que o quarteto não sabia era que aqueles homens eram mais versáteis do que pareciam.

Nisso, soaram zumbidos. Georgios não tinha ideia do que se tratava, até que Libertino gemeu — e os jovens perceberam que ele havia sido atingido por uma flecha nas costas.

— Não parem — repetiu o veterano. Estava ferido e já começava a bambear. — Continuem.

De fato, o alvo mais fácil é o alvo parado. Os guardas dispararam mais três flechas, e nenhuma os acertou. Mas acabariam por acertar, se nada mudasse. Quando, portanto, o time transpôs a ponte, Constantino parou atrás de um salgueiro. Os demais o imitaram.

Georgios ofegou.

— Quem são eles? — perguntou-se. — Sabem atirar montados. Que oponentes formidáveis!

— São mercenários trácios — explicou Libertino, torto sobre o cavalo. — Capangas de Maximiano.

— Como você sabe?

— Eu sei! — esbravejou. — São homens perigosos. Vocês não têm a menor chance.

Constantino avaliou o cenário.

— Não dá para fugir. Estamos muito pesados. — Ele se referia às provisões da viagem, incluindo água, ração e roupas de frio, transportadas sobre o dorso dos animais. — O único jeito é pegarmos os mercenários sobre a ponte. Homem contra homem. É tudo ou nada.

Georgios o apoiou:

— De acordo.

— Prepare-se — Constantino deu a ordem e se virou para Theodora. — Se nós morrermos, fuja! Corra como nunca correu na vida.

— Não se preocupem — ela disse, demonstrando autocontrole invejável. — Ficarei segura. — E reforçou: — Não se preocupem comigo.

XII

O OLHO DO ABISMO

CONSTANTINO ERGUEU A ESPADA E AGARROU O ESCUDO. GEORGIOS COLOCOU-SE a seu lado esquerdo e os dois galoparam até a extremidade da ponte. Lá embaixo, o Rio Sava corria, caudaloso.

Então, na outra margem, os trácios apareceram, usando as mesmas roupas de seus comparsas, disfarçados de jovianos, com elmo, espada e cota de malha — e de arco na mão, prontos para disparar. Constantino sugeriu ao parceiro:

— Faça uma prece. Escolha o deus que quiser, mas que seja um belicoso. Mitra ou Marte, de preferência, já que os conhece tão bem.

Georgios seguiu o conselho e clamou a Minerva, pedindo que o plano de Constantino funcionasse a contento. Para os romanos, Minerva era a deusa da guerra estratégica, da inteligência e da sabedoria em combate.

— Se o pior acontecer, saiba que foi uma honra conhecê-lo, Greguinho. — O oficial apertou a presilha do capacete. — Por Roma. Pelo Corvo de Prata. Lembre-se do treinamento. Boa caçada.

Isso dito, eles soltaram as rédeas e os animais aceleraram, adentrando a ponte como tufões.

O trajeto poderia levá-los à morte ou à glória, o que só deixou Georgios ainda mais empolgado. Um furor escaldante o dominou, uma euforia, como aquela que ele experimentara na Vila Fúlvia, ao empunhar a Ascalon pela primeira vez. Esse calor não derivava apenas da vontade de sobreviver, de cumprir sua missão, de proteger Libertino e Theodora. Era mais que isso. Era uma espécie de amor pela violência, pelo cheiro de sangue, pela carnificina, por matar, antes de tudo.

— Fique calmo, rapaz. — Uma voz demoníaca o assaltou, a mesma que ele escutara na escola, havia um ano, e depois, ao atacar o condomínio judaico. — Esses homens querem matá-lo. Não tenha pena deles — disse. — Trucide-os sem culpa.

O equestre sacudiu a cabeça para se livrar dos sussurros, fechou os olhos e os abriu a tempo de ver duas setas zunindo em sua direção. Uma delas passou longe e a outra bateu no escudo, bem no meio da flor de anis. De soslaio, reparou em Constantino, que avançava à sua direita, também incólume, sem nenhum ferimento.

Os trácios não tinham opção. Se dessem as costas e recuassem, seriam perseguidos, e a situação se inverteria. O combate era inevitável, e eles desembainharam as espadas.

Enfim os antagonistas se encontraram, em uma ruidosa disputa de forças. Georgios direcionou Pégaso à esquerda, levantou o escudo e bloqueou a lâmina do oponente, cujo impacto, todavia, quase o jogou para trás. Com as pernas firmes sobre a sela, o intrépido filho de Laios respondeu com um corte à meia altura. Por sorte ou competência — ele nunca sabia o que determinava essas coisas —, a Ascalon desceu com um assovio, estraçalhou a cota de malha e rasgou o tronco do ardiloso impostor.

Quase no mesmo instante, Constantino e seu rival se bateram. O jovem príncipe tentou uma estocada frontal, que apesar de bem aplicada resvalou no ombro do combatente mais velho. O cavalo do homem se assustou com o alarido, tropeçou na mureta, pisou em falso e escorregou para o vazio. No último segundo, entretanto, o mercenário que o controlava teve energia o bastante para agarrar Constantino pela gola, carregando-o e a seu animal para o inevitável destino sobre as pedras do Sava.

Georgios assistiu à cena em tons embaçados, como se estivesse no fundo do mar. Só então experimentou aquele gelo na espinha, o arrepio na nuca, os dedos frios, dormentes. Ouviu um estrondo, o som dos respingos, dos corpos se estatelando na corredeira lá embaixo.

Como em um sonho, o mundo tornou-se abafado, cinzento. Por um instante, ele não conseguiu se mover. Era o segundo amigo que perdia. Primeiro, Juno; agora, Flávio Constantino.

No momento seguinte, estava tudo terminado. O mundo coloriu-se de novo. O rio descia em marolas, as árvores rangiam, os pássaros cantavam.

Tirou o elmo. Engoliu o ar.

Desmontou.

Dali a cinco metros, o sujeito que o atacara jazia no chão, desfalecido, aos pés do cavalo e no centro de uma crescente poça de sangue.

Estava morto, provavelmente. Quem era ele?, pensou. Qual era seu nome real? De onde vinha? Quanto Maximiano lhe pagara?

Recomposto do choque, andou até o cadáver com a intenção de revistá-lo. No meio do caminho, porém, escutou um gemido sob a estrutura da ponte e se precipitou para ver o que era.

Constantino estava agarrado ao peitoril, lutando pela vida, os músculos saltados, tentando subir. O equestre o segurou e o puxou para cima. O príncipe rolou para a área segura, ofegando, tremendo, os olhos inchados, feito uma criança recém-saída do ventre.

Por instinto, Georgios o abraçou. Os dois ficaram juntos por alguns minutos, contemplando o rio, escutando o curso d'água, como se imersos em uma espécie de transe. Então, o decurião colocou-se de pé. Olhou para a ribanceira, completamente desolado.

— Lá se foi o meu cavalo.

— Já temos outro. — O equestre apontou para a montaria do trácio. — Não é o ideal, mas vai servir por enquanto.

Flávio Constantino mirou o precipício como se nele enxergasse o próprio sarcófago. Depois, tocou o ombro do amigo e disse, emocionado:

— É a segunda vez que você me salva, Greguinho. Fico lhe devendo mais uma.

— E pela segunda vez eu digo — descontraiu Georgios — que não fiz nada de extraordinário.

— Estou falando sério. — O colega o fitou intensamente. — Nunca vou esquecer este momento. Faço-lhe esta promessa agora, diante das ninfas do rio, dos titãs e dos deuses olímpicos.

O equestre agradeceu e tornou a abraçá-lo. Passado algum tempo, Constantino deu um suspiro e murmurou:

— O centurião — recordou-se. — Libertino!

*

Os dois retornaram ao ponto onde haviam deixado os companheiros. Bores Libertino estava deitado na grama, seminu. Theodora removera-lhe a armadura, o colete acolchoado, a túnica e o pusera de bruços. Retirara também a flecha, sobrando um imenso buraco nas costas, dois palmos acima do quadril. Georgios julgou a atitude imprudente. Na maioria das vezes, extrair um projétil agravava o sangramento — em vez de estancá-lo. Theodora leu a decepção no rosto dele e se justificou.

— Foi ele que pediu — disse — antes de desmaiar.

Georgios se aproximou. Examinou o ferimento. Tomou-lhe o pulso. Contou os batimentos cardíacos.

— Ele perdeu muito sangue — concluiu, desanimado. — Precisa de água e repouso.

Constantino chegou mais perto.

— Vamos levá-lo de volta à estação do correio — sugeriu. — Não é tão longe. O gerente era amigo dele, não era?

— Está louco? — protestou Georgios. — Foi o gerente quem nos delatou. Não percebeu?

O príncipe arregalou os olhos. De sua parte, não suspeitara do ex-legionário — ele parecia ser um sujeito agradável —, mas o equestre tinha razão: eles não podiam arriscar.

Theodora os calou com um chiado. Ergueu o indicador.

— Estão escutando?

— Rodas. — Constantino apurou os ouvidos. — Uma carroça?

— Possivelmente.

— Deve haver uma aldeia por perto — imaginou Georgios. — Se houver, talvez possamos alugar uma cabana por dois ou três dias, até que o centurião se recupere.

Os cavaleiros tornaram a montar. Constantino apanhou para si a montaria do mercenário trácio — era uma égua preta —, pediu que Theodora os esperasse e ordenou que Georgios o acompanhasse até a estrada.

Por entre os arbustos, eles avistaram o que parecia ser uma carruagem com carroceria de madeira, janelas e portas de ferro. Seis cavaleiros a escoltavam e, embora não usassem a túnica rubra do exército, estavam armados e muito bem equipados.

— Não dá para enfrentá-los — Georgios avisou ao parceiro. — Se é esse o seu plano, esqueça.

— Enfrentá-los? Não! Estamos buscando ajuda. Esse é o plano — explicou. — Somos oficiais, cavaleiros da Púrpura. Fomos atacados por bandidos e o nosso guia se feriu. *Bandidos* — frisou. — Não mencione nada sobre mercenários. Entendeu?

— Entendi.

Os dois se moveram até o centro da via. Constantino acenou para a comitiva, que, ao vê-los, parou.

— Salve — o decurião falou em latim. — Quem se aproxima?

Nenhuma resposta. Os guardas tomaram posição defensiva, rodeando o veículo de espadas na mão. O cocheiro deu três pancadas no painel atrás dele, alertando os passageiros de que o plano de viagem fora alterado.

— Bom dia, senhores — ele tentou novamente, repetindo as mesmas palavras em grego. — Quem se aproxima?

Georgios o interrompeu, sugerindo que esperasse.

— Não os pressione demais — disse. — Desse jeito vão achar que estamos desesperados.

— E nós estamos. — Constantino riu de esguelha, fazendo piada da própria desgraça. — Sem Libertino para nos guiar, teremos de voltar a Bizâncio.

Enquanto deliberavam, a porta da carruagem se abriu. Uma mulher jovem, de inigualável beleza, saiu de lá e andou firmemente até eles. Usava um vestido branco pregueado, tinha os cabelos louros presos em trança e os olhos azuis como o céu de outono.

— Que confusão é esta? — ela perguntou, indignada. — Quem é o responsável por este ultraje?

Constantino titubeou.

— Sou Márcio Túlio — ele deu o nome falso —, decurião do Décimo Corpo Imperial de Cavalaria.

— Caso não tenha percebido, senhor Túlio, esta é uma comitiva oficial. Estamos a caminho de Sirmio — descarregou a moça. — Em nome de sua excelência, o senador Caio Valério Fúlvio, exijo que desbloqueiem imediatamente a estrada.

O príncipe ficou paralisado, sem saber como agir diante de palavras tão contundentes. Georgios notou que ele estava confuso e assumiu as rédeas da discussão.

Desceu do cavalo e se aproximou da jovem senhora. Ela o fitou com lividez, sem acreditar no que via.

Olhou de novo.

— Não pode ser. — A moça franziu a testa. — Georgios?

O equestre a reconheceu.

— Tysa? — Na face dele, havia iguais doses de alegria e receio. — É você?

XIII

MÃE LOBA

EXISTEM MUITOS MEIOS DE VIAJAR PELO IMPÉRIO, E TEM SIDO ASSIM HÁ QUASE mil anos. Os pobres não têm alternativa a não ser se hospedar em estalagens miseráveis, repletas de ladrões e bandidos. Os militares, com frequência, ficam nas já citadas estações dos correios, e os ricos, quase todos, contam com uma rede de hospitalidade informal, aceitando em suas mansões outros patrícios e esperando que eles também os aceitem, em oportunidades futuras.

Claro, nada é de graça. O objetivo de receber um hóspede, nesse contexto, é estreitar as relações políticas com ele. Portanto, quanto mais proeminente for o viajante, mais "amigos" ele terá. Como senador, Caio Valério Fúlvio tinha muitos anfitriões dispostos a abrigá-lo. Um deles era Caio Galério, um general que servira como governador militar da Panônia até ser alçado ao posto de césar das províncias centrais, tornando-se assim um dos quatro governantes do mundo romano.

Depois de viajar por mais algumas milhas, a comitiva chegou à propriedade de Galério. Cruzando um pequeno bosque e descendo a seguir por uma alameda, avistava-se um pátio murado, de paredes caiadas, ao redor do qual haviam sido construídas duas casas na parte da frente e uma maior nos fundos, com um anexo em forma de L. O restante do terreno, para além desses muros, era coberto de plantações: campos infinitos de trigo, com espaços reservados ao cultivo de alface, repolho e cenoura.

Galério encontrava-se ausente, mas avisara a seus escravos que o senador deveria ser recebido com toda a cordialidade. Esses escravos não sabiam — obviamente — que Georgios, Constantino, Theodora e o moribundo Bores Libertino haviam se juntado à comitiva de Fúlvio poucas horas antes, e os trataram como reis, oferecendo-lhes um banquete e disponibilizando os melhores quartos.

Auxiliados por dois cavaleiros da escolta de Fúlvio, Georgios e Constantino removeram o centurião da carruagem e o instalaram em um dos muitos cômodos da casa grande. Os homens de Galério se dispuseram a trazer tudo o que os jovens pedissem, mas não havia muito que se pudesse fazer. O equestre esticou Libertino sobre a cama, limpou o ferimento, fez um curativo e ficou testando sua pulsação.

Preocupados com a saúde do paciente, nenhum dos dois conseguiu almoçar. Comeram as sobras da refeição, beberam água e permaneceram no quarto, sentados ao pé da cama, como se sua mera presença pudesse salvar Libertino.

— Espero que ele não morra — comentou Constantino. — Sacrificarei uma pomba hoje mesmo e a oferecerei a Esculápio.

— Não precisa. Uma simples prece deve bastar — atalhou Georgios. — Ele não vai morrer.

— Pensei que não confiasse em seus dotes médicos.

— Não se trata disso. Estou apostando minhas moedas nos deuses. Eles estão nos favorecendo, não percebeu?

— Só por causa da carruagem?

— Pense bem. — O rapaz foi até uma bacia de cobre e começou a lavar as mãos. — No momento em que mais precisávamos, cruza o nosso caminho, surgida do nada, uma comitiva liderada por Tysa e seu marido. Não pode ser coincidência.

Constantino bebeu um gole de água. Desceu bem, mas ele precisava de algo mais forte.

— Quem é a garota, afinal?

— Filha de Räs Drago, um inimigo da minha família, o homem que roubou minhas terras e matou minha mãe.

— E você considera isso favorecimento divino?

— Tysa não tinha a menor afinidade com o pai. Costumávamos nos encontrar no cemitério em que a mãe dela foi enterrada, nos arredores de Lida, minha cidade natal. Nos beijamos certa vez. Eu tinha treze anos e me apaixonei. Depois desse dia, nunca mais a vi.

— Não existe paixão aos treze anos — Constantino decretou. — De qualquer maneira, concordo com você. Não acho que foi coincidência. Os deuses estão nos observando.

— É minha hipótese também. — Georgios sacudiu as mãos e as secou com uma toalha. — Resta saber quem eram os homens que nos atacaram.

— Segundo Libertino, capangas de Maximiano. É a conclusão lógica. Cheguei a pensar em colocar uma faca no pescoço de Theodora, mas não deu tempo. Tudo aconteceu muito rápido.

Georgios fechou a cara.

— Você não faria isso.

— Pode apostar que faria. — Constantino tocou o punho da adaga. — Ela, afinal, é nossa garantia. Por outro lado, recebi ordens da minha mãe para conduzi-la em segurança até Tréveros. Confesso que estou confuso. Pela primeira vez, não sei o que fazer. O importante no momento é que ninguém saiba a natureza da nossa missão. Se o senador ou os serviçais de Galério descobrirem quem eu sou, nossa situação pode se agravar.

O equestre estava confuso também. Esperava poder manter a discrição, mas a filha de Drago — hoje esposa de Fúlvio — o havia reconhecido. Restava saber se podia confiar nela, se era a mesma Tysa de outrora.

O melhor era resolver isso o quanto antes. Pediu que Constantino ficasse observando o paciente e saiu para procurá-la. Deixou a mansão, atravessou a plantação de alface e a encontrou na orla do laguinho, sentada sobre uma pedra, com os pés dentro d'água. Era o meio da tarde, e ainda faltavam ao menos duas horas para o pôr do sol.

Na outra margem, meninos pescavam com varas compridas. Outros jogavam pedras na superfície cristalina. O cavaleiro tirou as botas e acomodou-se ao lado dela. Só então percebeu que continuava equipado. Depois de quase três anos de treinamento, a armadura tornara-se como uma segunda pele, e ele se sentia vazio sem ela.

— Olá, Georgios — Tysa o cumprimentou de modo natural, como se costumasse vê-lo todos os dias.

— Olá — respondeu ele. — Onde está seu marido?

— Por que quer saber? Está procurando por ele ou por mim?

— Por você.

— Bom, eu estou aqui — ela sorriu. — Caio sempre dorme à tarde. Problema nas pernas.

— Sinto muito — Georgios disse, sem saber o motivo. Raciocinou mais um pouco, juntou coragem e declarou: — Queria tê-la tomado como esposa. Mas — fitou-a com ar de franqueza — deu tudo errado.

Tysa fez uma cara de estranhamento.

— Tomado a mim como esposa? De onde tirou essa ideia?

— A ideia foi sua. Você me disse que, se pudesse escolher, preferiria se casar comigo.

— É verdade, eu disse isso — ela admitiu —, mas foi há muito tempo. E eu não esperava que você fosse carregar essa responsabilidade eternamente, como um saco de pedras.

— Não a vejo como um saco de pedras.

Uma charrete entulhada de feno passou na estradinha atrás deles, esmagando o solo, levantando poeira, perturbando a atmosfera rural. Tysa esperou que o veículo se afastasse e retomou:

— Se alguém deve pedir desculpas, sou eu. O que o meu pai fez foi atroz. O que ele fez com você, com a sua família, comigo. Nós somos vítimas, Georgios. Não algozes. Pare de se culpar.

Os dois ficaram por uns instantes em silêncio, contemplando o cair da tarde. Georgios lembrou-se de sua mãe e de Ulisses, o ex-gladiador que o ensinara a lutar, recordando-se do modo como foram assassinados.

— Como soube dessas coisas? — perguntou. — Pensei que tivesse se casado antes do ataque à Vila Fúlvia.

— Não, só depois. O meu pai me manteve confinada por meses. Deixei Lida apenas depois que você fugiu. Fiquei sabendo de tudo por meio de Kerna, minha escrava. Mas eu não quero falar sobre isso. O que passou, passou.

— Hummm... — ele gemeu, concordando, e pensou em outro assunto. — E que tal a vida de casada?

— Me diga antes o que aconteceu com você — ela pediu, e Georgios contou tudo, ou quase tudo, descrevendo os dias seguintes à fuga, o percurso até Antioquia, a caravana para a Nicomédia, o encontro com o imperador e o treinamento na Escola de Oficiais do Leste. Omitiu apenas a última parte, isto é, o motivo de sua viagem. Quando Tysa insistiu, ele disse:

— Não, agora é a sua vez. Me fale o que você e seu marido fazem nestas terras.

— É confidencial. Segredo de Estado — afirmou. — O que posso dizer é que estamos indo para Sirmio amanhã encontrar Galério e sua corte.

— Estou indo para a Gália. Mais precisamente, para a Bélgica. Coisas importantes estão acontecendo por lá. Combates sérios. Revoltas. Sou um soldado agora, e quero lutar.

— É muita inocência sua achar que coisas importantes são definidas no campo de batalha. — Tysa tirou os pés da água e começou a massageá-los. — Sobre o meu casamento, não tenho muito a dizer. Suponho que seja igual a qualquer outro. Hoje vivo em um palacete no Chipre, tenho muitos escravos, poucos amigos e alguns inimigos. O meu marido é um homem frágil, física e mentalmente, portanto assumi a tarefa de protegê-lo. Ele nunca tocou um dedo em mim e jamais me maltratou. Não tenho do que reclamar. Nada é perfeito, mas nos adaptamos. Sobrevivemos. Cada um com suas dificuldades, seus problemas — disse. — Pelo jeito, também não foi fácil para você. Creio que é assim com todo mundo.

Georgios concordava, mas quando perguntou a respeito do casamento não estava querendo saber sobre a vida conjugal de Tysa. Como os dois só tinham um dia juntos, resolveu ser direto:

— Você ainda gosta de mim?

Ela disfarçou um sorriso, e nesse breve momento era como se eles fossem duas crianças, de volta ao cemitério de indigentes, onde costumavam se encontrar em segredo.

— Georgios — ela começou, abanando a cabeça —, eu sou uma mulher casada. Sou fiel ao meu marido. Não posso lhe dar o que você pede.

— Só fiz uma pergunta.

— Uma que eu não posso responder.

O rapaz escutou com atenção, sem saber se isso era bom ou ruim.

O diálogo teria prosseguido, se um criado não tivesse aparecido para avisar que Bores Libertino havia acordado. Georgios não teve alternativa a não ser retornar à casa grande. Entrou no quarto apressadamente.

— Por Júpiter, onde você estava? — perguntou Constantino.

Ele não respondeu. Examinou o centurião, que gemia pedindo água. Deu a ele um copo e esperou que se satisfizesse. O homem respirou e olhou ao redor.

— O que aconteceu? — perguntou, atordoado. — Onde estamos?

— Seguros — informou Georgios. — Em uma vila a poucas milhas da estrada. Como está se sentindo?

O veterano ignorou a pergunta.

— O que houve com os mercenários? Onde está a menina?

— Os mercenários estão no fundo do Sava — interferiu Constantino, orgulhoso. — Theodora está conosco.

— Graças a Deus.

— Graças a *nós*.

— Não é hora de discutir religião — Georgios os censurou, voltando-se ao paciente. — Coma e descanse. Beba muita água e urine.

— Quanto tempo leva para o ferimento sarar? — quis saber o centurião.

— Depende de você. Geralmente, uns cinco dias.

— Não podemos esperar tanto. Precisamos partir amanhã.

Ele tentou se mexer, mas o equestre o manteve parado.

— Se o ferimento infeccionar — explicou Georgios —, você morre no meio do caminho e nós ficamos sem guia.

Libertino balbuciou palavras incompreensíveis. Depois, acalmou-se. Os escravos trouxeram alimentos leves e ele comeu. Já tinha escurecido. Georgios disse a Constantino, aos sussurros:

— Nós também precisamos de descanso. Foi um dia e tanto.

— E ele? — O oficial apontou na direção do plebeu.

— Não podemos fazer mais nada. Vamos torcer para que o deus cristão o ajude.

Os dois saíram do quarto e se separaram. Georgios ia se dirigindo a seus aposentos quando, ao passar pelo átrio, um homem o abordou.

— Ei, você, espere aí. — Era o senador Caio Valério Fúlvio. — Venha cá um minuto.

Georgios andou até lá. O político estava sozinho, esticado sobre um divã, bebendo vinho e comendo rabanetes salgados, temperados com azeite. Era um indivíduo grande, obeso, de pele clara, que aparentava ter uns sessenta anos de idade.

— Salve, senador — o rapaz o cumprimentou. — Boa noite.

— Boa noite — ele respondeu, afagando as pregas da toga. — Você é o famoso Georgios?

O jovem se assustou. Precisava manter as aparências. Será que Tysa o havia entregado?

— Famoso?

— Minha esposa me disse que é filho de Laios Graco.

— Ah, sim. É verdade.

— Então foram vocês que herdaram a minha casa, a Vila Fúlvia?

Após o combate contra os trácios no posto do correio, a fuga desesperada e o duelo na ponte, Georgios estava com a cabeça tão cheia que não havia parado para pensar que a fazenda em que ele nascera tinha pertencido, anteriormente, àquele homem — o senador Fúlvio —, que decerto também a construíra.

Respondeu:

— Sim, senhor.

— O Chipre é ótimo — divagou —, mas sinto falta das minhas terras na Palestina. Eram agradáveis na primavera. Sabe, eu às vezes fico pensando nos campos de oliveiras, no tanque aquecido onde eu tomava banho, no pátio e nos meus escravos. — Ele sacudiu a cabeça, nostálgico. — Faz tanto tempo.

— Sinto falta de lá também, senhor — confidenciou-lhe Georgios.

— Posso lhe pedir um favor?

— Claro. Qualquer coisa.

— Havia uma estátua de bronze da mãe loba amamentando os meninos Rômulo e Remo. Ficava no meu gabinete.

— Sim. Lembro-me dessa estátua.

— Pertencia ao meu pai — ele comentou, reflexivo. — Por favor, prometa que vai cuidar dela, que vai mantê-la na Vila Fúlvia, onde sempre esteve e onde sempre deverá ficar.

Georgios então entendeu que Fúlvio não tinha ideia de que a propriedade lhe fora roubada. Certamente escutara histórias sobre Laios, o Libertador do Leste, sabia que ele havia morrido na Germânia, mas não fora informado de que Räs Drago matara Polychronia e assumira o controle de toda a cidade. Tysa nunca havia lhe contado.

E não seria ele quem iria contar.

Em verdade, o pedido só reforçou o juramento que fizera aos catorze anos, em Cesareia Marítima, de tornar-se um oficial da Púrpura e recuperar o que era seu por direito. Sem saber, o senador trouxera novo alento àquela promessa, esquentando a velha chama que ardia em seu peito. E por isso ele ficou muito grato.

— Eu lhe prometo, excelência. — Georgios se curvou. — Faço-lhe esse juramento sagrado.

O senador sorriu, constrangido com a formalidade.

— Obrigado, mas não é para tanto. É apenas um pedido. Não é nada assim tão sério.

— Para mim, é muito sério.

O cavaleiro se preparava para sair quando Fúlvio perguntou:

— Eu tinha um escravo chamado Strabo. Chegou a conhecê-lo?

Georgios sentiu um aperto no peito. Strabo, seu antigo pedagogo, além de salvá-lo da morte, fora como um segundo pai para ele. E os dois não se viam fazia anos.

— Cheguei sim, senhor.

— Que fim ele levou?

O jovem sabia que, se respondesse, se prolongasse a conversa, poderia se emocionar, e não convinha demonstrar fraqueza. Então murmurou:

— Deve ter morrido.

— Que pena. — Fúlvio voltou a comer, sem esboçar reação. — Era um bom homem. Que pena.

XIV

O INTRUSO

GEORGIOS FECHOU A PORTA DO QUARTO COM O CORAÇÃO ACELERADO. O ENcontro com Tysa trouxera recordações infantis, que — por medo, frustração ou vergonha — ele preferia manter guardadas por ora.

Desafivelou o cinto, retirou os braceletes e despiu a armadura, apoiando-a sobre uma cadeira de vime. O cômodo era amplo, com janelas altas e uma cama quadrada. Sobre uma mesinha, repousavam uma ânfora de vinho, uma garrafa de água e uma travessa com feijões, alface, pão e fatias de carne de porco. Como a comitiva havia almoçado tarde, o jantar fora abreviado e servido individualmente.

Lavou o rosto em uma bacia, coçou os olhos e se deitou, mas teve dificuldade para dormir. Sua mente estava mergulhada em preocupações infinitas, afinal não era todo dia que alguém tentava matá-lo. Quantos antagonistas eles ainda teriam de combater no trajeto até Tréveros? Que outros perigos os aguardavam na estrada?

Apagou as lamparinas e o quarto caiu no breu. Ouviam-se apenas os sons da noite, os sapos no brejo, o canto dos grilos. Já era madrugada quando ele conseguiu, enfim, pegar no sono.

Despertou com a porta se abrindo. Uma corrente de ar invadiu o aposento. Impressionado com o ataque dos trácios, a primeira coisa que ele pensou foi que era um assassino, prestes a degolá-lo. Fez um esforço tremendo para se levantar, mas o corpo não respondeu. Estava exausto.

O vulto se sentou na cama e o observou de perto. Podia fazer o que quisesse com ele, mas em vez de atacá-lo enfiou a mão sob os lençóis. Começou a acariciar-lhe as coxas e, em seguida, o pênis. Depois, beijou-o. O rapaz sentiu os lábios doces, a pele macia, os cabelos longos, cheirosos. Era uma garota, uma mulher que se escondia no escuro.

Que mulher?

Tysa? Só podia ser. Os dois tinham um passado juntos.

Enxergava-se muito pouco nas trevas. O brilho do corredor entrava pela soleira, iluminando o assoalho, delineando os contornos. A moça abriu o vestido e se posicionou sobre ele. Georgios foi aos poucos acordando e a abraçou. Estava excitado, mas o que o deixou verdadeiramente ereto foi o roçar dos pelos dela contra sua virilha. Eram crespos e úmidos. Subiu um cheiro forte, um odor afrodisíaco. Tornou a beijá-la, mordiscou-lhe o pescoço e experimentou os mamilos. Estavam duros.

Georgios teve receio de que eles fossem pegos em flagrante e acusados de felonia. Nesses casos, o homem era banido, e a moça, executada. Era um crime. Um ato hediondo, imoral, uma traição contra o Senado e o povo de Roma.

Para o Hades com tais divagações. Que se dane o Império, pensou.

Em um gesto instintivo, ele a virou de barriga para cima e montou sobre ela. A parceira gemeu, como se implorasse para ser dominada. Georgios sentiu uma necessidade inexplicável de unir-se a ela, de penetrá-la, e então o pênis encontrou o buraco. Com força ele a possuiu. Como não podia gritar, a jovem se contorceu, revirou-se na cama e apertou as cobertas, ofegando.

No princípio, foi como se uma barreira o detivesse. Depois ficou tudo mais fácil, e eles passaram a se mover para a frente e para trás, cada vez mais rápido, até que estivessem completamente molhados.

Georgios planejava interromper a relação antes do ápice, mas não foi forte o bastante. O corpo inflou-se de prazer e ele se rendeu ao orgasmo. O êxtase contaminou a garota, que desabrochou junto a ele. Logo — em menos de dez minutos — estava tudo acabado.

Georgios desabou à esquerda e tornou a pensar no que poderia acontecer se fossem descobertos. Ela parecia ter lido sua mente, porque, sem dizer nada, sentou-se no colchão, vestiu a roupa e se levantou. O rapaz permaneceu atento, esperando trocar olhares com ela quando a porta se abrisse e as luzes entrassem.

Finalmente, a intrusa tocou a maçaneta. O brilho do corredor coloriu seus cabelos pretos, ondulados.

Não era Tysa. Era Theodora.

Theodora, meia-irmã de Magêncio — e enteada de Maximiano, o Inclemente.

Um relacionamento daqueles não poderia dar certo. *Jamais* daria certo.

Ambos sabiam disso. E estavam dispostos a arriscar.

O dia seguinte começou tarde. O senador Fúlvio dormiu demais, Libertino precisava descansar e o próprio Georgios só acordou duas ou três horas depois de o sol nascer.

O desjejum foi servido no átrio da casa grande. Durante a refeição, o equestre sentiu-se constrangido ao conversar com Tysa, como se agora tivesse um compromisso com Theodora. Mesmo assim, ele se aproximou do casal.

— Os senhores partem a que horas? — perguntou ao senador.

— Quando eu acabar de comer. Para essas coisas, não se deve ter pressa. — Fúlvio deu risada, saboreando um doce de figo. — E vocês?

— Depende do nosso guia. Ele precisa se recuperar antes de prosseguirmos — disse Georgios, recordando-se, de repente, de que ainda não visitara Libertino naquela manhã.

Pediu licença, saiu do recinto e andou a passos largos até o quarto do veterano. Entrou e se deparou com a cama vazia, limpa, arrumada. Libertino não estava lá, nem seus equipamentos. Desviou-se para o corredor.

— Está procurando por mim? — O próprio centurião o cutucou. Parecia recuperado, pronto para retornar à estrada.

— Sim. — Georgios chegou para trás, meio surpreso. — Como estão as costas?

— Não se preocupe comigo — ele respondeu. — Já comi na cozinha. Espero vocês no pátio. Cada minuto é precioso. Sugiro que não percam tempo com frivolidades.

Ele tinha razão. O cavaleiro voltou ao átrio, enfiou na boca o que restava da comida, avisou aos demais que Libertino os esperava e após alguns minutos estavam todos no portão, inclusive o cortejo de Fúlvio, que tomaria o caminho contrário ao deles.

Constantino evitara o contato com a comitiva porque precisava, agora mais do que nunca, manter o disfarce. Theodora também temia ser reconhecida, então coube ao filho de Laios ser o porta-voz do quarteto.

— Obrigado, excelência — ele cumprimentou o senador. — Sem sua ajuda, nosso guia teria morrido.

O político estava subindo na carruagem, assistido por Tysa. Fez um aceno e sorriu, bonachão.

— Só fiz o que qualquer romano faria — explicou-se. — Não esqueça o seu juramento.

— Não esquecerei — assentiu. — Palavra de honra.

Com o marido já sentado no coche, Tysa observou o equestre.

— Foi um privilégio reencontrá-lo, Georgios. Lamento se fui seca com você ou se pareci insensível. Sou uma pessoa completamente diferente agora, depois de ter me casado. Quero que saiba, apesar disso, que me lembro com muito carinho dos nossos encontros. O que passamos juntos não foi em vão.

— Nada é em vão — ele afirmou, contente por tê-la reencontrado, ainda que em condições desfavoráveis. — Espero que tornemos a nos ver um dia.

— Nunca se sabe — ela replicou, misteriosa. — Boa sorte, cavaleiro. Boa viagem a todos.

Os guardas de Fúlvio se moveram e a comitiva desapareceu em uma curva. Georgios reuniu-se aos colegas.

— O que estão esperando? — resmungou Libertino, ao vê-los inertes. — Vamos em frente.

O plebeu afrouxou as rédeas e o cavalo avançou. Constantino foi atrás, no comando da égua preta que herdara do mercenário trácio. Para a sorte dele, era um animal de raça, saudável e obediente.

Georgios e Theodora estavam na retaguarda, um pouco afastados. Ela perguntou:

— Quem era a moça? Sua amante?

— Que moça? — Ele fingiu não ter entendido.

— Não fique encabulado. Eu mesma já tive muitos amantes. Não é vergonha nenhuma.

— O que você considera uma amante? — Ele realmente não sabia o significado exato. — Se eu beijar uma mulher, ela se torna minha amante?

— Depende da interpretação.

— Qual é a sua?

Theodora respondeu com outra pergunta:

— Você já a beijou?

O rapaz pensou em se esquivar, em inventar uma história, mas já esgotara sua cota de mentiras para a semana.

— Sim. Quando éramos crianças.

Ela sorriu, vitoriosa.

— Pois é. Notei.

Georgios suou frio. Será que o senador também havia notado?

— Ficou assim tão óbvio?

— Não exatamente. Sabe como é — ela encolheu os ombros, despojada —, as mulheres percebem essas coisas.

— Foi há muito tempo.

— Você ainda gosta dela?

— Tysa é uma mulher casada — ele disse, em tom de protesto.

— Não foi isso que eu perguntei.

Georgios detestava o modo como Theodora o encurralava, ainda mais quando o assunto eram sexo, amor, desejos reprimidos e questões particulares. Por outro lado, era exatamente esse tipo de atitude que o fascinava.

— Eu gosto de *você* — ele disse, encontrando a resposta certa e a disparando no momento oportuno.

Na hora, Theodora não reagiu. Os dois cavalgaram em silêncio por mais algumas milhas. Quando o grupo parou para almoçar em um recuo da estrada, ela desceu do cavalo e só então retrucou:

— Eu gosto de você também, Georgios. Quero ser sua amante.

O rapaz abriu a boca para se expressar e ela o beijou intensamente.

Depois, os dois se sentaram com os outros.

E comeram.

XV

DESEJOS E TENTAÇÕES

NO VIGÉSIMO OITAVO DIA, APÓS PERCORRER A DALMÁCIA PELA FACE MERIDIONAL do Danúbio, Constantino, Georgios, Theodora e Bores Libertino cruzaram a Panônia Superior e adentraram a ensolarada província da Nórica.

O Reino Nórico — assim chamado antes de ser conquistado pelos romanos — é uma região montanhosa, repleta de florestas, com muitos rios, declives e vales que servem ao cultivo de cereais, mas também são úteis à pecuária. O lugar é famoso, ainda, pela culinária, por seus vinhos de qualidade e pela metalurgia, herança dos celtas, um antigo povo originário da Gália que se especializou na fabricação de armas, adereços de cobre e toda sorte de utensílios domésticos.

Parados sobre o topo de uma colina, os viajantes observaram o maciço rochoso e seus picos eternamente nevados contra o céu de primavera.

— Para quem não conhece, estes são os Alpes — anunciou Libertino, com certo tom de ironia. — Por séculos eles nos protegeram dos gauleses, bem como da implacável fúria dos cavaleiros germânicos.

— Como pode? — Georgios estava perplexo. Nunca vira uma cadeia de montanhas daquele tamanho. — Estar tão quente aqui embaixo e tão frio lá em cima?

— É a altitude — explicou Theodora. — Nunca estudou sobre isso?

— Já — disse o equestre. — Mas não deixa de ser impressionante. Os deuses devem congelar no topo do Monte Olimpo.

— Estão vendo aquela cidade? — Libertino ignorou a conversa, apontando para uma localidade a duas milhas de distância, situada às margens do Dravo, um rio escuro de águas profundas. Construída com base no modelo romano, tinha uma série de casas, algumas de pedra, outras de tijolos e pau a pique, espremidas para caber dentro dos muros. Os depósitos, chiqueiros e armazéns ficavam na parte externa, ao largo das doze vilas circundantes. — É Viruno, a nossa última parada antes da grande travessia.

— Grande travessia? — Constantino nunca tinha ouvido aquele termo.

— Mesmo nas estações quentes — continuou o plebeu —, percorrer os Alpes é uma tarefa complexa. Devemos ter respeito pela montanha e pelos desafios que vamos enfrentar.

Depois de uma pausa para beber água, o quarteto regressou à estrada. O caminho até o portão era ladeado por salgueiros e marcos de sinalização, entrecortados por hortas particulares. Quatro legionários a pé observavam o movimento, atentos a tudo. Um deles reparou nas insígnias de Libertino, identificou seu posto e o saudou.

— Salve, capitão. — Ele falava em latim. — Sou Marco Silvano, decano da Décima Legião Gêmea, às ordens.

Bores Libertino se apresentou formalmente, mentindo sobre a identidade dos companheiros, como tantas vezes fizera. Em seguida, perguntou:

— Décima Legião? O que faz aqui? Pensei que estivessem baseados na fronteira sul da Germânia.

— Estamos — respondeu o homem, com um aceno de cabeça. Sua cota de malha tinha as correntes enferrujadas e a túnica estava rasgada, suja de terra. O escudo, entretanto, parecia novo, recentemente pintado e com as extremidades polidas. — Mas fui mandado para cá. Sabe como é, só cumpro ordens.

— Perfeito. — O cavalo de Libertino farejou uma égua e ficou agitado. Ele desceu da sela para melhor controlá-lo e aproveitou para pedir uma informação: — A propósito, procuramos uma pousada. Não precisa ser barata, mas também não quero ser assaltado. Conhece alguma? Dentro dos muros. Só ficaremos uma noite.

O legionário fez como se não entendesse.

— Por que não pernoitam no forte?

Com o olhar, o centurião indicou a presença de Theodora.

— Porque estamos escoltando esta jovem — ele retrucou, assumindo uma postura mais ríspida. — Mulheres são proibidas nos acampamentos do exército. Ou na Nórica as regras são diferentes? Se são, não me contaram.

O sujeito curvou-se, envergonhado.

— Está certo, senhor. Desculpe. — Deu um passo atrás. — Não me lembro de nenhuma pousada, mas tem um tintureiro que aluga quartos duas ruas depois do fórum, ao norte do Templo de Concórdia.

— Cristão?

— Judeu, suponho. Para falar a verdade, não sei a diferença.

— Muito bem. — Libertino tornou a montar, despedindo-se. — Boa sorte. Um bom dia para vocês.

Desse jeito, os forasteiros ingressaram em Viruno. Era uma manhã quente de abril, com os alpendres úmidos e muita lama nas calçadas.

Subindo a rua do comércio, eles avistaram o Templo de Concórdia, com suas escadarias imundas e paredes encardidas, dobraram a esquina, cruzaram uma praça suja, cheia de mascates, e chegaram à casa do tintureiro — que afinal era cristão, não judeu, como imaginara o legionário. O proprietário se mostrou disposto a recebê-los, oferecendo três aposentos no segundo andar. Cada um desses quartos tinha uma janela para a rua, duas camas individuais e um braseiro, sendo perfeito para o que desejavam. O pátio da tinturaria possuía um espaço reservado aos cavalos, além de latrinas limpas e bem conservadas. Libertino insistiu em ficar sozinho, como vinha fazendo desde o combate no posto do correio, obrigando os demais a ocuparem os dormitórios contíguos.

Depois de guardar seus pertences, Georgios e Theodora saíram para conhecer a cidade. Compraram bolinhos de nozes, canecas de posca, caminharam até o portão traseiro e de lá para a orla do Dravo. À sombra de um pinheiro, com os Alpes ao fundo, eles se beijaram calorosamente, e a coisa teria evoluído se um vassoureiro não tivesse passado atrás deles, fazendo alarde para chamar atenção.

Theodora conteve-se.

— Pare. — Ela o afastou. — Você é muito atrevido.

— Por quê? — protestou ele. — É proibido beijar?

— Beijar, não. Mas o que você quer é um pouco mais.

— E você, também não quer?

— Quero, mas não aqui.

Em respeito à garota, Georgios se afastou. Contrariando o que dissera segundos antes, porém, Theodora olhou para os lados, certificou-se de que estavam sozinhos e o atacou com mais uma saraivada de beijos. Os amantes acabaram deitados sobre as pedrinhas do rio. Ela tirou as roupas íntimas, montou no rapaz, arrancou a tanga dele e os dois fornicaram por horas, com pausas ocasionais para se recompor. O abdome de Georgios ficou assado pelo atrito da pele contra as escamas da armadura, mas ele não reclamou. Quando terminaram, o sol estava se pondo.

— Em que você está pensando? — quis saber a princesa ao vê-lo reflexivo, admirando os picos nevados.

— Estou pensando no que vai acontecer quando chegarmos a Tréveros.

— O pai de Constantino vai incorporar você às tropas dele. Não era essa a ideia?

— Talvez seja a ideia *deles*. Não a minha.

— Está pensando em desertar?

— Claro que não — ele redarguiu energicamente, como se tivesse sido insultado. — Não sou traidor.

— Eu não disse que era.

O jovem se acalmou e fez uma confissão.

— Posso lhe contar um segredo?

Theodora se animou. Inclinou-se para a frente, a fim de observar o rosto dele.

— Adoro segredos.

— Para começo de conversa, não sou desertor. Meu sonho sempre foi me tornar um cavaleiro, e jamais abandonaria o meu posto. Mas o verdadeiro motivo de eu ter aceitado viajar com vocês não é assim tão altruísta — ele revelou, como se estivesse largando uma pedra. — O meu pai — hesitou — morreu na Germânia.

— Você já disse isso. E agora quer vingá-lo, não é?

— Mais ou menos. Tenho razões para acreditar que ele está vivo.

Primeiro Theodora achou que fosse uma piada, riu e, logo depois, cerrou os lábios, ao perceber que Georgios estava falando sério.

— Que coisa estranha. Quem lhe disse isso?

— O oráculo.

— Que oráculo?

— Isso eu não posso contar. Faz parte dos grandes mistérios de Mitra. Fui iniciado no culto durante o período em que estive na escola.

Embora estivesse curiosa, Theodora não insistiu. Ela tinha apenas uma vaga ideia do que era o mitraísmo e preferia não provocar deuses que não conhecia. Ficou quieta, pensativa.

O rapaz indagou:

— E você?

— Eu? — Ela não entendeu qual era a dúvida. — O que tem eu?

— Nunca me disse por que saiu de Bizâncio. Por que resolveu se juntar a nós, de livre e espontânea vontade.

— Helena me disse que eu teria a oportunidade de me livrar do controle do meu padrasto — contou a moça — se fugisse com vocês para o Oeste.

— E sua mãe? Eutrópia, certo? — Ele se lembrou do nome estampado na placa dos escravos que o abordaram na Nicomédia, no dia do Festival de Apolo. — Ela sabe desse seu acordo com a cesarina?

— Suspeito de que saiba. — Theodora desviou o rosto para disfarçar a amargura. — Minha mãe tem muito medo de Maximiano. Não a recrimino por não me apoiar. Se ela me ajudasse e depois descobrissem, poderia ser presa ou até executada.

— Pois é. — O filho de Laios percebeu que o tema a desagradava e mudou rapidamente de assunto. — E o que você pretende fazer quando chegarmos à Gália?

— Pretendo me casar.

Georgios sentiu uma tontura inesperada, um amargor, como se tivesse sido alvo de uma traição das mais dantescas. Theodora notou a expressão dele e o cutucou:

— O que foi? Ficou pálido.

O equestre não se conteve de tanta decepção.

— Pensei que estivesse decidida a não se casar.

— Mudei de ideia.

— De uma hora para a outra?

— Por que não? É proibido?

— Não, mas... — Engasgou. — Por que não me disse antes?

— Precisava dizer?

— Só acho que não custava nada ter dito. — Ele estava chocado e não conseguia disfarçar. — Já tem pretendente?

— Claro.

— Quem?

— Você.

O choque, agora triplamente maior, atingiu-o de frente, uma sensação de alívio marcada por uma torrente de dúvidas, medo, insegurança, comuns em situações semelhantes.

Theodora o abraçou, deu-lhe um beijo no rosto e cochichou:

— Não precisa responder agora. Pense no assunto.

— O problema é que eu já pensei — ele admitiu, visivelmente preocupado. — Sua família aprovará essa união?

— Se você me aceitar, eles terão de se submeter — disse. — Você é afilhado do imperador, afinal.

Mas havia outras complicações, mais graves.

— O seu padrasto tentou me matar.

— Ele não é fácil.

— Eu odeio o seu irmão.

— Eu também.

O diálogo soou tão espontâneo que, apesar da morbidez, eles gargalharam. Georgios imaginou a cara de Magêncio ao receber a notícia e teve uma crise de riso. Naquele momento, ele se deu conta de que queria passar o resto da vida com Theodora.

— Eu aceito — ele declarou quando conseguiu respirar. — Diante de Júpiter, eu aceito.

Enquanto Georgios e Theodora faziam juras de amor, Bores Libertino trajou roupas civis, pôs um capuz e, com o rosto encoberto, dirigiu-se à igreja mais próxima.

Só havia uma na cidade. Era um galpão de teto alto, sustentado por vigas que serviam de poleiro para pombos e andorinhas. Duas fileiras de bancos terminavam no altar, sobre o qual se avistavam oito castiçais dourados e um pequeno armário de carvalho maciço.

Libertino não reconheceu aqueles símbolos, embora fosse cristão. Conforme o próprio Georgios observara ao viajar pelo Império, naquele tempo cada cidade tinha uma congregação — e cada congregação criava seus ritos particulares. Só depois do Concílio de Niceia é que a cristandade viria a se reunir, estabelecendo assim uma unidade litúrgica.

Em Viruno, os cultos costumavam acontecer pela manhã e no começo da noite. Como era o meio da tarde, o salão estava vazio, salvo por um homem de vestes marrons que limpava o assoalho com uma vassoura, removendo o dejeto das aves. O centurião se aproximou dele e o cumprimentou:

— Paz de Cristo.

— Paz de Cristo — respondeu o religioso. Era um sujeito muito magro, com talvez cinquenta anos, cabelos pretos e barba espetada.

— Quero oferecer uma doação — disse o veterano, apalpando a algibeira e fazendo-a tilintar.

— Oh. — O homem parou de trabalhar e colocou a vassoura de lado. — Qualquer doação é bem-vinda. Qual é o seu nome, meu filho?

— Bores Quinto Vigílio.

— Quinto Vigílio de onde?

— Nasci em Roma — informou. — O senhor é o diácono?

— Sou o bispo.

Libertino corou. Não esperava que o chefe da igreja local se vestisse como um maltrapilho, mas às vezes acontecia, especialmente nas cidades do Oeste.

— Salviano é o meu nome, escravo liberto de Sálvio — o sacerdote se apresentou, educado. — Nunca o vi antes. É um peregrino, suponho.

— Sim. Sou centurião e estou na Nórica de passagem.

— Um militar? Curioso. Cristãos são aceitos no exército?

— Não. Estou disfarçado.

— Entendo. — O bispo fez um gesto, convidando-o a se sentar. — Imagino que deseje obter alguma graça por meio da doação.

Bores Libertino entregou-lhe a algibeira.

— Peço-lhe que me conceda a extrema-unção.

Salviano o examinou, desconfiado.

— Mas você está doente?

— Meu tempo é curto, bispo. Juro por Deus.

O homem acreditou, sem mais perguntas. Caminhou até o altar, abriu o armário, pegou um frasco de azeite e tornou a se sentar.

— Faz quanto tempo desde que se confessou pela última vez?

— Dez anos.

— Isso é grave. Somos pecadores. O ato de pecar não é sacrilégio. Mas não se confessar, sim.

— Eu sei — anuiu Libertino.

— Nesse caso, e considerando que este é presumidamente o seu sacramento final — explicou o sacerdote —, Cristo exige que retome suas piores falhas, desde o começo.

O maltrapilho Salviano declamou uma prece, ungiu-lhe a testa, e Bores começou a falar, contando as atrocidades que cometera desde a juventude, como legionário, decano e centurião. Do meio para o fim do discurso, recitou diversos nomes, sem ligação aparente:

— Expedito, Calvino, Lívio, Zuma, Cláudio, Vicente, Orestes, Jorão, Salústio, Erasmo...

— Pare — ordenou o bispo. — Quem são essas pessoas?

— Gente que eu crucifiquei.

O sujeito duvidou.

— Como se lembra de todos?

— Registrei cada morte. Éramos obrigados.

O religioso pediu que ele continuasse e, finda a relação dos pecados, indagou-lhe:

— Bores Quinto Vigílio, nascido em Roma, você se arrepende do que fez, diante de Cristo?

— Sim, senhor.

O bispo colocou-se de pé, encostou-lhe a palma sobre a cabeça ungida e murmurou:

— Então, eu o absolvo. — Fez o sinal da cruz. — Em nome do Pai, do Filho e do Espírito Santo.

Nesse instante, Libertino recordou-se do último grande confronto de que participara, a Batalha dos Campos Cataláunicos. Fora a última vez que ele vira o irmão, o jovem Mauzio Vigílio, que, se estivesse vivo, hoje completaria quarenta e dois anos de idade.

Mauzio também era cristão — como todos os guerreiros expulsos do exército pelo então imperador Aureliano —, mas acreditava que os seguidores do Nazareno deveriam ter a liberdade de matar em nome de Deus — contrariando uma das principais doutrinas da Igreja. Ele havia fugido para o Oriente e desaparecido do mapa, na companhia de duzentos cavaleiros romanos.

Libertino permaneceu no galpão por mais alguns minutos, sozinho, ajoelhado, cumprindo suas penitências. Enquanto rezava, ficou imaginando se reencontraria Mauzio ao chegar ao paraíso. Uma parte dele queria que sim, mas a outra, não — a outra esperava que o irmão estivesse vivo, pleno e saudável em algum lugar sobre as areias do Egito.

Quando deu por si, já se haviam passado duas horas. Os fiéis começaram a entrar na igreja e ele saiu com o rosto encoberto, mancando.

Sentiu-se indisposto e entrou em um beco para vomitar. No lusco-fusco, escutou uma voz surgida do nada:

— Escapou dessa, hein? Que jogo sujo, Bores!

O centurião ergueu o corpo e enxergou um gato preto sobre uma pilha de lixo. O felino sumiu e tornou a aparecer a seu lado.

— Extrema-unção é trapaça — a voz prosseguiu. — Bom, não importa. Que se foda a sua alma. Só o que me interessa é o filho de Laios.

Libertino deu um grito e escarrou sobre o bicho.

— Fora, demônio! Eu o esconjuro. Maldito seja, Satanás.

Subitamente, como que em um passe de mágica, o gato desapareceu — como se nunca tivesse existido. O centurião recuperou a energia, fez uma nova prece, retornou a seu quarto e em seguida foi se deitar.

No começo da noite, Georgios e Theodora voltaram ao prédio da tinturaria. Constantino estava sentado a uma mesa sob o alpendre de uma casa de vinhos próxima, bebendo uma caneca de hidromel. Chamou o amigo com um assovio.

Georgios disse à garota que logo se juntaria a ela no quarto e foi atender o amigo. Constantino indicou-lhe a cadeira da frente.

— Sente-se aí.

O equestre se sentou.

— Bebe alguma coisa?

— Não.

— Está com fome?

— Um pouco. Mas antes tenho que ver com Theodora o que ela pretende jantar. Já volto.

Constantino o segurou pela túnica.

— Calma. Quero lhe fazer uma pergunta.

O jovem tornou a se sentar.

— Diga.

— O que está acontecendo entre você e a menina?

— Menina? — Georgios empertigou-se feito um galo de briga. — Ela não é mais uma menina. É uma mulher.

— Certo — o príncipe assentiu, o rosto frio e impassível. — O que está acontecendo entre vocês?

— É da sua conta?

— Sou seu amigo e não quero que você se magoe — afirmou, mas estava mentindo. Constantino prometera à mãe que impediria um novo relacionamento entre Georgios e Theodora e estava disposto a cumprir a promessa. Sendo assim, manobrou: — Tenho certa experiência com as mulheres.

— Você tem experiência com putas. — Ele não queria ofender o colega, mas a frase soou desproporcionalmente agressiva. — Theodora não é puta.

Constantino suspirou e apertou as pálpebras, pensando em um jeito de dissuadi-lo. No fim das contas, preferiu ser sincero.

— Georgios, isso não pode acabar bem.

O sangue do rapaz subiu à cabeça. Estava possuído por um tipo de ira diferente de tudo.

— O fodedor de putas agora quer me dar lição de moral?

— Ei, olha como fala. — Ergueu o dedo. — Sou seu oficial superior.

Georgios colocou-se de pé e soltou, de modo irônico:

— Permissão para falar livremente, senhor.

— Negada! — exclamou Constantino. — Escute, apenas. Quando eu o conheci, me impressionei pela maneira como era maduro. Com catorze anos você agia, pensava e falava como adulto. Mas, nesse particular, está se comportando feito uma criança — ralhou. — Olha, se quer uma boceta, visite um prostíbulo. Eu pago! Se quer foder de graça, procure uma cabra ou divirta-se com as mãos. Aproveitar-se da enteada do augusto do Oeste não é algo que alguém faria em sã consciência. — E trovejou: — Especialmente quando ele está tentando nos matar!

— Não estou me aproveitando de ninguém — protestou o equestre. — De onde você tirou essa ideia?

— Seja como for, meu conselho é que termine com ela.

Georgios tomou fôlego para contra-argumentar, mas o príncipe encerrou a discussão, ordenando:

— Chega. Está dispensado, cavaleiro. — Deu uma bufada e fez como se espantasse uma mosca. — Suma da minha frente.

*

Com a cabeça quente e o corpo fervendo, Georgios subiu as escadas em direção ao dormitório. No percurso, sentiu cheiro de putrefação, o que era normal em construções muito antigas. Carcaças de ratos ou pombos às vezes ficavam presas no telhado ou dentro de um cano, empestando a casa até que alguém as removesse.

Chegando ao segundo andar, reparou que a porta do quarto de Libertino estava entreaberta — provavelmente por causa do vento. Preparou-se para fechá-la quando percebeu que o centurião estava lá dentro, deitado, roncando, com duas lamparinas acesas. Depois do incêndio que destruíra Roma na época de Nero, todas as crianças, patrícias e plebeias, aprendiam que era preciso ter muito cuidado com o fogo. Portanto, ele se sentiu na obrigação de apagar os candeeiros.

Entrou no cômodo e assoprou a primeira chama. Quando se esticou para alcançar a segunda, a luz lançou cores sobre a superfície do leito, o odor de decomposição aumentou e Georgios pôde observar o dorso necrosado de Libertino, que havia algum tempo ele vinha tentando esconder. No lugar onde a flecha penetrara havia uma casca negra, com veios escuros e gotas vermelhas, contornada por linhas de pus.

Graças à sua experiência como enfermeiro, ele sabia que o sangue necrosado é como um veneno que se alastra e cujo único remédio é a amputação. Considerando que o ferimento de Libertino era nas costas, o prognóstico era péssimo, na avaliação de Georgios.

De início, o jovem culpou-se. Depois, lembrou-se de como havia insistido para que o plebeu repousasse, para que se alimentasse melhor, para que se deixasse tratar, e em troca só recebera insultos e palavras atravessadas. Bores Quinto Vigílio estava condenado à morte, e essa — definitivamente — fora uma escolha que ele próprio fizera.

Por quê?

Para guiá-los à Bélgica? O que havia por lá? O que era tão importante para que ele desistisse da vida em prol da missão que lhe fora ordenada?

De acordo com Strabo, os seguidores de Cristo eram "extremistas" e agiam como "autômatos", sendo capazes de tudo para propagar seus dogmas. Como cavaleiro romano, Georgios discordava daquele tipo de prática, mas de repente, ao raciocinar sobre isso, deu-se conta de que, a seu modo, ele era também um fanático, disposto a matar pela Púrpura — e a morrer em nome do Império.

XVI

SIRMIO

O SENADOR CAIO VALÉRIO FÚLVIO NÃO VIA A HORA DE VOLTAR PARA CASA. ELE detestava viajar e já estava na estrada fazia tempo demais.

Fúlvio havia saído do Chipre em agosto do ano anterior. Sua primeira parada fora a cidade de Roma, onde participara de um jantar com dois de seus colegas no palacete da rainha Zenóbia. Nesse encontro, os presentes tentaram convencê-lo a integrar uma conspiração para enfraquecer o imperador, sugerindo que ele viajasse a Sirmio, na Panônia, a fim de obter o apoio de Galério, o césar das províncias centrais. De acordo com Zenóbia, Maximiano, que era primo de Fúlvio, já havia aderido à causa — faltava os outros tetrarcas fazerem o mesmo.

Dois anos antes, Diocleciano dividira o Império em quatro áreas administrativas, delegando cada uma delas a um general do exército. Maximiano recebeu a Itália, a Hispânia e a África; Constâncio Cloro ficou responsável pela Gália, a Germânia e a Britânia, enquanto Galério passou a comandar a região entre a Dalmácia e a Grécia. O primeiro ganhou o título de augusto, e os outros dois, de césares, o que não fazia deles governantes supremos — pelo contrário. O imperador continuava mantendo tanto o controle direto do Oeste quanto o poder de fato sobre os vastos territórios do Leste.

O que os conspiradores não contavam era com a argúcia de Tysa, que estivera no jantar e escutara tudo em silêncio. Ela sabia que Fúlvio estava sendo usado por aquelas pessoas e decidiu escrever para Constâncio Cloro revelando não só a conjuração como o plano para assassinar seu filho, Constantino. Cloro, por sua vez, avisou Helena, em Bizâncio, que alertou o imperador sobre a trama.

Àquela altura, no entanto, Tysa não sabia que suas informações haviam rodado o mundo e ainda não tinha certeza de como lidar com Galério quando chegassem a Sirmio. De sua parte, Fúlvio relutara em se voltar contra Maximiano, mas a esposa insistia que aquele era o melhor caminho — e mais seguro para todos.

— Caio, você estará salvando a vida de seu primo — ela explicou, chamando o marido pelo primeiro nome, como fazia quando estavam a sós. — Uma vez desfeita a insurreição, ele estará a salvo e manterá o cargo como augusto do Oeste. Caso contrário, será perseguido pelo imperador e seus paladinos.

— E você acredita realmente que Diocleciano o perdoará — indagou Fúlvio, ofegante. O casal estava dentro da carruagem e o balançar do transporte prejudicava sua respiração — depois de descobrir que ele planejava traí-lo?

— Foi Zenóbia quem montou esse conluio — lembrou Tysa. — Seu primo foi meramente enfeitiçado por ela.

O senador riu de través.

— Duvido que o imperador acredite nessa história. Ele é um homem inteligente. E bastante pragmático.

— Justamente por ser pragmático, Diocleciano fará de tudo para evitar uma guerra. Uma batalha entre os tetrarcas trará instabilidade ao Império. Jogar a culpa em Zenóbia é uma saída eficaz.

— Pode ser. — Fúlvio apanhou um lenço para limpar o suor. Olhou para fora e reparou que eles cruzavam um extenso pomar. O céu da Panônia exibia tons desbotados, que projetavam luz sobre os campos de primavera. — Mas como saber se podemos confiar em Galério?

— Se o imperador estiver ciente da conspiração, ele nos enviará uma mensagem.

— Que tipo de mensagem?

— Essa é a parte difícil — aclarou Tysa. — Não será nada óbvio. Precisamos ficar atentos aos sinais.

O veículo fez uma curva e tomou a estrada que margeava o Rio Sava. Naquele trecho, ele era largo e profundo, com duas ilhas que serviam de entreposto. Sirmio, pelo que se podia notar, era uma cidade pequena se comparada às capitais do Oriente, mas muito bem guarnecida, com tropas dentro e fora dos muros e peças de artilharia — balistas e catapultas, principalmente — espalhadas pelas redondezas.

O cortejo de Fúlvio entrou pelo portão principal, percorreu a avenida do comércio e atravessou os arcos de um pequeno aqueduto. Dali, a carruagem foi escoltada até o palácio, um complexo de edificações localizado entre o hipódromo, ao norte, e as muralhas urbanas, ao sul.

Pararam no pátio da cidadela, ao lado de um estábulo e à sombra do prédio central. Dos dez escravos que os aguardavam, cinco usavam colares com cruzes de madeira, denotando que eram cristãos.

O próprio Galério os esperava sentado em uma cadeira larga, semelhante a um trono, sobre um tablado de cedro. Era um homem de meia-idade, alto, com o rosto oval e grandes olhos cinzentos. Usava uma toga branca sob a capa verde-musgo, e na cabeça trazia uma coroa de louros.

Tysa saiu da carruagem primeiro, para ajudar o esposo. Percebendo a fragilidade do senador, Galério veio até eles, juntando-se aos escravos que os rodeavam.

— Salve, excelência — ele sorriu. — Seja bem-vindo a Sirmio.

Fúlvio se virou para cumprimentá-lo.

— César, quanto tempo. — Deu-lhe um abraço e dois beijos na face. — Faz anos que não nos vemos. O senhor está ótimo.

— Obrigado — Galério agradeceu, voltando-se para Tysa. — Esta é sua mulher?

— Sim — confirmou o político. — Nos casamos há três anos, no Chipre. Seu primeiro nome é Tysa.

O césar arregalou os olhos.

— Tysa? É um nome dácio?

— Perfeitamente, césar. — Foi ela própria quem respondeu. — Meus antepassados, alguns deles, eram originários da Dácia.

— Estupendo — comemorou o tetrarca. — Minha mãe nasceu na Dácia. Já começamos o dia com o pé direito.

Os escravos ofereceram apoio a Fúlvio, que acompanhou o anfitrião até o tablado, onde havia um divã e três cadeiras, além do trono. Sobre uma mesinha de centro, frutas e refrescos para os convidados.

Enquanto Tysa e o marido eram servidos, Galério fez um sinal e uma menina se aproximou. Devia ter uns catorze anos, mas parecia ter menos, porque era minguada e andava de cabeça baixa, como se não quisesse chamar atenção. Não obstante, usava uma estola longa, de seda azul e carmim, e uma tiara de prata cravejada de pérolas.

— Excelência — o césar tornou a dirigir-se a Fúlvio. — Quero que conheça a minha esposa, Valéria.

O visitante tentou se levantar, mas não conseguiu. Beijou a mão da jovem e em seguida comentou:

— Parabéns pelo matrimônio, césar. Não sabia que tinha se casado. — E reforçou: — Meus parabéns.

— É recente. Eu o teria avisado, mas, como o senhor está há dias na estrada, ficou difícil localizá-lo.

— Posso perguntar — continuou Fúlvio, mais para alimentar a conversa — a qual família ela pertence?

Galério deu um tapa no sobrolho, insinuando que, na correria para recebê-los, esquecera o principal.

— Sou mesmo um cabeça-furada — riu-se. — Valéria é filha de Diocleciano, o nosso amado divino augusto. Peço desculpas por não tê-la anunciado. Ainda não me adaptei aos protocolos.

Fúlvio o parabenizou outra vez. Propôs um brinde ao casal, desejando que fossem eternamente felizes.

Depois de se refrescarem, os hóspedes foram conduzidos a suas dependências. Enquanto caminhavam pelos jardins, Tysa cutucou o marido e sussurrou:

— Eu esperava tudo, menos isso. Gostemos ou não, Diocleciano é um gênio.

O senador não entendeu.

— O que quer dizer?

— Valéria. Ela é o nosso sinal, a nossa mensagem. Casando Galério com a filha, o imperador firma um pacto de sangue com ele, garantindo a unidade política entre as duas famílias.

— Entendo — balbuciou Fúlvio. — Significa que...

— Que a nossa missão está completa — decifrou Tysa —, pois Diocleciano está ciente da conspiração.

— Certo. E agora?

— E agora nada — ela concluiu. — Não precisamos fazer mais nada.

*

Com a conspiração praticamente desfeita, Tysa imaginou que seus problemas estavam perto do fim, mas a temporada em Sirmio, que prometia ser de muita paz e tranquilidade, acabaria de modo dramático.

Por uma semana eles se divertiram como nunca. O palácio dispunha de piscina aquecida, onde Fúlvio se banhava todas as noites, antes de começar sua rodada de jogos com Galério. O senador, vale lembrar, era um jogador contumaz e tinha perdido muito dinheiro no passado, apostando nos dados. O césar compartilhava da mesma compulsão, e assim eles reforçaram sua amizade, em sessões de latrúnculo que varavam a madrugada.

Certa vez, depois da quinta taça de vinho, com a lua já alta no céu, Galério contou a Fúlvio que sua esposa estava tendo dificuldades para engravidar e que gerar um filho, naquelas circunstâncias, era uma "questão de interesse de Estado".

— Chamei um jovem cristão que, segundo me informaram, é o melhor médico do Oriente. Ele chega amanhã, se tudo der certo — disse o césar. — Excelência, o senhor é um bom juiz de caráter. Gostaria de pedir que me ajude a entrevistá-lo.

Fúlvio pigarreou. Eles estavam sob as colunatas do prédio central, circulados por piras de fogo.

— César, mas eu nada entendo de medicina.

— Nem eu. Só o que preciso é saber se o sujeito fala a verdade. Quer dizer, se não é um charlatão.

O senador olhou para o tabuleiro sobre a mesa, reparando na disposição das peças brancas e pretas.

— Confesso que não sou um indivíduo particularmente esperto — disse Fúlvio, coçando o nariz, que escorria —, mas aprendi no jogo a ler as pessoas, seus receios e intenções. Talvez eu possa ajudar, realmente. Me sentiria honrado em fazê-lo.

O anfitrião agradeceu, eles disputaram mais duas ou três partidas e no dia seguinte, à tarde, foram ter com o tal médico, após ele examinar Valéria sob os auspícios de suas escravas e de Irineu, o bispo de Sirmio, que o havia indicado.

O encontro se deu no setor residencial da cidadela, em um cômodo retangular, com alguns divãs e vasos de planta espalhados. Galério estava sentado em uma cadeira com encosto de couro, e ao lado dele havia uma mesa redonda, pequena, com um jarro de chumbo contendo água, alguns copos e um potinho de nozes já descascadas.

No recinto encontrava-se também o senador Fúlvio, além do jovem cristão, que na realidade não era tão jovem assim. Seu nome era Pantaleão e somava vinte e quatro anos. Usava um manto de linho branco, era de compleição esguia, tinha os cabelos louros, curtos, e os olhos azuis. Estava de pé diante do césar, com as mãos cruzadas nas costas, as pernas firmes, pronto para ser sabatinado.

Galério ofereceu a ele o pote de nozes. Pantaleão declinou. O césar, então, começou a fazer perguntas.

— Irineu falou bem de você — ele disse, citando o bispo. — Quero agradecer-lhe por ter vindo de tão longe.

— Eu é que agradeço por ter me chamado. — O médico tinha a voz doce e segura, transmitindo confiança a cada nota. — Devo admitir, todavia, que mal conheço o senhor Irineu. Quem me recomendou a ele foi Cirilo, o bispo de Antioquia. Trabalho no hospital da cidade faz alguns anos.

Galério trocou olhares com Fúlvio, que se ajeitou no divã.

— O césar — o senador apontou para o colega — me disse que você é um especialista em ervas e infusões. É verdade?

— Não, excelência — respondeu Pantaleão. — Conheço algumas dessas substâncias, mas não sou especialista.

Depois de pensar por alguns segundos, Galério fitou o entrevistado com seus olhos cinzentos.

— Entendo que a humildade seja um dos princípios cristãos — disse. — No entanto, peço que, entre nós, diga somente a verdade, independentemente de seus princípios religiosos.

— Estou falando rigorosamente a verdade — salientou o médico. — Não tenho uma especialidade na medicina. Conheço de tudo um pouco e faço o meu melhor para salvar as pessoas.

Fúlvio leu no rosto do amigo uma sombra de desapontamento. Pediu que um escravo lhe trouxesse uma ânfora de vinho e solicitou ao visitante:

— Poderia nos falar sobre o exame que fez esta manhã na cesarina? Qual é o seu diagnóstico?

— Infelizmente, não trago boas notícias — disse Pantaleão, voltando-se para Galério. — A senhora Valéria tem o que chamamos de "sangue grosso". Em outras palavras, suas veias entopem com facilidade. Na idade dela não há perigo, exceto na gravidez. Com menos circulação de sangue, menos nutrientes chegam ao feto, aumentando o risco de ela perder o bebê.

— Certo — interveio o césar, antes que o médico terminasse. — E o que podemos fazer para reverter essa situação?

O entrevistado deu um suspiro, esperou alguns instantes e continuou, falando pausadamente.

— Não há cura ou tratamento — garantiu. — Eu, inclusive, recomendaria que ela não tentasse engravidar novamente. Se o processo avançasse, o que julgo improvável, a criança nasceria defeituosa. E a cesarina poderia morrer ao dar à luz.

Um silêncio sepulcral abateu-se sobre a sala. Ninguém disse nada, até que o escravo retornou com o vinho, oferecendo-o a Fúlvio. Galério também se serviu, bebeu a taça inteira de uma vez, respirou fundo e pediu a Pantaleão:

— Podemos contar com a sua discrição nesse assunto?

O médico fechou os olhos e inclinou levemente a cabeça, como quem demonstra grande respeito.

— Juro por Deus, césar. Nada direi a não ser que o senhor me permita.

— Obrigado. Pode sair. — Fez um gesto de agradecimento. — O meu secretário lhe pagará, conforme o combinado. Faça uma boa viagem de volta.

Pantaleão saiu andando de costas, como uma forma de deferência ao contratante.

Uma vez sozinhos na câmara, Galério perguntou a Fúlvio:

— E então, excelência. O que o senhor acha?

O político apanhou o potinho de nozes, enfiou algumas na boca e respondeu, após mastigar:

— Não tenho dúvida de que esse homem diz a verdade.

— Por quê?

— Um farsante inventaria uma cura milagrosa, cobraria uma fortuna por ela, aplicaria o método em sua esposa e em seguida desapareceria com o dinheiro. Na minha opinião, só homens honestos trazem notícias desagradáveis, as quais eu sinceramente lamento.

— Supondo que seja mesmo verdade — prosseguiu Galério, sorvendo outra taça de vinho —, o que o senhor sugere que eu faça? Preciso de um herdeiro. Devo insistir em engravidar Valéria, apesar dos riscos?

— Não recomendo. De acordo com o médico, ela poderia morrer no parto. O senhor, nesse caso, ficaria sem o filho e sem a esposa. Os seus laços com o imperador estariam rompidos.

Galério fez um movimento agressivo com o braço, ordenando que o escravo, que já estava distante, sumisse de vista. Em seguida, começou a coçar a cabeça de nervosismo. Jogou o copo contra a janela, ficou de pé e respirou fundo, para enfim se acalmar.

— O que devo fazer, excelência? Por favor, me ilumine.

Fúlvio felizmente tinha a resposta.

— Quando estive em Roma, ouvi rumores de que os tetrarcas não estão unidos como deveriam — disse, tomando cuidado para não falar demais. Como senador, primo de Maximiano e governador do Chipre, ele não podia se comprometer. — Amigo é aquele que estende a mão nos momentos difíceis. Escreva para o imperador oferecendo apoio incondicional, inclusive com tropas. Estou certo de que Diocleciano ficará agradecido e o enxergará como genro, independentemente do que venha a acontecer a seguir.

— Envio um presente também? Ouro? Escravos? Especiarias?

O senador abanou a cabeça.

— Não. O imperador já é muito rico. Ficaria, além disso, parecendo uma espécie de suborno. Um presente de ordem simbólica seria mais apropriado. Sua espada de cavalaria, por exemplo.

— Ideia excelente — elogiou o césar, aliviado. — Obrigado, excelência. Muito obrigado mesmo.

Fúlvio de repente teve uma crise de tosse, como se tivesse se engasgado com um pedaço de noz. Galério o sacudiu para a frente e para trás e logo o amigo se recompôs. Quando estavam saindo da sala, o senador pontuou:

— Recomendo também que contrate o jovem médico, césar. Não deixe que homens sinceros o escapem. Eles são uma raridade hoje em dia.

Galério seguiu o conselho de Fúlvio e convidou Pantaleão para ser seu médico particular. O rapaz aceitou com grande entusiasmo, prometeu treinar aprendizes e abrir asilos e hospitais em Sirmio, bem como em outras regiões da Panônia.

Passados mais quinze dias, o senador decidiu que chegara a hora de voltar ao Chipre. Tysa, que, quando nova, também fora enviada a um lugar distante para se casar, afeiçoara-se à jovem Valéria, dando a ela conselhos importantes no que dizia respeito à vida conjugal.

Na manhã de 19 de abril, Tysa estava sozinha em um dos quartos do palácio, arrumando suas coisas, quando a escrava que normalmente a assistia disse que o médico de Galério queria falar-lhe. Curiosa, ela permitiu que ele entrasse.

— Senhora Fúlvia. — Pantaleão se curvou. — Obrigado por me receber. Tem um minuto?

Tysa aquiesceu. Parou tudo o que estava fazendo para escutá-lo.

— Ontem à noite — começou o médico — atendi seu marido no quarto dele, no fim do corredor. Imagino que a senhora o tenha escutado tossir.

— Sim. É normal — ela disse. — Ele costuma ter essas crises em dias úmidos, sobretudo na primavera.

— Nenhuma tosse é normal — prosseguiu o sujeito — quando vem acompanhada de sangue. O senador está tendo dificuldade para respirar e sérios problemas para se locomover.

— O meu marido é um homem frágil fisicamente, não nego — concordou a moça, evasiva. — No entanto, é dotado de grande fortaleza mental. Sinto-me orgulhosa de ser sua esposa.

— Não duvido disso. O que estou querendo dizer é que, se sua excelência o senador Fúlvio está cuspindo sangue, isso significa que seus pulmões estão comprometidos.

Tysa teve um pressentimento terrível, como se um espírito maléfico tivesse entrado pela janela e cravado as garras em sua garganta.

— Aonde o senhor está querendo chegar?

Pantaleão a encarou com uma expressão taciturna.

— Receio que seu marido esteja muito doente. Um homem jovem teria chance de se recuperar, mas, na idade dele e nas condições em que está, eu diria que o quadro é irreversível.

— Irreversível? Quer dizer que ele vai morrer?

— Nós todos morreremos um dia. Como médico, só o que posso afirmar é que a situação dele é crítica.

— Quanto tempo? — grasnou Tysa, já esperando o pior. — Quanto tempo ele ainda tem de vida?

O médico fitou o solo, movendo a cabeça negativamente.

— Pela minha experiência, seis, sete meses. Um ano. Ou dois, no máximo — revelou, cabisbaixo. — Senhora Fúlvia, o meu trabalho consiste em reduzir o sofrimento humano. Esse é o motivo pelo qual eu vim à senhora e não ao próprio senador. — Fez uma pausa, tomou fôlego e acrescentou, com os olhos semicerrados: — Nada posso fazer para salvar seu marido. Mas, conhecendo o destino que o aguarda, talvez a senhora possa se programar para os dias vindouros.

Tysa escutou a voz sussurrante de Pantaleão como se ouvisse um violento rufar. Por uma fração de segundo, ficou inteiramente surda. O médico a amparou, fazendo com que se sentasse na cama e respirasse calmamente.

Era estranho. Quando viu Fúlvio pela primeira vez, mais de três anos antes, Tysa sentiu asco e jurou que jamais se relacionaria com aquele "hipopótamo". Com o passar do tempo, porém, os dois se tornariam amigos, depois companheiros, confidentes, e agora ela não conseguia enxergar a vida sem ele.

Pantaleão, ao entender que a moça tinha se recuperado, preparou-se para sair, mas antes declarou:

— Senhora, não sei se o que vou falar vai consolá-la, mas não custa tentar. Na minha posição, já presenciei cenas terríveis. Vi muitos pais perderem seus filhos e assisti à morte de famílias inteiras. O que posso dizer é que a senhora não está só. Esteja certa de que a morte chega para todos. Ela é, indubitavelmente, a única certeza da vida. Sim, sei que são frases feitas — ele se desculpou, meio sem graça —, mas ainda assim são verdadeiras. — Deu um sorriso respeitoso, para transmitir esperança. — Boa viagem, senhora. Que Deus a abençoe. E que o Senhor Jesus a proteja.

Um guarda da escolta de Fúlvio apareceu no quarto para acompanhar Tysa à carruagem. No pátio da cidadela, eles se despediram de Galério e sua esposa, agradecendo pela recepção calorosa, pela companhia e pelas noites tão aprazíveis.

Naquela tarde, o sol brilhava. O céu era azul e os lírios brotavam. Estavam todos felizes.

Muito felizes.

Menos Tysa.

XVII

OS CAPAS VERMELHAS

Os Alpes ocupam — sempre ocuparão, certamente — um lugar especial no imaginário romano, não apenas por serem a fronteira que, por anos, separou-os dos bárbaros como por fazerem parte de uma dezena de narrativas militares, incluindo a famosa travessia de Aníbal, o general cartaginês que invadiu a Itália com suas tropas e elefantes. Os jovens nascidos no Leste, quando leem sobre essas histórias, pensam nos Alpes como uma cadeia de montanhas intransponíveis, com trilhas estreitas à margem de precipícios, onde o risco de vida é constante. No entanto, como Georgios e Constantino logo constatariam, a realidade era bem diferente. O percurso, embora íngreme em alguns trechos, seguia, na maior parte do tempo, por vales e ravinas, à beira de rios e através de florestas. Em vez de um caminho rústico, de terra batida, o que havia era uma estrada bem preservada, com fontes de água, valas de drenagem, marcos de pedra e recuos para acampamento.

O maior problema dos Alpes são as avalanches, que acontecem principalmente no inverno. Na primavera, o trajeto costuma ser bastante seguro, salvo por um ou outro desabamento de terra. O itinerário, além disso, era permeado por aldeias onde se podia comer, beber e dormir sem pagar muito caro. Libertino, entretanto, optou por tomar uma rota alternativa, menos movimentada, a fim de evitar Iuvavum, uma cidade que, graças às minas de sal, estava infestada de burocratas e oficiais que poderiam fazer-lhes perguntas.

Guiados pelo centurião, os jovens subiram por uma ladeira sinuosa, que depois de algumas horas os levou a um bosque sombrio, de árvores magras e folhas castanhas. Esquilos pulavam nos troncos, brigando por pedaços de nozes. O solo era úmido, com raízes cobertas de musgo onde cresciam cogumelos, e ao longe escutava-se o ruído dos cursos de água. Georgios tentou enxergar dentro da mata, mas era impossível, porque por todo lado havia galhos emaranhados, formando uma espécie de teia. Contudo, a passagem em si estava aberta, desobstruída, sem capim ou ervas daninhas, sugerindo que alguém a limpava pelo menos uma vez por semana.

Quando o sol começou a descer, Constantino estapeou o cavalo e emparelhou com Libertino.

— Já sabe onde vamos pernoitar, capitão?

O plebeu retrucou laconicamente:

— Sim.

— Onde?

— Supostamente há um posto de correio adiante.

— Supostamente?

— Nunca estive neste lugar. Não posso ter certeza.

— Nunca esteve? Como assim? — Constantino se assustou. — Pensei que conhecesse todas as rotas.

— Conhecia, mas as trilhas mudaram. Estão diferentes. Posso ter pegado o caminho errado. De qualquer maneira, estaremos seguros enquanto permanecermos na estrada. Não há motivo para pânico.

— Não estou em pânico. — O príncipe sentiu-se insultado e aproveitou para provocá-lo. — Só não esperava que fosse cometer um erro tão básico. Jurava que era um guia experimentado.

— Eu sou, mas a questão não é essa — respondeu Libertino, entediado. — Caso ainda não tenha notado, forças ocultas estão interferindo em nossa jornada. Forças perversas — frisou. — Satânicas.

— Não quero mais ouvir essas superstições. — O oficial apanhou as rédeas do veterano, fazendo o cavalo dele parar. — Sei que é nosso guia, mas eu sou um patrício e como tal ordeno que nos poupe de seu fanatismo. Estamos entendidos?

Libertino o fitou duramente, na intenção de intimidá-lo, de fazê-lo se afastar. O príncipe, no entanto, não se acovardou, e eles ficaram parados, se encarando, como dois gladiadores prestes a entrar na arena. Foi quando escutaram um barulho de gravetos partidos.

O cenário, com muita vegetação e pouca luminosidade, era perfeito para uma emboscada, e naquela posição eles estavam vulneráveis. Georgios puxou as rédeas de Pégaso, sacou a espada e ergueu o escudo. Constantino fez o mesmo. Theodora se lembrou das flechas dos mercenários trácios, abraçou o pescoço da montaria e se curvou sobre a sela.

Gradualmente, apareceu entre as árvores um menino. Depois outro, um pouco mais novo. Eram parecidos, com sardas, olhos claros, cabelos castanhos, cheios e despenteados. Ficaram parados, sorrindo, conversando entre si, apontando para os estrangeiros. Em seguida, desapareceram como raposas.

O quarteto prosseguiu com cuidado, até que, após alguns minutos, um homem surgiu a uns quinze metros de distância, onde a pista fazia uma curva. Devia ser o pai dos garotos, porque tinha as mesmas características físicas, além de uma barba pontuda. Usava uma capa vermelha e acenou para eles, agitando a lança em atitude pacífica.

— Grunt, legionário — ele bateu no peito, falando em latim. O sotaque era forte, praticamente incompreensível. — Legião Gêmea. Eu. Grunt. Legionário.

Constantino adiantou-se.

— Somos oficiais romanos do Leste — anunciou. O sujeito balançou a cabeça, fez que tinha entendido, deu as costas e, com gestos um tanto rústicos, pediu que o acompanhassem.

O príncipe sussurrou para Libertino:

— Tem ideia de quem ele é?

— Não ouviu o que ele disse? — resmungou o centurião. — Legionário da Décima Legião Gêmea.

— Esse selvagem?

— Selvagens todos nós somos — contra-argumentou o plebeu. — Não se iluda quanto a isso.

Conduzidos pelo montanhês, os quatro saíram da estrada e percorreram uma trilha de pedrinhas, chegando a um povoado de uma só rua, delimitado por pinheiros, com umas quinze choupanas construídas com toras de madeira. Uma delas, a maior, tinha um brasão de cobre pregado sobre a porta, com o símbolo do touro, o estandarte da *Legio X Gemina*. Os moradores, homens, mulheres e crianças, uns cinquenta no total, os receberam falando palavras esquisitas, tentando se comunicar, mas apenas Grunt compreendia o que os viajantes diziam — e, mesmo assim, precariamente.

O suposto legionário mostrou-lhes o estábulo, repetindo a palavra *equorum* ("cavalos" em latim). Só depois de alguns minutos eles entenderam que o anfitrião estava oferecendo-lhes montaria, afinal aquele era um posto do correio, onde os mensageiros trocavam seus animais cansados por outros. Em nome do grupo, Libertino recusou gentilmente e, com ajuda da mímica, conseguiu informar que eles só precisavam de água, comida e abrigo por uma noite.

Grunt os levou à casa maior, composta por um ambiente único, retangular, com plataformas de dois andares dispostas lateralmente, que podiam servir como leitos ou como assentos, dependendo da necessidade. O solo estava coberto de palha e era dominado por uma lareira central. O teto, logo acima, possuía uma abertura larga, para deixar a fumaça escapar. Parecia uma casa germânica, não romana, mas era melhor do que acampar ao relento.

Libertino agradeceu e o homem saiu. Já tinha escurecido e eles estavam exaustos, então decidiram que iriam comer o que traziam na mochila e dormir, mas tudo mudou quando sentiram um cheiro salgado. Não deram nem dez minutos e o anfitrião reapareceu, convidando-os para jantar. Para não fazer desfeita — e economizar mantimentos —, eles aceitaram.

Umas cinco famílias os aguardavam, todas usando capas vermelhas. Constantino entendeu que aquela era uma homenagem a eles e, sem contar para ninguém, sentiu-se envergonhado por tê-los chamado de "selvagens".

Era uma noite fria, e a praça da aldeia — um quadrilátero de terra circundado por oito menires — estava iluminada por uma grande fogueira. Os convivas sentaram-se em longas toras de pinheiro, cortadas ao meio para melhor acomodá-los. Uma mulher entregou-lhes pratos de argila e colheres de pau. Outra serviu a comida: um guisado delicioso, com carne, linguiça e cebolas.

— Tirando o cordeiro — comentou Georgios, salivando —, porco é um dos meus pratos favoritos.

— Isto não é porco — murmurou Libertino. — É javali.

— Porco selvagem — completou Constantino enquanto mastigava. — Dá quase no mesmo.

— Bom demais — concordou Theodora. — Só está um pouco salgado. Já provei javali antes, na Gália. Mas este está particularmente suculento.

Georgios se surpreendeu.

— Já esteve na Gália?

— Claro — assentiu a princesa. — Eu nasci na Gália e morei em Lutécia até os quatro anos de idade.

— Por que nunca me disse?

— Estou dizendo agora.

Em vez de vinho, os montanheses lhes ofereceram cerveja. Era do tipo encorpada, muito mais forte que qualquer bebida romana. Depois da segunda caneca, Constantino decidiu fazer as pazes com Libertino.

— Capitão, uma coisa não me sai da cabeça — ele começou, em tom afável. — Como sabia que os homens que nos atacaram eram mercenários trácios e não jovianos?

— Instinto — respondeu o velho guerreiro. — Eis uma propriedade que não se ensina na escola.

— Como saber quando confiar em nossos instintos? — indagou Theodora, sinceramente. — Como ter certeza de que estamos certos? De que não estamos cometendo uma injustiça?

— Não existe justiça neste mundo, alteza, só no próximo — declarou Libertino, convicto. — O que nos resta é nos preparar para o reino dos céus.

— Se é assim, por que está nos guiando, Bores Quinto Vigílio? — pontuou Constantino, chamando-o pelo nome real, de modo que deixasse claro que não o estava desafiando, tampouco menosprezando suas crenças. — Por que embarcou nesta aventura? Afinal somos apenas seres humanos.

— Somos humanos, é verdade, mas esta é uma demanda espiritual. Ela nada tem de mundana. Um dia, Flávio Constantino — prosseguiu o centurião, no mesmo linguajar respeitoso —, o senhor compreenderá o significado destas palavras. Nesse dia, vai se lembrar deste momento, desta aldeia e destas montanhas, e então entenderá o seu papel na história.

Theodora pensou em retrucar, porque gostava de discussões filosóficas, mas a noite já ia avançando e ela preferiu nada dizer. Enrolou-se em um cobertor, abraçou o noivo e bebeu mais cerveja.

Georgios retribuiu o afago, olhou para a fogueira, saboreou o guisado e concluiu que poucas vezes estivera tão feliz. No instante seguinte, porém, alguma coisa dentro dele emitiu um alerta, avisando que os momentos de alegria são raros e podem acabar com o estalar de um trovão.

Súbito, o equestre farejou o perigo — como uma zebra que fareja a pantera — e teve certeza de que algo terrível estava para acontecer.

Ele só não sabia o quê. Nem quando.

*

Georgios não dormiu naquela noite. Estava convencido de que, depois do banquete, os capas vermelhas iriam emboscá-los. Escolheu deitar-se no estrado ao lado da porta, não despiu a armadura, cobriu-se com uma manta quadriculada e ficou de olhos abertos, perscrutando a escuridão, com a Ascalon desembainhada.

Um pássaro grasnou. Um cavalo soltou um relincho. Perto dali, um homem urinou ruidosamente.

Foi difícil não cair no sono, porque a rotina de viagem é sempre exaustiva. Mas ele resistiu, afinal era um soldado e já passara por situações parecidas. Não queria morrer, ainda mais agora que estava para se casar. Desejava ter filhos com Theodora, queria perseguir sua vingança, expulsar Räs Drago de Lida e fixar raízes nas terras que por direito eram suas.

Enfim, luzes penetraram pelas frestas nas paredes e através da abertura no teto. O dia amanhecera e ninguém os havia atacado.

Constantino acordou primeiro. Georgios fingiu que estava dormindo. O oficial abriu a porta da cabana, respirou o ar fresco, bocejou e sacudiu o amigo.

— Georgios, acorde. Vou selar os cavalos. Desperte a garota, está bem? Escutou?

O jovem fingiu que estava zonzo e concordou com um pigarro. Balançou Theodora duas vezes.

— Por que você dormiu de armadura? — ela perguntou, quando seus olhos se acostumaram à claridade.

— Faz parte do treinamento — ele mentiu. — Vamos. Está na hora.

Theodora reparou em Libertino.

— Ele está apagado.

— É a cerveja — supôs o equestre. — Vamos deixá-lo dormir mais um pouco.

Os dois colocaram-se de pé e começaram a se arrumar. Saíram da choupana. Uma aldeã deu a eles um recipiente de bronze quase transbordando de leite.

— Não beba isto — alertou Georgios, antes que Theodora aproximasse o conteúdo da boca.

— Por quê? — Ela cheirou a substância. — Está estragado?

— Não confio nesses montanheses.

Theodora estranhou.

— Você nunca foi de falar desse jeito. É coisa do oráculo?

— Não. Coisa minha mesmo. Melhor não arriscar.

Os dois deixaram o pote para trás e se juntaram a Constantino no estábulo, ajudando-o a preparar os animais. Georgios não se conteve e disse:

— Fique alerta. Está para acontecer algo horrível.

— Pare com essa merda — o colega se irritou. — Os aldeões nos receberam com toda a cortesia. Por que está desconfiado deles?

— Não sei. Senti algo estranho na noite passada.

— Você se impressionou com as arengas de Libertino. Está falando igual a ele. Contenha-se! Não faria sentido os capas vermelhas nos tratarem como reis e depois nos atacarem.

— Já leu sobre o Cavalo de Troia? — perguntou Georgios.

Constantino encerrou a discussão:

— Chega. Vá acordar Libertino. É uma ordem.

O jovem obedeceu. Voltou ao abrigo, escancarou a porta e chamou o centurião pelo nome. Ele nem sequer se mexeu. Chamou novamente. Nada. Foi obrigado a cutucá-lo. De novo, sem resposta. Sacolejou-o.

Libertino estava duro. Não respirava. Georgios automaticamente o colocou de barriga para cima. Graças à sua experiência como enfermeiro, ele sabia identificar um cadáver. Rosto pálido, olhos perdidos, lábios frios, arroxeados.

Deu um passo atrás, digerindo a própria incredulidade. Sua primeira reação foi sacar a espada, imaginando que o plebeu fora assassinado e que ele seria o próximo. Um segundo depois, pensou melhor e recordou-se de que o centurião já estava doente desde a Panônia. O ferimento à flecha necrosara, e ele mesmo prenunciara sua morte.

Não, refletiu. Definitivamente não haviam sido os capas vermelhas.

Rasgou a túnica do morto e constatou o óbvio. Pelo odor de putrefação, fora, realmente, a necrose que o vitimara, não um veneno ou algo do tipo.

Chamou Constantino e Theodora, que entraram no aposento e se depararam com o defunto.

— O quê? — Constantino também não acreditou de início. — Dá para salvá-lo desta vez?

Georgios precisou ser direto:

— Ele está morto.

— Morto? De quê?

— Infecção generalizada. — O rapaz mostrou-lhes a chaga, a casca amolecida, o pus borbulhante.

Theodora reagiu:

— Que nojo. — Desviou a cara, tampando o nariz. — Pensei que ele tivesse se recuperado. Parecia saudável.

— Ele já estava doente. Descobri em Viruno.

— Como é? — Constantino deu um chute na parede, botando para fora toda a sua ira. — Por que não me contou?

— Porque não iria adiantar nada. O que iríamos fazer? Regressar sozinhos a Bizâncio?

— Malditos sejam os cristãos — o oficial praguejou. — Bando de mentirosos. Canalhas. Filhos da puta. — Sentou-se sobre um dos estrados. Coçou os olhos com uma expressão de derrota. — Não acredito. E agora, quem vai nos guiar?

Georgios e Theodora não tinham parado para raciocinar a respeito. Constantino estava sempre um passo à frente deles, mas, naquela época, faltava-lhe empatia para entender o fator humano.

— Não é hora de pensar nisso — disse a garota. — Neste momento, ele precisa ser enterrado.

— Melhor o queimarmos — sugeriu o príncipe. — O que não falta é lenha nesta aldeia.

— Enterrado — Theodora se impôs. — Este homem era cristão. Os cristãos enterram seus mortos.

— Quem se importa?

— *Eu* me importo — ela exclamou firmemente. — Ele se importaria. E vocês também deveriam se importar. Bores Quinto Vigílio era um centurião romano. Merece respeito.

— Eu o respeito como romano e como soldado — reafirmou Constantino, impressionado por Theodora saber o nome completo do plebeu, já que quase nunca conversava com ele. — Não como cristão.

— Um homem deve ao menos ter o direito de ser sepultado segundo os preceitos de sua religião.

— Quem disse?

— As Doze Tábuas — ensinou a princesa, referindo-se ao conjunto de leis que ajudara a definir as bases do direito romano.

Georgios não guardava nenhum apreço pelos cristãos — exceto por aqueles que conhecia —, mas concordava com Theodora e revelou o motivo:

— Ela está certa. Bores Libertino poderia ter parado em uma cidade para se tratar, como eu, aliás, recomendei. Em vez disso, preferiu seguir viagem mesmo ferido, para não correr o risco de nos atrasar. Ele deu a vida por nós. O mínimo que devemos a ele é um funeral digno, de acordo com suas crenças.

— Que seja — Constantino capitulou. — Se não for demorar.

Theodora o censurou:

— Vai demorar o tempo que tiver que demorar.

— Está bem, eu me rendo. — O oficial ergueu as palmas. — Como se faz um enterro cristão?

Theodora ruborizou. Segundos depois, reconheceu:

— Não sei.

Houve um curto silêncio, até que Georgios se manifestou:

— Eu acho que lembro mais ou menos como é.

Constantino zombou dele:

— Boa, Greguinho.

Ignorando o comentário, Theodora perguntou:

— E do que precisa, então?

— Temos de cavar um buraco — explicou. — Sete palmos. Depois, preciso de uma pedra para cobri-lo. Acho que é só. Pelo menos é o que me lembro.

Quando Grunt — o líder dos capas vermelhas — ficou sabendo da morte de um de seus convidados (ele assim os considerava, ao que parecia), demonstrou profunda consternação. Com uma mistura de gestos, expressões e palavras truncadas, ele se ofereceu para ajudar no que fosse preciso.

Não havia muito que ele pudesse fazer, todavia. O enterro aconteceu em um bosque ao norte do povoado, perto de outros túmulos, mais antigos, marcados por pequenos menires. Georgios e Theodora despiram o corpo de Libertino e o envolveram em uma mortalha. Depois, abriram uma cova e colocaram o defunto lá dentro. Na falta de uma pedra grande, posicionaram o escudo sobre o cadáver e fecharam o buraco com terra.

Constantino não participou da cerimônia. Lado a lado com Theodora, Georgios fincou a pá no chão e tentou se lembrar das palavras que os bispos e diáconos declamavam em ocasiões similares, mas não conseguiu. Em vez disso, ajoelhou-se, tocou o solo e recitou uma oração cristã.

Theodora se emocionou e ia dizer alguma coisa quando Constantino os interrompeu, murmurando:

— Desculpem. Não quero apressá-los, mas acho que tive uma ideia.

— Diga. — Georgios colocou-se de pé. — Já terminamos.

— Se não me engano — o decurião se aproximou —, estamos na Via Cláudia Augusta, certo?

— Talvez — hesitou Georgios. — Libertino mencionou esse nome uma vez, acho que na Dalmácia. Devemos estar nela. Mas não tenho certeza.

— Pelo que sei, esta estrada termina na província da Récia. Se continuarmos por ela, chegaremos à capital, Augusta Vindélica. Pode ser mais simples do que imaginávamos.

Theodora desconfiou.

— Se fosse tão simples, por que a sua mãe faria questão de nos disponibilizar um guia?

— Um guia é sempre útil, e nós passamos por trechos difíceis, mas agora falta pouco — Constantino defendeu seu ponto. — Basta descer a montanha.

— Ouvi dizer que a Gália — prosseguiu a garota — não é o lugar mais pacífico do Império.

— Gália não, Récia — repetiu o príncipe. — Os Alpes acabam na Récia. Chegando a Augusta Vindélica, contratamos outro guia. Ou usamos a nossa autoridade como oficiais para ordenar que alguém nos conduza até a Bélgica. É bem perto.

Georgios sacou a pá e saiu andando de volta ao povoado.

— Parece ser a única opção. — Ele olhou para o céu, que começava a nublar. — É melhor nos adiantarmos.

XVIII

ROMA ETERNA

NA DESCIDA PELA ESTRADA, A TEMPERATURA CAIU. OS FORASTEIROS VESTIRAM SUAS capas e se puseram a trotar para se manter aquecidos. Constantino dera o cavalo de Bores Libertino de presente para Grunt, que retribuíra entregando-lhes um saco com carne de javali defumada.

Prosseguiram por um vale estreito, de encostas descampadas, onde uma ponte com muretas baixas cruzava um ribeirão apinhado de trutas.

Para Theodora, a morte de Libertino acendera questões filosóficas. Quando pararam às margens de um lago para jantar, ela se aproximou do equestre e perguntou:

— Georgios, o que acontece com os cristãos quando morrem?

— O costume é enterrá-los — ele respondeu enquanto catava gravetos para a fogueira.

— Não. Digo espiritualmente. O que a religião deles fala sobre o pós-vida?

De propósito, Georgios fez uma careta. Ele se interessava pela tradição cristã, pela história dos anjos e dos profetas, mas tinha vergonha de admitir isso perto de Constantino, que claramente as desprezava.

— Por que eu deveria saber?

— Só achei que... — Theodora lembrou o que ele mesmo tinha lhe contado em ocasiões anteriores. — Bom, você disse que conviveu com cristãos em Antioquia.

— É verdade. Tinha até esquecido — ele murmurou, dissimulado. — Bom, até onde eu sei, os cristãos acreditam no paraíso, uma dimensão aberta aos justos após a morte física. Lá, as almas permanecem até o dia do Juízo Final.

— O que é isso? O fim do mundo?

— Algo do tipo. No dia do Juízo Final, o cordeiro de Deus retornará e os cristãos sairão de suas tumbas. Haverá uma grande batalha e a besta de sete cabeças será derrotada pela cristandade. Então, eles acreditam, começará o reino dos céus.

— Sete cabeças. Sete colinas. E se — Theodora raciocinou — a besta for a cidade de Roma?

Georgios recolheu um pouco de palha, fez um círculo de pedras e acendeu o fogo com a pederneira.

— Não entendi.

— Roma é a maior inimiga dos cristãos, não é? Soube que muitos foram atirados aos leões.

De repente, Georgios sentiu um calafrio. Ele nunca tinha pensado dessa forma, mas fazia todo o sentido.

— Olha, não é bem assim. — Ele deu um sorriso nervoso. — Roma não é inimiga dos cristãos. O último imperador a caçá-los foi Nero — ele manobrou, mesmo sabendo que a afirmação não era totalmente correta. Os imperadores Décio e Valeriano, menos de cinquenta anos antes, também haviam promovido perseguições, embora isoladas. — E Nero era louco.

De sua parte, Theodora tinha plena consciência de que os cristãos eram tratados como indivíduos de terceira categoria em muitas regiões do Império, mas achou que não valia a pena discutir, porque o rapaz se mostrava irredutível quando o assunto era a Púrpura e a defendia com unhas e dentes.

Os três acamparam perto da estrada e continuaram a viagem na manhã seguinte. Para a alegria de todos, Constantino estava — ao menos parcialmente — certo em relação ao percurso. Mais dois dias e eles estavam galopando sobre terreno plano. No terceiro dia, alcançaram uma extensa campina. Um rio largo, de aspecto barrento, corria na direção sul, e às suas margens enxergava-se um enorme acampamento romano, com fossos cobertos de relva e muralhas de pedra, reunindo em seu interior alojamentos, depósitos, estábulos e arsenais. A oeste, fora dos muros, um aglomerado de casas abrigava a população civil, que normalmente servia ao exército oferecendo mão de obra especializada e toda sorte de serviços auxiliares.

Os galhardetes e flâmulas mostravam o desenho da garça, símbolo da Terceira Legião Italiana.

Georgios travou as rédeas e perguntou, mais para si:

— Que rio é esse?

— Parece ser o Danúbio — opinou Theodora.

— Se for o Danúbio — comentou o equestre —, nós estamos no lugar errado.

— Estamos no lugar certo — garantiu Constantino. — Chegamos aonde queríamos. Vamos nos dirigir à zona urbana. Como sempre fazemos.

O trio desceu a estrada e passou ao largo do forte. Não havia barricadas, apenas quatro soldados de infantaria que, com suas armas, bloqueavam a passagem. Um oficial de cavalaria, que estava rodeando o perímetro, trotou ao encontro deles. Era um homem grande, maduro, de pele clara, barba negra e olhos profundos. Usava grevas douradas e um peitoral de aço, além do saiote franjado que o classificava como tribuno, um dos postos mais altos de uma legião, abaixo apenas do pretor, que controlava o acampamento, e do legado, o comandante geral da unidade.

— Parados! — o sujeito gritou de modo ostensivo. — Quem são vocês?

Constantino o cumprimentou educadamente.

— Salve, comandante. Bom dia. Sou Márcio Túlio — ele se anunciou, usando o nome falso. — Decurião imperial.

O tribuno encrespou a face.

— Que sotaque é esse? De onde vocês são?

— Do Leste — declarou Constantino. — Pertencemos ao Décimo Corpo Imperial de Cavalaria.

— Não fui informado de nada. Se estão em viagem oficial, deveriam ter enviado um mensageiro antes. — Fez um sinal para que os quatro legionários a pé ficassem atentos. Depois, apontou para Theodora. — Quem é a moça?

Georgios adiantou-se, mostrou a palma e explicou:

— Salve, senhor. Sou Georgios Anício Graco. — Ele optou por dizer o nome verdadeiro, porque achou que não faria diferença, afinal o perseguido era Constantino, não ele. — Esta é Flávia Theodora, minha noiva. Estamos indo para Tréveros.

O homem suavizou levemente a fisionomia.

— Tréveros? O que estão fazendo aqui, então?

O equestre ficou atônito e retrucou, sem malícia:

— Esta não é Augusta Vindélica?

— Não. Este é o Forte da Rainha, o acampamento da Terceira Legião Italiana — informou o tribuno. — Desmontar — ordenou, com a expressão nada amistosa — Quero ver seus documentos.

Os três obedeceram. Só que, em vez de conferir os documentos, o oficial mandou que eles o acompanhassem até a fortaleza. Dos quatro soldados, dois foram junto, com as lanças em riste. Georgios perguntou-se o motivo da desconfiança, afinal eles eram todos romanos.

O tribuno apeou assim que o grupo atravessou os portões. O Forte da Rainha — em latim, *Castra Regina* — era um quartel-general gigantesco, quase tão grande quanto a Escola de Oficiais do Leste, onde Georgios e Constantino haviam estudado. Logo na entrada, um canteiro de solo macio fora transformado em campo de crucificação, com uns oito homens pendurados, nus, tremendo. Um deles gritou quando avistou Theodora, pedindo que ela o tirasse de lá. Um dos soldados murmurou, constrangido:

— Ignore-os. — E acrescentou, de rosto erguido: — São alamanos.

Os seis entraram no que parecia ser o pretório, isto é, a construção principal, caminharam até o pátio interno e se dirigiram a um gabinete à direita. O recinto contava com uma escrivaninha, estantes entulhadas, dois castiçais e um braseiro, além de selos, frascos de tinta e papéis de carta. O tribuno sentou-se e pediu que um dos legionários conseguisse uma cadeira para Theodora. Georgios e Constantino permaneceram eretos, em posição de sentido.

— Pronto. — O homem organizou a bagunça sobre a mesa. — Sim, agora me deixem ver os seus passes.

Constantino entregou-lhe os pergaminhos com os nomes falsos. O sujeito leu atentamente, afagou a barba negra e indagou:

— Quem é Décio Terêncio?

Esse era o nome postiço de Georgios. Ele nem sequer podia sustentar a mentira, porque revelara seu nome correto poucos minutos antes.

Confrontados com a verdade, ninguém respondeu. Ficaram duros, pálidos. O tribuno reduziu o tom e pediu a um dos soldados, calmamente:

— Lídio, por favor, retire a moça da sala.

O guarda escoltou Theodora até o pátio. Quando ela saiu, o barba negra deu um tapa na mesa e gritou:

— Um de vocês está mentindo. Ou os dois. — Virou-se para o equestre: — Como é o seu nome?

— Sou Georgios Anício Graco, senhor — ele repetiu, intimidado. — Juro sobre a Pedra de Júpiter.

O tribuno mirou os olhos azuis de Constantino.

— Qual é o seu nome? Diga a verdade. É uma ordem.

— Sou... — Ele hesitou. — Sou Flávio Constantino, senhor.

— Flávio o quê?

— Flávio Constantino — admitiu, achando que a verdade o salvaria. — Sou filho de Constâncio Cloro.

O homem ergueu-se e cruzou os braços na frente deles.

— Constâncio Cloro, o césar?

— Sim, senhor.

— Por que mentiu para mim, Flávio Constantino?

— Temos uma missão diplomática a cumprir. É confidencial. Peço perdão por não responder.

Nisso, um dos soldados, o mesmo que escoltara Theodora para fora do escritório, voltou ao aposento e estendeu ao chefe um tubo de couro.

— Encontramos isto em um dos cavalos deles, senhor.

O tribuno tornou a se sentar e abriu o tubo. Sacou de dentro alguns manuscritos selados. Constantino percebeu que eram os documentos que recebera da mãe em Bizâncio — e que, segundo as instruções dela, deveriam ser abertos apenas por Constâncio Cloro, na Bélgica.

O homem rompeu o selo e leu o conteúdo devagar, como se fizesse pouco-caso da urgência deles. No fim, deu um suspiro, lacrou novamente os documentos e recolocou-os no tubo. Em seguida, escreveu uma carta em papiro, enrolou a folha e chamou o soldado:

— Lídio?

O guarda se apresentou:

— Pronto, senhor.

— Despache este bilhete para Tréveros imediatamente.

— Sim, senhor.

O legionário apanhou o objeto e saiu. O tribuno disse, agora de um jeito muito mais brando:

— Sou Cássio Pertinax — apresentou-se, enfim. — O seu pai — olhou para Constantino — certamente está à sua espera. Um corpo de cavaleiros vai guiá-los amanhã, logo cedo. — Ele se levantou e devolveu-lhes tanto os documentos falsos quanto o tubo de couro. — Hoje, nós jantamos com o pretor.

Georgios estranhou a súbita mudança de atitude e teve outro daqueles pressentimentos ruins.

— Permissão para falar, senhor — ele pediu.

Pertinax o fitou.

— Concedida.

— Os documentos selados... eram confidenciais.

— Sei disso, e de antemão peço desculpas por violá-los. Mas era o único jeito de saber se diziam a verdade. Tenho certeza de que o césar entenderá. Ele é um homem sensato.

O príncipe não queria conflito e assentiu.

— Com certeza, comandante.

— Como é apenas uma noite — disse o tribuno —, certamente o pretor permitirá que a garota fique com os senhores aqui dentro. É mais seguro.

— Obrigado — agradeceu Constantino. — É bom estar entre amigos.

Georgios estava mais preocupado com o tubo de couro.

— Comandante — ele insistiu no assunto —, talvez queira dividir conosco o que leu nos documentos, afinal diz respeito à nossa missão.

Pertinax esticou as costas e estalou os dedos.

— Prefiro não me envolver. Como vocês mesmos disseram, é confidencial. — Ele andou na direção da porta e ordenou a um dos soldados: — Péricles, mostre aos visitantes seus aposentos.

O legionário obedeceu, abrindo a porta para os oficiais combatentes. O tribuno acrescentou:

— Jantar ao crepúsculo — disse ele. — Boa estadia, senhores. Dispensados.

O jantar aconteceu em um salão no segundo andar do pretório. Estavam presentes o tribuno, Cássio Pertinax; o chefe do acampamento, chamado Caio Fanio; um sujeito conhecido como Tibério Canuto, legado da Terceira Legião Italiana, além de meia dúzia de sacerdotes de Marte.

Georgios, Constantino e Theodora foram bem recebidos, mas havia um clima de tensão no ar, como se certos assuntos devessem ser evitados. Falou-se pouco de política e muito sobre frivolidades. Tibério Canuto explicou aos jovens que a Bélgica fora conquistada pelos romanos nos tempos de Júlio César e era agora uma das quatro províncias que compunham o grande território da Gália. O país era cercado por mares, a oeste, e por montanhas, a leste, desfrutando, segundo ele, de uma natureza deslumbrante, caracterizada por belas campinas, bosques ocasionais, áreas secas e regiões pantanosas.

O pretor, Caio Fanio, lamentou a morte de Libertino e prometeu enviar uma comitiva para recuperar o corpo, confirmando que os capas vermelhas pertenciam a uma das tribos alpinas que haviam adotado a cidadania romana. Descreveu a rotina em Castra Regina e disse que, desde que Maximiano promovera sua política de terra arrasada, não houvera incursões bárbaras deste lado do rio, mas defendeu que era sempre preciso manter os inimigos aterrorizados, capturando e crucificando alamanos pelo menos nas datas festivas.

Única mulher no jantar, Theodora foi tratada com deferência excessiva. Quando abria a boca, todos se calavam; até os sacerdotes se curvavam. O respeito era tanto que ela mesma se retraiu e evitou falar qualquer coisa a não ser que lhe perguntassem.

Na manhã seguinte, os três jovens, limpos e alimentados, partiram da Récia na companhia de dez cavaleiros, homens experientes, que conheciam bem o trajeto. No meio do caminho, porém, foram surpreendidos por um temporal, com ventos fortes, trovões e relâmpagos, e obrigados a se refugiar na cidade de Divoduro por três dias inteiros.

O restante da jornada transcorreu sem problemas. No Leste, falava-se das províncias transalpinas como se fossem todas iguais, uma terra coberta de gelo, com montanhas íngremes e tenebrosas florestas. Georgios surpreendeu-se, então, ao descobrir que, pelo menos na primavera, a Bélgica era dominada por extensas vinícolas, margeadas por flores de todos os tipos e formas. Narcisos cresciam no sopé das colinas, formando um lençol de botões amarelos. Os vales eram férteis, e os rios, calmos e muito bonitos, fáceis de transpor e navegar.

Os vilarejos ao longo da via abrigavam uma população amistosa, que se vestia como os romanos e falava latim, mas ainda cultuava os antigos deuses da Gália. Um dos cavaleiros que os acompanhavam contou que, dois anos antes, sacerdotes belgas haviam sido presos por realizar sacrifícios humanos — prática proibida em toda a extensão do Império — e crucificados para servir de exemplo.

No dia 23 de maio, os viajantes enxergaram um rio de águas escuras dividindo a terra no sentido leste-oeste. De início, Georgios achou que pudesse ser o Danúbio, mas aquele era na realidade o Rio Mosela, um afluente do Reno.

Depois de meses viajando, após o ataque dos mercenários, o encontro com o senador Fúlvio e o sacrifício de Libertino, eles enfim se aproximavam de Tréveros.

Naquelas circunstâncias, era como contemplar o paraíso.

Theodora suspirou. Constantino sorriu discretamente, porque estava prestes a completar seu destino.

Georgios, por sua vez, não podia acreditar que houvesse uma cidade daquelas proporções em uma região tão afastada. Tréveros era quase do tamanho das metrópoles do Leste, com a diferença de que seus muros haviam sido projetados em granito, não em pedra calcária. Não bastasse, a capital de Constâncio Cloro contava com uma infraestrutura excelente, oferecendo aos moradores banhos públicos, parques, tavernas, escolas, bordéis, teatros e anfiteatros.

Da estrada, eles seguiram até a ponte sobre o Rio Mosela. Lá, apresentaram os documentos ao capitão da guarda, que destacou dois lanceiros para escoltá-los. Esses soldados, Georgios observou, usavam cotas de malha com mangas longas, calças que cobriam as canelas e botas de equitação, em vez das tradicionais sandálias do exército.

Constantino reparou nas pessoas, nas construções, no comércio e nos odores. O centro urbano encontrava-se às margens do rio e não precisava de um aqueduto. Um eficiente sistema subterrâneo de canos, tubos e sifões levava a água aos reservatórios centrais, de onde era então distribuída de modo igualitário, abastecendo tanto os bairros ricos quanto os distritos mais pobres.

Logo na entrada, destacava-se o templo em honra a Asclépio, o deus grego da medicina. Um conjunto de arcos à direita conduzia às termas e a um parque de exercícios, onde crianças brincavam atirando discos de bronze que flutuavam no ar. O caminho passava à esquerda do fórum, cruzava outros arcos e terminava nos portões do palácio.

A residência do césar ocupava todo um quarteirão no ponto mais extremo da urbe. O pátio principal era rodeado de estábulos, armazéns e oficinas. Soldados de infantaria, operários, escravos e burocratas pararam para observá-los, encarando-os com uma postura distante. Em um país como aquele, imaginou Georgios, talvez fosse necessário — ou útil — desconfiar de todo mundo, especialmente dos forasteiros.

Os três apearam, entregaram os animais a um cavalariço e subiram as escadas, sendo guiados por um oficial através de corredores sombrios. Enfim chegaram a um salão profundo, de janelas gradeadas, iluminado pelos raios do sol vespertino. No centro havia uma mesa longa, com um só homem sentado à cabeceira, almoçando.

O oficial fez o anúncio:

— Flávio Constantino, césar. Alega ser o seu filho.

Constâncio Cloro esticou o pescoço e examinou o cenário através das garrafas. Theodora calculou que ele tivesse mais de quarenta anos, porque não só os cabelos como também a barba, os cílios e as sobrancelhas eram completamente brancos. Usava uma túnica simples, pouco alinhada para alguém tão poderoso.

— Constantino? — Cloro se levantou e andou até eles. Perscrutou o filho por alguns segundos, mantendo distância, sem nada dizer. De repente, gritou:
— Sentido! Os senhores estão diante do césar.

Na mesma hora, Georgios e Constantino se deram conta de que estavam, realmente, se apresentando a um dos tetrarcas. Endireitaram-se, uniram os pés, esticaram as costas e fizeram uma saudação militar, trovejando:

— Ave, césar.

— Melhor assim. — Cloro se aproximou dos rapazes. — Eu o levei à Nicomédia — ele agora falava diretamente com Constantino — e o matriculei na escola de oficiais. Cinco anos na corte — fez um muxoxo — para formar um molenga desses?

O príncipe murmurou:

— Permissão para falar, césar.

— Negada — o anfitrião explodiu. — Cale-se, pela glória de Marte!

Nisso, Constâncio Cloro ofereceu a mão a Georgios. Ele não sabia se deveria aceitar ou não, afinal recebera a ordem para ficar em posição de sentido. Por outro lado, não podia ignorar um homem daquela envergadura. Esticou o braço e o cumprimentou.

— Georgios Graco, certo? — perguntou o tetrarca.

— Sim, césar — respondeu o equestre.

— Conheci o seu pai em Palmira. Laios era um grande guerreiro. Eu o saúdo.

Georgios teve o impulso de perguntar a Cloro sobre seu pai. Contudo, lembrou-se de que estava falando com um superior e disse apenas:

— Obrigado, césar.

Enfim Constâncio Cloro se dirigiu a Theodora, que estivera quieta por todo o tempo, de cabeça baixa e mãos para trás.

— E a senhora — ele prosseguiu, alargando um sorriso —, imagino que seja Flávia Theodora, filha de Eutrópia e enteada de Maximiano, o Inclemente.

— Sou eu mesma, césar — respondeu a moça, acanhada.

— O tribuno do Forte da Rainha me adiantou tudo no bilhete. — Ele se virou para Constantino e perguntou, rispidamente: — Onde está a carta de sua mãe?

O príncipe sacou o tubo de couro e o entregou ao pai. Ele abriu o estojo, rompeu o selo e começou a ler os papéis. Em seguida, declarou:

— Perfeito, é isso mesmo. — Fez uma pausa e tornou a falar com Theodora. — Senhora, não posso imaginar uma mulher tão valente. És ninguém mais, ninguém menos que a Minerva encarnada. — Ele sorriu, chegou mais perto, e, por reflexo, ela deu um passo atrás. O césar continuou: — Sua coragem salvará a Púrpura e trará unidade ao Império. De minha parte, juro humildemente, perante Júpiter, que me esforçarei para ser o melhor marido possível.

Georgios pensou que tivesse ouvido errado. Latim não era sua língua nativa, e certos pronomes às vezes lhe escapavam. Virou-se para o lado e reparou que a menina estava branca como um fantasma. Nenhum dos dois conseguiu se pronunciar ante o choque. Foi Constantino quem rompeu o silêncio:

— Permissão para falar, césar.

Dessa vez, Constâncio Cloro fez um gesto afirmativo.

— Concedida.

— O senhor já não é casado? — ele expôs o óbvio. — Com a minha mãe, a senhora Flávia Júlia Helena?

— Foi *ela* quem deu a magnífica ideia de nos divorciarmos. — Cloro estendeu a carta para Constantino. — Não se preocupe. Está tudo resolvido entre nós.

Diante do abatimento geral, o príncipe exclamou:

— Perdoe-nos por nossa apatia, mas não sabíamos do casamento. Minha mãe só nos disse que arranjaria um jeito de salvar a minha cabeça e de libertar Theodora do jugo paterno. É uma surpresa para nós.

— Uma surpresa para todos, sem dúvida — comemorou o tetrarca. — E que bela surpresa! Crianças trarão alegria a este palácio, a esta cidade de escuridão e tristeza, mas não festejemos ainda. Maximiano é — ele mediu as palavras cautelosamente — imprevisível. De qualquer maneira, ele fará o que o imperador ordenar, assim como nós.

Georgios estava a ponto de explodir. Tomou fôlego e murmurou, entredentes:

— César, esta senhora...

Constantino o interrompeu, antes que o pai se desse conta do que estava acontecendo:

— ... está muito cansada. *Nós* estamos. E famintos.

Cloro piscou, como se retornasse ao planeta.

— Claro, sentem-se. — Ele indicou as cadeiras, pondo de lado a rudeza e se transformando, de uma hora para a outra, em um anfitrião carismático. — Façamos um brinde.

— Peço sua permissão para declinar, césar — manobrou Constantino. — O que precisamos neste momento é de um banho quente. E de uma cama macia. O senhor sabe como é a rotina na estrada. Estamos viajando desde março.

— O importante é que se sintam à vontade. — O césar assobiou para o oficial que estava de guarda na porta. — Cedric, trate de acomodá-los e alimentá-los. — Dirigiu-se ao grupo: — Percebo que estão exaustos. Compreensível. Conversaremos melhor amanhã, no almoço. Fica assim combinado.

O guarda saudou o líder, deu meia-volta e pediu aos jovens que o seguissem. Georgios e Theodora caminharam com as pernas bambas, chegando a um átrio de onde se via o sol entre as nuvens. Constantino segurou o amigo, que parecia desorientado.

— Força. — Ele demonstrou seu apoio. — Estou com você.

O equestre despertou do transe, fechou a cara e sacudiu a cabeça.

— Por que você me cortou? Eu estava prestes a dizer ao césar que Theodora e eu estamos noivos.

— Georgios, eu não o cortei — respondeu o amigo, sinceramente. — Eu salvei a sua vida.

— Salvou a minha vida? Não preciso que ninguém me salve. Sou um cavaleiro da Púrpura. — Antes branco, ele agora estava vermelho. — Vou voltar lá.

— Não, não vai.

Constantino colocou-se no caminho, os braços abertos, bloqueando a passagem. Georgios ameaçou tocar o punho da espada, quando Theodora se pronunciou:

— Por favor, acalmem-se, vocês dois. — Ela olhou para o amante, e naquele momento não era mais uma menina, era uma mulher, uma autêntica senhora romana. — Não há por que brigar. O destino está traçado.

Zonzo, o equestre afastou a mão da bainha.

— Do que você está falando?

— Sinto muito, Georgios. — Ela o fitava com determinação e frieza. — Nós desafiamos os deuses e estamos sendo punidos por isso.

— Desafiamos os deuses? — o jovem reagiu, indignado. — Quando?

— Na Nicomédia, não lembra? Roubamos a oferenda de Proserpina, bebemos o seu vinho e a ultrajamos.

— Não. — Georgios abanou a cabeça. — Era só uma estátua, Theodora. Um pedaço de pedra ordinária.

— Um pedaço de pedra que, todavia, cobrou o seu preço.

— É o que você quer? Casar-se com Constâncio Cloro? — ele perguntou, como se desse à moça um ultimato. — Diga-me que sim e eu desisto do nosso compromisso. Nunca mais a procurarei.

— O que eu quero não é importante. Só o que importa é a glória de Roma — ela afirmou, e, por mais estranho que parecesse, Theodora estava sendo absolutamente honesta. Pela primeira vez na vida, a enteada de Maximiano compreendia o que o próprio Georgios lhe ensinara durante a viagem, nas conversas à margem dos rios, nos bosques: que a civilização romana era maior que eles, maior que suas necessidades particulares, maior que tudo. — Somos patrícios, não plebeus. — E completou, de um jeito letárgico: — No fim, são as aparências que valem.

Dito isso, ela chegou mais perto e o beijou. Um curto beijo na boca. Um beijo gelado, estéril.

O gesto serviu para acalmá-lo, mas para entristecê-lo também.

Finalmente, eles adentraram a ala sul do palácio. Como a maioria dos soldados de origem gaulesa, o homem que os escoltava não falava grego e não havia entendido uma palavra do que eles disseram. Fez um sinal para a princesa, indicando o quarto dela. Theodora entrou e se despediu dos rapazes com os seguintes dizeres:

— Georgios, você não significa nada. Eu não significo nada. Ninguém significa nada. Somos descartáveis. — E acrescentou, antes de fechar a porta: — Salve o Império, senhores. Roma invicta. Roma eterna.

XIX

O DIA SEGUINTE

NAQUELA NOITE, GEORGIOS TEVE RAIVA DE THEODORA. COM O PASSAR DOS ANOS, porém, ele entenderia que a jovem estava meramente tentando lidar com a situação. Se era difícil para ele, que dirá para ela, que teria de passar o resto da vida ao lado de um homem que mal conhecia. Theodora valorizava o amor, o desejo e a liberdade, e de uma hora para a outra perdera as três coisas, simplesmente por ser filha de alguém importante. Para todos os efeitos, ela não era uma pessoa, era uma mercadoria, uma peça no tabuleiro político, assim como Georgios (o soldado), Constantino (o refém) e o próprio Constâncio Cloro, todos marionetes de Diocleciano, que também exercia seu devido papel.

Georgios não poderia ter feito nada. Theodora sabia disso e cortou os laços com ele na primeira oportunidade, no justo intuito de preservá-lo. Constantino também sabia. Seu pai era um homem honrado, mas implacável com todos que o contrariavam. Fora ele, Constâncio Cloro, quem ordenara a captura sistemática de germânicos e sua crucificação. Fora ele o responsável por levar a cabo as ordens de Maximiano três anos antes, destruindo aldeias e portos, exterminando crianças, salgando terras e incendiando as plantações inimigas. O césar do Oeste era, naquele período, o único capaz de manter as linhas de defesa do Reno, simplesmente porque agia como os bárbaros agiam.

Georgios passou a noite em claro em um dos aposentos ao norte do palácio, andando de um lado para o outro. Planejou ações absurdas, pensou em desafiar Cloro para uma luta de vida ou morte, mas eram ideias ridículas, especialmente porque Theodora já o dispensara. Ele estava fora do páreo — não tinha mais chance de reconquistá-la.

Em dado momento, sentiu ódio das mulheres. Será que elas eram todas assim: umas facínoras, que não sabiam cumprir com a palavra? Em seguida, lembrou-se de sua mãe, que morrera por ele, de Jocasta, a missionária cristã que o abrigara em Antioquia, e de Tysa, que o amara à sua maneira.

Em todo caso, talvez fosse melhor seguir o conselho de Constantino e só se deitar com prostitutas. O casamento nada tinha a ver com amor, paixão ou desejo. Pelo menos era assim com os patrícios. Nesse ponto, a plebe saía em vantagem.

Georgios não tinha noção de como reagiria ao rever Theodora no almoço. No dia seguinte, entretanto, tudo mudou, porque Constantino veio ao seu encontro. Parecia alegre e bem-disposto, com a armadura brilhante, ao passo que o equestre continuava imundo. Estava fedendo e com olheiras profundas, descabelado.

Abriu a porta para o amigo e permitiu que ele entrasse no quarto. Depois, arrastou-se de volta para a cama e se esticou sobre o colchão. O espaço era compacto, com duas cadeiras e uma janela que dava para um pátio fedorento, ocupado por um pombal em forma de ogiva.

Georgios indicou um dos assentos ao decurião.

— O que você quer? — perguntou.

Constantino sentou-se.

— Como você está?

— Com fome. — Sem se levantar, ele apanhou um pedaço de pão na mesinha de cabeceira. — Aceita?

— Não. — O príncipe o analisou com o olhar.

— Bebe alguma coisa?

O mais velho ignorou a pergunta.

— Pelo jeito, você não quer falar sobre o que aconteceu ontem.

— Não há nada para falar. Theodora disse tudo: o destino está traçado. Os deuses assim decidiram.

— Não foram os deuses que decidiram. Foram os meus pais. Em defesa deles, eu diria que nenhum dos dois teve a intenção de magoá-lo. Minha mãe ordenou que eu o proibisse de se relacionar com Theodora. E eu teria obedecido, se você não tivesse me salvado na ponte. Julguei que lhe devia ao menos isso. Julguei errado, por sinal. Deveria ter me empenhado em separá-los. Se quer culpar alguém, culpe a mim.

— Os deuses são os únicos culpados — decretou o rapaz. — Foram eles que colocaram os mercenários no nosso caminho, permitindo que eu o salvasse e continuasse com Theodora. Talvez quisessem me torturar.

— Os mercenários — exclamou Constantino, cheio de razão — eram capangas de Maximiano.

— Sim, mas sem a ajuda dos deuses eles nunca teriam chegado até nós. Nos encontrar na estrada seria como descobrir uma rã escondida no pântano. E, depois, ainda esbarramos em Tysa e seu marido — afirmou, insistindo na tese que defendia havia meses. — Não pode ser coincidência.

— Não tinha refletido por esse ângulo — cabeceou Constantino. — Suponho que esteja certo.

— Não digo que estou certo. Mas, por enquanto, esse pensamento tem me ajudado. Imagino que também tenha ajudado Theodora. Contra os deuses, não há como lutar.

Georgios não tinha intenção de prolongar o encontro. Detestava a ideia de se colocar no papel de vítima e não precisava da solidariedade de ninguém, mas Constantino não estava ali para isso.

— O meu pai me convidou a liderar três coortes e duas turmas de cavalaria — ele disse, orgulhoso. — Receberei o título de duque.

— Parabéns — Georgios o congratulou sem emoção. — Era a sua meta, não era? Libertar-se da escola?

— Servir ao Império, na verdade. É a meta de todos. Deveria ser, pelo menos.

Sem querer desestimulá-lo, o equestre comentou:

— Um cargo desses chamará a atenção de Maximiano. Um duque não pode se esconder. E, de acordo com Druso, os sicários não desistem jamais.

— É diferente agora. Desta vez temos a filha dele.

— Enteada.

— Dá no mesmo — replicou Constantino. — Esse era o plano desde o começo, a grande jogada. Com Theodora sob a guarda do meu pai, Maximiano não poderá me matar. O casamento firma a aliança entre os nossos clãs, afastando a possibilidade de guerra civil.

— Quem engendrou essa trama? — Georgios estava curioso. O plano era realmente notável. — Sua mãe?

— Prefiro não saber. Desejo perseguir a carreira política, mas neste momento tenho uma nova demanda. — Constantino ficou de pé diante do colega, assumindo uma postura mais catedrática. — O césar ordenou que eu o ajude a conter uma série de invasões. — Ele fez uma pausa, preparando-se para abordar a questão. — E o seu pai, pelo que sabemos, morreu na Germânia.

Súbito, a atitude de Georgios mudou. Ele se ergueu da cama e olhou diretamente para o amigo, interessado. Deixou de lado o pedaço de pão. Parou de mastigar. Eis algo que poderia salvá-lo, um assunto que poderia fazê-lo esquecer Theodora.

— Aonde está querendo chegar?

— Laios, segundo os registros, estava servindo em Castra Vetera, a base da Trigésima Legião de Trajano. O lugar é o nosso último bastião na ponta extrema da Germânia Inferior, sendo usado, também, como estaleiro para a frota que patrulha o Reno, a *Classis Germanica* — ele usou o termo em latim. — Na outra margem começam as terras ermas, o território inimigo, as florestas escuras, o lar dos duendes. O seu pai morreu em combate contra os francos, supostamente defendendo a fronteira.

— Por que "supostamente"?

— É o que dizem os relatórios.

— E esses relatórios — indagou — estão certos?

— É o que *você* vai descobrir.

Por alguns segundos, Georgios ficou quieto, digerindo aquelas informações. Sentimentos confusos o assaltaram, sensações muito fortes, de medo, solidão e bravura. Uma parte dele queria que o pai estivesse vivo, como havia afirmado o oráculo na escola. Outra, mais pragmática, sabia que Laios estava morto e que nada nem ninguém o traria de volta.

E, no meio de tudo isso, havia Theodora.

— Refleti um bocado durante a noite e, diante das circunstâncias — prosseguiu Constantino —, cheguei à conclusão de que você não deve continuar na Bélgica. Como seu oficial superior, portanto, eu o estou promovendo ao cargo de tribuno.

— Castra Vetera — desvendou o equestre. — Quer me mandar para lá, não é? Para me separar de Theodora?

Constantino franziu a cara.

— Roma precisa de você em outro lugar — respondeu ele, protocolarmente. — Os bárbaros, apesar dos nossos esforços, continuam infestando a região.

Uma guerra se aproxima e precisamos detê-los. Suas ordens são acabar com eles. Entendeu?

— Perfeitamente, senhor — retrucou Georgios, no mesmo tom protocolar. — Entendi.

— Uma turma de cavalaria parte para a Germânia hoje mesmo. Inscrevi o seu nome e preparei os documentos. — Estendeu a mão para felicitá-lo. O rapaz a apertou. — Conto com o senhor, comandante. É o melhor guerreiro que conheço. — E acrescentou: — Não nos decepcione agora.

Dito isso, os oficiais se despediram. Constantino saiu do quarto, não sem antes cumprimentar o colega com uma respeitosa saudação militar.

Georgios fechou a porta. Sentou perto da janela e só então se deu conta de que acabara de ser alçado a um dos postos mais altos do exército romano. Georgios Graco era agora um tribuno, como seu pai havia sido, e, do mesmo modo que ele, tinha também uma missão a cumprir.

Um de seus propósitos — um de seus objetivos — fora completado.

Faltava outro.

Mas já era um começo.

No fim da tarde, Flávio Constantino subiu até os muros do palácio para, de lá, observar o grupo que deixava a cidade. Era composto por uma turma de doze cavaleiros belgas, com suas armaduras de pele e elmos de crista negra, além de um oficial romano, um jovem de olhos cor de avelã montado em seu cavalo de guerra.

— Georgios, filho de Laios Graco — sibilou uma voz combalida. — É ele quem vai ao longe, não é?

De repente, Constantino reparou na presença de Numa, o secretário de seu pai. Era um homem idoso, de tez morena e enrugada, que se vestia como os plebeus, usando um manto simples, sapatos encardidos e trazendo consigo um cajado. Numa trabalhara como conselheiro do legendário imperador Aureliano, a quem Cloro também havia servido. Era eunuco, além de escravo, e não gostava de chamar atenção. Frequentemente, abordava as pessoas dessa maneira, sem que elas sequer percebessem.

— Salve, Numa — sorriu o príncipe. — Pela ira de Cronos — ele reparou na aparência do ancião —, você não muda.

— Chega um ponto em que não envelhecemos mais — retrucou o secretário, bem-humorado. — Na minha idade, o sujeito simplesmente aparece morto um dia.

Constantino deu risada. Era um alívio descontrair, depois de tudo o que eles haviam passado.

— É ele mesmo, se quer saber — respondeu, apontando para os portões. — Georgios Graco, meu amigo.

— O pai dele foi um grande homem — relembrou o eunuco, contemplando os cavaleiros que agora atravessavam a ponte —, mas cometeu um erro. Por esse erro, pagamos até hoje.

O príncipe se voltou para o escravo.

— Que erro? Só o que ouço de Laios é que, sem ele, Palmira jamais teria caído. E o Império Romano poderia não mais existir.

— Essa foi a parte que ele acertou — respondeu o velho. — O comandante Laios errou, no entanto, ao não executar a rainha Zenóbia no momento em que a encontrou.

— No exército, o procedimento sempre foi capturar nobres em vez de matá-los — informou Constantino. — Para a obtenção de resgate.

— Eu sei, mas ele deveria ter cortado o mal pela raiz. Nos teria poupado diversos problemas.

— Bom, acabou, certo? — O príncipe tornou a olhar para a ponte. Georgios e os belgas haviam desaparecido na curvatura da estrada. — A conspiração foi derrotada.

— Não, está longe de acabar. — Numa se apoiou no parapeito, recuperou o fôlego e disse: — Maximiano está marchando para cá com cerca de cinco mil homens, além de dois mil cavaleiros. Deve chegar em agosto.

— Maximiano? O que ele quer conosco?

— Ele vem atrás da garota, é claro. De Theodora. O seu pai vai pedir a mão dela em casamento. Se Maximiano aceitar, a paz voltará ao Império. Mas se ele recusar... — A frase terminou em um suspiro.

— Sangue — declarou Constantino. — Enfim entrarei em combate, depois de todos estes anos. Era por isso que eu esperava — comemorou. — Obrigado, Mitra. Que Júpiter e Marte sejam louvados. — E repetiu, as mãos para o céu: — Muito obrigado!

Mésia, 21 de agosto, 1082 *ab urbe condita*

Salve, excelência.

Como antecipei no bilhete, os últimos dias foram bastante atribulados. Os godos realizaram uma série de ataques na margem sul do Danúbio, o que nos obrigou a distribuir nossas forças ao longo do rio. Em julho, com o fim da temporada de chuvas, construímos uma ponte perto de Sacidava, na região da Cítia, começamos a marchar de madrugada e os atacamos ao raiar do sol. O chefe gótico, ao que parece, fugiu para o norte, mas de qualquer maneira foi uma conquista importante, que renovou a energia e a vitalidade das tropas. Meu filho, a propósito, participou como observador e se comportou muito bem para um jovem tribuno. Embora não tenhamos obtido uma vitória completa, estou satisfeito e motivado para os próximos confrontos.

Somente na noite de 14 de julho consegui parar e ler o segundo tomo. Gostei do enredo e das descrições, mas tenho críticas a fazer e correções a sugerir.

Não ficou claro, no texto, quem eram os jovianos. Eles são citados pela primeira vez no capítulo XI, e a impressão que se tem é de que aparecem do nada. Levando em conta que os paladinos são anteriormente mencionados, o leitor comum poderia confundi-los. Sendo assim, recomendo que esse detalhe seja mais bem trabalhado nas edições subsequentes.

Só para esclarecer: os jovianos, chamados também de "soldados de Júpiter", constituíam a guarda pessoal de Diocleciano, formada por três mil homens nascidos na Dalmácia — seus conterrâneos, portanto. Os paladinos, por sua vez, eram os seguranças particulares do imperador, um círculo de apenas seis campeões que tinham, inclusive, o direito de atuar como diplomatas, tanto nas ricas províncias do Leste quanto nas decadentes terras do Oeste.

Percebi que a travessia dos Alpes foi bastante abreviada. Entendo que, para propósitos literários, deve-se seguir uma linha narrativa coesa, mas preciso registrar que a nossa jornada pelas montanhas não se resumiu ao encontro com os capas vermelhas. Cito, por exemplo, o dia em que nos deparamos com o esqueleto de um dos elefantes de Aníbal. De início ficamos pasmos, achando que eram os restos de um ciclope — o crânio de um elefante realmente assim o parece, graças ao orifício da tromba —, até que Libertino nos trouxe de volta à realidade.

Quero aproveitar, aliás, para prestar homenagem a esse grande guerreiro. Na época fui insensível a seu sacrifício, por puro preconceito contra os cristãos. Hoje reconheço que, sem ele, nós provavelmente teríamos sido mortos ou capturados pelos mercenários. Com seu olhar treinado, Bores descobriu que os supostos jovianos eram na verdade impostores e atacou primeiro, o que nos proporcionou uma vantagem estratégica.

O anúncio de que Theodora estava prometida a meu pai, desnecessário dizer, nos pegou de surpresa. Confesso que por anos critiquei minha mãe por ela não ter me revelado seus planos ainda em Bizâncio. Hoje entendo que ela temia que eu, sendo amigo de Georgios, contasse o segredo para ele — e que os amantes fugissem antes de chegarmos à Bélgica. Logo, ela agiu corretamente, mas não deixou de ser um choque para todos nós — inclusive para mim, admito.

Depois de ler a carta que eu trazia comigo e tornar a selá-la, Cássio Pertinax, o tribuno de Castra Regina, contou a seus colegas o futuro de Theodora. O jantar que tivemos naquela noite, no pretório, foi organizado, essencialmente, para debochar de Georgios. Fico feliz em saber que, mais tarde, meu amigo teria a chance de se vingar desse crápula.

Para finalizar, como já apontei minhas falhas, quero fazer um autoelogio. A decisão de enviar Georgios para a Germânia foi, acredito, meu primeiro acerto político. Ele, de fato, ficou aborrecido comigo por algum tempo, mas depois concordou que essa foi a melhor opção. Designando-o para Castra Vetera, não só o afastei de Tréveros e o promovi a tribuno como dei a ele a oportunidade de investigar a morte do pai. O combate contra os francos e a batalha final em Lugduno, na Batávia, são alguns dos episódios mais importantes da história militar romana.

Espero que o senhor e minha mãe tenham planos de descrevê-los em breve.

Sinceramente,

Flávio Valério Constantino, augusto de Roma
e governante supremo do Império unificado

Prezado augusto,

Da parte de cá, conforme a correspondência anterior, as notícias são excelentes. Contrariando os prognósticos, sua mãe está ganhando força a cada dia. Ontem, visitamos as obras da Igreja de Santa Irene e rezamos junto aos operários. No domingo, pretendemos fazer um passeio pela orla do Bósforo. Os médicos a têm incentivado a pegar sol e caminhar, contanto que beba água e não se canse em demasia.

Essa súbita melhora nos deu disposição, também, para continuarmos nosso trabalho, e é por isso que lhe envio o terceiro tomo antecipadamente.

Conversei com sua mãe e ela concordou em realizar os ajustes que o senhor sugeriu. Realmente há uma certa confusão entre paladinos, jovianos e oficiais do Décimo Corpo Imperial de Cavalaria. Em nome dela, prometo trabalhar melhor esses conceitos nas próximas edições, quando tiver a chance de passar o livro a limpo.

Sobre a relação entre Georgios e Theodora, a augusta esclarece que se sente até hoje culpada por não ter-lhes revelado a verdade. Por outro lado, se assim o fizesse, eles certamente teriam fugido, pondo a vida do senhor em perigo. Helena, como qualquer mãe, optou pelo filho. Pelo menos o próprio santo viria a perdoá-la na Nicomédia, anos mais tarde, reconhecendo que a união entre Cloro e Theodora era o único modo de evitar uma guerra.

Respondendo à sua pergunta, não só temos planos de contar os feitos de Georgios Graco na Germânia como o faremos imediatamente! Sua mãe, antes de adoecer, teve acesso aos registros de Círio Galino que descrevem o cotidiano em Castra Vetera, a luta contra os francos e a invasão da Batávia. Imagino que, como soldado, o senhor vai apreciar bastante o que virá a seguir.

Obrigado, mais uma vez, pelo privilégio de contribuir com este projeto.

Eusébio

TERCEIRO TOMO

GERMÂNIA

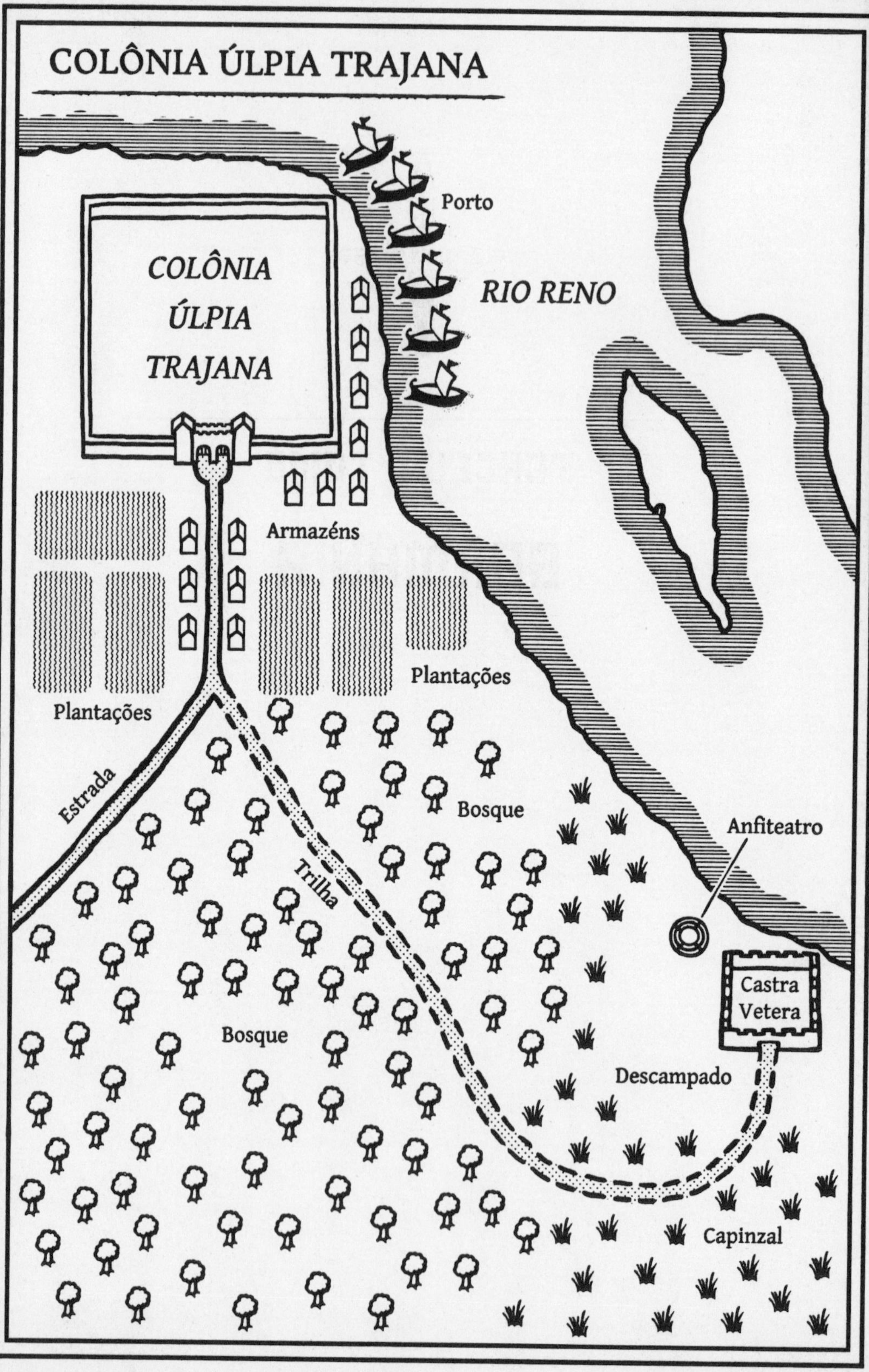
COLÔNIA ÚLPIA TRAJANA
COLÔNIA ÚLPIA TRAJANA
Porto
RIO RENO
Armazéns
Plantações
Plantações
Estrada
Bosque
Trilha
Anfiteatro
Castra Vetera
Bosque
Descampado
Capinzal

XX
ÚLPIA TRAJANA

Em uma noite de lua cheia, os belgas se sentaram ao redor do fogo para ouvir a história de Chariovalda, o príncipe germânico que fizera a paz com os romanos antes de ser morto às margens do Reno.

— Isso aconteceu há muito tempo — disse um homem de barba grisalha, cego de um olho, que bebia cerveja e contemplava a fogueira. — Naquela época, os gigantes caminhavam sobre a terra, e foi um deles, precisamente, que assassinou o campeão hiperbóreo.

O carvão crepitou por alguns instantes. Um dos presentes ergueu a caneca e comentou, em tom respeitoso:

— Conta-se que o nome desse gigante era Irmin. Ele usava uma espada mágica, a Skofnung.

O colega a seu lado deu uma rosnada e elevou a voz:

— Negativo. — Balançou a cabeça. — Skofnung era o nome da espada de Chariovalda, o herói dos batavos, chamado por seus irmãos de Príncipe Dourado.

— Não deem ouvidos a ele — protestou o primeiro. — Se Chariovalda tivesse uma arma mágica, jamais teria sido derrotado.

— Nunca ouvi falar de um gigante com uma espada encantada — argumentou um terceiro homem. — Nas sagas — ponderou —, só os heróis possuem objetos assim.

Os belgas de repente se voltaram para o indivíduo caolho, buscando nele a palavra final.

— Ninguém sabe o que realmente aconteceu — declarou o grisalho —, porque não sobraram vestígios dessa batalha. Chariovalda foi enterrado em território secreto, com todos os seus tesouros e equipamentos. Quem encontrar esse túmulo será o mais rico senhor da Germânia. Mas eu duvido que alguém o encontre.

A cinco metros dali, Georgios ouvia o debate sem entender o que eles diziam. Quase ninguém falava latim, salvo um rapaz chamado Dörn, que alegava ter vivido com a família em Tréveros até os treze anos, ajudando na sapataria do pai. Dörn, bem como os outros guerreiros que escoltavam Georgios, pertencia a uma tropa de apoio não incorporada ao exército romano, conhecida como *auxiliaries* (em grego, auxiliares). Essas unidades forneciam às legiões combatentes especialistas, em geral cavaleiros leves, atiradores de lança e batedores locais. Em outras palavras, os auxiliares eram mercenários fiéis, pagos regularmente, mas sem vínculos com o imperador ou com seus contratantes.

De sua parte, Georgios não confiava naqueles homens. Eram sujos, banguelas e pouco disciplinados, embora Dörn tivesse, até agora, sido cordial em seus modos.

O equestre aproveitou que ele tinha se afastado para urinar e o abordou em seguida.

— Falta muito para chegarmos à Germânia? — perguntou.

— Nós *já* estamos na Germânia, comandante. Cruzamos a fronteira dois dias atrás. Faltam mais quatro até Trajana. Pode ser que haja algum atraso, por causa do tempo.

Trajana era como os belgas — e os próprios germânicos — se referiam a Úlpia Trajana, a colônia que se formara ao redor de Castra Vetera. Muitas cidades, a propósito, tanto no Leste quanto no Oeste, haviam nascido assim, como um centro de comércio para abastecer os acampamentos romanos.

Georgios reparou nas estrelas.

— O tempo parece bom.

— Se chover, as estradas ficam alagadas — explicou Dörn. — Muita lama. É ruim para os cavalos.

O jovem agradeceu e o dispensou. Enquanto se preparava para dormir, ficou pensando que, como futuro tribuno, precisaria conhecer não só seus homens como o terreno que o cercava. No Oriente, onde o clima era seco, as estradas raramente ficavam alagadas. Ele imaginou como seria a Germânia no inverno e como faria para combater debaixo de neve, caso isso viesse a ser necessário.

Dormiu ao ar livre, enrolado no cobertor. No dia seguinte, já perto do meio-dia, eles avistaram uma torre de pedra ocupada por uma guarnição de três homens. Pararam para almoçar junto ao rio, e quando seguiram viagem lhe ocorreu que Constantino não havia lhe informado o nome do legado da Trigésima Legião, tampouco o de um oficial a quem ele devesse se apresentar. Emparelhou com Dörn e o cutucou.

— Quem é o comandante geral da Fortaleza Velha? — ele quis saber, referindo-se a Castra Vetera.

— Quem controla o local é um homem chamado Otho Pólio. O chefe do acampamento é Círio Galino. O almirante da frota é conhecido pelos romanos como Caio Júlio Saturnino, mas se um dia vier a encontrá-lo *nunca* o chame desse jeito. Ele prefere seu nome de nascença: Urus, o Peludo.

Georgios supôs que fosse uma piada. É verdade que alguns legionários tinham apelidos engraçados, mas um oficial superior precisava manter a compostura. Ficou calado e não retrucou.

Na manhã do nono dia, começaram a brotar choupanas à margem da estrada. Logo os cavaleiros foram abordados por crianças oferecendo maçãs, depois por camponeses tentando vender-lhes legumes, galinhas vivas e espetinhos de porco. Um grupo de moças lançou sobre eles um olhar sedutor. O chefe do esquadrão, o guerreiro caolho, freou o cavalo e parou em frente a um armazém com um terraço coberto. O dono do estabelecimento convidou-os a entrar e serviu-lhes cerveja em copos de chifre.

Georgios bebeu por educação. Lá de cima, avistou pela primeira vez as muralhas de Úlpia Trajana, que lhe pareceram razoavelmente extensas, sugerindo que a colônia não era tão pequena como ele idealizara.

Depois de pagar um valor extorsivo pela bebida, acompanhou o grupo até o portão da cidade. Os muros, apesar de bem construídos, careciam de manutenção e limpeza. Plantas cresciam entre as rachaduras e as ameias estavam desgastadas, algumas destruídas pela erosão. No passadiço, em vez de soldados, meninos acenavam para eles, dando a impressão de que as torres de guarda haviam sido abandonadas, permitindo que qualquer um as acessasse.

Dörn estacou sobre a ponte que cruzava o fosso.

— O acampamento fica para lá. — Ele apontou na direção sudeste, através de um aglomerado de árvores. — Basta seguir aquela trilha.

Georgios disse que, tendo ido tão longe, gostaria de pelo menos conhecer a cidade. Perguntou se havia em Úlpia Trajana um bom lugar para almoçar.

— Casa Vinte e Sete, na própria rua do comércio — respondeu o belga, com um sorriso dissimulado. — Boa sorte — desejou. — Boa estadia.

Uma vez no cardo, os cavaleiros se dispersaram. Do largo da entrada, avistava-se o fastígio de um templo, provavelmente de Júpiter, que se destacava entre os demais edifícios. Georgios pensou em visitar o local, mas as ruas estavam esburacadas, cobertas de estrume e com pedras faltando. Ficou preocupado que Pégaso pisasse em falso, desmontou e foi levando o animal pelas rédeas até a taverna indicada por Dörn.

O que ele viu era degradante. Os prédios, caindo aos pedaços, tinham as paredes descascadas e o reboco carcomido, com limo nas janelas e telhas faltando. Pessoas e animais circulavam de forma desordenada, em meio aos ratos e aos cães esqueléticos. Mascates gritavam, vacas mugiam e, em uma das transversais, um carro de boi atolara. Era como se Úlpia Trajana tivesse sido projetada pelos romanos — mas invadida e ocupada por bárbaros.

Enfim ele chegou à Casa Vinte e Sete. O estabelecimento contava com um pátio nos fundos, que servia como estábulo, galinheiro e depósito de sal. Deu um sestércio ao cavalariço, apanhou a mochila e ingressou no salão pela porta traseira.

O ambiente era amplo, tinha o teto arqueado, o piso de ladrilhos, muitas mesas e um balcão central. Estava ocupado por cerca de trinta homens, metade usando túnica militar azul — em contraste com as vestes rubras do exército romano. Quatro desses azuis, ele notou, portavam gládios, e os demais traziam adagas. Outros jogavam dados, faziam apostas e bebiam cerveja.

Quem eram aqueles sujeitos? Guardas urbanos? Mercenários? Capangas do prefeito? Confuso, Georgios apoiou a mochila no chão, o elmo sobre a mesa, andou até o balcão, apresentou-se como cavaleiro da Púrpura e pediu uma refeição quente. O taverneiro era um indivíduo de meia-idade, barrigudo e de ombros largos, com uma espessa barba dourada, e também se vestia de azul. Olhou para ele, observou-o dos pés à cabeça e perguntou, sem sair do lugar:

— De onde você é, rapazinho?

O equestre respirou fundo. Não queria briga, então respondeu:

— Do Leste. Fui designado para a Fortaleza Velha.

— Fortaleza Velha? — O atendente soltou um riso sonoro, que foi acompanhado pelo de outros clientes. — Está no lugar errado, amigo. Esta é Úlpia Trajana.

— Eu sei.

— Se sabe — encrespou a testa —, o que faz por aqui?

Georgios retrucou com toda a calma do mundo:

— Quero uma comida quente.

Nisso, alguns dos presentes se levantaram. Um deles, um rapaz de talvez vinte anos, alto, forte, de pele clara e cabelos raspados, deu o alerta:

— Está querendo nos provocar, garoto do Leste? Esta taverna pertence à marinha. Você não é bem-vindo.

— Entendi agora. — Georgios se virou para o sujeito. — São marinheiros. — Isso explicava as túnicas azuis. — Quero que me levem ao seu almirante — ele se lembrou do que Dörn lhe dissera —, o senhor Caio Júlio Saturnino.

Quando proferiu esse nome, os soldados arregalaram os olhos, perplexos. Um deles chegou a erguer os braços, mostrando as palmas, como quem pede cautela, mas era tarde. O taverneiro apanhou um jarro de argila e acertou Georgios na nuca, pelas costas. O objeto estourou em mil pedaços, espalhando cacos por toda a taverna.

No calor do momento, o cavaleiro nem sentiu a pancada. Girou nos calcanhares para encarar seu agressor no instante em que três marinheiros se precipitavam contra ele. Foi obrigado, então, a se concentrar nesses homens, tomou a iniciativa, cerrou os punhos e afundou um soco no nariz do que parecia ser o mais forte. Não foi um desses murros saudáveis, que se trocam entre amigos, e sim o do tipo possante, que dependendo do ângulo é capaz de matar.

O oponente desabou com a cara em um balde à medida que os outros dois se aproximavam, agora mais cautelosos. O marinheiro à direita pegou um banco para usar como arma. Georgios sabia que, nesses casos, a melhor opção não é recuar, mas se projetar contra o inimigo, anulando seus movimentos. Deu um pinote para a frente, abraçou-lhe a cintura, rodou o quadril e o jogou sobre uma mesa, destruindo copos, tigelas e pratos.

O ato o forçou, porém, a negligenciar o terceiro atacante, que o fustigou com socos nos rins, golpes duros, fortes, que quase o levaram ao solo.

O taverneiro, enquanto isso, contornou o balcão, sacou um porrete e resolveu entrar na briga. Os outros marinheiros, que até então só observavam, decidiram ajudá-lo, e Georgios entendeu que, se continuasse por lá, seria massacrado.

Fez o que lhe restava: fugiu. Pulou sobre uma mesa e, desviando-se de ovos, cebolas e garrafas, lançou-se porta afora, chegando à calçada.

Quando deu por si, estava no meio da rua do comércio, cercado por três brutamontes. Não havia saída a não ser lutar. Tirou a capa e a jogou contra um dos marinheiros para criar uma distração. Levantou a guarda e partiu para cima dos soldados restantes. Desferiu neles uma sequência de cruzados e ganchos, acertando alguns golpes, errando outros e sendo ferido também. Um minuto depois, já exausto e sangrando — e com as pernas doloridas —, ele duelava com apenas um concorrente. Era do tipo gaulês, de cabelos ruivos alourados, bigode longo e sobrancelhas espetadas.

Outros marujos assistiam à peleja, batendo palmas, confiantes na vitória do combatente de azul. Os cidadãos faziam apostas, falavam alto e gritavam. Georgios escutou vaias, clamores, gemidos e gargalhadas. Um comerciante batia panelas e assobiava, como se convocasse os moradores do bairro.

E de fato uma pequena multidão se reuniu em frente à Casa Vinte e Sete. No limite de suas forças, o equestre avançou em um rompante de fúria, agarrou a perna do adversário e o derrubou em uma pilha de esterco. Montou sobre ele e o agrediu com a testa. Fechou o punho para socá-lo, até que alguém o puxou pela túnica. Georgios foi jogado para trás, caiu esparramado, levantou-se, identificou outros cinco soldados de azul e se preparou para continuar batalhando. Em resposta, um dos marinheiros desembainhou o gládio, então o cavaleiro puxou a espada.

No mesmo instante, porém, uma voz grossa os censurou.

— Parados! — Era o taverneiro. — Nada de lâminas — esbravejou. — Lembrem-se: o aço é para os francos.

Os azuis imediatamente se detiveram. O taverneiro abanou a mão para baixo e para cima, como se pedisse a Georgios que guardasse sua arma.

— Sentido! — bradou o homem, e os marinheiros se alinharam. O equestre não sabia o que fazer. Era um patrício. Deveria obedecer a um plebeu?

Com a expressão furiosa, o taverneiro andou até ele.

— Qual é o seu problema, cavaleiro? — Cuspiu no chão. — Está planejando um motim?

Georgios precisou recuperar o fôlego antes de responder.

— Pelo jeito — ofegou —, os amotinados são *vocês*. Sou um oficial, futuro tribuno da Trigésima Legião de Trajano. Com que direito me atacam?

— Com o direito que me foi dado por Maximiano, o Inclemente. Pois saiba, moleque, que o meu nome é Urus. Sou o almirante da Frota Germânica e comando as forças navais deste lado do Reno — ele disse e tornou a gritar: — Sentido. Em forma!

Dessa vez, o filho de Laios obedeceu. Se aquele era realmente o almirante Caio Júlio Saturnino, ele deveria respeitá-lo, por razões hierárquicas. Mas o que um indivíduo dessa estirpe estava fazendo administrando uma taverna?

Depois de alguns segundos, Urus, o Peludo — como ele gostava de ser chamado —, acenou para uma mulher de vestes brancas que se encontrava na multidão. Ela correu para dentro da taverna, os marinheiros a acompanharam e convidaram Georgios a segui-los.

De cócoras, a mulher examinava o primeiro rapaz que Georgios esmurrara. Ele continuava estirado entre as mesas, os lábios roxos e a tez esverdeada.

Subitamente, o equestre se lembrou de Silas Pórcio, ex-legionário romano que ele matara em um duelo aos catorze anos de idade. De todos os guerreiros que abatera, Pórcio era o único que não merecia aquele destino, e Georgios até hoje se culpava por tê-lo enviado para os Campos Elísios. Não queria — sinceramente — que o mesmo acontecesse com aquele rapaz. Juntou-se então à mulher para tentar reanimá-lo.

— Não. — Ela o empurrou. Era uma jovem senhora de cerca de trinta anos, com uma franja loura sob o véu azul-claro. — Deem espaço para ele respirar — pediu com os braços abertos —, todos vocês.

Georgios fez como se não tivesse escutado, tocou o pescoço do paciente e contou seus batimentos.

— O coração parou — ele avisou à mulher. — Sabe fazer massagem cardíaca?

Ela indicou que sim, tampou o nariz do marinheiro e começou a soprar dentro da boca dele, como se o beijasse. Enquanto isso, Georgios montou sobre o soldado, entrelaçou os dedos e comprimiu seu peito em movimentos contínuos. Sem saber como ajudar, Urus, o almirante, trouxe da cozinha água e panos úmidos. Seus homens observavam a cena, apreensivos, de braços cruzados.

Depois da sétima ou oitava tentativa, a cor voltou ao rosto do militar. Ele tossiu e regurgitou. Georgios e a mulher o viraram de lado, para que ele não se engasgasse com a própria saliva.

— Ele vai ficar bem — o equestre comemorou após um longo suspiro. — Felizmente.

— Bom trabalho. — A mulher ficou de pé, estudou o rosto dele e perguntou: — Com quem aprendeu medicina?

Esgotado, Georgios procurou uma cadeira para se sentar.

— Longa história.

Olhou para as próprias mãos ensanguentadas. Estava fedendo, a armadura suja, coberta de excrementos. Sentiu náuseas, tontura. De repente, os dedos da mão começaram a formigar. Os objetos ao redor tremeluziram. Ele ficou cego e desmaiou.

Os marinheiros rapidamente o seguraram, para que ele não caísse de cabeça no chão. Esticaram-no sobre um banco comprido. Dois minutos depois, ele recobrou os sentidos.

— Este homem está ferido, cansado e faminto — clamou a mulher. — Sirvam uma refeição decente para ele.

Naquele dia, Georgios teve a impressão de que parte de sua vida fora apagada, porque no instante seguinte ele estava sentado à mesa, com o prato de comida raspado. Os marinheiros estavam a seu lado com bandagens na cabeça, os punhos enfaixados, repletos de hematomas, mas a mulher desaparecera.

O almirante, que era, afinal, o dono do estabelecimento, encheu-lhe a caneca de cerveja e disse cordialmente:

— Lamento tê-lo acertado, mas você me desacatou.

Georgios fez um esforço de memória e não conseguiu se lembrar do momento em que o tinha insultado.

— Sinto muito. O que eu disse de errado?

— O meu nome é Urus, o Peludo — ele repetiu, acariciando a barba dourada. — Quando chegou à cidade, a propósito?

— Hoje mesmo — contou o equestre. O rosto tinha duas grandes escoriações, uma na testa e outra sobre o olho esquerdo, além de um corte nos lábios. — Perguntei onde poderia almoçar e um dos cavaleiros sugeriu este lugar.

— Cavaleiros belgas?

— Sim, eles mesmos.

— Fizeram de propósito — rosnou Urus, soltando perdigotos. — Bando de filhos da puta.

Precavido, Georgios achou melhor não retrucar. Era novo na cidade e não queria fomentar a discórdia entre quaisquer grupos, muito menos entre homens armados.

Sentindo-se melhor, colocou a mochila nas costas, bebeu o que restava da cerveja, esticou a coluna, enfiou o elmo debaixo do braço e se levantou, indagando:

— Quanto lhe devo pela comida?

— É por conta da casa.

— Obrigado. — Ele o saudou respeitosamente. — Permissão para me retirar, almirante.

O homem fez uma cara estranha, de satisfação, como se não esperasse de Georgios esse tipo de deferência.

— Concedida, comandante. — Envolvendo o equestre com o braço direito, conduziu-o até o estábulo, nos fundos. — O que precisar, fale comigo. Meu irmão é dono de um bordel de excelência no setor norte. Faço um desconto especial para você.

O jovem imaginou qual seria a ideia de "excelência" de Urus, considerando a degradação da cidade.

— Perfeito, vou me lembrar — prometeu Georgios. Segurou Pégaso pelas rédeas. Pôs o capacete. Olhou para o céu. O sol descia na direção dos telhados.

— Boa sorte.

— Para o senhor também. Espero que me perdoe por ter atacado o seu soldado. Devia ter medido a minha força.

Urus não demonstrou ressentimento e abriu a porteira para ele. Georgios percorreu as ruas, cruzou o portão e regressou à estrada.

Montou em Pégaso. Pegou o caminho da floresta.

Em instantes ele estava dentro da mata. Era escura e silenciosa, com pinheiros altos e arbustos compactos.

No fim da trilha, avistavam-se um capinzal e, através dele, um acampamento romano.

Georgios presumiu que fosse Castra Vetera.

Só podia ser.

Isto é, claro, se Dörn não o tivesse enganado. De novo.

XXI

PLEBEUS E PATRÍCIOS

SAINDO DO BOSQUE, GEORGIOS CRUZOU UMA EXTENSÃO DE GRAMA ALTA QUE SE abria em um descampado. Lá, ao menos duas centenas de legionários, de túnica parda e rubra, cortavam as árvores para expandir o terreno. O solo era uma confusão de galhos, com áreas chamuscadas, buracos e poças. Muitos capinavam, construindo pequenos canais, separando troncos e removendo raízes. Homens andavam em todas as direções, carregando sacos, carrinhos de mão, trazendo enxadas, pás e machados.

Mais adiante, do outro lado dessa tortuosa campina, Castra Vetera projetava-se feito um recorte contra o sol vespertino. Seus muros eram de pedra, na parte inferior, e de madeira, da metade para cima. Inicialmente, Georgios não entendeu por que os engenheiros a haviam projetado dessa maneira. Depois, à medida que galopava, percebeu que o forte nascera a partir dos escombros de um acampamento anterior, tendo aproveitado o que restara de sua estrutura. Com efeito, eram notáveis agora outras ruínas pelo caminho, inclusive a de um anfiteatro abandonado, erigido talvez cem anos antes.

Pelo menos, refletiu ele, o portão dianteiro era guarnecido por duas torres de guarda — feitas de madeira, mas bastante sólidas — e vigiado por uma dupla de sentinelas. Sobre essas torres, Georgios distinguiu um par de bandeiras com a figura do bode do mar, chamado por alguns de Capricórnio, símbolo da Trigésima Legião de Trajano.

Logo, os rubros e pardos pararam o que estavam fazendo para observá-lo. Eram homens cansados, alguns muito novos, outros velhos demais, guerreiros castigados, com cicatrizes enormes.

Georgios cavalgou até a ponte levadiça e fez sinal para o guarda, que pediu que ele esperasse. Parado sobre a sela, visualizou o interior do acampamento, e as primeiras impressões foram péssimas. Castra Vetera tinha alguns pavilhões de madeira, provavelmente depósitos, e o restante eram tendas. Com tantos soldados disponíveis — havia pelo menos uns quatrocentos circulando —, a fortaleza já deveria ter sido reforçada. Por que a Legião de Trajano não aprimorava sua base? Por que não contratavam um engenheiro decente?

Cinco minutos depois, o mesmo guarda que o barrara pediu que ele o acompanhasse. Deixaram Pégaso no estábulo, percorreram o caminho principal do acampamento, a *via principalis*, tornaram a sair do quartel, agora pelo portão traseiro, e chegaram às margens do Reno. Nesse ponto, havia uma faixa de terra aplainada, com um pouco de grama e muito cascalho. Do outro lado, a floresta era opressiva, escura e fechada, como a goela de um deus primitivo.

Dali a aproximadamente duas léguas, na curvatura do rio, avistava-se o porto de Úlpia Trajana, com uma série de canoas e escaleres, além do que parecia ser uns cinco ou seis barcos a remo semelhantes às galés marinhas, mas menores, adaptados à navegação fluvial.

Um homem de cabelos grisalhos, alto e forte, porém já flácido na região da cintura, estava sentado em uma cadeira, sendo barbeado por outro homem, magro e careca. Os dois usavam túnica vermelha, calça, sapatos e braceletes ornamentados.

O guarda anunciou a presença de Georgios. O grisalho mostrou a palma, imperativo. Devia ter mais de cinquenta anos, os olhos castanhos e a face enrugada. Só depois de barbeado, ele se inclinou para a frente e o cumprimentou:

— Salve.

— Salve. — Georgios deu um passo adiante.

— Quem é você?

— Georgios Anício Graco, cavaleiro da Púrpura. Fui enviado pelo duque.

— Que duque?

— Flávio Constantino — ele disse, estendendo ao homem os documentos que recebera em Tréveros —, filho de sua excelência, o césar Constâncio Cloro.

O sujeito abriu a carta e apertou as pálpebras, tentando ler à luz do poente.

— Sou Otho Pólio, centurião-chefe da Trigésima Legião de Trajano — apresentou-se. — O que aconteceu com você? — Ele notou que Georgios estava sujo, com a capa rasgada e cheio de hematomas pelo corpo. — Foi atacado por lobos?

— Lobos? Não. — O equestre não queria perder mais tempo. — O guarda prometeu me levar ao comandante da fortaleza.

— Está diante dele — revelou Pólio. — Sou o responsável por esta unidade.

Era normal que os novatos em uma legião, mesmo os oficiais, passassem por algum tipo de trote, mas depois da briga na taverna a paciência de Georgios chegara ao limite. Retrucou, áspero:

— Com todo o respeito, se o senhor é o primipilo — ele usou o termo *primipilus*, em latim, que significava, literalmente, "primeira lança", um título para se referir ao centurião mais antigo da tropa —, não pode comandar uma legião inteira. Exijo que me leve ao legado, ao general desta divisão.

— Não temos um legado.

— Como assim?

— É uma tradição entre nós. Legados trazem má sorte.

O jovem se controlou para não soar arrogante.

— Quero falar com um oficial, então. Um tribuno, que seja.

Devidamente barbeado, Otho Pólio se levantou e começou a colocar sua cota de malha. Afivelou o cinto, enfiou o gládio na bainha, pôs a capa e ajustou as medalhas.

— O nosso último tribuno morreu no ano passado. Causas naturais — afirmou. — Em Trajana talvez ainda exista um ou outro oficial da marinha, mas aqui, na Fortaleza Velha, somos todos plebeus.

Georgios se recusava a acreditar.

— Como pode uma legião não ter sequer *um* oficial graduado?

— Bom, agora temos, certo? — atalhou Pólio. — Talvez você tenha sido enviado para isso, afinal.

— Quer dizer — raciocinou o rapaz — que o comando é meu?

— Só depois de sua posse como tribuno. — Pólio apertou os braceletes. Limpou o rosto em uma bacia de água quente. — Preciso conferir os detalhes da cerimônia, mas pelo que me lembro você terá de fazer um juramento ao estandarte.

— Claro. — Essa parte era igual em qualquer ponto do Império. — Conheço o ritual.

O centurião tornou a verificar o pergaminho.

— Diz aqui que você tem apenas dezesseis anos. Precisa ter dezessete para ser sagrado tribuno.

Era verdade. Desde a República, dezessete anos era a idade mínima para um jovem assumir o posto de tribuno. O equestre informou a Otho Pólio, então, que faria aniversário no dia 2 de agosto. O sujeito achou graça e disse:

— Tanto melhor. Considere esses dois meses seu período de treinamento. Fique perto de mim e siga todas as minhas instruções. Vou apresentá-lo aos homens e mostrar-lhe as dependências da fortaleza.

— Ótimo. — Georgios achou a proposta justa. — Como posso ajudar?

— Pode começar se limpando.

— E depois?

— Cortar, serrar e capinar. E fazer guarda. Treino todas as tardes. É o dia a dia na Fortaleza Velha.

— Certo.

— Galino — ele apontou para o sujeito que o barbeara — é o nosso pretor, o responsável pela logística do acampamento, além de ser um poeta de mão cheia — disse, como se zombasse do colega. — Ele encontrará um alojamento digno para você. Por enquanto, pode ficar na tenda dezoito. Basta seguir a rua principal e virar à direita depois das latrinas. Quero também que jante conosco mais tarde.

— Obrigado.

— Sem problemas. Mais alguma dúvida?

— Sim. — O rapaz se lembrou de Urus e dos marinheiros que o atacaram. — Uma curiosidade, apenas: onde fica o estaleiro da Frota Germânica?

Pólio andou até o rio e fez um gesto na direção norte, indicando o porto de Úlpia Trajana e os míseros cinco barcos de guerra lá atracados.

— Esta suntuosa armada — ele prosseguiu, teatral — é tudo o que sobrou da gloriosa Frota Germânica.

Desapontado, Georgios saudou os veteranos, pegou suas coisas e se dirigiu à tenda dezoito.

Quando ele saiu, Pólio tornou a se sentar, desenrolou a carta de Constantino e a leu pela terceira vez.

— Que garoto estranho — murmurou.

Círio Galino, o pretor, comentou enquanto guardava as navalhas:

— Será que ele é mesmo o filho de Laios?

— Com certeza. Lembro de tê-lo visto na Palestina, faz quase três anos.

— E o que vamos dizer a ele?

— Sobre o quê?

— Sobre Laios.

Pólio deu de ombros.

— Precisamos dizer alguma coisa?

— Seria indelicado se não disséssemos. Não se esqueça de que em dois meses esse rapaz será o nosso comandante. Melhor resolver a questão de uma vez.

— Está bem. Contaremos a ele a verdade sobre o pai. Mas em relação ao *outro* legado...

— Não — Galino o cortou, incisivo. — Esse não. Esse nós apagamos da existência.

— Que bom que concorda comigo — Pólio assentiu. — Porque eu penso da mesma forma.

No mesmo dia em que Georgios partiu para a Germânia, houve um jantar no palácio de Constâncio Cloro, em Tréveros. O tetrarca convidou sua noiva, Theodora, e o filho para um banquete privado.

Constantino detestava essas reuniões, porque o pai insistia em comer ao redor de uma mesa, o que lhe parecia terrivelmente desconfortável. Conforme a tradição, romanos e gregos faziam as refeições em divãs e a comida era servida em bandejas ou posta sobre um aparador ou tabuleiro. O hábito adotado por Cloro tinha origens bárbaras e era pouco civilizado, embora fosse usado havia séculos pelos soldados em campanha, como forma de integração. No fim das contas, fazia pouca diferença, pelo menos para Theodora. Se alguns dos deuses mais cultuados na própria Roma eram estrangeiros, ela pensou, tais como Mitra, Ísis e Cibele, não seria uma mesa que iria enfraquecer sua dedicação à metrópole.

Os escravos serviram carne de veado assada, temperada com especiarias e ervas, pão e queijo de cabra. O vinho tinha acabado, mas a cerveja era excelente, encorpada e saborosa. O césar sentou-se à cabeceira, com Theodora do lado direito e o filho à esquerda.

O jantar começou com um relatório de Constantino ao pai detalhando sua experiência com os outros cavaleiros e como pretendia liderá-los, agora alçado ao posto de duque. Constâncio Cloro escutou com atenção e perguntou-lhe, como se o sondasse:

— O que você faria para esmagar a revolta de Caráusio? — Ele se referia a Marco Mauseu Caráusio, o comandante romano que traíra seus superiores, autoproclamando-se imperador da Britânia. — Sei que não é fácil e não espero uma solução mágica. Só queria ouvir o que pensa a respeito.

Constantino sentiu-se lisonjeado. Fingiu estar raciocinando, para dar a impressão de que se tratava de um problema complexo. Na realidade, ele já meditara bastante sobre o assunto e acreditava ter elaborado uma estratégia eficaz.

— O primeiro passo seria atacar as posições dele no norte da Gália — respondeu. — Seria preciso libertar o continente para só depois reconquistar as Ilhas Britânicas.

O césar limpou a boca com um pano. O veado estava suculento e, ao mastigá-lo, a gordura pingava.

— Caráusio não está agindo sozinho no continente — lembrou. — Ele conta com o apoio dos francos.

— Então nós temos que acabar com os francos.

Cloro deu uma gargalhada. Não por deboche, mas porque achou, de fato, que o filho estivesse brincando. Constantino, no entanto, permaneceu absolutamente sério.

— Como? — De repente, o tetrarca não estava mais rindo. — Como sugere que acabemos com eles?

— Conhecendo o inimigo, para começar. Quem são os francos? O que querem? E o principal: *todos* eles apoiam Caráusio?

— Duvido que sejam todos. Esses selvagens não possuem um rei ou imperador, como nós. Estão divididos em facções, lideradas por chefes que eles chamam de *grafs*. Entre todas as tribos germânicas, os francos parecem ser os mais numerosos.

— Se eles são tão numerosos, por que não avançam através do Reno?

— Porque nós os detivemos.

— Talvez. — Constantino comeu uma fatia de queijo, bebeu um gole de cerveja e só então continuou: — Ou talvez eles estejam lutando entre si.

Constâncio Cloro se inclinou na cadeira, reflexivo.

— É possível.

— Seja como for — disse o duque —, duvido que os francos tenham jurado lealdade a Caráusio. Que eu saiba, esses homens são piratas, mercenários, ladrões e salteadores. Estão com ele pelo dinheiro. Gente assim pode ser comprada.

— Não me agrada a ideia de suborná-los. Quanto mais ouro eles acumularem, mais fortes ficarão. É perigoso. Trocaríamos um inimigo por outro.

— Não pretendo pagá-los. Só estou dizendo que a lealdade deles é frágil. Que pode ser negociada.

O césar agora estava escutando atentamente.

— E o que ofereceríamos? Em um cenário hipotético.

— Eis a questão. Não sei. Precisamos descobrir.

— Maximiano é meu superior direto — afirmou Cloro, com visível amargor. — Ele não aprovaria um acordo com os bárbaros. Diocleciano também não.

— O ideal seria que o senhor tivesse autonomia para agir mais livremente — pontuou Constantino. Não era sua intenção criar intrigas, mas a crítica ao padrasto de Theodora estava implícita em suas palavras. — É preciso escolher uma batalha por vez. Se Caráusio é o maior perigo, então devemos fazer o que for necessário para derrotá-lo.

— Concordo. Concessões já foram feitas no passado, e com o devido argumento eles poderiam ser convencidos. Veremos o que Maximiano nos diz. Como Numa já lhe informou, ele está a caminho. — Constâncio Cloro trocou olhares com a noiva, que permanecia quieta, apenas ouvindo a conversa. — Se tudo der certo, ele chegará no verão. — Tocou o pulso da moça. — E nós nos casaremos.

Constantino interferiu:

— E se ele não concordar com o matrimônio?

O tetrarca reagiu:

— O que está sugerindo?

— Só estou dizendo que devemos estar preparados para tudo.

Theodora murmurou:

— Penso assim também. — E se dirigiu ao futuro marido: — Conforme o senhor mesmo nos alertou, o meu padrasto é imprevisível.

O césar fechou a cara, em uma expressão de ódio contido.

— Se o pior acontecer, haverá uma luta sangrenta. Ou o Império termina, ou se fortalece. Só o futuro dirá.

Os dois jovens aquiesceram e continuaram a jantar. O assunto saltou da política para o banquete que estava sendo preparado para o festival em honra a Vesta, a deusa que personifica o fogo sagrado romano, marcado para 9 de junho.

Quando terminaram, os convidados deixaram o recinto. Cloro acompanhou Theodora até a porta de seu quarto. Ela ficou apreensiva, achando que ele tentaria forçá-la. Em vez disso, o césar a tranquilizou, declarando:

— Não tema, minha querida. Se o seu pai decidir me atacar ou se vingar de nós de alguma forma, eu cuidarei para que você fique em segurança. Dou a minha palavra, como general e político.

Theodora sentiu que a declaração era sincera e agradeceu.

— Obrigada, meu noivo.

— Sei que este é um momento difícil para você — ele continuou, inesperadamente. — Desejo-lhe força.

— Obrigada.

— Conhece as obras de Sêneca, o filósofo estoico?

Ela achou a pergunta um tanto estranha.

— Não, senhor.

— Os estoicos acreditavam que a ordem divina do universo exige uma vida racional e a condenação das paixões — sustentou. — O verdadeiro sábio deve gozar de impassibilidade absoluta.

Parada na soleira, Theodora se perguntava o que Constâncio Cloro pretendia ao declamar clássicos àquela hora da noite.

— Entendo. — Ela forçou um sorriso.

— Desde o nascimento dos gêmeos — ele se referia aos mitológicos Rômulo e Remo —, um sacrifício é exigido de cada romano. Nós, soldados, entregamos o nosso corpo às espadas, e as damas entregam o seu prazer aos maridos. Camponeses, sacerdotes, escravos, prostitutas... De uma forma ou de outra, todos têm de pagar. Este é o pacto, o preço que a sociedade nos cobra.

— Eu sei — ela afirmou. — E estou preparada.

— Boa noite, então.

O noivo a beijou na face. Theodora não se importava que ele fosse trinta anos mais velho, só rogava que aquele homem a satisfizesse sexualmente.

Era só o que ela queria.

Só o que precisava.

*

Recém-chegado ao quartel, Georgios, em vez de ordenar que lhe trouxessem uma tina de água, preferiu banhar-se no próprio Rio Reno. Poliu a armadura, limpou a espada e vestiu uma túnica sobressalente, menos puída, que trazia na mochila para ocasiões como aquela.

Um mensageiro veio chamá-lo, uma hora após o anoitecer. Foi encaminhado à tenda de Otho Pólio e, ao entrar, deparou-se não só com o centurião mas também com Círio Galino. Reparando melhor nesse indivíduo, notou que ele era delicado e esguio, trajava uma túnica longa, não portava armas e tinha a pele morena como a dos sírios, embora, Georgios saberia depois, tivesse nascido na Macedônia. Galino, com efeito, nunca sequer visitara um campo de batalha. Ele havia se alistado como especialista, não como soldado, e aprendera engenharia no exército antes de ser transferido para a Germânia, onde, por falta de opção melhor, fora alçado ao posto de prefeito do acampamento (em latim, *praefectus castrorum*), ou simplesmente pretor, o militar responsável pela burocracia do forte.

O jantar começou sem grandes formalidades. O prato da noite era sopa de repolho, feijão e toucinho. Para beber, cerveja aguada. Não era exatamente um banquete. Pólio sabia disso e se desculpou:

— Os melhores cozinheiros estão na cidade. Ninguém quer vir morar neste fim de mundo. Se conseguimos recrutar mil homens, é porque o exército paga melhor que a marinha. Trajana é oficialmente o porto da Frota Germânica, então o almirante a usa como base — resmungou. — Fica muito mais fácil para ele preencher suas fileiras.

Georgios preferiu não falar sobre a confusão em que se metera. Em vez disso, perguntou:

— Quantos homens tem a marinha?

— Cerca de dois mil — respondeu Galino. Suas palavras eram cadenciadas e precisas, parecendo ao equestre que ele estava dando uma aula ou recitando uma oração. — Eles recebem um soldo baixo e completam o salário realizando pequenos serviços. Muitos têm lojas no comércio local.

— E na hora do combate? — Georgios foi ao ponto que lhe interessava. — Dão conta do recado?

Pólio e Galino se entreolharam. O centurião mastigou a gordura de porco, limpou a garganta com um pigarro, coçou o nariz e retrucou:

— Para que lutar quando se pode resolver a situação diplomaticamente?

— Não entendi — cabeceou o equestre.

Galino esclareceu:

— Nós temos um pacto de não agressão com os francos. Eles não nos atacam e nós não os atacamos. Simples assim. Cada um do seu lado do Reno.

— Não ouvi falar de nenhum pacto. Quem firmou esse acordo com eles?

Otho Pólio desconversou:

— O importante é que os bárbaros, pelo menos os *nossos* bárbaros, foram contidos. Cumprimos a nossa missão. Pacificamos a Germânia.

— Sim, mas até quando? Sabemos muito bem o que acontece com quem confia nesses selvagens. Recordemos a batalha contra os queruscos, quando o general Varo foi traído e três de suas legiões completamente destruídas pelas forças germânicas.

— Os queruscos não existem mais— minimizou Galino, servindo-se de mais sopa. — Os francos são diferentes, não querem lutar.

Nesse instante, um calor repentino tomou conta do jovem. Ele olhou para os veteranos e exclamou rispidamente:

— Se eles não querem lutar, por que assassinaram o meu pai?

Como Pólio já havia debatido a questão com Galino, sabia exatamente o que dizer. Contemplou o rapaz e declarou:

— Seu pai não foi assassinado. Ele foi morto em combate.

— Pelos francos?

— Sim, pelos francos. Mas isso já faz quase três anos. De lá para cá, muita coisa mudou. Hoje vivemos em paz.

Não era o que Georgios queria escutar. Galino percebeu isso e acrescentou:

— O comandante Graco foi um bravo. Um herói. Ele conseguiu repelir uma tentativa de invasão a Úlpia Trajana e expulsou os agressores, mas acabou se envolvendo em uma luta contra Granmar, o príncipe dos bárbaros. E o teria vencido, se Isgerd, a Feiticeira das Sombras, não o tivesse encantado. Graças à coragem de Laios, o chefe dos francos nos devolveu o corpo dele intacto. Em vez de queimá-lo, eu resolvi embalsamá-lo, porque sabia que esse era um dos costumes no Leste. Seus restos mortais foram enviados à Palestina.

— E assim termina a história — completou Pólio, contundente. — Eu participei dessa escolta e me lembro de você ainda menino, bem como de sua mãe. Polychronia era o nome dela, não era? Espero que ela esteja bem. Era uma mulher muito generosa.

Nessa hora, Georgios sentiu como se levasse um soco no estômago. O centurião obviamente não tinha ideia do que acontecera um dia após sua partida da Vila Fúlvia. Conversar com alguém assim era como voltar no tempo, como acessar uma realidade paralela, muito distante da vida real.

— Os senhores me desculpem, mas eu ainda não me acostumei com esta comida. — Ele se colocou de pé, atordoado. — Se não se incomodarem, acho que vou me deitar. Lamento sair tão rápido.

Por educação, Otho Pólio e Círio Galino se levantaram.

— Precisa de alguma coisa? — perguntou o pretor.

— Não — o jovem esquivou-se. — É só uma leve indisposição. — Limpou a testa. Estava suando frio.

— O senhor pode dormir na tenda dezoito hoje — disse Galino, conduzindo-o à saída. — Prometo que encontrarei um lugar melhor amanhã, mais limpo e confortável.

— Obrigado. — O equestre os saudou. — Boa noite.

Instantes depois, Otho Pólio perguntou ao colega:

— Foi alguma coisa que eu disse?

— Ele é só um garoto — murmurou Galino, alisando a careca brilhante. — Precisamos ter paciência com ele.

— Sem dúvida. — Pólio aproveitou que Georgios não havia comido tudo e despejou os restos de carne em seu prato. — Mas a questão é: podemos confiar nesse rapaz?

— Claro.

— Como pode ter tanta certeza?

— Não reparou? Ele traz a espada de Laios.

O centurião parou de comer.

— Não tinha pensado nisso. Foi ela que nos salvou, no fim das contas. Muito bem lembrado, Galino.

— Enquanto Georgios Graco estiver portando a Ascalon, não precisamos nos preocupar. Ele tem muito a aprender, mas estou certo de que seu coração é de ferro.

Pólio ergueu a caneca, fazendo um brinde aos deuses.

— Que belo discurso — comentou, meio irônico. — Já pensou em se converter ao cristianismo?

— Suas piadas costumam ser boas, Pólio — observou o pretor —, mas hoje você foi longe demais.

XXII

SANGUE, CERVEJA E HIDROMEL

Nos idos de julho, Tysa e seu marido aportaram no Chipre. Pafos, que era então a capital da província, contava com um centro urbano discreto se comparado às grandes cidades romanas. O porto, no entanto, estava preparado para receber navios de todos os tamanhos e formas, oferecendo aos forasteiros numerosos armazéns, além de tavernas, oficinas náuticas, templos e até uma igreja para atender à pequena porém crescente comunidade cristã cipriota.

O terreno ao redor de Pafos era extremamente acidentado — a região inteira é montanhosa —, terminando em um rochedo calcário apelidado pelos moradores de Colina dos Ossos, em virtude dos sedimentos que ali se acumularam ao longo dos séculos, incluindo espinhas de peixe, dentes de tubarão e restos de estrelas-do-mar. No topo dessa colina ficava o palacete do senador Fúlvio, uma mansão tipicamente romana, cercada por muros altos que abraçavam os belíssimos jardins e a construção principal.

Quem cuidara da propriedade durante os meses em que o governador estivera em viagem fora Rasha, seu secretário particular. Nascido no antigo reino da Núbia, ao sul do Egito, ele gozava da absoluta confiança de Fúlvio e da valiosa amizade de Tysa. Recebeu o casal no jardim acompanhado de outros cinco escravos, que os aguardavam com taças de refresco, frutas da época e, claro, uma bandeja de ostras temperadas, prato preferido do dono da casa.

Uma hora depois, devidamente acomodados no átrio, Fúlvio e Tysa ouviram o relatório de Rasha sobre os principais acontecimentos na ilha. Era uma tarde de alto verão, com o sol penetrando através do quadrilátero no teto. No centro do pátio havia uma piscina rasa, construída para amenizar o calor, e vasos de plantas que traziam certa umidade ao ar geralmente seco do Chipre.

Esparramado em um de seus divãs, Fúlvio escutava as notícias sem demonstrar interesse. Seu estado de saúde tinha piorado, as varizes haviam crescido e ele agora se cansava com o simples ato de caminhar. Parecia óbvio que a viagem lhe fizera mal, mas com ou sem ela os dias do senador estavam contados. Tysa sabia disso e começou a fazer planos para o futuro.

No final de julho, decidiu levar a questão a Rasha. Os dois se encontraram sobre as muralhas do palacete, onde havia uma antiga torre de guarda convertida em caramanchão. De lá, tinha-se uma magnífica vista do porto, da cidade de Pafos, dos navios ancorados e da enseada com suas águas azuis.

— Os deuses não brincam em serviço — lamentou Rasha, ao escutar de Tysa o que ela ouvira de Pantaleão semanas antes: que Fúlvio estava condenado, tinha poucos meses de vida. — Eles estão sempre criando situações para nos testar.

— Kerna, a escrava que me criou, dizia que não existe vida sem sofrimento. Neste caso, pelo menos, os deuses permitiram, de uma forma ou de outra, que soubéssemos o desafio que nos aguarda — rebateu a moça, conformada. — O que acha que precisamos fazer para nos preparar para a partida de Caio?

— Prevejo que haverá uma luta feroz pelo poder — disse Rasha. Embora fosse um indivíduo vigoroso, quase sem rugas sobre a pele negra, ele faria quarenta e oito anos no próximo inverno, vivia no Chipre fazia pelo menos duas décadas e conhecia um bocado sobre a política local. — Mesmo desprovido de tropas, Caio nunca foi desafiado porque, como sabemos, é primo de Maximiano, o Inclemente. Quando ele morrer, todos os abutres deste país convergirão para Pafos e tentarão tomar a Colina dos Ossos. Precisamos solicitar uma guarnição armada.

— Solicitar a quem? — O olhar de Tysa se perdeu nas paredes rochosas. — Se Maximiano souber que o meu marido está doente, vai ele próprio designar um oficial para assumir suas funções. Eu terei de me submeter às ordens de um estranho dentro da minha própria casa, e você provavelmente será vendido para outro senhor — apostou. — Lembra-se do que aconteceu da última vez que ele esteve no Chipre? Do modo como o tratou?

Maximiano estivera em Pafos cerca de três anos antes para solicitar a Fúlvio que contratasse os sicários para matar Constantino. Na ocasião, ele se irritara com Rasha e dera-lhe um soco no rosto ao ser chamado de "césar" e não de "augusto", título mais adequado à sua posição social.

— É verdade — admitiu o núbio. — Não podemos contar com o exército romano. E se contratássemos nossos próprios homens enquanto Caio ainda está vivo?

— Seria o mesmo que anunciar para o mundo que o governador do Chipre está à beira da morte. Chamaria a atenção não só do Inclemente como de nossos adversários domésticos. Ezana, o mercador de escravos, é mais rico que nós. Husna, o chefe da guilda dos pescadores, detém o controle sobre os comerciantes e marinheiros, e Jania, a suma sacerdotisa de Afrodite, utiliza sua influência religiosa para manipular ricos e pobres — disse Tysa, nomeando alguns de seus inimigos mais próximos. — Precisaremos encontrar uma alternativa.

— Não consigo pensar em nada — reconheceu o secretário. — Estamos perdidos, acabados.

Tysa afagou-lhe as costas.

— Calma. Encontraremos uma solução. Se você não conseguir pensar em nada, *eu* vou resolver — garantiu. — Não se preocupe. Dará tudo certo.

Nos meses de junho e julho, Georgios foi apresentado aos mil e duzentos homens que integravam a Trigésima Legião de Trajano — ou *Legio XXX Ulpia Victrix*, como era chamada em latim. Desses, cerca de trezentos moravam em Úlpia Trajana, a maioria especialistas, como carpinteiros, pintores, tecelões e alfaiates. Os demais, recrutados nas províncias ao sul, residiam na própria fortaleza, em tendas com capacidade para dez pessoas. Essa unidade militar decimal, chamada de contubérnio, era formada por oito soldados, entre eles o decano ("chefe de dez"), e dois auxiliares, geralmente escravos. Dez contubérnios perfaziam uma centúria, e seis centúrias completavam uma coorte. Nos tempos áureos do Império, uma legião tinha de cinco a dez coortes, mas, na época de Diocleciano, mesmo as legiões orientais não passavam de quatro coortes — a Trigésima tinha apenas duas: a primeira, cujos integrantes vestiam túnicas pardas; e a segunda, em que os homens usavam roupas e adereços vermelhos.

Foi só então que Georgios começou a entender como funcionava o exército na prática. O treinamento pelo qual ele passara na Nicomédia fora rigoroso, mas a Escola de Oficiais do Leste era especializada na formação de cavaleiros e na instrução de jovens patrícios. Os soldados de infantaria, que representavam o grosso das tropas romanas, viviam em fortalezas como aquela, verdadeiras cidades militares, que possuíam os mesmos problemas de qualquer comunidade civil.

Conversando com Pólio e depois com Galino, descobriu que Castra Vetera havia sido construída fazia trezentos anos, ocasião em que chegara a abrigar perto de dez mil lutadores. O quartel fora destruído, porém, durante a Revolta dos Batavos, um povo local que se levantara contra o domínio estrangeiro. Desde então, a Fortaleza Velha nunca recuperara sua glória, o que se refletia no moral — e até no olhar — dos legionários. Os guerreiros tinham boa vontade — e bom coração —, mas eram indisciplinados e preguiçosos. Georgios pretendia, portanto, implementar uma nova rotina no acampamento. Naquelas circunstâncias, calculou, se eles fossem atacados pelos francos, seriam esmagados, capturados e mortos antes mesmo de ter a chance de contra-atacar.

O ritual de posse foi marcado para 9 de agosto, data em que se comemora o dia do Sol Indiges, uma antiga divindade romana. Uma fogueira foi acesa na praça de entrada do forte, e os homens, trajados com suas vestimentas de guerra, reuniram-se ao redor do fogo para jantar. O cozinheiro lhes ofereceu cerveja, guisado de coelho, pão de centeio e hidromel — uma dose para cada soldado. O hidromel da Germânia era tão forte que servia, ao mesmo tempo, como estimulante e sedativo, e devia ser bebido de uma vez, como se fosse remédio.

Depois da refeição, à luz dos archotes, os militares se perfilaram nas laterais da rua principal para assistir à passagem do jovem cavaleiro, que percorreu o trajeto montado em seu animal cor de neve. O vagaroso rufar dos tambores, associado ao crepitar da madeira, trazia ao festejo um ar taciturno. Georgios sentiu-se emocionado ao se dar conta de que seu pai trilhara o mesmo caminho, havia estado naquela fortaleza, lutado ao lado daquelas pessoas e morrido para salvar o Império. Será que ele teria a mesma coragem? Será que conseguiria honrar o nome dos Gracos e no futuro reconquistar suas terras?

No fim da passagem havia uma tenda alta e quadrada, usada como santuário da legião. O equestre desmontou, entregou Pégaso a um cavalariço e entrou no recinto. Otho Pólio e Círio Galino o aguardavam, esse último segurando uma tigela com sangue e vísceras de coelho. Logo atrás deles, enxergava-se uma armação de carvalho sustentando o estandarte da tropa, com a figura do Capricórnio e as letras "LEG XXX" acima e "ULPIA VICTRIX" abaixo, rematada por uma águia de ouro maciço. Olhando para aquela peça, Georgios se recordou do símbolo da escola onde estudara — um corvo de prata — e só então, depois de todos aqueles anos, entendeu que aquilo não passava de uma grande piada. O intuito era humilhar os recrutas, obrigando-os a se curvar perante um corvo, um animal associado à carniça, e não diante da gloriosa águia romana.

Galino pediu que Georgios se ajoelhasse e besuntou o rosto dele com sangue. Em seguida, os três se viraram na direção da bandeira e a saudaram.

— Repita depois de mim — disse Pólio, voltando-se para o equestre. — "Eu, Georgios Anício Graco, filho de Laios, o Libertador do Leste, juro pelos deuses de Roma e pelo sangue dos meus ancestrais obedecer ao meu comandante e servir à Trigésima Legião de Trajano pelo tempo que me for ordenado. Renuncio aos meus direitos como cidadão e me submeto ao poder dos meus superiores, na paz e na guerra. Como oficial, juro liderar os meus homens, defendê-los com a minha própria vida, nunca abandoná-los e puni-los quando necessário."

Com a palma erguida, Georgios repetiu palavra por palavra. Pólio fez um gesto para que o rapaz se levantasse e entregou a ele a haste da bandeira. Ciente do que fazer — ele havia ensaiado cada etapa da cerimônia —, o jovem saiu da tenda, montou em Pégaso e desfilou pela rua principal da fortaleza sacudindo o estandarte, para que todos o contemplassem. Depois, voltou ao santuário e posicionou o objeto em seu devido lugar. Finalmente, precisou assinar três vias de um documento preparado por Círio Galino, que o consagrava como tribuno militar da *Legio XXX Ulpia Victrix*.

Encerrada a solenidade, Georgios lavou o rosto em uma bacia e o secou com uma toalha. Um decano tocou uma corneta, os tambores cessaram e os soldados voltaram para junto da fogueira. Enquanto bebiam, a sentinela na torre avisou que "a diversão" tinha chegado, abriu os portões e foi então que o recém-nomeado tribuno observou, estupefato, cinco carroças entrarem no acampamento, uma delas com tonéis de cerveja e as outras entulhadas de prostitutas, algumas já seminuas, acenando para os rapazes e balançando os seios para atiçá-los.

Despreparado para lidar com a situação, Georgios ficou parado, assistindo à cena de braços cruzados, pensando no trabalho que teria para transformar aqueles fanfarrões em guerreiros respeitáveis. Seu pai — ele tinha certeza — jamais permitiria tal alvoroço, então aquele tipo de comportamento devia ser recente, imaginou, o que significava que poderia ser corrigido.

Recusou as duas mulheres que lhe foram oferecidas, mas permaneceu no pátio por algum tempo. Quando a lua já estava alta no céu, um veterano completamente alcoolizado andou até ele dizendo que se lembrava do "antigo legado". Fitou Georgios com os olhos vermelhos e balbuciou, como se lamentasse:

— Uma pena o que os francos fizeram com ele. Os putos o transformaram em um morto-vivo. Que merda. — O sujeito tossiu, escarrou na fogueira e completou: — Com magia não se pode brincar.

Eram palavras sem sentido, pronunciadas por um bêbado alucinado, mas Georgios não conseguiu tirá-las da cabeça. Passou a noite em claro, escutando o gemido das meretrizes, os olhos abertos no breu.

No dia seguinte, cogitou levar o assunto a Pólio, mas no fim das contas preferiu não fazê-lo.

Não podia dar ouvidos a uma história como aquela. Era ridícula, fantasiosa e burlesca.

Além disso, ele tinha muito trabalho pela frente.

No final de agosto, o senador Caio Valério Fúlvio começou a sentir dores abdominais. Na primeira semana de setembro, evacuou sangue. Tinha tanta dor que, em certas manhãs, não conseguia se levantar. Comer — o hábito que mais lhe agradava — passou a ser um sacrifício, e ele emagreceu rapidamente.

Tysa chamou um médico que a havia tratado anos antes. Era um indivíduo magro, pequeno, dentuço, que nascera judeu mas se convertera ao cristianismo. Seu nome era Caleb e vivia em Salamina, uma cidade próxima a Pafos. Chegou à Colina dos Ossos sentado em uma mula e acompanhado de dois assistentes, um menino de doze anos e um escravo forte, que transportava um conjunto de equipamentos nas costas.

Logo que entrou no palacete, antes mesmo de beber água, ir às latrinas ou descansar, Caleb pediu para visitar o paciente. Tysa o levou ao quarto do senador. O ambiente costumava ser arejado, mas agora tinha a atmosfera pesada. Fúlvio permanecia deitado, sem as cobertas. O corpo estava salpicado de estrias, manchas negras e feridas abertas, ocasionadas pelo atrito da pele com o colchão. Os travesseiros estavam sujos de vômito, empestando o lugar com um cheiro insalubre.

Caleb não se abalou. Dirigiu-se ao doente e tentou se comunicar:

— Senador? — Não houve resposta. Ele o cutucou, insistindo para que acordasse. — Senador?

Fúlvio abriu os olhos com um susto.

— Sim.

— Bom dia. Sou Caleb, de Salamina. Vim tratá-lo.

— Sim — ele gemeu, sem discernir onde estava.

O médico se virou para Tysa.

— Por favor, chame os meus assistentes.

— Agora?

— Sim, agora.

Ela gritou para Rasha, que mandou entrar os auxiliares. Os três ficaram no aposento por quatro horas. Quando terminaram o exame, já estava escurecendo.

— Não é boa a situação do seu marido — Caleb fechou a porta e informou a Tysa, do lado de fora do quarto.

— O que ele tem?

— Suspeito que tenha desenvolvido uma série de tumores pelo corpo. Deve ter começado no estômago, mas agora já se alastrou para os pulmões. Como eram os hábitos alimentares dele?

— Péssimos.

— Imaginei.

— O que são tumores?

— Caroços. Nódulos que crescem descontroladamente.

Tysa sentou-se em um banco longo. O quarto de Fúlvio ficava ao redor de um átrio, e havia bancos de carvalho sob o alpendre.

— O médico de Galério me alertou sobre isso — ela disse. — Só não me deu um diagnóstico. Como ele pegou essa doença?

— Não é algo que se pegue. O paciente desenvolve tumores de modo aleatório. Especula-se que alguns sejam causados por maus hábitos, excessos e sedentarismo.

Tysa não podia acreditar em uma doença que surgisse do nada.

— É uma maldição? Um castigo? Uma praga mágica?

Caleb sentou-se ao lado dela. Tinha as mãos e a roupa sujas.

— Neste ponto não posso descartar nenhuma hipótese. Se os tumores forem consequência de mau-olhado, será mais fácil curá-lo.

— Como?

— Com uma prece. Uma deve bastar.

— Qual é o deus apropriado para essas situações?

— Jesus Cristo.

Ela não se conteve e protestou:

— Não somos cristãos.

— Sinto muito — Caleb manteve-se inflexível —, mas Cristo é a divindade recomendada contra tais aflições. Na verdade, a única que eu posso invocar, pois sou cristão. Se quiser chamar outro médico, esteja à vontade.

— Não. Faça o que for necessário — pediu a moça, apreensiva. — Mas e se o problema não for mau-olhado?

— Se ele não melhorar com as preces e com o tratamento clínico, vou precisar realizar uma cirurgia.

Tysa conhecia o termo. Médicos e parteiras realizavam cirurgias — até onde ela sabia — para abrir o ventre de uma mulher quando o bebê estava preso, ou para rasgar a carne de um soldado ferido a fim de remover estilhaços e pontas. Parecia-lhe uma opção terrível e bastante perigosa.

— Vai ter de cortar o corpo dele? Existe alguma criatura que suporte esse tipo de dor?

— É menos ruim do que pensa, senhora Fúlvia. Trouxemos substâncias anestésicas. Ele dormirá durante todo o processo.

— E isso vai salvá-lo, pelo menos?

— Sinto dizer, mas as chances dele são mínimas.

— Caio sabe disso?

— No momento, o senador não está em condições de processar certas informações. — Caleb se levantou. — Vou medicá-lo e, quando ele recuperar a lucidez, conto tudo. O paciente tem o direito de saber. O que posso garantir é que farei o possível para ajudá-lo.

— Obrigada, doutor.

Os dois ficaram parados — a moça sentada, o médico em pé. Então ele acrescentou, com um sorriso pacato:

— Eu aceitaria comer alguma coisa agora.

*

A primeira medida de Georgios como tribuno — já no princípio de agosto — foi proibir o ingresso de mulheres no acampamento. Para evitar um motim, entretanto, ele decidiu dar aos soldados uma folga por semana, além dos feriados regulares, para que eles pudessem visitar a cidade com mais frequência — e se satisfazer nos prostíbulos da região.

Enquanto isso, tentava pensar em um jeito de discipliná-los. Os homens de Pólio — *seus* homens, agora — eram excelentes operários, trabalhavam duro na terra, capinavam, abriam canais, erguiam casas e às vezes até treinavam com suas espadas de madeira, mas faltava-lhes o ímpeto do verdadeiro guerreiro. Não gostavam de obedecer a ordens, não marchavam juntos fazia meses e haviam esquecido como se comportar e se movimentar em batalha.

Sem saber como domá-los, Georgios fez uma prece a Mitra pedindo que o Reluzente o ajudasse. E o deus respondeu. Na madrugada do dia 21 de agosto, ele acordou com um vozerio no pátio dianteiro. Saiu da tenda só de túnica, descalço, esfregando os olhos. Um grupo de cinco homens tinha acabado de chegar de suas peripécias noturnas. Estavam feridos, sangrando — um deles jazia no chão com a perna quebrada, gemendo, sendo assistido pelos companheiros.

Pouco a pouco, mais homens começaram a sair de seus abrigos, atraídos pela algazarra. Georgios se meteu entre eles, examinou o doente e ordenou que o levassem para a enfermaria. Depois, perguntou aos soldados o que tinha acontecido. Um legionário de cabelos claros e desgrenhados, que havia perdido dois dentes, explicou:

— Foram aqueles canalhas da marinha, comandante. Eles nos encurralaram em um beco. Uns vinte, talvez mais. — Olhou para os colegas ao redor, como se pedisse o apoio deles. -- Não tivemos a menor chance. Hienas! — gritou. — É o que são: hienas.

O relato gerou comoção entre os presentes. Murmúrios de concordância se misturavam a berros ocasionais de "Morte aos marinheiros" e "Vamos pegá-los". Um grandalhão de nariz amassado sugeriu que formassem uma patrulha para contra-atacar "imediatamente". Um grupo grande, com pelo menos cem homens, se empolgou com a ideia e invadiu o arsenal da fortaleza para buscar escudos, espadas e lanças.

Era a receita para o começo de uma revolta. Georgios correu para o estábulo e, ainda descalço, montou em Pégaso. Retornou ao pátio e se colocou na frente do portão. Apanhou uma tocha, ergueu-a sobre a cabeça e gritou para ser ouvido. Quando os soldados se acalmaram, impostou a voz e disse:

— Parados. Recolham as armas. — Ele se lembrou de algo que escutara de Urus. — O aço é para os francos. Somos todos romanos aqui. — E repetiu duramente: — Guardem suas armas.

Seu primeiro teste como tribuno fora bem-sucedido. Os homens recolheram as espadas. Estavam olhando para ele, como se esperassem uma solução.

— Esta situação chegou ao limite — exclamou o jovem. — Não pode continuar. Somos legionários. Não seremos intimidados por marinheiros.

Ouviram-se clamores fervorosos, assovios e urros de euforia. Um combatente na multidão vociferou:

— Vamos matá-los!

— Chegou a hora — esbravejou um segundo. — Salve a Trigésima Legião. Morte aos marinheiros!

— Silêncio — interferiu o equestre. — Isto não está certo. Nenhum de vocês foi morto. Não é justo que os matemos.

— Cernec está ferido — protestou um veterano gaulês, brandindo um archote com a mão enrugada. — E se ele morrer?

— Ninguém vai morrer — garantiu Georgios. — Nós teremos a nossa vingança. Prometo-lhes que teremos. Mas será do jeito certo. Uma disputa entre romanos.

Os soldados ficaram hirtos, sem entender aonde ele queria chegar. Georgios viu Otho Pólio — só agora — saindo de sua tenda, bambeando de sono.

Finalmente, um rapaz de túnica parda, cabelos ralos e olhos saltados deu um passo à frente e perguntou:

— Como, senhor? O que vamos fazer?

— Nada — retrucou o filho de Laios. — Neste momento, vocês vão se acalmar e voltar para suas barracas.

Manifestações negativas percorreram a turba. Georgios, estranhamente, ordenou que os guardas abrissem o portão.

— Não é um pedido. É uma ordem — trovejou. — Voltem para o alojamento. Fiquem calmos. Confiem em mim.

Os guerreiros se entreolharam, confusos. O cavaleiro reforçou o que acabara de dizer:

— Retornem para o abrigo. E se preparem para lutar.

Nisso, girou o corcel na direção da saída. Um legionário ameaçou segui-lo, mas foi detido por Otho Pólio, que lembrou aos soldados que o jovem era ninguém mais, ninguém menos que o filho de Laios.

— Para quem não se recorda — rouquejou —, o general Laios Graco nos liderou em um passado recente. Ele morreu por nós. Confiemos em seu rebento. Fé em Mitra, em Marte e em Júpiter — pediu ele, acrescentando: — Os deuses estão do nosso lado. Posso apostar que estão.

Cerca de meia hora depois, Georgios chegava às muralhas de Úlpia Trajana. Era tarde da noite e o portão estava fechado. Não havia soldados por perto, tampouco sentinelas nas torres de guarda.

Galopou até a margem do rio e tomou uma estradinha de terra até avistar os barcos pesqueiros e, finalmente, o porto da cidade. Os armazéns — esses sim — eram vigiados por homens de roupas civis, portando gládios, porretes e facas. Dirigiu-se a eles e pediu que lhe indicassem uma entrada lateral pelos muros. Sem conseguir identificá-lo, os vigias, truculentos, ordenaram que ele descesse do cavalo e começaram a fazer perguntas. Georgios manteve a calma e afirmou que era amigo de Urus, garantindo que o almirante o convidara para uma "festa noturna" em sua taverna. Era uma história improvisada, simplória e cheia de falhas, mas as sentinelas a compraram, sinal de que o comandante da Frota Germânica era respeitado pelos cidadãos da colônia. Esses indivíduos o levaram então a uma passagem estreita, escondida na muralha norte, e a abriram com uma chave de ferro.

Sem enxergar quase nada, o equestre percorreu as ruas esburacadas. Passados vinte minutos, encontrou a taverna em questão, a mesma onde brigara com os marinheiros dois meses antes.

Prendeu Pégaso em uma pilastra e o deixou do lado de fora. Penetrou no lugar, que já estava praticamente vazio, salvo por um grupo de rufiões debruçados sobre uma mesa, jogando dados, fazendo apostas e bebendo. Quem os atendia era uma mulher na casa dos cinquenta anos, carrancuda, com as bochechas rosadas e o avental encardido. Georgios a abordou dizendo que queria falar com Urus. Ela coçou o nariz e informou que seu marido já tinha ido dormir, perguntando se o assunto era importante.

— Sim, é urgente. É sobre um problema que acaba de acontecer no prostíbulo do irmão dele, no setor norte. — Olhou para os clientes, para ter certeza de que eles não o escutavam, depois se voltou para a atendente e sussurrou, como quem conta um segredo: — Seria melhor acordá-lo, senhora.

O tom foi tão alarmista que a mulher arregalou os olhos, correu para os fundos, e minutos depois o próprio Urus apareceu no salão, com a cara amassada e a barba suja de saliva. Semicerrou as pálpebras, tentando reconhecer o visitante. Chegou perto dele e o recebeu de trás do balcão.

— Já o vi antes — murmurou. — É o garoto do Leste?

— Sim. Georgios Graco, tribuno da Trigésima Legião — confirmou. — Estive aqui meses atrás.

— O que você quer? Minha mulher me disse que era um mensageiro do meu irmão. — Urus deu um passo atrás para visualizá-lo por inteiro. — Pelo jeito que ela me acordou, pensei que o prostíbulo estivesse em chamas. Que merda você quer comigo a esta hora da noite?

— O senhor disse que eu poderia falar-lhe — justificou-se, educado — caso precisasse de algo.

— Sim, o desconto — fungou. — Quer desconto no bordel? A esta hora eles já estão fechando. Está tarde, garoto. — Levantou o braço direito, mostrando a saída. — Volte amanhã. De preferência depois do almoço. — Deu as costas e saiu resmungando. — Que menino doido. Que as Fúrias o carreguem.

Georgios se debruçou sobre o balcão e o segurou.

— Não quero desconto. Tenho uma proposta para o senhor.

Urus se libertou da pegada.

— Então volte amanhã.

— Os seus homens atacaram os meus. — O tribuno levantou a voz. — Esse tipo de coisa não pode continuar.

O almirante parou na soleira da porta. Deu meia-volta e o encarou, agressivo.

— Ora, se os seus homens só apanham e não revidam, o problema é deles, não meu. São um bando de desleixados. Pólio é um idiota e Galino parece uma menininha acuada. Sinto dizer, mas sua tropa é uma vergonha. Se não consegue treiná-los, não jogue a culpa em mim.

— Seus homens também são desleixados, almirante — rebateu o equestre. — Não vi nenhum deles treinando ou navegando. Sua frota está em frangalhos.

Urus deu a volta no balcão e andou até Georgios, com os punhos cerrados. Percebeu, no entanto, que o jovem estava descalço. Por algum motivo, não o atacou.

— O que você quer de mim, garoto do Leste? Quer que eu ordene aos meus soldados que respeitem os seus? Pois saiba que respeito não é dado, é conquistado. Se eu emitir uma ordem assim, os seus legionários serão vistos como covardes. Será pior para eles — garantiu. — E para *você*.

Para a surpresa do taverneiro, Georgios assentiu.

— Penso da mesma forma. É por isso que gostaria que escutasse a minha proposta.

De repente, o tribuno descobriu o ponto fraco de Urus: a curiosidade. O almirante ficou olhando para ele feito um cão faminto, como que à espera de uma revelação. Georgios finalmente declarou:

— Entre a cidade e a fortaleza, perto do rio, há um anfiteatro em ruínas. Estive lá faz umas duas semanas e constatei que ainda pode ser usado. O que acha de reativarmos os jogos?

— Só uma mula teria essa ideia — ele afirmou, com um riso de escárnio. — Já tentaram e não deu certo. Precisaríamos importar gladiadores, gastar dinheiro com treinamento e comida. Não vale o custo. E, além disso, o povo da Germânia não se empolga.

— Não estou falando de jogos de gladiadores. — Georgios recostou-se sobre o balcão. — Quero promover um torneio. Entre os seus homens e os meus.

— Torneio? — Urus coçou os olhos, a um só tempo interessado e desconfiado. — Que tipo de torneio?

— Quando estive nesta taverna pela primeira vez, o senhor mencionou que "o aço é para os francos". Minha ideia é realizar um torneio de luta grega. Cobraremos um ingresso simbólico, algo que seja acessível. Premiaremos os vencedores com itens do comércio local. Que lojista não se interessaria em ter seu nome divulgado pelos atletas? Podemos pensar em disputas paralelas, como corridas de cavalos e cabos de guerra. Mas a luta grega seria a atração principal.

— Realmente, parece uma ótima oportunidade de negócios. — Urus tocou o ombro de Georgios e o levou até uma das mesas. Os dois se sentaram, um de frente para o outro. — Contudo, não posso obrigar os meus homens a competirem nesse torneio.

— Pensei em fazer um desafio público no fórum no próximo feriado — propôs. — Os seus soldados não terão alternativa a não ser aceitar, caso contrário ficarão desmoralizados.

O almirante gritou para que a esposa lhes trouxesse cerveja. Ela serviu a ele e a Georgios. Os jogadores de dados já tinham ido embora. O estabelecimento estava vazio, à exceção deles dois.

— Conheço o melhor orador de Trajana. O nome dele é Lázaro, um ator de primeira. Já interpretou Ulisses, Eneias e Júlio César. Ele poderá fazer o anúncio. Posso pregar alguns panfletos na entrada do Templo de Júpiter. O lugar está desativado e sua porta agora serve como mural. Mas, comandante, como você pretende convencer os *seus* homens? Com todo o respeito, eles — Urus deteve-se — não são bons de briga.

— Eu direi aos meus legionários que os marinheiros concordaram em deixá-los em paz para que eles possam treinar com tranquilidade. Todas as desavenças deverão ser resolvidas no torneio. Qualquer agressão será encarada como trapaça. O senhor acredita que seus rapazes cumpririam essa promessa?

— Penso que sim — disse Urus, que de uma hora para a outra passara a tratar Georgios com toda a polidez. — Com esse argumento, acredito que possa segurá-los, mas exijo sessenta por cento da receita bruta dos ingressos.

— Eu lhe ofereço cem por cento.

O almirante não acreditou.

— Quanto?

— Cem por cento — frisou o rapaz. — Não quero dinheiro. Esse nunca foi o meu objetivo.

— Está certo — concordou Urus, meio apático.

Georgios o reanimou:

— Façamos assim: vou conversar com a minha tropa e volto aqui dentro de três dias para discutirmos a data, as regras da competição, os prêmios e outros detalhes.

— Negócio fechado. — Urus se levantou e ofereceu-lhe a mão para selarem o acordo. — Só uma pergunta, comandante: e se seus homens perderem? Não pode ser ainda pior para o moral deles?

— Não há esse risco, almirante — respondeu o jovem, sereno. — Porque não vamos perder.

— Pois eu garanto que vão.

— Veremos.

Georgios saiu para a calçada. O dia estava nascendo, com o céu parte azul, parte alaranjado.

Urus o acompanhou até a rua. O cavaleiro se virou para ele, abriu os braços e fez um pedido:

— Gostaria que me acertasse agora.

O taverneiro não entendeu.

— Como assim?

— Um soco na cara. Pode ser no nariz.

Urus o encarou como se ele fosse um lunático.

— Mas nós não acabamos de firmar um acordo?

— Faça o que eu peço, almirante. Por favor.

— Não bato em gente indefesa — afirmou, como se ele próprio não tivesse atacado Georgios pelas costas durante a briga na taverna, em junho. — Não faço esse tipo de coisa.

Súbito, o jovem se recordou de algo que poderia enfurecê-lo.

— Que seja. De todo modo, eu agradeço, senhor Saturnino.

O almirante corou. Seus olhos se injetaram de sangue.

— Do que você me chamou?

— Caio Júlio Satur... — ia dizendo o rapaz quando Urus lhe desferiu um possante murro na face. O golpe acertou-lhe o nariz, e, como Georgios já o tinha quebrado anos antes, o sangue escorreu copiosamente, descendo em cachoeiras pelo queixo e encharcando a túnica vermelha.

— Pronto — ofegou o taverneiro, fitando-o com um leve traço de compaixão. — Está satisfeito?

— Estou — respondeu o tribuno, cambaleando na direção do cavalo. — Nos vemos em três dias — ele disse, subindo na sela. — Foi um prazer — tossiu — fazer negócio com o senhor.

XXIII

GUERRA E PAZ

No alvorecer daquele dia, os homens que montavam guarda nas torres de Castra Vetera avistaram um intruso se aproximando dos muros. Cavalgava sozinho, usava uma túnica simples, estava descalço, sujo e coberto de sangue.

Temendo que fosse algum tipo de feitiçaria — na Germânia, naquela época, sempre havia esse receio —, o guarda pôs uma flecha no arco. Fez pontaria, prendeu a respiração e teria disparado, se o colega a seu lado não o tivesse advertido:

— Espere. Aquele corcel — murmurou, com a mão em pala sobre os olhos. — Não é do comandante Graco?

— Verdade. Deve ser ele. — O arqueiro afrouxou a corda, cauteloso. — Sim, é ele mesmo — constatou à medida que o cavaleiro chegava mais perto. Recolheu a seta, ao mesmo tempo em que se virava para o interior da fortaleza. — Abram o portão — falou aos soldados que se encontravam no solo. — É o tribuno — disse. — Ele voltou!

Os legionários — quase todos, salvo os vigias — ainda estavam em suas tendas, armados, paramentados e prontos para lutar, como Georgios havia ordenado que fizessem na noite anterior. O anúncio da sentinela funcionou, portanto, como uma espécie de grito de guerra, e eles foram saindo dos abrigos para se reunir no pátio de entrada.

Georgios não estava assim tão ferido, mas sua aparência sugeria o contrário, porque muito sangue havia escorrido sobre o lombo de Pégaso, dando a impressão de que o animal também fora atacado. Os romanos, sobretudo aqueles que viviam no Oeste, adoravam os equinos e se comoviam quando essas criaturas eram abatidas ou maltratadas. Em muitas casas ricas, por exemplo, os cavalos recebiam um tratamento melhor que os seres humanos, sendo alimentados, lavados e escovados diariamente.

Pelo menos trezentos soldados se acotovelavam agora em frente ao portão, atentos, curiosos, sedentos para saber quem — ou o que — havia atacado o tribuno. Os demais estavam espalhados pelas ruas da fortaleza, tentando enxergar sobre o mar de cabeças.

Otho Pólio foi abrindo caminho entre eles, afastando-os com uma vara de castanheira. Parou ao lado de Georgios, endireitou as costas e ordenou que os legionários ficassem em posição de sentido. Eles obedeceram, mas tinham dificuldade para formar linhas coesas. Os blocos eram tortos, com homens de túnica parda e de túnica rubra misturados.

Georgios não teria melhor oportunidade de dizer as coisas que havia tempos desejava falar. Ergueu a mão, pediu silêncio e declarou:

— Muitos dos que agora me escutam sabem que, como oficial, fui introduzido ao culto de Mitra. O que nenhum de vocês sabe é que, dois dias atrás, fiz uma prece pedindo que ele me ajudasse a restaurar a antiga glória deste lugar — afirmou. — Pode não parecer, mas os deuses têm sua própria maneira de conversar com os mortais. Eles não falam por meio de palavras, mas de ações, acontecimentos e tragédias. Os deuses da guerra, em especial, não nos dão nada de graça. Como um comandante que nos ensina a lutar, eles nos fornecem as armas, o conhecimento e a chance de obtermos o que desejamos.

Os soldados permaneciam calados, tentando decifrar o estranho discurso. O linguajar era pomposo, filosófico demais para indivíduos tão simples. Georgios percebeu que eles ainda estavam confusos e prosseguiu:

— Na noite passada, Mitra nos mostrou um caminho. Ele nos ofereceu a oportunidade de limpar o nome desta fortaleza e recuperar a honra dos que a habitam.

— Como? — gritou alguém entre as centúrias.

— Morte aos marinheiros — praguejou um decano. — Para o inferno com eles. Patifes!

Antes que a tropa fizesse coro, Georgios pontuou:

— Não. É isso o que os francos querem, que lutemos entre nós. *Não* vai acontecer — sublinhou. — Somos romanos. Os marinheiros terão o que merecem, mas nós os enfrentaremos em uma disputa justa, com regras limpas e a bênção dos deuses. Sob os auspícios das antigas divindades do Lácio, nós os humilharemos — garantiu. — Nós os venceremos.

Em poucas palavras, o equestre explicou, então, a ideia do torneio e insistiu que os legionários não só poderiam como *iriam* vencer.

— Com uma condição, é claro — ele os preveniu, antes de continuar. — Que trabalhemos em equipe. Que treinemos juntos. Que estejamos realmente empenhados. Insisto em dizer que Mitra não nos deu a vitória. Ele nos deu a chance de triunfarmos.

Pólio pediu para falar e perguntou a Georgios como os soldados conseguiriam treinar sendo sistematicamente emboscados em cada rua de Úlpia Trajana. Para o alívio de todos, o equestre revelou que os homens de Urus estavam proibidos de importuná-los até a data do torneio.

— Foi o acordo que fiz esta noite — ele disse, contando que estivera em Trajana e "após uma troca de socos" acertara tudo com o almirante. — Mas não comemoremos ainda. Há uma longa estrada pela frente. Celebremos depois.

Nisso, uma voz se destacou em meio à balbúrdia. Era Cingetorix, o porta-estandarte da legião.

— Comandante, o senhor fala em vitória. — Nascido na Gália, Cingetorix era alto, corpulento, tinha a barba castanho-avermelhada e duas espirais celtas, os chamados trísceles, tatuadas no peito. — Mas que garantia nos dá? Como podemos ter certeza de que não é apenas um patrício que nos abandonará na primeira oportunidade? Como saberemos que realmente se importa com o que acontece conosco e com o que se passa aqui, nos confins do mundo romano?

De repente, todos os olhares se voltaram para Georgios. Era como se uma linha imaginária — "etérea", como dizia Diocleciano — separasse a lealdade deles de um motim generalizado.

— Senhores — exclamou o tribuno —, o *meu* pai morreu neste solo. — Apontou para o chão e agora parecia completamente revigorado. — Laios Graco pereceu defendendo estas terras. O mesmo ímpeto que o movia hoje corre em minhas veias. — Dito isso, ele encarou Cingetorix. Estava inflamado de razão, emocionado, com os olhos cheios de energia e coragem. — Quem entre vocês ousa dizer que eu não me importo com o que se passa neste lugar? — perguntou, como se os desafiasse. — Quem se atreve a afirmar que não respeito os meus homens?

Dessa feita, o estimado Cingetorix curvou a cabeça, como que para honrar a memória de Laios. Quando ele se deu por satisfeito, a legião inteira o imitou. O equestre limpou o sangue do rosto, desceu do cavalo, ordenou que buscassem seus equipamentos na tenda e se vestiu na frente de todos. Perguntou a Pólio se os soldados já tinham feito a refeição da manhã. O centurião respondeu que não. Georgios se lembrou de Falco, seu antigo instrutor, e esboçou um sorriso.

— Ótimo. De estômago vazio fica tudo mais divertido. — Notou que os guerreiros estavam dispersos. — Coloque estes homens em forma, capitão. E prepare-os para marchar.

Naquele mesmo dia, as forças de Maximiano cruzaram as planícies da Gália e montaram acampamento na margem leste do Rio Mosela. Era um domingo de sol, perfeito para passeios no parque e atividades ao ar livre, mas as ruas de Tréveros estavam desertas.

— Eu poderia escutar um alfinete caindo no fórum — comentou Constâncio Cloro, em uma das sacadas do palácio. Constantino estava a seu lado, o elmo debaixo do braço, a mão fechada sobre o punho da espada, observando a multidão de soldados que agitava flâmulas, preparava tendas e tomava posição de combate.

— Os muros estão guarnecidos, meu pai. E as torres de guarda, também — informou o duque, cheio de altivez. — Catapultas armadas, arqueiros a postos. O estoque de betume está cheio. Se eles tentarem alguma coisa, responderemos com uma chuva de fogo.

Theodora chegou ao terraço e se juntou aos dois homens. Olhando as centúrias se organizarem no campo, os galhardetes sendo estendidos, sentiu-se um pouco como Helena de Troia. Depois, pensando melhor, convenceu-se de que não havia por que se culpar. Como ela própria dissera a Georgios, eles eram peões, peças no tabuleiro político.

Constantino estava apreensivo. Se uma guerra efetivamente estourasse, aquela seria sua primeira batalha como general subalterno.

— Quais são suas ordens? — perguntou ele ao tetrarca.

— Por enquanto, nenhuma — disse Cloro, reflexivo. — Enviei uma mensagem de trégua a Maximiano, convidando-o para jantar conosco esta noite. Veremos como ele responde.

Uma hora se passou, até que o mensageiro retornou ao palácio. Era um homem jovem, de cabelos curtos, olhos verdes e pele morena. Usava uma capa escarlate, braceletes de couro e botas de cavalaria. Foi escoltado à presença de Cloro, que o esperava com os braços cruzados.

— Salve, césar — ele o saudou e em seguida cumprimentou os demais: — Salve, senhora. Salve, senhor duque.

O pai de Constantino respondeu de modo lacônico:

— Salve.

— O augusto do Oeste, Marco Aurélio Valério Maximiano Hercúleo, informou que o convida para jantar na tenda dele, na margem leste do rio.

— Como? Fui *eu* que o convidei.

— Sua excelência o senhor Maximiano — prosseguiu o emissário — argumentou que trouxe produtos frescos da Itália. Pães e vinhos genuinamente romanos. Portanto, ele acredita que os senhores teriam maior fartura no acampamento.

Cloro não estava disposto a discutir com um garoto de recados.

— Obrigado — anuiu. — Dispensado.

Os três — o césar, Theodora e Constantino — ficaram novamente a sós na sacada.

— O filho da puta quer vencer a batalha sem lutar. — Constantino estalou a língua, indignado. — Não esperava isso de Maximiano. — E fez uma previsão catastrófica: — Quando o senhor pisar na ponte, ele o matará.

— Não é bem assim. — Cloro pensava diferente do filho. — Maximiano só está seguindo o protocolo, afinal nós estamos com a enteada dele. — Olhou de relance para Theodora. — Nós temos um refém, e ele não tem nada.

— Não vá — pediu o duque. — É muito arriscado.

— Soldados correm riscos — ponderou. — Se eu não gostasse de me arriscar, teria ficado em Bizâncio com a sua mãe, bajulando políticos e frequentando as bibliotecas.

Cloro recuou para o corredor e pediu que os dois jovens o acompanhassem. Encontrou o mensageiro no caminho e ordenou que ele dissesse a Maximiano que aceitava o convite. Dirigiu-se, logo em seguida, a um dos muitos cômodos do palácio, onde havia uma espécie de estufa cheia de plantas exóticas, vasos e instrumentos de jardinagem. Destrancou um armário e tirou de dentro um frasco pequeno, contendo uma substância oleosa.

— Se eu morrer, beba este líquido. — Ele entregou o objeto a Theodora. — Engula-o de uma vez.

Ela pegou o recipiente com o coração em disparada.

— O que é isto?

— Cicuta. Quase indolor. Não deixa marcas nem manchas externas. — E se virou para Constantino. — Quero ser enterrado ao lado dela, ouviu? Quero um funeral digno de marido e mulher, mesmo que sejamos só noivos.

O duque assentiu.

— Sim, senhor.

— O comando das tropas é seu, caso eu seja assassinado. Lutem até o último homem. Persigam Maximiano até as portas do Hades. Fui claro?

— Claríssimo, césar.

Theodora murmurou:

— Rezarei para que o senhor volte em segurança. Para que não haja derramamento de sangue.

— Nenhum romano deveria ter de lutar contra outro romano — lamentou o governante. — Se depender de mim, não haverá guerra.

— O meu padrasto é imprevisível — ela tornou a avisar.

— Eu sei. — Cloro a beijou na face. — Estou contando com isso.

Duas horas depois, Constâncio Cloro estava dentro da tenda de Maximiano, sentado a uma das extremidades da mesa de jantar. Sobre ela, havia um cordeiro assado ao molho de amêndoas, ânforas com diversos tipos de vinho, pães e tigelas com nozes descascadas.

Nenhum deles havia tocado na comida, apenas se encaravam, como dois galos de briga prestes a se enfrentar. Estavam armados, em postura de alerta, com suas capas e trajes de guerra. Maximiano deu um sorriso malévolo. Era um sujeito maduro, de cara redonda e olhos pequenos, com uma barba castanha sublinhando a face rosada. Inclinou as pálpebras caídas e ordenou que tanto guardas quanto escravos se retirassem. Os tetrarcas ficaram sozinhos, separados por uma confusão de talheres, pratos e copos.

— Não vai comer nada? — perguntou o Inclemente, procurando aliviar a tensão.

— Não quero o meu cadáver cagado — disse Constâncio Cloro — quando você me pendurar em uma forca.

O augusto do Oeste fez uma expressão de desgosto.

— O que o faz pensar que eu o enforcaria?

— Chega de subterfúgios. — Cloro deslizou a mão até a cintura. — Somos soldados e por anos fomos irmãos de combate. Só o que peço é que falemos sinceramente.

— Pelos velhos tempos?

— Que seja.

— Muito bem. — Maximiano se ajeitou na cadeira. Serviu-se de vinho, mas não bebeu. — Por onde quer começar?

— Quero saber por que tentou matar o meu filho.

— Seu filho não, seu herdeiro.

— Faz diferença?

— Você deveria saber que sim, afinal planejou o rapto de Theodora.

— Eu não planejei nada — defendeu-se o césar, revelando: — Não foi ideia minha.

— Faz diferença?

— Guarde sua retórica para o Senado. — Cansado da ladainha, Cloro deu uma pancada no tampo da mesa. — Seja honesto comigo. Por que tentou matar Constantino?

— Tem certeza de que quer saber? Talvez eu diga coisas — fez mistério por alguns segundos, como havia aprendido com os políticos de Roma — que não serão do seu agrado.

— Desembuche logo. Em nome de Mitra, o que está esperando?

— Pois bem. — Maximiano cheirou o bocal da taça. — Existem boatos de que Constantino é cristão.

— Isso é ridículo! — Constâncio Cloro se levantou, corado, bufando. — Não me diga que acredita nessa sandice.

— Sente-se — pediu o Inclemente, e o colega obedeceu. — Não são apenas boatos. Sua esposa é cristã.

— Ex-esposa. Eu me divorciei.

— Não importa. Helena continua sendo mãe de Constantino. Ele é seu sucessor e tem tudo para se tornar um general importante. Não podemos admitir cristãos em nossas fileiras. Seria um desastre. Concorda?

— Concordo.

— Ouvi dizer que ele foi proclamado duque. É verdade?

— Sim. — Titubeou. — Mas eu afirmo que ele não é cristão.

— Pode provar?

— Meu filho é inocente — insistiu Cloro. — Quem fez a acusação é que deve provar o contrário.

— Existe uma maneira de resolvermos essa questão. Peça que ele faça um sacrifício a Júpiter. Durante uma cerimônia pública. Esse é o método que temos usado para testar os soldados suspeitos. Os cristãos são fanáticos. Se o seu filho for cristão, ele se recusará.

— Constantino *não* é cristão — esbravejou Cloro.

— Bom — manobrou o augusto, com toda a calma do mundo —, então ele não terá problemas para praticar o sacrifício, certo?

— Ele fará isso — prometeu o governante da Gália. — Se era essa a sua ideia, bastava ter pedido por meio de carta ou bilhete. Não precisava ter se deslocado de Mediolano até aqui.

O Inclemente bebeu um gole de vinho. Degustou a bebida, esperou mais um pouco e disse:

— Meu caro césar, depois de anos em contato com os germânicos, talvez eu precise lembrá-lo de que nós somos oficiais, agentes da Púrpura, acima e *antes* de tudo. O que nos distingue dos bárbaros é o fato de que cumprimos ordens. Portanto, vamos deixar uma coisa bem clara: eu sou seu superior. Eu não peço nada, eu *ordeno*. Se eu ordenar que você corte a própria garganta, você cortará a própria garganta. Se eu ordenar que você crucifique os seus filhos, você crucificará os seus filhos. Não é isso o que ensinamos no exército?

Constâncio Cloro se preparou para retrucar quando lembrou que oferecera cicuta à própria noiva, e ficou calado. Nenhum dos dois era propriamente um modelo de bondade, até porque o conceito de bem e mal era diferente naqueles dias.

— Sejamos práticos — Maximiano continuou do ponto em que havia parado. — Sei que está decepcionado comigo, e tem razões para tal. A esta altura, só enxergo três opções. A primeira é sacarmos as nossas espadas e resolvermos este impasse individualmente. A segunda é começarmos uma guerra, o que fortaleceria tanto os bárbaros quanto os rebeldes britânicos. E a terceira é esquecermos as nossas desavenças e fazermos as pazes.

Cloro escutou pacientemente, mas não estava convencido de que a proposta era séria.

— Que garantias eu tenho?

Maximiano bebeu mais vinho. Encheu uma taça e a arrastou na direção do colega, que a aceitou.

— O imperador é a garantia. Ele deseja que sejamos amigos de novo.

— Você está em contato com Diocleciano? — Constâncio Cloro aproximou a taça dos lábios. — O imperador o perdoou mesmo depois de saber que conspirou contra ele?

— Eu não tive culpa — o anfitrião replicou, e pela primeira vez parecia estar sendo sincero. — Foram os deuses que me induziram ao erro. Eles me enviaram uma série de sinais que eu talvez tenha interpretado de modo impreciso — alegou. — Bom, não importa. Diocleciano é um homem razoável. Ele aceitou as minhas desculpas e convidou o meu filho, Magêncio, para assumir o cargo de pontífice máximo na cidade de Roma. Galério também enviou uma mensagem ao divino augusto, oferecendo a ele total lealdade. Só falta você, Cloro. O que me diz?

De repente, sem perceber, o césar fora completamente envolvido pelo discurso do companheiro de armas. Estava a ponto de apertar-lhe a mão quando se lembrou do episódio que dera início a todo aquele escarcéu. Como que desperto de um sonho, endireitou-se na cadeira e perguntou, austero:

— Se fizermos as pazes e Constantino realizar o sacrifício público, promete que ele não terá mais assassinos em seu encalço?

— Juro sobre a Pedra de Júpiter — reafirmou Maximiano, com a mão sobre o peito metálico — que, de minha parte, nenhum mal recairá sobre o seu herdeiro. Obviamente não posso responder por todos os cidadãos do Império.

— Não entendi.

— O que não nos falta são inimigos. Eles estão sempre tentando nos emboscar. Contudo, prometo, diante dos deuses, cancelar a ordem que dei aos sicários. Como prova de minha boa-fé, gostaria de arcar com todos os custos da cerimônia.

— Que cerimônia? — Cloro piscou, tentando se situar na conversa. — Refere-se ao ritual de sacrifício?

— Não. Estou falando do seu casamento com Theodora. — Maximiano deu risada e um tapinha nas costas do futuro genro. — Não eram essas as *suas* condições? Pedir a mão da minha filha para evitar uma guerra?

Era bom demais para ser verdade. Constâncio Cloro e seu filho haviam cercado a capital, treinado os homens, comprado litros de betume, para tudo se resolver sem que ninguém precisasse sair ferido. Com efeito, a proposta era benéfica para ambas as partes. Se Cloro recusasse, além de dar início a uma guerra civil, colocar-se-ia contra as forças imperiais, uma vez que, conforme Maximiano dissera, ele e Diocleciano já haviam se acertado.

Reparando na indecisão do colega, o Inclemente o instigou:

— Trouxe toneladas de comida da Itália. Mandei vir uma comitiva de sacerdotes, além de duas vestais. Comprei oitenta barris com o melhor vinho do Lácio. Contratei costureiros, poetas e massagistas. Será uma grande festa, Cloro. Não a estrague.

Encurralado, sozinho e confuso, o césar observou o cordeiro sobre a mesa. Era suculento e ele estava com fome. Cortou uma fatia, colocou-a em um prato, untou-a de azeite e comeu. Em seguida, ergueu a taça e propôs um brinde.

— Quem é o seu cozinheiro?

— O nome dele é Ofélio. — Maximiano sorriu. Pinçou uma noz e a enfiou na boca. — Posso oferecê-lo a você, como presente de casamento?

— O nome disso é suborno — resmungou Cloro.

Súbito, o clima na tenda esquentou novamente. Os antigos confrades pararam de mastigar e se fitaram, sérios, prontos para desembainhar as espadas, até que o pai de Constantino não se segurou e soltou uma gargalhada.

— Eu aceito — ele disse, descontraindo o semblante. — Por Júpiter, este cordeiro está divino. — Apertou a mão do colega. — Claro que aceito.

Em Castra Vetera, os dois dias seguintes foram de exercícios intensos. Obedecendo à filosofia da Escola de Oficiais do Leste, segundo a qual a melhor forma de disciplinar um soldado era fazê-lo suar, Georgios ordenou que os legionários marchassem por léguas, trajando as armaduras, portando armas e carregando mochilas que chegavam a pesar vinte quilos.

De volta à fortaleza, os combatentes jantavam, iam às latrinas e desabavam na cama, para serem acordados ao primeiro canto do galo.

No raiar do terceiro dia, estavam todos reunidos no pátio quando o guarda da torre avisou que um homem os aguardava do lado de fora, "acenando e pedindo permissão para entrar". Na esperança de que fosse algum mensageiro de Tréveros, Georgios sinalizou para que abrissem o portão.

Na outra extremidade do fosso, ele avistou um indivíduo de capa branca e túnica azul, montado em um cavalo cinzento, usando cota de malha, medalhas de bronze sobre o peito e elmo de centurião. Era magro, ossudo e de pernas finas, mas dotado de forte presença. O nariz se parecia com o bico de uma águia, lembrando as velhas estátuas de Júlio César, e os olhos projetavam uma energia tremenda, capaz de assustar quem se atrevesse a fitá-lo.

Ele se aproximou com a mão levantada. Olhou para Georgios e disse, em um latim exemplar:

— Salve. Meu nome é Flávio Júlio Vegétio, centurião-chefe da Frota Germânica. Venho em nome de Urus, o Peludo. Respeitosamente, gostaria de me dirigir aos seus homens.

Georgios, apesar de ter tido aulas de política e direito, não sabia como se comportar naquela situação. De acordo com o protocolo militar, os diplomatas tinham imunidade e não podiam ser destratados. Mas Vegétio não era um diplomata, afinal eles não estavam em guerra. Como firmara com o almirante um pacto de não agressão, preferiu ser educado.

— Salve, capitão. Como o senhor já deve saber, sou Georgios Graco, tribuno da Trigésima Legião de Trajano. O que quer com os meus soldados?

— Ora, não é nada de mais — sibilou o marinheiro. — Gostaria de convidá-los para o torneio, apenas. De dizer algumas palavras amistosas. — Fez uma mesura. — Se me permitir, é lógico.

Georgios não viu motivo para proibi-lo. Aproveitou que a tropa estava reunida e o conduziu ao centro do pátio. Lá chegando, montou em Pégaso para ficar da mesma altura que o visitante. Sobre a sela, avisou aos combatentes que eles tinham um convidado:

— O centurião-chefe da Frota Germânica.

Como era de esperar, o anúncio provocou rebuliço. Um enviado da marinha, dentro dos muros de Castra Vetera? Era praticamente um insulto.

Georgios calou o burburinho explicando que Vegétio viera "em paz" e era "um adversário, não um inimigo". O homem agradeceu, mas insistia em manter a postura arrogante, observando os soldados como se eles fossem insetos.

Esperou que o tribuno terminasse, respirou pesadamente e falou com sua voz poderosa:

— Estou aqui como emissário de sua excelência, o almirante Urus, para desafiá-los para o torneio que deverá acontecer na primavera. Se a data for confirmada, os senhores terão nada menos que seis meses para treinar, mas eu aconselho que *não* o façam — ele disse, e em seguida fez uma pausa para analisar a reação dos espectadores, que ficaram em silêncio, sem entender aonde ele queria chegar. — Não há motivo para se esforçarem — explicou —, porque *nunca* vão nos vencer. Os senhores são como baratas, que esmagaremos com nossos pés descalços. São ridículos — rosnou, erguendo o punho cerrado. — São patéticos — gritou, teatral. — São vermes!

Um guerreiro protestou no meio da turba, que ameaçou avançar contra o enviado de Urus. Georgios se interpôs entre eles, impedindo o massacre.

— Parados! — ordenou. — Em formação. Sentido!

Pólio o ajudou, pondo os homens de novo em forma. Vegétio, por sua vez, não havia recuado um milímetro sequer. Mantivera-se firme, confiante, desafiando-os com o olhar autocrático.

— Que vergonha. — Torceu a face em desprezo. — Vocês não são romanos. Jamais poderiam ser. São bárbaros. — Dirigiu-se então a Georgios e falou alto, para que todos o escutassem: — Comandante Graco, o almirante Urus o aguarda mais tarde em sua taverna. Ele espera que o senhor desista do torneio e se declare prontamente vencido. — Voltou-se para os soldados no pátio. — De minha parte, contarei a ele o que vi esta manhã na decadente Fortaleza Velha: um bando de selvagens que choram como crianças e não sabem nem mesmo se organizar para o combate. — E completou, com a petulância que lhe era característica: — Patético. — Rodou a munheca, como quem enxota um mendigo. — Estes homens são patéticos.

Dito isso, afrouxou as rédeas, fez um som com a boca e o cavalo se encaminhou à saída. Com o intuito de protegê-lo, Georgios o acompanhou através do portão e o escoltou até a linha das árvores. Só quando eles estavam distantes, deu meia-volta e se despediu, mas não sem antes defender sua tropa.

— Ouça aqui, capitão — ele começou, com o dedo em riste. — Os meus homens não são selvagens. Eles...

O equestre parou de falar ao perceber que Vegétio urinara nas calças. O centurião desmontou, conferiu se não havia outras pessoas por perto e fez uma estranha pergunta:

— O que achou? — Ele gaguejava e tremia, como se tivesse visto um fantasma. — Será que fui bem?

Georgios também apeou. Segurou as mãos dele. Estavam geladas.

— Capitão, o que houve? O senhor está pálido.

— Sou Lázaro — ele disse. — O almirante não avisou que eu vinha?

— Lázaro?

— Sim. O ator.

Georgios recordou-se de que Urus, realmente, havia sugerido que eles contratassem um profissional para anunciar o torneio. Só não esperava algo tão criativo — nem tão ousado.

— Claro — respondeu, à medida que reorganizava as ideias. — Foi um espetáculo e tanto.

— Obrigado. — O artista ruborizou. — Sorte eles não terem me reconhecido. Sempre atuo de maquiagem. — Deu um sorriso nervoso. — O senhor gostou mesmo?

— Enganou até a mim. — Georgios falou a verdade. Lázaro era bom no que fazia. — Mas, agora, eu o aconselho a ir andando. Preciso iniciar a marcha, e não seria agradável se os meus homens o encontrassem aqui. Sabe como é — murmurou, propositalmente dramático. — O senhor foi tão eloquente que nem *eu* poderia convencê-los de que era tudo uma farsa.

O rosto do ator recuperou a palidez. Ele tornou a montar, agradeceu e disparou pela trilha, atabalhoado.

O jovem esperou que ele desaparecesse de vista e regressou à fortaleza com a impressão de que Mitra não só escutara suas preces como estava disposto a ajudá-lo.

XXIV

CONLUIO SOMBRIO

TYSA SEGUIU O CONSELHO DE CALEB E PERMITIU QUE ELE FIZESSE UMA ORAÇÃO por seu esposo doente. O procedimento não deu certo, e Fúlvio precisou ser submetido a uma cirurgia de emergência. O abdome foi aberto, depois fechado e costurado, enquanto o político, alheio a tudo, dormia o sono do ópio.

O médico não alimentava mais esperanças e veio ter com Tysa em uma tarde chuvosa.

— O senador tem passado todo o tempo sedado — ele disse. — Chegou a hora de a senhora tomar uma decisão.

Ela já esperava por aquele momento. Nos últimos dias, havia se preparado para o pior.

— O senhor me garante que o meu marido está condenado?

— Prolongar a vida é prolongar o sofrimento — afirmou. — Fiz tudo o que pude. O estado dele está se degradando. Só tem suportado a dor graças aos tranquilizantes.

— O que o senhor tem usado? — Tysa perguntou, com o objetivo de se inteirar sobre o assunto.

— Ópio. É muito forte. Recomendado como anestésico, não como analgésico. Causa dependência e delírio. Só aplico em casos extremos.

Caleb e a moça estavam sob os telhados que circulavam o jardim, reparando nos pingos que caíam na superfície do laguinho central. Dentro dele, os peixes se agitavam, comendo migalhas e caçando insetos que escorregavam das plantas.

— Se eu decidir por... — Ela não conseguiu completar a frase. — Como devo fazer?

O médico a acalmou.

— Em primeiro lugar, a senhora não precisará fazer absolutamente nada. Isso é responsabilidade do clínico. O que recomendamos é dobrar a dose de ópio. O doente apaga e em seguida recebe uma infusão de cicuta, partindo deste mundo para o próximo sem dor. É uma passagem tranquila.

Tysa balançou a cabeça afirmativamente. Estava triste, mas conformada.

— Gostaria de conversar com ele antes.

Caleb concordou.

— Esta é a sua casa. Sou apenas um convidado. — Assentiu. — Faça como quiser.

Silenciosa como uma lebre, Tysa entrou no quarto de Fúlvio. O senador estava acordado, mas delirando. Fechava e abria os olhos, conversava com pessoas imaginárias, fungava, mastigava e engolia o ar.

Ela pediu que os enfermeiros se retirassem, ficando a sós com o marido. Deu um beijo na testa dele e se ajoelhou ao pé da cama. Sem que ninguém a visse, começou a chorar baixinho. Era estranho pensar assim, mas ela o amava. Não como homem, mas como companheiro — o que, pelo menos naqueles tempos, eram coisas diferentes. Tysa e Fúlvio nunca haviam tido relações sexuais. Ele jamais exigira nada dela, apesar das pressões externas. O "monstro" com voz de sapo e corpo de hipopótamo, como ela o enxergara no início, fora a única pessoa, à exceção de Georgios, que a valorizara, que a tratara com respeito, que lhe fazia todas as vontades, que se esforçava para mantê-la feliz.

Chorou mais um pouco. De repente, Fúlvio moveu o braço e tocou-lhe a face com seus dedos gordos.

— Já saiu o almoço?

Ela riu da inocência dele.

— Não, meu amor.

— Já é de noite? — Ele reparou na janela. — E o jantar? Deve ser hora do jantar. Está pronto?

— Quase — ela mentiu.

— O que tem para hoje?

— Ostras.

— Esplêndido. — Fúlvio pigarreou. — Nunca senti tanta fome.

Tysa ficou consternada ao lembrar que provavelmente haviam sido aqueles exageros que provocaram os tumores.

O senador cochilou por uns cinco minutos e perguntou a seguir:

— E a garota?

Ela estranhou.

— Que garota?

— De Lida. Já recolheu os talentos de ouro para pagar ao pai dela? É um sujeito duro nas negociações.

Tysa concluiu que "a garota" era ela. Respondeu:

— Sim, tudo certo.

— Coitada da menina. — Deu uma gargalhada que terminou em uma crise de tosse. — Imagina ter que se casar com um camarada como eu? Não tem castigo pior. Coitada.

O diálogo aparentemente esgotou o enfermo, que pegou no sono de novo. Tysa se levantou e contemplou o marido por alguns segundos. Inclinou-se e, pela primeira vez, deu-lhe um beijo na boca.

— Eu o amo, Caio Valério Fúlvio — disse. — Sou sua esposa e tenho orgulho de estar ao seu lado.

Saiu do quarto. Os enfermeiros voltaram. No corredor, ela falou a Caleb:

— Já me despedi dele, doutor. O senhor está autorizado.

— Sinto muito, senhora Fúlvia. — O médico se dirigiu ao quarto. — Realmente eu sinto muito.

O procedimento durou cerca de uma hora. Quando Caleb anunciou o óbito, Tysa sentiu-se aliviada. Caio Valério Fúlvio, seu marido, não sofria mais. Onde quer que estivesse, era um ser humano de novo, não um pedaço de carne incapaz de pensar claramente, de andar, de comer. Pelo menos, ela assim acreditava.

O dia seguinte seria repleto de formalidades, então, para espairecer, a jovem viúva resolveu esquecer os problemas — nem que fosse por uma noite

— e jantar decentemente, como não fazia desde que o esposo fora desenganado. Convidou Caleb para juntar-se a ela no átrio do palacete.

O prato principal eram ostras ao molho doce (ela não havia mentido para o senador), acompanhadas de pão, azeite, tâmaras secas e pêssegos.

O médico sentou-se em um dos divãs e se serviu.

— É uma mulher muito corajosa, senhora Fúlvia — ele a elogiou, enchendo a taça de vinho branco.

— O senhor também — retrucou a moça. — Imagino como é difícil ser cristão nestes tempos.

— O pior ainda está por vir — comentou ele, sorumbático. — Por enquanto somos poucos no Chipre. Não ameaçamos ninguém. Quando a comunidade crescer, teremos sérios problemas.

Tysa não queria deixar o convidado desconfortável e preferiu mudar de assunto.

— O que o senhor acha da morte, doutor?

— Está me perguntando como médico ou como cristão?

— Os dois.

— Clinicamente, a morte marca o fim das funções vitais. Simples assim. Os órgãos param de funcionar. Não há mais nada a discutir em termos biológicos.

— No entanto? — instigou-o a dama, compreendendo que ele tinha algo a acrescentar.

— No entanto, a morte carrega em si um mistério. Perceba, senhora Fúlvia, que no mundo natural nada desaparece para sempre. O corpo morto serve de comida para os vermes, para os insetos. Os dejetos, animais ou humanos, se transformam em adubo. Tudo o que uma criatura joga fora é aproveitado por outra. Então, o mesmo deve acontecer com a energia vital que abandona o corpo com a morte. Não posso admitir que desapareça.

— O senhor agora está falando como cristão.

— Não era o meu propósito. — Caleb percebeu que se exaltara, calou-se e degustou o jantar.

Os dois conversaram sobre mais alguns assuntos triviais, fizeram um brinde à alma do senador e se despediram. Tysa dirigia-se a seu quarto quando foi abordada por Rasha, que se aproximou dela trazendo uma carta.

— Estamos mortos. — Ele tinha a face inchada, os olhos vermelhos. — É o nosso fim.

— Calma. — Ela se sentou em um dos bancos do corredor. — Vai ficar tudo bem.

— Não, não vai. — Rasha parecia histérico. — Eles vão nos matar. Será uma chacina.

— Eles?

— Sim. O clero de Afrodite. Estavam esperando este momento para atacar. Estamos acabados.

Tysa já tinha calculado essa possibilidade. Perguntou:

— Mas eles dispõem de algum braço armado, fora a guarnição que cuida da área do templo?

Rasha bateu o pé, como uma criança afetada.

— Jania, a suma sacerdotisa, além de Ezana, o mercador de escravos, e Husna, o capitão do *Cisne Branco,* todos eles estão contra nós.

— Não adianta nos desesperarmos — raciocinou a viúva. — Quero que entre em contato com a *wanassa* amanhã, assim que amanhecer.

No mundo grego, o termo *wanassa* era usado para designar a chefe das sacerdotisas da deusa do amor.

— É suicídio — o secretário reagiu, escandalizado. — Só vai acelerar a nossa morte.

— Comunique a ela o falecimento de Caio — continuou Tysa, ignorando o surto — e peça uma cerimônia fúnebre.

— Eu odeio aquela mulher. — Ele começou a chorar. — Não podemos abrir nossas portas para ela.

— Precisamos ganhar tempo — explicou a filha de Drago. — Se o clero de Afrodite ficar oficialmente responsável pelo funeral, não terão opção a não ser respeitar o período de luto.

— O luto é de apenas doze dias. Se a sua intenção é solicitar ajuda externa, esqueça. Maximiano não conseguirá chegar a tempo de nos salvar. Já estaremos mortos até lá.

— Não precisamos dele. Esta colina é nossa e ninguém vai tirá-la de nós — garantiu Tysa, reparando no documento que o escravo trazia. — Que carta é essa? É para mim?

Engolindo o choro, o homem entregou-lhe a correspondência.

— Está endereçada ao senador.

— Tem o selo da tetrarquia. — Tysa a abriu e leu o que estava escrito. — É de Maximiano.

— Como ele ficou sabendo que Caio estava doente? Não é possível. Nós não contamos para...

— Não se trata disso. É um pedido para que ele cancele a ordem que deu aos sicários — contou a jovem, reconhecendo a letra e a assinatura do Inclemente. — Para que interrompa a caçada ao filho de Constâncio Cloro.

Rasha apanhou o documento. Leu todas as linhas, da primeira à última. Quando terminou, estava pálido.

— Sicários — sussurrou, olhando para os lados, como se os enxergasse nas sombras. — Felizmente, o segredo para conjurá-los morreu com Caio. Enfim, a maldição se encerra.

Tysa fingiu descartar a carta, mas em segredo a guardou.

O que o secretário não sabia era que a moça tinha, ela própria, aprendido a chamar os famigerados assassinos. Um deles a ensinara, muito tempo atrás.

— O templo — lembrou a viúva. — Quero que redija uma carta oficial a eles. Consegue fazer isso?

— Consigo.

— Ótimo. Sugiro que tome um banho e se recomponha. Os próximos dias serão decisivos. Preciso que confie em mim e me obedeça, sem me questionar.

— Está bem — assentiu o homem. — Se for para morrer, que seja como escravo da casa dos Fúlvios.

— Fique calmo — ela o tranquilizou. — Não vamos morrer.

Longe dali, na legendária cidade de Roma, a rainha Zenóbia acordou com um estranho cheiro de sal.

O odor brotara do nada e se dissipou rapidamente.

Um mau presságio, ela pensou.

Péssimo agouro.

Sentou-se na cama, observando a própria imagem refletida no espelho. Com cinquenta e três anos, Zenóbia aparentava ser uma mulher de quarenta. Os olhos eram como duas pedras de jade, lançando brilho sobre a pele morena. Os cabelos negros desciam linearmente, cobrindo os seios firmes, a tez radiante e o corpo esguio que, apesar da idade, insistia em não definhar.

Para muitos, Zenóbia era uma feiticeira ardilosa, que seduzira mais de um governante romano. De fato, ela fora casada com o idoso imperador Cláudio

Tácito, que reinara por um curto período antes de falecer. Desde então, a Rainha de Roma, como era chamada, vivia em sua mansão no topo do Monte Célio, a mais suntuosa das sete colinas sagradas. O lugar tinha o dobro do tamanho dos palacetes senatoriais, era moderno e espaçoso, com jardins, pátios internos, pilastras decoradas com hieróglifos e mosaicos retratando antigos deuses do Extremo Oriente.

Embora não possuísse direitos políticos, a monarca era respeitada e frequentemente consultada pelos aristocratas locais. Fora ela quem articulara a recente conspiração contra Diocleciano, aliciando dois cônsules, um governador, oficiais do exército, além de ninguém menos que Maximiano, o augusto do Oeste, o mais poderoso dos administradores imperiais.

O conluio, apesar de fracassado, não a desviou de sua missão principal, que era destruir a sociedade romana. Desde que seu filho, Vabalato, fora morto por legionários diante de seus olhos, Zenóbia jurara a Bel, o Senhor do Fogo, que não descansaria até que a nação estivesse em pedaços, e ela tinha os meios para isso — só precisava de tempo, coragem, sagacidade e, claro, paciência.

Enquanto se arrumava, reparou na presença de Ânzu, o pálido eunuco que havia anos a assistia. Era um indivíduo magro, de rosto quadrado e aparência cadavérica, que integrara a controversa seita de adoradores de Nergal, o deus dos mortos mesopotâmico. Cinco anos antes, o culto fora banido de Roma por praticar raptos de crianças, torturas, castrações e sacrifícios humanos. Perseguido pelo colégio dos pontífices, Ânzu encontrou refúgio no palacete de Zenóbia, onde passou a servi-la, assumindo as funções de camareiro, secretário e mordomo.

— Majestade — começou ele, como aquela eterna voz sussurrante —, há um homem na porta. Diz chamar-se Sevílio Druso e solicita uma audiência especial com a senhora.

Zenóbia empertigou-se. Druso, ela sabia, era o advogado do imperador, magistrado romano e procurador-geral da Nicomédia. O que ele queria visitando-a tão cedo?

— Ele está sozinho?

— Sim — confirmou o criado. — Não trouxe soldados ou seguranças. Devo revistá-lo?

— De modo algum. Um emissário do imperador é sempre bem-vindo — comentou ela, maliciosa. Estava agora de pé diante da penteadeira, escolhendo os cosméticos que usaria para se maquiar. — Diga para o senhor Druso me esperar no triclínio. Ofereça a ele a nossa melhor aguardente.

O eunuco curvou-se e saiu. O triclínio (em latim, *triclinium*) era um dos tradicionais aposentos das mansões romanas, uma espécie de sala de jantar usada também para reuniões particulares. Tratava-se de um cômodo quadrado com as paredes pintadas com formas geométricas, um belo chão de mosaicos e divãs dispostos ao redor de uma mesinha de centro.

Os escravos acenderam lâmpadas a óleo, incensos trazidos da Índia e um braseiro para aquecer o recinto. Era uma manhã fria de outono, com o dia escuro e o céu encoberto. Foi nessas condições que Druso e Zenóbia se encontraram pela primeira vez.

— Já a conheço muito bem, majestade, embora a senhora ainda não me conheça — disse o advogado quando a rainha se apresentou. — O meu mestre a tem em alta conta.

— É bom ouvir isso — ela agradeceu, pedindo a Druso que se sentasse. Em seguida o acompanhou. — Sou uma fiel admiradora da Púrpura — mentiu. — Cheguei a ser, como o senhor sabe, consorte de Tácito por sete meses, antes de ele morrer. Foi um período difícil, mas no final restabelecemos a paz. Graças ao seu mestre, Diocleciano.

O advogado abanou a cabeça, sorrindo de modo sarcástico.

— O que a faz pensar que Diocleciano é meu mestre?

— Imaginei que trabalhasse para ele.

— Pedi demissão. Não sou mais o procurador da Nicomédia — contou. — Resolvi me mudar para Roma e aqui ficarei por algum tempo.

— É um homem ousado, senhor Druso. Um procurador-geral detém o controle sobre muitos assuntos e muitas pessoas. Se me permite perguntar, o que fez com que abrisse mão de tanto poder?

— Ora, há esferas de interesse que estão acima do poder temporal — afirmou, encarando-a através da fumaça. — Enfim, encontrei um indivíduo disposto a me guiar pelas entranhas do submundo, bem como pelas camadas celestes, astrais e etéreas. Eu disse que ele a tinha em alta conta. Na realidade, ele depositou grande confiança na senhora e explica que compreende os motivos que a levaram a capitular em Palmira. Eram outros tempos, sem dúvida. Contudo, uma nova era se aproxima e ele precisa de nossa ajuda. Suponho que saiba de quem estou falando.

Zenóbia sentiu um frio no estômago. Uma nuvem negra encobriu a cidade, pairando sobre o Monte Célio, e de repente começou a chover.

— Kartir, o mago — ela murmurou. — O sumo sacerdote de Zoroastro. Pensei que ele tivesse morrido.

— Sim, ele morreu faz quinze anos. No entanto, suas forças mágicas se recompuseram ao longo da última década. Esse é o motivo de eu ter vindo até aqui. No passado, a senhora solicitou a ele um favor. O meu mestre a ajudou e agora pede que retribua.

— É justo — retrucou a mulher, à medida que era assaltada por uma série de lampejos traumáticos. Enxergou a si mesma como uma jovem monarca na corte palmirense, frente a frente com um amor proibido. Zenóbia, com efeito, só amara um homem em toda a sua vida: o general Zabdas, braço-direito de seu marido, Odenato, e esposo de uma de suas criadas mais próximas. — O que posso fazer pelo seu mestre?

— Pelo *nosso* mestre. — Druso se levantou, alisando a toga negra. Parou diante de uma das paredes para apreciar os ângulos retos, as linhas e quadriláteros. — É simples. Kartir não pode renascer enquanto o cavaleiro caminhar sobre a terra. Ele precisa ser morto, e sua espada, destruída.

— Cavaleiro?

— Georgios Graco — esbravejou o visitante, como se possuído por uma entidade estrangeira. Cerrou os olhos, respirou fundo, tomou fôlego e se acalmou. — Peço desculpas. É que o meu mestre, ele é — suspirou — bastante contundente nesse sentido. O filho de Laios não pode continuar existindo.

— Georgios Graco. — Zenóbia afagou o queixo. — Foi ele que salvou Flávio Constantino do atentado nas ruas da Nicomédia, estou certa?

— Seus espiões lhe servem bem, majestade — confirmou o advogado, sereno. — O rapaz herdou a arma de Laios, sendo ela o único artefato com o poder de destruir o meu amo. Precisamos, portanto, neutralizá-lo.

— Entendo. — A rainha também se levantou. Era um palmo mais alta que Druso. — Como?

— No momento ele está na Germânia, fora do nosso alcance. Quando voltar para a Bélgica, porém, nós o pegaremos.

— Se Georgios Graco enfrentou os sicários, nenhum assassino o deterá. E, até onde sei, ele é protegido do imperador. Logo, seria impossível usar tropas para capturá-lo.

— O meu plano é outro — revelou. — Se eu conseguir arrastá-lo para os tribunais, nem o imperador poderá salvá-lo. Diocleciano é um político. Ele não se atreveria a ir contra a lei romana. Se o fizesse, sua posição se enfraqueceria sobremaneira.

— Tribunais? — estranhou Zenóbia. — Que crime o filho de Laios cometeu?

— Este não é o local nem o momento apropriado para discutirmos o assunto — esquivou-se, tornando a olhar para a mulher. — O importante é que, quando eu der o sinal, a senhora reúna todo o apoio político que puder. Sei de suas boas relações com o Senado, com os sacerdotes e com a guarda pretoriana. Se mais da metade dos patrícios estiver ao nosso lado, Diocleciano nada poderá fazer para impedir a condenação de Georgios.

— Quando? — quis saber a rainha. — Quando o jovem será julgado?

— Por enquanto, não sei. Nem o meu mestre sabe — lamentou. — É possível que ele morra na Germânia. Se assim acontecer, teremos menos um problema, mas as estrelas não estão favoráveis. — Druso permaneceu alguns instantes calado, como se calculasse os próximos passos. — Ficarei hospedado dentro dos muros da cidade, em uma mansão na subida do Monte Esquilino. O seu eunuco sabe como me encontrar.

— O senhor precisa de alguma outra coisa? — perguntou a rainha. — Ouro, prata? Cavalos?

— Minhas necessidades são puramente espirituais, mas eu agradeço — disse o homem. — Os Gracos hão de cair, e o Império Romano cairá com eles. É uma questão de tempo, apenas. Desse jeito, a senhora cumprirá o seu destino e o meu mestre completará o dele.

O advogado a cumprimentou com uma reverência antes de se despedir. Saiu do triclínio e foi conduzido pelo secretário ao portão.

Zenóbia andou até o jardim externo da casa. O tempo tinha clareado. Uma sensação nova a dominou, como se ela estivesse de volta ao jogo, com o tabuleiro e as peças na mão.

Então, por um milésimo de segundo, ela sentiu, de novo, aquele intragável cheiro de sal.

XXV

O PRÍNCIPE-CADÁVER

NA NOITE SEGUINTE À VISITA DE LÁZARO, GEORGIOS FOI TER COM URUS EM SUA taverna. No jantar, o almirante sugeriu que o torneio fosse disputado entre os dias 12 e 19 de abril, argumentando que eles deveriam aproveitar o período da Cereália, um dos festivais mais importantes do ano.

— Combinamos que a receita dos ingressos seria minha. Ou já se esqueceu? — exclamou Urus, com a boca cheia de presunto cozido. — Ninguém trabalha nessa época, só os escravos. Quero ver o anfiteatro lotado.

Georgios concordou. Para ele, quanto mais tempo passasse, melhor.

Os dois terminaram de comer, o rapaz apanhou o cavalo no estábulo e tomou o caminho da fortaleza. Enquanto trotava no escuro, lembrou-se de Theodora, que conhecera na Nicomédia durante o mesmo festival, quando era apenas um calouro na Escola de Oficiais do Leste. De repente sentiu saudade dela, de suas juras de amor, de seus beijos apaixonados, de seus encontros secretos, e deu-se conta de que fazia meses que não se deitava com uma mulher.

Em sua próxima folga, decidiu acompanhar um grupo de legionários a Úlpia Trajana, mas, na posição de tribuno, achou melhor não se juntar a eles no mesmo bordel. Resolveu beber sozinho em um bar discreto e, sem ninguém para vigiá-lo, acabou exagerando na dose. Em dado instante, saiu do estabelecimento para se refrescar, sentiu náuseas, andou até um beco e regurgitou, perdendo os sentidos momentaneamente. Despertou ao ser cutucado por uma figura feminina que surgira das trevas para ampará-lo. Naquelas condições, ele tinha pouco ou quase nenhum critério de escolha e se levantou para beijá-la. Para sua surpresa, porém, a mulher o rejeitou.

— Pare. — Ela chegou para trás. — Você está bêbado.

Georgios procurou algumas moedas na algibeira.

— Quanto você quer?

— Calma. — Ela se distanciou mais um pouco. Era uma jovem senhora, com talvez trinta anos, usava um vestido azul-claro de mangas compridas e um véu branco que lhe cobria a cabeça. O rosto era delicado e pontudo, sem maquiagem. — Está se sentindo melhor?

— Estou ótimo — ele disse, mas era mentira. Inclinou-se para vomitar outra vez. Ela apenas o observou, sem se alterar. O jovem recuperou-se, tomou fôlego e dobrou a proposta. — Cinco denários. É tudo o que posso pagar.

Ela cruzou os braços.

— Para você, todas as mulheres são prostitutas?

— Não. Só as que vagam à noite em áreas como esta.

— Sua memória deve ser péssima. Não se lembra de mim?

— Deveria?

— Para falar a verdade, não — disse a mulher e foi saindo do beco.

Georgios a segurou pelo braço.

— Espere. — Ele agora estava intrigado. Já a tinha visto antes, sim. Só não sabia onde.

— Solte-me — ela se esquivou. — Tenho trabalho a fazer.

— Que trabalho?

— Caridade.

— É o diácono, por acaso?

Era para ser uma piada, mas a resposta o surpreendeu.

— Sim. Sou a diaconisa de Úlpia Trajana.

— Nessa eu não caio, mulher. Venho do Leste e sei que os cristãos não frequentam zonas de baixo meretrício. É contra os dogmas da Igreja. Segundo eles, é pecado — afirmou, mas não tinha certeza —, se bem me lembro.

— Nunca estive no Leste, mas posso garantir que por aqui as coisas são diferentes. Em Trajana, usamos o turno da noite para distribuir comida aos miseráveis.

Georgios recordou-se, em um lampejo, de sua primeira noite em Antioquia, para onde ele e Strabo se dirigiram após fugirem de Lida. Chegaram à cidade sem uma moeda no bolso e teriam morrido de fome se os missionários cristãos não os tivessem alimentado.

— Entendo — ele assentiu, constrangido, e voltou ao assunto anterior. — De onde eu a conheço?

— Fui eu que o ajudei a fazer massagem cardíaca no marinheiro, na taverna de Urus, em junho.

O equestre se lembrou do rosto.

— Como é o seu nome?

— Ida.

— Que tipo de nome é esse?

— É batavo — ela respondeu. — Sou germânica de nascimento. Muitos nesta colônia são.

Súbito, ocorreu a Georgios que ele estava, realmente, cercado de bárbaros. Germânicos romanizados, mas ainda assim bárbaros. Aproximou-se de Ida e a olhou mais de perto. O pouco de cabelo que escapava do véu revelava uma franja loura. Com os olhos azuis e o nariz fino, ela era um pouco dentuça. Mesmo assim, a mulher tinha uma aura marcante. O rapaz concluiu que era bonita.

Então, arriscou:

— Posso beijá-la?

Ida não saiu do lugar. Encarou-o por um breve momento, como uma expressão enigmática. Georgios teve a impressão de que ela o julgava, de que o enxergava como um monstro, até que a diaconisa o segurou pelo pescoço e o beijou tão intensamente que o jovem pensou que seria engolido. Os dois ficaram cerca de três minutos abraçados, e a coisa teria prosseguido se Georgios não tivesse se desvencilhado para respirar.

Deu um suspiro e inclinou a cabeça para um segundo beijo, mas dessa vez Ida o empurrou.

— Chega. — Ela limpou os lábios com o dorso da mão. Virou-se de costas e avançou pela rua, apressada.

— Por que tanta pressa? — O equestre a perseguiu. — Diga-me onde fica a sua igreja.

— Perto do Templo de Júpiter. É só perguntar por aí.

— Posso procurá-la por lá?

— Só se for para assistir à missa — ela disse, fria, e informou: — Se quer diversão, procure por Mabeline, na Casa Sete.

— Não gosto de pagar por sexo. Nesse ponto, sou bastante cristão.

Ida parou na esquina e o enfrentou. Era uma noite clara, com a lua alta e poucas estrelas.

— Os cristãos também pagam por sexo. Na Germânia, essa é quase uma obrigação social.

— Obrigação social?

— Será que não percebe? Sem clientes, o prostíbulo iria à falência e as moças ficariam desamparadas — explicou. — Faça uma boa ação, para variar. Visite o bordel. Pode dizer que fui eu que o enviei.

Georgios nunca tinha pensado que pagar por sexo poderia ser uma "boa ação", mas fazia sentido, considerando as circunstâncias. Naquela mesma noite, dirigiu-se à Casa Sete e conheceu Mabeline, outra mulher de origem germânica, que, como muitas de suas colegas, não falava uma palavra de grego ou latim.

No início, teve dificuldade para se concentrar. Pensou que fosse o efeito do álcool, mas a verdade era que ele queria estar com Ida, não com a prostituta. Depois de alguns minutos sem conseguir penetrá-la, imaginou-se tendo relações sexuais com a diaconisa dentro da igreja. O pênis ficou ereto imediatamente, ele montou sobre a garota e a possuiu.

Na semana seguinte, decidiu mudar o programa de treinamento. Os legionários, que até então só marchavam, passaram a realizar manobras de combate, as quais haviam esquecido por falta de prática. Georgios começou pelo básico e foi evoluindo à medida que eles pegavam o jeito. Quando questionado sobre a eficácia desses exercícios para o torneio, ele dizia que os militares deviam, antes de tudo, aprender a trabalhar em equipe. Era verdade, mas secretamente seus planos iam além — ele não se esquecera da promessa que fizera a Constantino de defender a fronteira contra os francos. Cedo ou tarde, romanos e bárbaros teriam de se enfrentar. Georgios não sabia como nem quando, mas estava convencido de que precisava treinar aqueles homens e transformá-los em guerreiros notáveis.

Seguindo o exemplo de Falco, separou as coortes — os pardos e os rubros — e estimulou a competição sadia entre elas. No processo, descobriu o que os filósofos já pregavam havia séculos: que o jeito mais eficaz de fortalecer alianças é encontrando um inimigo comum. Os pardos começaram a desdenhar dos rubros e, em resposta, os rubros se puseram a insultar os pardos. Os dois times só concordavam quando o assunto eram os marinheiros, os quais apelidaram de "hienas falantes", porque, impossibilitados de atacá-los (conforme o acordo), eles apenas riam, fazendo pouco-caso dos legionários sempre que os encontravam nas ruas, praças e tavernas de Úlpia Trajana.

Em 2 de outubro, as plantações amanheceram cobertas de gelo e, em novembro, caíram os primeiros flocos de neve.

O inverno daquele ano foi o mais rigoroso já registrado desde que os romanos ocuparam a Germânia. Havia praticamente uma nevasca por semana, e as atividades ao ar livre tiveram de ser interrompidas. Para afastar o marasmo, Georgios organizou um campeonato interno de luta grega, que aconteceu em um dos depósitos do acampamento. O certame acabou evoluindo para uma disputa livre, em que se permitiu usar socos, chutes, encontrões e cabeçadas. O equestre atuou como juiz — e também como atleta. Foi derrotado nas semifinais por Cingetorix, que acabou sagrando-se campeão. Em virtude de seu tamanho, Cingetorix fora escolhido, fazia dois anos, como aquilífero da legião e era muito popular entre os colegas. Quando um soco do gaulês fez Georgios desmaiar, os soldados gritaram, anunciando a vitória do gigante pintado. O filho de Laios se levantou segundos depois, abraçou o adversário e disse uma frase que conquistou os presentes:

— Como é bom sangrar entre amigos.

Por quase três meses, o sangue foi o álcool daqueles homens, porque o hidromel havia acabado e a neve bloqueara as estradas. Comiam-se apenas mingau, pão com azeite, amêndoas e, eventualmente, carne de esquilo, raposa ou coelho.

O mês de janeiro foi gélido, e o de fevereiro, também. O sol tornou a aparecer somente em março, quando a colônia recebeu um novo prefeito, que, aparentemente, estava empenhado em melhorá-la. Reabriu o Templo de Júpiter, reformou o anfiteatro, reduziu os impostos e construiu oficinas públicas para estimular o comércio.

Georgios não voltou a procurar por Ida, mas seguiu a orientação dela e tornou-se cliente assíduo da Casa Sete. Na tarde de 20 de março, em pleno equinócio, fez com que a legião inteira executasse uma marcha ao redor da cidade, com direito a banda de música, palavras de ordem e demonstração de estratégias de combate. Nesse dia, os marinheiros não estavam mais rindo. Estavam, sim, atentos e preocupados com os adversários que iriam encarar.

A fim de expandir o campo de treinamento, Círio Galino sugeriu que eles desmatassem uma área ao redor da fortaleza, onde antes havia um arvoredo. O espaço ainda precisava ser aplainado e, a 2 de abril, Georgios resolveu se juntar aos homens que trabalhavam na terra. Em algum momento depois do almoço, ele estava capinando quando sua enxada bateu contra uma superfície dura, uns dois palmos abaixo do solo. Inicialmente, achou que se tratasse de um pedaço de rocha. Deu uma segunda pancada e escutou o ruído de algo se quebrando.

Madeira, pensou. Olhou ao redor.

Ninguém por perto.

Intrigado, afastou os dejetos com o pé e olhou com mais atenção. Era uma tampa, carcomida pela umidade.

Largou a enxada e pegou uma pá. Com ela, limpou o entorno e descobriu uma caixa. Cavou mais um pouco.

Deu um pisão na parte de cima do objeto, que cedeu facilmente. Removeu as tábuas que o lacravam.

Examinou o buraco.

Não era uma caixa — era um esquife. Dentro dele, jazia um esqueleto coberto por uma cota de malha enferrujada. No crânio, destacava-se um elmo ogival, tipicamente germânico, e sobre o peito descansava uma espada de cavalaria com o punho cravejado de pedras preciosas e a lâmina de aço que ainda brilhava.

O túmulo estava, também, repleto de artigos metálicos. Havia moedas, gemas, pingentes, broches, pulseiras, cordões e braceletes, mas principalmente lingotes de ouro.

De novo, olhou em volta. Continuava sozinho. Se quisesse, poderia guardar o montante para si, sem reparti-lo. Seria justo, afinal fora ele quem encontrara o tesouro. O acúmulo de espólios era direito sagrado dos combatentes desde os tempos da antiga República.

Por dez minutos, ficou sentado na beira da cova. Dezenas de situações lhe passaram pela cabeça, centenas de rumos e possibilidades. Ele desejava fazer o que julgava correto, não para ele, mas para o bem do Império e da sociedade romana. E também queria ajudar Constantino.

No último raio de sol, aprumou-se e deu um grito:

— Soldados. Todos os homens. Chamem todos os homens!

Não demorou até que os primeiros legionários aparecessem. Surgiram de gládio desembainhado, como haviam aprendido no treinamento.

— Comandante — um deles o abordou, a atenção fixa no valioso sepulcro. — O que é isso?

— Um jazigo — disse Georgios. — De um rei ou príncipe, se é que os germânicos têm reis e príncipes.

— É muito ouro — comentou o outro. — Quanto dinheiro...

— Olhem essa espada — apontou o terceiro. — Deve valer milhões.

— Ninguém toca no cadáver — ordenou o tribuno. — Chamem Otho Pólio e o pretor Círio Galino. Vamos fazer a contagem das peças e distribuí-las entre os homens. — E, ao notar que os rapazes continuavam parados, hipnotizados pelo brilho das joias, berrou: — Mexam-se!

O montante encontrado no túmulo — quase três mil peças de ouro — foi repartido entre os soldados. Com a divisão, ninguém ficou rico, mas o simples fato de receberem algum dinheiro teve um efeito moral muito importante, e era justamente isso que Georgios esperava. Soldados são movidos pela glória, pelo companheirismo, mas também pela possibilidade de acumular espólios. Estacionados por anos na margem sul do Reno, aqueles homens estavam sem perspectivas, e qualquer mudança — qualquer acontecimento — serviria de estímulo para eles.

O item mais valioso era a espada do príncipe-cadáver, que, além de belíssima, ainda conservava o fio. O equestre poderia tê-la guardado, mas preferiu entregá-la a Cingetorix, porque ele era reconhecidamente o melhor guerreiro da tropa. O homem ficou emocionado ao recebê-la e jurou lealdade eterna ao tribuno.

Otho Pólio, contudo, não gostou dessa atitude. Faltando quatro dias para o torneio, ele chamou Georgios para uma audiência particular. Era uma tarde agradável de primavera, com o tempo muito claro e sem nuvens no céu. O centurião dispensou o vigia e os dois ficaram sozinhos na tenda.

— Boa tarde, capitão — cumprimentou-o o equestre, com o corpo ereto e o elmo debaixo do braço. — Quer falar comigo?

— Sente-se. — Pólio indicou-lhe uma cadeira. Os dois se sentaram ao redor de uma mesa, sobre a qual se dispunham pratos com restos de comida, talheres sujos e taças vazias. — Sabe, rapaz — começou o mais velho, contemplativo. — De vez em quando eu me pergunto se você é realmente filho de Laios.

— Posso garantir que sou, senhor.

— Não parece.

— Por quê?

— Porque Laios era inteligente e você é burro.

O equestre entendeu, pelo tom de voz e pela fisionomia, que Pólio não desejava humilhá-lo — nem teria como, porque, legalmente, estava abaixo dele na hierarquia militar. Na prática, porém, os dois gozavam do mesmo prestígio, afinal o centurião conhecia melhor o acampamento, vivia na Germânia havia décadas e tinha muitos amigos proeminentes.

— O que eu fiz de errado? — perguntou Georgios, para acabar com o mistério.

— Eu não disse que você errou, disse que foi burro. — Coçando o nariz, Otho Pólio se inclinou para trás. — Por que não guardou o tesouro para si?

— Com todo o respeito, capitão, é burrice distribuir espólios entre os homens?

— O que você encontrou não foi um simples espólio, mas o túmulo de um nobre germânico. Para eles, essas coisas são sagradas.

— Para eles quem?

— Para os francos.

— Somos romanos, não francos. Além disso, o caixão estava enterrado dentro do nosso território, *nesta* margem do rio. Não consigo enxergar o que eu possa ter feito de errado.

Pólio estava claramente apreensivo. Levantou-se.

— Escute, se você tivesse guardado o dinheiro, a notícia não teria se espalhado. Seria justo e inteligente. O problema é que, agora, a colônia inteira sabe que nós violamos uma sepultura germânica, e logo os bárbaros também saberão.

— Capitão — murmurou o tribuno. — Continuo sem saber o que fiz de errado.

— Entenda uma coisa, garoto. Nós estamos aqui para manter a linha de defesa do Reno, não para avançá-la, tampouco para iniciar uma guerra. Os nossos homens gastaram o ouro com bebida e prostitutas. Os francos vão entender essa atitude como uma provocação.

— Isso é problema deles.

— Não, é *nosso* — exclamou Pólio, engrossando a voz. — Faz três anos que estamos em paz.

O equestre sentiu-se no direito de contra-argumentar:

— Não é verdade.

— Claro que é. — O primipilo o levou para fora da tenda, porque o calor só aumentava. Os dois chegaram ao pátio e se detiveram perto da área de exercícios, onde alguns legionários treinavam com seus gládios de madeira, inclusive Cingetorix, que exibia sua nova arma. — Olhe à sua volta. Está vendo algum homem ferido? Morto? Os selvagens desistiram de nos atacar.

— Sim, mas por quanto tempo? Os francos parecem ser navegadores capazes. Para eles, o melhor é que a fronteira permaneça tranquila, porque assim podem continuar enviando tropas e mantimentos pelo mar, fortalecendo os domínios de Caráusio no norte da Gália.

Pólio balançou a cabeça negativamente, como se julgasse aquelas palavras ridículas.

— Onde você escutou essas bobagens?

Georgios não respondeu.

— Quer um conselho? — prosseguiu o veterano, cheio de confiança. — Pare de pensar como político e pense como soldado. É o que somos: soldados.

— Eu sei.

— Então, aja como um. Nós temos ordens, e elas são para segurar a fronteira.

Georgios não concordava. Ele não era apenas um soldado, era um oficial. Oficiais pensam de modo estratégico, improvisam, elaboram táticas e não se limitam a receber ordens e obedecer-lhes. Em respeito à senioridade de Pólio, entretanto, ele preferiu manter a boca fechada. O centurião, por sua vez, percebeu que não o havia dissuadido e resolveu tocar em uma nota sensível, esperando assim convencê-lo:

— Sabe por que seu pai morreu?

— O senhor já me contou — retrucou Georgios, passando à defensiva. — Ele morreu em combate.

— Não perguntei como, e sim *por quê* — disse o centurião, e ele próprio respondeu: — O seu pai morreu porque pensava demais. Ele estaria vivo se tivesse sido mandando para um posto avançado no Egito ou na Síria, ou mesmo para a frente de batalha na Pérsia, mas o imperador o enviou para cá. Para este fim de mundo. Já parou para se questionar o motivo?

— Para lutar contra os francos?

— Já que estamos falando de política, eis uma aula gratuita — acrescentou Pólio, sem parar para escutá-lo. — O que aconteceu com Laios é o que acontece com todos os líderes que se tornam influentes: eles se transformam em uma ameaça. Laios Graco, captor de Zenóbia, Libertador do Leste, tornou-se um perigo para o imperador, porque tinha a lealdade da Legião Fulminante, e a Fulminante era a mais respeitada das legiões de seu tempo.

— Conheço o imperador — Georgios reagiu com dureza. — Ele e o meu pai eram amigos. Diocleciano patrocinou os meus estudos. É um bom homem. Não posso acreditar que tenha feito algo para prejudicá-lo.

— Georgios — ele continuou, chamando o rapaz pelo primeiro nome, incutindo na voz certa afeição —, nós não temos ideia do que se passa na mente de um sujeito desses. Pense o que é ter nas mãos o direito de vida e morte de milhões de seres humanos. Soberanos assim são tomados por um tipo de loucura e farão tudo para se manter no poder.

O equestre ficou calado mais uma vez. Cruzou os braços e ergueu a cabeça, em atitude prepotente.

O centurião indagou:

— Entende o que eu digo?

— Entendo que essas são acusações muito graves.

— Só fiz um comentário.

— Não é o que parece. Cheira a conspiração.

— Basta desta conversa. — Pólio se afastou. — Volte para o seu posto. Não gosto do seu tom.

— Eu é que não gosto do *seu*. — Vagarosamente, ele se aproximou do plebeu. — Como cavaleiro da Púrpura, o senhor não me deixa alternativa a não ser prendê-lo.

Pólio enrugou a cara, indignado.

— Como é?

— O senhor está preso.

— Sob qual alegação?

— Motim.

— Ora, vá se foder, seu moleque. — Ele tocou o cabo do gládio, mas não ousou sacá-lo. — Lutei ao lado do seu pai. Ele morreu nos meus braços! Eu já batalhava nas florestas da Dácia quando você nem sequer pensava em nascer. — E repetiu, escandalizado: — Vá à merda, seu garotinho de bosta.

Georgios limitou-se a assoviar. Em três segundos, Cingetorix e mais dois legionários os haviam cercado.

O equestre repetiu:

— O senhor está preso. — Fez um sinal para os homens. — Podem levá-lo.

Os dois soldados confiscaram as armas do veterano e o arrastaram para um depósito vazio, com janelas gradeadas, usado como área de detenção. Pólio não resistiu fisicamente, mas despejou uma torrente de palavrões contra o equestre e todos que o apoiavam. Nenhum dos guerreiros se manifestou a seu favor. Continuaram treinando, como se nada tivesse acontecido.

Georgios se virou para Cingetorix.

— Sabe falar a língua dos francos?

— Um pouco, comandante.

— Então, faça chegar a eles esta mensagem: o centurião Otho Pólio pede que enviem um corpo diplomático para negociarmos a devolução do tesouro.

Cingetorix olhou para a espada como uma criança que não quer perder seu brinquedo. Depois, observou Georgios com desconfiança. Em seguida, fez como se entendesse e deu risada.

— Sim, senhor.

— Mais uma coisa. Preciso ir hoje à cidade negociar com Urus. Quero que organize uma escolta armada.

— Como quiser. Mas, se me permite perguntar, o senhor não tem um pacto de amizade com ele?

— Sim, nós temos — confirmou o tribuno. — De todo modo, talvez ele se irrite com a minha proposta.

O gaulês insistiu na questão:

— Está pensando em adiar o torneio?

— Não, Cingetorix — completou Georgios, declarando enfaticamente: — O torneio está cancelado.

XXVI

A FEITICEIRA DAS SOMBRAS

— TIRE ISSO DE PERTO DE MIM. — URUS DEU UM PULO DA CADEIRA, OBSERVANDO os lingotes de ouro como se fossem serpentes.

Georgios estranhou a reação, porque, apesar de seus costumeiros rompantes de fúria, Urus sempre se mostrara um excelente parceiro de negócios. O jovem havia lhe oferecido a sua parte do espólio como compensação pelo cancelamento do torneio. O almirante aceitou a princípio, mas, quando examinou as peças com mais atenção, sua atitude mudou drasticamente.

— O que foi? — Georgios se levantou e deu-lhe uma pancadinha no ombro. O homem o repeliu com um safanão.

— *O que foi?* Você ainda pergunta?

O equestre continuava sem entender.

— Há algo de errado com o ouro?

— Isso não é ouro, é encrenca — grasnou. — Fiquei sabendo que nos últimos dias os seus legionários andaram se esbaldando aqui na cidade. Frequentando prostíbulos, tavernas e bares. Só não podia imaginar que o dinheiro viesse daí. — Urus rodou para o lado e se deparou com Cingetorix, que montava guarda na porta do estabelecimento, na companhia de outros três lutadores. — Essa espada — apontou para a arma do soldado gaulês — é a famigerada Skofnung.

O filho de Laios se lembrava de já ter escutado aquele nome.

— Skof... o quê?

— Skofnung, a relíquia de Chariovalda.

— A sepultura não tinha lápide. O cadáver pode ser de qualquer pessoa.

— Essa é a Skofnung, não há dúvida. Bate com a descrição.

— Onde está essa descrição?

— Nas lendas. Na boca do povo. É uma história transmitida de pai para filho. Qualquer germânico saberia reconhecê-la. — Dirigiu-se pessoalmente a Cingetorix. — Me admira *você* não saber.

— Sou gaulês — esclareceu o aquilífero. — Não germânico.

Georgios começou a recolher os lingotes sobre a mesa e a acondicioná-los em um saco de couro.

— Bom, se não quer o dinheiro, não tem problema. Existe algum outro jeito de eu compensá-lo pelo cancelamento do torneio?

— Lógico que existe. — De assustado, Urus se tornou agressivo. — Entregue o tesouro para os francos. Em especial a espada.

— De novo essa ladainha? — O rapaz estava indignado com a atitude dos veteranos. Não podia acreditar que fossem assim tão covardes. — Otho Pólio lhe avisou que eu vinha, por acaso? Vocês combinaram alguma coisa sem eu saber? Porque esta conversa está muito estranha.

— Não falo com Pólio há anos. Considero-o um fanfarrão — retrucou Urus, como se ele fosse um exemplo de disciplina. — Mas, pelo jeito, é um indivíduo sensato, diferentemente de *você* — disse e repetiu, para ficar claro: — Minha condição é a seguinte: devolva o tesouro, em especial a Skofnung, para os francos. Eles ficarão satisfeitos e o torneio não precisará ser cancelado.

— Sinceramente — Georgios não aguentava mais aquela cantilena —, eu quero que os francos se *fodam*!

Urus o fitou, atônito. Virou as costas, deu um suspiro e pediu, com a voz tranquila:

— Saiam daqui. — Mas, ao notar que nenhum dos visitantes se movera, ele girou nos calcanhares, encarou-os com o rosto encrespado e gritou: — Fora!

Georgios não queria confusão. Deixou o lugar, apanhou o cavalo no estábulo e, acompanhado de sua escolta, regressou à fortaleza.

Estava começando a escurecer.

Dois dias haviam se passado e, em Castra Vetera, ninguém mais comentava a prisão de Otho Pólio. Era como se ele nunca tivesse existido, e até Círio Galino, o pretor, decidira ignorar o assunto.

Durante a tarde, Georgios recebeu a resposta dos germânicos. Eles se diziam dispostos a negociar a posse do tesouro e para tal enviariam uma comitiva diplomática. O equestre sabia que Pólio já os tinha enfrentado e que poderia precisar dos conhecimentos dele, então resolveu visitá-lo no cárcere. À exceção das janelas chumbadas, o lugar parecia um alojamento tradicional, com teto alto e dez camas de campanha dispostas junto à parede. O primipilo estava sentado sobre uma delas, contemplando fixamente o assoalho, com uma expressão deprimida. Georgios sentiu-se como o último dos mortais por ter causado mal àquele homem que tão bem o acolhera.

Puxou uma cadeira e sentou-se de frente para ele.

— Senhor?

Pólio não respondeu. O rapaz insistiu:

— Capitão, consegue me ouvir?

— Consigo. Não sou surdo. O que você quer — ele indagou, acrescentando com ironia —, comandante?

— Preciso da sua ajuda. Uma delegação franca chegará amanhã ao acampamento. O senhor lutou contra os bárbaros faz alguns anos. O que pode me dizer a respeito deles? Qualquer coisa que seja útil.

— O que eu posso dizer é que estamos fodidos.

— Por quê? O que eles têm que tanto nos ameaça?

— Não são eles, é *ela* — declarou o homem, enfático.

— *Ela?* Ela quem?

— Isgerd — Pólio fraquejou ao dizer. — Esse é o nome, se bem me lembro. Isgerd, a Feiticeira das Sombras. Sonho com ela de vez em quando.

— O que pode uma só pessoa contra todo um exército?

— Georgios — outra vez, Pólio o chamou pelo primeiro nome, procurando amaciá-lo —, o que eu podia fazer por você, eu fiz. Tentei demovê-lo da ideia de iniciar uma guerra. Agora é tarde demais. — Fez uma pausa para tomar ar. Otho Pólio era um homem velho, já não tinha o vigor de outrora. — Você me perguntou, no ano passado, por que não há oficiais nesta fortaleza. Eu lhe digo agora que eles não existem porque foram eliminados. O seu pai foi um deles, mas houve outro, que prometeu substituí-lo e enfrentou um destino pior. Laios não conseguiu derrotar os bárbaros. Por que você acha que conseguiria?

Internamente, Georgios lutou contra a raiva. Estava farto de escutar Otho Pólio citando o nome de seu pai e usando a morte dele como arma retórica.

— Prometo libertá-lo — disse, ignorando a pergunta — se o senhor me fornecer informações relevantes.

— O que estiver ao meu alcance, eu farei — prometeu —, mas exijo uma declaração por escrito afirmando que *você* cometeu um erro ao me prender.

— É justo. Considero que sua prisão foi de fato um erro — reconheceu o equestre. — Sinto muito. — Ergueu-se da cadeira e se aproximou da janela. — Preciso agora que me fale tudo o que sabe.

Pólio continuou sentado. Fez uma cara de desolação.

— O que exatamente você quer saber?

— Quero a verdade.

— Se quer a verdade, aceite que os francos são invencíveis.

— Os cartagineses também eram. — Ele se referia às Guerras Púnicas, o épico confronto entre Roma e Cartago. — Bem como os persas, sármatas, bretões e gauleses. O que quero dizer é que não existem adversários insuperáveis.

— É óbvio que existem — volveu Pólio. — Os selvagens possuem duas armas bastante eficazes. Uma delas é Isgerd, e a outra é Granmar, o Lobo Negro, o homem que matou o seu pai. Eles são filhos do *graf*, o chefe guerreiro dos francos.

— Sim, o senhor já me falou sobre Granmar. — O rosto de Georgios anuviou-se. — Eu vou matá-lo.

— Esses indivíduos não morrem fácil. São mágicos e já existem há milhares de anos. Isgerd é capaz de dominar a mente de qualquer ser humano. Granmar é invulnerável e não pode ser ferido por armas mundanas.

— Com todo o respeito — objetou o cavaleiro —, o senhor está delirando. E, mesmo que essas forças mágicas existissem, nós temos o apoio dos deuses romanos. Mitra e Júpiter estão do nosso lado.

— Estamos longe de casa, meu jovem. Nestas terras, são as divindades germânicas que comandam o espetáculo.

Georgios sabia que aquela conversa não renderia mais frutos e julgou por bem encerrá-la. Levantou-se, andou até a porta e a abriu. Ordenou aos dois guardas responsáveis pelo cárcere:

— Libertem este homem.

Um segundo antes de sair, escutou a voz de Otho Pólio em um murmúrio abafado:

— É melhor que esteja preparado. Não tem ideia de com quem está lidando. — E reforçou, contemplativo: — Não tem a menor ideia.

*

Theodora e Constâncio Cloro haviam se casado no outono. Foi a maior festa já registrada na Bélgica, com farta distribuição de carne, pães, vinho e cerveja. O sacrifício dos touros foi conduzido por Constantino no fórum da cidade de Tréveros, diante de milhares de espectadores. O duque matou pessoalmente um carneiro e o ofereceu a Júpiter, acabando com os boatos de que seria cristão.

Constâncio Cloro, seu pai, ficou aliviado, mas no dia seguinte surgiu-lhe um pensamento amargo: talvez Maximiano tivesse inventado aquela história para justificar a contratação dos sicários. Passou algumas horas refletindo sobre o assunto e chegou à conclusão de que o melhor era esquecer o passado. O cenário mudara. Cloro, agora, era genro do Inclemente e se tornara seu principal aliado. Se os dois não se unissem sob o cetro do imperador, seriam ambos engolidos por rebeldes e bárbaros.

Em março, o tetrarca e seu filho começaram a traçar os planos para a retomada do norte da Gália. Estenderam um imenso mapa sobre o piso de um dos jardins do palácio e se puseram a analisá-lo por dias. O documento mostrava as províncias ocidentais, parte do Mar Mediterrâneo e as famosas Ilhas Britânicas. Um tracejado indicava os domínios de Caráusio no continente, que se estendiam desde o Sena até a foz do Rio Líger.

No princípio de abril, os dois estavam observando o planisfério, calados, quando Constantino perguntou:

— Quantos homens o senhor calcula que Caráusio conseguiria mobilizar contra nós?

— Depende do tempo que ele terá para se preparar. O efetivo de soldados estacionados na Lutécia é de cerca de dois mil, segundo os nossos espiões — disse o césar, referindo-se à principal cidade romana no norte da Gália, onde as tropas inimigas estavam acampadas. — O problema é que ele tem três legiões reservas do outro lado do mar. E uma frota pronta para transportá-las.

— Então precisamos pegá-lo desprevenido.

— Como?

O duque tinha um plano.

— Há muito Caráusio alimenta o sonho de ser reconhecido por Roma imperador da Britânia. Como um dos tetrarcas, o senhor pode legitimá-lo.

— Eu, legitimar Caráusio? Por que faria isso?

— Para atraí-lo para uma emboscada.

— Ele não vai morder a isca.

— Talvez morda, se alguém próximo a ele convencê-lo de que as nossas intenções são sinceras.

— E são?

— Claro que não.

— Então precisamos de alguém disposto a traí-lo. Esse tipo de gente é difícil de encontrar.

— Pelo contrário. É fácil. Todo homem tem seu preço. — Constantino se lembrou da ocasião em que subornara Pyrrho, o jovem batedor dos apolianos, durante o treinamento na Nicomédia. — Só depende do que estaremos dispostos a oferecer.

Cloro sentou-se em um dos bancos ao redor do jardim. Provou o odor das flores, da terra molhada. Olhou para um antigo carvalho e raciocinou.

— Ouvi falar de um menápio, meio gaulês, meio germânico, que atua como tesoureiro de Caráusio. Um sujeito ganancioso, que talvez nos possa ser útil.

— O senhor conseguiria marcar uma reunião? Um encontro secreto, em território neutro.

— Posso tentar, mas as legiões britânicas não são o único problema. Os francos têm barcos velozes.

— Não se preocupe com os francos — pontuou Constantino. — Coloquei o meu melhor homem para cuidar deles.

— O filho de Laios? Ele é apenas um garoto.

— Um garoto que salvou a minha vida.

O césar encolheu os ombros.

— Reconheço que ele tem mérito, mas o fato é que a Trigésima Legião está em pedaços. O que é a Fortaleza Velha hoje? Um aglomerado de celtas, núbios, belgas e africanos. Gente sem disciplina, sem pátria ou família. Em outras palavras: eles são a escória.

Constantino reuniu argumentos para defender o amigo, mas não teve espaço para se expressar, porque, naquele entremeio, um escravo apareceu sob as colunatas, fez uma mesura e pediu para entrar no jardim. Entregou um pergaminho ao duque, que o abriu de imediato.

No papel, os seguintes dizeres, com caligrafia elegante:

Operação em andamento. Mande betume. O máximo que puder.

O bilhete, assinado por "Georgios Graco, cavaleiro da Púrpura", não poderia ter chegado em hora mais propícia. E Constantino enxergou nele um sinal.

XXVII

MARIDOS E ESPOSAS

NESTE PONTO, É PRECISO VOLTAR UM POUCO NO TEMPO — SETE MESES, PARA SER exato — a fim de relatar os eventos que se seguiram à morte do senador Fúlvio.

Caio Valério Fúlvio falecera em sua mansão, no Chipre, em setembro do ano anterior. O funeral seguiu todas as etapas de uma tradicional cerimônia romana. O corpo foi retirado da cama, lavado com água quente, ungido com óleos aromáticos, vestido com uma toga branca e posto em um caixão aberto. Tysa enfeitou-o com uma coroa de flores e depositou uma moeda dentro da boca dele, obedecendo ao costume grego segundo o qual o cadáver — no pós-vida — deveria pagar uma peça de ouro a Caronte, o barqueiro do Rio Styx, para ser guiado com segurança até o mundo dos mortos.

O velório aconteceu no átrio do palacete, sobre a Colina dos Ossos. Tysa abriu as portas para os cidadãos proeminentes de Pafos e quase todos compareceram, inclusive Jania, a suma sacerdotisa de Afrodite, que concordara com o pedido de realizar a cremação no templo sagrado da deusa. A *wanassa*, como era chamada, não tinha outra opção, na verdade. O que diria a seus fiéis e aos moradores da cidade caso se recusasse a homenagear o homem mais poderoso da ilha?

No velório, Jania encarou Tysa como se não a conhecesse — mas a jovem viúva se lembrava de como a sacerdotisa a havia usado para tentar envenenar o senador, anos antes. Por sorte, a conspiração não dera em nada e Tysa conseguira manter o clero a distância. Começava agora uma nova etapa, e nesse ponto Rasha estava correto: após os doze dias de luto, teriam início as pressões para que ela entregasse a mansão de Fúlvio a terceiros.

No décimo primeiro dia, um cavaleiro de bigode pontudo apareceu na estrada de terra que subia a colina. Montava uma égua branca, usava roupas coloridas e exibia um sorriso amistoso. Embora não estivesse armado, Tysa achou melhor não convidá-lo a entrar, afinal não tinha guardas, tampouco soldados que a protegessem.

Ordenou a Rasha:

— Vá até lá e pergunte o que ele quer.

O secretário sabia que era a melhor opção — a mais lógica, pelo menos —, mas mesmo assim teve medo.

— Parece ser Husna, chefe da guilda dos pescadores e capitão do *Cisne Branco*, o maior navio do país — ele disse à viúva. — Um homem ardiloso.

— Lembro-me dele. — Os dois estavam no jardim, fora da casa principal, mas dentro dos muros que cercavam a propriedade. — Estava presente no meu casamento. Se ele perguntar, diga que estou indisposta e que o receberei na próxima semana.

— Está bem.

Rasha abriu o postigo e saiu para a estrada de terra. Husna, ao percebê-lo, desmontou imediatamente.

— Salve. — Ergueu a mão em um gesto pacífico. O verão estava indo embora e, apesar do vento que castiga o Chipre nessa época do ano, a temperatura era agradável, nem muito quente, nem fria demais.

— Salve, capitão. — O escravo dobrou-se.

— Gostaria de ter com a senhora Fúlvia — ele disse, agitando os braceletes de ouro. — É um assunto importante. Posso garantir que ela ficará contente.

Rasha considerou o homem de uma presunção absurda.

— O senhor marcou hora?

— É preciso? — Husna cofiou o bigode. — Nem o senador pedia que eu marcasse.

— O senador era o senador — retrucou o núbio. — A senhora Fúlvia é outra pessoa.

— Entendi. — O capitão olhou para o mar. Uma gaivota caçava nas águas azuis, alheia aos problemas do mundo. — Imagino que ela esteja temerosa, acuada como um cordeiro diante de lobos. Sei como as coisas funcionam nesta ilha e compreendo que o clero de Afrodite nunca a tratou cordialmente. É por isso que estou aqui: para oferecer a minha proteção.

Dito isso, Husna enfiou a mão em um bolso da sela. Rasha pensou que ele iria sacar uma faca, mas o que apareceu foi uma rosa, uma linda rosa vermelha.

— Entregue esta flor à sua senhora. — Ele inclinou levemente a cabeça. — Diga a ela que eu quero pedi-la em casamento.

O secretário se assustou. Deu um passo para trás. Em vez de protestar, perguntou, apenas:

— O senhor já não é casado?

— Se a senhora Fúlvia aceitar, eu me divorcio — prometeu e tocou em outra questão importante: — Não posso garantir a sua segurança — disse, referindo-se a Rasha —, mas me comprometo a enviar-lhe em um dos meus navios para o continente, onde nada vai lhe acontecer. Conheço patrícios que o comprariam e lhe dariam uma vida digna, longe de Pafos e desta confusão.

O núbio ficou sem voz. Sentiu a garganta seca. Procurou articular algumas palavras, mas elas não saíram. O capitão Husna acrescentou, sem agressividade, mas de modo sério, agindo como alguém que realmente sabia o que estava falando:

— Jania seria capaz de tolerar a presença da senhora Fúlvia nesta ilha, mas não a sua — afirmou. — O clero não tem nada contra a sodomia, mas Afrodite é, afinal, a deusa da fertilidade, e, quando a prática ameaça a procriação, as coisas se tornam um pouco mais complicadas.

Ao escutar aquilo, Rasha ficou revoltado.

— Capitão — ele tentou manter a calma —, desculpe, mas a *wanassa* não queria que o senador procriasse. Ela queria vê-lo dormindo com os peixes.

— Eu sei. — Husna estendeu a rosa para o secretário. — Por favor, pegue. Entendo que as coisas não são tão simples como parecem, mas estou fazendo o que posso para poupá-los de um massacre. Minha proposta é a melhor que vocês vão conseguir.

Como Tysa lhe ordenara que conversasse com o cavaleiro — e não que o confrontasse —, Rasha aceitou o presente.

— Muito bem.

— Pelo jeito, ela não vai mesmo me receber. — O visitante respirou fundo. Observou os muros e o portão, fechado. Montou na égua branca. — Peço que transmita o meu recado, pelo menos.

— Sim, prometo que o farei — garantiu o escravo.

O cavalo deu um pinote, depois relinchou.

— Boa tarde. — Husna segurou as rédeas, despediu-se e acrescentou, em latim: — *Vale*.

— Ou seja — resmungou Tysa minutos depois, circulando pelo jardim. — Ou eu me caso com ele, ou todos nós seremos mortos.

Rasha estava em pé, suando frio.

— Foi o que ele pareceu sugerir.

— Podemos confiar nesse homem? — ela perguntou, sem esperança de que o secretário tivesse a resposta.

— Nenhum acordo de boca é confiável — respondeu o núbio, raciocinando de modo genérico. — Mas, se vocês assinarem um contrato, bom, aí talvez.

Tysa parou de caminhar e virou-se para o escravo.

— Você está confortável com essa proposta?

— Não. Mas que alternativa temos? Se não aceitarmos, será o nosso fim. Husna falou em "massacre", e eu não duvido que eles estejam considerando algo do gênero. Se aceitarmos, pelo menos haverá a possibilidade de um de nós conseguir escapar. Com sorte, os dois.

— Os dois, não — argumentou a jovem. — Você sairá do Chipre, mas eu teria de me casar à força.

Rasha julgou o comentário muitíssimo estranho e exclamou:

— Ora, mas você já não o fez antes? O casamento com Caio também não foi arranjado?

Tysa refletiu sobre o que ele dissera. Sim, a união com Fúlvio nada tivera a ver com amor no princípio, mas na época ela era uma criança, sem a menor chance de se defender. Dessa vez era diferente. Tysa tornara-se uma legítima senhora romana, que percorrera o mundo e conhecia o Império por dentro. Não iria admitir ser um joguete nas mãos de um pescador, de uma sacerdotisa ou de meia dúzia de mercadores.

— É verdade. Foi um casamento arranjado, e foi bom enquanto durou — ela respondeu. — Mas não vai acontecer de novo. Nunca mais.

O secretário não teve coragem de contrariá-la.

— Então, o que vamos fazer?

Ela se dirigiu ao gabinete de seu marido. No caminho, disse:

— Quero que me ponha a par dos negócios de Caio. Quero saber tudo. Conhecer tudo.

— E como isso vai ajudar?

— Não sei ainda — ela admitiu. — Preciso de tempo.

Por uma semana, Tysa se afundou em documentos, examinando tudo o que podia, tentando encontrar — ou bolar — uma solução para o impasse.

Rasha a ajudou, mas estava desconsolado, e em uma manhã sentou-se no chão do gabinete, entre carimbos e papéis espalhados. O cômodo tinha duas portas, uma que dava para o átrio e outra que se conectava ao peristilo, um pequeno canteiro interno na parte traseira do palacete, menor e mais modesto que o grande jardim. Encostada na parede sul havia uma mesa onde a viúva trabalhava, aproveitando a luz do sol que incidia sobre cartas de crédito, contratos gravados em bronze, frascos de tinta e folhas de papiro para anotação e rascunho.

Do outro lado, erguia-se uma estante apinhada de pergaminhos, estatuetas e caixas vazias. Tysa percebeu a inquietação do escravo, levantou-se e sentou perto dele.

— Eu sou uma criatura terrível — reconheceu o próprio Rasha. — Um monstro, não mereço a sua ajuda.

Ela compreendeu que o amigo precisava se confessar e o estimulou, perguntando:

— Por que diz isso?

— Quando você chegou, eu a odiei — revelou. — Caio não me procurou mais depois que fez os votos do matrimônio. Senti-me sozinho, rejeitado. E agora você está se esforçando para me salvar.

— Se o consola, devo dizer que ele também nunca me procurou. Suponho que o nosso Caio descarregasse na comida os seus desejos e frustrações. Talvez isso o tenha matado, a propósito.

— Quer dizer — perguntou o núbio, engolindo o choro — que nunca esteve com um homem?

— Eu tive um único homem, e foi o meu pai. Imagino que seja esse o motivo de eu não ter conseguido um casamento, digamos, mais apropriado. Fúlvio foi provavelmente o único patrício que me aceitou.

Rasha, ante aquelas palavras, sentiu-se consternado e abraçou Tysa, como que para acolhê-la.

— Com a graça da nossa senhora Ísis — ele a apertou, suspirando —, deve ter sido horrível.

— O que passou, passou. Sobrevivi à minha família e, de uma forma ou de outra, esses acontecimentos fazem parte de mim. Eles contribuíram para que eu me tornasse o que sou, então não posso rejeitá-los. Preciso aprender a conviver com eles, porque nada pode mudar o passado. Quem sabe até de experiências ruins possam surgir coisas boas.

— Como o que, por exemplo?

— Essa é a grande pergunta. — Tysa esticou as pernas para alongá-las. Depois, como que atingida por um raio, colocou-se de pé. — Rasha — ela o ajudou a se levantar —, acho que tive uma ideia.

Logo, a comida do palacete começou a escassear. Na Colina dos Ossos havia, à exceção de Rasha, exatos dezesseis escravos domésticos, que consumiam bastante, apesar do racionamento.

No começo de outubro, Tysa escutou guizos sendo agitados do lado de fora. Ordenou que o secretário subisse às muralhas para saber do que se tratava. Do passadiço, Rasha avistou uma comitiva religiosa. Liderando o grupo vinha uma clériga musculosa, de ombros largos e rosto quadrado, acompanhada de outras três sacerdotisas. Mais atrás as escoltavam cinco homens usando corseletes de couro, elmos, portando escudos, gládios e lanças. Pelo uniforme, o núbio sabia que faziam parte da guarda responsável pelo Templo de Afrodite. Não eram grandes soldados, nunca haviam lutado em guerras e não traziam aríetes, então de início ele não se preocupou.

O cortejo parou em frente ao portão. Era uma tarde nublada, com nuvens negras se aproximando. O vento soprava obliquamente, revolvendo terra, criando pequenos redemoinhos de areia.

— Que se abram os portões — exigiu a clériga, silenciando os guizos —, em nome da deusa.

Rasha não se manifestou. Escondeu-se entre as ameias.

— Senhora Fúlvia — a mulher chamou. — Não há por que se esconder — esbravejou. — Viemos em paz.

Mas o tom era agressivo, e estava óbvio que a comitiva não viera "em paz". O secretário olhou para o interior da propriedade. Tysa parecia calma e sinalizou para que ele não respondesse.

Lá fora, a sacerdotisa disse alguma coisa aos guardas. Dois deles se adiantaram e bateram no portão com o verso das lanças. Os guizos tornaram a se agitar. Os visitantes continuaram gritando, cantando, até que o barulho se tornou insuportável. Pareciam dispostos a ficar ali o dia inteiro, a noite toda. Tysa, percebendo a atitude, deu instruções a Rasha, que enfim se ergueu, aparecendo sobre a amurada.

— Que confusão é essa? — ele perguntou. — Já começou a Cereália?

Do solo, a mulher enrugou a cara em uma expressão de desprezo.

— Olha como fala, escravo. Mais respeito com a deusa.

— Não vejo deusa nenhuma — ironizou o núbio e completou, antes que ela retrucasse: — O que vocês querem?

Irritada, a religiosa se conteve. Estava lá para dar um recado, não para trocar desaforos.

— Sou Neyva — exclamou —, filha de Afrodite. Venho em nome da *wanassa*. Ela ordena que a senhora Fúlvia compareça ao templo esta noite para tratar de questões de seu interesse.

— Posso garantir — motejou Rasha — que a senhora Fúlvia não tem assuntos a tratar com a *wanassa*.

Neyva cuspiu no chão.

— Quem você pensa que é, seu pederasta? Chame a senhora Fúlvia. É uma ordem.

O núbio intimidou-se com as palavras. Sentiu-se ferido, machucado por dentro, mas não se rendeu.

— Minha senhora está de luto e não vai recebê-la.

— O luto já acabou.

— Não para nós, aqui na Colina dos Ossos. Peço que nos deixe agora.

Mas Neyva não era tola, muito menos Jania, a mulher que a comandava. Elas tinham conseguido informações valiosas e estavam sedentas por obter o tesouro, os escravos e as posses de Fúlvio.

— Se ela não aceitar nos receber — continuou a emissária do templo —, nós teremos de tomar medidas drásticas. Escrevemos para Lida, para o pai da viúva, que, na ausência do marido, juridicamente volta a ser o seu guardião. Caso insistam no isolamento, seremos forçadas a chamá-lo à ilha, com seus homens, cavalos e armas. Quero que fiquem avisados e pensem no assunto. Esperaremos mais duas semanas, em respeito ao senador.

Dado o recado, Neyva se virou e retornou pelo caminho por onde chegara. O núbio desceu até o jardim e contou tudo à sua senhora.

— O seu pai não é aquele homem perverso, aquele que — gaguejou — fez coisas odiosas?

— Sim. O que a sacerdotisa disse é correto. Com a morte de Caio, legalmente eu volto a pertencer ao meu pai.

Rasha sentiu a ponta dos dedos dormente.

— E agora?

— Só nos resta esperar — disse Tysa, com uma placidez invejável. — Duas semanas — ela pensou alto. — É tempo mais que suficiente.

XXVIII

SOPRO DO NORTE

GEORGIOS NÃO ACREDITAVA EM MAGIA. HOUVE UM TEMPO EM QUE ACREDITARA, quando era um jovem aprendiz de enfermeiro. Depois, chegou a cogitar que talvez os cristãos estivessem corretos, com seus rituais estilizados, seus símbolos e talismãs. Muito do que eles diziam fazia sentido, mas era impossível, de acordo com os dogmas da Igreja, adorar os deuses romanos e ser cristão ao mesmo tempo.

Decidido a arrastar os francos para uma batalha, dividiu seu plano em etapas, e a primeira delas seria o assassinato da comitiva germânica. Não era uma ideia que lhe agradava, mas não havia outra saída. Os diplomatas seriam cercados e executados dentro da fortaleza, e a cabeça deles, pregada em estacas à margem do rio. Com isso, ele esperava atrair os bárbaros para uma luta deste lado do Reno, onde a Trigésima Legião teria mais chances — e mais recursos — para enfrentá-los.

O dia seguinte à soltura de Pólio amanheceu enevoado. Não se divisava um palmo adiante, o que obrigou os soldados a acender tochas e fincá-las no chão. Georgios posicionou arqueiros sobre o passadiço, em toda a extensão da paliçada. Ele não esperava, todavia, que tais homens fossem necessários. O combinado era deixar os francos entrarem, ouvir tudo o que tinham a dizer e partir para a ofensiva.

O encontro estava marcado para o meio-dia. Na exata hora do sol culminante, as brumas se dispersaram e os romanos avistaram um cervo branco saindo da mata. Montada nesse animal, sem rédeas ou sela, havia uma mulher muito magra, de cabelos negros e vestes marrons, que se confundiam com a própria folhagem. Na cabeça, trazia uma coroa de chifres, presa à testa por um emaranhado de galhos.

Ficou parada na linha das árvores, onde nenhuma flecha poderia atingi-la. Nada aconteceu por alguns minutos, até que outro indivíduo surgiu entre a neblina, descalço, sujo e coberto por um capuz verde-musgo. Calmamente, avançou através do descampado, arrastando os pés e a capa na lama.

Georgios desceu da torre de guarda, onde estava, quando o diplomata alcançou a ponte sobre o fosso. O jovem imaginou que receberia uma delegação completa, com talvez cinco membros, o que serviria melhor a seus propósitos, mas não tinha importância. Um bárbaro sem cabeça, refletiu, deveria ser suficiente para atiçar os selvagens.

Os portões se abriram e o diplomata entrou, trazendo consigo uma brisa gelada. Parou em frente ao tribuno, que o aguardava no pátio, sob a proteção de dez legionários comandados por Cingetorix.

O silêncio era absoluto.

— Salve — Georgios o cumprimentou em latim. — Fala a minha língua?

— Sim — ele respondeu em grego, sempre mantendo a cabeça baixa. — Georgios Graco, suponho.

O equestre tinha o grego como língua nativa, sabia identificar certos sotaques e percebeu que o linguajar daquele homem era típico das províncias do Leste. Um bárbaro, ele pensou, versado na cultura helênica? Era no mínimo esquisito.

— Sou eu mesmo — anuiu. — Qual é o seu nome?

— O meu nome não é importante. Sou um mero escravo de sua alteza — disse ele —, a princesa Isgerd.

Georgios reconheceu — ou achou ter reconhecido — o timbre da voz. Já a ouvira antes, fazia muito tempo.

— Ótimo. — Cruzou os braços. — Bom, e qual é a mensagem que a sua princesa nos traz?

O diplomata levou alguns segundos para retrucar. Ficou sussurrando frases incompreensíveis, produzindo sons e gemidos, como se estivesse conversando consigo mesmo.

— Minha senhora o saúda — ele enfim replicou. — Isgerd, filha de Dalferin, Madrinha do Lago, confirma que o túmulo que o senhor encontrou pertencia a Chariovalda, o Príncipe Dourado. Ela soube que desejam negociar a devolução do tesouro e me despachou. Para ela, para *nós*, para todos os francos, o ouro não importa. Só o que queremos é a espada sagrada.

Georgios olhou de través para o cinto de Cingetorix.

— Em troca de quê? Como pretendem nos recompensar pelo artefato em questão?

— Só o que temos a oferecer é a paz. Se a relíquia não nos for entregue, não só os francos como todas as tribos germânicas se moverão contra o Império Romano. Imagino que não é o que deseja, tribuno.

— De forma alguma — mentiu o equestre.

— Então — o visitante girou os quadris — peça ao gaulês — apontou para o aquilífero — que me entregue a espada.

Era a hora. O momento de atacar sem piedade. Georgios lutou contra sua natureza — ele detestava matar a sangue-frio — e levou a mão à bainha.

O homem reparou no gesto e entendeu que estava condenado, que não adiantava gritar, fugir ou lutar. Em resposta, apenas removeu o capuz. O tribuno supôs que ele quisesse se curvar e talvez realizar uma última prece antes de partir deste mundo, mas o que se deu foi algo grotesco.

No instante seguinte, Georgios estava diante de alguém conhecido. De rosto imundo e quadrado, cabelos brancos e cicatrizes nos lábios, aquele fiapo de ser humano não era ninguém menos que Cláudio Régio, o ex-governador da Síria, o mesmo que despachara seu pai à Germânia e, anos mais tarde, enxotara Georgios nas ruas de Antioquia. Régio tinha quarenta e oito anos, mas parecia ter mais de setenta. O que lá havia era uma casca, uma criatura destruída, um autômato, sem brilho nos olhos ou cores na face.

Fazendo um esforço de pensamento, Georgios se lembrou do que Otho Pólio lhe contara: a legião havia perdido dois legados, e Castra Vetera era o local para onde costumavam ser enviados os oficiais influentes. Teria sido Cláudio Régio o substituto de Laios? Seria ele o general "eliminado"?

Súbito, o pavor o dominou. Georgios fitava o rosto do homem, incapaz de golpeá-lo.

Suas pernas travaram, os músculos ficaram duros, os pelos na nuca se ouriçaram.

Em uma demonstração de arrogância, Cláudio Régio deu as costas para ele. Pela segunda vez, o cavaleiro tentou puxar a Ascalon.

Não conseguiu.

O ex-governador, agora escravo dos francos, aproveitou-se da apatia e deslizou até Cingetorix, que sacou a Skofnung e se movimentou para o ataque.

Nisso, os globos oculares de Cláudio Régio se reviraram, ele encarou o aquilífero e começou a rosnar com uma voz feminina, que, embora sussurrante, pôde ser escutada por todos que o cercavam.

— Quem você pensa que é para empunhar essa lâmina? — disse a voz, no idioma dos francos. — Eu o amaldiçoo, guerreiro. Não é digno de portar os trísceles — praguejou —, tampouco de exibi-los.

Cingetorix estava totalmente equipado, com túnica vermelha, capa e cota de malha, e suas tatuagens não eram visíveis, o que lhe causou um grande impacto. Como aquela *criatura* sabia sobre as espirais em sua pele?

— Coloque a espada no chão — ordenou a suposta entidade. — Respeite a Skofnung e a memória de Chariovalda.

Sem saber por que, Cingetorix obedeceu. Pousou a arma no solo. O diplomata inclinou-se e a apanhou. Depois, caminhou solenemente até o portão.

Os romanos — Georgios inclusive — assistiram ao ex-governador ir embora, parados, sem fazer absolutamente nada.

Dessa feita, ouviu-se uma espécie de uivo. Como se atendesse àquele chamado, Cláudio Régio pisou na ponte sobre o fosso e teria prosseguido, se outro som não o tivesse detido.

De uma das torres de guarda, partiu uma flecha.

Uma única flecha.

Certeira.

O tiro cortou as brumas e acertou o pescoço do tenebroso emissário. Fosse o que fosse aquela criatura, era ainda mortal, porque sentiu a fincada, engasgou e caiu.

O ataque — tão preciso, tão dramático — serviu para despertar os soldados. Georgios saiu correndo para interceptar o inimigo e Cingetorix o seguiu. Quando chegaram à ponte, no entanto, Régio já estava morto, os olhos pálidos, esparramado sobre uma poça de sangue.

O tribuno se ajoelhou e tomou-lhe o pulso. Sem batimentos. Do chão, contemplou a floresta. O cervo e sua princesa haviam sumido, engolidos pela neblina.

Como que em um passe de mágica, o céu clareou e as brumas se dissiparam. Georgios se virou para os muros.

— Quem disparou a flecha?

Um arqueiro levantou a mão na guarita.

— Me procure mais tarde, em minha tenda. Será recompensado — prometeu, à medida que tirava a Skofnung do cadáver e a devolvia ao gaulês, que a aceitou com relutância.

— O que ela... — perguntou o equestre. — O que *ele* lhe disse?

— Ele me amaldiçoou, comandante — respondeu Cingetorix. — Disse que eu não sou digno de usar os trísceles.

— Não se impressione. Os francos vão fazer de tudo para nos assustar. É parte da estratégia deles. Na realidade, é uma boa notícia. Sinal de que estão desesperados.

— O senhor — titubeou o gaulês, inseguro — tem certeza?

— Já lidei com esses tipos antes. — Georgios se lembrou do exorcismo que presenciara na cidade de Niceia, quando era criança, e da estátua falante no templo de Astarte, em Antioquia. — Puro charlatanismo — afirmou, ordenando: — Decepe a cabeça deste defunto e a exponha na margem do rio. Depois reúna os homens. Se meu palpite estiver certo, a batalha logo terá início — disse. — Precisamos estar preparados.

XXIX

NASCIDOS DAS SOMBRAS

No Chipre, o prazo oferecido por Jania — a suma sacerdotisa de Afrodite — terminava a 16 de outubro. No dia 13, Tysa enviou um menino de recados ao templo e outro às docas, avisando a seus opositores que estava disposta não só a entregar-lhes o tesouro como a aceitar o pedido de casamento de Husna. Esse último tinha mandado cercar a Colina dos Ossos, impedindo qualquer um de alcançar o outeiro. Em contrapartida, Tysa fizera apenas uma exigência: que os termos da rendição — ela usara essa palavra deliberadamente, fomentando um sentimento de vitória no coração da *wanassa* — fossem discutidos na casa dela, isto é, no palacete do senador, de modo que lhe prestassem uma última homenagem. E fixou uma data para a reunião: 17 de outubro, duas horas antes do pôr do sol.

Não havia por que recusar. Os lacaios de Tysa eram na maioria crianças, idosos e mulheres. Fúlvio nunca se preocupara em ter um corpo de guarda, pois era, afinal, primo de Maximiano, o maior general do Império.

Husna contou a Ezana, o mercador de escravos, sobre o encontro. Os dois, sob a liderança de Jania, formavam a tríade que agora controlava o Chipre, mas não possuíam terras. Como um autêntico patrício, o falecido senador tinha armazéns, lojas e casas não só em Pafos como em outros pontos da ilha. Se o capitão do *Cisne Branco*, a religiosa e o escravagista adquirissem essas propriedades legalmente, isto é, das mãos de Tysa, obteriam autoridade total sobre aquele lugar que era parada quase obrigatória para os navios que cruzavam o Mediterrâneo. Era muito dinheiro envolvido, então valia a pena atender alguns caprichos da viúva, pelo menos até que ela assinasse os papéis.

Os três chegaram à Colina dos Ossos na hora marcada. O sol já começara a descer, mas ainda havia muita luz e claridade. Jania trajava vestes azuis, em contraste com seus cabelos grisalhos. Era uma mulher idosa, de nariz adunco e com muitas rugas na cara. Neyva a acompanhava, os olhos semicerrados, a face repleta de pura amargura. Husna, o futuro noivo, não trouxera uma escolta, mas Ezana, o escravocrata africano, aparecera com uma equipe de oito guarda-costas, indivíduos fortes e carrancudos, armados de faca, espada e porrete.

No total, passaram pelo portão doze pessoas. Rasha os recebeu humildemente, desprovido da arrogância com a qual tratara Neyva dias antes. Conduziu-os através do jardim, depois para dentro do palacete e enfim ao átrio da mansão, onde havia quatro cadeiras dispostas em círculo. O secretário convidou Jania, Husna e Ezana a se sentarem, explicando que o quarto assento era reservado à sua senhora. Neyva manteve-se em pé, à direita da *wanassa*. Os oito capangas formaram um anel ao redor do pátio, de ouvidos atentos e armas na mão.

— Eu lhes ofereceria algo para beber — disse Rasha —, mas nosso vinho acabou.

— Sem problemas — manifestou-se Husna. O capitão tinha um sorriso nos lábios, porque estava prestes a conseguir o que queria. — Não precisamos de nada, apenas da senhora Fúlvia. Onde ela está?

— Minha senhora já vem. Estava esperando apenas que os senhores se acomodassem — disse o núbio. — Vou chamá-la.

Rasha saiu. O céu sobre eles era de um azul cintilante. O calor do verão dera lugar à umidade, ao cheiro das frutas, à perfumada brisa da tarde outonal.

Tysa chegou ao átrio através da porta que se conectava ao gabinete. O secretário a acompanhava e agora parecia tenso. Quando a viu, Husna se levantou, em uma tentativa de galanteio. Jania o encarou, e o homem tornou a se sentar. Ninguém disse nada, até que Tysa os saudou:

— Bem-vindos à mansão do senador Caio Valério Fúlvio — ela disse com a voz suave, simulando inocência. — Quero agradecer pela presença de todos. Eu os saúdo, *wanassa*, senhora suprema; Husna, valoroso capitão; e Ezana do Mar Vermelho.

Tysa fez uma mesura e se sentou. Jania foi a primeira a responder, em tom impositivo:

— Eu a saúdo, menina. Não se entristeça. Viemos na intenção de socorrê-la. — O cinismo era latente e, de certa forma, desnecessário. — Queremos ajudá-la a pôr ordem na casa. Deve estar sendo muito difícil para você.

— Obrigada, *wanassa*, por sua preocupação — disse Tysa, retrucando com o mesmo cinismo. — Compreendo que deseje o meu bem e entendo que, para tal, os senhores queiram assumir os negócios do meu finado marido. Estou certa?

Ezana esfregou as mãos escuras.

— É justamente essa a nossa intenção — ele disse com uma risota. Como a maioria dos escravagistas, Ezana era sádico e estava saboreando as reações da jovem anfitriã, que lhe parecia perdida, um camundongo no meio de gatos.

— Ótimo — pontuou a moça —, porque uma mulher como eu não seria capaz de administrar sozinha todos esses empreendimentos. Os senhores têm funcionários especializados em contabilidade, que conheçam a ilha e estejam dispostos a percorrê-la, cuidando da coleta de impostos, das obras públicas e da cobrança de aluguéis?

— Como disse a *wanassa* — manobrou Husna —, estamos aqui para pôr ordem na casa. Case-se comigo e não precisará se preocupar com nada. Os marinheiros e os homens das docas são leais a mim e o serão à minha esposa.

— Não vejo a hora de me casar com o senhor, capitão — disse Tysa, e as palavras excitaram o chefe dos pescadores, porque ele teve a sensação de que eram sinceras. — Obviamente eu aceito.

O homem fez menção de se levantar, mas outra vez Jania fechou a cara, e ele continuou sentado.

— Essa união precisa obedecer a certos desígnios morais — resmungou a religiosa, tomando as rédeas da discussão. — Em primeiro lugar, a senhora Fúlvia deve se comprometer a gerar filhos saudáveis.

— Eu me comprometo, *wanassa* — submeteu-se a moça.

— O segundo filho deve ser doado ao templo — disparou a mulher, certa de que Tysa iria recusar, ou ao menos reagir, mas a jovem concordou:

— Sim, senhora.

— Existe mais um ponto — Jania endureceu. Estava no controle da situação e não iria poupar quem quer que fosse. — Esse escravo — ela apontou para Rasha — será vendido. Quero-o fora da cidade, longe da ilha.

Tysa estava prestes a assentir quando Neyva, a clériga musculosa, rosnou com o nariz empinado:

— Eu o quero *morto*.

Houve um silêncio pesado. As negociações estavam indo bem, e essa intervenção ameaçava pôr tudo a perder. Tysa não parecia em condições de desafiá-los, mas o trio ainda precisava da assinatura dela, de livre e espontânea vontade, para obter as propriedades do senador. Exigir a execução de um dos escravos preferidos de Fúlvio era arriscado naquelas circunstâncias, porque havia boas chances de a viúva recusar, mas, para a surpresa de todos, ela declarou:

— Que opção me resta? — Tysa desviou o olhar, como uma criança envergonhada. — Rasha fez coisas erradas e merece pagar por elas. Mas eu tenho uma exigência. Quero me casar imediatamente — ela se impôs. — Como os senhores sabem, o meu marido não tinha interesse por mulheres, e eu sinto falta do toque de um homem. Quero ser possuída esta noite — olhou para a *wanassa* — e para tal preciso que o matrimônio seja concluído agora.

— De fato — aquiesceu Jania, pela primeira vez concordando. — Uma mulher de origem nobre não deve se deitar com um homem a não ser seu marido.

Tysa exigiu a resposta:

— O que me dizem, então?

— Creio que todos concordam — disse Ezana, com seu jeito debochado. — Mas um casamento requer procedimentos legais intrincados.

— Eu sei. — Tysa fez um sinal para Rasha, que entrou no gabinete de Fúlvio e retornou trazendo uma pena e uma grande folha de pergaminho. — Para facilitar o processo, adiantei alguns documentos. — Fez outro gesto. — Secretário, por favor.

Com uma tranquilidade ímpar para alguém que acabara de ser condenado à morte, o escravo dirigiu-se primeiro a Husna e mostrou a ele o conteúdo do pergaminho. O direito romano não reconhecia contratos de casamento. Contudo, havia contratos de dote, isto é, papéis que comprovavam que um pai havia entregado uma quantia em dinheiro ao noivo para que ele se casasse com sua filha. Um contrato de dote, portanto, em qualquer tribunal romano, bastava para provar que certo homem era casado com determinada mulher. Tysa não tinha o pai presente. Sendo assim, resolveu oferecer a fortuna de Fúlvio como dote por ela mesma. Era uma situação peculiar, mas perfeitamente legal, que não só transferia as posses do senador para Husna como selava, de modo inquestionável, o sagrado matrimônio entre os dois.

Husna leu o documento com calma, mais de uma vez, e não encontrou nenhum erro, nenhum estratagema. Ezana também leu. Depois foi a vez de Jania. Ninguém achou irregularidade alguma.

Rasha ofereceu a pena ao noivo.

— O senhor pode assinar aqui. — Ele mostrou a linha.

Husna assinou, visivelmente satisfeito. O escravagista e a *wanassa* estavam listados como testemunhas. Colocaram seus nomes e devolveram o contrato ao secretário. Enfim, Jania decretou:

— Será necessário realizarmos uma cerimônia pública, mas em termos jurídicos vocês estão oficialmente casados. — E acrescentou, sem emoção: — Eu os abençoo em nome de Afrodite.

— Obrigada. — Tysa se levantou, e de repente sua expressão tinha mudado. Era como se agora uma sombra encobrisse seu rosto, fazendo-a se parecer com uma das erínias, as deusas gregas que viviam no Tártaro, encarregadas de castigar os mortais. Coincidentemente (ou não), o átrio também escurecera. Desde a chegada dos visitantes até a assinatura do contrato transcorrera mais de uma hora, e nesse tempo a tarde havia caído, com o sol desaparecendo nas águas do mar. — Obrigada a todos por aceitarem os meus termos.

Jania rugiu:

— Os *seus* termos?

— Exatamente — explicou a viúva. — Como os senhores acabaram de testemunhar, o capitão Husna e eu somos agora cônjuges. Isso significa que compartilhamos dos mesmos bens, dos mesmos escravos e da mesma fortuna. Portanto, quando ele vier a falecer, todos os seus espólios serão revertidos para mim.

Um forte cheiro de enxofre empesteou o recinto, e naquele momento — naquele *último* momento — os presentes tiveram certeza de que iriam morrer, de que estavam perdidos, de que haviam sido enganados.

Das colunas brotaram figuras negras, que, embora sólidas, se movimentavam como espectros, deslizando através da penumbra. Esses seres se adiantaram, empunhando adagas curvas, e em uma ação coordenada atacaram todos ao mesmo tempo, degolando os convidados, que estavam sentados, e seus assistentes, que, de pé, supostamente deveriam protegê-los.

Ninguém escutou um só ruído. Como o corte na garganta dilacera também as cordas vocais, as vítimas nem sequer tiveram a chance de gritar, de gemer, de pedir ajuda. Neyva e os seguranças cambalearam, tombando com a testa no piso. Os corpos de Jania, Husna e Ezana permaneceram sentados, o pescoço inclinado para trás, como bonecos, a boca aberta, os olhos turvos em uma expressão de agonia.

O sangue escorreu e se alastrou como uma maré, engolfando os ladrilhos no chão, ocultando os mosaicos, suas cores e formas. Tysa recuou até a entrada do gabinete, evitando o fluido escarlate. Rasha tremia, sem conseguir desviar a atenção dos cadáveres, sem realmente entender se estava sóbrio ou ébrio, sadio, alucinado ou demente.

Passado o ataque, um dos espectros se dirigiu à filha de Drago. Um raio de luz incidiu sobre ele, e Tysa reparou no rosto moreno, nos cabelos negros, nas vestes escuras, nos olhos pintados.

— Tepheret — ela o reconheceu. — Eu o convoquei. Diga o seu preço. Estou pronta para pagar.

— O nosso preço é *zero* — ele avisou, e sua voz era como um sussurro. — Entende o porquê?

Tysa não entendia. Quando, semanas antes, acendera uma tocha de enxofre sobre os muros do palacete na intenção de contratar os sicários, não esperava que eles a ajudassem de graça. O que ela não sabia era que aqueles assassinos, descendentes dos zelotas — uma seita judaica que no passado desafiara os romanos —, tinham também suas preferências políticas. Séculos depois da destruição do Templo de Jerusalém, eles não se esqueciam de quem eram, de quem foram e de quem pretendiam se tornar.

Surgiu na mente de Tysa, então, a imagem do túmulo de sua mãe nos arredores de Lida. Por todos aqueles anos, ela nunca havia parado para raciocinar por que Lídia, que morrera tão jovem, havia sido, afinal, enterrada em um cemitério judaico.

Tepheret tocou-lhe o ombro.

— Tysa Lídia Drago. — Ele a fitou. — Entende que é uma de nós? Uma das filhas de Canaã?

— Entendo.

— Então, ouça com atenção. Quando os nossos antepassados foram expulsos da Terra Prometida, buscaram refúgio na fortaleza de Massada, no topo de uma montanha no Deserto da Judeia. Os romanos nos cercaram e após um longo cerco conseguiram nos invadir. Os resistentes, incluindo mulheres e crianças, tiveram de se matar para não cair nas mãos inimigas, para não se tornar escravos. Sabe o que um judeu diz toda vez que essa história é contada?

Tysa nunca escutara nada sobre a tal fortaleza, mas, ao ouvir o discurso de Tepheret, as palavras simplesmente brotaram de sua boca:

— Massada não voltará a cair.

O sicário esboçou um sorriso.

— Jamais seremos escravos de novo — ele concordou, repetindo em tom sibilante: — Massada *não* voltará a cair — afirmou. — Lembre-se disso.

Rasha, que tudo acompanhava de um ponto recuado, fechou os olhos na semiescuridão do crepúsculo.

Quando tornou a abri-los, não viu mais os sicários.

Eles haviam sumido.

Como fantasmas. Como espectros.

Nascidos das sombras — para em seguida ser engolidos por elas.

XXX

O TALISMÃ

CINGETORIX BUSCOU UM MACHADO NO DEPÓSITO DE FERRAMENTAS E ESTAVA PRONto para decepar o cadáver quando o tribuno o deteve.

— Espere. — Georgios olhou mais uma vez para o corpo de Cláudio Régio. — Ele já teve o que merecia.

— Mas, comandante — exclamou o gaulês —, o senhor acabou de mandar que eu o decapitasse.

— Mudei de ideia. Precisamos dar a ele um funeral romano. Para que seu espírito, purificado, enfrente o julgamento diante de Hades.

Cingetorix não concordava, mas obedeceu e arrastou o defunto para o interior do acampamento. Os legionários montaram uma grande fogueira no pátio, o cadáver foi posto sobre ela e, à noite, as duas coortes se perfilaram para assistir à cremação.

Enquanto a pira queimava, Georgios pensou nos inevitáveis ardis do destino. Sete anos antes, o imperador convocara seu pai para lutar na Germânia, mas fora Cláudio Régio quem lhe ordenara que seguisse imediatamente para o Oeste, impedindo que Laios transferisse a família para um lugar mais seguro, longe de Räs Drago e seus capatazes. Se Régio não tivesse agido assim, sua mãe provavelmente ainda estaria viva. Era óbvio, portanto, que aquele crápula merecia arder nas chamas do Tártaro, mas ao ver seus ossos carbonizados o rapaz sentiu um frio no estômago, porque teve a sensação de que o Império estava ruindo e que, de uma forma ou de outra, *ele* era parte daquela tragédia.

— Eu disse para não atiçar os germânicos — murmurou Otho Pólio, aproximando-se dele por trás. Estava trajado conforme a ocasião, exibindo suas medalhas de guerra, armas e uma túnica limpa sob a cota de malha. — Eles escondem segredos terríveis. Enfeitiçaram Cláudio Régio e o transformaram em um morto-vivo. Não lhe contei antes para não assustá-lo.

— Não estou assustado — respondeu Georgios, virando-se para o centurião. — Garanto que esse homem não foi enfeitiçado. E tampouco era um morto-vivo. Ele *sempre* foi um traidor.

— É possível — assentiu Pólio. — O fato é que, no fim das contas, o destino se encarregou de puni-lo. Entende agora por que não temos um legado?

O tribuno ficou uns instantes quieto, refletindo sobre aquelas palavras. Depois encerrou a cerimônia e ordenou que uma dupla de especialistas recolhesse as cinzas do ex-governador, acondicionando-as em um recipiente de argila.

Em maio, chegou a Castra Vetera o carregamento de betume que Georgios solicitara a Constantino: tonéis e mais tonéis da substância inflamável que Constâncio Cloro havia comprado para enfrentar Maximiano — em uma guerra que, felizmente para ambos, jamais aconteceu. O pretor Círio Galino, que era também engenheiro, separou alguns soldados e iniciou a construção das catapultas. O objeto tinha partes móveis e funcionava na base do encaixe, podendo ser transportado com as tropas por onde quer que os homens marchassem.

Diante da expectativa pelo ataque germânico, Georgios triplicou o número de guardas nos arredores da fortaleza e treinou um time de batedores montados, cuja tarefa era cavalgar à margem do Reno, atentos a qualquer movimentação singular.

Os meses de junho e julho foram tão calmos que, no começo de agosto, Urus o convidou para um almoço a fim de remarcar o torneio, cancelado pelo equestre em abril. O almirante sustentava a tese de que, se os bárbaros ainda não tinham aparecido, não mais o fariam naquele ano. Em sua opinião, Dalferin, Isgerd e Granmar tinham sido convocados por Caráusio para lutar na Britânia.

— Junho e julho são os melhores meses para batalhas campais. Em agosto é muito quente — argumentou ele, com uma caneca de cerveja na mão. — Eles desistiram, pode acreditar. Conheço bem aqueles filhos da puta.

Georgios acabou concordando com Urus e remarcou a competição para 5 de setembro, quando se comemora o festival em honra de Júpiter. Era uma data auspiciosa, e, apesar de ele não querer admitir, voltou a ficar empolgado com a possibilidade de organizar a disputa — e de participar dela.

No meio de agosto, as patrulhas fluviais foram suspensas. Havia um clima de otimismo no ar, e a aproximação do torneio deixou os homens muito animados. Eles agora treinavam intensamente, na esperança de conquistar o respeito dos marinheiros, impressionar as moças solteiras e, quem sabe, obter alguma medalha, troféu ou benefício em dinheiro.

Georgios delegou a Círio Galino a tarefa de cuidar da burocracia. O pretor adorava letras e números, tinha o sonho de se tornar escritor e chegou a esboçar dois poemas para serem declamados antes das provas por artistas contratados por ele.

Na tarde de 20 de agosto, Galino estava em sua tenda, passando a limpo a lista de competidores, quando um soldado apareceu em sua porta. O engenheiro acenou para que ele entrasse.

— Salve, pretor — disse o guerreiro. Era um legionário comum, que estivera montando guarda em uma das torres. — Há um homem no portão.

Galino ergueu os olhos do papel.

— Que homem?

— Não sei. Quer falar com o senhor.

— Não estou esperando ninguém.

O legionário demonstrou inquietação.

— Ele pediu para falar com o oficial responsável pela fortaleza. Como o comandante Graco e o centurião-chefe não estão em suas barracas, achei melhor avisar ao senhor.

O engenheiro se levantou.

— Está bem. — Enfiou a pena no frasco de tinta. — Vamos ver o que ele quer.

Galino podia apostar que era um dos capangas de Urus tentando pedir-lhe dinheiro emprestado, mas ao chegar ao portão avistou, do lado de fora, uma charrete puxada por um cavalo magro. Sobre ela havia uma mulher com duas crianças pequenas e um homem maduro, curvado, de barba suja e roupas rasgadas, que andou até ele arquejando.

— O senhor é o comandante Graco? — perguntou o sujeito.

— Não, sou o pretor — respondeu ele, cansado. — Diga logo o que quer, pois o meu dia está cheio.

— Barcos, senhor — avisou o plebeu. — Dezenas deles.

Galino andava tão envolvido com seus afazeres que nem se deu conta da gravidade do fato.

— Que tipo de barcos?

— Barcos a remo — disse. — Com a proa em forma de dragão. São diferentes dos nossos.

Círio Galino sentiu as mãos formigarem. Ficou tonto e as pernas começaram a tremer.

— Quantos barcos você viu?

— Dezenas, talvez mais — alardeou. — Não vejo essas embarcações faz anos. São os francos, senhor.

O pretor usou de todo o seu sangue-frio para fingir que estava seguro, no controle da situação.

— Não se preocupe, meu caro. Daremos um jeito nisso — garantiu, virando-se para um dos legionários que se encontravam por perto. — Soldado, conduza este homem e sua família até o refeitório e os alimente. E envie um mensageiro a Úlpia Trajana. Diga ao comandante Graco que eu preciso ter com ele. — E acrescentou, para que não restassem dúvidas: — Imediatamente.

Georgios estava deitado em uma cama da Casa Sete ao lado de Mabeline, a prostituta germânica. Depois de atendê-lo por meses, a garota começava a arriscar as primeiras palavras em latim. Era uma aluna esforçada, pois estava ciente de que o idioma serviria bem à sua profissão. Ela e Georgios passavam cada vez mais tempo juntos, e a confiança entre os dois foi se ampliando.

Depois do coito, o rapaz lavou-se em uma tina de cobre. O quarto era limpo, com paredes de cimento, chão atapetado e uma janela que dava para o pátio interno, onde havia um galinheiro. O cacarejar das aves era permanente — e irritante —, mas ele já se acostumara ao barulho.

Abriu a gaveta de uma cômoda, onde esperava encontrar uma toalha. Em vez disso, descobriu uma pequena cruz de madeira, e presa a ela havia um barbante. Pegou o objeto e o examinou mais de perto.

— O que é isto? — ele perguntou a Mabeline.

— Colar — ela disse, após se vestir. Quando terminou, encontrou uma palavra melhor: — Talismã.

O jovem fez como se não tivesse entendido.

— Talismã?

— Símbolo sagrado — esforçou-se. Era uma moça magra, de seios pequenos, cabelos claros e olhos azuis, separados pelo nariz redondo e miúdo. — Cruz de Cristo.

Georgios sabia que, como todas as suas colegas, Mabeline era cristã. De qualquer modo, não esperava que ela fosse praticante e carregasse consigo tais amuletos. Era a primeira vez que via a cruz sendo usada como marca da seita. No Leste, o peixe era o símbolo cristão mais difundido, mas ele imaginou que, realmente, houvesse algo de poderoso na cruz, afinal Cristo fora crucificado, segundo diziam os evangelhos.

Súbito, o casal escutou insistentes batidas na porta. Foi Mabeline quem a abriu. Léslia, a chefe das meretrizes, apareceu na abertura, e atrás dela brotou um soldado.

— Comandante. — Léslia estendeu a mão para Georgios, que estava seco, mas ainda pelado.

O tribuno ignorou a cafetina, reconheceu o legionário e se dirigiu a ele:

— Ovídeo? — ele o chamou pelo primeiro nome. Era um adolescente magricela, de pele clara e fios louros, cheio de espinhas na face. — O que foi?

— Problemas, comandante — disse o emissário, constrangido. — É melhor o senhor vir comigo.

Georgios vestiu-se rapidamente, equipou-se, correu até o estábulo, montou em Pégaso e os dois saíram da cidade a galope. Quando estavam na estrada, sozinhos, o garoto reduziu para velocidade de trote e avisou:

— São os francos. Creio que eles chegaram.

Georgios já esperava aquela notícia. Na realidade, ansiava por ela.

— Onde eles estão?

— Não sei — disse Ovídeo. — Quem nos deu a notícia foi um dos balseiros do Reno.

— Como ele era?

— Pequeno, curvado e barbudo — respondeu. — Trazia a esposa e duas crianças em uma charrete.

— Sei quem é — observou o equestre. — Esse homem, se não me engano, tem um casebre na beira do rio e ganha dinheiro transportando gente em seus escaleres.

— Ele disse ao pretor — continuou o emissário — que avistou dezenas de barcos. E garantiu que eram germânicos.

— Bom — Georgios olhou para o céu, parcialmente encoberto pelo emaranhado de galhos —, ainda faltam três horas para o pôr do sol. Vamos dar uma olhada.

Ovídeo pensou que tivesse escutado errado, mas era verdade: o comandante da legião em pessoa resolvera bancar o patrulheiro.

Sem alternativa, acompanhou-o através de uma picada. Cruzaram um riacho, atravessaram um pequeno bosque e, depois de galoparem por trinta minutos, as árvores se abriram em uma campina com aproximadamente um quilômetro de extensão, terminando em uma praia de cascalhos cinzentos. Nas extremidades leste e oeste, essa planície era delimitada por linhas de pinheiros mais ou menos compactas, o que dava ao lugar um aspecto alongado, com os flancos protegidos pela vegetação, transformando-o em cenário perfeito para uma batalha campal.

Enfim, lá longe, na direção oposta de onde eles estavam, enxergava-se o que parecia ser uma chácara, com uma cabana de madeira no centro, um cercado para os porcos, à direita, e um celeiro apodrecido à esquerda. Nesse ponto, aglomerava-se um número significativo de combatentes, alguns já em terra, carregando equipamentos e armas, outros ainda nos transportes, preparando-se para desembarcar.

— Coitado do balseiro. — Georgios sentiu genuína empatia por aquele homem que mal conhecia, talvez por ter sido, ele próprio, também expulso de suas terras. — Invadiram a propriedade dele.

O mensageiro não disse nada. Estava assustado demais com a possibilidade de serem descobertos.

Daquela distância, porém, era impossível fazer a contagem das tropas. O equestre avisou a Ovídeo:

— Espere aqui.

Soltou as rédeas de Pégaso e o animal disparou pelo gramado. Parou sobre um montículo de terra, fora do alcance das flechas. Protegeu os olhos com a mão em pala.

Os francos haviam tomado a pequena chácara e entrado tanto no celeiro quanto no casebre. Dois deles estavam arrastando um porco para fora do chiqueiro, provavelmente para abatê-lo. Outros montavam barracas, estendiam toldos, comiam, gargalhavam e se exercitavam ao sol poente. Na praia, Georgios contou quinze barcos, mas havia mais em pontos alternativos do rio. Só naquele pedaço, já tinham desembarcado cerca de mil homens. Outros viriam, sem dúvida.

Como a planície era descampada, sem arbustos ou formigueiros, logo os bárbaros o avistaram. Começaram a apontar para ele, a gesticular e a insultá-lo, mas nada fizeram para persegui-lo, afinal um guerreiro sozinho não representa ameaça.

Concluído o reconhecimento, o tribuno deu meia-volta, retornou ao bosque com Ovídeo e de lá para a fortaleza. Entrou pelo portão e perguntou aos guardas onde estava o balseiro.

Um soldado o levou até o refeitório. O lugar encontrava-se praticamente vazio, salvo por uma família composta pelo pai, a mãe e duas crianças, que, àquela altura, já haviam sido devidamente alimentados.

Quando Georgios viu aquelas pessoas tão pobres, lembrou-se de uma ocasião, durante uma viagem que fizera pela costa da Síria, em que presenciara uma moça tentando vender os filhos em troca de comida e ficou extremamente sensibilizado.

Foi até a mesa, perguntou como estavam sendo tratados e ordenou que os legionários encontrassem abrigo para eles dentro dos muros.

Um dos combatentes, na boa intenção, ousou comentar que, meses antes, o próprio Georgios havia proibido que mulheres pernoitassem na fortaleza. O tribuno não havia se esquecido dessa ordem e replicou:

— É verdade, eu assim determinei, mas aqueles eram tempos de paz — disse enquanto saía para a rua. — Agora, estamos em guerra.

Ao cair da noite, Otho Pólio, Círio Galino e Georgios Graco se reuniram ao redor de uma mesa montada no pátio, iluminada por tochas encravadas no chão. Em volta deles, escutando o debate, mas em posição de sentido, encontravam-se os capitães responsáveis por cada uma das doze centúrias. Cingetorix também estava por perto, ostentando uma capa de pele de urso, empunhando o estandarte da Trigésima Legião e trazendo na cintura a Skofnung, a espada que dera início a toda aquela cizânia.

— Estamos em menor número — lamentou Pólio. — Dalferin jamais nos atacaria com apenas mil homens. Certamente mais deles devem chegar amanhã, trazendo batedores, arqueiros e cavalos de guerra.

— Se somarmos legionários, marinheiros e os cavaleiros da tropa auxiliar — calculou Galino, afagando o queixo moreno —, chegamos a um efetivo de três mil e quinhentos soldados.

— Eu não contaria com os auxiliares. — Pólio torceu o nariz. — Eles só lutarão a troco de ouro, e os nossos cofres estão vazios. Não poderíamos pagá-los. Quanto a Urus, duvido que concorde em nos ajudar.

— Ele *vai* lutar — determinou Georgios — ou será preso por traição. Como almirante, ele tem a obrigação de defender as fronteiras do Império.

— Rapaz... Comandante — o centurião-chefe se corrigiu, lembrando que estava em um encontro formal e que, diante dos outros soldados, deveria seguir o protocolo —, Urus tem sangue germânico. Ele nunca se arriscaria por nós.

O equestre o fitou, a um só tempo sério e preocupado.

— Espero que o senhor esteja errado, capitão. Porque, se o almirante da frota romana no Reno nos der as costas, será o fim dele. Posso garantir.

— Nenhum de nós teria condições de prendê-lo. — Pólio insistiu em seu ponto. — Um emissário do imperador levaria semanas para chegar aqui. E os francos estão batendo à nossa porta!

Georgios não queria pensar naquela possibilidade. Preferiu considerar um cenário mais favorável.

— Bom, com ou sem os marinheiros, nós prevaleceremos — afirmou. — Preparei uma estratégia infalível.

O filho de Laios fez, então, um sinal para Círio Galino, que apanhou um pergaminho e o estendeu sobre a mesa. Tratava-se de um mapa da região desenhado pelo próprio Galino, em que se viam a cidade de Úlpia Trajana, a fortaleza de Castra Vetera, o rio e o campo de batalha em toda a sua extensão, com a floresta abraçando a campina.

— O meu conselho — começou o pretor — é posicionarmos as catapultas neste ponto. — Ele apontou para uma trilha que acessava a planície, logo na saída do bosque. — Elas ficarão parcialmente ocultas pelas árvores. Quando os selvagens avançarem na nossa direção, nós as disparamos.

— Ótimo. — Georgios parecia exultante. — Os artilheiros estão prontos?

— Sim. — Galino se afastou da mesa, cruzando os braços nas costas. — Eu os treinei por todo o verão.

— Como está o nosso estoque de betume?

— Praticamente intacto. Usei apenas alguns litros para o treinamento. Neste exato instante, nós temos perto de trinta barris, o suficiente para vários disparos.

— Perfeito. — Georgios esfregou as mãos. — Os germânicos serão reduzidos a pó antes mesmo de chegarem à nossa parede de escudos.

Ouviu-se um murmúrio de aprovação entre os centuriões, que pareciam concordar com a estratégia. Só Otho Pólio se mostrou receoso, como se algo o incomodasse. O tribuno olhou para ele e perguntou:

— O que foi, capitão? Se não concorda com os meus planos, fale agora.

— O plano é ótimo — reconheceu ele. — Mas não sei. É que me parece fácil demais.

Um silêncio nervoso se abateu sobre a tropa — como se no fundo todos, até Georgios, pensassem o mesmo. Ficaram calados por algum tempo, escutando o crepitar do fogo, os sapos coaxando, o chirriar das corujas.

Enfim, Galino falou:

— Em situações como esta, recomenda-se tirar os augúrios.

Suspiros de alívio foram ouvidos em uníssono. Era óbvio. Estava ali a solução: chamar um áugure para tomar os presságios, a fim de descobrir a vontade dos deuses. Não fazer isso, frisou Galino, seria um insulto aos fundadores de Roma.

— Onde conseguiremos um áugure? — perguntou Georgios.

— Conheço pelo menos três — disse Pólio. — São sacerdotes de Júpiter. Um deles, aposentado. Deve cobrar menos.

O equestre sabia que os sacerdotes de Júpiter tomavam os presságios sacrificando animais, e ele, talvez por influência da mãe, não gostava daquele tipo de prática. Pensou em outra possibilidade.

— Estamos para começar uma batalha e não podemos nos dar ao luxo de perder um novilho que seja — justificou-se. — Não existe outro vidente, que consiga consultar os oráculos sem a necessidade de derramamento de sangue?

Os militares refletiram por mais alguns instantes. Um dos centuriões deu um passo à frente e pediu:

— Permissão para falar, comandante.

Era um homem de quarenta anos, pele clara queimada de sol e olhos cinzentos, com uma barba rala e já meio calvo.

— Décio Camilo. — Georgios recordou-se do nome. — Permissão concedida.

— Eu e Calisto — ele acenou para um amigo, outro centurião — conhecemos uma velha que tira os augúrios utilizando o que os germânicos chamam de runas. Ela mora, ou pelo menos morava, em uma aldeia aqui perto.

— Que aldeia?

— Essas aldeias não têm nome. É um povoado. Fica quatro milhas ao sul.

— Consegue trazê-la até aqui amanhã de manhã?

O homem fez um cálculo mental.

— Consigo sim, comandante.

— Faça isso. Pegue o cavalo mais veloz que tiver no estábulo e parta ao nascer do sol. Leve Calisto junto. Ofereça à velha dez moedas de prata. Pode chegar até a quinze. É o que podemos pagar.

Décio Camilo assentiu com a cabeça e recuou.

— Sim, senhor.

Georgios deu a reunião por encerrada. Os soldados se dispersaram. Pólio andou até ele e o abordou:

— Quem você pretende escolher como diplomata?

O tribuno tinha se deslocado até o pátio dianteiro. Castra Vetera nunca estivera tão bem vigiada — e tão bem iluminada.

— Diplomata?

— Sim, para conversar com os francos.

— Não quero conversar com eles. Quero incinerá-los.

— Eles costumam ser razoáveis nas negociações. Seria bom se ganhássemos tempo para consultar a mulher e para mover as catapultas. Se eles quisessem nos surpreender, já o teriam feito. Recomendo um acordo.

Não era o que Georgios queria ouvir, mas fazia sentido. Ele, afinal, tirara Otho Pólio da prisão justamente para que o ajudasse com esse tipo de coisa. Fechou os olhos, esfriou a cabeça e indagou:

— Quem o senhor me indicaria?

— Sou um indivíduo de mente fraca, senão iria eu mesmo. Como tribuno e comandante, você, obviamente, está fora de cogitação. Cingetorix seria a escolha ideal, contudo ele é o dono da espada do príncipe-cadáver. E os outros são meros soldados.

O jovem comentou, irritado:

— O senhor não está ajudando.

— Galino, talvez. — Eles observaram o pretor a distância. — É um sujeito inteligente e compreende o idioma dos francos.

— Não sei. — O rapaz não estava convencido. — Galino é um burocrata. Nem sequer sabe vestir uma armadura.

— Um diplomata não precisa de armadura — considerou Pólio. — Confesso que a ideia também não me agrada, mas não temos opção.

Georgios concordou.

— Quem fala com ele, eu ou o senhor?

— Como fui eu que o recomendei, é justo que eu fale. Não vai ser fácil, mas pode deixar comigo.

— Obrigado. — Os dois apertaram as mãos. — Ordenarei que Ovídeo, o mensageiro, cavalgue até a cidade e convoque Urus logo cedo.

Pólio abanou a cabeça, como se reprovasse aquela atitude, e se despediu com um sorriso amarelo.

Georgios, antes de ir dormir, percorreu a fortaleza, conversando com os homens, conferindo se estavam em seus postos e falando algumas palavras para estimulá-los. Dentro do possível, eles se mostraram confiantes, o que era um bom começo — um bom sinal — na opinião do equestre.

Subiu no passadiço e observou o rio do topo de uma plataforma elevada. Contemplou a floresta, as estrelas, o horizonte azul-escuro e a lua sobre a copa das árvores.

Escutou um vozerio ao longe. Um murmúrio inquietante. Eram os francos, que batiam tambores, cantavam e bebiam em seu acampamento à margem do Reno.

XXXI

A PROFETISA

Quando o dia amanheceu, Círio Galino se ajoelhou diante de um pequeno altar de madeira, sobre o qual repousava uma estatueta da deusa Fortuna. Ofereceu à imagem um cacho de uvas, acendeu dois incensos, tragou a fumaça e fez uma oração pedindo que ela o protegesse dos bárbaros.

Levantou-se, lavou o rosto em uma bacia e foi até o estábulo, onde os legionários haviam selado uma mula para ele.

Uma mula, não um cavalo. Ideia do próprio Galino. Ele queria parecer inofensivo. Era sua tática.

Sua estratégia.

Dois guerreiros o escoltaram até o acampamento dos francos.

Quatro horas depois, Otho Pólio entrou na tenda de Georgios, que dormia profundamente apesar da tensão. Acordou-o, fez com que ele se levantasse e o seguisse até a via principal do quartel, onde Galino — já de volta — os aguardava para dar as notícias.

— Os germânicos concordaram em começar a batalha amanhã ao meio-dia — disse o pretor, com uma expressão de alívio na face. — O contingente do *graf* é expressivo — advertiu. — Calculo que haja dois mil homens a pé e oitenta guerreiros montados.

Com a cara ainda vincada de sono, Georgios reagiu em protesto:

— De onde saíram tantos cavalos?

— Não sei. Pelo jeito eles conseguem transportá-los nos barcos. Já o fizeram antes, quando...

— Não precisamos ficar preocupados — intercedeu Pólio —, afinal a artilharia vai nos salvar.

Georgios percebeu o sarcasmo e estava pronto para retrucar quando os guardas da torre avisaram que Décio Camilo e Calisto haviam chegado da incursão matinal — trazendo a vidente que tomaria os augúrios.

Era um momento importante, e os soldados se colocaram em alerta.

Os centuriões vinham na frente, a pé, trazendo os cavalos pelas rédeas. Atrás deles, surgiu uma liteira fechada, com as janelas obstruídas por cortinas de lã, carregada por quatro homens robustos, de peito nu, usando sapatos de couro e calças de linho quadriculadas.

Esses homens avançaram até o pátio e estacionaram a liteira a dois metros de Georgios. Um deles, um rapaz corpulento, mas barrigudo, com o rosto pintado de azul e pequenas tranças no cabelo cor de palha, cumprimentou protocolarmente o tribuno.

— Salve — ele falou em latim. — Sou Sigmund, filho de Kol, neto de Ottar. Estes são meus irmãos — apontou para os outros aldeões —, Svart, Runolf e Yngvi.

Sem saber o que responder, Georgios o cumprimentou:

— Salve.

Décio Camilo falou no ouvido de Sigmund. O sujeito assentiu, afastou a cortina e sussurrou algumas palavras para a pessoa no interior da liteira. Georgios percebeu a movimentação e ofereceu a mão à anciã. Ela aceitou a ajuda, mas quem apareceu à luz do dia foi uma donzela de olhos cor de esmeralda, com uma linda cabeleira dourada, trajando um vestido lilás sob a capa verde-oliva.

— Sou Sigrid — ela se apresentou, fez uma mesura e deu um sorriso. — Minha mãe faleceu no inverno passado. Soube que quer a minha ajuda.

— Sim — gaguejou o equestre. Ele estava encantado com a beleza da jovem e sentiu um calor percorrer seu corpo. — Sim, senhora.

— Como posso ajudá-lo, capitão?

— Comandante — ele a corrigiu. — No exército romano, chamamos os tribunos de comandantes.

Falando um latim razoável, Sigrid tornou a perguntar como poderia ser útil. Georgios a pôs a par da situação e convidou os visitantes para um lanche no refeitório. A moça, no entanto, explicou que não estava com fome e recomendou que os presságios fossem tirados o mais rápido possível, antes do sol meridiano. Pediu que lhe trouxessem um lençol branco, limpo e sem manchas. Assim que o recebeu, saiu da fortaleza e caminhou até um aglomerado de árvores. Chegando lá, apanhou um galho, dividiu-o em sete pedaços e marcou em cada um deles um símbolo — as tais runas —, utilizando a adaga solar de Georgios.

Estendeu o pano sobre a grama, mirou o céu por todo um minuto, como se conversasse com os deuses, e atirou as peças sobre o tecido alvejado. Ficou de cócoras, observando a posição dos objetos e examinando o jeito como eles haviam caído.

Enfim pegou um dos fragmentos, já exausta pela fadiga mental.

— No princípio, a água vencerá o fogo — ela anunciou. — Depois, o fogo vencerá a água. — Respirou fundo, para se recompor, e escolheu mais duas lascas para analisar. — O senhor não tem o que temer, comandante — decretou, finalmente. — Os deuses estão do seu lado, mas um de seus inimigos o aguarda do outro lado do rio. Ele, sim, o senhor deve temer.

Georgios não tinha dúvida de que Sigrid estava se referindo a Granmar, filho de Dalferin, o homem que matara seu pai. Ele sabia que não seria uma luta fácil, mas considerava-se pronto para enfrentá-lo.

— Há mais alguma coisa — perguntou o equestre, à medida que a profetisa recolhia os gravetos — que eu deva saber?

Ela voltou a olhar para o céu. Suava, como se estivesse com febre. Os aldeões correram para ampará-la. Sigmund, que Georgios depois veio a saber ser irmão da donzela, pegou-a cuidadosamente no colo. Ele, Sigrid e os demais regressaram ao pátio da fortaleza.

Quando o tribuno entrou pelo portão, avistou Ovídeo ao lado de Galino e Otho Pólio. Foi direto até ele e perguntou sobre Urus.

— Ele evacuou as fazendas, comandante — contou o emissário. — Levou os camponeses para dentro da cidade e fechou os portões. Os povoados ao redor estão às moscas. Não há uma alma viva em um raio de milhas.

— O patife nos traiu — rosnou Pólio, com o rosto inchado de cólera. — Como eu havia previsto.

Georgios deu um suspiro. Contou até dez. Fitou o chão, cerrou os olhos e refletiu por alguns instantes.

Congratulou o mensageiro pelo bom trabalho e moveu-se até a liteira. Sigrid estava lá dentro, pronta para partir. Ele pediu permissão para falar com ela. Sigmund concordou, avisou à irmã e afastou a cortina.

O equestre enfiou a cabeça dentro do pequeno transporte.

— Senhora, receio que, infelizmente, tenha de permanecer conosco por estes dias — ele disse, como se pedisse desculpas. — Se os deuses quiserem — completou —, será por pouco tempo.

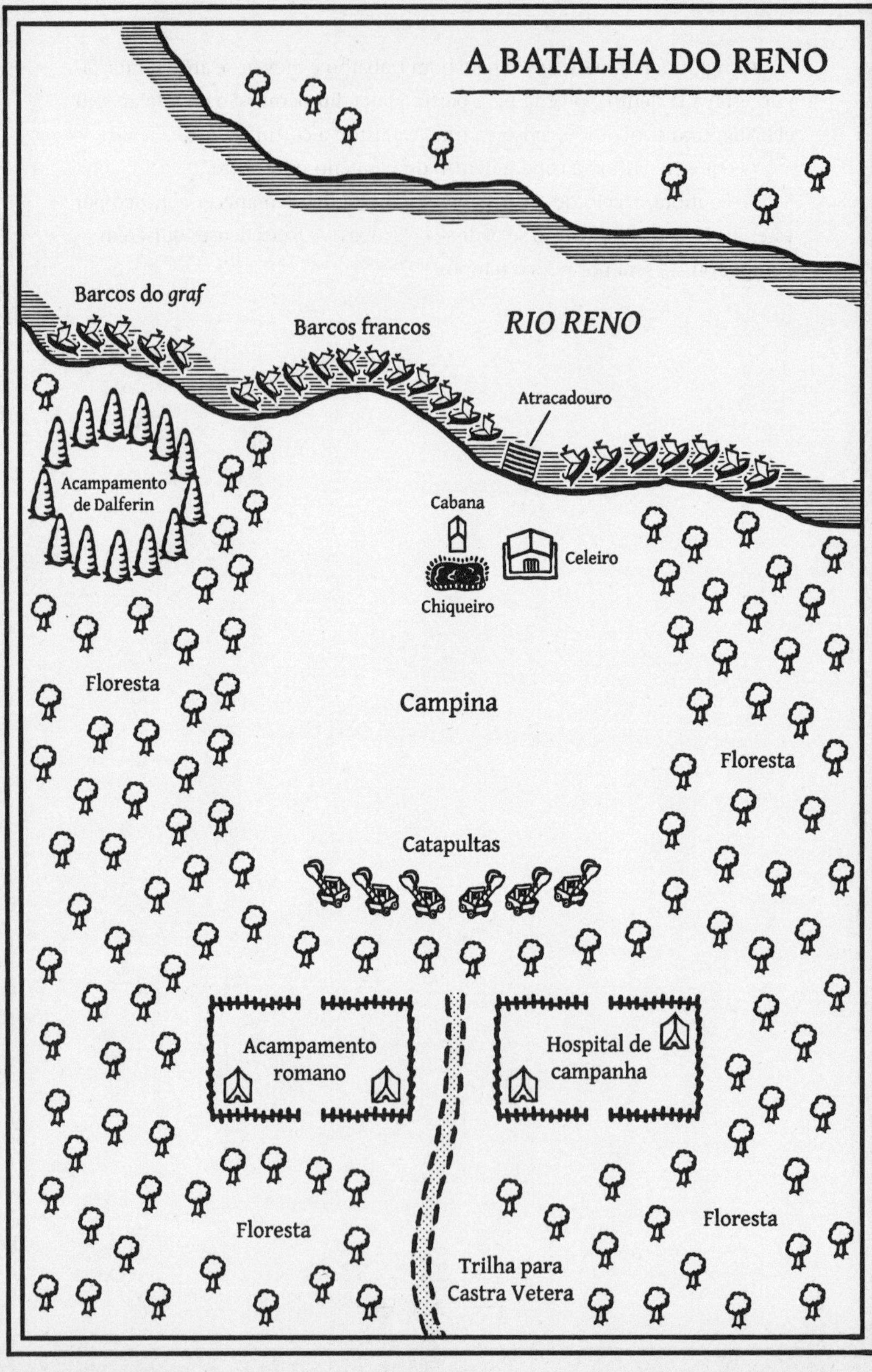
A BATALHA DO RENO
RIO RENO
Barcos do *graf*
Barcos francos
Atracadouro
Acampamento de Dalferin
Cabana
Celeiro
Chiqueiro
Floresta
Campina
Floresta
Catapultas
Acampamento romano
Hospital de campanha
Floresta
Floresta
Trilha para Castra Vetera

XXXII

PESADELO GERMÂNICO

De acordo com Públio Déxipo, o famoso historiador ateniense, os francos ganharam protagonismo na região da Germânia com o declínio dos marcomanos, uma tribo que habitava o sul do Danúbio durante os tempos do imperador Marco Aurélio. Eles teriam prevalecido sobre outras dinastias locais e acumulado uma quantidade razoável de terras, mas não tinham, até então, um líder carismático que a todos governasse. Chefes guerreiros, os *graf*, digladiavam-se para angariar seguidores, para conquistar cidades, aldeias e portos. Quem cruzasse o Reno e tomasse Úlpia Trajana se tornaria, portanto, um forte candidato à coroa dos bárbaros.

Na opinião de Círio Galino, esse era o verdadeiro objetivo de Dalferin — não tinha nada a ver com a honra dos nórdicos ou com a espada do príncipe-cadáver. Ele queria, segundo o pretor, destruir Castra Vetera, atacar a colônia, descer até Tréveros e esmagar os romanos com o apoio das divisões de Caráusio, ainda estacionadas no norte da Gália, estabelecendo, no médio prazo, um reino franco com capital em Lutécia.

Foi com tais temores em mente que Galino acordou antes do primeiro canto do galo para fazer a contagem das armas, dos animais e do suprimento de água. O dia amanhecera abafado, muito quente e sem nuvens no céu. Georgios, ao despertar instantes depois, considerou aquele um sinal positivo. Quanto mais luz, ele sabia, mais fácil para a artilharia enxergar seus alvos.

Incentivada pelos tambores, cornos e trompas, a legião iniciou a marcha na segunda hora diurna. Os homens caminhavam em fila, com os comandantes na dianteira, seguidos pela banda de música e por Cingetorix, que trazia o estandarte do Capricórnio. Os arqueiros — chamados também de sagitários, em homenagem à constelação do zodíaco —, escravos e artilheiros vinham na retaguarda, guiando as carroças com tonéis de betume.

Na terceira hora, chegaram à campina e se estabeleceram ao sul. Otho Pólio confirmou o que o tribuno lhe contara na antevéspera: a planície era ideal para um confronto em massa, espremendo os dois exércitos em um corredor entre árvores. Com as laterais resguardadas, os trezentos cavaleiros germânicos só poderiam atacar pela frente, um alívio para os legionários romanos, que haviam aprendido a resistir às cargas de cavalaria usando lanças longas. Se os bárbaros se aproximassem da parede de escudos, pensou Pólio, seriam empalados como galinhas no espeto.

Sem demora, os ajudantes de Círio Galino começaram a montar as catapultas em uma posição recuada, à sombra dos pinheiros. O restante da legião se organizou sobre o gramado, fez suas preces e lá ficou à espera do embate.

Dali, era possível enxergar o exército inimigo. Os francos estavam, como antes, acampados perto do rio. Era uma massa confusa de gente usando capacete, armas e trajes heterogêneos. Um grupo brandia machados, enquanto outro portava espadas. Os cavaleiros envergavam cotas de malha, mas havia seis ou sete com couraças brilhantes. Os escudos eram redondos e coloridos, exibindo desenhos espiralados, formas retas e padrões circulares.

Na quarta hora, despontou do bosque, à esquerda, um guerreiro robusto montado em um cavalo cor de fuligem, coberto por uma armadura de escamas banhada a ouro e ostentando um elmo cravejado de pérolas. De longe, notava-se que atingira a meia-idade, tinha os olhos claros e a barba grisalha. Esse nobre galopou até o meio do campo e ergueu a mão em um gesto amistoso.

— Esse é o tal Dalferin? — perguntou Georgios para Cingetorix, mas foi Otho Pólio quem respondeu:

— O próprio. Está acenando em sinal de trégua.

Georgios afrouxou as rédeas de Pégaso e se aprumou para cavalgar até lá. O centurião-chefe o advertiu:

— Envie um diplomata. Cingetorix é o mais indicado.

O aquilífero balançou a cabeça, indicando que aceitava a tarefa. O cavaleiro, porém, tinha outros planos em mente.

— Cingetorix — dirigiu-se ao gaulês —, você vem comigo para me ajudar com a tradução.

— Sim, senhor — assentiu ele.

Pólio reforçou:

— Comandante, é perigoso ir até lá.

— Não tenho alternativa — avaliou o rapaz. — Os francos mandaram o próprio general. Se eu me recusar a encontrá-lo, isso pode ser visto como uma demonstração de fraqueza.

— Está bem, mas não aceite provocações — sugeriu. — Mantenha-se a uma distância segura e fora do alcance das flechas.

— Será assim. — Com um muxoxo, fez o cavalo andar. — Cingetorix, traga o estandarte. Fique perto de mim.

Sob as árvores, ao sul, com as catapultas praticamente montadas, Círio Galino sentiu os soldados inquietos, o ardor e a tensão aumentando. O tempo nublara-se depressa, encobrindo o sol e trazendo umidade. O céu passara de azul a cinzento, e ele teve a sensação de que poderia chover.

Na planície, enquanto isso, Georgios e Cingetorix se encontraram com Dalferin. De perto, constatou o equestre, ele parecia mais frágil, menos assustador. Era um homem idoso, estrábico de um olho, com a pele enrugada e uma enorme cicatriz entre os lábios.

O *graf* estava sozinho, sem guarda-costas. Descansou a mão sobre o punho da espada. Falou algumas palavras no dialeto germânico. Cingetorix as traduziu:

— Comandante, o *graf* pergunta se o senhor é o filho de Laios Graco, o antigo legado da Legião de Trajano.

— Ele sabe que sim — declarou o tribuno.

Dalferin e Cingetorix conversaram por mais alguns instantes. O gaulês disse a Georgios:

— Ele quer fazer um acordo. Promete recuar se lhe entregarmos a Skofnung.

— Esse acordo *já* foi recusado. Diga ao *graf* que não serei intimidado por antigas superstições. Que não temos medo da filha dele, não acreditamos em bruxaria e que os francos pagarão caro por manter Cláudio Régio em cativeiro.

Dalferin pareceu entender e falou a Cingetorix, agora com uma entonação mais agressiva.

— O *graf* garante que vai nos liquidar, comandante — avisou o gigante pintado. — Que exterminará cada um dos legionários e escravizará os moradores da cidade, sem distinção.

— Parece que nos entendemos, afinal — disse Georgios, satisfeito. — Informe a ele que o combate está mantido para o meio-dia.

Cingetorix obedeceu. Os antagonistas se cumprimentaram inclinando a cabeça.

Em seguida, se afastaram.

— Era mentira — Georgios disse a Otho Pólio. — Ele jamais recuaria, mesmo se eu lhe entregasse a espada. Ficaríamos desmoralizados e então Dalferin nos atacaria com todas as suas forças.

O jovem tinha voltado para junto das tropas. Ele, o centurião e Cingetorix estavam agora na face meridional da campina, entre as peças de artilharia, atrás, e as centúrias, à frente.

O primipilo respondeu com uma expressão sibilina. Georgios desceu do cavalo e andou até o entorno de uma árvore para urinar. Enquanto o fazia, sentiu gotas caindo dos galhos.

Sacudiu o pênis e o recolheu. Virou a palma para cima. Estava chovendo. Uma chuva fraca, típica do verão hiperbóreo.

Retornou à companhia de Pólio.

— Já está na hora? — perguntou, apertando o cinto. — Não consigo ver o sol com o tempo encoberto.

— Pelos meus cálculos — o centurião observou as nuvens —, faltam alguns minutos para o meio-dia.

— Não podemos esperar. Uma tempestade se aproxima. Faça soar as trombetas — ordenou. — Vamos começar.

Otho Pólio subiu em uma das carroças, de modo que visualizasse os pelotões inimigos. Os francos estavam espalhados pelo norte do descampado feito uma massa colorida de ratos, batendo as machadinhas contra os escudos, furiosos, sedentos por sangue, aparentemente loucos para entrar em combate. Pólio reparou quando dois homens, um deles muito velho, percorreram as fileiras oferecendo aos germânicos o conteúdo borbulhante de um caldeirão.

— Poção mágica — ele disse a Georgios. — Faz deles mais fortes, imunes à dor.

Cingetorix comentou:

— O nome dessa poção é hidromel.

Os pingos de chuva engrossaram. Georgios decidiu:

— Chega de conversa. É agora. Pólio, posicione os soldados na marca.

Com a ajuda dos outros centuriões, Otho Pólio organizou a tropa em três linhas. Na primeira, posicionou oito centúrias, cada qual perfazendo um bloco com dezesseis homens de largura por cinco de profundidade, e, na segunda e terceira linhas, três centúrias, com a mesma disposição. O objetivo das primeiras centúrias era fazer contato direto com o inimigo, enquanto as demais esperavam para substituir os feridos e proteger os flancos, se necessário.

Perto do bosque, os sagitários se perfilaram para atirar seus projéteis. Eles seriam os primeiros a agir, tão logo os bárbaros se aproximassem.

Chovia torrencialmente quando os francos tomaram a iniciativa de avançar. Os oitenta guerreiros montados passaram à dianteira, e na mesma hora os romanos estacaram, com os homens da primeira linha inclinando suas lanças, prontos para receber — e para resistir — a impetuosa carga da cavalaria germânica. O plano, entretanto, era incinerá-los *antes*, reduzindo-os a pó com a deflagração do betume.

Georgios mal podia esperar por esse grande momento. Estava ansioso para sentir o calor das bolas de fogo, para ver as explosões coloridas, o caos, o desespero das hostes em agonia. Fora assim na Batalha de Palmira, onde seu pai havia lutado. Ele queria ser um daqueles guerreiros, um daqueles oficiais magníficos, capazes de destroçar os adversários em campo e ao mesmo tempo preservar seu exército.

O que se deu, porém, foi uma catástrofe em todos os níveis. Os cavalos já estavam na metade do percurso, trotando, e nenhuma catapulta fora acionada. O equestre não conseguiu se conter: soltou as rédeas, fez Pégaso dar meia-volta e galopou até o limiar da floresta.

Círio Galino estava exaltado, correndo de um lado para o outro, gritando com os artilheiros. Parou diante de uma das máquinas, onde dois soldados, usando pederneiras, tentavam acender um pedaço de pano que serviria como pavio para inflamar o betume. O problema era que, àquela altura, eles estavam encharcados e as faíscas apagavam rapidamente, antes mesmo de chamuscar o tecido.

Georgios escutou o tropel dos cavalos, o clamor histérico dos bárbaros e se deu conta de que seu plano tinha falhado, de que, em instantes, ele, Pólio, Galino, Cingetorix e tantos outros poderiam estar mortos. Pela primeira vez fraquejou — era uma sensação horrorosa, que o fez gelar e estremecer por inteiro.

Desnorteado pela confusão do momento, ele se recordou do que Sigrid dissera: os deuses favoreceriam o exército romano e ele não tinha nada a temer. Puxou a espada, apontou para os arqueiros, já prontos e posicionados, e esbravejou:

— Sagitários, preparar flechas. — E um segundo depois: — Disparar.

Foi assim que teve início a batalha. Apesar das perdas que os romanos sofreram e das histórias que seriam contadas depois, o primeiro sangue a gotejar sobre a terra foi indiscutivelmente de origem germânica.

Os sagitários miraram primeiro os guerreiros montados, mas seus cavalos eram velozes e se desvencilharam das setas cadentes. Como resultado, uma dúzia dessas pontas metálicas atingiu os combatentes que vinham atrás, a pé, ferindo cinco ou seis deles e matando outros três com perfurações fulminantes.

Os bárbaros rugiram em euforia, mostrando a língua e desdenhando de um ataque tão pífio. Um desses lutadores apanhou uma flecha no chão, enfiou-a na boca e a quebrou com os dentes. Os colegas dele gargalharam e continuaram a avançar sob a proteção dos equestres. Estes se encontravam, agora, a poucos metros da infantaria romana. Otho Pólio, parado no curto espaço entre as duas coortes, confiava em seus lanceiros e tinha certeza de que seriam capazes de repelir o assalto.

De novo, contudo, os nórdicos se mostraram astutos. Em vez de atacar pela frente, os oitenta ginetes se repartiram em dois grupos e se puseram a galopar para o lado, na direção da mata, como se estivessem fugindo. Georgios, que tudo observava de longe, esfregou os olhos úmidos pela chuva para então — só então — perceber o que eles tramavam.

— Arcos — murmurou. — Os canalhas estão armados de arcos.

Em meio à tormenta, preocupados em sobreviver, ninguém havia reparado naquele detalhe.

Ninguém.

Agora, era como se enxergassem a própria morte chegando, convidando--os gentilmente a cair em seus braços.

Um sopro gélido, digno das mais rigorosas noites de inverno, abateu-se sobre a primeira e a segunda centúrias no instante em que os cavaleiros efetuaram os disparos. Pegos desprevenidos, os legionários não tiveram discernimento — nem tempo — para manobrar os escudos. Das oitenta setas propelidas, pelo menos sessenta atingiram o alvo.

Sobreveio um grande alarido e de repente dezenas de homens estavam no chão, estirados na lama, gritando e gemendo, outros já mortos ou desacordados.

O pânico tomou conta da legião, que estava prestes a debandar. Foi nesse momento que Otho Pólio mostrou seu valor. Ele soltou um grito de ordem que subiu aos céus em uma exclamação poderosa:

— Segurem a posição — bradou. — Reforçar a linha de frente. Segunda coorte, atenção. É *agora*. — Apontou para os guerreiros substitutos. — Avante!

Como frequentemente acontece em situações parecidas, tudo se deu em uma fração de segundo. Quando os romanos tinham acabado de refazer suas defesas, os francos se chocaram com eles em ruidoso trovejar de madeira. Com uma mistura de inteligência e coragem, Pólio evitara uma tragédia, mas por quanto tempo? Os selvagens atacavam sem medo, eram mais fortes e mais numerosos.

Georgios sentiu o impulso de se juntar aos soldados, mas seria um tolo se o fizesse — ele era um tribuno e precisava cumprir seu dever. Passou a dar ordens como podia, ajudando o primipilo em suas decisões de comando. Com isso, o que parecia um pesadelo aos poucos assumiu contornos reais. Uma vez confrontados com a infantaria romana, os bárbaros sofreram seus primeiros revezes. Graças ao treinamento intenso ao longo do último ano, às marchas contínuas e aos exercícios de força, os legionários não só se mantiveram firmes como começaram a empurrar os oponentes para *trás*, rasgando tripas, perfurando gargantas, rachando crânios e cortando pescoços.

À medida que perdiam terreno, naturalmente mais concentrados ficavam os nortistas. Uma turba se reuniu perto do antigo celeiro, e o equestre entendeu que agora seria possível acertá-los — sem correr o risco de atingir sua tropa.

— Sagitários — Georgios tornou a chamá-los. — Preparar para tiro longo.

*

Sob raios, trovões e muita chuva, uma tempestade de flechas despencou sobre as unidades de Dalferin. Elas ainda não tinham penetrado as defesas romanas e permaneciam, portanto, represadas em seu território, o que as transformava em alvos fáceis.

Uma segunda onda de setas, seguida por uma terceira, enfim fez com que os bárbaros retrocedessem. Georgios bateu com os calcanhares nas costelas de Pégaso e se aproximou da linha de frente. Um franco, reconhecendo-o como oficial, tentou a sorte atirando-lhe um machado. O equestre erigiu o escudo, rebateu o objeto, encheu o peito e gritou com firmeza.

— Não parem — ordenou, sacudindo a Ascalon como quem agita um pendão. — Continuem avançando. Roma invicta — clamou. — Roma eterna!

Como uma massa de escorpiões enfurecidos, as centúrias lideradas por Pólio pressionaram os invasores, usando os gládios para espetá-los e os escudos para fustigá-los. Georgios sabia que a melhor estratégia era mantê-los próximos, colados à muralha humana. Se os homens do norte tomassem distância, os arqueiros montados teriam espaço para atuar, e esse seria o fim da Trigésima Legião de Trajano.

O confronto prosseguiu por mais alguns minutos. Estimulados pelos próprios oficiais, os selvagens impuseram nova energia à disputa. Porém já se havia passado quase uma hora e os combatentes pareciam exaustos. Surgido do caos, um cavaleiro germânico se destacou entre as hostes, ergueu uma bandeira branca e os dois exércitos regrediram, aceitando a trégua de forma espontânea. Não era o que Georgios queria, mas não havia outra opção. Romanos e francos eram seres humanos, afinal, e precisavam de tempo para se reagrupar.

O temporal amainara, restando uma chuva fina, gelada e constante. Georgios se lembrou de Yasmir, um aliado de seu pai que teria, durante a Campanha da Pérsia, conjurado uma tempestade de areia, permitindo que os esquadrões imperiais atacassem Ctesifonte, a então capital dos sassânidas. Embora agora, aos dezoito anos, ele não acreditasse nessas histórias, ficou pensando se Isgerd, a filha de Dalferin, teria de alguma forma convocado a tormenta.

Olhando para trás, o jovem entendeu, com desgosto, que a situação era bem pior do que imaginara. O solo estava apinhado de corpos, alguns irreconhecíveis em meio à sujeira. Os feridos, em todo caso, em especial os mutilados, eram os que precisavam de maior atenção. Georgios andou até uma clareira na entrada do bosque, cercou a área com cordas e lanças e montou ali um hospital de campanha.

Logo avistou Otho Pólio carregando dois legionários, um em cada braço. Os outros centuriões faziam o mesmo, e ele se apressou em ajudá-los, conduzindo-os à enfermaria improvisada. Pediu que lhe trouxessem pedaços de lona, que serviriam de leitos, mas os suprimentos médicos eram poucos e as ataduras estavam ensopadas. O jeito foi usar tiras de roupa para estancar o sangue e a água dos cantis para limpar as feridas.

Passadas duas horas, Pólio se dirigiu a ele:

— Comandante. — O veterano estava suado, com as unhas pretas e as mãos ensanguentadas. — Centurião primeira lança se apresentando, senhor.

Georgios respondeu, sem energia:

— Prossiga.

— Primeira e segunda centúrias estão fora de combate. Os francos possuem unidades reservas na mata.

— Como sabe disso, capitão?

— Dalferin não foi visto na hora da luta. Nem Isgerd. Granmar, tampouco. Posso apostar que existe um acampamento na floresta, a oeste. — Apontou para lá. — Provavelmente é onde os outros barcos estão atracados.

Nisso, Galino apareceu e informou aos dois que só lhes restavam setecentos guerreiros em plenas condições de batalhar.

Georgios perguntou ao primipilo:

— Qual é a sua sugestão, Pólio?

— Sugiro um recuo estratégico — disse ele — para a Fortaleza Velha.

— Se assim o fizermos, o inimigo seguirá para Úlpia Trajana — afirmou — e tomará a cidade.

— Se ficarmos aqui, eles nos massacrarão. E *depois* tomarão a cidade.

— Se me permitem — Galino entrou na conversa; estava tremendo, todo molhado, respirando pesadamente —, gostaria de sugerir uma terceira opção.

Georgios o encarou com uma expressão furiosa, como se o culpasse pelo que acontecera mais cedo. Depois compreendeu que, se alguém tinha culpa naquela história, era ele próprio, que concebera um plano raso, linear e sem alternativas plausíveis.

— Diga, pretor — ele o autorizou, após dar um suspiro e se acalmar. — Qual seria essa terceira opção?

— Por que não entregamos o que eles querem de uma vez por todas? — disse Galino, como se fosse muito óbvio. — Esta batalha já foi longe demais.

— Do que está falando?

— Ora, estou falando da espada do príncipe-cadáver.

Georgios e Pólio se entreolharam.

— Os senhores acham — murmurou o rapaz, inseguro — que eles a aceitariam em troca de uma trégua permanente? Ou melhor, do fim das hostilidades?

— Sinceramente, acho que não — declarou Pólio —, mas sou da opinião de que vale a pena tentar.

Um corvo grasnou algures sobre os pinheiros. Os três homens observaram o território inimigo e — talvez por uma coincidência do destino — enxergaram um bárbaro andando sozinho através da campina e parando no meio dela, como se os chamasse para dialogar. Era um dos dois indivíduos que ofereceram o hidromel aos germânicos: um sujeito idoso, de barba cinzenta, com os olhos pintados de preto, usando uma túnica costurada com penas de corvo. Não portava armas, só um cajado longo e retorcido. Georgios supôs que fosse um sacerdote, porque ele trazia, ainda, um colar do qual pendia um pequeno martelo, algo como um talismã ou símbolo sagrado.

— Quem é ele? — perguntou o tribuno a ninguém em específico.

— Um diplomata — arriscou Pólio.

— Conversei com ele dois dias atrás — revelou Galino. — Não lembro o nome. É o braço-direito de Dalferin. Seria justo que eu me apresentasse para ter com ele.

Era realmente o que se esperava em uma situação como aquela. O mais lógico, pelo menos.

— Ofereça-lhe a espada — Georgios pediu, em tom de derrota. — Diga que nós aceitamos as condições deles.

O pretor aquiesceu. Virou-se para Otho Pólio com os olhos arregalados, cheios de lágrimas.

— Não quero morrer. — Engasgou-se. — Não quero morrer, meu amigo.

O centurião o abraçou.

— Eles só querem conversar, ou não teriam enviado um emissário — explicou, condescendente. — Fique calmo. — Afastou-se. — Vai dar tudo certo.

XXXIII

OSRIC, O CASTANHO

OS CORVOS COMEÇARAM A CIRCULAR O CAMPO DE BATALHA QUANDO CÍRIO Galino entrou em território germânico. O céu clareara, mas a tarde já tinha caído e ele teve a impressão de escutar os sons da floresta, os galhos farfalhando, as raízes crescendo, o ranger da madeira.

Driblou dois cadáveres. Sem querer, pisou em um terceiro. O homem era um bárbaro — e estava vivo.

O sujeito gemeu. Levantou o braço. Pediu ajuda.

Galino se assustou. Deu um grito e saltou para o lado. Depois, prosseguiu pelo cemitério ao ar livre.

O sacerdote o esperava. Seu nome — ele se lembrou — era Osric, o Castanho, talvez em alusão à cor de seus olhos, de um castanho-avermelhado.

O velho bateu com o cajado três vezes no solo.

— Pode chegar mais perto. — Ele sorriu, mostrando os dentes podres. — Não precisa ter medo, engenheiro romano.

Como Osric não estava armado, Galino se aproximou.

— Saudações — falou ele no idioma dos francos. — Já nos encontramos antes. Sou Círio Galino.

— Eu sei — murmurou, sem dar-lhe muita atenção. — Seu comandante é uma criança. Ele os conduziu à total destruição. Sabe disso, não sabe?

Galino, ao ouvir aquelas palavras, sentiu-se pessoalmente ofendido, como quem escuta um desconhecido falar mal de alguém muito próximo. Para evitar essas armadilhas retóricas, preferiu ser direto:

— O que você quer? Por que nos chamou?

— O *graf* parabeniza o centurião-chefe pela brilhante atuação. Otho Pólio é um grande guerreiro, um soldado inestimável.

— Como descobriu o nome de Pólio?

— Por intermédio dos deuses, é claro — explicou o velho, retomando o assunto. — Sua legião será trucidada. Sem a artilharia, não há esperança para as tropas romanas.

— Sempre há esperança. — Galino apontou para o céu. — O tempo está abrindo.

— Idiota — gargalhou Osric. — Será que ainda não percebeu? Na Germânia, somos *nós* que controlamos o clima.

O pretor ficou calado, sem saber o que falar. O velho segurou o cajado com as duas mãos e continuou:

— É o fim para todos vocês. No entanto, Dalferin não deseja exterminá-los. Ele é um senhor piedoso e oferece total anistia aos legionários. Contanto, claro, que a Skofnung nos seja entregue. — E completou, com satisfação enrustida: — E que Georgios Graco se ajoelhe perante o *graf*.

Foi então que Círio Galino, que apesar de covarde era esperto, compreendeu que os romanos tinham, sim, chances — talvez *boas* chances — de triunfar. Dalferin, naturalmente, não teria proposto um acordo se confiasse na supremacia germânica. Portanto, era óbvio que eles poderiam vencer — a questão era *como*.

— Lamento que ainda esteja apegado a essa ideia — disse o pretor, em um daqueles rompantes de valentia que lhe ocorriam de tempos em tempos. — O comandante Graco já havia dito ao *graf* que um acordo estava fora de questão. O máximo que podemos oferecer é uma trégua até, digamos, amanhã ao meio-dia.

Osric o fitou com desdém.

— Galino, será um prazer tê-lo como escravo. Desde que Cláudio Régio morreu, eu me sinto um pouco solitário. Bom, nos vemos amanhã — disse ele, escarrando na lama. — Boa noite e bons sonhos.

O velho deu-lhe as costas e o pretor fez o mesmo. Singrou pelo mar de cadáveres, enfim alcançando a linha das árvores. Pólio estava ajudando os soldados a traçar um perímetro para o acampamento noturno. Georgios tratava os feridos. Eram muitos, mais do que se poderia atender.

— Comandante — Galino o chamou em um canto. — Nada feito, senhor. Eles não estão dispostos a negociar — mentiu. — No entanto, nos ofereceram uma trégua.

— O temporal se foi — constatou o rapaz. — Se amanhã não chover, usaremos o betume.

— E se chover?

Georgios não respondeu. O trabalho era intenso no hospital de campanha — e não havia um segundo a perder.

Enquanto suturava uma ferida, o jovem se lembrou de Pantaleão, o médico cristão que conhecera em Antioquia.

De repente, teve inveja dos cristãos. Da tranquilidade deles e, sobretudo, de seu fatalismo. Devia ser formidável, pensou, acreditar em um deus salvador, pronto para protegê-lo de qualquer infortúnio. Mas ele era um soldado, um cavaleiro da Púrpura. Confiava nos deuses, mas não podia contar com eles.

Ou, pelo menos, não deveria.

Um grito foi ouvido no campo de batalha.

Um grito de angústia, desespero e horror.

Em uma ação de reflexo, Georgios saiu correndo do hospital, chegando rapidamente à linha das árvores. Subiu em uma carroça e perscrutou a campina, tentando localizar o soldado ferido.

— Não se preocupe, comandante. É um dos selvagens — garantiu-lhe Cingetorix, que montava guarda na orla do bosque. — Recolhemos todos os nossos homens.

O equestre sabia disso, mas temia ter esquecido alguém. O sol estava prestes a se deitar, projetando uma luz tristonha sobre o gramado.

— Por que — ele perguntou, sem realmente esperar que o gaulês respondesse — eles não recolhem seus feridos?

— Recolheram alguns — informou-lhe o aquilífero. Um quilômetro ao longe, os francos erguiam suas tendas à margem do rio. — E deixaram outros para trás. São bárbaros, senhor. Seria tolice tentar entendê-los.

Georgios olhou para as próprias mãos. Estavam manchadas de sangue, ainda que ele as tivesse lavado. Um grupo chefiado pelo centurião Décio Camilo havia sido enviado a Castra Vetera para trazer suprimentos médicos, comida, escudos e armas sobressalentes. Ao escutar o grasnar de um corvo, ele agradeceu aos deuses por a batalha estar sendo travada tão perto de casa, o que lhes garantia o abastecimento contínuo.

— Não há nuvens no céu — murmurou. — Essas tempestades de verão são passageiras.

— Sim — concordou Cingetorix. — Nunca vi duas seguidas. É provável que amanhã faça sol.

Georgios sabia que, se o tempo permanecesse daquele jeito, os romanos poderiam enfim usar as catapultas, o que lhes daria uma bela vantagem. Sentiu-se subitamente renovado e voltou à clareira, mas ao chegar percebeu que os combatentes estavam apáticos. Diversos deles haviam sido postos sobre carros de boi e evacuados, restando, segundo os cálculos de Pólio, apenas oitocentos guerreiros contra um efetivo de dois mil lutadores germânicos.

Retomou o trabalho na enfermaria enquanto pensava em um jeito de reanimar os soldados. A noite chegou devagar, com os guardas acendendo fogueiras e tochas para iluminar o entorno.

Naturalmente, havia o receio de uma emboscada, ainda que os romanos conhecessem bem o terreno. Pólio tranquilizou os colegas, garantindo que os francos nunca quebravam uma promessa.

— Eles não sabem ler — disse para os centuriões que o rodeavam. — Não têm ideia do que é um contrato. Para essa gente, a palavra de um homem é a lei. Se eles concordaram com a trégua, podem ter certeza de que vão respeitá-la.

— Não sei. — Georgios estava ali perto e escutou o comentário, mas não se mostrou convencido. — Não esqueçamos a Batalha da Floresta de Teutoburgo, quando três das nossas legiões foram dizimadas por uma confederação de tribos germânicas.

— Isso aconteceu há trezentos anos, e os atacantes eram queruscos, não francos — retorquiu Pólio, mastigando uma fatia de toucinho defumado. — Os francos devolveram o corpo do seu pai. E a espada dele, que agora você carrega.

O jovem teve um choque repentino ao entender que, se não fossem os francos, *ele* provavelmente estaria morto. Sem a Ascalon, o filho de Laios nunca teria golpeado Bufo Tauro, o capanga de Räs Drago, e conseguido fugir da Palestina.

O trabalho no hospital de campanha era infindável. Recordando seus tempos de enfermeiro, Georgios desejou ter à mão algumas garrafas de hidromel, que em casos extremos servia como anestésico. No Leste, os médicos eram às vezes mais radicais e usavam ópio para sedar os enfermos. Um pensamento levou a outro e ele se recordou do "cheiro da civilização", conforme citado por Strabo. Sentiu falta de caminhar pelas grandes cidades, de percorrer as tavernas, as arenas, os bares, as ruas do comércio. Na Germânia, sobretudo na fronteira, era muito difícil um cidadão do Império exercer o direito de ser romano, porque "ser romano" era, antes de tudo, a qualidade de viver em uma cidade, explorar as ruas, fazer compras, visitar templos e defecar em uma latrina decente.

Estava tão cansado que começou a realizar os tratamentos de forma automática. Fez curativos, limpou feridas e amputou duas pernas com serrotes de carpinteiro. Ele já tinha se esquecido da missão que dera a Décio Camilo quando uma comitiva chegou ao local onde os legionários estavam acampados. O grupo era composto pelo time original, além de outras catorze pessoas. Quando elas se aproximaram, não só Georgios como os demais guerreiros repararam que eram mulheres. Catorze senhoras, sendo uma delas a própria Ida, a diaconisa de Úlpia Trajana. Vestiam roupas longas, brancas ou de outras cores claras, de mangas compridas, e tinham a cabeça coberta por véus. Traziam bolsas e sacos com instrumentos cirúrgicos, unguentos e ataduras secas. Quando estavam a dez passos da clareira, o equestre identificou as demais mulheres como prostitutas. Mabeline, a meretriz que comumente o atendia, estava na retaguarda, meio escondida entre elas.

Décio Camilo apeou, à medida que seus comandados descarregavam as carroças. Ida apertou o passo e entrou no hospital de campanha. Deu uma olhada ao redor e andou na direção de Georgios. O rapaz sentiu um rompante de excitação quando aqueles olhos azuis o penetraram. Ida tinha, então, trinta e um anos, e ele, dezoito.

— Comandante — ela o abordou com a frigidez costumeira. — Obrigada por nos dar a chance de atender estes homens. Que Deus abençoe a sua bondade. Se me permite, eu e as meninas gostaríamos de começar.

O que incomodou Georgios, naquela conversa, foi o fato de Ida tê-lo tratado como se mal o conhecesse. É verdade que eles só tinham conversado algumas vezes, e mesmo assim brevemente. Mas, depois do beijo que ela lhe dera nas ruas escuras de Úlpia Trajana, ele tinha a ilusão de ser alguém especial.

— Eu é que agradeço. — Ele agiu como se nada tivesse acontecido. — Podem ficar à vontade. Vou ajudá-las.

— Sugiro que descanse. — Ela mostrou a mão espalmada. — O senhor é o tribuno. Precisa estar em forma amanhã.

— Não posso dormir com estes homens sofrendo.

— Se o senhor não dormir, eles vão sofrer muito mais.

Ida tocou-lhe o braço esquerdo e fez-lhe uma carícia quase imperceptível às outras pessoas. O gesto o acalmou e o persuadiu a aceitar o conselho.

— Está bem. Qualquer coisa me chame.

— Será assim — ela prometeu. — Não se preocupe.

XXXIV

O LOBO NEGRO

— COMANDANTE — OTHO PÓLIO CHAMOU GEORGIOS, QUE NÃO SE MOVEU. Chamou de novo. Sacudiu-o, por fim. — Georgios — falou alto —, acorde.

O equestre abriu os olhos. Era dia. Um dia claro, quente e sem nuvens. Estava deitado ao ar livre sobre um pedaço de couro acolchoado, envolto em um cobertor. Não despira a armadura nem as roupas sujas.

— O que foi? — Pigarreou. — Que horas são?

Pólio ignorou a pergunta e foi direto ao assunto.

— Estamos acabados, rapaz. Perdemos esta batalha.

Georgios se levantou com um pulo. Olhou ao redor. O acampamento estava calmo — ou assim parecia —, com vários soldados dormindo ao relento, perto das tochas e das fogueiras em brasa. Ida preparava uma sopa com a ajuda de Mabeline, lançando ervas nos caldeirões fumegantes.

— O que aconteceu? — insistiu. — Galino desertou?

O centurião fez que não e pediu que ele o acompanhasse. Os dois andaram até a campina. O tempo abrira, e não havia perspectiva de chuva. No entanto, brumas agora sublinhavam as forças de Dalferin, encobrindo o rio, a chácara e mais da metade do território germânico.

— Nessas condições — alertou Pólio — nós só os avistaremos quando eles estiverem bem próximos. O nevoeiro prejudica a cavalaria deles, mas anula a nossa artilharia por completo.

— E se Galino não conseguir enxergá-los...

— ... não poderá atirar.

Os dois se encararam por alguns instantes. Enfim, o cavaleiro sentou-se no chão, envergonhado.

— Estraguei tudo. Não sei mais o que fazer, Pólio — ele se abriu. — Na escola, parecia tão simples — lamentou. — O que o meu pai faria? Como ele teria agido no meu lugar? Diga-me o senhor, que o conhecia tão bem.

— O *certo* — retrucou o veterano. — Seu pai sempre fez o que julgava correto, contra todas as possibilidades.

— Sim, mas o que é o certo agora? Fugir? Lutar? Render-nos?

— Eu, honestamente — disse uma terceira voz, feminina —, não sei do que os senhores têm medo.

Era Ida, que tudo escutara de trás de uma árvore.

— Ninguém está com medo. — O tribuno se levantou. — Estamos apenas deliberando sobre a melhor estratégia a seguir, considerando a nossa situação.

— Estão pensando em se render. Eu *ouvi* — disse ela. — Isso é inaceitável.

Pólio fez um muxoxo e saiu, sem dar atenção à mulher. Georgios a observou, reparando em suas mechas louras, no rosto macio, na pele clara que parecia feita de leite.

— Eu agradeço o encorajamento — volveu ele —, mas preferiria que se limitasse a cuidar dos feridos. Minha cabeça está latejando. Preciso de paz para calcular as nossas chances e decidir o que fazer.

Ida se aproximou do rapaz.

— Nada entendo de guerra, comandante. Mas tenho certeza de que Deus está do nosso lado. Posso sentir.

— Por que o seu deus não multiplica as nossas forças, então, como fez com o pão e o vinho?

— Talvez ele faça isso — sugeriu ela —, se você tiver fé.

— Fé não vence batalha — rebateu ele. — Não, Ida. Esta é uma questão militar, não religiosa. — Respirou fundo. — Obrigado por sua ajuda, novamente, mas peço que se retire agora.

Círio Galino havia dormido como uma criança. Ele costumava ser péssimo em enfrentar as pessoas, era tímido e retraído, e no dia anterior havia encarado o sacerdote dos francos, o que fez com que se sentisse revigorado, cheio de energia, jovem novamente.

Percorreu o acampamento fazendo a contagem dos homens. Com a ajuda de Ida e das prostitutas, e graças aos suprimentos que Décio Camilo buscara na fortaleza, havia ataduras, talas, torniquetes e comida de sobra.

Por volta da terceira hora, a missionária organizou uma cerimônia na clareira com a presença de pelo menos duzentos legionários. Eles não eram cristãos, mas em um momento tão crítico toda ajuda é bem-vinda. Georgios sabia disso e permitiu que eles comungassem, mesmo ciente de que o cristianismo era proibido no exército. Em poucas horas, aqueles homens poderiam estar mortos. Se as palavras de Ida os acalentavam, considerou ele, tanto melhor.

Otho Pólio, por sua vez, preferiu se manter afastado. Ele não gostava dos cristãos, não aprovava seus métodos e os considerava uma "praga".

— É a religião dos fracos — ele comentou com Georgios. Os dois haviam se deslocado até a borda da floresta para examinar o campo de batalha, que continuava mergulhado na cerração —, dos pobres e dos humildes. Não serve aos anseios de um guerreiro, muito menos de um legionário.

O jovem se lembrou de Strabo.

— O senhor parece o meu antigo pedagogo falando.

— Ele devia ser um homem sábio.

— Era um filósofo grego. Mas não precisa ser erudito para concordar. Convivi a minha vida inteira com cristãos. Muitos cultivam, de fato, comportamentos pacifistas, até submissos. Outros, não.

Já se podia escutar o burburinho dos francos, embora ainda não fosse possível enxergá-los. O embate estava marcado para o meio-dia. Georgios precisava definir seu plano.

Quando a missa acabou, ele regressou à clareira. Galino informou-lhe que alguns militares haviam perecido durante a noite e que o efetivo romano era de exatos seiscentos e sessenta e sete homens, somando seis centúrias, entre rubros e pardos. Georgios agradeceu e subiu em uma pedra rugosa. Lá de cima, reparou nos rostos que o encaravam. Eram de indivíduos cansados, abatidos, mas que conservavam uma centelha de esperança no olhar. Não estavam, ainda, moralmente derrotados. Compreendendo isso, o equestre falou:

— Salve, senhores. Por Júpiter, Marte e Mitra e em nome do imperador, eu os saúdo — disse. — Na condição de tribuno militar da Trigésima Legião de Trajano, eu respeitosamente os convido a me acompanhar nesta que será a nossa última e mais importante jornada. Um sábio me contou uma vez que o portal para os Campos Elísios só abre em ocasiões muito raras, e *hoje* é um desses dias. Hoje, nós lutaremos. Os felizardos que caírem no campo de batalha renascerão como heróis no paraíso, isso eu posso afirmar, isso eu posso lhes *garantir.* — Observou a tropa. Os homens estavam plácidos e compenetrados, escutando atentamente a preleção. — Confiem em seus centuriões. Sigam as ordens deles e tenham fé nos deuses romanos. De uma forma ou de outra, nós vamos triunfar. Seja neste mundo ou no próximo.

Os soldados, antes sentados, puseram-se de pé. Um deles pegou o escudo e começou a bater nele com o pomo do gládio, em apoio ao tribuno. Os demais o imitaram, até que um decano pediu silêncio, ergueu a lança e perguntou:

— Comandante — a voz dele se elevou. Era um homem grisalho, caolho e com muitas cicatrizes na cara. — Por que estamos lutando, senhor? — perguntou. — Sou velho. Não tenho medo da morte, mas gostaria de saber o motivo. Por uma espada? Por um tesouro? Pelo poder e a glória do Império Romano?

— Não. Estamos lutando pelo balseiro — rebateu o jovem, sem hesitar. — Engana-se quem pensa que esta é uma guerra pelo ouro de Chariovalda ou pela espada do príncipe-cadáver. Os francos invadiram a chácara de um aldeão, depredaram sua casa, roubaram seus porcos, usurparam suas terras. Hoje é ele e amanhã seremos nós, serão *vocês*. Se o *graf* vencer, ele tomará a cidade, as aldeias, os portos. — E acrescentou: — Estamos lutando por nossas famílias, por nossa liberdade, por nossos filhos e netos. Eis o motivo, senhores. É esta a razão — explicou.

Pólio, compreendendo que o discurso terminara, gritou para que os soldados se preparassem. Depois, foi até Georgios e o consultou:

— Pensou em alguma estratégia, comandante?

— Sem as catapultas, só o que nos resta é apostar na infantaria. — O cavaleiro pôs o elmo e o ajustou. — Vamos mover a legião inteira para dentro do território inimigo. Espremê-los contra o rio com a nossa parede de escudos. Se formos rápidos, anulamos o poder da cavalaria germânica. É o único jeito.

— Excelente tática — elogiou Pólio. — Boa caçada para nós, comandante.

— Boa caçada, capitão — prosseguiu ele. — Coloque os soldados na marca. Que os deuses nos ajudem.

Os soldados romanos comeram, beberam e fizeram suas preces, cada um à sua divindade local. O nevoeiro aos poucos começou a se dispersar, mas ainda não era possível efetuar os disparos ou usar o betume. O combate, definitivamente, seria travado na parede de escudos — não havia mais dúvidas a esse respeito.

Já antes do meio-dia, os francos iniciaram seus rituais e batuques. Mesmo combalida, a legião não esmoreceu. Cingetorix foi o responsável por manter os homens unidos. Ele era o elo forte da Trigésima, o melhor guerreiro da tropa e um dos melhores lutadores que Georgios tivera a chance de conhecer. Com a Skofnung, então, ele se tornava uma referência, um símbolo, alguém que os rapazes admiravam, mas infelizmente isso não era, ainda, suficiente para fazê-los ganhar.

Faltando alguns minutos para a sexta hora, as centúrias se alinharam em formação semelhante à do dia anterior, com a única diferença de que, agora, os blocos traseiros (da segunda e terceira linhas) eram menos numerosos, em virtude das baixas já calculadas. Os francos se amontoavam, cuspiam e gritavam, tornando impossível saber quantos combatentes haviam perdido — enquanto, nas perfeitamente organizadas fileiras romanas, esses números eram visíveis, mesmo de longe.

O céu continuava encoberto, apesar do calor que os circundava. Uma cotovia cantou sobre um pinheiro, e ao escutá-la Círio Galino desejou ser um pássaro.

— Há certa poesia nisto tudo, não acha? — perguntou ele para Mabeline, que jazia parada nos limites do bosque.

— Sim, senhor — ela respondeu, sem de fato entender.

— Uma ave veio anunciar nossa morte. Nunca pensei que fosse assim — ele admitiu, melancólico. — Queria acreditar no pós-vida, mas não consigo. Por Júpiter! — lamentou. — Não consigo.

Enquanto Galino filosofava, um grupo avançado germânico colocou-se na vanguarda. Outra vez, eles beberam hidromel, agora direto do caldeirão. Otho Pólio reparou que alguns indivíduos sorveram dois goles em vez de um e não soube dizer se isso era bom ou ruim. Com o dobro de "poção mágica", talvez eles lutassem com mais energia. Por outro lado, por que teriam de aumentar a dose se estavam tão confiantes de que poderiam vencê-los?

Com o sol embaçado pela neblina, os dois exércitos se moveram. Não houve troca de projéteis, porque a munição era parca. Os romanos seguiram as instruções de Pólio e se espremeram na parede de escudos. Foi então que dez sacerdotes com penas de corvo, liderados por Osric, o Castanho, trouxeram tochas à dianteira. Os nortistas se detiveram e, extasiados, começaram a rodar os machados, como se esperassem por algo. De repente, surgiram uns cem homens de cabelo molhado, as roupas encharcadas, e se posicionaram em diversos pontos da linha de frente. Os religiosos os abençoaram citando Wotan, uma espécie de Zeus dos povos germânicos, deram um passo atrás e encostaram as tochas nesses guerreiros.

O líquido que os ensopava, afinal, não era água ou sangue — era óleo, e o resultado foi que seus corpos pegaram fogo como folhas secas de outono. Desse jeito, parecendo archotes ambulantes, eles dispararam na direção das centúrias.

Um homem em chamas, é claro, não sobreviveria por muito tempo. Para os legionários, porém, o efeito moral foi devastador, porque os francos, com essa manobra, haviam provado ser adversários destemidos, imunes à dor e ao medo. Do lado romano, houve quem ensaiasse recuar, mas por sorte os centuriões eram bem treinados e, sob comandos rígidos, mantiveram os blocos unidos.

Os bárbaros tocaram as linhas civilizadas com clamores estridentes de morte. Uns tentaram saltar sobre a muralha humana, outros se agarraram a ela, na intenção de tostar os defensores da Púrpura. Enquanto os romanos os espetavam, a infantaria nórdica progredia feito uma onda de choque. Sua ferocidade era duas vezes maior que a da batalha anterior. Seus tambores rufavam em uníssono, os gritos eram arrepiantes.

Recuado sobre o cavalo, Georgios ditava ordens com a espada na mão. Suas palavras, no entanto, eram meramente retóricas. No calor do combate, quem lidera mesmo é o primipilo, que, por sua vez, dispõe de uma série de táticas, comandos e estratégias ensaiadas.

O jovem reparou que a mais aguerrida das centúrias era aquela liderada por Décio Camilo. Esses campeões lutavam de modo implacável, não davam sinais de cansaço e se ajudavam mutuamente, como se fossem irmãos. O próprio Camilo estocou dezenas de francos, soprou um apito e coordenou a substituição dos soldados.

Contudo, eles eram a exceção. Com dez minutos de confronto, a balança pendia a favor dos nortistas. Para piorar, talvez como uma jogada final, apareceu entre eles um singular personagem. Era alto, musculoso, usava uma pesada capa de lobo e uma couraça de bronze com runas douradas. O rosto estava coberto por um elmo fechado, rematado por chifres de bode, através do qual só se enxergavam os olhos, sombrios e densos. Na mão direita, protegida por uma manopla, ele trazia uma lança com marcações forjadas no aço.

Georgios o avistou e de alguma forma soube que aquele era Granmar, o Lobo Negro, o homem que matara seu pai. Escutou um grito surdo, um eco do passado, e teve a impressão de que era a voz do próprio Laios ao ser trespassado pelo odioso oponente.

Os francos abriram caminho para o filho de Dalferin, e quando ele se aproximou da parede de escudos os romanos chegaram para trás, porque aquele não era um guerreiro, era um monstro, uma criatura que não fazia parte do universo mundano. Granmar avançou e uma fresta foi aberta na formação, sobrando, no meio dela, apenas um lutador que não sucumbira ao medo: o bravo Cingetorix.

O gaulês largou o estandarte e sacou a Skofnung. O Lobo Negro foi mais rápido, entretanto, investiu com a lança e perfurou-lhe o abdome. Granmar apoiou o cabo da haste no chão, fazendo calço com o pé, e o ergueu como quem ergue um pendão. Cingetorix começou a ser empalado, e aquela foi uma visão horrorosa, porque ele não era um lutador como os outros — era o aquilífero, o homem que carregava o estandarte da tropa.

O ataque foi simbólico, dramático, e teria sido suficiente para decidir o conflito não fosse a persistência do jovem tribuno. Georgios apertou as rédeas, brandiu a espada e desceu em carga contra o herói dos germânicos. Pégaso saltou sobre um amontoado de corpos quando o equestre golpeou finalmente. O pulo do cavalo, todavia, fez com que ele se projetasse no ar, perdendo a chance de encerrar a disputa.

Entendendo que Georgios era um rival à altura, o Lobo Negro soltou a lança. Como consequência, Cingetorix tombou à direita. Seria preciso tirá-lo de lá, porque cinco francos já o cercavam. Otho Pólio, que seguia à frente dos homens, soube que era hora de dispersar a parede de escudos e avisou:

— Separar — deslanchou o comando. — Quarta centúria — ele gritou para Décio Camilo, apontando com o gládio para o aquilífero. — Resgate.

O correto seria conservar as unidades em blocos, mas não havia opção, porque Cingetorix precisava ser socorrido e Georgios avançara profundamente em território inimigo. Em poucos segundos, o gaulês foi arrastado para uma posição segura e os romanos progrediram, rasgando, urrando, socando, chutando, combatendo como era possível combater.

Georgios deu meia-volta para tentar uma nova carga de cavalaria, mas aí aconteceu o que todos queriam evitar: Granmar se agachou e apanhou a Skofnung.

O equestre sabia que era sua a função de enfrentá-lo, porque ninguém mais o faria. Bateu os calcanhares contra as costelas de Pégaso, que disparou, alvoroçado. No momento do embate, Georgios inclinou-se para acertar o adversário, que golpeou de cima para baixo, buscando o crânio do oficial palestino. O rapaz não teve alternativa a não ser largar as rédeas e proteger a cabeça com o escudo, que ele trazia à canhota. O gesto deu certo, mas quando a Skofnung tocou a madeira houve uma explosão repentina, lançando farpas para todos os lados. Georgios perdeu o equilíbrio, escorregou e caiu.

Por sorte, ele fechara os olhos antes do impacto. Com o rosto machucado, colocou-se rapidamente de pé. O ambiente estava tomado pelo caos, com guerreiros se enfrentando, tropeçando nas carcaças sangrentas, desviando-se de pontas, estacas e pedras.

Granmar não perdeu tempo e atacou mais uma vez o equestre, que agora só tinha a espada para se defender. O encontro das duas armas produziu um estalo de faíscas, e assim se sucedeu com o segundo e o terceiro golpes. O herdeiro do *graf* manobrava a Skofnung como se fosse um graveto, enquanto Georgios segurava a Ascalon com ambas as mãos, empregando toda a força contra o algoz de seu pai.

Pégaso relinchou, desferindo um coice em dois germânicos que tentaram montá-lo. Inspirado pelo animal, Georgios deu um passo adiante e agrediu Granmar com uma sequência de ofensivas velozes. O Lobo Negro as deteve, mas o simples fato de ele ter recuado estimulou o tribuno, que agora sabia que seu oponente não era invencível ou invulnerável, como insistia em dizer Otho Pólio.

No geral, a situação não era boa para os romanos. Lutando em desalinho, eles perdiam o que lhes era mais caro: suas formações táticas e, evidentemente, a clássica parede de escudos. Era uma questão de tempo até que os bárbaros os superassem, e para consagrar a vitória quem apareceu entre as árvores, protegida por guardas e soldados de elite, foi a feiticeira Isgerd.

Montada no cervo branco, ela ergueu um cetro de raízes entrelaçadas. Na cabeça, sobre os fios negros e desgrenhados, Isgerd ainda ostentava a coroa de chifres. Embora Georgios continuasse vivo, a Trigésima havia perdido seu aquilífero, bem como o estandarte, que tombara com ele e se despedaçara no chão. Desde a República, o estandarte era um objeto sagrado para a legião. Quando a águia de ouro era perdida, as tropas ficavam desmoralizadas, às vezes sem condições de lutar.

Nessas circunstâncias, os romanos começaram a retroceder. Otho Pólio, apesar da idade, lutava como um touro e gritou para eles, tentando fazê-los ficar. No entanto, as centúrias haviam rompido suas formações, e as ordens se perdiam em meio à balbúrdia.

Os francos avançaram, assediando os defensores de Castra Vetera. Sem dúvida alguma, aquele teria sido o fim da Trigésima Legião de Trajano se algo — um milagre, na opinião de muitos — não tivesse sucedido.

Do hospital de campanha brotou uma mulher. Ela trazia um galho comprido cortado por outro menor, dando forma a uma espécie de cruz. O objeto era rústico, atado por barbantes, mas transmitia uma sensação muito forte.

Essa mulher era Ida, a diaconisa de Úlpia Trajana. Desarmada, com a fisionomia pacífica, ela caminhava entre os homens como um domador entre as feras. Parou no campo de batalha, onde só havia sangue, terra e cadáveres. De lá, encarou Isgerd.

— Que o Senhor seja louvado — ela declamou, erguendo a cruz de madeira. — Em nome de Deus, de Cristo e do arcanjo Miguel, eu convoco agora os exércitos celestes. Que eles apareçam para nos salvar. Em nome de Deus — repetiu —, eu os conjuro.

Quando Georgios ouviu aquilo, recordou-se das histórias contadas por Jocasta, a missionária cristã que lhe oferecera comida e abrigo quando ele era apenas um forasteiro em Antioquia. Súbito, escutou o som de uma trombeta e avistou anjos circulando a floresta. Sacudiu a cabeça para se livrar da alucinação. Olhou de novo.

Não era um delírio.

Era verdade.

Lá estavam eles: os anjos. Anjos azuis. Milhares deles, saindo do bosque pelos flancos, com suas auréolas e espadas, prontos para ajudá-los — e para salvá-los.

Como?

O líder das hostes celestes apareceu sobre o cavalo. Não tinha asas. Era um homem comum, atarracado e barbudo. Envergava uma antiga armadura de lâminas sobrepostas, um elmo pomposo, de penacho carmim, medalhas douradas e uma capa cor de laranja.

— Urus — murmurou Pólio, incrédulo. — É *ele*. Urus, o Peludo.

— São os marinheiros — entendeu Georgios, sentindo o corpo fervilhar. — É a frota romana.

Uma segunda trombeta soou. Fez-se absoluto silêncio no campo de batalha. Então, Urus sacou a espada.

— Marujos — ele gritou para seus comandados. — Formação dispersa. Vamos afogar esses selvagens no Reno. — E completou: — Atacar!

XXXV

O ERRANTE

OS FATOS QUE SE SUCEDERAM NAQUELE 23 DE AGOSTO — POR RAZÕES ESTRITAmente políticas — jamais entrariam para os livros de história. O que sabemos a respeito da Batalha do Reno, como ficaria conhecida mais tarde, é o que está nos autos de Círio Galino, na boca de testemunhas como Sigrid, a profetisa germânica, e nos relatos do próprio Georgios.

Respondendo aos clamores de seu almirante, um enxame de combatentes vestidos de azul deixou suas posições entre as árvores, a leste e a oeste, e tomou a campina como formigas engolfando a carniça. Eram muitos, perto de dois mil e quinhentos marinheiros, que, somados aos legionários de Castra Vetera, chegavam a um efetivo de quase três mil homens contra mil e seiscentos nortistas, contando as baixas infligidas mais cedo.

O fator decisivo naquele confronto, no entanto, não foram os números, mas a disposição dos soldados romanos. Quando eles avistaram Urus sobre o cavalo, foi como se toda a esperança se renovasse, como se agora eles fossem invencíveis, capazes de superar qualquer desafio. De certa forma, era quase isso. Os marujos, lutando a pé, com escudo e gládio na mão, usaram a mesma estratégia dos bárbaros e atacaram ferozmente, juntando-se a seus companheiros do exército — de quem, a propósito, eram rivais em Trajana.

Círio Galino subiu em uma das catapultas para vislumbrar o panorama geral. Encurralados entre a chácara e o rio, os oitenta cavaleiros de Dalferin ensaiaram uma nova carga, mas logo foram cercados, arrancados da sela e massacrados por oponentes raivosos. Urus galopou sozinho rumo ao celeiro, gritando o nome de Osric, o Castanho, o sacerdote dos francos, com quem — Georgios descobriria depois — tinha uma rixa fazia alguns anos.

O que se observava a partir do bosque era uma violenta disputa de homens azuis (os marujos), rubros e pardos (o exército) contra figuras multicolores (os francos). Nenhuma ordem era mais escutada ou seguida — cada indivíduo respondia por si, tentando sobreviver naquele ambiente caótico.

Georgios não era exceção. Ele continuava frente a frente com Granmar, o Lobo Negro, que talvez fosse o único responsável por manter os bárbaros coesos, motivados e batalhando com energia. Sua imagem era espantosa, uma mistura de lobo, gigante e carneiro, sem contar que ele era o filho do *graf*, o que o brindava com um ar de nobreza.

Em meio aos bramidos e sons de metal, os olhares dos dois campeões se cruzaram, e naquele momento Georgios tirou um peso das costas, porque entendeu que seu adversário não era um assassino cruel, mas um guerreiro repleto de dignidade e bravura. Como Pólio lhe dissera na véspera, os francos haviam devolvido o corpo de Laios, bem como a espada que pertencera a seu pai.

— Obrigado — murmurou o rapaz, cumprimentando Granmar com um balançar de cabeça — por me transformar no que sou.

Em seguida, fez o que precisava ser feito. Pisou sobre um escudo quebrado, pegou impulso, deu um salto e manobrou a lâmina na vertical, descrevendo um arco de cima para baixo.

Escutou-se um baque surdo. Depois, o ruído do elmo caindo.

Foi isso.

Só isso.

De repente, Granmar estava no chão, indefeso, com o rosto nu, os cabelos louros molhados de suor, os olhos pálidos, a testa sangrando. No choque, a Skofnung escapara de sua mão, e ele se virou de bruços para tentar alcançá-la.

Georgios o perseguiu. O Lobo Negro colocou-se de lado e esticou o braço, implorando clemência. Em resposta, o equestre rodou o aço sobre a cabeça e suspendeu a Ascalon para o golpe final.

Granmar não deixou escapar um só gemido quando a espada lhe perfurou a clavícula. Dela saiu um jorro de sangue, e sua pressão parecia a de um cano furado. Georgios deu um passo atrás para se desviar do esguicho. Desejava estocá-lo outras vezes, mas à sua volta o combate prosseguia, sem trégua.

Com o filho do *graf* destronado, os nórdicos ficaram confusos e se prepararam para bater em retirada. Ida mantinha-se incólume, com a cruz junto aos seios, como se protegida por uma redoma invisível. Georgios tornou a montar em Pégaso, esquivou-se de um dardo, aparou um machado de guerra, chutou a cabeça de um selvagem e galopou na direção norte, onde Pólio sugerira, na tarde anterior, que havia um acampamento oculto entre as árvores.

Um grupo de elite composto por vinte francos, usando elmo e cota de malha, formou uma parede de escudos para defender o local. Quatro deles lançaram machadinhas no ar, pegando o equestre desprevenido. Duas se perderam, uma resvalou no couro da montaria e a outra lhe acertou o peito, mas com pouca força, sendo repelida pela armadura de escamas.

O jovem deteve-se. Se desse mais um passo, expor-se-ia perigosamente. Ouviu então:

— Formação anelar. — Era o centurião Décio Camilo, que chegava no comando de trinta homens. — Protejam o tribuno!

Os guerreiros traçaram um círculo, contornando Georgios com espadas e lanças. O rapaz desmontou e entregou o cavalo a um dos soldados, ordenando que ele o conduzisse a uma área segura. Permaneceu ele próprio ao lado de Décio Camilo, e juntos esses trinta homens enfrentaram os vinte combatentes germânicos. Em três minutos, a parede de escudos se desfez. Houve um confronto atroz, que terminou com oito romanos mortos e quatro feridos. Os adversários foram completamente eliminados.

— Esses guardas — comentou Georgios, ofegante — deviam estar protegendo alguma coisa, ou alguém — imaginou. — Prosseguir — ordenou para Camilo e os lutadores restantes. — Quem tiver condições de andar, me acompanhe. Dalferin e Isgerd não devem estar longe.

Os legionários sobreviventes se puseram a correr mata adentro. O lugar era composto por pinheiros cobertos de musgo, com o solo pontilhado de arbustos rasteiros. Não demorou para avistarem a clareira onde os francos tinham se instalado. O espaço era grande, rodeado de pedras megalíticas e continha oito tendas vazias. Na correria, os bárbaros haviam deixado para trás cestas de comida, roupas, escudos e armas, além de seis belíssimos cavalos de guerra.

Ninguém deu atenção àqueles itens. Seguiram as pegadas, escutaram vozes e andaram até a margem do rio, para ver dois barcos desaparecendo na curvatura do Reno.

— Merda! — Georgios soltou um berro de raiva, encravando a espada no chão de pedrinhas. — Filhos da puta.

— Se não fossem aqueles malditos guerreiros — resmungou Décio Camilo —, nós os teríamos pegado.

— Chegará a hora deles. — O equestre recuperou a arma e a devolveu à bainha. Limpou a testa, contemplou o céu e contou até dez para se acalmar. Pela inclinação do sol, calculou que já haviam se passado três horas desde o meio-dia, muito mais do que supunha a princípio, mas era assim no calor da batalha: perdia-se completamente a noção do tempo. — Recuar — ele disse aos soldados que o escoltavam. — Precisam de nós na planície.

Camilo apontou para as barracas, que permaneciam intocadas.

— O que fazemos com os espólios? — perguntou ao tribuno. — Pode haver ouro nas tendas.

— Por enquanto, apenas cerquem o perímetro. Não mexam em nada. No momento, temos preocupações mais urgentes.

As "preocupações mais urgentes" eram, no entendimento de Georgios, o bem-estar de seus soldados, em especial de Cingetorix, o que fez com que eles voltassem correndo para o campo de batalha.

O combate havia se encerrado, e agora os pelotões de extermínio — chamados de "abutres", em alusão às aves carniceiras — vagavam através da campina, revistando os corpos e vasculhando seus bolsos. Os abutres recolhiam de tudo, desde moedas e armaduras a brincos e braceletes. Os francos costumavam usar pulseiras de cobre, mas alguns ostentavam adereços de ouro. Um legionário comemorou ao encontrar um anel cravejado de pérolas, enquanto um marinheiro mostrava aos colegas uma adaga de prata ricamente adornada.

Perto de trezentos bárbaros haviam conseguido fugir e uns duzentos tinham se rendido. Para estes só havia duas opções: ou aceitavam se tornar escravos, ou eram mortos a sangue-frio. Otho Pólio os despiu, colocou-os de joelhos, alinhados um ao lado do outro, e pôs duas centúrias para vigiá-los, até que o tribuno decidisse o que fazer com eles.

Georgios caminhou na direção do hospital. No meio do trajeto, discerniu o cadáver do Lobo Negro, parou para observá-lo e, enquanto o fazia, avistou um grupo de azuis em postura solene ao redor de um homem esparramado no chão. Deslocou-se rapidamente até lá.

— Urus? — Georgios o reconheceu. Estava deitado na lama, agonizando, com dois centuriões da marinha a seu lado. A armadura e o elmo haviam sido retirados, evidenciando uma imensa perfuração na barriga, de onde brotava sangue: um sangue negro, misturado com as tripas saltadas. Era óbvio para todos que ele não resistiria por muito tempo. O equestre se ajoelhou e apertou-lhe a mão. — Urus, meu amigo. Obrigado — agradeceu, olhando diretamente em seus olhos — por tudo. Sempre confiei no senhor, sempre soube que não nos abandonaria.

O Peludo acariciou a barba dourada, tomou fôlego e rouquejou:

— Georgios. — Ele tentou sorrir, mas não conseguiu. — O meu filho — pigarreou — também andava descalço.

O jovem não replicou. Entendeu que ele estava delirando e simplesmente o abraçou com ternura.

— Comandante — prosseguiu Urus, à medida que seus olhos se apagavam. — O seu pai. Ele não... — Tossiu e cuspiu sangue. — Laios... Ele está...

A frase foi suprimida por um meio suspiro. Urus, às vezes chamado de Caio Júlio Saturnino, o almirante da *Classis Germanica*, a frota romana no Reno, calou-se de repente, fitando o céu descolorado de agosto.

Georgios escutou soluços atrás dele. Levantou-se. Os marinheiros estavam com o rosto inchado, aos prantos. Um dos soldados erigiu uma lança.

— Urus está morto — anunciou. — Em nome de Wotan, de Thor e de Freya — disse ele. — Que os deuses o recebam nos portões do Valhalla.

Georgios nunca tinha ouvido aqueles nomes. Quem era Wotan? Thor? Que entidades eram aquelas? De onde vinham?

— São divindades germânicas — explicou Ida, puxando-o para fora da roda. — Urus era germânico.

— Pólio me contou. — O equestre deu uma olhada ao redor. Não encontrou o soldado gaulês. — Onde está Cingetorix? O que aconteceu com ele?

Ida o levou até a enfermaria. Lá, os vivos cuidavam dos mortos, prendendo-os a seus escudos e cobrindo-os com suas capas. O hospital fora ampliado e muitos jaziam ao ar livre, sendo atendidos pelas prostitutas — reconhecidas agora como enfermeiras cristãs — ou por outros soldados. Sem a expectativa de uma nova batalha, os esforços estavam todos focados em tratar os feridos, o que facilitava muito o trabalho.

Georgios reparou que havia uma aglomeração em uma zona a oeste.

— Saiam. — Ele afastou os espectadores. — Saiam da frente.

Chegou ao local e encontrou Cingetorix em uma confortável esteira de palha. O ferimento havia sido coberto de ataduras e ele não sangrava mais. Contudo, o rosto apresentava uma palidez preocupante.

— Não se aflija — a diaconisa o tranquilizou. Ela fincara o estandarte da cruz no centro da clareira, em frente à rocha que, antes da batalha, o tribuno usara para proferir seu discurso. — Ele está vivo.

Georgios se acocorou para examinar o amigo. Reconheceu que, considerando a situação, ele havia recebido o melhor tratamento possível.

— Ele vai sobreviver?

— Só Deus sabe. — Ida fez um sinal e uns dez legionários se aproximaram, prontos para orar junto dela pela recuperação do aquilífero. — Gostaria de se unir a nós, comandante?

O correto, naquela situação, seria dar uma ordem e dispersá-los, mas Georgios sabia que aquela vitória, em grande parte, se devia à diaconisa de Úlpia Trajana, que com sua coragem inspirara os guerreiros. Desprezá-la seria não só inapropriado como até perigoso naquelas circunstâncias em que a legião precisava manter-se coesa.

— E a Skofnung? — Ele saiu pela tangente. — O que aconteceu com a espada sagrada?

— Devíamos nos livrar dela — disse Otho Pólio, que chegara sem se anunciar, trazendo a relíquia na mão.

Os rapazes abriram espaço para ele. Georgios se levantou, afastando-se do círculo.

— Pólio. — O jovem deu um suspiro de alívio. — Por Júpiter, graças aos céus o senhor está bem.

— Graças à marinha, eu diria. E a Urus, é claro.

Georgios assentiu com a cabeça.

— O que aconteceu? Por que ele fechou as portas de Trajana?

— Ele *não* fechou as portas de Trajana.

— Não?

— De acordo com Flávio Fúrio — disse Pólio —, não foi ele.

— Quem é Flávio Fúrio?

— O tribuno das tropas azuis, o segundo em comando — explicou, indicando um sujeito forte, maduro, com o elmo de penacho negro, que permanecia no descampado orientando os marinheiros. — Alguém fechou os portões da cidade na madrugada do dia 21, até que um ferreiro conseguiu arrombá-los.

Ida e as prostitutas vieram direto para cá. Urus tentou reunir os cavaleiros belgas, mas não os encontrou nas aldeias adjacentes. Os marujos passaram a noite perto da Fortaleza Velha e retomaram a marcha ao nascer do sol.

— Por que Ida não me avisou? — indagou Georgios, espiando a missionária de uma posição afastada.

— Sua amiga — disse Pólio, com ironia — queria atribuir a cavalgada triunfal de Urus a um milagre do tal Jesus Cristo. Sim — garantiu ele —, os cristãos são loucos a esse ponto.

— Mas — Georgios não estava interessado nos planos de Ida — quem trancou as portas de Úlpia Trajana, afinal?

— Não sei. Flávio Fúrio também não sabe. Urus provavelmente sabia. — Pólio tirou o elmo em respeito ao almirante. — Bom, talvez consigamos descobrir.

Pensativos, patrício e plebeu se moveram até a linha das árvores e contemplaram a zona de guerra. O odor era quase insuportável, mistura de carvão, sangue e urina. O chão era uma sopa enegrecida, com terra e pedaços de carne. O sol estava descendo, e o céu, a leste, começava a abrir.

— Coloquei alguns marujos para vigiar os bárbaros capturados — disse Pólio, abanando o ar para espantar uma mosca. — O que quer que façamos com eles?

— O que o senhor sugere?

— Execução — respondeu, sem hesitar. — Os germânicos dão péssimos escravos.

— Isso é relativo. Eu tive uma escrava germânica. Foi uma das parteiras que me criaram.

— Estou me referindo aos guerreiros germânicos — esclareceu Pólio, sem paciência. — Muita gente os considera perigosos. O custo-benefício não compensa.

Georgios estava a ponto de autorizar a matança quando se lembrou da promessa que fizera a Constantino de acabar com os francos. Dalferin e Isgerd haviam escapado — e ele precisava encontrá-los.

— Deixe-me ver esses selvagens — pediu. — Quero olhar na cara deles antes de decidir o que fazer.

Georgios e Otho Pólio cruzaram a planície e foram até a chácara à margem do rio. Os prisioneiros haviam sido deslocados para dentro de uma área cercada, onde antes havia um chiqueiro. Estavam ajoelhados e de cabeça baixa, com as mãos amarradas nas costas. De perto, não pareciam mais tão furiosos. Diversos deles tremiam, alguns rezavam de olhos fechados, outros estavam com o corpo rígido, paralisados de medo, pois sabiam que iriam morrer.

Um decano da marinha, que comandava a guarnição, saudou-os e então lhes informou:

— Contei cento e oitenta e quatro, senhores. Estão inteiros. Só escoriações.

Georgios perguntou:

— Conseguiu se comunicar com eles?

— Não tentei, comandante. No entanto, eles entenderam quando pedi em latim que se ajoelhassem.

— Obrigado, soldado. Bom trabalho.

O homem afastou-se dois passos, andando de costas.

— Melhor matá-los logo — voltou a sugerir Otho Pólio. — Eles estão preparados para morrer. Se dermos tempo a eles, talvez tomem coragem e se revoltem. Seria péssimo.

O equestre refletiu por alguns instantes. Em seguida perguntou, com a voz impostada:

— Algum de vocês fala a minha língua?

Sem resposta.

— Grego. — O rapaz trocou o idioma. — Falam grego?

Nada.

— Se quiser, eu comando o sacrifício — ofereceu-se Pólio, inquieto. — Já o fiz antes. Sei que você... — Ele se corrigiu, porque havia outros combatentes nas redondezas: — Sei que o senhor... — Corrigiu-se de novo: — Sei que os oficiais não são treinados para sujar as mãos — disse, mas no fundo sabia que o problema era outro: Georgios estava hesitante em eliminar aqueles homens porque era dotado de compaixão excessiva. — Deixe comigo. Eu assumo.

O jovem não conseguia chegar a um veredito. Sempre odiara execuções sumárias, mas, em termos militares, a solução de Pólio era de fato a melhor, afinal os francos haviam matado muitos legionários romanos. Cerrou os olhos e foi assaltado pela imagem de Cláudio Régio, capturado e transformado em escravo. Quando voltou a si, estava tomado por uma dose de fúria e abriu a boca para anunciar a chacina.

— Espere, comandante. — Era a voz de Ida, que mais uma vez aparecia sem ser convocada. — Permita que eu converse com eles.

— Não vale a pena — Georgios avisou, com certo prazer em contrariá-la. — Esses homens não falam latim.

— Conheço o idioma deles.

— Conhece?

— Claro. Sou germânica de nascimento. Eu lhe contei isso quando nos encontramos no beco. Não lembra?

O beijo que eles haviam trocado naquela noite fora tão marcante que, realmente, obliterara todo o resto. Mas, quando ela mencionou o encontro, ele se recordou das palavras.

— É verdade. O que quer conversar com eles?

— Quero oferecer-lhes a extrema-unção.

Georgios sabia muito bem o que era a extrema-unção.

— Eles *não* são cristãos.

— Talvez queiram se converter. Muitos assim o fazem diante da morte.

— Muito bem — ele permitiu. Não ia mudar nada, e Ida merecia ao menos isso, depois de tê-los ajudado a organizar o hospital. — Prossiga.

Isso feito, ela se aproximou dos bárbaros e começou a falar-lhes no dialeto local. Georgios e Pólio se surpreenderam ao ver muitos chorando como crianças. Ida deu atenção a cada um, usando a água de um odre para batizá-los. No fim, tirou de dentro do manto um pequeno crucifixo de bronze, ofereceu-o aos selvagens e eles o beijaram.

O processo durou mais de uma hora. Georgios e Otho Pólio esperaram pacientemente. Então, a diaconisa deu as costas para os condenados e se dirigiu aos líderes romanos.

Entediado, Pólio indagou:

— Podemos continuar agora?

Ida o ignorou. Colocou-se diante de Georgios.

— Comandante, aquele guerreiro — ela apontou para um dos cativos, um homem magro e forte, com uma farta barba loura e cheio de tatuagens na cara — é Ivar, o Errante.

O equestre não entendeu.

— E daí?

— Ele trabalhou como batedor do *graf*. E deseja fazer um acordo.

— Nem pensar — rugiu Pólio, nervoso. — Chega de truques.

— Espere. — Georgios pediu que ele se acalmasse. Perguntou para Ida: — Que tipo de acordo?

— O senhor Ivar sabe para onde Dalferin e Isgerd fugiram. Ele se oferece para levá-los até eles e em troca pede que seus amigos sejam poupados.

Otho Pólio explodiu de ódio:

— Poupados? Olhe à sua volta, mulher. Eles mataram os nossos homens. Eles mataram Cingetorix!

— O gaulês vai sobreviver — ela afirmou. — Além disso, quem o atacou foi Granmar, que era justamente o filho do *graf*. Esses homens não são francos, são batavos. Foram derrotados e tomados como escravos.

Georgios reagiu:

— Como assim?

— Os francos são apenas uma das muitas tribos germânicas. Diversas delas lutam entre si. Os batavos já foram fortes: eles eram os senhores da Germânia. Hoje, são escravos de Dalferin.

— Essa história está muito estranha — tornou a reclamar Otho Pólio. — O que nos garante que esse sujeito é, ou *foi*, realmente um escravo? Como você sabe que esse Ivar é mesmo quem diz ser?

— Porque ele é meu primo — revelou a mulher. — E a partir de hoje eles também são cristãos.

— O que você quer nos dizer — perguntou o cavaleiro, de modo ponderado e sem preconceitos — é que agora exerce total controle sobre eles?

— Eu não — ela se esquivou humildemente. — Cristo exerce.

Georgios raciocinou por mais alguns instantes. Conforme aprendera na Escola de Oficiais do Leste, na guerra tudo o que importa é obter a vitória. Desde que aceitara o cargo de tribuno, ele tinha uma missão e estava disposto a tudo para completá-la. Se a única saída fosse associar-se a algumas dezenas de inimigos, ele assim o faria, como já haviam feito muitos romanos antes dele.

— Pergunte ao seu primo, então — disse Georgios para Ida —, se ele está disposto a me acompanhar nessa batalha. Não só Ivar, como mais uns cinquenta ou sessenta batavos. Partiremos o quanto antes.

— Sim, estão dispostos — garantiu a religiosa, sem consultá-los. — Eles farão o que eu mandar.

— Prometem me guiar até Dalferin e Isgerd?

— Sim, comandante. Essa é a ideia.

— Juram invadir comigo a base naval que o *graf* mantém na foz do Reno?

— Se houver de fato uma base, com certeza.

— E você? Virá conosco?

Pega de surpresa, Ida hesitou antes de responder. Enfim, disse:

— Sim.

— Então estou satisfeito. Nós temos um acordo.

Depois, Georgios virou-se para Pólio e lhe falou reservadamente:

— Capitão, os inimigos que estamos enfrentando assassinaram Urus, mataram o meu pai e escravizaram Cláudio Régio. Liquidaram um almirante e dois legados romanos. Eu vou atrás deles, sozinho se for preciso.

— Uma coisa é lutar deste lado do rio, outra é cruzar a fronteira do Reno — alertou o mais velho. — Estaremos por conta própria, com uma quantidade limitada de homens, sem reforços, cavalos ou linha de suprimentos.

— Eu sei.

— Se sabe e está preparado, pode contar comigo — Pólio o apoiou. — Talvez seja este o nosso destino, no fim das contas. Destruir os francos em sua terra ou ser mortos por eles — considerou. — Que os deuses nos ajudem nessa empreitada. Não Wotan, Thor ou Jesus Cristo. Os *nossos* deuses — declarou. — Os deuses verdadeiros. — E concluiu, quase que murmurando: — Os deuses *romanos*.

Filipópolis, 3 de março, 1083 *ab urbe condita*

Salve, excelência.

Hoje é um dia de festa. Como o senhor sabe, em outubro obtivemos uma decisiva vitória contra os godos na Mésia, e enfim estou voltando para casa.

Não vou me alongar nesse assunto, porque estou sinceramente muito cansado. Passei grande parte da minha vida no campo de batalha e agora, com cinquenta e sete anos, sinto que é hora de transmitir o comando das tropas aos meus filhos — para me dedicar de corpo e alma à política.

Preferiria que não fosse assim. Preferiria passar os meus últimos dias em uma residência tranquila na Grécia ou na Macedônia, mas se eu largar a Púrpura neste momento o Império se desintegra, então preciso planejar com calma a transição, distribuindo cargos, agradando os senadores, cortejando a Igreja e o colégio de pontífices em Roma.

Preservar o equilíbrio das forças do Estado é, sem sombra de dúvidas, o maior desafio de um governante. Diocleciano me disse isso uma vez, e na ocasião eu o desprezei. Pago o preço até hoje, mas eu era jovem naqueles tempos, e o senhor sabe que juventude e política é uma mistura explosiva.

Quero dizer, antes de tudo, que fui informado da plena recuperação de minha mãe. Magno, ao me encontrar esta manhã, contou-me que o "milagre" aconteceu da noite para o dia, após uma prece na igreja em construção. Ele também me avisou que ela voltará a redigir pessoalmente a biografia de Georgios. Contratei o senhor com esse objetivo e, que fique bem claro, *não* o dispensarei. Sou um homem de palavra e, aconteça o que acontecer, o pagamento pelos seus serviços será mantido. Do mesmo modo, o senhor é bem-vindo para permanecer no palácio pelo tempo que julgar necessário.

Neste momento, encontro-me na Trácia. O prefeito de Filipópolis é um velho amigo e insistiu que eu permanecesse em sua casa por alguns dias, o que me deu a oportunidade de concluir a análise do terceiro tomo, a qual eu, absorvido pelo cotidiano da guerra, vinha postergando desde setembro.

Gostei bastante dos dois primeiros tomos, mas, como eu era um dos personagens centrais, confesso que a leitura não me foi tão confortável. Tudo muda neste volume, que pude apreciar como quem lê um Terêncio ou mesmo um Petrônio. Existem, entretanto, questões que precisam ser observadas — e possivelmente alteradas.

Senti falta de uma explicação mais detalhada a respeito de Urus. Insinua--se que ele é um traidor, que tem sangue germânico, que perdeu um filho, que tinha uma rixa com o sumo sacerdote dos francos, mas no fim não se chega a lugar nenhum.

Felizmente, eu conheço essa história. Se bem me lembro, Urus foi um centurião nomeado almirante por Maximiano. Ele era germânico, realmente, não gostava dos romanos, mas odiava os francos acima de tudo, depois que seu único herdeiro, um legionário chamado Numério, morreu na mesma emboscada que vitimou Laios Graco. Especula-se que foi o próprio Osric, o Castanho, que assassinou o rapaz, então com dezessete anos de idade. Talvez seja esse o motivo de Urus ter sido tão simpático a Georgios, apesar de tê-lo atacado na taverna.

Os cavaleiros belgas — é verdade — não estavam nem próximos de Úlpia Trajana naquele 22 de agosto. Meu pai os havia convocado para a campanha terrestre contra Caráusio, que se iniciaria em setembro. Essa é outra história, que posso esmiuçar no futuro.

Quanto a Dalferin, Galino estava certo ao imaginar que suas intenções fossem expansionistas. Ele tinha inimigos entre os bárbaros e ambicionava tomar Castra Vetera antes de seus desafetos. Foi imprudente, porém, e resolveu atacar com seus dois mil homens em vez de esperar os piratas. Se o *graf* tivesse aguardado mais uns três ou quatro meses, provavelmente hoje nossas fronteiras terminariam na Bélgica.

Sobre o túmulo do príncipe-cadáver, ele pertencia de fato a um nobre batavo. Se esse nobre era o tal Chariovalda, duvido muito, até porque Chariovalda é uma figura lendária. Por outro lado, a história dos batavos é real. Eles foram nossos aliados, depois nos traíram, viraram escravos dos francos e se aliaram aos romanos de novo. Na Batalha do Reno (gosto do nome), os guerreiros que avançaram sobre a parede de escudos com o corpo em chamas eram, evidentemente, batavos. Os soldados que permaneceram à noite no campo de batalha, agonizando, eram batavos também.

Dos eventos que se sucederam no Chipre, admito que sei muito pouco. O assunto me encanta, todavia, pois estive na mira dos sicários por quase dois anos. Saber de onde eles vêm, quem são e como atuam é no mínimo fascinante. Contudo, e eu digo isso com todo o respeito à minha mãe, desconfio de que exista uma pitada (ou muitas) de fantasia em um ou dois trechos da história de Tysa. Sei que o senhor tem suas convicções religiosas, mas, lamento, não acredito em feitiçaria. Creio nos deuses, nas profecias e nos oráculos, mas não em assassinos brotando das sombras. Se essas coisas realmente existissem, quem detivesse esse poder seria invencível. E não há homem absolutamente indestrutível. Isso eu posso garantir.

Falando nos sicários, a aliança entre Sevílio Druso e Zenóbia foi, mesmo, um dos acontecimentos mais grotescos da história política romana. O trágico destino deles, aliás, só reforça minha tese sobre a eficácia — ou ineficácia, melhor dizendo — do que se convencionou chamar de "bruxaria". Os dois, no entanto, ainda nos dariam muito trabalho e deixariam um legado macabro.

Espero que a minha mãe ou o senhor (não sei quem redigirá o próximo tomo) descreva a incursão de Georgios na Germânia, o assalto ao Forte Cinzento e a tomada de Lugduno. Recordo-me de todos esses episódios e não vejo a hora de ler sobre eles.

Permanecerei em Filipópolis até o começo de abril. Despacho Magno junto desta carta, na esperança de que ele retorne com o quarto tomo em mãos.

Sinceramente,

Flávio Valério Constantino, augusto de Roma
e governante supremo do Império unificado

Meu filho,

Hoje quem lhe escreve sou eu e não Eusébio, como certamente você percebeu pelo selo estampado na carta e pelas letras tortas desta mulher muito velha.

É verdade que estou curada. Os médicos me examinaram no começo da semana retrasada e confirmaram que o tumor desapareceu por completo. Santa Irene me salvou. Não só ela, claro, como Deus, Jesus Cristo e o Espírito Santo. Sou muito grata por esse milagre e espero retribuir da melhor maneira possível.

Decidi redigir eu mesma o quarto tomo — isso também é verdade —, mas não dispensarei a ajuda de Eusébio, que esteve ao meu lado nos momentos difíceis. Ele é um sábio, além de profundo conhecedor das escrituras. Pensei em convidá-lo para ser bispo de Constantinopla, mas já temos um bispo, e não desejo criar atritos com o papa ou com o clero no Egito. Por enquanto, ele segue no palácio como meu assistente.

Obrigada pelos apontamentos. Incluirei a descrição da vida pregressa de Urus nas próximas edições. Concordo que é preciso dar mais atenção a esse personagem, que agia, na prática, como prefeito de Úlpia Trajana. Cito isso porque suas divergências com o verdadeiro prefeito — um indivíduo chamado Écio Caledônio, ou simplesmente Caledônio — serão mais bem exploradas nas páginas seguintes.

Em relação aos batavos e ao príncipe-cadáver, nada tenho a dizer. Seus comentários são perfeitos.

Sobre Tysa, os sicários e a magia judaica, também estamos de acordo. Eusébio acredita que a bruxaria não só existe como é obra do Diabo. Sou menos crédula. Creio na existência etérea de Satanás, mas não acredito que ele possa conceder poderes a seus seguidores. Entretanto, há uma série de procedimentos que escapam à nossa compreensão: truques, baratos ou não, que impressionam quem não os conhece. Se os sicários usavam esses truques ou tinham habilidades sobrenaturais, não sei dizer. Druso, até onde pude pesquisar, lançou mão desses recursos para tentar manipular Zenóbia. Conhecemos o resultado, embora nada prove que ela tenha sido realmente persuadida — talvez só estivesse fingindo. Esse tipo de cinismo era típico dela.

Neste tomo, descrevo a continuidade da campanha germânica, o ataque ao Forte Cinzento, a tomada de Lugduno e a luta no afluente do Reno. Espero ter feito jus às suas expectativas. Caso não tenha, me avise para que eu possa reescrever.

Espero ansiosamente seu retorno. Diga-me quando pretende chegar, para que possamos preparar um triunfo nos moldes romanos. Não é todo dia que se tem uma vitória contra os godos, e além disso esta pode ser sua última campanha militar. Sugiro, a propósito, que seus filhos mais velhos sejam nomeados duques na Páscoa. Eles ainda são ingênuos e um tanto simplórios, mas você também o era quando foi proclamado.

Que Deus o abençoe,

Sua mãe

QUARTO TOMO

ATÉ O FIM DO MUNDO

XXXVI

JOGOS DE PODER

A *DOMUS* — COMO OS PATRÍCIOS CHAMAVAM SUAS MANSÕES URBANAS, NA METRÓpole e fora dela — em que Sevílio Druso estava hospedado, em Roma, ficava na descida do Monte Esquilino, perto dos Jardins de Mecenas e a uma curta distância das Termas de Trajano. Pertencera ao avô de Magêncio e estava praticamente abandonada quando o jovem chegou à cidade para assumir o cargo de pontífice máximo, o chefe do colégio de sacerdotes. Sendo assim, ele entregou as chaves para o ex-procurador da Nicomédia, que reformou o lugar e o transformou em um santuário particular, dedicado a um panteão de entidades macabras. O corredor de entrada foi pintado com a imagem de diabólicas figuras, a piscina do átrio convertida em pira de sacrifícios, e no pátio dos fundos havia agora a estátua de um monstro peludo, de olhos saltados e dentes caninos, a quem os persas se referiam como Arimã, o senhor da morte, da destruição e do mal.

Os distritos a oeste do Esquilino abrigavam palacetes antigos, mas as ruas já não eram tão seguras. Zenóbia, ao ser convidada por Druso a visitá-lo, solicitou uma escolta e foi prontamente atendida pelo comandante da guarda pretoriana, que lhe enviou uma liteira, além de seis de seus melhores soldados.

A *domus* ocupada por Druso possuía altos muros caiados e uma pesada porta decorada com um par de aldravas. Os guardas se entreolharam ao chegar ao local, porque circulava o boato de que a propriedade era assombrada.

Zenóbia pediu que eles a esperassem do lado de fora e em seguida agitou as argolas. Quem apareceu para recebê-la foi uma mulher vestida de preto, banguela, com a pele enrugada e o nariz proeminente.

— Sou Famígela, a governanta — disse ela. — O senhor Druso a espera. Por favor, me acompanhe.

Zenóbia a seguiu. O ambiente estava mergulhado na penumbra, ainda que fosse o começo da tarde. Um homem gigantesco, com uma cicatriz na face esquerda, inclinou a cabeça para cumprimentá-la.

— O nome dele é Oxion. É o segurança do mestre — contou a velha. — Ele é mudo — acrescentou enquanto adentravam o pátio traseiro. — Nunca o ouvi falar, pelo menos.

Zenóbia penetrou em uma área aberta com quatro aposentos laterais. Famígela abriu a porta de um deles, à esquerda, revelando um quarto pequeno com uma janela alta, abarrotado de incensários, de onde brotava um forte cheiro de mirra. Druso — muito mais magro e com os cabelos suados — encontrava-se de costas para elas, sentado sobre uma esteira de palha, com as pernas cruzadas, usando a mesma toga de sempre, murmurando e gemendo. Parou abruptamente e se levantou meio trôpego, tateando as paredes, como se estivesse acordando. Zenóbia olhou para ele e, quando tornou a se virar para o lado, Famígela tinha desaparecido.

— Olá, majestade. Obrigado por ter aceitado o meu convite — disse Druso, piscando para se orientar. — Peço desculpas pela demora em recebê-la. Estava em meditação profunda, conversando com um necromante da Etiópia.

— Sem problemas — assentiu a monarca. — Não estou com pressa.

— Eu a chamei porque, como a senhora deve ter imaginado, o nosso mestre entrou em contato.

— Suspeitei.

Druso saiu do quarto e andou até o outro lado do pátio, entrando em uma câmara mais arejada, com quatro divãs e uma mesa de centro. O cômodo era usado normalmente como sala de jantar — mas não havia comida por perto, só uma jarra vazia, apoiada sobre um aparador de madeira.

— Durante a última lua nova, tive um longo diálogo com o venerável Kartir — começou o advogado, acomodando-se em um dos bancos acolchoados. — Ele me disse que trabalhou como conselheiro de três xás e ajudou na ascensão da dinastia sassânida. Naquela época, o arquimago da Pérsia tinha uma torre de pedra, sobre a qual controlava os cinco planetas, bem como o

Sol e a Lua. Surgiram então dois feiticeiros do Extremo Oriente e roubaram-lhe os poderes. Com esse conhecimento, construíram uma arma que pretendem entregar para os romanos ao custo de centenas de peças de ouro. O mestre despachou um de seus discípulos para encontrar esse artefato. Ele acredita que é *nossa* a responsabilidade de manter o equilíbrio e o balanço de forças no universo.

Respirou fundo, apanhou a jarra e a levou à boca. Fez como se estivesse bebendo, mas não havia nada lá dentro. Depois, engoliu um arroto e retomou:

— Por que estou dizendo essas coisas? Porque Georgios Graco é o homem que conseguirá essa arma, segundo os presságios. Ele, agora mais do que nunca, precisa ser destruído.

— Pensei que esse fosse o nosso plano desde o princípio — frisou Zenóbia. — Como posso ajudar?

— Chegou ao meu conhecimento que ele teve uma relação amorosa com Flávia Theodora, esposa de Constâncio Cloro.

— O jovem comandante Graco está na Germânia — avisou a monarca. — Então esse relacionamento só pode ter ocorrido *antes* do matrimônio.

— Naturalmente.

— Duvido muito que Cloro não saiba do acontecido.

— Ele sabe — garantiu Druso —, mas encobriu o escândalo a pedido do filho, Flávio Constantino, que é amigo de Georgios Graco.

— Sim, mas — Zenóbia estava confusa — não sei se estou entendendo aonde o senhor quer chegar.

— Cloro conseguiu abafar o caso porque poucas pessoas tinham conhecimento dos fatos. Se o Império inteiro souber do ocorrido, ele terá de tomar providências, ou ficará desmoralizado. Constâncio Cloro é o césar do Oeste. Legalmente, o filho de Laios está sob a jurisdição dele.

— Cloro, mesmo assim, pensará duas vezes antes de fazer qualquer movimento — previu a rainha. — Theodora é filha de Maximiano. Se ele punir o jovem tribuno, terá de castigá-la também.

— Ninguém pode provar que a relação entre os dois foi consensual — afirmou Druso, maligno. — Talvez ele a tenha violentado. Os rapazes são dados a esses hábitos.

— Improvável. Theodora era uma moça um tanto promíscua. É o que se ouve nas ruas da Nicomédia e também em Bizâncio.

O advogado a encarou como se a censurasse.

— Bom, eu acredito e *afirmo* que a donzela foi estuprada — ele se impôs, rigoroso. — Essa é a história que vamos contar.

— Perfeito. — Enfim Zenóbia compreendeu o pedido de Druso. — Conheço muitas pessoas nesta metrópole: artistas, poetas, políticos, chefes de guilda. Farei com que plebeus e patrícios fiquem sabendo dessa atrocidade.

Druso se levantou.

— Fico muito grato por poder contar com a senhora. — Ele ensaiou um sorriso, que acabou se perdendo nas sombras. — Agora, se me dá licença, preciso de um banho. Conhece o caminho até a saída?

— Conheço. — Ela se colocou de lado. — Não precisa agradecer. Devo muito a Kartir.

Os dois se despediram. Zenóbia não viu sinais da criada ou de Oxion. Atravessou os corredores escuros, chegou à porta e saiu para a rua, onde os pretorianos a aguardavam.

O encontro durara alguns minutos — no máximo uma hora. Porém, quando a rainha olhou ao redor, sentiu-se envolta por um manto de trevas.

Observou o céu. Estava negro, repleto de estrelas.

O dia já tinha morrido — e agora era noite.

Noite fechada.

Na primavera, os cristãos organizaram um cortejo pelas ruas de Pafos, exibindo uma imagem do apóstolo Barnabé, morto por judeus enfurecidos enquanto pregava em uma sinagoga da ilha.

O cristianismo sempre fora muito forte entre os cipriotas, mas os bispos atuavam de forma discreta, porque o clero de Afrodite os ameaçava constantemente. Com a morte de Jania, porém, as sacerdotisas restantes, noviças na maioria, ficaram desorientadas. Husna, o capitão do *Cisne Branco*, e Ezana, o traficante de escravos, ofereciam-lhes proteção, e eles também haviam sido assassinados no palacete dos Fúlvios naquela fatídica tarde de outubro.

Como resultado, os cristãos deixaram de ser perseguidos, os pescadores ficaram livres dos impostos e a cidade prosperou. Tysa tornou-se uma figura respeitada, ainda que não aparecesse em eventos públicos nem exercesse atividades políticas.

O cortejo, realizado no dia 11 de junho, foi um sucesso absoluto, atraindo peregrinos de outras cidades e também do continente, sobretudo da Grécia.

Foi então que o bispo de Pafos, um homem chamado Zeno, resolveu convidar Tysa para conhecer sua igreja — e o fez por intermédio de Caleb, o médico cristão que cuidara de Fúlvio.

Tysa pensou por alguns dias e decidiu aceitar. Não poderia depender dos sicários para sempre e, sem o senador para ajudá-la, precisaria cultivar ela mesma boas relações com as lideranças locais.

Pafos era uma cidade pequena se comparada às demais capitais provincianas. Os depósitos à beira-mar ocupavam mais da metade do centro urbano, que ficava espremido entre o porto e a Colina dos Ossos. O fórum, que parecia mais grego que romano, contava com uma pequena basílica, o prédio do tabulário e um templo dedicado a Netuno. O cardo, ladeado por belas palmeiras, era bastante movimentado, com destaque para as peixarias, que vendiam toda sorte de frutos do mar. Tysa passou por várias delas ao percorrer a avenida do comércio, reparando nas jaulas de caranguejos, nas lagostas penduradas e nos esqueletos de estrelas-do-mar.

Dali, ela e Rasha atravessaram uma ponte de pedra que transpunha um canal de águas salgadas. Além dessa ponte, erguia-se uma igreja de pedra clara, com a torre redonda e a entrada em forma de ogiva. Tysa escutou um burburinho nas escadas, viu um menino correndo e um minuto depois discerniu um indivíduo de pele castanha, na casa dos cinquenta anos, com cabelos longos, crespos, e uma farta barba cor de neve. Trajava um hábito comprido e estava acompanhado de dois assistentes.

— Senhora Fúlvia. — Ele tinha a voz poderosa. — Sou Zeno — sorriu. — Seja bem-vinda.

Ela retribuiu o sorriso. Rasha permaneceu a seu lado, rígido como uma estátua de ébano.

— Caleb, o médico, disse que o senhor queria falar comigo — começou a viúva. — Como posso ajudar?

— Mas a senhora já ajudou muito. — Zeno juntou as palmas em sinal de gratidão. — Por favor, siga-me. Quero lhe mostrar a nossa casa.

O bispo a guiou pelo interior da igreja. O lugar cheirava a cera de velas, tinha nichos sombrios e uma nave central, com bancos à esquerda e à direita, culminando em um altar sob um domo com quatro janelas, através das quais o sol penetrava. Zeno contou a Tysa que Barnabé havia nascido no Chipre e era uma espécie de santo para os fiéis. Sua antiga casa ficava em Salamina, uma cidade vizinha, mas ele acreditava que o corpo se encontrava em Pafos, em algum lugar nas montanhas.

— No dia em que encontrarmos o túmulo — afirmou com orgulho —, teremos uma relíquia de grande importância.

O bispo os conduziu até a torre da igreja, de onde se avistavam o mar e a curvatura do horizonte. Rasha insistiu que eles descessem, pois temia que Zeno tentasse empurrá-los de lá de cima, mas Tysa não notou qualquer agressividade no homem.

Depois de agradecer pela segunda vez, o religioso fez um pedido.

— O Santuário de Afrodite está abandonado faz quase um ano — disse, observando os barquinhos no porto. — Queria pedir a sua permissão para construir uma igreja no local.

— Não tenho autoridade para decidir essas coisas — explicou a moça. — Em termos legais, o único que poderia fazê-lo seria o governador do Chipre.

— Eis o impasse — constatou Zeno. — O Chipre não tem um governador desde a morte do seu marido.

De repente, Tysa deu-se conta do problema que teria de enfrentar. Logo o imperador enviaria um oficial para avaliar a situação do país e escolher um homem para governá-lo. Ou seja, em breve ela perderia grande parte de seu poder — talvez *todo* ele.

— É verdade — retrucou, pensativa. — O que me aconselha, então, o senhor que é muito sábio?

— Sempre aconselho os meus fiéis a lidar com o problema de frente. Penso que a senhora deveria escrever para o imperador o mais rápido possível, antes que alguém o faça. Diga o que tem a oferecer, convide-o para conhecer Pafos e conte que tem o apoio da comunidade local.

— Não é má ideia. Mas será que, com isso, o divino augusto permitirá que *eu* escolha o novo governador?

Zeno riu discretamente.

— Decerto que não. No entanto, talvez ele permita que a senhora indique alguns nomes, o que já é um começo.

Tysa não tinha nenhum nome em mente. Sendo assim, achou melhor não prolongar o diálogo. Disse ao bispo que havia sido um prazer conhecê-lo, mostrou-se grata pelo convite e sugeriu que se reencontrassem em oportunidade futura.

Quando ela e Rasha estavam subindo a colina, já afastados da cidade, o núbio explodiu:

— Zeno quer que você *o* indique para o cargo. Esses cristãos são ardilosos.

Tysa nem sabia que esse tipo de coisa era possível.

— Não creio. O imperador jamais daria preferência a um líder religioso em detrimento de um oficial romano. Não faz sentido.

— Depende da situação e do momento — alertou o secretário. — Certa vez, o Senado proclamou um príncipe árabe como governador da Síria porque ele era o único capaz de manter a fronteira segura. É tudo uma questão de interesse.

— Os cristãos são proibidos de ocupar cargos públicos — lembrou a jovem. — É a lei.

O escravo rendeu-se.

— Bom, vamos ver. — Deu de ombros. — E aguardar.

— De qualquer maneira, a sugestão dele é importante. Devemos escrever o quanto antes para Diocleciano. Quero que redija essa carta. Posso ajudar. Precisa ser algo formal.

— Está bem — aquiesceu Rasha. — Farei isso hoje mesmo.

No dia seguinte, Tysa e Rasha enviaram a carta ao imperador. Passaram-se dois longos meses até que, em uma manhã de sol escaldante, um homem bateu à porta do palacete dos Fúlvios.

O núbio abriu primeiro a portinhola. Do outro lado, discerniu um indivíduo troncudo, alto, de barba cheia e cabelos cor de fogo. Devia ter cerca de trinta anos, a tez bronzeada e os olhos castanhos. Estava armado de espada, adaga e coberto por uma cota de malha, mas o que impressionava era a capa púrpura, um adereço caríssimo reservado apenas ao imperador — e a seus seguranças particulares.

Rasha ficou paralisado, sem saber se abria a porta ou não. O sujeito percebeu que ele hesitava e tomou a iniciativa de se apresentar.

— Sou Lúcio Mário Libânio, membro da guarda palatina e delegado especial do imperador. — Ele sorriu, tentando ser agradável. — Esta é a casa da senhora Fúlvia?

O secretário caiu em si.

— Sim.

— Preciso ter com ela. — O homem sorriu de novo. — Não vai me convidar para entrar?

Rasha ainda estava receoso — podia ser uma armadilha dos cristãos ou dos antigos capangas de Husna —, até esticar o pescoço para fora e avistar, no mar logo abaixo, duas poderosas galés de combate: navios de guerra romanos com três fileiras de remos e mastros altíssimos, contendo centenas de marinheiros. Os barcos não haviam atracado no porto de Pafos, preferindo lançar âncoras na face posterior da colina, indicando que estavam na ilha com um propósito específico.

— Salve, excelência. — Rasha se curvou ao paladino. — Por favor, entre. — Chamou-o para dentro, fez uma nova reverência, apresentou-se como assistente de Tysa e pediu que ele esperasse no jardim. — Quer beber alguma coisa?

— Normalmente eu pediria uma cerveja, mas hoje o calor está insuportável — bufou, abanando o rosto para se refrescar. — Um copo de água é o bastante.

O secretário indicou-lhe um banco e ordenou que dois meninos o atendessem. Foi correndo avisar Tysa, que se arrumou e em minutos estava diante do emissário.

— Seja bem-vindo, senhor Libânio. — Ela se vestia como uma autêntica senhora romana, com uma estola branca e um véu de seda lilás. — Sou a viúva do senador Caio Valério Fúlvio.

O guerreiro se levantou e beijou-lhe a mão. Os dois tornaram a se sentar — ele no mesmo banco e Tysa em uma cadeira de vime, com Rasha atrás, como que a protegendo.

— Embora o seu falecido marido fosse primo de Maximiano — explicou Libânio, limpando o suor da testa —, o Chipre está sob o controle direto do imperador, por isso fui enviado.

— Sim — anuiu a moça. — Eu já esperava pelo senhor.

— Soube que é a senhora quem hoje governa a ilha, ainda que informalmente — prosseguiu o visitante. — O divino augusto a parabeniza, diz que respeita a família dos Fúlvios, mas acrescenta que precisa escolher um oficial para ocupar o cargo de governador. Em respeito ao seu marido, ele ordenou que eu a consultasse para saber quem a senhora indica para essa função tão importante.

Tysa não tinha um candidato. Qualquer um que ela recomendasse — mesmo Zeno, a contragosto de Rasha — poderia traí-la. Sendo assim, perguntou:

— Esse candidato teria de ser patrício?

— Legalmente, ele só precisaria ser cidadão romano — explicou Libânio. — Por que a pergunta?

— Um plebeu é considerado cidadão romano?

— Naturalmente.

— Então eu poderia indicar um plebeu?

— Não seria recomendável, mas por que não? Se for um bom candidato, tenho certeza de que o imperador vai considerá-lo. Ele próprio é filho de escravos. Os tempos são outros.

Tysa inclinou-se na cadeira. Contemplou o céu e teve uma ideia.

— Indico Rasha — apontou para o núbio. — Ele é de minha inteira confiança.

O paladino riu, imaginando que fosse uma piada. Desconsiderou a sugestão e informou à viúva:

— Serei absolutamente sincero com a senhora, pois não sou dado a subterfúgios. Por ser primo de seu falecido esposo, Maximiano tinha grande influência no Chipre. Com a morte do senador Fúlvio, o imperador enxergou a chance de tomar para si essa influência. Portanto, ele deseja agradá-la — explicou. — Escolha um nome viável e a senhora será atendida.

— Já disse. — De novo, ela apontou para o serviçal.

Libânio franziu o sobrolho, desconfiado.

— Esse homem não é seu escravo?

— Sim, ele é, excelência.

— Escravos não têm direitos políticos.

— Mas plebeus, sim. Basta eu assinar uma carta de alforria e ele estará liberto.

— É verdade. De qualquer forma — ponderou — seria preciso a autorização de um magistrado.

— O senhor, como paladino, não tem essa autoridade?

Encurralado, Libânio aquiesceu:

— Eu tenho, realmente.

— Se eu decidisse alforriar o meu secretário esta manhã, o imperador o proclamaria governador do Chipre?

— Por que ele faria isso?

— Porque deseja me agradar — manobrou a jovem. — Não era essa a ideia?

— Convenhamos que é uma situação incomum.

— O senhor há pouco nos disse que o imperador é filho de escravos. Essa também não é uma situação incomum?

Sem saída, Libânio ergueu-se do banco. Caminhou até o laguinho artificial no centro do jardim.

— De repente me lembrei de Publília, a segunda esposa de Cícero, o grande orador dos tempos de César — declarou ele, observando os peixinhos e seu próprio reflexo na água. — Quando Cícero morreu, ela precisou de um tutor para assinar os papéis da herança. Esse tutor tinha autoridade legal sobre os negócios da família, mas nos bastidores era Publília quem o controlava.

Tysa balançou afirmativamente a cabeça, murmurando:

— Enfim nos entendemos, excelência.

Foi a vez de Rasha se expressar:

— Com todo o respeito, senhores, isto é uma grande loucura. Sou um mero escravo doméstico. Jamais seria capaz de governar uma cidade, muito menos uma ilha. Peço que meu nome seja desconsiderado, se é que estão falando sério.

— Nunca falei tão sério — exclamou Tysa. — Não há com que se preocupar, meu amigo. Na prática, nada muda. Você será apenas o meu porta-voz.

— Por que — Rasha perguntou a Libânio — não podem proclamar a senhora Fúlvia governadora?

— Porque a lei não permite — esclareceu o paladino. — O governador de uma província precisa ser um cidadão com pelo menos trinta anos e representação no Senado romano.

— Eu me tornarei um... — balbuciou — senador?

— Não vejo motivo para espanto — interveio Tysa. — Se você conhecesse os homens que ocupam aquelas cadeiras, veria que é muito melhor que a maioria deles.

O delegado sorriu, condescendente.

— Concordo.

Depois de alguns segundos de apatia, Rasha indagou:

— O que eu preciso fazer?

Libânio andou até ele e o encarou, como se o analisasse.

— Para começar, você precisará escolher um nome romano.

— Que tipo de nome o senhor sugere?

— Essa é uma escolha muito pessoal. — Deu uma espiada em Tysa, depois se voltou para Rasha. — Nossa convenção de nomes exige que sejam pelo menos três: um prenome, para situações informais, o nome gentílico, relacionado à família ou ao clã, e um sobrenome, que pode ser uma alcunha, um apelido ou uma palavra que indique o seu local de nascimento.

O secretário olhou para sua senhora em busca de apoio e ajuda. Estava chocado. Iria se tornar um homem livre? Parecia uma realidade distante, um sonho. Mas o que faria em seguida? *Quem* seria?

— Existe uma quantidade limitada de prenomes — perguntou a viúva a Libânio —, não é, excelência?

— Sim — confirmou ele. — Não sou advogado ou tabelião, mas me lembro de Caio, Décimo, Marco, Lúcio, Quinto, Flávio — franziu a testa para se lembrar de outros —, Otávio, Tibério, Sexto, Póstumo... São ao todo uns quinze.

Rasha sugeriu:

— Que tal Caio Valeriano? Caio era o primeiro nome do senador e Valério era o segundo. Valeriano seria uma homenagem a ele. O escravo liberto de Valério.

— Um belo tributo, sem dúvida — elogiou Tysa. — E quanto ao sobrenome?

O paladino opinou:

— Se ele é núbio, poderia ser esse o sobrenome.

— Caio Valeriano Núbio? — Tysa fez uma careta instintiva. — Confesso que me soa um pouco estranho.

— Caio Núbio ficaria melhor? — arriscou Rasha. — O tributo continua, porém mais econômico.

— Um homem em sua posição precisa de três nomes — insistiu Libânio. — Que tal Caio Núbio Cipriota? Uma homenagem à sua terra natal e também ao país que o acolheu.

Tysa e Rasha se olharam, concordando. O escravo disse:

— Parece bom.

— Ótimo. — O emissário do imperador o cumprimentou com um aperto de mãos. — Que seja assim.

Rasha ainda estava anestesiado, sem entender a magnitude dos fatos — e a realidade do que se tornaria dentro de uma ou duas semanas.

— Seja forte. — Tysa afagou-lhe os ombros. — Pode parecer assustador, mas logo você se acostuma.

Encerrada a discussão, o núbio foi buscar os papéis. Os três prepararam a carta de alforria e assinaram uma série de documentos. Quando terminaram, a tarde já tinha chegado. Tysa perguntou se o paladino queria se juntar a eles para o almoço. Libânio agradeceu, mas recusou.

— Já que resolvemos tudo, estou de saída. São muitos os assuntos que requerem a minha atenção — disse, dirigindo-se a Rasha. — Em algum momento, você... o senhor precisará ir a Roma receber as honras do Senado.

O ex-secretário engoliu em seco.

— Sim, excelência.

— Maximiano não ficará satisfeito com essa nomeação — alertou ele, antes de ir embora. — Se tiverem problemas, escrevam para Salona, a residência de verão do imperador, nunca para a Nicomédia.

Tysa perguntou:

— Por quê?

— Espiões — advertiu o guerreiro, acariciando o punho da espada. — Eles estão em toda parte.

XXXVII

OURO E GLÓRIA

UMA BANDEIRA RASGADA, SUJA E COBERTA DE SANGUE, TREMULAVA SOZINHA NO lamaçal.

Enquanto os legionários bebiam, cantavam e negociavam os espólios, um grupo de marinheiros seguiu até o acampamento do *graf*. Na clareira havia pouca coisa, mas os barcos deixados para trás escondiam um generoso estoque de sal — aceito como moeda em quase todo o Império —, hidromel, carne de salmão defumada, espadas de qualidade superior, couraças e uns duzentos lingotes de prata.

Círio Galino havia montado um abrigo decente — com hastes firmes, paredes de lona e equipado com dois leitos — na porção sul da campina e convidou Georgios para dividir a barraca com ele. Em um primeiro momento, o jovem estranhou o fato de o pretor não ter escolhido Otho Pólio, que era seu amigo íntimo, depois se lembrou de que, por ser o comandante da tropa, tinha prioridade sobre o veterano de guerra, mesmo sendo mais novo.

O solo fora coberto de tecidos grossos, o que tornou o ambiente agradável. Exausto, Georgios tirou a roupa, deitou-se na cama e se virou para o lado, tentando evitar o engenheiro, que às vezes falava demais. Galino ficou em silêncio por quase uma hora, até que, do nada, se sentou no colchão e sibilou:

— Excelente trabalho esta tarde. Merece todos os louros.

— Não fiz nada de mais — rouquejou o equestre. — Só a minha obrigação.

— Pensei que eu fosse morrer. Não confiava no senhor e agora confio. Precisava confessar esse detalhe.

— Sem problema.

Depois de uma longa pausa, Galino recomeçou:

— Sinto muito. Sei que está cansado, mas posso lhe fazer uma pergunta?

O falatório deixou Georgios com dor de cabeça.

— Diga, pretor.

— Serei breve. — Pigarreou. — O senhor se importaria se eu me deitasse com aquela moça que lhe atende?

O jovem não ligou os pontos.

— Que moça?

— Se bem me lembro, o nome dela é Mabeline.

— Da Casa Sete?

— Creio que sim.

— Está se referindo à prostituta?

— Ela mesma.

— Não entendi. — Georgios desejava abreviar o diálogo. — Quer dinheiro emprestado?

— Não! — Galino se assustou. — É que conheci alguns homens que sentiam ciúme de suas prostitutas favoritas. Então achei melhor perguntar.

— Faça o que quiser. — O rapaz se deitou de bruços e cobriu a cabeça. — Boa noite.

Dormiu profundamente, mas acordou pouco antes de o sol nascer sentindo um peso no estômago. Na noite anterior ele comera uma sopa comunitária na qual foram misturados pão, carne de porco, banha e condimentos. O alimento não lhe caíra bem, e ele agora precisava defecar.

Levantou-se e abriu a cortina da tenda. Já havia um naco de luz colorindo o horizonte e a copa das árvores. O leste exibia tons carmesins, sugerindo que aquele seria um dia de sol. À exceção dos vigias, estavam todos dormindo.

Perguntou aos guardas onde havia uma latrina e eles indicaram um ponto no meio do mato. Debaixo de uma faia encontrou um tronco oco sobre o qual alguém havia talhado um buraco em forma de círculo. No chão, estavam empilhadas algumas folhas secas para a higiene. Sentou-se e, enquanto se aliviava, reparou em um nome gravado na madeira: "Tácito, o Cagão". Era uma boa piada, e, depois de toda a tensão do dia anterior, ele teve uma crise de riso. O prestígio sempre foi uma das grandes virtudes romanas, e os patrícios, desde a República, tinham o hábito de patrocinar construções — banhos públicos, colunas votivas, arcos do triunfo — e gravar nelas seus títulos, para que se tornassem famosos. Os plebeus às vezes zombavam desse costume fabricando objetos toscos e marcando neles nomes e apelidos jocosos.

Quando estava terminando de se limpar, Otho Pólio surgiu entre as árvores.

— Bom dia. — O primipilo despira a armadura. Usava apenas a túnica militar, não trazia o elmo, mas tinha as armas penduradas na cintura. — Já acordado?

— Dor de barriga — resumiu ele. — E o senhor?

— Durmo bem antes da batalha e mal depois dela. Sempre foi assim, desde que era soldado.

Georgios foi andando na direção do descampado.

— Olhe isso. — Enquanto o acompanhava, Pólio sacou uma moeda de prata da algibeira e lhe entregou. — Capturamos dos francos.

— Pode ficar com você. Seu desempenho foi exemplar.

— Não. Olhe direito. — O veterano mostrou-lhe a superfície da peça. Nela, fora esculpido o perfil de um homem de barba usando coroa. Sobre o desenho estavam escritas, em latim, as palavras *Victor Caravsi Avg*, que significavam, literalmente, "a vitória de Caráusio Augusto" ou "de Caráusio, o imperador supremo". — É dinheiro da Britânia. Caráusio está cunhando suas próprias moedas em algum lugar da ilha.

— O filho da puta tem a ousadia de chamar a si próprio de "augusto" — praguejou Georgios. — Nem sequer teve a decência de se autoproclamar césar.

— Exato. É um merda.

— Que ele queime no fogo do Hades.

Os dois haviam chegado à campina. Os soldados começavam a despertar ao som dos corvos, que apareciam às dezenas. O equestre fez menção de devolver o denário ao centurião, que se recusou a recebê-lo.

— Peguei vários. Guarde esse consigo. Para se lembrar de quem é seu verdadeiro inimigo.

O rapaz aquiesceu e juntos eles foram visitar os feridos. O trabalho, dentro do possível, fora apaziguado, e agora os que não haviam morrido descansavam. Cingetorix repousava sobre uma esteira de palha, enfaixado, coberto de lençóis, com a Skofnung ao lado.

Ida os recebeu. Estava visivelmente cansada, com olheiras profundas. Fazia duas noites que não dormia.

— Já comeram, senhores? — Ela lhes ofereceu pão de centeio. Havia lavado as mãos, mas restava sangue sob as unhas compridas.

Otho Pólio aceitou o alimento e o repartiu com o tribuno. Georgios disse à religiosa:

— Pensei em mover esses homens para a Fortaleza Velha no começo da tarde. O que acha da ideia?

— Quanto antes, melhor — ela o apoiou. — Não faz bem deixar gente ferida perto de gente morta.

Os corpos dos soldados romanos haviam sido recolhidos, separados, identificados e cobertos. Já os dos bárbaros serviriam de banquete às aves necrófagas.

— Outra coisa. — O equestre reduziu o tom de voz. — Quero partir depois de amanhã. Não podemos dar tempo para o *graf* se reagrupar. Meu conselho é que durma.

Ida suspirou, notoriamente contrariada. Como prometera acompanhá-los, porém, decidiu manter a palavra.

— Não posso dormir. Preciso encontrar alguém para assumir o meu lugar na igreja. — Abriu os braços e mostrou os feridos. — Sem falar no trabalho que ainda falta fazer por aqui.

— Que seja. — Georgios se voltou para Otho Pólio e perguntou: — O estandarte foi encontrado?

— Sim, nós o tiramos da lama e o limpamos — informou ele. — Está praticamente intacto.

— Ótimo. Então acho que podemos começar a desmontar acampamento. Quero estar de volta à fortaleza ao meio-dia. Será que conseguimos?

— Dá tempo de sobra — calculou Pólio. — Onde os francos ficarão presos?

— Os batavos — Ida o corrigiu. — Eles não são francos. São batavos.

— Mantenha-os sob guarda. Quero falar com o tal Ivar em uma hora — respondeu Georgios, sinalizando para Ida. — Preciso de você como tradutora.

— Sim, comandante — ela concordou, e os três se dispersaram.

Enquanto comia as sobras da noite anterior, Otho Pólio foi informado de que Flávio Fúrio, o braço-direito de Urus, fora proclamado almirante por seus próprios homens. Ele sabia que o procedimento era irregular e que apenas um oficial superior — no caso, Constâncio Cloro ou Maximiano — poderia nomeá-lo. Decidido a poupar Georgios do problema, preferiu resolver ele mesmo a questão.

Não achou Fúrio na campina, fez perguntas e o encontrou na chácara, dentro do celeiro. O lugar fora convertido em salão improvisado, inspirado nas grandes casas do Norte. Cerca de cem marujos estavam no interior do depósito, alguns enrolados em peles, ainda dormindo, outros de pé, comendo as provisões apanhadas dos francos. O novo almirante conversava com dois homens, aparentemente negociando o sal dos germânicos.

Flávio Fúrio era um indivíduo alto, com o rosto sério, dotado de grande carisma. Nascido em Ravena, no leste da Itália, tinha os cabelos pretos, os olhos verdes acastanhados e trazia nos braços quatro pulseiras roubadas, sendo uma delas de ouro. Mostrou a Pólio a mão espalmada, pedindo que esperasse. Continuou falando com os colegas por dez minutos, sem pressa, e só então os dispensou.

Pólio enfim se aproximou e o alertou para o fato de que sua nomeação era ilegal. Fúrio não se abalou.

— Nada é ilegal na Germânia. — Mas, em seguida, deu um sorriso amigável. — É temporário. Estamos em guerra. Quando tudo terminar, devolvo o meu título. Júpiter sabe como estou cansado. Quero juntar dinheiro para me aposentar. Faço trinta e seis em abril.

— Aparentemente já reuniu o bastante. — O primipilo olhou para as pulseiras e para o generoso estoque de sal.

— Parece muito, mas não é nada — justificou-se, e ele estava certo. — Ouvi dizer que Dalferin tem uma verdadeira fortuna escondida do outro lado do rio. Tesouros da Britânia, entregues a ele por Caráusio. Diga ao seu comandante que estamos prontos para a incursão.

Pólio não podia acreditar que os planos de Georgios já eram conhecidos por todos nas redondezas. Fúrio reparou que ele ficara surpreso e perguntou:

— Era para guardar segredo?

O centurião continuava aturdido.

— Como?

— A incursão até o estuário do Reno é confidencial?

— Não é confidencial — admitiu Pólio, acuado —, até porque pretendemos partir o mais rápido possível.

— "Pretendemos"? Quem pretende? — quis saber ele. — Não me diga que irá conosco.

— Eu não digo nada. Quem decide é o meu comandante. Se ele ordenar que eu vá, eu vou. Se mandar que eu fique, eu fico.

— Ah, sim. O seu comandante, de dezoito anos. Sei — riu com ar debochado. — Bom, acho que está certo. De qualquer maneira, um homem na sua idade precisa se resguardar. Falarei com o tribuno para que ele deixe o senhor na Fortaleza Velha. É a melhor alternativa.

Era uma provocação, e Pólio ficou nitidamente irritado. O italiano percebeu e tentou apaziguar os nervos:

— Já fez o bastante, capitão. É hora de descansar.

Otho Pólio engoliu a raiva em consideração a Georgios. Ele sabia que, se o rapaz tomasse conhecimento do episódio, iria querer tirar satisfações com Fúrio. Um confronto entre a marinha e o exército, naquelas circunstâncias, seria uma catástrofe em todos os níveis, então preferiu sugerir ao tribuno que levasse consigo alguns marinheiros, dando a entender que a ideia era sua. Pediu também para ficar em Castra Vetera, cuidando da fortaleza e da guarnição de Úlpia Trajana. Prometeu, ainda, que nesse meio-tempo conduziria uma investigação com o objetivo de descobrir quem trancara os portões da cidade na noite de 22 de agosto. Georgios concordou com as sugestões e afirmou que já tinha pensado em chamar alguns marujos para conduzir os barcos francos capturados, afinal não confiava nos batavos.

Depois do desjejum, um trio de legionários escoltou Ivar à sua presença. O encontro se deu na clareira, perto do hospital. O bárbaro se ajoelhou perante o equestre, que fez um gesto permitindo que ele se levantasse. Ida, que estava ao lado do primo, sussurrou-lhe algumas palavras e o Errante colocou-se de pé.

Observando Ivar — agora mais de perto —, Georgios achou que ele se parecia com o conde Erhard, só alguns anos mais novo — e alguns quilos mais magro.

Perguntou a Ida:

— Pode traduzir para ele o que vou dizer?

— Estou à disposição. — Ela fez que sim com a cabeça. — Prometo ser o mais fiel possível, mas tenha em mente que muitos termos latinos são desconhecidos para os germânicos.

— Diga a ele, para começar, que a nossa batalha não é contra os batavos nem contra os francos, mas contra Caráusio, o almirante rebelde que tomou as Ilhas Britânicas.

Ida comunicou a Ivar as intenções de Georgios. O homem retrucou com alguns murmúrios, mantendo a cabeça baixa.

— Ele diz que entende o esforço que o senhor está fazendo para ganhar a confiança dele — explicou Ida —, mas garante que não é necessário. Lembra que é meu parente e que ele, bem como seus companheiros, tem todas as razões do mundo para querer destronar o *graf*.

Georgios concluiu o seguinte a partir daquela resposta: ou Ida havia filtrado o que o primo dissera, ou aquele homem era inteligente — e não podia ser desprezado.

— O meu objetivo é capturar Dalferin e tomar a base que ele mantém no estuário do Reno — continuou o filho de Laios. — Pergunte se ele saberia nos guiar até lá.

Outra vez, Ida consultou o cativo e retornou com a resposta:

— O senhor Ivar diz que conhece o caminho e que saberia navegar os barcos francos abandonados. Explica que desse jeito podem desembarcar nas proximidades de Lugduno dentro de dois dias e então preparar a ofensiva à cidade.

— Lugduno não fica na Gália?

— Existe uma Lugduno na Gália. E outra na Batávia. É o porto de onde saem os navios para a Britânia.

— Quantas pessoas vivem nessa cidade?

— O senhor Ivar diz que não tem certeza — contou Ida, após nova consulta —, mas adverte para o perigo da cavalaria franca, que deve estar toda reunida ao redor de seu líder.

— Compreendo.

— Ele quer saber o que vocês pretendem fazer com Isgerd, a Feiticeira das Sombras, filha do *graf*.

— Sinceramente — confessou o tribuno —, não sei.

— O senhor Ivar gostaria de recebê-la como despojo de guerra, caso não tenham planos para ela.

— Se for do agrado dele — permitiu Georgios —, está assim acordado.

Ida conversou mais um pouco com o Errante. Nesse ponto, ela atuava mais como sua conselheira do que como intérprete.

— Diga a ele — tornou a pedir o equestre — que os batavos terão cotas de malha, escudos, machados e espadas. E que poderão dividir a pilhagem de Lugaduno...

— Lugduno.

— ... de Lugduno com os meus soldados. O nosso único objetivo é tomar o porto.

— Creio que ele já saiba disso, mas vou avisar.

— Mais uma coisa — acrescentou o oficial palestino. — Ele será responsável por controlar os seus homens, não eu. Se algum dos batavos se rebelar, *ele* arcará com as consequências. Sem clemência dessa vez. Está claro?

— Direi isso ao senhor Ivar.

— Dispensados — Georgios falou automaticamente, como quem dá ordens a um soldado. Depois caiu em si e lembrou que estava conversando com Ida. — Obrigado, irmã.

— Não me agradeça. Não sabe o bem que está fazendo. — E acrescentou um comentário que o deixou assustado: — Georgios Graco, você é um instrumento de Deus.

Georgios digeriu as palavras de Ida com certo amargor, porque elas o faziam lembrar as de Romão, o diácono que tentara intimidá-lo no Templo de Hórus, em Antioquia, quando ele era só um menino. Com essa sensação desagradável no peito, ele e toda a legião marcharam de volta a Castra Vetera para enterrar os mortos, tratar os feridos e se reorganizar para a próxima batalha.

Sigrid, a profetisa germânica, não estava mais lá. Os guardas contaram que ela e os irmãos haviam partido na noite anterior, quando receberam a notícia da vitória romana. Já o balseiro e sua família continuavam instalados em uma tenda, sob a proteção de guerreiros armados. Georgios entregou-lhes algumas moedas que trazia no bolso e prometeu que em breve eles voltariam para casa.

Convidou Fúrio para almoçar no refeitório comum. Escolheu uma mesa reservada para junto dele traçar o plano de invasão. O almirante — ele garantiu ao tribuno, como fizera com Pólio, que entregaria o cargo em breve — sugeriu que levassem quatrocentos homens: cem do exército e duzentos da marinha, além de uma centena de combatentes batavos.

— Não é pouco? — perguntou Georgios, repartindo um pedaço de pão.

— É — Flávio Fúrio despejou azeite sobre a carne de porco —, mas a triste realidade é que temos pouquíssimos barcos. Pode ser uma vantagem, no fim das contas. Um grupo pequeno se move depressa.

O jovem concordou. Eles também acertaram que Georgios seria o comandante da operação, mas abriria mão dos despojos.

— Como eu disse a Pólio — prosseguiu o italiano —, só quero o dinheiro. Nada mais.

O plano era se deslocar usando todos os barcos disponíveis. Círio Galino iria acompanhá-los porque entendia o idioma dos francos, e Ida também, porque tinha sangue germânico.

O funeral dos soldados aconteceu nos arredores da colônia, fora dos muros, a oeste do anfiteatro. O prefeito aproveitou-se da situação para proferir um discurso político e fundar a necrópole de Úlpia Trajana, "construída", segundo ele, "com o sangue dos nossos bravos guerreiros".

Ida proclamou Mabeline diaconisa honorária, o que a obrigaria a abandonar suas funções como prostituta. Georgios lamentou por Galino, que nutria esperanças de deitar-se com ela.

Os francos de Ivar — a "brigada germânica", como os legionários os apelidaram — começaram a preparar os barcos com entusiasmo impressionante. Separaram quinze embarcações, cada uma com capacidade para trinta pessoas. Manufaturados com madeira de carvalho, eram compridos e estreitos para penetrar em canais e ribeiros, possuíam dez pares de remos e uma vela auxiliar, que servia mais como estandarte que como força motriz. Os escudos dos remadores eram encaixados em um suporte sobre a amurada, servindo não só como proteção estática — contra dardos e flechas —, mas também para impressionar o inimigo, mostrando a eles quantos guerreiros estavam a bordo.

Na manhã do dia 26 de agosto, os quinze barcos estavam alinhados ao longo dos atracadouros do Reno. Além dos soldados, eles transportavam uma boa quantidade de equipamento, comida, armas, ferramentas e outros recursos necessários à missão.

Quando subiu na nave capitânia, Georgios se lembrou da traumática viagem entre Cesareia e Selêucia a bordo do *Shalmut*. Recordou-se de como detestava navegar, mas se convenceu de que não haveria perigo naquela jornada. Percorrer rios é muito diferente de singrar pelos mares — qualquer problema, ele pensou, bastava saltar na água e simplesmente nadar.

O primeiro transporte seria capitaneado por Ivar, com Ida como intérprete. Georgios estaria com eles. No segundo viria Flávio Fúrio e, no terceiro, Círio Galino.

Era um sábado de sol, com as flores cuspindo pólen e os zangões sobrevoando os caniços. Otho Pólio andou até a plataforma de embarque para se despedir do tribuno. Como nenhum dos selvagens entendia sua língua, ele declarou, sem formalidade alguma:

— Boa sorte, rapaz.

— Obrigado — Georgios agradeceu com um sorriso honesto. — Se eu não voltar, quero que me perdoe pelos erros que cometi. Por tê-lo prendido injustamente.

— Esse assunto está encerrado — declarou o mais velho. — Sem ressentimentos.

Ele ameaçou se virar quando algo lhe veio à mente.

— Georgios — Pólio o chamou com o indicador levantado —, sei que não vai acreditar no que vou lhe contar, mas eu o farei porque julgo importante. Cinco anos atrás, eu estava no seu lugar, pronto para descer o rio e enfrentar os bárbaros com tudo o que tinha. Invadimos dezenas de aldeias como parte da campanha de Maximiano, e então houve uma batalha colossal, em que mais de mil dos nossos homens morreram. Isgerd — ele sussurrou — se utiliza de uma técnica peculiar: ela sempre tenta dominar a mente do comandante, mas, onde Cláudio Régio falhou, o seu pai foi bem-sucedido.

— Como assim? — reagiu o cavaleiro. — O meu pai *não* foi bem-sucedido. Ele morreu.

— Morreu em combate. Uma morte digna — opinou. — Foi a Ascalon, rapaz. *Ela* impediu que Laios se tornasse um escravo.

— Capitão, eu já lhe disse isso e vou repetir — ele retrucou, desconfortável. — Sou um homem pragmático. Não acredito em feitiçaria.

— Por via das dúvidas, nunca se separe da arma — sugeriu. — É o conselho que deixo a você.

— Se a Ascalon tem mesmo esse poder — o rapaz agora estava intrigado —, por que não a tomou para si, como forma de melhor proteger a colônia? Por que a enviou de volta para Lida, junto ao corpo do meu pai?

— Porque eu sabia, sempre soube, que você precisaria dela ainda mais do que eu. — O centurião deu um passo atrás, saindo da ponte e retornando ao atracadouro. — Boa sorte — ele repetiu e declarou, sem saudá-lo: — Salve, Mitra, Júpiter e Marte. Vida longa ao Império Romano.

Ida entendeu que os dois tinham terminado e disse a Ivar que eles podiam partir. O Errante usou o comando "*dansōn*", a palavra franca que, curiosamente, podia ser usada tanto para "dançar" quanto para "zarpar", e os soldados se lançaram aos remos.

O primeiro barco se moveu e o restante da frota o seguiu. No terceiro transporte, Círio Galino usou um pedaço de tecido para cobrir alguns barris de carvalho. Os selvagens tinham algumas armas secretas, é verdade, mas eles também tinham as suas.

O porto de Lugduno localizava-se na região histórica da Batávia. Conforme Georgios aprendera nos livros, os batavos eram um povo que ocupara o estuário do Reno desde os tempos da antiga República. Cerca de trezentos anos antes, eles se associaram aos romanos fornecendo tropas auxiliares, mas acabaram se rebelando e conseguindo destruir duas legiões sob o comando do príncipe hereditário chamado pelos latinos de Caio Júlio Civil. O imperador à época, César Augusto, conteve a revolta, desmantelou a monarquia batava e impôs pesadas condições aos derrotados. Há quem acredite que os francos são seus descendentes; outros afirmam que as duas tribos não têm nenhuma relação.

Georgios estava em pé sobre a proa do *Kōwa*, a nave capitânia. Enquanto observava as marolas, imaginou como devia ser aquela região no período áureo dos césares e, afundados no lodo, avistou colunas outrora brancas, frontões sujos e objetos rachados, restos de um templo destruído pela erosão. Que templo?, divagou ele. Dedicado a que deus? Quem o erguera? Quando?

Depois de um dia inteiro de viagem, o sol começou a descer. Ivar apontou para uma ilha de sedimentos, rasa e larga, perfeita para o pouso noturno. Os barcos ancoraram em volta dela e os guerreiros desembarcaram. Ida foi até o centro da ilha e lá fincou sua cruz de madeira. Colocou-se de joelhos e fez uma prece, tocando com as mãos o solo arenoso.

Nos lados norte e sul, a paisagem era dominada por colinas íngremes, árvores esparsas e ervas daninhas. Nenhum movimento, à exceção de um veado que veio beber água na beira do rio. Nada se avistava além dos morros: nenhuma patrulha, nenhum batedor. De qualquer maneira, era sempre importante ser discreto. Os combatentes foram instruídos a não acender fogueiras e não fazer alarde desnecessário. O jantar seria à base de ração: carne salgada, maçãs e cenouras.

Cada soldado escolheu um espaço para dormir, e antes de escurecer Ida celebrou uma missa. Em vez do peixe e do vinho, usou pão e hidromel. A brigada germânica participou da cerimônia, e, para a surpresa de Georgios, muitos legionários também.

Círio Galino foi um deles. Depois do crepúsculo, ele se aproximou do tribuno e disse, quase se desculpando:

— Comandante, só queria esclarecer que não sou cristão.

Georgios fez vista grossa.

— Discutiremos isso quando voltarmos à fortaleza.

— Conheço as leis do exército — murmurou ele, com a voz trêmula — e sei que pareço um transgressor. Confesso que gosto da paz que o ritual me transmite, mas não acredito nos evangelhos nem no tal Jesus Cristo.

— No momento — o jovem esquivou-se — minha única preocupação é a batalha que está pela frente.

— O senhor — insistiu Galino — não vai me denunciar?

— Depende.

— Depende do quê?

— Do desfecho desta incursão — explicou, e não poderia ser mais sincero. — Se ganharmos, todas as nossas falhas serão esquecidas, todos os erros serão perdoados. Se perdermos...

Deixou no ar a conclusão. Era sempre assim, ele sabia. Quem vencia contava a história, e ao refletir sobre isso o equestre se lembrou de Räs Drago, que, apesar de seus crimes, continuava sem punição.

Selecionou homens para fazer a guarda, e a frota se preparou para o descanso. Enrolou-se em uma coberta e contemplou as estrelas, quando a lua iluminou o cajado de Ida. Pela primeira vez, percebeu que não estava liderando uma tropa homogênea.

Sem saber, sem planejar, Georgios Graco estava à frente de um exército misto, composto por soldados regulares, marujos, lutadores germânicos e — gostasse ele ou não — por quase uma centena de guerreiros cristãos.

XXXVIII

NAS MARGENS DO RENO

O PRIMEIRO OBSTÁCULO QUE OS INVASORES TERIAM DE ENFRENTAR ANTES DE CHEgar a Lugduno, conforme as instruções de Ivar, seria uma fortaleza à beira do rio construída pelos romanos sob o nome de Traiectum (Trajeto em grego) e rebatizada pelos francos de Grîsburc, o Forte Cinzento. Grîsburc era, ainda de acordo com as informações do Errante, onde se reuniam os cavaleiros de Dalferin — na companhia de outros soldados de elite, eles eram os responsáveis por guardar não só o porto como um complexo de depósitos construídos mais adiante, usados para armazenar os grãos que ajudavam a abastecer a Britânia. O ataque a Grîsburc, ao que tudo indicava, prometia ser ainda mais perigoso que a invasão de Lugduno.

De sua parte, Georgios não temia o embate com esses cavaleiros. Estava mais preocupado em ter de sustentar um possível cerco, porque eles não tinham se preparado para uma ação desse gênero. Sitiar fortalezas é uma arte e depende muito da habilidade do comandante em manter as tropas estimuladas, porque o processo pode durar dias, às vezes semanas. Georgios achava que podia exercer esse tipo de controle sobre seus homens, mas não sobre a brigada germânica. O ideal seria enfrentar os bárbaros em campo aberto, mas, como ele aprenderia nas próximas horas, na guerra nada — ou quase nada — pode ser planejado ou previsto.

No fim da manhã, o Reno se alargou e a frota dirigiu-se para o meio das águas barrentas. Em pé sobre a proa do terceiro barco, Círio Galino percebeu que aquela era uma zona de distribuição, onde o rio se dividia em diversos canais, alguns pequenos e outros maiores. Ivar os guiou até um defluente considerado pelos batavos um outro rio, que eles chamaram de Wôh. O termo significava "curvado" no dialeto germânico, porque era cheio de curvas. Nesse ponto, começaram a aparecer choupanas na margem norte, depois surgiu uma estrutura de pedra que parecia um antigo moinho.

— Os francos mantêm fazendas depois daqueles morros. — Ida apontou para além do horizonte. Ela e Georgios estavam sentados na popa, ao lado do timoneiro. — Fazendas de cereais.

— Que tipo de cereais? — quis saber o rapaz.

— Trigo, principalmente. Produzem legumes também. E criam gado, como é o costume dos francos.

Um pato grasnou ao passar sobre eles. Lontras nadavam perto do casco, desaparecendo no leito sempre que alguém tentava espiá-las. Enquanto afiava sua adaga, Georgios ficou pensando em como a Germânia era rica, muito diferente da imagem que se fazia dela no Leste, onde era tida como uma terra inóspita, coberta de gelo e florestas sombrias.

— O que fez com que você imigrasse para Úlpia Trajana? — ele perguntou à missionária, depois de certo tempo.

— Comandante — Ida desviou o olhar —, vai ficar mais seguro se eu não lhe contar a história da minha vida.

O equestre resistiu à tentação de perguntar novamente. Em vez disso, mudou de assunto.

— E esse estandarte? — Ele se referia à cruz de madeira que a diaconisa vinha usando como cajado. — O que aconteceu com o peixe?

Ela fez como se não entendesse.

— Que peixe?

— O símbolo cristão. Era o peixe, não era?

— Não que eu saiba. Na Germânia, sempre usamos a cruz.

Georgios considerou o que ela disse. Era mesmo possível que o famoso símbolo do peixe jamais tivesse chegado às paragens nortistas. Lembrou-se da viagem que fizera com os judeus pelo Leste, onde cada cidade tinha seu próprio clero, com costumes, práticas e rituais singulares.

Então, os tripulantes escutaram alguém gritar, uns cinco barcos atrás. Como não entendia o idioma dos bárbaros, Georgios não se deu conta do que estava acontecendo. De repente, ouviu-se outro berro, e, no momento em que um soldado romano anunciou que eles estavam sob ataque, uma flecha zuniu na direção do equestre. Seu primeiro reflexo foi se abaixar quando uma dessas setas passou rente ao seu ouvido. Ele sentiu a orelha queimar e achou que a tivesse perdido, mas por sorte o objeto nem sequer o arranhara.

Curvou-se, pegou o escudo e observou a margem norte. Ali havia um banco de areia, que era na verdade formado de lodo, seguido por uma ribanceira que culminava em um arvoredo. Protegidos por essas árvores, dezenas de arqueiros, que ao que tudo indicava eram germânicos, disparavam suas flechas com habilidade notável. Não traziam escudos, mas portavam adagas, machadinhas enfiadas no cinto, e alguns usavam cotas de malha.

Houve um instante de desespero, quando esses homens despejaram a segunda salva. Romanos e batavos tentavam se proteger como podiam, mas as pontas continuavam a atingi-los, porque eles eram um alvo fácil. O segundo barco, onde estava Flávio Fúrio, foi o menos afetado — os marinheiros, atuando em conjunto, conseguiram formar a tartaruga de escudos mesmo sentados. No terceiro veículo, Círio Galino cobriu a cabeça com as mãos, como se isso fosse protegê-lo. Um guerreiro da brigada germânica o salvou ao rebater uma seta que o teria matado.

Na nave capitânia, alguns combatentes de Ivar, pouco versados nas estratégias civilizadas, foram alvejados nas pernas por disparos frontais e nos ombros por flechas que desciam do céu. Georgios forçou o corpo de Ida contra o piso, esperou alguns segundos, fez uma prece silenciosa a Marte e tornou a espiar o cenário. Se nada fosse feito, eles seriam liquidados. Mas o que poderiam fazer? Disparar dardos? Colocar-se de pé e lançar suas próprias flechas? Dentro de um barco em movimento?

Ivar tomou a iniciativa e esbravejou, agitando o machado:

— *Skukjan!* — O trovejo se alastrou pela frota. — *Skukjan.*

Georgios não sabia o que a palavra significava, mas entendeu quando viu os homens do Errante de peito aberto, remando e se aproximando do areal. Ele hesitara em dar aquela ordem antes porque sabia que, ao soltar os escudos, muitos de seus legionários seriam mortos. Se permanecessem imóveis, porém, a companhia inteira seria dizimada.

— Fundear — ele reforçou a ordem de Ivar, falando em latim. — Remem para a margem. Fundear!

O que se deu nos minutos seguintes foi desolador. Os bárbaros jogaram a terceira salva, e, sem os escudos para protegê-los, concentrados nos remos, tanto os soldados do exército quanto os marinheiros e a brigada germânica suportaram ao menos duas centenas de flechas. Os riscos metálicos caíam sobre eles como uma chuva insaciável de morte, perfurando-lhes os braços, os ombros, entrando pela clavícula, trespassando-lhes os olhos, o pescoço, varando-lhes a garganta.

Georgios apanhou um dardo e o arrojou com toda a energia, mirando um dos atacantes na beira do rio, mas o tiro bateu contra uma árvore, passando longe do alvo. Sentiu uma ardência no braço, olhou para o lado e reparou que uma seta se alojara logo acima de seu cotovelo direito. Fez então o que os médicos proíbem e a arrancou bruscamente. O sangue escorreu sem muita pressão, começou a descer pelo antebraço e logo ele estava com as mãos úmidas, cheias do fluido vermelho.

Àquela altura, uma quantidade considerável de remadores jazia sobre as amuradas, esparramada no chão dos transportes, morta ou sem condições de lutar. Restavam uns trezentos e cinquenta indivíduos saudáveis no momento em que as quilhas tocaram o banco de areia. Georgios saltou sobre o lodo e toda a tropa se uniu a ele. Os homens de Ivar e de Flávio Fúrio empunharam suas armas, e nesse entremeio os bárbaros continuaram atirando, embora com menor precisão, porque os arcos, afinal, são praticamente inúteis a curta distância. Dessa vez, os guerreiros civilizados estavam se movimentando, procurando cobertura e utilizando os escudos de modo efetivo.

Com os pés afundados na terra, Georgios viu um dos lutadores de Ivar ser atingido no nariz. Um machado voou e acertou a cabeça de um marinheiro, amassando-lhe o elmo e fazendo-o desmaiar. Com um rompante de energia, o comandante galgou a ribanceira esperando que os atiradores fugissem, uma vez descoberta a emboscada. Entretanto, já na entrada do arvoredo ele se deparou com dois oponentes prontos para trucidá-lo. O primeiro investiu com o machado, mas a arma era pesada e, antes que ele pudesse golpear, o equestre rasgou-lhe a barriga com um só balanço da espada. O sujeito não usava armadura e o corte abriu um sulco na carne. Ficou estático, de pé, olhando para o abdome, depois para Georgios e de novo para o abdome, sem acreditar no que estava acontecendo, sem aceitar que iria morrer.

Enquanto isso, o segundo adversário o agrediu, e sua derrota, Georgios analisaria semanas depois, deu-se por um erro estratégico. Os francos tinham aperfeiçoado o uso do machado para, justamente, enfrentar os romanos, que possuíam escudos e cotas de malha, instrumentos bastante eficientes contra utensílios de corte. O machado, por sua vez, é uma arma de impacto, que permite ao duelista empregar força suficiente para ultrapassar a malha metálica e para rachar o carvalho. Conhecendo essas minúcias, o próximo bárbaro a atacá-lo fez conforme seu treinamento e foi direto no escudo, em vez de acertar-lhe o corpo. Quando a machadinha bateu na madeira, o jovem deu um passo à frente, agachou-se e ergueu o braço sobre a cabeça. O tronco do antagonista surgiu diante dele, totalmente desprotegido. Sem pensar duas vezes, Georgios encravou-lhe a Ascalon no coração, e o homem caiu duro, morto na hora. Se havia uma coisa que ele aprendera com o comandante Falco, o *ductor* da Escola de Oficiais do Leste, foi a identificar os pontos vitais. Coração e pescoço provocam morte imediata; tronco e ventre, morte lenta.

Com dois cadáveres a seus pés, o filho de Laios progrediu na zona de combate. Por todos os lados, guerreiros se digladiavam de modo confuso. O solo era assimétrico, com grama, pedras e arbustos ocasionais. Deu uma olhada ao redor e descobriu dois nórdicos lutando. Não conseguiu identificar qual deles pertencia à brigada germânica e preferiu ajudar um legionário que estava no chão, tentando se defender de dois selvagens em pé. Georgios matou um deles pelas costas, depois pulou sobre o colega e acometeu ferozmente, atingindo o inimigo no queixo. O homem, ferido, recuou, o equestre ensaiou persegui-lo, mas sentiu uma fisgada sob a axila. Girou o corpo e lá estava um bárbaro de lança na mão, recolhendo o instrumento para novamente estocá-lo.

Georgios não esperava que os enviados de Dalferin tivessem armas de haste e foi pego de surpresa. O lanceiro preparou o golpe final e certamente o teria matado não fosse o legionário, que antes estava no chão, atravessá-lo com a ponta do gládio.

Atordoado, o cavaleiro do Leste notou que a lança destruíra umas três escamas da armadura antes de alcançar sua pele. Não sentiu dor ou ardência, mas o sangue escapava agora com profusão. Decidiu que, se tivesse que morrer, morreria com dignidade e se ajoelhou sobre um montículo de relva.

— Oh, Mitra, receba-me em seus braços — ele murmurou e então se lembrou de Silas Pórcio, o guerreiro com quem duelara anos antes. — Pórcio, meu caro. Não me esqueci de você. Quero ter a honra de beber novamente ao seu lado.

Ele estava ainda lúcido quando dois legionários, depois três, formaram um círculo à sua volta.

— Proteger o tribuno — gritou um deles. — Comandante ferido.

Georgios desfaleceu, mas só por um minuto. Recobrou a razão com duas pessoas despindo sua armadura. Uma delas era Ida; a outra, Flávio Fúrio.

— Mantenha pressionado — ele escutou a religiosa dizer. O italiano rasgou-lhe parte da túnica e apertou o ferimento com toda a força. Dessa vez, sim, ele sentiu dor e gemeu. — Calma — disse Ida, afagando-lhe a testa. — Já vai passar.

Georgios entendeu que não deveria se movimentar e manteve-se inerte. Sons de luta ainda eram ouvidos nas proximidades, berros e ordens soavam na mata. Quis perguntar a Fúrio a quantas andava o combate, mas o campo de visão tornou-se turvo, e os ruídos, abafados. Descobriu-se com muita sede, uma sede que nunca sentira.

— Água — ele pediu, estendendo o braço. — Água.

Fúrio apanhou o odre e o aproximou de seus lábios.

— Não. — Ida deu um tapa no objeto. — Ele não pode beber nada por enquanto. Vai aumentar a pressão sanguínea.

O marinheiro soltou o recipiente e mostrou as palmas, em um gesto de isenção.

Georgios desfaleceu pela segunda vez.

— Tudo bem. — Ida respirou fundo. Tinha-o enfaixado e, dentro do possível, contido a hemorragia. — Ele está dormindo — disse ela ao almirante. — Vamos deixar que descanse.

Nos minutos em que Georgios agonizava, a batalha transcorrera de maneira brutal. Romanos e batavos haviam superado seus oponentes, que eram de fato homens de Dalferin. O *graf* sabia que os legionários os perseguiriam e calculara bem seu efetivo, mas não contava com a presença da brigada germânica. Os invasores, todavia, sofreram pesadas baixas. Caminhando pelo local da peleja, agora que ela tinha terminado, Círio Galino contou trinta e quatro mortos e cinquenta e sete feridos. Somando os soldados que haviam sido abatidos pelas flechas — uns quarenta —, isso reduzia o contingente para menos de trezentos homens em condições de batalhar.

Ida depositou Georgios entre as raízes de um olmo e se apressou a atender os demais. Cerca de trinta passos distantes, Ivar e seus colegas haviam capturado quatro bandoleiros. Tendo trabalhado como batedor do *graf*, não foi difícil para ele reconhecer algumas daquelas pessoas, em especial um sujeito chamado Rüderic, o líder da patrulha adversária. Arrastou-o até um ponto afastado, prendeu-o a uma árvore com um pedaço de corda de barco e deu-lhe um tapa na cara para chamar sua atenção.

— Está lembrado de mim? — falou com aspereza.

Rüderic, um guerreiro maduro, já beirando os cinquenta anos, tinha olhos azuis, pele muito branca e cabelos e barba profundamente negros. Usava um colete de couro rematado por ombreiras felpudas. Os braços estavam nus e exibiam cicatrizes antigas, que o identificavam como caçador.

— Estou sim — respondeu o franco. — Como vai, Ivar?

— *Senhor* Ivar, para você.

— Por que "senhor"?

O Errante não respondeu. Olhou para Rüderic com ódio e desembainhou a faca. Era uma arma tosca, com a lâmina cega, dentada e cheia de marcas de ferrugem. Encarou seus companheiros — oito deles rodeavam a árvore — e tornou a falar com o cativo:

— Onde estão Dalferin e Isgerd?

— Em Lugduno — declarou o moreno.

— Quem mandou vocês para cá?

— O *graf* em pessoa — afirmou Rüderic, economizando nas palavras.

— Em que situação? Quando e onde ele deu a ordem?

Rüderic fraquejou. Certas informações eram confidenciais, e ele não queria — ninguém nunca quer — ser tomado como traidor. Ivar se aproximou e abriu-lhe o colete de couro, deixando à mostra seu tronco nu.

— Diga — endureceu. — Ou eu o obrigarei a falar.

O caçador apertou as pálpebras, como se fosse chorar.

— Senhor Ivar, eu o respeito, acredite. Juro por Wotan e por todos os deuses — alegou. — Se o senhor prometer não me matar, posso fornecer informações valiosas.

— Então Rüderic é um covarde?

— Não sou um covarde — defendeu-se. — Não temo a morte. Só me preocupo com os meus filhos. Eles ficarão desamparados.

— De onde é a sua família?

— De Süntel — ele citou o nome de uma aldeia quatro léguas ao norte, famosa por seus potros e cavalos velozes.

— Que tipo de informação você poderia nos fornecer?

Rüderic disse:

— O tipo que salvará vidas.

O Errante cofiou a barba loura. Na guerra, poucas coisas são mais valiosas que informações privilegiadas, e Rüderic poderia ser um excelente informante. Contudo, Ivar estava diante dos companheiros, homens que tinham visto seus colegas serem mortos pelos francos fazia menos de uma hora. Se libertasse Rüderic, perderia o respeito da tropa.

— Está bem — concordou, coçando o nariz. — Se o que você nos disser for relevante, eu o libertarei.

— Com vida?

— Com vida.

— Jure — exigiu Rüderic, e com os olhos indicou um cordão que trazia no pescoço, cujo penduricalho se movera para trás quando Ivar lhe abrira o colete. O louro examinou o colar e nele havia um talismã de madeira na forma de T invertido, fazendo lembrar uma âncora. — Beije o martelo de Thor — exigiu o prisioneiro. — Jure em nome dele e dos grandes deuses do Norte.

— Eu juro. — Ivar beijou o pingente. — Juro que o pouparei se as suas informações nos ajudarem a tomar Lugduno com um mínimo de mortes.

— Dalferin está acabado — revelou o moreno, finalmente. — Tirando mulheres e crianças, o porto está sendo defendido por um punhado de cavaleiros, apenas.

— Um punhado? Quantos?

— Uns vinte ou trinta. Ninguém esperava que Granmar fosse morto. No palácio, todos estão completamente desmoralizados.

— E os reforços? — Ivar sabia, por ter pertencido às unidades de Dalferin, que o exército que atacara Castra Vetera era muito menor que o total das forças do *graf*. — Quando chegam os reforços?

— Não há mais guerreiros no continente. Centenas morreram nas Ilhas Britânicas. O grosso das hostes de Dalferin está agora no mar. Cerca de três mil homens atuando como piratas. Pelo que escutei, o *graf* decidiu se mover contra os romanos com menos da metade das tropas porque achou que eles estivessem divididos.

— Eu era soldado do *graf* e não soube de nada a respeito. Por que os romanos estariam divididos?

Rüderic não conteve o risinho de satisfação.

— Vocês, batavos, são apenas servos. Nós, francos, ficávamos sabendo de tudo antecipadamente — afirmou. — Está para acontecer uma grande batalha na Gália. Logo a frota marítima aportará em Lugduno trazendo o resto do nosso exército. Com esse efetivo, Dalferin marchará para o sul mais uma vez a fim de vingar o seu filho e devastar a colônia. Por isso o *graf* está agora isolado no porto, aguardando que alguém o socorra.

— E o Forte Cinzento? — quis saber Ivar. Grîsburc era sua maior preocupação. — Quantos guerreiros o estão protegendo?

— Senhor Ivar — o sorriso de Rüderic era agora um tanto sarcástico —, *nós* somos a guarnição do Forte Cinzento.

O Errante fez uma pausa. Perguntara tudo o que precisava saber. Furtivamente, trocou olhares com seus colegas, como se os consultasse. Já começava a entardecer, mas ainda havia muita luz e claridade. Soldados romanos circulavam pelo entorno, recolhendo espólios e tratando os feridos.

Ivar tornou a erguer a faca e chegou mais perto de Rüderic. Preparou-se para cortar o cabo que o prendia à árvore.

— Obrigado — disse o bandoleiro. — É um homem de palavra.

Nisso, Ivar desviou a lâmina e, com um rosnado, a enfiou no umbigo do adversário barbudo. Rüderic o fitou com cara de espanto, completamente perplexo.

— Seu... filho de uma porca sarnenta — balbuciou. — Você prometeu. — Cuspiu sangue. — Jurou por Wotan.

O guerreiro batavo torceu a faca no corpo do homem e depois a puxou para cima. Como o gume era quase cego, o objeto subiu rasgando, despejando as tripas.

— Sou cristão. — Ele escarrou no rosto de Rüderic. — Que se fodam os deuses do Norte. Que se fodam os francos. Para o inferno com eles! Que morram afogados no mar.

Dito isso, Ivar se afastou. O caçador não gemeu ao ser dilacerado, mas soltou um brado ao ver seu estômago no chão. O urro desvaneceu pouco a pouco, foi encurtando e enfim terminou.

— Espalhem-se — Ivar ordenou a seus homens. — Executem o que restou desses merdas. Não poupem ninguém.

Dali a alguns metros, Ida ouviu o grito de Rüderic, fechou os olhos e orou por sua alma, mesmo sem conhecê-lo. Ela estava assistindo os feridos, e quem agora a ajudava era Círio Galino. Quando terminaram, já era de tardinha. Os dois se sentaram na beira do rio para descansar e beber um pouco de vinho. Os barcos estavam atracados sobre o lodo, tortos e encharcados de sangue.

— Eu não sirvo para este tipo de trabalho — resmungou o pretor, secando a testa com um pano sujo. — Quero uma vida tranquila. Chega de guerra.

— Se não queria guerra — Ida o interpelou —, por que se alistou no exército?

— Eu me alistei como especialista, não como soldado.

— De onde você é?

— Macedônia.

— É longe daqui?

— Sinceramente, irmã, nem sei mais. — O engenheiro pousou o odre no chão e tornou a divagar. — Tudo o que sei — apontou para os corpos dos combatentes batavos, que não haviam sido recolhidos e continuavam esparramados no banco de areia — é que não quero acabar como eles.

— Ninguém quer morrer. Seja do jeito que for.

— Tenho quarenta e quatro anos — prosseguiu, numa crise de desabafo. — Estou velho. Não realizei nada. Não tenho família, esposa ou filhos. — Fez uma expressão como se fosse regurgitar, mas era só ânsia. — Sabe como eu me sinto? Como se já estivesse morto.

— Muita gente se sente assim.

Ele olhou de relance para o cajado com o símbolo da cruz encravado na relva, perto deles.

— O que o seu deus fala sobre essas coisas?

— Que coisas?

— Sobre a morte.

— Cristo diz que a morte é inevitável. — Ida preferiu ser sincera. — Nem ele conseguiu driblar o próprio martírio.

O rosto de Galino era só frustração.

— Se o seu deus, que clama ser o salvador, não pode me salvar, então estou acabado.

— Não há escapatória para o sofrimento — ela explicou melhor. — O cristianismo só nos ensina a lidar com ele.

— Como eu lido com o meu sofrimento?

— Carregando a cruz, é claro, sem deixá-la cair. Pretor, você precisa continuar caminhando. Nunca a largue, jamais a solte no chão.

Círio Galino estava para responder quando Flávio Fúrio se juntou a eles. Estava imundo, suado, com o olho inchado e cheio de hematomas na cara.

— Pretor — ele o cumprimentou com um aceno —, o tribuno não acordou.

— Sim. — Galino fez uma saudação preguiçosa. — Estou ciente.

— Pela hierarquia, agora você é o oficial mais graduado. Depois de mim, é claro. Julguei por bem avisá-lo.

— Perfeito. Estou ciente disso também.

— Então por que está parado aí contemplando o sol? — Fúrio limpou a garganta com uma cusparada de sangue e cruzou os braços, autoritário. — Quero que se levante e comece a organizar os seus homens.

— Os meus homens?

— Os legionários. Os soldados do exército. Já esqueceu que é o pretor da Fortaleza Velha?

Círio Galino sentiu um calafrio. Sempre recebera ordens, nunca comandara coisa alguma. Não tinha a menor ideia do que deveria fazer.

— Meu caro, estou nesta viagem como consultor — esquivou-se. — Pode assumir o comando você mesmo, se assim lhe convier.

— Eu *já* assumi o comando — explicou o almirante — e ordeno que se levante.

Galino colocou-se de pé, meio surpreso, meio assustado.

— De agora em diante, quero que me chame de "senhor" — prosseguiu o marinheiro. — Será que fui claro?

— Sim, senhor — assentiu. — Muito claro.

— Eis as suas ordens. — O italiano encrespou a voz. — Separe alguns barcos para transportar os mortos e os gravemente feridos de volta à colônia. — Ele se virou para trás e observou o cenário. — Os demais, incluindo *você*, seguirão comigo até Grîsburc e de lá para Lugduno.

— Não é perigoso, senhor — ousou Galino, com os olhos perdidos na grama —, atacar os francos com menos de trezentos homens? Já era loucura fazê-lo com quatrocentos.

— Quem teve a ideia dessa incursão foi o *seu* comandante — lembrou o marujo —, não eu.

Círio Galino pensava em um jeito de convencê-lo a recuar no momento em que Ivar os abordou. Cumprimentou-os curvando a cabeça e disse algumas palavras para Ida. Os dois conversaram brevemente, e pelo tom as notícias eram boas.

— O senhor Ivar — declarou a religiosa — afirma que o Forte Cinzento está vazio. — E dirigiu-se especificamente a Flávio Fúrio: — Quer prosseguir agora mesmo, almirante?

— Agora não. Logo vai escurecer. Esta é uma boa área para acampar — disse e tornou a encarar o pretor. — Galino, separe os barcos — insistiu, depois se voltou para Ida: — Dois dos meus timoneiros morreram. Preciso que alguns batavos assumam o lugar deles. Diga isso ao seu primo.

Ida traduziu a ordem ao chefe da brigada germânica. Círio Galino perguntou:

— E o tribuno? Ele vai ou fica?

— Depende de como ele estará amanhã, ao acordar — decidiu Fúrio, e completou com uma previsão nada agradável: — Isto é, *se* ele acordar.

XXXIX

O RIO DOS MORTOS

MEU FILHO, VOCÊ NÃO TEM CULPA, DISSE POLYCHRONIA ANTES DE CAIR MORTA aos pés de Georgios.

O garoto queria reagir, mas não conseguiu. Simplesmente não conseguiu. Sua mãe estava diante dele, com uma lança fincada nas costas, o sangue se espalhando no chão, e ele nada fez para salvá-la.

Nada.

Era um covarde. Um completo covarde.

Um *fraco*.

Ficou tudo escuro. Um trovão o sugou para trás, lançando-o ao breu infinito. De repente estava flutuando no espaço, entre as estrelas. Sentiu muito frio e uma pressão nos ouvidos, como se mergulhasse nas profundezas do mar. Gradualmente, ele se afastava do mundo. Podia agora enxergá-lo como uma esfera multicolor, ficando menor e menor. Do alto, avistou mares e oceanos, desertos e florestas, montanhas e pradarias.

Escutou vozes em tons sussurrantes. Não entendeu o que elas diziam, mas as reconheceu como sendo de Ulisses, o escravo que o ensinara a lutar, de Pantaleão, o médico para quem trabalhara em Antioquia, do menino Ábaco, o pequeno gênio da matemática, dos colegas Sexto e Juno, da Escola de Oficiais do Leste, de Tysa, Constantino, Theodora e de mais uma dúzia de pessoas, vivas e mortas, que ele havia deixado para trás. Georgios raramente pensava nelas — raramente se lembrava delas —, e isso pesou em sua consciência, pesou tanto que ele começou a cair.

Despencou.

Como um cometa, passou ao largo do Sol. Começou a sentir muito calor, sede, o corpo queimando.

Dor.

Era a dor que o consumia. Não dor física, mas psíquica, a angústia, um alfinete no coração. Os cristãos chamavam essa sensação de *culpa*. Culpa por não ter salvado a mãe, por não ter reagido, por não ter matado o filho de Drago, por sentir-se melhor longe de Strabo, por, no fundo, não querer reencontrá-lo, por não conseguir pensar em seu pai com carinho, por não se lembrar do rosto dele.

E quanto a Silas Pórcio? Era um bom homem, e ele o matara. O ataque ao complexo de apartamentos na Nicomédia. Mulheres e crianças mortas. Pais e mães carbonizados.

Era um horror. Uma catástrofe. Georgios não era um ser humano, muito menos um herói. Era um monstro. Um homem destruído, em carne viva.

O Sol o chamava. Queria comê-lo. Engoli-lo. O fogo pinicava, ardia.

Fechou os olhos.

Quando os abriu, viu a Lua. Mas só por um segundo.

— Mãe! — ele se esgoelou. — Mãe!

De joelhos, a seu lado, estavam Ida e Círio Galino. Era uma noite clara, banhada por uma luz prateada. O que restara da patrulha havia se movido alguns passos para oeste, onde existiam, à beira do Reno, três cabanas com materiais de pesca e um pequeno atracadouro com dois escaleres. O lugar era aberto, uma ampla clareira com o chão de pedrinhas. Os feridos haviam sido dispostos sobre seus cobertores. Georgios estava encostado na parede externa de uma dessas construções, protegido pelo alpendre que a circulava.

— Dê água para ele — Ida pediu a Galino.

— Mas — o pretor estranhou — antes você disse a Fúrio que não era para dar. Que ia aumentar o fluxo...

— Isso foi *antes* — ela se apressou —, agora já pode.

Galino fez conforme instruído. Georgios bebeu do odre como um bezerro que mama na teta da mãe e em seguida apagou novamente. Ida começou a rezar. O engenheiro ficou quieto. Quando a mulher terminou, ele perguntou, com delicadeza:

— Já sabe se ele vai sobreviver?

— Saberemos amanhã.

— Quais são as chances?

— Tudo o que posso dizer — pontuou a missionária — é que ele não perdeu tanto sangue quanto eu esperava, sinal de que o ferimento não penetrou tão fundo assim. De vez em quando a pessoa sangra até morrer, e não parece ser o caso dele. O comandante Graco permanece estável agora. Se a febre ceder, ele vai conseguir escapar.

— Com sequelas?

— Pode ser que ele perca o movimento do braço. O mais provável, contudo, é que fique fraco por alguns dias. — Ela observou o corpo seminu do rapaz à luz dos archotes. — Georgios é um jovem forte, já passou por coisa pior — disse ao atentar para a cicatriz nas costelas, provocada pela espada de Pórcio. — Deus tem planos para ele.

— Mas — Galino titubeou — você não me disse que o seu deus não salva ninguém da morte?

— Disse. É por isso que hoje nós vamos rezar para a Virgem Maria.

— Quem é a Virgem Maria?

— É a mãe de Jesus Cristo.

— Como uma mãe pode ser virgem?

— Depois que ela deu à luz — contou Ida —, sua virgindade foi restaurada.

— Pelo próprio Jesus?

Ela achou a pergunta engraçada.

— Não. Pelos anjos. Os anjos de Deus — revelou. — Quer me ajudar?

— Só me diga o que eu preciso fazer.

— Primeiro, observe. Em seguida, escute. — Ida fez o sinal da cruz. — Então, repita.

Círio Galino nunca fora um homem religioso. Como todo romano, porém, fazia pedidos — e oferendas — a diversas entidades quando precisava delas, e achou que não custava nada repetir as palavras de Ida. Segurou-lhe as mãos, traçando um retângulo ao redor de Georgios.

— A vossa proteção recorremos, Santa Mãe de Deus — recitou a diaconisa, e Galino a imitou. — Não desprezai as nossas súplicas. Somos todos tão necessitados. Livrai-nos sempre de todos os perigos, ó, Virgem gloriosa e bendita. — E, tendo declamado três vezes esses versos, soltou a mão do engenheiro para unir as palmas em um gesto de súplica. — Amém.

*

O esforço, apesar de tudo, aparentemente não deu resultado, porque Georgios acabou na barcaça do Rio Styx, sendo conduzido para o mundo dos mortos. Sentiu o balanço das águas, o cheiro de putrefação, o odor dos pântanos e o grasnar das harpias, seres monstruosos que, segundo os gregos antigos, espreitavam as margens em busca de carne.

Quanto tempo demorava para chegar ao mundo inferior?, ele se perguntou. Quanto tempo ia ter de ficar parado, deitado? Estava com sede de novo, com fome, com vontade de urinar. As necessidades básicas falaram mais alto e ele abriu os olhos, para fechá-los no instante seguinte, afetado pela claridade.

Claridade?

Não havia luz no Hades.

Ou havia?

Coçou as pálpebras. O ambiente à sua volta lhe pareceu um tanto mundano, porque agora ele escutava murmúrios, pessoas falando, conversando sobre trivialidades. Sentou-se e tornou a abrir os olhos.

Não era a barcaça do Hades. Georgios estava em um dos barcos francos, e o rio em questão era o Reno, não o Styx. Um soldado romano, sujo e com o joelho esmagado, notou que ele acordara e o saudou. O veículo, percebeu o rapaz, estava cheio de guerreiros enfaixados, que dividiam espaço com alguns poucos remadores e um timoneiro germânico, que da popa conduzia o transporte.

Colocou-se sentado. Cuspiu uma bolha de catarro nas águas barrentas. Estava sem a armadura, só com a túnica, e sob ela ataduras o atravessavam na altura do peito. Observou o céu nublado. Era um dia fresco. E a patrulha, onde estava? Onde estava Ivar? Fúrio? Ida? Galino? O que acontecera com eles? Quanto tempo se passara desde a emboscada? Eles tinham vencido ou perdido?

— Para onde estamos indo? — ele perguntou para ninguém em particular. — Onde estamos agora?

Um dos soldados respondeu com cautela:

— De volta para casa, senhor.

— Casa? — Olhou para os lados, escorando-se nas laterais do transporte. — Tem menos da metade do contingente nestes barcos. Onde estão os outros?

— Marchando em direção a Grîsburc — informou o mesmo guerreiro. — Na verdade...

— Parem! — Georgios tentou se levantar, mas foi obrigado a sentar-se de novo, porque estava tonto, desorientado. — Deem meia-volta. Preciso retornar!

Embora não falasse sua língua, o timoneiro entendeu o que ele queria e obedeceu. Por sorte, eles só haviam se distanciado poucos metros das cabanas pesqueiras. Logo avistaram o restante da frota e os lutadores — romanos e batavos — recolhendo o acampamento noturno. Saltou sobre o lodo e subiu a ribanceira. Chegou lá exausto, ofegante.

— Comandante, o senhor? Já de volta? — Círio Galino se aproximou do tribuno, meio perplexo. — Salve! Como está se sentindo?

Georgios não lhe deu atenção — com efeito, nem sequer o escutara. Ida, no entanto, não demonstrou igual otimismo. Chegou perto dele e disse, sem se alterar:

— Comandante, o seu estado é crítico. Se quiser seguir conosco, pode acabar morto.

O jovem ignorou o conselho. Estava tomado por uma espécie de cólera, agindo como se fosse um lunático. Recuperou o fôlego e começou a procurar seus equipamentos, revirando os pertences dos outros legionários, erguendo escudos e olhando dentro das mochilas. Não demorou para Flávio Fúrio aparecer e subjugá-lo com a ajuda de dois marinheiros. Prenderam-lhe as mãos e o puseram sentado.

— Quero que se acalme, comandante — ordenou o chefe da frota. — O senhor está fora de si.

O escarcéu chamou a atenção dos batavos, que, sendo cristãos, imaginaram que Georgios incorporara o Diabo. Fizeram o sinal da cruz e começaram a orar por sua alma.

— O senhor acaba de sofrer um grande choque — prosseguiu Fúrio. — Esses delírios são comuns. Peço que se recomponha.

O carisma do almirante era tanto que Georgios acatou o pedido como se fosse uma ordem. Deitou-se na grama e, contemplando o céu, procurou se convencer de que as vozes que escutara mais cedo — de Ulisses, Strabo, Tysa e tantos outros — eram frutos de sua imaginação.

Passados alguns minutos, ele se sentia melhor. Com a mente clareando, perguntou para os homens que o circulavam:

— Quem teve a ideia de me mandar de volta para a Fortaleza Velha?

Ida, que estava nas redondezas, tomou para si a responsabilidade.

— Fui eu — anunciou ela. — E faria de novo.

Georgios sentou-se na relva e fez menção de retrucar. Ida, porém, tocou-lhe o braço de um jeito especial — como só ela sabia fazer —, e todo o ódio se esvaiu de repente.

Nisso, a mulher sinalizou para Círio Galino e levou o equestre para um dos casebres. Depois que eles fecharam a porta, Flávio Fúrio perguntou ao pretor:

— Ele é sempre assim?

— Assim como?

— Explosivo.

O engenheiro formulou uma resposta diplomática:

— Impulsivo, às vezes. Explosivo, nunca.

— Então talvez os cristãos estejam certos. O tribuno foi possuído, mas eu aposto em Orco. Já ouviu falar?

— Orco, o deus do submundo — murmurou. — Conheço sim.

— Precisamos sacrificar um rato em seu nome — declarou o oficial da marinha. — Quero que cuide disso, Galino.

— Onde vou encontrar um rato, senhor?

Flávio Fúrio concordou que a tarefa era impossível.

— Um sapo serve. Qualquer criatura que rasteje.

Círio Galino nunca vira um sapo rastejando. Nem um rato. De todo modo, assentiu.

— Sim, senhor. Pode deixar comigo.

Ida desamarrou as mãos de Georgios assim que eles entraram na cabana. O lugar era pequeno, estava repleto de escamas de peixe, e as paredes tinham fissuras largas, através das quais a luz penetrava.

Georgios lutava agora contra forças internas, tentando se livrar dos pensamentos ruins. Era como se aquelas pessoas que lhe sussurraram estivessem cobrando dele uma atitude, uma solução imediata. De tão cansado, esqueceu-se da presença de Ida e se deslocou em direção à saída, mas ela se interpôs no caminho e o abraçou pela cintura.

— Georgios. — A mulher tirou o véu. Seu corpo estava quente. — Eu quero ajudá-lo. Você quer ser ajudado?

De início, o jovem não entendeu o que ela queria dizer. Enquanto raciocinava, Ida o beijou. Foi o mesmo beijo que ela lhe dera naquela noite, quase dois anos antes, nas ruas de Úlpia Trajana. Um beijo voraz, de uma mulher solitária, carente, que dedicava a vida aos outros, não a si mesma.

O ato definitivamente fez com que Georgios esquecesse as frustrações momentâneas. Os dois continuaram juntos por mais algum tempo, até que ele sentiu uma fisgada debaixo do braço. Ida percebeu e sugeriu que se sentassem no chão.

O casal se beijou mais algumas vezes, até que Georgios cochilou por cerca de uma hora. Quando acordou, tinha urinado nas calças. Ensaiou se levantar, mas Ida o apertou contra o peito — e o equestre se rendeu a ela.

— Garoto — ela murmurou, sensual —, sabe que este pode ser o seu último dia de vida? Quero ajudá-lo — repetiu. — Peça-me o que desejar.

Embora não fosse tão experiente na arte do sexo — como Constantino ou Theodora —, Georgios compreendeu o que a missionária queria e tocou seus quadris.

Ida ergueu o vestido e montou sobre ele. Os dois se amaram em silêncio sobre as tábuas enlameadas por aproximadamente dez minutos. Quando terminaram, Georgios se sentia renovado.

— Quer fazer a sua confissão? — perguntou a religiosa enquanto, já de pé, espanava o vestido.

— Pode levar algum tempo — ele brincou. — Meus pecados são copiosos.

— Quanto mais pecados, maior a redenção.

— Prefiro que seu deus não perca tempo comigo — disse. — Cristo já deve ter muito trabalho.

Ida não falou nada, apenas o espiou como quem analisa uma estátua. Constrangido, ele esperou alguns minutos e se manifestou:

— Estou com fome.

— Eu também.

Os dois abriram a porta e deixaram a cabana. Os guerreiros dos três times estavam sentados, espalhados por toda a clareira, e se ergueram imediatamente ao notá-los. Ivar, Flávio Fúrio e Círio Galino os fitavam, curiosos para ouvir o que tinham a dizer.

Foi Ida quem primeiro falou:

— Um milagre se produziu. O tribuno está salvo.

Os batavos — e alguns romanos — responderam com um sonoro "amém". Galino os acompanhou.

— Comandante — Ida se virou para Georgios como se nada tivesse acontecido —, talvez o senhor queira se reunir com o almirante Fúrio agora.

— Quero — ele respondeu. — Mas antes — escutou o próprio estômago roncar — preciso comer.

Os soldados almoçaram na clareira, alguns à margem do rio, outros mais perto das árvores. Sentado sobre uma pedra, Georgios observou o que restara da frota enquanto misturava banha de porco e lentilhas em uma panela de cobre.

O Reno, ele lembrou enquanto bebia cerveja, fora estabelecido como fronteira do Império fazia trezentos anos, quando uma confederação de tribos germânicas emboscou três legiões e as destruiu completamente na Floresta de Teutoburgo, cerca de oitenta léguas ao norte de Castra Vetera. Desde então, vigorava essa paz relativa, às vezes quebrada por incursões esporádicas. Maximiano, por exemplo, arrasara as aldeias, cidades e plantações dos alamanos, e agora os francos estavam prontos para vingar seus irmãos.

A fim de impedir novos ataques, era crucial que os romanos tomassem o porto de Lugduno e capturassem o *graf*. Georgios, portanto, não entendeu quando Ida lhe disse que Ivar e Fúrio planejavam assaltar Grîsburc primeiro, mesmo depois de saber que o lugar estava vazio.

— Foi o que o chefe dos bandoleiros disse durante o interrogatório — explicou ela, traduzindo as palavras de Ivar —, mas não dá para confiar totalmente. Grîsburc fica colado ao rio. Se houver ao menos trinta homens lá dentro, podem aparecer sobre as muralhas e disparar flechas contra os nossos barcos, provocando baixas consideráveis.

— Sim, acho que o seu primo está certo. — Georgios enfiou a colher na panela, provou a mistura e adicionou um pouco de sal. — Não podemos perder mais ninguém. Seria desmoralizante suportar outra chuva de setas.

Flávio Fúrio, que já havia conversado com Ivar, fez um gesto de concordância enquanto mastigava um toucinho. No balanço geral, eles agora dispunham de duzentos e trinta homens — entre marinheiros e legionários — e mais trinta e nove batavos.

— O senhor Ivar — continuou Ida — sugere que naveguemos por mais algumas horas e atraquemos a duas milhas da fortaleza, em um recôncavo que ele conhece e é adequado aos nossos propósitos. Em seguida, marcharemos para Grîsburc.

— Estou de acordo — disse o equestre e se virou para Galino. — Pretor, os feridos foram evacuados?

— Sim, e os mortos também. Mandei os barcos voltarem depois que o senhor foi descansar. Bando de sortudos! — Deu um riso de inveja. — Não vejo a hora de estar em segurança atrás dos muros da Fortaleza Velha.

Encerrada a refeição, Georgios chamou Fúrio para uma conversa particular.

— Quero liderar o ataque — exigiu. — Sei que me excedi hoje cedo, mas já estou recuperado.

O almirante o olhou de cima a baixo.

— Sou um sujeito de palavra e honrarei o nosso acordo — disse. — No entanto, o senhor ainda está muito ferido. Não acredito na magia cristã. Não sou idiota, Graco. Sei o que aconteceu na cabana. Não pense que pode me enganar.

— Nunca tentei enganá-lo.

Era verdade.

— O comando é seu. Entretanto, se começar a delirar ou tiver outro ataque de fúria, eu o prenderei e o deixarei para trás. Fique avisado.

— Confio em meus legionários. Eles jamais me trairiam — replicou. — Não subestime a Trigésima Legião de Trajano.

— Belas palavras, garoto do Leste. — Fúrio cruzou os braços. — Os seus homens o seguem e o respeitam porque é um bom comandante, porque os lidera com inteligência e argúcia. Um oficial insano põe em risco a tropa. Não vou permitir que ponha os soldados em perigo, sejam os seus ou os meus. Estamos entendidos?

O equestre cedeu.

— O senhor está coberto de razão. — Inclinou a cabeça, ruborizado. — Não tenho nada mais a dizer, almirante.

Por toda a tarde, a viagem seguiu sem contratempos. O Reno continuava barrento e se ampliou novamente, com garças caçando nos juncos e nuvens de insetos que apareciam do nada. Duas horas antes de o sol se pôr, Ivar deu um comando à frota e os timoneiros giraram os barcos à margem sul, estacionando-os em uma pequena enseada. Naquele ponto, a ribanceira era alta, oferecendo certa proteção aos transportes.

Cientes de sua tarefa, os homens desembarcaram em silêncio. Georgios segurava a espada com a mão esquerda, preservando a axila direita, perfurada pela lança germânica. Os batavos saltaram sobre a praia de cascalhos com seus escudos redondos, coloridos, e elmos em forma de ogiva. Logo atrás vinham os romanos, de túnica azul e vermelha, escudos retangulares e capacetes de bronze polido.

Ivar conhecia o trajeto e os guiou através de uma trilha até um conjunto de árvores. Os lutadores progrediram em ritmo acelerado, e depois de quase uma hora a companhia parou no limite do bosque. O Errante mandou que seus homens não se movessem, e Georgios fez o mesmo. Ele, Ivar, Fúrio e Ida avançaram mais alguns passos e espiaram seu destino através dos arbustos. Grîsburc estava a uma distância de quatrocentos metros, e todo o entorno, à exceção da face norte, que dava para o rio, era descampado, para que a guarnição — se é que ela ainda existia — pudesse avistar os inimigos chegando. O forte era quadrado, com muros de toras de madeira e diversas guaritas ao longo das amuradas. Parecia um acampamento romano temporário, e essa percepção deixou Georgios irritado, porque o lugar, afinal, fora construído pelas legiões imperiais. Os francos o haviam roubado e nem se deram o trabalho de reformá-lo.

— Não enxergo ninguém na paliçada — sibilou Flávio Fúrio, com a mão em pala sobre os olhos — nem nas torres.

— O local parece realmente abandonado. Não há sequer bandeiras tremulando — constatou Georgios, e perguntou para Ida: — O que Ivar pensa disso?

Ela conversou brevemente com o Errante e traduziu suas palavras:

— O senhor Ivar acredita que, se havia uma guarnição, ela deve ter recuado para Lugduno. Mas insiste que só terá certeza quando invadirmos a fortaleza.

— Ele está certo, outra vez — afirmou Georgios. — Pergunte quantas entradas tem Grîsburc.

— Somente o portão principal — avisou a diaconisa, após nova consulta. — O senhor Ivar diz que conhece o Forte Cinzento porque era o último lugar a que os batavos tinham acesso. Ele nunca esteve em Lugduno, mas esclarece que é possível enxergar a cidade e o porto a partir das torres fortificadas.

— Diga a ele, então — o equestre falou de modo que Fúrio também escutasse —, que vamos nos mover em quatro blocos de sessenta soldados. O primeiro bloco será liderado por mim e por Fúrio. Os quarenta homens de Ivar virão atrás e o resto fica na retaguarda, com os arcos prontos, mirando o passadiço. Se aparecer alguém, quero disparos rápidos.

— Perfeitamente — concordou o italiano. O Errante anuiu depois que a prima lhe informou sobre o plano.

Ida se aproximou do equestre instantes antes da partida.

— Não seria melhor permanecer atrás das linhas, comandante? Quem sabe no terceiro ou quarto bloco?

— Não consigo entendê-la, Ida — Georgios disse baixinho. — Uma hora age como minha amante; outra, como minha mãe. Quem é você agora?

— Sua médica.

— Eu sei me cuidar — ele respondeu, aborrecido.

Ela o encarou por alguns segundos e disse:

— Que Deus o abençoe, então.

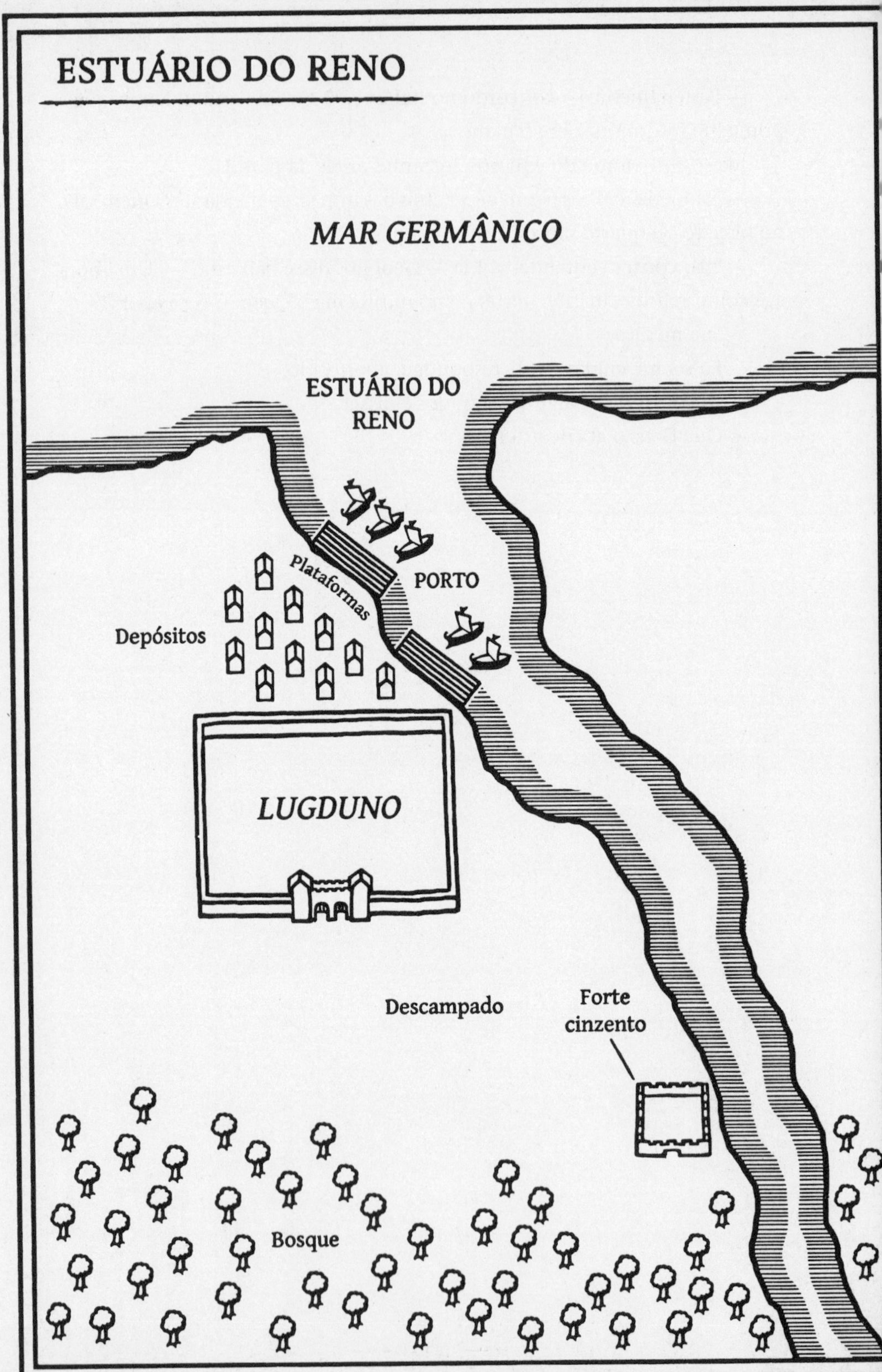
ESTUÁRIO DO RENO
MAR GERMÂNICO
ESTUÁRIO DO RENO
Plataformas
PORTO
Depósitos
LUGDUNO
Descampado
Forte cinzento
Bosque

XL

O FORTE CINZENTO

DOIS MINUTOS DEPOIS, OS GUERREIROS SALTARAM SOBRE OS ARBUSTOS E COMEÇAram a percorrer o descampado. O avanço era lento porque eles marchavam em sincronia, como centopeias metálicas, com os escudos suspensos e as armas na mão.

O sol estava se pondo, projetando sombras oblíquas sob as torres fortificadas. Georgios respirava com dificuldade. O ferimento latejava, e ele percebeu que estava sangrando de novo, mas não queria — não podia — fraquejar, então permaneceu logo atrás de Fúrio, no primeiro bloco da linha de frente.

Em uma ação ensaiada, os invasores pararam a trinta passos da construção para fazer uma última análise dos arredores e do objetivo que os aguardava. O fosso, projetado pelos romanos, estava seco e coberto de areia, formando um desnível entre a campina onde eles estavam e o portão de acesso a Grîsburc. Na prática, era como se o Forte Cinzento ficasse sobre uma colina, e, como não havia ponte ou um caminho aterrado, a patrulha teria de descer alguns metros para então tornar a subir.

Parecia ser tarefa fácil. Georgios sinalizou para os homens do quarto bloco, que traziam um aríete improvisado, feito com uma tora de carvalho maciça. Eles passaram pelos colegas, galgaram o aclive e se prepararam para entrar em ação.

Já na primeira batida, as dobradiças estalaram. O portão era velho, ao que tudo indicava, e não resistiria por muito tempo.

Na segunda batida, as tábuas rangeram. Nenhum guarda apareceu no passadiço. Nenhum arqueiro.

Nenhum franco.

Na terceira batida, as seções se abriram. Nesse instante, o firmamento enegreceu. O crepúsculo havia chegado.

Sedento por provar seu valor depois do surto que o acometera mais cedo, Georgios desligou-se do bloco e saiu correndo na frente. Desceu o fosso, subiu a colina, chegou aos soldados que carregavam o aríete, ordenou que aguardassem do lado de fora e entrou na fortaleza pronto para enfrentar, sozinho se fosse preciso, os inimigos que porventura o cercassem.

Esse rompante, porém, o debilitou sobremaneira, e ele, de novo, sentiu o corpo arder.

Febre.

Os olhos ficaram embaçados, as pernas, trêmulas, a visão, turva.

Então, no lusco-fusco que sucede ao poente, o jovem enxergou algo dantesco. Uma cena macabra que nem ele, nem os soldados esqueceriam tão cedo.

O portão de Grîsburc se abria para um pátio de areia, ao redor do qual ficavam dezenas de construções tipicamente romanas — depósitos, alojamentos, estábulos —, deterioradas pela passagem do tempo. No coração desse pátio haviam sido dispostas treze tochas em círculo. No meio desse círculo, ele avistou um bode negro, com chifres enormes, montado sobre uma adolescente nua. Deitada no chão, de barriga para cima, a moça olhava perdidamente para o céu, como se estivesse entorpecida. Não reagia, não gritava, não se movia, não piscava, nada fazia.

Em um primeiro momento, Georgios imaginou que estivesse delirando, ouvindo coisas, fantasiando situações impossíveis. Lembrou-se da promessa que fizera a Fúrio de entregar o comando a ele caso não tivesse condições de liderar.

Resolveu dar um grito, pedir ajuda ao almirante.

Não conseguiu.

O medo o paralisou. Medo de quê?

De quem?

Quem era aquela criatura? O que queria? De onde viera?

— Que garoto idiota — ele escutou o bode dizer. — Ficou mais preocupado em cortejar a profetisa germânica do que em ouvir o que ela tinha a dizer.

Bom, estou aqui. Lembra-se de mim? Da Escola de Oficiais do Leste? Da prova do porco?

O rapaz engoliu em seco. Estava petrificado.

O animal saiu de cima da garota e se virou lentamente para ele. Mostrou os dentes, como se estivesse sorrindo, como se quisesse chamar sua atenção.

— Não mudou nada. Georgios, o filho de Laios — prosseguiu o caprino. — Continua um perfeito idiota. Bom, trago informações para você. Preparado?

O bode não falava emitindo sons pela boca. Era como se as palavras ecoassem diretamente no cérebro, sendo impossível, portanto, calá-las.

— Seja você quem for, deus ou demônio, real ou imaginário — murmurou o equestre, recuperando o ar —, ordeno que me deixe em paz. Eu o esconjuro. Em nome de Mitra, de Marte e de Júpiter.

— Já passamos dessa fase. Lembra-se do que eu lhe disse na Nicomédia? Não adianta clamar por Mitra, por Marte ou por qualquer um desses merdas. — O bode colocou a língua para fora. — Só existe um jeito de me esconjurar. Ou com o batismo, ou com a extrema-unção. Ou com um exorcismo decente. Mas você é orgulhoso demais para se submeter, o que a propósito me deixa muito feliz. Você é um dos nossos, Georgios. É um dos *meus*.

O tribuno continuava sem ação. Perguntou, enfim:

— O que está acontecendo? — Olhou para a menina no chão. — Quem é ela?

— Ninguém importante. Os sacerdotes francos a ofereceram a mim pensando que invocariam suas entidades sintéticas. Mas sou *eu* que moro nos falsos ídolos, rapaz. — Deu uma risada macabra, ficou ereto e balançou os cascos da frente. Georgios recuperou parte dos movimentos e recuou com cautela. O animal reagiu, colocando-se novamente nas quatro patas. — Não tenha medo. Sou um camarada perverso, cheio de defeitos, mas ninguém pode dizer que não tenho palavra. Prometi a você que lhe contaria sobre o seu pai. Estou aqui para cumprir a promessa.

Georgios recordava-se de que, aos quinze anos, após inalar um combinado de ervas alucinógenas, submetera-se a um rito de passagem que consistia em matar um porco. Em meio à loucura, ele pensara ter dialogado com Lúcifer, o Diabo cristão, o Satanás em pessoa.

O mesmo parecia estar acontecendo agora.

O ponto positivo, dessa vez, é que ele tinha consciência de que estava delirando, de que nada daquilo era real. Mesmo assim, a voz era perturbadora. O bode tornou a falar, depois de sacudir a cabeça com um balido estridente.

— O seu pai fugiu para a Pérsia. Foi o único país que aceitou recebê-lo. Ele está lá agora. São e salvo — afirmou. — Laios está vivo!

— Pérsia? — Era uma ilusão, ele sabia, mas não resistiu à tentação de perguntar. — O meu pai era inimigo dos persas. O que faria entre eles?

— O seu pai estava se tornando conhecido e poderoso no Leste, então o imperador o enviou para a Germânia com o objetivo de isolá-lo. E, em última instância, de matá-lo — revelou o caprino. — Diocleciano subornou Dalferin para que Granmar e seus homens encurralassem Laios, mas ele conseguiu fugir e foi buscar refúgio, claro, entre os maiores inimigos de Roma. Essa é a verdade, a única verdade. Não foi por isso que você veio para cá? Para descobrir o que aconteceu com o seu pai?

— Impossível. — Para Georgios, a história não fazia sentido. — Pólio me garantiu que o meu pai morreu nos braços dele, sangrando. Por que Otho Pólio mentiria para mim?

— Porque, quando ele tentou criticar o imperador, você o prendeu, seu palerma! — riu-se. — *Essa* é a história real — exclamou o bode. — Diocleciano traiu Laios Graco, o Libertador do Leste — disse. — Está satisfeito agora?

Horrorizado, o jovem deu outro passo atrás, mas pisou em falso e caiu de costas na areia. Estava encharcado de suor, sangrando pela axila, quase cego e sem forças para se levantar.

O animal lambeu-lhe o rosto.

— Gosto de você, Georgios. É meu homem de confiança. Sem saber, esta sua campanha contra os francos tem me ajudado bastante. — Olhou para o céu, apreciando a lua que tinha nascido. — Estou de saída, mas não se preocupe. Nos veremos de novo. Conte sempre comigo, afinal amigo é para essas coisas.

Instantes antes, Flávio Fúrio assistira a Georgios desligar-se do bloco para subir a colina sozinho.

Experiente, decidiu agir com prudência. Deu um comando e os soldados se deslocaram devagar, arrastando os pés na terra e mantendo os escudos sobre a cabeça.

Desceram o fosso juntos, chegaram ao portão e adentraram o Forte Cinzento. Georgios estava no chão, tremendo, e um grande bode lambia-lhe a face. Mais além, no meio de um círculo de tochas, enxergava-se uma menina loura, desacordada.

Observando os archotes acesos, Fúrio concluiu que a guarnição de Grîsburc estava à espreita, talvez escondida nos depósitos, pronta para emboscá-los. Soprou um apito para chamar os demais combatentes e, enquanto isso, avançou e investiu contra o bode, perfurando-lhe o pescoço peludo.

O gládio acertou a jugular e o animal deu um berro, para então ser atacado por mais três marinheiros. Um dos marujos chutou o quadrúpede, afastando-o do tribuno — que ainda espumava e se debatia no solo.

— Lugh, Péricles — Fúrio se virou para dois *optios*, soldados mais graduados —, cuidem dele. — Apontou para Georgios. Depois, pronunciou uma ordem geral. — Formação dispersa. Vasculhem tudo. Encontrem a guarnição. Procurem tesouros. Caça livre!

Em resposta, legionários, marinheiros e a brigada germânica tomaram a fortificação e se puseram a esquadrinhá-la. Muitos apanharam as tochas que rodeavam a menina, pois já era noite fechada.

O almirante se juntou a eles.

Os dois *optios* escolhidos para cuidar do equestre nada entendiam de medicina. Um deles começou a estapeá-lo, tentando fazer com que despertasse.

Nessa hora, Ida e Galino surgiram no pátio. A missionária foi até Georgios e enfiou-lhe a sandália na boca, para que ele não quebrasse os dentes. Em seguida, enrolou-o com o cobertor dos soldados.

Galino reparou na adolescente que jazia ali perto. Correu até ela e a envolveu com sua própria manta de lã. Era uma moça jovem, de uns treze ou catorze anos, com os seios pequenos, a pele sardenta e as feições delicadas. Estava coberta de sangue, ainda que esse sangue não fosse seu. O pretor não sabia o que tinha acontecido. Era tudo tão estranho, tão horroroso.

— Os francos têm um ritual chamado *Sohgsra* — contou Ida para Galino. — Quando eles querem humilhar determinada família, casam a primogênita com um animal.

— Eles *o quê*? — Galino ergueu a garota e a deitou ao lado de Georgios. Sons de machado contra madeira, portas sendo arrombadas e janelas sendo quebradas eram escutados em toda parte.

— Essa moça deve pertencer a uma tribo inimiga — explicou a diaconisa. — Fique aqui. — Ela olhou ao redor, até que sua atenção se voltou para uma construção que já havia sido vasculhada e portanto estava vazia. — Logo vai esfriar. Vou encontrar abrigo para eles.

Ida dirigiu-se até o lugar, descobrindo que se tratava de um pequeno estábulo com seis cocheiras, perfeito para alojar os doentes. Retornou ao pátio, mas no caminho se deparou com a carcaça do bode, que havia sido deixada no chão. Foi com surpresa que ela constatou que o animal, mortalmente ferido, ainda respirava. Curiosa, deu uma espiada na criatura, que a fitou.

— Por essa eu não esperava — teria dito o bicho. — Se não é a puta de Nijmegen. Envelheceu bem, hein?

Nijmegen, chamada pelos romanos de Noviomago, era uma cidade germânica na margem sul do Reno, onde Ida havia nascido e onde trabalhara como prostituta antes de entrar para a Igreja e imigrar para Úlpia Trajana. Ninguém, em terras romanas ou francas, conhecia essa história.

Diferentemente de Georgios, que era cético em muitos aspectos, Ida acreditava saber com quem estava lidando. Segurou firme o crucifixo, estendeu a mão direita e gritou a plenos pulmões:

— Fora, Satanás. Em nome de Deus. Eu o expulso!

Ela não precisou falar mais nada, porque o bode se calou. Na verdade, já estava morto. Foi o que garantiu um dos soldados que a escoltavam.

— O bicho levou uns trinta golpes, senhora — verificou o guerreiro. — Nem um touro resistiria.

Enquanto Ida e Galino tratavam os enfermos, Ivar e Fúrio haviam feito progressos. Um marinheiro aproximou-se do almirante e informou:

— Senhor, encontramos prisioneiros. Estamos reunindo todos eles no pátio dos fundos.

Fúrio tirou o elmo, limpou o suor com um pano e andou até lá. Em Grîsburc, o pátio traseiro ficava à esquerda do antigo pretório, um casarão de tijolos quebrados cujo revestimento desaparecera havia séculos. Não era um lugar grande, tampouco sofisticado. Pelas pegadas, notava-se que os francos o usavam como campo de treinamento — e, possivelmente, de execução.

Quando Flávio Fúrio chegou ao local, encontrou onze homens capturados. Estavam em pé, olhando para o chão, de cabeça baixa. O mais novo talvez somasse quarenta e cinco anos, e o mais velho, uns setenta. Usavam túnicas longas, feitas de tecido cru, tinham os cabelos desgrenhados e o rosto sujo de terra, mas não estavam feridos.

Um centurião da marinha, um gaulês chamado Dócrates, esticou o gládio na direção deles.

— Encontramos esses aí, almirante — disse. — Não ofereceram resistência.

Fúrio perguntou:

— Onde eles estavam?

— Dentro de um chiqueiro.

— O chiqueiro estava trancado?

— Não, senhor.

— Estranho. — Guardou o gládio e sacou a adaga. — Por que não fugiram antes da nossa chegada?

Um dos cativos escutou a conversa, ajoelhou-se e levou a testa ao solo em atitude submissa, como às vezes fazem os mendigos.

— Prisioneiro — ele começou a repetir, usando um latim elementar. — Prisioneiro. — Bateu no peito. — Nós. Prisioneiros.

Fúrio não gostou da atitude. Suspendeu-o à força.

— Levante-se.

Ivar, que acompanhava o procedimento de perto, tomou a dianteira e fez algumas perguntas a um dos capturados. Fúrio não entendia o dialeto dos francos, mas reparou que o diálogo rapidamente assumiu um tom conciliatório.

Dócrates, o centurião da marinha, arriscou um palpite:

— Creio, senhor, que eles estão tentando dizer que são, ou eram, prisioneiros dos francos.

— Isso eu já entendi — rosnou o almirante. — Resta saber se é verdade.

Flávio Fúrio, então, dirigiu-se a Ivar. Sem Ida, eles não tinham como se comunicar, o que era frustrante, especialmente naquelas condições. O Errante conversou com outros dois detidos, depois olhou para o italiano e fez um gesto de isenção, deixando claro que não conseguira descobrir a real identidade daqueles indivíduos.

— Eu — um dos maltrapilhos prosseguiu, subserviente —, fazendeiro — disse, no mesmo latim sofrível. — Ele — apontou para outro —, camponês.

Fúrio decidiu pôr a versão deles à prova.

— Quem acendeu as tochas? — perguntou, sério. — Quem treinou o bode?

O prisioneiro fez como se não entendesse.

— Onde está o tesouro do *graf*? — O oficial apanhou uma moeda da algibeira e a exibiu à luz dos archotes. — Onde Dalferin guarda sua fortuna?

Dessa vez, o homem compreendeu. Sinalizou com o indicador para além da paliçada.

— Lugduno — balbuciou. — Porto. Cidade. Lugduno.

— Pelo jeito — Fúrio comentou com Dócrates —, não teremos saída a não ser continuar até o estuário do Reno. Eu não saio daqui de mãos vazias.

O centurião riu.

— Eu também não.

Nisso, escutaram-se passos nas vielas adjacentes.

— Senhor — gritou um marinheiro esbaforido, que acabara de chegar ao pátio dos fundos com uma peça de roupa na mão. — Senhor Fúrio — ele se dirigiu ao almirante —, encontramos isto em um dos depósitos.

O guerreiro largou o objeto na areia, à vista de todos. Era um manto de penas de corvo, idêntico àquele que os sacerdotes francos tinham usado na Batalha do Reno. O adereço, em si, não provava nada. Podia ter sido deixado — ou esquecido — no forte por várias razões, mas a questão é que, naquele instante, Fúrio olhou para um dos cativos e reparou em um filete de suor que lhe escorria da têmpora. Ele estava nervoso, apreensivo com a descoberta.

Por quê?

Sem fazer nenhum anúncio, o chefe da frota enfiou-lhe a adaga no estômago. Poderia ter sido um erro, mas no fim sua intuição estava correta, porque, quando o primeiro dos sacerdotes morreu, os outros tentaram escapar, correndo para todos os lados. Os soldados, todavia, estavam preparados e logo os capturaram, liquidando-os ali mesmo, com movimentos velozes e bem ensaiados.

O último a cair foi um ancião de barba suja, cego de um olho, com o pomo de adão proeminente. Contorcia-se no solo feito uma cobra, depois de ter sido acertado por Ivar. Flávio Fúrio correu até ele, esperando ter a chance de interrogá-lo.

— Quem são vocês? — Ele pisou sobre seu ombro. — Por que estão em Grîsburc? Por que não fugiram?

O sujeito se virou de barriga para cima.

— Esta é uma guerra espiritual — ele sibilou em latim, com um sotaque germânico fortíssimo. — Os cristãos devem morrer. Se eles vivem, nós morremos. O senhor morre, almirante. O *senhor* morre!

Fúrio não precisou interrogar mais ninguém, porque já tinha descoberto que não havia tesouros no Forte Cinzento. Sinalizou para Ivar, traçando com o polegar um risco imaginário na própria garganta.

— Mate-o.

O Errante compreendeu o aviso e ergueu o machado, executando o sacerdote com um golpe na testa.

Quando a matança terminou, o pátio estava encharcado de sangue. Fez-se silêncio por todo um minuto, não em respeito aos mortos, mas porque, naquele momento, só naquele momento, os romanos se deram conta de que tinham reconquistado Grîsburc.

Os soldados se abraçaram, balançaram as armas, deram gritos de felicidade, mas no fundo todos, até os batavos, sabiam que era cedo para comemorar, que o verdadeiro objetivo ainda os aguardava e que no dia seguinte eles — todos eles — poderiam estar mortos diante do *graf*.

XLI

RIXA DE SANGUE

PARA GEORGIOS, FOI COMO UMA REVIGORANTE NOITE DE SONO — SEM SUSSURros, vozes e pesadelos dessa vez.

Ele se recordava de ter entrado em Grîsburc sozinho e, em meio ao delírio da febre, travado a discussão com o bode. Quando perguntou a Fúrio sobre o ocorrido, o almirante foi categórico.

— Eu matei o animal pessoalmente — disse ao reencontrá-lo para o desjejum. — Ele morreu rápido. — Os dois se sentaram a uma mesa retangular, montada ao ar livre em uma das vias laterais do Forte Cinzento. — Depois nós o devoramos. Não sobrou nada, senão ofereceria ao senhor.

Enquanto comiam, Fúrio fez um relatório completo dos acontecimentos, contando sobre os sacerdotes que eles tinham executado. Os corpos, segundo o italiano, haviam sido atirados no rio.

— Espero que a correnteza os leve até Lugduno. Não há tesouros em Grîsburc, então forçosamente teremos de invadir a cidade — revelou, perguntando: — Como se sente?

— O mais curioso — respondeu Georgios enquanto mordia um pedaço de pão — é que me sinto ótimo. Só lamento não ter podido me juntar a vocês. Ainda não sei o que aconteceu.

— Deve ter sido a exaustão — apostou o chefe da frota. — O senhor estava bastante ferido. No fim das contas, não existem "milagres", comandante.

E, se me permite alertar — murmurou ele, cauteloso —, tome cuidado para não cair na conversa dos cristãos. Eles falam demais.

Georgios concordou. Fúrio, então, ensaiou fazer algumas críticas a Ida, mas o rapaz o deteve agradecendo de modo cordial e lhe assegurando que sabia exatamente com quem estava lidando.

Trajou uma túnica sobressalente, vestiu uma cota de malha, equipou-se com o cinto, a espada e as grevas e subiu ao passadiço para visualizar seu destino. Diferentemente do que ele pensava, Lugduno não era uma cidade costeira, como Bizâncio ou Selêucia. Localizava-se no estuário do Reno, isto é, no ponto exato onde o rio se alargava, formando um delta que desaguava no mar. Para todos os efeitos, o porto, então, era fluvial, não marinho, embora estivesse muitíssimo perto da foz. Uma linha de plataformas robustas, entrecortadas por outras menores, acompanhava a margem por quase um quilômetro. Graças à profundidade das águas, essas plataformas podiam receber navios de todos os tipos — galés de combate, inclusive —, mas agora estavam praticamente vazias, pontilhadas apenas por escaleres e pelos barcos usados pelo *graf* em sua fuga.

Lugduno ficava na face sul do Reno. Construída pelos romanos, era cercada de altos muros de pedra, com guaritas a cada cinquenta metros. Embora não fosse tão grande, suas defesas estavam intactas, e Georgios achou que não conseguiria tomá-la à força com o contingente que possuía, mesmo que Dalferin dispusesse de pouquíssimos homens. Os invasores só tinham aríetes de mão, pequenos demais para destruir os portões da cidade. Outra opção seria usar escadas de madeira para subir as muralhas, mas sem a tartaruga de escudos os soldados ficariam desprotegidos, sobretudo porque o terreno era plano, sem árvores ou colinas que servissem de cobertura. Uma terceira alternativa seria construir máquinas de guerra, torres de ataque, o que levaria pelo menos duas semanas — e eles não podiam esperar tanto tempo.

Observando o cenário mais atentamente, Georgios calculou que Lugduno ficava a uma hora de caminhada. Reparou, em seguida, que havia uma aldeia mais além, com uma série de depósitos e cabanas que, àquela altura, talvez estivessem desocupados. Fez um esforço para pensar em outra estratégia, mas nada lhe ocorreu. Nessas horas, ele tinha inveja de Constantino, que sempre bolava soluções convincentes.

Depois de duas horas analisando a paisagem, pediu que um dos guardas chamasse Círio Galino. O pretor, desengonçado, subiu ao passadiço e caminhou por ali cuidadosamente, segurando-se nas estacas da paliçada.

— Bom dia, comandante. — Ele se colocou ao lado de Georgios, mas não o saudou, porque tinha medo de cair. — Como posso ajudar?

O tribuno manteve o olhar fixo no estuário do Reno.

— Como está a menina?

— Ida vem cuidando dela. Está bem, dentro do possível. Evoluindo. Desnutrição, imagino.

O equestre apontou para Lugduno.

— Está vendo aquela cidade?

— Tecnicamente, é uma colônia — ele o corrigiu, depois riu, como se pedisse desculpas. — Era, pelo menos. Se bem que hoje em dia não é nem isso.

— Como faço para tomá-la?

Galino franziu o cenho.

— Por que está me perguntando isso, comandante? Não tenho nenhuma experiência militar.

— De vez em quando você enxerga coisas que eu não percebo.

O pretor sentiu-se lisonjeado.

— Permissão para falar livremente — pediu.

— Concedida.

— O senhor quer a minha opinião sobre como tomar a cidade ou a minha cumplicidade para deflagrar um massacre? Porque, se quiséssemos, poderíamos destruí-la em um piscar de olhos, mas ao custo de centenas de vidas inocentes.

— Inocentes? Os francos?

— Dalferin certamente mantém muitos civis dentro dos muros — explicou. — Camponeses batavos, com certeza. Essas pessoas morreriam também.

— Está se referindo ao betume?

— Sim — confirmou o engenheiro. — Nós temos dois barris cheios até a boca. Poderíamos disparar flechas incendiárias.

— Não consigo ver as casas daqui, mas, se Lugduno preservou a arquitetura original romana, elas terão cobertura de telhas, não teto de palha ou madeira. É difícil incendiar construções desse gênero com flechas. Precisaríamos das catapultas.

— Eu não as trouxe por falta de espaço, mas poderia mandar buscá-las.

— Quanto tempo levaria?

— Considerando que ainda teríamos de montá-las — calculou o pretor —, cerca de oito dias.

— Se os piratas de Dalferin chegarem nesse ínterim, todo o nosso esforço e as vidas perdidas terão sido em vão.

— Bom — Galino coçou a careca —, Dalferin sabe que somos poucos e que fugiremos se avistarmos sua frota chegando, certo? Conclui-se, portanto, que ele enviará um diplomata antes disso.

— Não entendi. — O equestre semicerrou os olhos. — Se eu fosse ele, continuaria acastelado. O *graf* sabe que não temos como sustentar um cerco.

— Comandante — o pretor agora sorria, porque tinha enxergado algo que o tribuno nem sequer cogitara —, se me permite um conselho: para entender as motivações de outra pessoa, é preciso se colocar no lugar dela. Se o senhor estivesse a menos de uma légua do assassino do seu filho, dentro do seu próprio país, perderia a chance de capturá-lo?

Georgios ficou intrigado.

— Continue.

— O senhor matou Granmar, o herdeiro de Dalferin — emendou Galino, timidamente. — Esqueceu?

— Eu — ele levou uns instantes para digerir a informação — não tinha refletido por esse ângulo.

— Sinto afirmar, mas o senhor, querendo ou não, planejando ou não, acabou se envolvendo em uma rixa de sangue. Granmar matou o seu pai e o senhor matou Granmar. Dalferin e Isgerd jamais permitirão que escape. Os francos levam essas coisas a sério e, com todo o respeito, os romanos também.

Georgios não pôde deixar de lembrar que a vingança fora um dos motivos que o trouxeram à Germânia. O irônico era pensar que agora ele estava preso a esse mesmo ciclo, que só terminaria com a morte do *graf* — ou dele próprio.

Quando os dois acabaram de conversar, um cavalo peludo surgiu no descampado. Quem o montava era um homem idoso, de barba pontuda, vestido com trapos. O velho galopou na direção de Grîsburc e, ao chegar mais perto, o equestre o reconheceu como o sacerdote que distribuíra hidromel aos soldados na Batalha do Reno. Embora sua aparência fosse miserável, era óbvio que se tratava de alguém importante.

— Pretor, chame Ivar e Ida — ordenou o rapaz, pasmo ao ver as previsões de Galino se completarem tão rapidamente, diante de seus olhos. — Diga para eles me encontrarem aqui.

— Como queira, comandante — ele concordou e indagou, meio sem graça: — Eu preciso subir com eles de novo? Sabe — deu um sorriso amarelo —, tenho medo de altura.

*

Georgios poupou Galino de subir novamente no passadiço, não por pena ou gentileza, mas porque precisava dele para a próxima fase da missão — se é que haveria uma próxima fase.

Por intermédio de Ida, Ivar confirmou que o recém-chegado era Osric, o Castanho, sumo sacerdote de Wotan, amigo e conselheiro do *graf*.

— Foi ele quem negociou com Galino — recordou-se o equestre — durante a Batalha do Reno.

— Sim — assentiu a diaconisa. — Ele também era, provavelmente, o líder dos homens executados ontem, os onze discípulos que prepararam o ritual.

O sangue subiu à cabeça de Georgios.

— Eu deveria mandar alvejar esse filho da puta.

— Seria inútil — decretou a mulher. — Essa gente tem poderes mágicos.

Os três — Georgios, Ida e Ivar — estavam um ao lado do outro, observando Osric por sobre a ponta das estacas. O velho estava desarmado e não trazia nada consigo. Desmontou do cavalo e acenou para eles. Depois ergueu os braços, um sinal claro de que queria conversar, não lutar.

— Que tipo de poderes?

— Não sei — admitiu a missionária. — Só sei que suas habilidades são diabólicas — afirmou. — Profanas.

Georgios ficou algum tempo olhando o velho, cogitando se mandava que os guardas disparassem as flechas ou não. No fim, julgou que não faria mal sair de Grîsburc e encontrar-se com ele. O sujeito era magro, idoso e poderia ser dominado sem grandes dificuldades. Ele só relutava em levar Ida junto para fazer a tradução.

Enquanto raciocinava, Osric falou em latim:

— Se quiser, pode descer sozinho, comandante. Será um prazer dialogar com o senhor.

O rapaz se empertigou.

— Então agora você fala a minha língua?

— Falo — respondeu ele, sarcástico. — Os deuses me ensinaram. — E completou: — Sou um homem velho — argumentou, já ligeiramente ofegante. — Não se negocia no grito.

Osric estava certo, pensou Georgios. Mandou que os arqueiros ficassem de prontidão, desceu para o pátio, saiu do Forte Cinzento, contornou a fortaleza e parou na frente do diplomata.

O Castanho o cumprimentou:

— Salve.

Georgios não respondeu. Preferiu ser direto:

— O que você quer?

Com um sorriso cínico, o ancião comentou:

— O senhor matou os meus discípulos.

— O senhor matou os meus soldados.

— É verdade, mas vocês atacaram primeiro.

— É muita petulância da sua parte. Foram *vocês* que nos atacaram.

— Não vou prolongar esta discussão — prometeu Osric. — O que passou, passou.

— Diga logo a que veio — endureceu o tribuno.

— O *graf* gostaria de convidá-lo a ter com ele em seu palácio em Lugduno, onde discutirão os termos de um encerramento pacífico para este conflito. O senhor poderá trazer suas armas e dois companheiros como escolta.

— Quer que eu me entregue a vocês? O que pensa que eu sou? Um retardado?

— Sei que parece estranho — declarou Osric —, mas o *graf* e sua filha prometem, diante de Wotan, que não erguerão um dedo contra os senhores. Tampouco ordenarão que seus guardas os ataquem, sob nenhuma circunstância.

— Muito bem. — O equestre tentava imaginar o que Dalferin esperava com aquela proposta. — E que garantias eu tenho de que você e seu chefe estão dizendo a verdade?

— O juramento está feito.

Georgios cruzou os braços.

— Receio não ser o bastante.

O velho balançou a cabeça e montou no cavalo.

— O convite está lançado. O *graf* espera o senhor amanhã ao meio-dia.

— Que tal hoje?

Osric manobrou as rédeas.

— Como?

— Hoje — exigiu Georgios. — Eu aceito o convite, mas precisa ser hoje, ao pôr do sol.

O sacerdote suspirou longamente e concordou:

— Que seja hoje, então.

— Franco. — O equestre colocou a mão sobre o peito. — Faço também um juramento. Se for um truque, eu encontrarei uma forma criativa de matá-lo. Juro por Marte e por Mitra.

O homem fez uma expressão de azedume, bateu com os calcanhares nas ancas do cavalo e galopou para longe sem se despedir, sem saudá-lo.

Quando tornou a adentrar a fortaleza, Georgios procurou Flávio Fúrio.

— Prepare-se — ele disse ao almirante. — Faremos uma visita ao *graf* quando o sol se puser.

— Hoje?

— Hoje.

— Qual é o plano? — perguntou o italiano.

— Só eu, o senhor e Ivar. Vamos nos encontrar com o *graf* — explicou. — Sozinhos.

— Em Lugduno?

— Onde mais?

— Sou um homem de coragem, Graco. Felizmente, bravura é algo que nunca me faltou. Porém existe uma diferença entre heroísmo e burrice.

— Concordo — Georgios o apoiou. — No entanto, que alternativa nós temos?

Flávio Fúrio procurou opções. Não as encontrou.

— O jogo é perigoso — avaliou o tribuno —, mas vale o risco. Se ganharmos, Ivar terá sua vingança, eu libertarei a cidade e o senhor obterá seus espólios.

— Seria, de fato — concordou o marujo —, inadmissível voltar a Trajana com as mãos abanando.

— Osric jurou que não seremos feridos — pontuou o equestre. — Que não erguerão um dedo contra nós.

— E o senhor confia nesses selvagens?

— Se pensarmos friamente — o jovem se lembrou das negociações conduzidas durante a Batalha do Reno —, eles nunca quebraram uma promessa.

— Sempre há uma primeira vez.

— Não posso obrigá-lo a ir comigo. Peço apenas que se decida — solicitou — o quanto antes.

Fúrio imaginou os baús repletos de ouro, as joias e os lingotes de prata que tomaria do *graf*.

— O senhor não me deixa saída. — O almirante estendeu-lhe a mão. — Conte comigo, comandante.

XLII

LUGDUNO

OSRIC DEIXARA EXPLÍCITO QUE APENAS O TRIBUNO E DOIS DE SEUS COMPANHEIros poderiam ter com o *graf*. O acordo, no entanto, não proibia Georgios de mover suas tropas para mais perto de Lugduno, e foi isso que ele fez. Manteve uma pequena guarnição em Grîsburc e avançou com duzentos homens na direção da cidade, estacionando-os a cerca de trezentos metros das muralhas, longe do alcance das flechas. Em seguida, caminhou até os portões, escoltado por Ivar e Flávio Fúrio — os três devidamente armados, com suas armaduras, mas sem os escudos, afinal estavam em missão diplomática.

O céu naquela tarde era uma mistura de cores, com o sol escondido atrás de um amontoado de nuvens. Georgios sentiu o cheiro do mar e lembrou-se da noite em que cruzara os portões de Cesareia Marítima, aos catorze anos. O sentimento agora era vagamente parecido, porque, em ambos os casos, ele tinha poucas chances de sobreviver. Estava claro que o *graf* planejava matá-lo, a questão era: como? Destemido e curioso como era, ele estava disposto a pagar para ver, mas não se entregaria sem lutar.

Nos campos, flores nasciam sobre os arbustos, os sapos coaxavam, os insetos zumbiam. Observando as muralhas de perto, à luz fulgurante do sol vespertino, Fúrio, que era italiano de nascimento, foi tomado por uma espécie de aversão. Quem eram aqueles homens para ocupar uma propriedade romana? Quem eram os francos para usar suas instalações, para usufruir de seus depósitos, anfiteatros e pavilhões?

No portão, sobre o arco de entrada, era ainda visível a inscrição "*Legio X Gemina — Lugdunum Batavorum*", isto é, "Lugduno dos Batavos, erigida pela Décima Legião Gêmea". Mais acima, ao menos dez guardas os vigiavam desde as torres fortificadas. Um deles, trajando uma cota de malha, lançou uma ordem para alguém no interior da cidade, e escutou-se o ruído das correntes descendo, até que as seções duplas se abriram.

Lá dentro, o ambiente era desolador. A rua principal, margeada por oficinas, terminava no antigo pretório: um prédio quadrado com janelas gradeadas e paredes de tijolos revestidas de estuque. Excetuando os soldados, não havia ninguém nas redondezas. Pelas pegadas no chão, entretanto, o trio concluiu que a população fora escondida às pressas, mas estava lá, em algum lugar, talvez refugiada dentro das casas, talvez na escuridão dos celeiros.

Seis homens os receberam. Usavam túnicas pretas, elmos, armaduras de escamas e tinham o rosto sujo, como se não se lavassem havia dias. Osric, o Castanho, estava à frente desses guerreiros. Curvou a cabeça ao perceber os visitantes.

— Obrigado por terem aceitado o convite — disse em latim, depois repetiu a mesma coisa no dialeto franco, olhando para Ivar com uma expressão de indiferença. — O *graf* está à espera dos senhores. Por favor, me acompanhem.

Enquanto caminhava pelas ruas lúgubres, Georgios sentiu-se desconfortável por estar andando a pé. Na Nicomédia, ele aprendera que o cavalo era a marca de um oficial, e seu sangue esquentou novamente quando se recordou do bode, da menina germânica e do ritual que os francos haviam preparado em Grîsburc.

As portas do palácio estavam abertas, guardadas por outros dois combatentes. Seguindo por essa passagem, eles chegaram a um átrio romano típico, cingido por colunatas. No centro desse átrio, onde antes existia um pequeno lago, os bárbaros haviam posicionado um tablado de mármore sobre o qual se encontrava um trono de carvalho adornado com motivos silvestres. Dalferin estava acomodado no assento, com sua armadura de escamas douradas, afagando a barba grisalha, fitando-os com especial interesse.

E, erguida à sua direita, encontrava-se Isgerd.

Os forasteiros se detiveram ao contemplá-la, porque nenhum deles estivera, antes, tão perto da Feiticeira das Sombras. Era uma mulher esguia, pequena, mas poderosa, com a presença de um leão, capaz de penetrar-lhes o corpo e a alma. Os cabelos negros, antes desgrenhados, estavam lisos, e ela já não ostentava a coroa de chifres. Pela primeira vez, Georgios achou que era bela e teve medo de ser seduzido.

— Cheguem mais perto — estimulou-os Osric, gesticulando suavemente, como um dono que atrai o cachorro. — Os senhores são bem-vindos.

Georgios avançou, não sem antes sussurrar para Fúrio:

— Os guardas não confiscaram as nossas armas. Nunca vi um governante receber inimigos armados. — O almirante apenas assentiu, e o jovem completou: — Fique atento. Tem alguma coisa errada.

Os três, enfim, pararam diante do trono. Georgios na frente, Ivar do lado esquerdo e Fúrio à direita, ambos recuados um passo, formando um triângulo com o equestre na ponta. O Errante contou, além de Dalferin, Isgerd e Osric, oito soldados — cinco atrás do tablado e três bloqueando a saída.

O Castanho reverenciou seu senhor e conversou alguma coisa com ele, tão baixo que nem Ivar conseguiu entender. O silêncio era pesado, tão pesado que os presentes ouviram o som de cascos se aproximando. Imediatamente, Georgios entrou em alerta e olhou para trás, esperando que algum cavaleiro adentrasse o pátio de lança na mão, pronto para atacá-los, mas o que ele avistou foram dois garotos de dez ou doze anos trazendo pelas rédeas um cavalo cor de fuligem. Essa era, ele se lembrava com muita clareza, a montaria do *graf*, o animal que ele utilizara na Batalha do Reno. Indiscutivelmente, era uma criatura fantástica, dotada de uma beleza estonteante.

— Gostou dele? — Osric perguntou a Georgios. — Seu nome é Fliukka, que em nossa língua quer dizer "flecha". Sua cavalgada é veloz e macia.

O equestre não conseguiu mentir.

— É um espécime magnífico.

— Quer montar um pouco? Só para experimentar.

Georgios voltou à realidade.

— Entendo que esses preâmbulos fazem parte da diplomacia, mas sou um soldado e prefiro ir direto à questão. Vim porque você me garantiu que o seu *graf* deseja firmar um acordo.

— Mas essa é precisamente a questão — retrucou o sumo sacerdote e parou para ouvir mais algumas instruções de seu chefe, que o cutucara no ombro. Em seguida, continuou falando: — Comandante, o *graf* quer presenteá-lo com este animal e espera que, com isso, possam ser amigos. Ele se recorda de que, no campo de batalha, o senhor se mostrou um cavaleiro notável, como poucos no exército romano. Sendo assim, ele lhe oferece Fliukka, esperando encerrar esta antiga contenda.

— Por acaso o *graf* está querendo me subornar? — perguntou o tribuno, de cara fechada.

— Não, apenas compensá-lo. Granmar, o filho do *graf*, matou o seu pai, e o senhor o matou. Suponho que um cavalo seja o que falta para que os senhores fiquem quites. Fliukka é seu, se aceitar. O senhor poderá usá-lo como montaria, vendê-lo ou sacrificá-lo aos deuses romanos.

Pensando bem, a lógica dos francos fazia sentido, e Georgios entendeu o que eles queriam. Mas não podia aceitar.

— Nada feito — avisou. — Minhas motivações não são pessoais.

— O meu amo promete que não tornará a ameaçar Úlpia Trajana — prosseguiu Osric. — Concorda também em abrir mão da Skofnung, a espada que lhe é tão cara. É o suficiente para o senhor?

— O seu *graf* não está esquecendo alguma coisa?

— Que coisa?

— O que ele me diz da Britânia? — O equestre não suportava hipocrisia e resolveu tocar na ferida. — Os francos se comprometem a retirar o apoio a Caráusio? Se aceitarem, se derem a sua palavra, eu vou embora, sem o cavalo.

Dalferin, acomodado no trono, reparou que Georgios havia sido contundente e perguntou ao sumo sacerdote o que estava acontecendo, o que ele queria. O clérigo respondeu ao chefe, que se mostrou imensamente enfurecido, mas o tribuno não se abalou. Esse tipo de atitude era comum nas negociações, fossem em tempos de paz ou de guerra.

— O *graf* pergunta — disse Osric a Georgios — se pode lhe fazer uma nova oferta pessoal, maior.

— Não.

— Por que não?

— Porque, como eu já disse, minhas motivações não são pessoais.

— Não são? — Agora era apenas o Castanho falando, sem a interferência do *graf*. — Comandante, nesta vida tudo é pessoal.

— Não para mim.

— Como não? — interpelou o velho. — Não é o ódio que o guia, que o motiva e o revigora? Não é o rosto do assassino de sua mãe que o senhor enxerga toda vez que desembainha a espada?

Georgios cerrou os punhos.

— Como sabe dessas coisas?

— Cláudio Régio nos contou tudo sobre sua família, sobre como suas terras foram roubadas, e depois soubemos que o imperador, que se dizia amigo do seu pai, nada fez para ajudá-lo.

Um calafrio percorreu o corpo do jovem patrício, e ele pensou sinceramente naquilo. Não deveria pensar, mas pensou. De certa forma, aquele maltrapilho, aquele selvagem, aquele sujeito podre, decrépito, vivendo nos confins do planeta, poderia estar correto em seu julgamento. Durante sua estada na Escola de Oficiais do Leste, Georgios perdera algumas noites de sono imaginando por que Diocleciano relutara em destituir Räs Drago do posto de magistrado. Na ocasião em que eles se encontraram, o divino augusto sugerira que o próprio Georgios deveria marchar sobre Lida e buscar sua vingança — porque ele, como imperador, nada podia fazer. Mas será que realmente não podia? Ou não queria? Quem era Diocleciano, afinal? Um aliado, um amigo ou um político que, como muitos outros, apenas usava as pessoas sem que elas soubessem?

Com a mente cheia de dúvidas, Georgios afirmou:

— É verdade que nem todos os homens são puros. Eu mesmo cometi muitos crimes e não me orgulho deles, mas nada disso tem a ver com o que estamos negociando hoje. — Ele se ateve ao que era mais importante. — Estou aqui para obter a rendição dos francos, capturar o *graf* e libertar a cidade. Portanto, exijo que entreguem as armas, poupando a vida daqueles meninos — ele apontou para os cavalariços, que ainda seguravam o corcel — e dos outros civis que, nós percebemos, estão escondidos dentro das casas.

Embora não falasse latim, Dalferin compreendeu as exigências, fitou os visitantes com arrogância e começou a gargalhar. Depois despejou mais algumas palavras, que foram textualmente transmitidas por Osric:

— O *graf* pergunta — disse o sumo sacerdote, entrelaçando os dedos — como vocês pretendem tomar Lugduno com menos de trezentos homens.

— Não tomaremos Lugduno, nós a destruiremos — disse Georgios a Osric, com o olhar de uma pantera faminta. — E *você* sabe que é verdade. Se não se entregarem, óleo e fogo se precipitarão sobre os muros, e todos vocês serão reduzidos a pó — ameaçou, à medida que o sorriso dos francos minguava. — Façam sua escolha. Rendam-se e poupem ao menos a população. De uma forma ou de outra, o *graf*, ou o corpo dele, será enviado ao césar Constâncio Cloro. É a promessa que lhes faço diante de Marte.

O discurso de Georgios era ousado demais e gerou um burburinho ao ser traduzido. Embora tivesse dito a seus companheiros que procuraria uma solução pacífica para o conflito, ele no fundo queria lutar. Nenhum diplomata com um mínimo de discernimento entraria no palácio de um chefe inimigo e o ameaçaria de morte. Naquela época, porém, Georgios era jovem e inconsequente, e o que mais o encantava era testar seus limites — viver e experimentar o perigo.

Diante daquilo, Dalferin não teria opção a não ser matá-lo. O problema era que ele havia dado sua palavra de que não o molestaria, e entre os bárbaros, que não fazem registros escritos, não há nada mais sagrado que um juramento. Nem o *graf* poderia quebrá-lo, não na frente dos súditos — mas Isgerd podia.

Ocorreu que, de repente, a cabeça de Georgios começou a rodar, os músculos enrijeceram e ele teve uma necessidade irresistível de ficar de joelhos. Deu um passo à frente, como se estivesse embriagado, e parou no limiar entre o chão e o tablado. As juntas arderam, os tendões congelaram e ele sentiu muita dor, mas sabia que era um truque e resistiu quanto pôde. Logo atrás, Ivar e Flávio Fúrio se entreolharam, confusos. Como, porém, os soldados do *graf* permaneciam estáticos, eles continuaram quietos, apenas observando, sem se mover.

Georgios não tinha certeza do que estava acontecendo. Não era a primeira vez, contudo, que passava por uma situação delirante. Supôs que fosse um rescaldo da febre ou o efeito de alguma substância narcótica, talvez presente no ar. De todo modo, o comando era claro: submeter-se, humilhar-se, abrir mão de sua vida, de sua liberdade, de tudo em honra do *graf*. O corpo de Georgios esfriou por dentro, como se seu espírito estivesse escapando, as pernas tremeram e ele estava prestes a se curvar quando se lembrou de Cláudio Régio, que se tornara escravo dos nobres germânicos, e do inestimável comentário de Pólio:

Foi a Ascalon, rapaz, dissera-lhe o primipilo no atracadouro do Reno. *Ela impediu que Laios se tornasse um escravo.*

Surgiu, então, em seus pensamentos a imagem do pai sobre o cavalo, empinando ao brilho da lua. Inspirado por essas figuras, ele tocou gentilmente o cabo da espada e nesse momento toda a confusão se desfez. Parecia óbvio, todavia, que, de uma forma ou de outra, Dalferin havia quebrado a promessa, e Georgios sacou a arma para investir contra ele.

Nisso, a Feiticeira das Sombras, ciente de que não mais podia influenciá-lo, desviou sua atenção do tribuno para o imediato dele, Flávio Fúrio.

É impossível saber o que se passou na cabeça de Fúrio, porque desse incidente não sobreviveram registros. O que nos chega, através dos relatos do próprio Georgios, é que o italiano, com a face pálida, os olhos rubros, desembainhou o gládio e tentou estocá-lo. Ivar, no entanto, dotado de percepção aguçada, interceptou-o com um encontrão, fazendo-o perder o equilíbrio e desferindo-lhe em seguida uma possante machadada na testa.

Nesse entremeio, Georgios galgou o tablado, segurou a Ascalon com força e a enfiou entre os olhos de Dalferin. Pressionou o pomo da espada com a mão esquerda, inserindo a lâmina mais profundamente no cérebro. O aço saiu no alto do crânio e a ponta encravou-se no encosto do trono. O equestre a manteve assim, rígida por alguns segundos, até que o *graf* parasse de se contrair, de balbuciar, até ter certeza de que ele tinha morrido.

Os soldados demoraram para reagir, mas reagiram, ainda sem acreditar na realidade dos fatos. Seria uma batalha desleal, porque, além de estar em maior número, os francos tinham lanças e escudos, podendo acertá-los primeiro, antes que eles se aproximassem. Ivar, entretanto, poupou-os do combate agindo de modo surpreendentemente astuto. No espaço de um piscar de olhos, ele largou o machado, puxou a faca enferrujada — a mesma que usara para torturar Rüderic — e deu um salto na direção de Isgerd, abraçando-a pelas costas e firmando a ponta contra sua garganta.

— Para trás, seus cães — ele disse no dialeto dos francos. — Larguem as armas ou ela morre.

Georgios não falava a língua dos bárbaros, mas entendeu o que ele queria. Respirando pesadamente, com a cabeça de Dalferin ainda espetada no assento, fez um movimento e recuperou a espada. O objeto escorregou para fora da madeira e regressou ao dono, o gume sujo, escuro, o sangue pingando.

Instintivamente, procurou por Osric. O sacerdote tinha desaparecido.

— Larguem as armas! — Ivar tornou a clamar, e finalmente os soldados obedeceram, porque, depois da morte de Dalferin e seu filho, Isgerd era a única sobrevivente da linhagem real. — Muito bem. Nós agora vamos caminhando até o portão — ele disse, nervoso. — Se algum de vocês tentar alguma coisa, eu juro pelos Nove Reinos que corto o pescoço dela.

Os francos abriram caminho, e o Errante progrediu devagar. Georgios o acompanhou, olhando para todos os lados, atento a tudo, disposto a matar ou morrer.

Com o coração batendo forte, espiou o corpo de Fúrio, sem entender por que o colega o traíra. Pela primeira vez, reparou no nariz torto do almirante e o reconheceu como um dos marinheiros com quem brigara na taverna de Urus ao chegar a Úlpia Trajana. Fúrio, afinal, talvez tivesse motivos para odiá-lo, mas por que tentar assassiná-lo de modo tão sórdido, tão ardiloso — e logo naquele momento?

Não era lógico.

Não fazia sentido.

Contudo, era a única explicação. Ou ele precisaria crer que Isgerd tinha poderes mágicos, que era capaz de controlar a mente dos seres humanos, de manipulá-los e subjugá-los.

Os deuses comandam o destino dos homens, dissera-lhe Strabo uma vez. *Mas só dos homens tolos. Os heróis regem o próprio destino.*

Sem saber no que acreditar, ele preferiu confiar em seu pedagogo e lamentou pela alma de Fúrio.

— Descanse em paz, marujo. Que Netuno o receba, porque eu o perdoo — ele disse baixinho enquanto saía do antigo pretório. — Diante de Mitra, de Marte e de Júpiter — completou —, eu o perdoo.

XLIII

ÚLTIMAS PEÇAS

HAVIA AINDA UM ÚLTIMO FIAPO DE CLARIDADE QUANDO AS TROPAS ROMANAS PEnetraram em Lugduno. Os guardas do portão se entregaram sem resistência, e logo os demais soldados fizeram o mesmo. Eram ao todo vinte e seis homens, um número surpreendentemente preciso considerando as informações de Rüderic, segundo o qual a cidade estaria defendida por "uns vinte ou trinta" cavaleiros.

Os combatentes de Ivar não pouparam ninguém. O ódio entre batavos e francos era lendário, uma disputa antiquíssima, e nem Georgios conseguiu impedir o massacre. Os prisioneiros foram enfileirados na rua principal e degolados, um por um, sem direito a realizar suas preces. Depois os invasores assaltaram a despensa do palácio e se fartaram com cerveja, queijo de cabra e hidromel.

Georgios não se entregou às celebrações, porque todo jovem de ascendência grega aprendia a história do Cavalo de Troia e era ensinado a nunca descansar até que a localidade conquistada estivesse completamente liberta. Lugduno era muito maior que Grîsburc, e seria preciso uns dois ou três dias para examinar todas as construções, então, de certa forma, o perigo ainda existia.

Mandou que o pendão de Dalferin fosse retirado das torres de guarda, queimado e substituído pela bandeira da Trigésima Legião de Trajano. Em seguida, ordenou que um de seus legionários corresse até o Forte Cinzento para buscar Ida, já que, sem a diaconisa, ele não tinha como se comunicar com a brigada germânica.

Ida chegou a Lugduno uma hora depois e ficou perplexa ao presenciar a chacina. Diversos inimigos haviam sido decapitados; outros foram presos pelos calcanhares e expostos sobre o portão de entrada. Não bastasse, era uma noite escura e os transeuntes estavam bêbados, andando de um lado para o outro, gritando e sorrindo.

Georgios, um dos poucos homens sóbrios naquele escarcéu, apressou-se a ter com a religiosa.

— Comandante — Ida o encarou à luz dos archotes —, pensei que se orgulhasse de suas origens helênicas, de sua educação civilizada.

— Eu me orgulho — ele respondeu, sem entender.

— Isto é barbárie.

— Não pude evitar — esquivou-se. — Os meus homens e os de Ivar lutaram e morreram para conquistar esta cidade. É justo que se divirtam.

— Chama isto de diversão?

— Pelo menos, enquanto eles estiverem entretidos, não oferecerão perigo aos civis.

Ida olhou para os lados e só enxergou cadáveres, além dos soldados bêbados.

— Que civis?

— Estão por aí, dentro das casas. Melhor que continuem lá até o amanhecer.

— O que aconteceu na audiência, afinal? — ela perguntou, e Georgios descreveu o encontro com Dalferin, o desaparecimento de Osric, a captura de Isgerd e a morte de Flávio Fúrio. Como decidira perdoar o almirante por sua (suposta) traição, contou à missionária que ele fora enfeitiçado pela princesa germânica. Quando escutou essas últimas palavras, a diaconisa indagou: — Onde ela está agora?

— Com Ivar, suponho.

Ida reagiu, indignada:

— Os prisioneiros reais não são responsabilidade sua?

— Normalmente sim — essa era a prática, como todos sabiam —, mas fiz um pacto com Ivar. Sua única exigência era que Isgerd lhe fosse entregue. Além disso, ele salvou a minha vida. Não tenho moral para censurá-lo.

Ida lembrou que ela própria havia intermediado essa conversa e sentiu-se culpada.

— Precisamos encontrá-la.

— Isgerd?

— Sim.

— Seria perda de tempo — atalhou Georgios. — Já deve estar morta.

— Ivar não a mataria — afirmou a sacerdotisa. — Ele faria pior.

Depois que as tropas invadiram Lugduno e os guardas foram executados, Ivar amordaçou Isgerd e a levou de volta ao palácio, amarrando-a ao trono com correntes, cintos e cordas. Enquanto isso, os homens apanharam o corpo de Fúrio e o depositaram sobre a cama no quarto de Dalferin. Já o cadáver do *graf* foi despido, emasculado e pregado com lanças na porta do edifício, onde ficaria por dias apodrecendo.

Presa ao assento, Isgerd primeiro serviu de mictório. Os batavos, que haviam trazido a festa para o antigo átrio romano, bebiam cerveja, gargalhavam e urinavam sobre ela. Com o avanço da noite, ficaram cada vez mais agressivos e a espancaram, socando-lhe o rosto até que seus olhos se comprimissem. Enfim, quando Isgerd estava suficientemente enfraquecida — e os guerreiros suficientemente alcoolizados —, Ivar a desamarrou, chutou o trono para longe e a esticou sobre o tablado de mármore.

— Eis um troféu que há muito eu queria obter — ele disse, erguendo o caneco. — Isgerd, a Feiticeira das Sombras. — Deu uma cusparada no corpo dela, seguida de um pontapé nas costelas. — Isgerd, a filha de Dalferin.

Um outro batavo se aproximou de seu líder. Tinha a barba curta, muito loura, o nariz fino, os cabelos lisos, e usava uma capa marrom.

— O que está pensando em fazer com ela, chefe? — perguntou o homem, tocando o ombro de Ivar.

O Errante aproveitou o ensejo para consultar seus combatentes, falando alto, espalhafatoso:

— Senhores, meus amigos. — Deu mais um gole na cerveja. — O que sugerem que façamos com ela?

— Mate-a — exclamou alguém.

— Decapitação — rosnou outro. — Corte-lhe a cabeça.

— Não. — Ivar deu um arroto. — Seria fácil demais. Esta mulher fez muito mal ao nosso povo. Quem teria uma sugestão melhor?

— Queime-a — trovejou um terceiro.

— Sejam mais criativos — clamou ele, como um professor que incentiva os alunos. — Sei que podemos fazer melhor do que isso.

Houve um breve silêncio, seguido de risadas maliciosas. O sujeito ao lado de Ivar desviou o olhar para o ventre da princesa. Isgerd agora se encontrava no chão, de barriga para cima, muito ferida, sangrando, ainda amordaçada.

— Chega de esperar. — Ivar pegou a faca, ficou sério e se ajoelhou. — Sei o que vocês querem. — Cortou o vestido da moça, fazendo com que ficasse pelada. Os homens se reuniram em um círculo à volta dela para admirar seu corpo nu.

Isgerd era magra demais, uma mulher de seios pequenos e com a vagina e as pernas peludas. Não era bonita, tampouco voluptuosa, mas a silhueta dela os excitou, porque, naquela cerimônia, havia muito mais que o prazer sexual envolvido. Era um ritual de vingança, e, para os batavos, estuprá-la era quase uma obrigação estatal.

Quando Ivar rasgara as roupas de Isgerd, todos no pátio entenderam o que deveriam fazer, pararam de gargalhar e se prepararam para se despir, desafivelando os cintos, removendo as capas, colocando as armas e os escudos de lado. Ivar fez questão de ser o primeiro e abaixou a calça, mas nesse momento outra mulher entrou no palácio e foi direto ao átrio romano. Os convivas se retraíram, envergonhados. O Errante cobriu as partes íntimas, depois tornou a se vestir.

— Parem! — Era Ida, que chegava ao local na companhia de Georgios. — Parem agora com esta loucura. O que vocês pensam que são?

Embora ela estivesse sem o estandarte da cruz, que havia deixado em Grîsburc, os soldados reclinaram a cabeça, como crianças diante da mãe. Eles, afinal, deviam a vida a ela, que os salvara da morte na mão dos romanos e permitira-lhes chegar a Lugduno, destronar o *graf* e tomar o porto dos francos. Não bastasse, eles haviam se convertido ao cristianismo, e Ida era sua sacerdotisa suprema.

— O Diabo mora neste edifício — ela continuou, já que ninguém havia se pronunciado. — Será que não percebem? Satanás, o Príncipe das Trevas, está influenciando vocês.

Mais alguns instantes de calmaria, de constrangimento. Finalmente, Ivar arriscou algumas palavras.

— Peço que nos perdoe — curvou-se —, mas Isgerd é parte do nosso espólio legal. Ela agora é uma escrava, *minha* escrava — ele disse, ciente de que a vida de um escravo, fosse entre os romanos ou entre os germânicos, pertencia integralmente ao dono. — É meu direito possuí-la, bem como compartilhá-la.

Ida encrespou o semblante.

— Os senhores — ela falou para todos — fizeram um juramento a Cristo, e eu falo em nome dele. Jesus condena o estupro, o assassinato, a carnificina e a tortura.

Um dos presentes ergueu o braço, em meio aos demais.

— Somos guerreiros, irmã. Como espera que sobrevivamos sem cometer assassinato?

— Matar em combate é uma coisa — ela explicou. — Matar a sangue-frio é outra. É assassinato, homicídio. O que vocês estavam prestes a fazer era invocar o Diabo. Eu os salvei das labaredas do inferno — disse, com uma convicção tão forte que os homens ficaram assustados. — Satã está entre nós. Posso enxergá-lo. Posso vê-lo nas chamas.

Ivar acreditou e espiou as tochas e piras ao redor, tentando visualizar o ente maldito, mas não o encontrou. Supôs que apenas Ida, como diaconisa, tinha poderes para enxergá-lo.

— O que faremos com a bruxa, então? — perguntou ele a sua prima, com o devido respeito, com a devida humildade, mas impondo-se também. — Libertá-la? Jamais! Ou mais vidas serão perdidas. Dalferin escravizou e matou muitos inocentes, gente nossa, crianças, mulheres, idosos. Sua linhagem precisa ser interrompida.

Ida sabia que, por maior que fosse sua influência sobre aqueles homens, não poderia impedi-los de matar Isgerd, porque era uma questão de honra, para eles, eliminar os francos da face da terra. Pensou, então, em um jeito de resolver o impasse de modo menos doloroso para todas as partes e, por mais difícil que fosse, encontrou uma solução.

Colocou-se de joelhos ao lado de Isgerd e a examinou com cautela. Ela estava muito machucada, cega, quase morta, mas talvez pudesse sobreviver se ficasse de cama e fosse tratada por alguns dias. Ida pediu um pouco de água, pegou um pano e limpou o excesso de sangue em seu rosto.

— Isgerd — ela falou no ouvido da feiticeira, retirando-lhe a mordaça. — Pode me ouvir?

Depois de sacudi-la por alguns instantes, a morena gemeu e balbuciou alguma coisa.

— Sim. — Cuspiu sangue e alguns dentes. — Sim.

— Isgerd — sussurrou Ida, ainda mais perto do ouvido —, esses homens estão a um passo de matá-la. Você quer morrer? Ou quer viver?

— Quero... — A mulher tremia. — Que...

— Quer o quê?

— Quero. Não. — Tossiu. — Não quero. Morrer.

— Posso salvá-la, mas terá de fazer um juramento

Inicialmente, Ida achou que Isgerd não tivesse escutado, porque suas forças iam e voltavam, ela tossia, ofegava, acordava e apagava. Enfim, a Feiticeira das Sombras juntou energia e murmurou, em um rompante de lucidez:

— Quero viver — disse. — Não quero morrer.

Ida sentou-se no tablado de mármore, sujo e cheio de sangue, abraçou Isgerd e a colocou em seu colo. Pressionou a palma contra a testa dela, deu um suspiro e proferiu:

— Isgerd, filha de Dalferin, do povo germânico, da tribo dos francos, você se arrepende de seus pecados?

Sem conseguir entender muito bem a pergunta, a feiticeira sibilou:

— Sim.

— Isgerd, você jura viver a partir de agora sob a bênção do Senhor Jesus Cristo, aprender sua palavra, suas normas e ensinamentos?

— Juro.

— Sendo assim — Ida despejou mais água sobre a testa dela —, eu a batizo sob o nome de Diná — declarou, lembrando-se da personagem bíblica, filha de Lia e Jacó, seviciada pelos cananeus. Em hebraico, sabia Ida, a palavra "Diná" significa "julgada" ou "aquela que foi julgada", e achou o nome apropriado para Isgerd, que estava a ponto de ser sentenciada à morte. — Em nome do Pai, do Filho e do Espírito Santo — fez o sinal da cruz, deslizando o polegar sobre o cenho —, eu a liberto.

Os homens desfizeram o círculo, alguns aliviados, outros um pouco frustrados, mas compreendendo que Isgerd agora era cristã e estava protegida pelas leis da Igreja.

— Isgerd está morta — afirmou Ida, para que todos a escutassem, para que não restassem dúvidas. — Os senhores mataram a Feiticeira das Sombras. — Ergueu a moça do chão, e ela ficou de pé, ainda trôpega. — Esta é Diná de Lugduno, devota de Cristo e temente a Deus. Diná, a cristã.

Caminhando devagar, a missionária foi saindo do pátio, andando em direção às colunatas, amparando a recém-convertida Diná. Ivar abriu caminho, até que as duas mulheres chegaram à presença de Georgios, que observara tudo calado, sem poder interferir, porque não entendia a língua dos francos.

— Me ajude — pediu Ida.

O jovem pegou Isgerd em seus braços.

— O aconteceu? — ele perguntou.

— Ela agora é uma mulher livre, comandante. Precisamos encontrar uma cama para ela.

Georgios levou a moça para um dos quartos do palácio. Ele e Ida a trataram a noite inteira, fizeram tudo o que podiam, mas os ferimentos eram muito graves e ela acabou falecendo antes de o dia raiar.

— O fim do mundo chegou, a fronteira do Reno caiu — Isgerd teria dito na hora mais profunda e silenciosa da madrugada. — Os presságios estavam certos; pobre de mim, que não soube interpretá-los. — E gemeu, como alguém que se entrega ao vazio. — Lá vem o Deus do Deserto. Ai de quem ficar em seu caminho.

Na manhã seguinte à tomada de Lugduno, Círio Galino sentiu-se feliz e perdidamente aliviado. Ele havia permanecido com a guarnição em Grîsburc e tivera muito medo de que Georgios e sua patrulha fossem derrotados, porque nesse caso ele seria preso e, na melhor das hipóteses, transformado em escravo. Quando um mensageiro romano chegou ao Forte Cinzento, lá pela quarta hora noturna, avisando que eles haviam conquistado a cidade, Galino se deitou em uma das camas do alojamento e dormiu feito uma criança, com o coração leve e a alma descansada.

Acordou tarde, escutando o burburinho dos soldados nos estábulos, no pátio, nos vestiários, nas ruas estreitas. Estava só no dormitório. Bocejou. Sentou-se no colchão, contemplando a poeira que descia pelos raios de sol. Coçou a virilha e se lembrou de que não tomava banho havia dias.

Após um breve desjejum, resolveu dar um mergulho. Como não havia mais perigo de os francos atacarem, saiu pelo portão e andou calmamente até a margem do Reno. Em certo ponto, encontrou uma praia de cascalhos, entre dois atracadouros abandonados, despiu-se e entrou no rio.

Não havia ninguém nas redondezas. Relaxou. Boiou, nadou de frente e de costas. Esfregou o corpo com uma pedra áspera para melhor remover a sujeira. Como é bom ser livre, pensou. Como é bom viver sem medo, sem a angústia de não saber o dia de amanhã. O exército não era o lugar certo para ele. Embora Galino nunca tivesse lutado em uma batalha, assistira a várias, vira amigos morrerem e estava farto daquelas aventuras. Queria ser uma pessoa comum, casar-se, ter filhos e se dar ao luxo de não obedecer a ordens de vez em quando. Mas talvez ele não conseguisse, porque no fundo se considerava um covarde. Roma lhe exigia obediência, disciplina e servidão, mas também cuidava dele, dava-lhe de comer, oferecia-lhe um lugar para morar, para dormir, e ele ainda tinha tempo para se dedicar a seus projetos pessoais — apesar de que ainda não terminara de escrever suas memórias. Para desligar-se das legiões, Círio Galino precisaria fazer um esforço enorme, um esforço de coragem e independência. Será que seria capaz?

Outro mergulho. Foi fundo dessa vez. Ousou nadar mais para o centro do rio. A correnteza ficou forte e ele voltou. Retornou à praia e deitou-se sobre as pedrinhas. Esticou-se. Sentiu o sol esquentar sua pele, as gotas de água, a claridade que atravessava as pálpebras.

Estava quase adormecendo quando ouviu um barulho entre os juncos. Um animal, talvez? Um javali, provavelmente. Galino tinha medo de porcos selvagens, porque eles atacavam seres humanos. Levantou-se. Vestiu a túnica, calçou as sandálias. Estava saindo de mansinho quando a curiosidade falou mais alto e ele arriscou uma espiada. Com as mãos unidas, separou o capim.

Não era um javali. Sentado à margem do Reno, bebendo água, encontrava-se um homem velho com as roupas imundas, a barba grisalha, os olhos castanhos. Esse maltrapilho, ele reparou, não era ninguém menos que Osric, o sumo sacerdote dos francos, conselheiro e diplomata do *graf*. Os guerreiros que participaram das celebrações em Lugduno haviam dito que ele fugira, mas pelo jeito não tinha ido tão longe.

Galino deu um passo atrás, amedrontado com a presença do bárbaro. Osric, porém, descobriu-o e se levantou como um pavão, cheio de si, encarando-o com uma expressão de desprezo.

— Olha só, o pretor da Trigésima — disse, zombando. — Como é mesmo o seu nome?

— Círio Galino — respondeu, paralisado.

Osric molhou os cabelos, sacudiu os fios, depois andou na direção do romano. Passou ao lado dele, sem tocá-lo.

— Que belo dia, hein? — Esfregou as mãos. — Mande lembranças ao seu comandante por mim.

— Um momento. — Galino, de repente, deu-se conta de que era um oficial e que não podia deixar que um inimigo tão importante escapasse por entre seus dedos. — Aonde pensa que vai?

— Já bebi, já caguei, já mijei — exclamou o velho. — Sigo agora o meu caminho. Aproveite o dia.

— Espere. — Colocou-se na frente dele, bloqueando a passagem. — Você está preso.

Osric jogou a cabeça para trás, fez uma careta e gargalhou.

— Preso? Ora, e quem vai me prender? Não tem nenhum soldado por aqui, tem? — Sorriu com desdém. — Você é um merda, Galino.

Dessa feita, Osric desvencilhou-se do pretor. Deu-lhe as costas e saiu andando. Inicialmente, Galino ficou parado, até que avançou e segurou o sacerdote pelo ombro, por trás. O ancião deu meia-volta, libertou-se da pegada, enrugou a face e ameaçou:

— Saiba que você está na terra dos deuses francos, seu bosta, dos *meus* deuses, e *eu* os controlo. — Osric cuspiu na cara dele. — Vire-se e retorne ao Forte Cinzento, ou o seu pau vai apodrecer e cair. Mesmo que você não o esteja usando atualmente.

Romano e bárbaro agora se fitavam, em uma disputa de resistência mental. Embora não fosse um guerreiro, Círio Galino era mais jovem e mais forte, queria reagir, mas o clérigo falava com convicção sem igual. Era o tipo de pessoa que sabia persuadir os outros, que tinha o poder de assustar qualquer um.

— Não — gemeu o pretor.

— Não o quê, seu verme? — rosnou Osric, dando-lhe outra cusparada na cara. — Não o quê?

O punho de Galino, então, subiu como uma bola de ferro, deslocando-se em um movimento semicircular, até se chocar contra o nariz do Castanho. O soco não foi tão forte, mas Osric era, afinal, um sujeito fraco, magricela, idoso, e sofreu com o impacto. Deu dois passos para trás, perdeu o equilíbrio e tropeçou, caindo de costas no chão.

Ficou no solo, à mercê de Galino, que só para garantir lhe desferiu dois chutes nas costelas, depois pegou uma pedra. O sacerdote deu um gemido, recolhendo-se, protegendo o rosto.

— De pé — exigiu o pretor, ameaçando agredi-lo com o fragmento de rocha. — Levante-se, selvagem.

— Sou franco. — Osric se levantou, a face sangrando, o corpo doendo. — Escute, quer fazer um acordo? Quer dinheiro? Prata? Ouro?

Círio Galino deu o troco e cuspiu-lhe na cara.

— Enfie o acordo no cu. Agora vamos andando — ele ordenou, e o clérigo andou. Quando estavam quase chegando a Grîsburc, o prisioneiro fez uma pergunta:

— Por que não me mata logo? — provocou-o. — Seja homem ao menos uma vez na vida.

— Sou um oficial, antes de ser homem — disse Galino. — Não me cabe matá-lo. Esse privilégio pertence ao meu comandante, Georgios Graco.

— Georgios Graco? Aquele moleque? Que decepção.

— Não me importo com o que você pensa.

Os dois estavam perto dos portões quando o engenheiro fez um sinal para os guardas, que imediatamente o reconheceram e vieram apanhar o cativo, prendendo-lhe os punhos com grilhões apertados.

Enquanto era levado, Osric recordou-se de que o tribuno prometera ser criativo ao matá-lo, caso o convite de Dalferin fosse um truque, e teve medo do que poderia acontecer a seguir.

Já para Galino, era seu dia de glória. Ele nunca fizera algo tão corajoso. Desviou-se para trás de um depósito, procurou as sombras de um alpendre e espiou dentro da túnica. O pênis continuava no lugar, não estava negro ou podre — sinal de que a maldição não havia pegado.

— Obrigado — murmurou secretamente. — Obrigado — tornou a sibilar, pensando em um deus adequado para agradecer. Nenhuma divindade romana lhe surgiu, então ele olhou para o céu, juntando as palmas. — Obrigado, Senhor Jesus Cristo.

XLIV

REDE DE INTRIGAS

NO DIA 12 DE SETEMBRO, SUA EXCELÊNCIA, O CÔNSUL NÚMIO TUSCO, ABRIU A sessão do Senado exaltando as qualidades do povo romano, que "jamais se dobrou à barbárie".

— Só enxergo conquistas e realizações adiante — disse ele, com o braço esticado e a mão para cima. — Que os deuses nos protejam em todo o seu esplendor. Salve, augusto e césares, equestres, plebeus e patrícios — elevou a voz, fechando os dedos como se esmagasse um cacho de uvas —, bem como o imperador e seus legionários.

Localizada no coração da cidade de Roma, a Cúria Júlia era, desde tempos remotos, a sede do Senado Imperial. O pórtico do edifício se prolongava em um salão retangular, terminando em um altar dedicado à deusa Nice, que para os latinos representava a vitória. Nas laterais, os três níveis de arquibancadas haviam sido projetados para comportar até trezentos senadores, mas esses assentos agora estavam vazios.

O senhor Caio Núbio Cipriota, anteriormente conhecido como Rasha, escutava o discurso acompanhado de três burocratas a serviço do cônsul. Esse último encerrou sua fala, propôs que Cipriota fosse nomeado senador e perguntou se alguém contestava a moção.

Nenhum som. Os burocratas ficaram quietos. Estavam entediados, com fome, loucos para ir ao banheiro.

Tusco se aproximou do ex-escravo de Tysa e o proclamou senador com três beijos na face. Em seguida, os cinco andaram até um dos escritórios da cúria para assinar os papéis que também dariam ao antigo secretário dos Fúlvios o direito de governar o Chipre por um período de cinco anos. Uma guarnição de quatrocentos homens, prometeu o cônsul, seria deslocada para a ilha e ficaria à disposição dele.

— Para o caso de o senhor ter problemas com os cristãos — disse Tusco, entregando-lhe uma caneta e o tinteiro. — Os canalhas são agitados, não são?

Cipriota respondeu que sim, agradeceu e saiu do prédio acompanhado por oito guardas, além de quatro escravos que carregavam sua liteira. Em certo ponto da trajetória, afastou as cortinas e observou as ruas da fabulosa metrópole. Roma, ele reparou, era uma cidade superpovoada, barulhenta e um tanto caótica, muito diferente do que se fazia crer a partir dos livros de história. Os becos fediam, as ruas eram infestadas de ratos e os muros estavam cobertos de ilustrações pornográficas.

Um desses grafites, em particular, repetia-se a cada esquina. Exibia o desenho de um homem nu deitado sobre uma mulher, com um cavalo ao fundo. Logo abaixo, um conjunto de letras dava forma a um nome feminino, algo como Theodora ou Theodorina.

Cipriota já tinha ouvido falar dela, mas não lembrava onde. Foi só mais tarde, em um jantar oferecido pelo senador Dião Cássio em seu palacete sobre o Monte Palatino, que o núbio soube que se tratava da enteada de Maximiano, o augusto do Oeste.

— Ela também é casada com Constâncio Cloro, o césar das províncias transalpinas — lembrou Saturnina, a esposa do anfitrião, uma mulher rechonchuda, que usava uma peruca lilás. — Quem é o rapaz sobre ela?

Cipriota estava no átrio da casa, em uma roda composta por duas mulheres e outros três senadores. Nenhum deles soube responder, até que um jovem de toga branca se aproximou do grupo e explicou:

— O nome do rapaz é Georgios Graco. E Theodora, a propósito, como os senhores sabem, é minha irmã.

O ex-secretário o fitou. O jovem devia ter menos de vinte anos, era baixo, tinha os cabelos de um louro fechado, olhos grandes e pálpebras caídas. Saturnina os apresentou afirmando que aquele era Magêncio, filho de Maximiano e pontífice máximo da cidade de Roma.

— O senhor, então — começou Cipriota, tentando puxar assunto —, é o chefe do colégio de sacerdotes?

— Exatamente — confirmou ele. — Sou o responsável por manter intactas as bases da nossa religião, bem como a adoração aos deuses romanos — gabou-se. — O cônsul entregou-lhe a guarnição militar?

— Sim — confessou o núbio, surpreso por Magêncio saber desse detalhe. — Pelo jeito, as notícias correm rápido aqui na metrópole.

— Não se trata disso, meu caro — esclareceu o pontífice. — É que fui eu que custeei essa tropa.

— O senhor? Pensei que seria tudo coberto pelo Estado.

— Nesse particular, *eu* sou o Estado — arvorou-se. — Meu trabalho consiste, como eu disse, em estimular a adoração aos nossos deuses. O Chipre está coalhado de cristãos. Não hesite em usar os soldados se eles causarem problemas. E não hesite em pedir reforços.

Sedenta por uma boa fofoca, Saturnina retomou o assunto:

— Quem é Georgios Graco?

— Um cavaleiro que atualmente serve na Germânia — informou Magêncio. — Ninguém importante.

— Esse homem — ela fez cara de espanto — estuprou sua irmã?

— É o que parece — murmurou Magêncio, indiferente.

— E ele não será preso? Não foi sequer processado? Como pode?

— Não é problema meu. Ela tem marido. É a honra de Constâncio Cloro que está em jogo.

Um dos presentes, um senador chamado Caio Júnio Tiberiano, tido como uma das celebridades mais confiáveis de toda a Itália, indagou com parcimônia:

— O césar — ele se referia a Cloro — está ciente dessas notícias?

— Não sei — retrucou Magêncio. — Possivelmente não. Ele está em campanha neste momento.

— Pois ele precisa ser avisado — decretou Tiberiano.

Saturnina teve uma ideia.

— Por que os senhores não tomam uma providência? O caso é sério. Escrevam uma carta e assinem, descrevendo a situação e cobrando providências.

— Conversarei com os demais senadores — prometeu Tiberiano, indignado. — Esse maníaco deve ser levado à justiça. Somos romanos ou bárbaros, afinal?

Novato na política, Cipriota preferiu não palpitar. O Senado, naquela época, não era nem sombra do que fora no período republicano, mas muitos de seus membros pertenciam a famílias antigas, que ainda detinham bastante poder. O próprio imperador transferira a capital para o Leste com o objetivo de se afastar desses homens, que passavam as noites confabulando, montando conspirações e planejando golpes de Estado.

Caio Núbio Cipriota ficou mais alguns dias em Roma para realizar visitas protocolares. Em seguida, viajou por terra até Ravena. De lá, ele e seu pequeno exército tomaram uma galé de volta a Pafos.

Enquanto singrava as águas azuis do Mediterrâneo, ele se recordou das histórias contadas por Tysa sobre um menino chamado Georgios.

Seria o mesmo que atacara Flávia Theodora, esposa de Cloro?

Improvável.

É verdade que o mundo dá voltas, mas aquilo, ele concluiu, seria coincidência demais.

Longe dali, no norte da Gália, Constâncio Cloro celebrava a notícia de que Caráusio, o almirante rebelde contra quem lutava havia meses, fora assassinado por seus próprios homens depois que Constantino cercara o porto de Bononia, levando os sitiados, famintos, a se amotinar.

Com isso, os romanos reconquistaram suas posições no continente, mas a guerra estava só no começo. O tesoureiro de Caráusio, um homem chamado Alecto, assumira seu título, fugira para as Ilhas Britânicas e agora seria necessário persegui-lo — e destroná-lo. Essa tarefa, que parecia simples, era enormemente dificultada pela ação dos piratas francos, que atuavam a favor dos rebeldes, atacando os navios romanos e cortando sua linha de suprimentos.

— Sem armas, remédios e comida, as nossas tropas na Britânia se amotinarão, assim como as de Caráusio se amotinaram — disse Cloro para Constantino em uma festa montada em pleno acampamento. Naquela noite, havia bebida de sobra, comida e fogueiras acesas em meio às barracas. — Precisamos acabar com esses piratas.

Com vinte e um anos, o duque Flávio Constantino abandonara de vez o espírito aventureiro. Era um homem completo, um príncipe, um general com duas legiões sob suas ordens.

— Fiz uma prece hoje — disse ele, com uma caneca de vinho na mão. — Estou confiante de que Marte vai nos ajudar.

Cloro torceu o nariz.

— Sabe o que Sêneca diz a respeito da fé?

— "Fé sem ação" — respondeu Constantino, citando o grande filósofo — "é como um arco sem flechas."

— Perfeito.

— Nosso arco está repleto de flechas, meu pai — argumentou ele. — Só o senhor não as enxerga.

Constâncio Cloro preferiu não discutir. Eles ainda teriam muito trabalho a fazer, mas aquela era uma noite feliz, uma noite de paz, e ele só pensava em festejar.

Na manhã seguinte, porém, o capitão de sua guarda pessoal, um cavaleiro de nome Cássio Pertinax, entrou em sua tenda e o acordou do sono profundo.

— César. — Ele o sacudiu gentilmente. — Chegou uma carta para o senhor. É de Roma.

Cloro estava deitado em sua cama de campanha e despertou enjoado por causa do álcool.

— O que foi? — Sentou-se no colchão, achando que estavam sob ataque. — O que aconteceu?

Pertinax estendeu-lhe um tubo de couro.

— Uma carta — repetiu. — De Roma.

O tetrarca coçou os olhos. Já era a terceira hora diurna. Estava quente, mas o acampamento parecia silencioso. Depois do banquete, muitos oficiais ainda dormiam.

Levantou-se e andou até o lado de fora, seminu. Retirou a carta do tubo e a leu em voz baixa.

Furioso, jogou o objeto longe. Depois, ordenou que uma sentinela o buscasse. Retornou para o interior da tenda.

Pertinax o acompanhou. Era um sujeito grande, de pele clara e barba negra, que usava uma couraça e um saiote franjado. Dois anos antes, trabalhara como tribuno da Terceira Legião Italiana. Fora ele quem recebera Georgios, Constantino e Theodora logo que o trio descera dos Alpes, hospedando-os em Castra Regina e depois os despachando para Tréveros, na Bélgica. Pelos serviços prestados, Constâncio Cloro o condecorou com uma medalha de honra e o convidou a liderar seu corpo de guarda.

— Numa. — O césar andava de um lado para outro, suando. — Preciso de Numa, meu conselheiro.

— Posso mandar chamá-lo — disse Pertinax. — Se bem que ele é idoso. E nós estamos a quilômetros de Tréveros. Pode ser uma viagem perigosa para ele. Posso ajudar de alguma forma?

Irado, Cloro estendeu a carta para o cavaleiro, que a leu com um sorriso malicioso nos lábios.

— Georgios Graco — murmurou. — Já era esperado. Desde que o vi pela primeira vez, no Forte da Rainha, suspeitei de que tivesse feito alguma maldade com a cesarina. Mas isto é demais.

— Theodora — o tetrarca estava possesso — nunca me contou.

— Não a culpe — sugeriu Pertinax. — Certamente ela estava tentando proteger o senhor. É típico das mulheres patrícias.

Cloro cheirou várias garrafas até encontrar uma que ainda tivesse hidromel. Bebeu tudo em um gole.

— Eu vou esmagar aquele merdinha.

— Devo adverti-lo — retrucou Pertinax, com cuidado — de que o comandante Graco é amigo do seu filho.

— Deixe Constantino comigo. Quero que me tragam Georgios Graco imediatamente. Quero que cuide disso. Está ouvindo, capitão?

— Sim, césar.

Pertinax ia saindo quando se lembrou de um detalhe.

— César, se me permite um conselho.

Ligeiramente mais calmo, o governante falou:

— Diga.

— Georgios Graco é um cavaleiro da Púrpura, tribuno militar e protegido do imperador. Ele não poderá ser morto sem um julgamento.

— Ele será julgado — cuspiu Cloro. — E condenado!

— Julgado por qual crime?

— Qual crime? — Com os olhos vermelhos, Constâncio Cloro atirou a carta sobre a couraça de Pertinax. O objeto bateu contra o peitoral de aço e caiu no chão atapetado. — Estupro, traição, covardia. Precisa perguntar?

— Se Graco for julgado por estupro — ponderou o capitão da guarda —, essa informação deixará de ser um mero rumor e se tornará pública. Entrará para os autos do Império. E sua esposa ficará desonrada.

Cloro chutou um braseiro.

— Pelas Fúrias — gritou. — Ela *já* está desonrada!

— O povo tem memória curta.

— O que sugere, então? Que eu simplesmente esqueça o caso?

— O senhor pode condená-lo à morte por crimes mais graves, sem ferir a reputação da família.

— Que crime pode ser mais grave do que esse?

— Cristianismo — declarou Pertinax, com uma expressão de vitória no rosto. — Nem o imperador poderá salvá-lo se ele for condenado por fomentar o cristianismo.

— É uma acusação frágil.

— Pelo contrário — explicou o cavaleiro. — Um dos capas vermelhas, homens que patrulham as estradas alpinas, me contou certa vez que Graco rezou uma missa pela alma de Bores Vigílio, o centurião que o guiou em sua fuga da Nicomédia. Boatos que chegam da Germânia dão conta de que ele liderou um exército cristão em uma batalha às margens do Reno.

Cloro estava perplexo.

— Como sabe dessas coisas?

Pertinax deu de ombros.

— Sou um homem bem informado.

O tetrarca sentou-se a sua mesa de trabalho.

— Precisaríamos de um promotor — bufou. — Dos bons. E de testemunhas.

— Sim, césar.

— E de um sacerdote. É uma questão religiosa.

— Claro.

— Cuide disso. Quando aquele moleque for pendurado em uma forca, eu o alçarei ao cargo de general.

— Sinto-me lisonjeado, césar.

— Chega de conversa. Quero que comece agora. Não perca mais tempo. — Cloro o dispensou. — Boa sorte.

Sozinho na tenda, Constâncio Cloro lavou o rosto em uma tina de cobre. Olhando seu reflexo na água, ele se lembrou de Laios, que conhecera durante a Batalha de Palmira, décadas antes.

Nunca gostara dele. Nunca confiara nele. E seus instintos, pelo jeito, estavam corretos. O sangue dos Gracos era sujo, podre, fedia.

Que bom saber que a linhagem chegaria ao fim, pensou. Que finalmente seria feita a justiça.

O único problema era Constantino. Talvez ele defendesse o amigo. Talvez complicasse as coisas.

Constantino precisava ser afastado da Gália. Precisava ser enviado para longe. Para o Egito. Para a Síria, quem sabe. Ou para a Britânia.

Sem problemas. O césar tinha a missão certa para ele.

A tarefa perfeita.

Irrecusável.

XLV

DANÇA DA MORTE

O NOME DA MENINA ERA BRUNIA. ELA TINHA TREZE ANOS E ERA FILHA DE KAFEred, o chefe batavo que administrava Lugduno antes da chegada dos francos. Dez anos antes, Dalferin ocupara a cidade, matara Kafered e tomara Brunia como refém, mantendo-a dentro dos muros e prometendo torturá-la caso os aldeões se revoltassem. Após sua derrota para os romanos, e sabendo que eles o perseguiriam até o estuário do Reno, o *graf* estabeleceu duas frentes de batalha: uma militar e outra religiosa. Primeiro ordenou que Rüderic, um de seus capitães, montasse uma emboscada às margens do rio. Depois pediu que Osric preparasse um sacrifício sexual, casando a menina com o bode na esperança de conquistar a simpatia dos deuses — que supostamente lhe concederiam a vitória.

Não deu certo. No fim, tanto Grîsburc quanto Lugduno foram reconquistados, ocupados pelas tropas romanas e devolvidos às forças batavas.

Nos primeiros dias, Brunia permaneceu no Forte Cinzento, até que uma mulher que alegava ser sua mãe solicitou uma reunião com Georgios para pedir informações sobre a filha — que não era vista fazia semanas. O tribuno reconheceu a jovem pela descrição e mandou que fosse imediatamente devolvida à família.

Em setembro, Ivar, que assumira a liderança da tribo, casou-se com Brunia. Georgios mediou as negociações. Para os romanos, era importante ter um aliado controlando a Batávia; para Ivar, o matrimônio lhe daria um título, e para os camponeses era um jeito de trazer mais segurança a suas fazendas, preservando a colheita e sobretudo suas preciosas cabeças de gado.

Mensageiros foram enviados a Castra Vetera. Em carta, Georgios contou a Otho Pólio tudo o que havia acontecido e pediu que o centurião continuasse "firme" no exercício de suas funções, porque ele e os patrulheiros não voltariam à fortaleza tão cedo. "Há muito trabalho a fazer", escreveu, acrescentando que "a parte verdadeiramente crítica da missão ainda está por vir."

Romanos e batavos acabaram se estabelecendo em Lugduno, onde conviveram por quatro meses. Foi um período relativamente tranquilo, de que Georgios, anos depois, se recordaria com certo carinho. Ida fundou uma igreja fora dos muros e celebrou casamentos. Círio Galino reuniu material para escrever seu livro, passou a frequentar as missas e decidiu que se converteria ao cristianismo. Ele, contudo, não poderia continuar no exército sendo cristão e, depois de muito pensar, decidiu que se desligaria da tropa. Em meados de outubro, pediu uma audiência com Georgios, que naquela época morava no antigo palácio de Dalferin. Os dois se encontraram no átrio depois do jantar, na segunda hora noturna. O chão fora ladrilhado, e o espaço, decorado com vasos de plantas. O trono fora removido, bem como a plataforma de mármore, e assim o prédio voltou a ser o que era originalmente: um autêntico pretório romano.

— Para tudo existe conserto — comentou Galino, admirando as colunas pintadas de branco. — Estão como novas.

— Graças a você — Georgios o elogiou. Fora o próprio Galino quem mandara reformar a cidade, trazendo alegria à capital dos batavos. — Nunca duvidei de suas habilidades.

O engenheiro sorriu. Era uma noite fria e a dupla resolveu dar uma volta para se esquentar. Georgios segurava uma caneca de cerveja e olhava para o céu, tentando contar as estrelas. Sua barba tinha crescido tanto que, se ele não abrisse a boca, poderia ser confundido com um cavaleiro germânico. Usava uma túnica verde-musgo bordada com tiras de couro que ganhara da mãe de Brunia em agosto. Sua maior recompensa, no entanto, era o traje que subtraíra de Dalferin — uma armadura de escamas douradas, que com os devidos ajustes lhe caiu muito bem.

— O que acha que elas são? — perguntou Georgios, de repente.

Galino não entendeu.

— Elas?

O rapaz estendeu o copo, apontando para o firmamento.

— As estrelas.

— Não sei. Ptolomeu só nos diz que estão muito longe, talvez na quarta camada celeste.

— Quão distante?

— Ninguém sabe, comandante.

— Devem ser grandes — comentou e em seguida mudou de assunto. — Quer comer alguma coisa?

— Não, senhor. Já jantei.

— Bebe algo?

— Obrigado, estou bem.

— Lamento que tenha recusado hospedar-se aqui no pretório — disse Georgios, afetuoso —, afinal *você* é o pretor.

— É que — Galino fez uma pausa para refletir — estou empenhado na construção da igreja.

— Pensei que já tivesse terminado.

— Quase.

— Falta muito?

— Não. Uma coisa aqui, outra ali. Preciosismo.

Georgios bebeu mais cerveja. Convidou Galino a sentar-se em um banco longo sob as colunatas, à luz dos candeeiros. Ele de um lado e o visitante do outro.

— Bom — apoiou a caneca sobre o impecável chão de ladrilhos —, em que posso ajudá-lo?

— Sabe o que é... — Era notória a tensão de Galino. — Como o senhor deve ter percebido, o projeto da igreja me aproximou dos cristãos.

— Sei aonde está querendo chegar. — Georgios mostrou a palma aberta, sinalizando que já tinha entendido. — Quer se desligar da legião.

O pretor desviou o olhar e abaixou a cabeça, como se estivesse para levar uma bronca.

— É um pedido muito absurdo?

— Não. É um direito que lhe compete. Eu o apoio.

Galino fez menção de se levantar — para agradecer e cumprimentar o tribuno. Georgios, porém, gesticulou mais uma vez, pedindo que ele continuasse sentado.

— Espere. Quero que faça duas coisas para mim antes de deixar o seu posto.

— O que desejar, comandante.

— Primeiro, quero que responda uma pergunta. E quero que seja sincero como nunca antes em sua vida. Se não for e eu descobrir, prometo que o perseguirei até o fim dos meus dias.

— Que exagero. — Galino esqueceu as formalidades e respondeu, meio atônito, meio indignado: — Nunca menti para o senhor.

— Pois bem. Então me diga o seguinte: você viu o corpo do meu pai quando o trouxeram da batalha?

O pretor franziu o cenho. Era uma pergunta estranha.

— É um teste?

Georgios endureceu.

— Responda, apenas.

— Claro que vi. Fui eu que o embalsamei. Como, aliás, já tinha dito ao senhor.

— Sim, você me contou na noite em que cheguei à Fortaleza Velha. Mas tem certeza de que era ele? De que se tratava do corpo de Laios Graco?

Galino hesitou.

— Por que não seria? Estava vestido com a armadura dele, trazia sua espada, o elmo, as grevas e a túnica manchada de sangue.

— E o rosto? — insistiu o rapaz. — Chegou a examinar o rosto? Notou alguma diferença?

— Os francos só o devolveram depois de dois dias. Como o senhor deve saber, um cadáver nessas condições perde muito das feições originais. Mas não tenho razões para acreditar que não era ele.

— Então afirma que não tem absoluta certeza?

— Não posso afirmar isso — disse. — Na realidade, nunca pensei a respeito.

Georgios o pressionou:

— Entre um e dez, quais as chances de o cadáver que embalsamou pertencer realmente ao meu pai?

Galino ia dizer "dez", mas se lembrou da ameaça que recebera havia instantes. Se estivesse errado, seria alvo de uma perseguição implacável.

— Nove — crivou. — Eu diria nove, comandante.

O jovem tornou a saborear a cerveja. Ficou uns segundos calado, olhando para cima, contemplando a abóboda celeste. Em seguida, falou:

— E a segunda coisa — colocou-se de pé — é de natureza bélica.

— Farei o que o senhor ordenar — prometeu Galino. — Contudo, estamos em paz. Meus serviços ainda são necessários?

— Paz? — riu-se. — Paz é uma ilusão, meu amigo.

— O senhor pretende organizar outra incursão ainda este ano? Para o norte, talvez?

— Não. — Georgios engoliu o que restava da cerveja, sentiu-se cansado e começou a andar na direção de seu quarto. O engenheiro o acompanhou. — Recebi uma mensagem da Bélgica. Cloro libertou o norte da Gália. Caráusio está morto.

— Humm... — Galino coçou a careca. — Que boa notícia. Mas o que nós temos a ver com isso?

Georgios não respondeu. Parou em frente a seus aposentos. A porta era uma placa robusta de madeira, que nem o homem mais forte do mundo seria capaz de derrubar.

— Quero que suspenda os trabalhos de construção da igreja. Tenho uma tarefa para você.

— Seria a última, comandante?

— Como pretor, estou certo de que sim — ele disse e frisou, enigmático: — Espero que sim.

Nos anos que se seguiram, os francos ficariam conhecidos por seu expansionismo, por sua coragem não apenas de atacar as colônias romanas como de se estabelecer dentro delas. No período em que esta história se passa, no entanto, esses impetuosos germânicos eram famosos por sua atuação no Mar Britânico, por seus atos de pirataria e por sua habilidade para navegar.

Quem na época comandava esses corsários era um homem chamado Clothar. Ele fora casado com Isgurd, irmã de Isgerd e uma das filhas de Dalferin. Isgurd falecera ao dar à luz um menino natimorto cerca de seis anos antes, o que fortaleceu — em vez de enfraquecer — a amizade de Clothar com o *graf*. Quando, então, ele soube que o ex-sogro estava em apuros, moveu toda a frota na direção da Batávia.

Foi em uma manhã ensolarada de novembro que seus dezessete navios — muitos dos quais fornecidos por Caráusio — adentraram o estuário do Reno. Não eram meros barcos de rio, e sim poderosas galés de combate, incluindo oito trirremes e uma quadrirreme, embarcações que, juntas, transportavam perto de quatro mil tripulantes. Os veículos, equipados com um enorme aríete na proa, cruzaram a foz e se alinharam nas plataformas em frente a Lugduno, lançando cabos para enfim atracar.

De olhos e ouvidos treinados, Clothar, um sujeito especialmente bonito, de pele clara e cabelos castanhos, ordenou que seus homens se colocassem em alerta, porque ninguém viera recebê-los. Não havia um só camponês à vista, não se escutavam o burburinho das pessoas, os cães latindo, e a aldeia que margeava a cidade estava completamente vazia. Cruzou os braços e ficou alguns instantes parado, observando o entorno, tentando identificar o perigo, até que enxergou um rosto conhecido. Osric, o sumo sacerdote e conselheiro de Dalferin, que sempre o recebia, correu em sua direção, agitando os braços, afoito.

Clothar entendeu a atitude como uma demonstração de boas-vindas, deu um sorriso e mandou que descessem a ponte, ligando o navio à plataforma de desembarque. O velho, ele reparou, tinha as roupas encharcadas e exalava um cheiro acre, o que não lhe provocou nenhuma estranheza. Os sacerdotes de Wotan — ele sabia — eram indivíduos misteriosos, que gostavam de parecer esquisitos.

Osric percorreu a plataforma e subiu a bordo. Clothar não pensou duas vezes e o abraçou, mas o clérigo não retribuiu o abraço. O capitão pirata o segurou pelos ombros e o encarou, percebendo que ele tivera os lábios costurados. Estava mais magro do que nunca, o rosto cheio de escoriações.

Antes que Clothar pudesse chamar por socorro, uma flecha de fogo foi disparada desde um ponto afastado, atingindo o conselheiro de Dalferin nas costas. Na mesma hora, as roupas do bárbaro pegaram fogo, porque, afinal, estavam ensopadas não de água, mas de óleo, o mesmo óleo que ele usara para sacrificar os guerreiros batavos durante a Batalha do Reno, oferecendo-os aos deuses germânicos.

Clothar se afastou, empurrando o colega para trás. De espada na mão, deu o sinal, avisando que estavam sendo atacados, mas era tarde. Por sobre as muralhas de Lugduno e a partir das ruas da aldeia batava, ocultos pelos depósitos de trigo, surgiram projéteis incandescentes, que subiram aos céus e despencaram como meteoros sobre os navios piratas.

No convés da nau capitânia, Osric se sacudia, os braços abertos, tentando em vão apagar as chamas que lentamente consumiam seu corpo. Para quem assistia ao espetáculo, a impressão que se tinha era de que ele dançava, louvando a morte em seus momentos finais.

Mais balas foram disparadas pelas catapultas, estrategicamente posicionadas para acertar cada uma das embarcações no ponto em que elas eram mais frágeis. Georgios nunca vira algo tão impressionante. O betume continuava ardendo sobre a superfície da água, transformando o Reno em uma trilha de fogo. Quem decidia pular era carbonizado; quem ficava acabava soterrado pelos destroços, pelos mastros, pelos pedaços de lona que se agarravam à pele.

Houve pânico, dor e desespero. Ida fez uma prece e imaginou que o inferno não devia ser tão diferente, com seus rios e lagos de sangue. Em pé sobre a muralha, ao lado de Georgios, Círio Galino observava o incêndio, os gritos, as balas traçantes, sabendo que era parte daquela tragédia.

— Parabéns, pretor — murmurou o tribuno. — Seus cálculos foram perfeitos.

— Obrigado, comandante — ele respondeu com a voz tremida. — Mas a estratégia foi sua. Os louros são *seus*. Se não tivéssemos poupado o betume, estaríamos mortos agora.

— Pode ser. — O rapaz encolheu os ombros. — Digamos que foi uma vitória nossa, então.

— Justo — rendeu-se Galino. — Nossa.

— O que vai fazer agora? — perguntou Georgios, casualmente. — Quero dizer, assim que eu assinar seus papéis de dispensa?

— Pensei em ficar por aqui — ele comentou, a atenção fixa nos corpos boiando. — Este lugar tem terras boas, cultiváveis, e um povo disposto a comungar — disse e emendou: — E o senhor, comandante? É um bom homem, de bom coração. Por que não faz o mesmo? Por que não rejeita a matança? Sei que não gosta de matar.

— Eu acredito que homens bons possam fazer coisas ruins, Galino, e que homens maus possam fazer coisas boas — discorreu, para só depois perceber que estava falando como Strabo, sendo prolixo e filosófico demais. Então, ao som do crepitar dos navios, que ainda queimavam sobre as águas flamejantes, ele completou: — Se quiser, pode pôr isso no seu livro. Só não diga que fui eu que falei.

Filipópolis, 17 de março, 1083 *ab urbe condita*

Salve, minha mãe.

Que alegria saber que a senhora está curada. Pelo jeito, o triunfo que pretendemos realizar pelas ruas da cidade terá um sabor especial. Fico muito feliz e não vejo a hora de festejarmos. Eusébio será meu — *nosso* — convidado de honra.

Se tudo der certo, chego a Nova Roma entre os dias 9 e 12 de abril. Falta pouco. Diga-me de quanto tempo precisa para organizar o cortejo. Não podemos nos esquecer do tradicional espetáculo no circo — o povo adora as corridas de biga. Por favor, informe a Celso Matias — o meu terceiro-secretário — quais são suas ideias que ele as incluirá na cerimônia.

Devorei o quarto tomo em três dias. Sou, como a senhora sabe, um aficionado por histórias de guerra e adorei a descrição da emboscada às margens do Wöh. Lembrou-me um pouco o relato de Patérculo acerca da Batalha da Floresta de Teutoburgo, que li durante os meus dias de ócio na Nicomédia.

Já que este livro é sobre Georgios, devo frisar a importância que as lutas no Norte tiveram para a reconquista dos nossos territórios ultramarinos. Se Georgios não tivesse perseguido o *graf* até o estuário do Reno, os navios romanos teriam sido destroçados pelos barcos piratas — e a Britânia jamais seria liberta. Aflige-me pensar que nomes como o dele, de Otho Pólio e de Círio Galino acabariam sendo esquecidos ao longo das décadas. Espero que esta obra resgate a memória desses homens tão negligenciados — e tão injustiçados pelos historiadores latinos.

Outro detalhe que vale a pena comentar diz respeito à traição de Flávio Fúrio. Quem estuda o caso tenta até hoje entender o que o motivou a atacar Georgios pelas costas — e naquele momento específico. Se analisarmos o cenário, realmente não faz sentido.

Muitos veteranos com quem conversei apostam que Isgerd o enfeitiçou, mas eu sempre fui da opinião de que tudo não passou de um mal-entendido. Fúrio pode ter pensado que Georgios estava a ponto de sucumbir, afinal ele fraquejou por um instante e quase se ajoelhou perante o trono de Dalferin. Flávio Fúrio deve ter se lembrado da história de Cláudio Régio, que, diziam alguns, fora seduzido pela Feiticeira das Sombras, e resolveu poupar o colega dessa situação humilhante. Como sabemos, Ivar protegeu o tribuno, deu cabo do almirante e o resto é história.

Sei que é uma versão improvável, mas, pelo menos para mim, que sou um homem prático, é mais factível que acreditar em bruxas, fantasmas e feitiçaria.

E, enfim, chegamos ao episódio do bode.

Com todo o respeito à senhora, devo dizer que às vezes os cristãos são crédulos demais. Eles sempre defenderão que o Diabo estava em Grîsburc, que os deuses francos são encarnações de Satanás etc. Os céticos culparão os delírios da febre — já vi gente especular que Georgios era portador da doença de César, chamada em latim de *morbus comitialis* —, mas como cavaleiro posso garantir que a questão era outra.

Não podemos nos esquecer de que, quando jovem, ele passou pela prova do porco, uma espécie de rito de iniciação ao qual todo novato deve se submeter na Escola de Oficiais do Leste. Os instrutores fazem com que o aspirante inale substâncias entorpecentes e, em seguida, mate um porco usando uma faca. Trata-se de um procedimento brutal, é verdade, mas repare que o ponto, aqui, são os narcóticos. Como sabemos, o corpo humano reage de forma distinta a diferentes estímulos externos. Enquanto alguns nem sequer são afetados, outros deliram. Na minha opinião, foi o que aconteceu. Os gases provocaram sérios danos ao cérebro do meu amigo, fazendo com que ele revivesse cenas traumáticas de seu passado — cenas essas que, acredito, serão retomadas em ocasião oportuna.

Existe um judeu em Niceia que é especialista no assunto. Podemos consultá-lo. O nome, confesso, agora me escapa. Procurarei em meus arquivos assim que pisar no palácio.

De resto, só elogios.

O quinto tomo será o último deste códice, certo? Poderia enviá-lo por Magno logo que for possível?

Seu filho, Constantino

Meu filho,

Segue o quinto tomo. Pelo seu planejamento, e com a graça de Deus, acredito que poderemos discuti-lo pessoalmente em breve. Eusébio está ansioso por essa oportunidade. Ele o admira muito. Uma admiração verdadeira, que, na minha opinião, merece ser valorizada.

Celso Matias enviará um emissário a Filipópolis amanhã. De todo modo, adianto que, pelos nossos cálculos, sua entrada na cidade seria mais bem realizada no dia 12 de abril. É o início da Cereália, um dos poucos festivais que reúnem cristãos e pagãos. Desse jeito, aproveitamos o público, o banquete e os espetáculos que já estão sendo organizados desde janeiro.

Respondo a seguir às suas considerações.

Não há quem deseje mais resgatar a memória de Georgios do que eu. Na realidade, esse é e sempre foi o propósito desta biografia.

Fico triste em pensar que o seu pai preparou uma armadilha para capturá-lo, a despeito do fato de ele ter livrado o mar dos piratas. Por outro lado, compreendo que Cloro não o fez por mal — ele foi vítima das intrigas engendradas por Druso, Magêncio e Zenóbia. Seu pai, apesar dos livros que leu, continuou a ser, até o fim da vida, um indivíduo mais dedicado à ação que ao raciocínio. Não à toa ele corria para os braços de Numa quando se sentia confuso ou perdido. Se refletirmos bem, o destino do conselheiro, portanto, carrega consigo certa ironia.

Sobre Flávio Fúrio, sua hipótese é pertinente. Contudo, talvez a solução seja mais simples do que imaginamos. Talvez ele quisesse apenas se vingar dos socos que levara de Georgios na taverna de Urus. Os marinheiros que entrevistei relataram que ele era um homem ambicioso, de caráter irascível. Mas, sinceramente, não vale a pena especular. O almirante tomou sua decisão, Ivar reagiu e, como você disse, "o resto é história".

Em relação ao episódio do bode, notemos que não foi um caso isolado. Georgios escutava vozes com certa frequência, as quais, por muito tempo, cogitou ser — de acordo com ele próprio — do Diabo, a quem chamava de Lúcifer. Ele ouviu esses sussurros na prova do porco, ao atacar o condomínio judaico, na ponte sobre o Sava e em outras diversas ocasiões. Observe que a profetisa germânica também lhe avisou que "um de seus inimigos" o aguardava "do outro lado do rio". Juntando as peças, parece-me que havia, indiscutivelmente, forças sobrenaturais envolvidas. Se Satanás era uma delas, jamais saberemos.

Espero que o quinto tomo o entretenha nos próximos dias. Eusébio e eu o aguardamos com grande expectativa.

Sua mãe

QUINTO TOMO

O JULGAMENTO

XLVI

O CAVALEIRO DE OURO

No último ano, a colônia de Úlpia Trajana havia crescido como nunca. Depois de vários meses de reformas, o lugar não devia nada às cidades vizinhas da Gália e da Récia. O prefeito erguera uma muralha de rocha que, ao ser construída, havia avançado alguns metros além do traçado original, abraçando um parque com estábulos e uma plantação de hortaliças, que antes ficavam na parte externa dos muros. Os telhados — muitos dos quais esburacados — foram consertados com subsídio municipal, as ruas transversais receberam calçamento e o sistema de esgotos fora ampliado.

Tudo graças ao dinheiro enviado por Constâncio Cloro, o homem que havia derrotado Caráusio e restabelecido a paz no continente. Em retribuição, o prefeito Écio Caledônio pediu que um artesão fizesse uma estátua em homenagem ao césar das províncias transalpinas e a colocasse no largo de entrada da colônia, ocupando lugar de destaque.

Em fins de março, a estátua estava quase pronta. Ela fora apoiada sobre um pedestal e agora o artífice, um italiano atarracado, de braços peludos, trabalhava ao ar livre, em pé sobre um banquinho, esculpindo os detalhes no mármore. Seu auxiliar era um menino de dez anos, estrábico, que apesar da pouca idade sabia identificar cada uma das ferramentas expostas sobre a mesa de trabalho, do esquadro à régua, do cinzel à tenaz.

O sujeito desceu do banco para observar a escultura. Esticou as costas — elas doíam — e esfregou as mãos com um pano. O céu, ele reparou de soslaio, estava azul, sem nuvens. A primavera tinha chegado, afastando o frio do inverno, trazendo calor, umidade, esquilos, colorindo as árvores, sublinhando os campos com o frescor do orvalho.

— É uma bela peça — comentou alguém. — Mas não tem nada a ver com Constâncio Cloro.

O artesão, ao ouvir aquelas palavras, virou-se, indignado, disposto a brigar, mas quem o interpelava era um cavaleiro coberto de escamas douradas, armado de espada, montado em um cavalo branco, ostentando túnica e capa vermelhas. Não trazia escudo ou elmo, deixando à mostra os cabelos longos, acobreados, e os olhos cor de avelã. Não fosse a barba, ele poderia ser tomado por grego, porque falava com sotaque helênico, o que sugeria que era do Leste.

— Desculpe, senhor — retrucou o plebeu, cauteloso, mas sério. — Segui as orientações do prefeito.

— Suponho que seja tarde para alterar — murmurou o cavaleiro, torcendo o pescoço, analisando a imagem a certa distância.

— Se me pagarem, faço outra — prontificou-se o operário. — Só preciso de uma imagem do césar.

O cavaleiro vasculhou a algibeira em busca de uma peça gravada com a face de Constâncio Cloro, mas não tinha nenhuma. Em vez disso, encontrou a moeda de prata com o rosto de Caráusio.

— Quer saber? Esqueça — ele disse, recolhendo a moeda. — Sinto muito se o ofendi. É indelicado propor mudanças sem apresentar soluções.

O cavaleiro estava saindo quando o trabalhador indagou:

— O senhor é daqui?

— Sou o tribuno da Trigésima Legião, já faz mais ou menos dois anos — respondeu, surpreso com a pergunta. — Fico mais tempo na Fortaleza Velha.

O plebeu olhou com mais atenção.

— Por Marte, é o senhor Georgios Graco — ele o reconheceu. — Como está mudado.

Georgios riu.

— É a barba.

— Soube que passou meses lutando na terra dos francos.

— Dos batavos.

— Está vindo para o casamento do bispo?

— Cheguei cedo demais?

— Não. — Ele apontou na direção de uma praça. — Os cristãos têm uma nova igreja. Fica na Rua Catorze, duas quadras depois do Templo de Júpiter. O bispo deve estar lá agora mesmo.

— Obrigado. — O jovem fez um movimento de cabeça. — Bom trabalho, amigo, e aproveite o dia.

O filho de Laios se afastou. O menino que auxiliava o artífice perguntou ao mestre:

— Senhor, é verdade que a espada dele é mágica?

— Suponho que sim — afirmou o mais velho. — Ouvi dizer que foi com essa espada que ele matou Isgerd, a Feiticeira das Sombras, após invadir sua torre.

— Onde foi isso?

— Na Batávia, no verão passado.

— Os francos são maus? — quis saber o garoto.

— São uns assassinos selvagens, mas os cristãos também não são muito melhores. Bando de hipócritas pedantes. — E acrescentou: — Rapaz, só existe uma coisa pior que os francos e os cristãos: as duas coisas juntas.

Muito havia se sucedido desde o retorno da patrulha a Castra Vetera, em novembro — acontecimentos que, embora ignorados pelos historiadores, teriam grande impacto nas relações políticas entre Constâncio Cloro e o imperador Diocleciano.

Sabe-se que Ivar, o Errante, assumira o controle de Lugduno após o casamento com Brunia. O que o tornava diferente dos outros *grafs* era sua devoção ao cristianismo, postura que, contrariando todos os prognósticos, acabaria, no longo prazo, por fortalecer as tribos francas, permitindo sua expansão.

Ida optou por permanecer na Batávia. Georgios nunca mais a veria, mas soube, alguns anos depois, que ela assumiu um importante papel na ainda incipiente cristianização dos germânicos.

Círio Galino foi obrigado a voltar à Fortaleza Velha, pois sua dispensa do exército dependia da assinatura de Otho Pólio. Desanimado, ele foi abordado por Ida, ainda em Lugduno, que lhe pediu "o imenso favor" de ajudar Mabeline a cuidar da comunidade cristã de Úlpia Trajana, "por um ou dois meses apenas". Galino concordou e fez muito mais do que isso. Uma vez dispensado do cargo, ele se empenhou em estudar os evangelhos e organizar a burocracia da igreja. Como a cidade não tinha bispo, ele tomou para si a função e pediu a mão de Mabeline em casamento, que aceitou. Bispo e diaconisa prepararam uma grande cerimônia, que aconteceria na tarde de 27 de março. Galino, contudo, ocultava certos medos e precisava conversar com Georgios a respeito.

Foi nessas condições que Georgios Graco entrou na nova igreja naquela manhã de céu claro. Onde antes havia um galpão de madeira agora existia um belo edifício com paredes revestidas de estuque, teto de argila e portas robustas sob a entrada em forma de arco. Sobre o altar fora pendurada uma cruz de bronze, doada pelo prefeito. No chão, mosaicos retratavam a figura de Jesus Cristo acompanhado de dois anjos — Miguel e Gabriel — e de mais três personagens que Georgios não conseguiu identificar.

Umas cinco pessoas trabalhavam nos preparativos para o casamento, decorando os bancos com guirlandas de flores. Georgios perguntou pelo bispo e foi levado a uma saída lateral que dava para um pátio espaçoso, coberto por uma parreira. O recinto estava cheio de mesas, cadeiras e barris de cerveja, e o equestre percebeu que seria aquele o local em que aconteceria a festa, após os votos de matrimônio.

Círio Galino encontrava-se em pé, discutindo com dois açougueiros que aparentemente não haviam conseguido entregar todos os porcos que ele encomendara. Quando notou a presença de Georgios, entretanto, o antigo pretor dispensou os plebeus e dirigiu-se a ele.

— Comandante — apertou-lhe a mão em vez de saudá-lo —, obrigado por ter aceitado o convite.

O tribuno sorriu.

— Não faltaria por nada.

O bispo fez um sinal para que se sentassem, pegou duas taças de chumbo, encheu-as com seu melhor vinho e ofereceu uma delas ao convidado, tomando a outra para si. Usava um manto de algodão que ia até os pés, branco com bordas azuis. No pescoço, um cordão de prata, centralizado por uma cruz de madeira.

— Como passamos juntos por maus bocados — disse Galino —, acho que posso ser sincero.

— Fiquei intrigado quando recebi seu bilhete — admitiu o cavaleiro. — O que tem para me dizer?

O bispo bebeu um gole, como se tomasse coragem.

— O senhor ainda sente algo por Mabeline?

Georgios nunca sentira nada por Mabeline, e no fundo isso o incomodava, porque mantivera relações sexuais com ela por meses. Se a garota falasse melhor latim ou grego, talvez guerreiro e prostituta tivessem estabelecido laços mais sólidos. Porém eles mal se entendiam. O rapaz tinha a impressão de que Mabeline vivia em uma realidade paralela, uma realidade que ele jamais seria capaz de alcançar. Então, a união entre ela e Galino era um alívio. Georgios desejava honestamente que os dois fossem felizes.

— Nada — garantiu-lhe. — Sei o que está pensando, Galino, mas pode ficar tranquilo.

Outro gole de vinho.

— Tem certeza?

— Eu gostava de Ida — revelou. — Nós tivemos um relacionamento.

Galino arregalou os olhos, num misto de felicidade, espanto e surpresa.

— Ida? Não acredito.

— Por favor, não conte a ninguém. Ela provavelmente não iria querer que os outros soubessem.

— Claro — gaguejou, sem ter certeza se conseguiria manter segredo, porque sua noiva exigia que ele lhe contasse tudo. Diante disso, pensou em uma forma de assegurar o sigilo e fez a seguinte proposta: — Posso dizer que as palavras pronunciadas neste pátio foram ditas sob segredo de confissão?

— Pode, mas ninguém vai acreditar. Todo mundo sabe que não sou cristão.

— O senhor não precisa ser cristão para se confessar.

— Sério? — estranhou o tribuno. — Quem disse?

— Eu estou dizendo. Sou o bispo de Úlpia Trajana.

E estava dizendo a verdade. Naquela época, cada cidade ou região tinha os próprios costumes, definidos pelos dirigentes das igrejas locais. Nos dias que antecederam o Concílio de Niceia, eram os bispos que faziam e desfaziam as regras, e sem dúvida Círio Galino tinha esse poder. Era estranho, polêmico, até herético, mas ele tinha.

— Bom — concordou Georgios —, faça como quiser.

O dois beberam em silêncio, agora que o assunto estava encerrado. A certa hora, o religioso comentou:

— Comecei a escrever o meu livro.

— O que vai ser? — interessou-se o equestre. — Qual é o tom?

— Quero que seja algo agradável e divertido. Qualquer coisa semelhante a *Satíricon*. Já leu?

— Há muito tempo, quando eu era criança. — Georgios sorriu ao lembrar essa época. — Confesso que não faz o meu estilo. Prefiro os épicos gregos.

— Entendo. — Galino ficou um pouco desanimado. Esperava que ele se empolgasse mais. — Quer ler quando eu terminar?

— Melhor não me comprometer. Nem sei se estarei por aqui quando você terminar.

— Por quê?

— Constâncio Cloro quer que eu me apresente no palácio dele, na Bélgica, o quanto antes. Devo partir amanhã. Talvez eu volte em breve, talvez seja transferido. Nunca se sabe.

— Ora — o bispo sentiu-se repentinamente triste —, é uma boa notícia, não é? Imagino que será condecorado pela tomada de Lugduno e pela destruição dos navios piratas. Soube que a conquista da Batávia tem sido essencial para os romanos que lutam agora nas Ilhas Britânicas. — Fez uma pausa. — Quem assumirá o posto de tribuno em sua ausência?

— Não sei. Não é problema meu nem estou preocupado. A bem da verdade, a Trigésima Legião nunca precisou de um tribuno. Eu fui enfiado no cargo porque era o único oficial com experiência em combate. Querendo ou não, esse é o fato.

— Pode ser, mas o senhor fez um ótimo trabalho.

— Não fiz mais do que a minha obrigação.

— Humm... — Galino coçou o nariz. — O senhor não me parece muito entusiasmado para receber a homenagem do césar.

— Não é isso. — O rosto de Theodora surgiu-lhe de repente, provocando-lhe calafrios. — É que — desviou-se, após se engasgar — não sou movido por títulos e condecorações.

— E pelo que o senhor é movido?

O equestre recobrou a firmeza.

— Quero as minhas terras de volta — disse. O bispo conhecia a história, porque Georgios já havia comentado com ele em ocasiões anteriores. — Na Batalha do Reno vinguei a morte do meu pai. Falta agora vingar o assassinato da minha mãe.

O clérigo gemeu em discordância. Era obviamente avesso à violência, sempre fora, o que acabaria por fazer dele um excelente cristão.

— Desejar-lhe sorte em sua vingança seria pecado — disse Galino, tentando ser imparcial.

— Eu sei. É por isso que nunca serei cristão — retrucou em tom de promessa. — Mas o senhor tem o meu respeito. — Ele se levantou e apertou a mão do antigo colega. — Precisamos de mais gente como você.

— Missionários? — indagou o bispo, sem entender muito bem.

— Escritores — disse Georgios, com um sorriso aprazível. — O que seria do mundo sem eles?

O casamento entre Círio Galino e Mabeline foi celebrado por parte dos moradores da colônia, mas não por todos. Do mesmo modo que o artesão que Georgios encontrara mais cedo, havia uma parcela considerável de não cristãos em Úlpia Trajana, que superava em muito a quantidade de devotos de Jesus Cristo. Não só na Germânia como em todo o Império, o sentimento anticristão crescia proporcionalmente ao aumento do número de igrejas, fiéis e diáconos. O fato levaria a uma crise sem precedentes, que encontraria o ápice cerca de dez anos depois.

Otho Pólio era uma dessas pessoas que detestavam os cristãos e sentiu-se traído com a conversão de Galino, a quem considerava "um amigo muito próximo". Recusou-se a ir ao casamento, permanecendo na Fortaleza Velha junto das sentinelas, adorando Mitra e Marte, bebendo e cantando.

Georgios partiu no dia seguinte sem despedidas formais, porque havia uma chance razoável que voltar já no mês seguinte. Conversou com Cingetorix, que, como Ida previra, havia se recuperado dos ferimentos. Depois conferiu os alforjes, para ter certeza de que não tinha esquecido nada. Colocou tudo sobre o lombo de Pégaso e montou.

Já na parte externa de Castra Vetera, cujos muros haviam ganhado reforço em tijolos, encontrou Otho Pólio.

— Boa viagem — desejou-lhe o centurião. — Cuidado na estrada.

Georgios enfiou a mão na algibeira, pegou a moeda com a face de Caráusio, olhou-a por alguns instantes e a jogou para o homem mais velho.

Pólio a pegou no ar.

— Por que está me devolvendo isto? — Ele franziu a testa. — Era um presente.

— Caráusio está morto — Georgios fez um gesto para que ele a guardasse —, e eu vou me encontrar com Constâncio Cloro, seu maior inimigo. Seria indelicado manter uma peça dessa no bolso, pelo menos na Bélgica.

— Que exagero. Ninguém vai acusá-lo de traição só porque você está carregando uma moeda.

— O Império está mergulhado em boatos de conspiração. Nestes tempos, todo cuidado é pouco.

Pólio pensou melhor e achou que ele estava coberto de razão. Um lampejo sombrio lhe ocorreu.

— O seu pai foi morto por uma conspiração — ele exclamou, a voz impostada.

— De novo essa história? — Georgios abanou a cabeça. O que o incomodava não eram as ideias subversivas de Pólio, mas o fato de tê-las escutado do bode durante o delírio em Grîsburc. — Por que insiste nisso?

— Porque é verdade.

— Quantas vezes vou ter de repetir? Diocleciano patrocinou os meus estudos. Ele era amigo do meu pai e é meu amigo. Não há por que duvidar.

— Diocleciano é seu amigo. Já o augusto não é.

Georgios achou que o veterano tinha enlouquecido.

— O senhor bebeu demais, capitão. Por que não volta para dentro? Tire o dia para descansar.

— Não estou cansado nem bêbado. O que estou dizendo é a mais pura verdade. Todo homem às vezes se vê em uma encruzilhada entre o coração e o dever. Diocleciano sempre escolheu o dever. É uma tática eficiente, que o mantém no trono há anos. Seja amigo dele, mas tome cuidado.

O cavaleiro julgou que não valia a pena prosseguir com o diálogo.

— Muito bem, meu amigo. Pode deixar. — Bateu os calcanhares contra as ancas de Pégaso, acenando enquanto se afastava. — Obrigado e até breve.

O percurso entre Úlpia Trajana e a cidade de Tréveros durou menos de duas semanas. Cavalgando a maior parte do tempo sozinho, Georgios viajou muito rápido. Munido de cartas e documentos, dormiu em postos do correio, frequentou tavernas e usou as estradas principais, que corriam ao sul do Reno e depois a oeste do Rio Mosela, cruzando a fronteira da Bélgica e chegando enfim à capital da província.

Depois de dois anos vivendo no limiar entre a civilização e a barbárie, ele se sentiu recompensado ao avistar os portões de uma metrópole regional, ainda que Tréveros não chegasse aos pés das grandes cidades do Leste. Em muitos aspectos, ela continuava a ser o que sempre fora: um lugar cinzento, erigido em granito, os telhados cobertos de musgo, mas com uma população multiétnica que circulava pelos mercados, trazendo vida àquele país de selvagens.

Enquanto trotava pelo cardo, Georgios se alegrou ante a possibilidade de rever Constantino, ao mesmo tempo em que se retraiu ao pensar em Theodora. Como ela estaria hoje? Teria se adaptado à vida na Gália, ao dia a dia no palácio, a suas obrigações como cesarina?

No meio do caminho, sentiu sede e decidiu fazer uma pausa para se refrescar. Desceu do cavalo e se dirigiu a uma das lojas de rua. O estabelecimento era idêntico às lojas romanas tradicionais, com um balcão que dava para a calçada, sobre o qual os clientes eram atendidos. Os plebeus abriram caminho enquanto ele passava, os comerciantes cochicharam, e só então Georgios reparou que se tornara o centro das atenções, não apenas pelas insígnias de oficial, mas porque usava uma armadura folheada a ouro, sugerindo que fosse alguém muito rico.

Pediu uma caneca de água, verificou quanto tinha na algibeira e perguntou o preço. O lojista quis saber se ele era do Leste. Georgios confirmou, e o homem, um sujeito de meia-idade, com os cabelos ralos e a pele morena, curtida de sol, retrucou em grego:

— É de graça.

O jovem abriu um sorriso e exclamou:

— Obrigado. E você, é de onde?

— Nasci em Niceia, cresci em Bizâncio e agora estou aqui. — Ele encheu de novo a caneca, antes mesmo que Georgios a esvaziasse.

— Como é bom conversar em grego de novo. Só falo latim faz anos. Sou da Palestina, servindo na Germânia.

— Está de passagem?

— Não. Tenho negócios a tratar aqui. Depois volto às minhas funções. — De súbito, ele se desanimou ao imaginar essa opção. Queria aproveitar a oportunidade para pedir a Constâncio Cloro que o transferisse para o Oriente, mas não tinha certeza se seria possível. — Pelo menos eu acho.

Georgios terminou de beber, agradeceu e tornou a montar. Passou ao largo do fórum, respondeu ao cumprimento de um pelotão de legionários, parou por uns cinco minutos para assistir a um engolidor de fogo que fazia sua performance no meio da rua, jogou-lhe um sestércio como gratificação e chegou ao palácio um pouco antes da hora do almoço.

O complexo era cercado de altos muros e ocupava todo um quarteirão em uma zona mais ou menos isolada da *urbs*. Georgios apresentou os documentos a um oficial no portão, que conferiu os papéis, pediu que ele desmontasse e informou-lhe que deveria deixar as armas na entrada, garantindo que logo as devolveria. O equestre achou estranho, porque esse não era o procedimento padrão, mas entregou a espada, o elmo e a adaga a um dos soldados e as rédeas de Pégaso a outro, que conduziu o animal ao estábulo.

Cruzando o portão, chegava-se a um grande pátio de terra batida, com cocheiras e oficinas ao redor. Georgios foi escoltado até lá por quatro homens. O oficial sinalizou para que ele esperasse.

Era tudo muito esquisito. Será que Constantino e Theodora estavam preparando uma surpresa para ele? Será que a condecoração aconteceria de maneira rápida, fria e sem pompas? O que tinha em mente Constâncio Cloro?

O céu estava nublado e começou a chuviscar. Os guardas não se moveram. Quando Georgios estava prestes a questioná-los, três indivíduos apareceram entre as colunas do palácio e em seguida desceram as escadarias de pedra. O do meio, sem dúvida, era o próprio césar. Estava coberto por um manto de pele de lontra, usando uma couraça de bronze, típica dos generais, e armado de espada. Os cabelos estavam ainda mais brancos, os olhos brilhavam com um azul cristalino, e agora, por algum motivo, ele mancava. Os outros pareciam ser seus seguranças particulares, portavam escudos, capacetes, gládios e lanças.

Georgios colocou-se em posição de sentido.

— Georgios Graco? — perguntou Cloro, ao abordá-lo.

— Sim, senhor — respondeu o tribuno.

— Estávamos à sua espera — ele disse e fez um aceno para os soldados na retaguarda, que imediatamente o seguraram pelos pulsos, forçando seus braços para trás, na tentativa de algemá-lo. O filho de Laios resistiu, até que o césar avisou: — Não se oponha, comandante. O senhor está preso.

Georgios ficou tão chocado que se deixou capturar. Mas exigiu saber do que era acusado.

— Preso? O que foi que eu fiz?

— Georgios Graco — disse Constâncio Cloro, cheio de formalidade —, o senhor é acusado de fomentar o cristianismo na Germânia e de ter se convertido à seita judaica.

— Como é? — Ele sentiu o sangue subir. — Não sou cristão. Fiz um juramento a Mitra.

— Isso foi há quatro anos.

— Não sou cristão — repetiu. — Sou romano — gritou. — Sou um oficial romano.

— Terá de provar. — E, sem mais explicações, o césar decretou: — Levem-no para o calabouço.

Pego de surpresa, Georgios foi submetido e arrastado às masmorras. Os carcereiros confiscaram seus equipamentos, seu dinheiro e sua armadura, deixaram-no somente com a roupa do corpo e o colocaram em uma cela construída abaixo do nível do solo, cuja única abertura ficava no teto e da qual só era possível sair com o auxílio de uma escada.

O espaço era pequeno, escuro e iluminado pela fraca luz dos archotes que ardiam através das grades, uns três metros acima. No lugar da cama, um monte de feno; em vez de latrina, um buraco minúsculo.

Pelo menos ele estava sozinho, sem ninguém para perturbá-lo. Faminto, sentou-se com as costas na parede e abraçou as pernas, tentando se aquecer, porque, além de tudo, o ambiente era gélido. Refletiu sobre os motivos que o teriam levado à cadeia e chegou à conclusão de que fora confundido com outra pessoa — era a única explicação. Georgios era um seguidor fiel dos deuses romanos e se mantivera intocado pelos dogmas cristãos, apesar da convivência com dezenas de pregadores. Só alguém verdadeiramente devoto de Mitra seria capaz de resistir às ideias de Cristo, e ele resistira não só porque fizera um juramento ao Reluzente, mas porque, assim como Strabo, considerava o cristianismo uma religião de covardes. Estava orgulhoso de sua persistência e certo de que muito em breve as coisas se esclareceriam, afinal ele tinha Constantino a seu lado. O filho do césar era um duque agora — e certamente interviria a seu favor.

Enquanto isso, nos aposentos superiores, sentada em uma poltrona de vime, Flávia Theodora amamentava o pequeno Dalmácio, de apenas quatro meses de idade.

O bebê nascera em novembro, tinha os olhos azuis do pai e os cabelos negros, iguais aos da mãe. Para Cloro, ele era apenas um herdeiro; para Theodora, porém, o menino era um refúgio, uma alternativa aos corredores escuros, à falsidade dos jantares, à solidão dos jardins, às galerias, alcovas e pátios cinzentos.

Embora Theodora nunca tivesse amado o marido, nutria um profundo amor pelo filho, que só crescia com o passar dos meses. Logo ela, que tanto desejava ser livre, que tinha planos para se tornar sacerdotisa, para se entregar a diversos homens, encontrava-se agora com uma criança nos braços, descobrindo ser capaz de fazer *tudo* por ela.

Naquela noite, após colocar Dalmácio no berço, a cesarina foi se deitar ao lado do esposo. Cloro reclamava de dores no joelho, que o atormentavam desde que fora atingido por uma flecha na rótula, em setembro. Theodora ouviu todas as queixas, cobriu-se com um lençol e perguntou quais eram as notícias do dia.

— Nenhuma. — Constâncio Cloro esticou-se na cama. O quarto era amplo, tinha o piso aquecido e coberto de tapetes felpudos. — O de sempre.

Theodora o abraçou, afagando-lhe o pescoço.

— O povo comentou sobre a chegada de um cavaleiro de ouro na cidade. Ficou sabendo de algo?

— Quem comentou?

— O povo — ela repetiu, sem dar detalhes.

— Verdade. — O césar preferiu ser honesto. — Chegou mesmo. O tribuno da Trigésima Legião de Trajano. — E acrescentou casualmente: — Aquele rapaz que ajudou Constantino a escoltá-la até aqui, faz dois anos. Lembra-se dele?

— Vagamente. — Ela fingiu não se importar. — Mas ele não era um cavaleiro, apenas?

— Eu o proclamei tribuno por insistência de Constantino, e até que o garoto fez um bom trabalho na Germânia — disse, sem mencionar seus feitos. — O problema é que acabou se convertendo ao cristianismo, e agora nós teremos de matá-lo.

— Matá-lo? — A moça se assustou. — Não é punição excessiva? Ele é um patrício, não é?

— Justamente por isso, temos que dar o exemplo. O cristianismo é uma praga que não pode se alastrar pelo exército. Precisamos cortar o mal pela raiz, ou então a coisa sai do controle.

— Mas — argumentou a cesarina — o senhor tem certeza absoluta de que ele é cristão?

— Para falar a verdade, pouco importa. — Cloro sentou-se no colchão. Duas lamparinas ainda estavam acesas. Olhou diretamente para a esposa, a um só tempo sério e preocupado. — Meu amor, eu *sei* o que ele fez com você. Seu pai também sabe. Juntos, nós a vingaremos — prometeu. — Esse crápula será enforcado!

— Crápula? Ele... — A jovem estava pálida, suando frio. — Georgios não fez nada comigo.

— Não mesmo? — O tetrarca desconfiou. — Está disposta a jurar diante de Júpiter?

Theodora certamente faria isso para salvar a pele de Georgios, mas naquele momento se lembrou do dia em que eles beberam o vinho de Proserpina, nos arredores da Nicomédia, e de como a deusa se vingou, tirando-lhes a liberdade. Não era uma boa ideia desafiar tais criaturas, muito menos mentir para elas.

— Eu sei — prosseguiu Cloro, compreensivo. — Entendo a sua relutância em denunciá-lo. Seria uma catástrofe se o assunto se espalhasse, mas eu já cuidei de tudo. Nós o pegaremos de uma forma ou de outra. Magêncio, seu irmão, chegará no mês que vem e será um dos responsáveis pelo processo.

Theodora não disfarçou a surpresa. Magêncio era um rapaz de natureza perversa, que odiava Georgios desde que eles haviam sido colegas na Escola de Oficiais do Leste.

— O que Magêncio tem a ver com isso? — indagou. — Que autoridade ele tem para julgar um tribuno?

— Não sei se você soube, mas Magêncio agora é pontífice máximo de Roma — contou o césar, como se desse uma boa notícia. — Uma maravilha, não é? Um cargo de respeito que fortalece a sua família, a *nossa* família — disse e se virou para o lado. — Já está tarde. Durma, minha flor. Não se preocupe com nada.

Theodora encostou a cabeça no travesseiro. Fechou os olhos e tentou dormir.

Não conseguiu.

Dalmácio começou a chorar. Ela se levantou, apanhou o bebê no colo, tornou a se sentar na poltrona, ofereceu o peito e, com o rosto oculto pelas sombras, acabou chorando também.

XLVII

VELHOS AMIGOS

O REGRESSO DE CAIO NÚBIO CIPRIOTA AO CHIPRE VEIO ACOMPANHADO DE UMA forte tempestade, que destruiu barcos, lojas, prédios e armazéns, deixando diversos comerciantes sem sustento e centenas de famílias desabrigadas.

Muitos cidadãos, em especial os mais pobres, enxergaram nesse evento um mau presságio, o que fragilizava a posição política do recém-empossado governador da província. Tysa, porém, entrou logo em ação e aconselhou o amigo a aproveitar a oportunidade para promover um programa de reformas urbanas, não só na capital como em outras regiões do país.

Entre outubro e janeiro, a ilha ganhou novos atracadouros, depósitos, templos, parques e uma série de edifícios comerciais. Com isso, a popularidade de Cipriota disparou e ele teve a ideia de construir uma mansão própria no centro de Pafos. Tysa era contra. Segundo ela, o ex-secretário ficaria muito exposto aos caprichos da população. Na Colina dos Ossos, salientou a jovem, ele estaria mais bem protegido.

— Os muros não serão tão altos como estes — redarguiu o núbio certa tarde, enquanto eles caminhavam sobre as muralhas do palacete dos Fúlvios —, mas agora eu tenho os meus soldados particulares.

— Não se iluda — disse Tysa. — Os legionários que Magêncio lhe ofereceu estão aqui para nos vigiar. É o jeito que Maximiano, o pai dele, encontrou para manter o controle da ilha.

— Isso é absurdo — reagiu Cipriota. — Esta área está sob a jurisdição de Diocleciano.

Tysa chegou a uma antiga guarita convertida em caramanchão. De lá, avistavam-se o porto, os navios, a praia, o mar e as nuvens de chuva se aproximando.

— É assim que eles agem, por meio de subterfúgios, ardis e estratagemas sombrios. Seria um escândalo se o imperador retirasse do Chipre as tropas oferecidas pelo Senado romano. Geraria uma crise sem precedentes.

— Quem ofereceu as tropas foi Magêncio, não o Senado.

— Nesse caso, não há diferença. Seria um escândalo ainda maior. Magêncio, pelo que você me contou, é o chefe do colégio dos sacerdotes, o que lhe dá uma grande influência política.

— Maximiano moveu bem as peças — compreendeu ele, após refletir. — Como augusto do Oeste, ele detém o poder temporal sobre as províncias do Ocidente, e seu filho, o poder espiritual.

— O jogo é sujo — prosseguiu Tysa. — Você está percebendo agora o que eu entendi faz muito tempo.

Os dois desceram para o jardim e almoçaram juntos. Depois, o governador saiu do palacete escoltado por seus guarda-costas para supervisionar as obras na enseada. No começo da primavera, elas estavam quase prontas. Uma noite, Tysa foi jantar com o político na *domus* que ele acabara de inaugurar, a leste do fórum. Comeram, beberam e resolveram jogar uma partida de latrúnculo no átrio enquanto faziam a digestão.

Cipriota estava ganhando quando a viúva, casualmente, perguntou como ele se sentia com o novo nome que adotara. O núbio respondeu que um nome dizia pouco sobre a pessoa — o que valia, segundo ele, era "o caráter". E acrescentou que o mundo estava cheio de gente com nomes parecidos.

— Por exemplo — comentou ele, enquanto movia uma peça branca sobre o tabuleiro quadriculado —, quando estive em Roma, o assunto dos banquetes era um crime perpetrado por um tal de Georgios Graco. Faz lembrar o nome daquele menino que você conheceu na infância, não é? Em sua cidade natal?

Tysa empalideceu. Fitou o amigo com os olhos arregalados através da fumaça dos candeeiros.

— Como é? — Ela se levantou. — Que história é essa?

Cipriota contou-lhe o que escutara de Magêncio, dos senadores e de suas esposas. Tysa, ao ouvir aquelas palavras, ficou estarrecida.

— Por que não me disse antes?

Com as mãos espalmadas, o núbio justificou-se:

— Nunca imaginaria que é o garoto de Lida. O prenome Georgios é comum, e Graco significa "grego". Poderia ser o ramo helênico de qualquer família romana. — E perguntou, ainda incrédulo: — Como você pode ter certeza de que é ele, realmente?

— Caio e eu os encontramos na Panônia, enquanto nos dirigíamos a Sirmio. — A essa altura, Tysa circulava pelo pátio, agitada. — Georgios e Theodora estavam apaixonados. Eu *vi*. Eu *sei*. Portanto, estou certa de que o filho de Laios é inocente.

Cipriota ergueu-se da cadeira.

— Pelo que me disseram, ele é um mero tribuno. Por que iam querer culpá-lo por um crime injustamente? Qual é o interesse? Com qual objetivo?

— Georgios é protegido do imperador — esclareceu a moça. — Essa é uma conspiração política.

Sentindo-se culpado por não ter revelado antes a informação, o ex-secretário sugeriu:

— Por que não escrevemos diretamente para Diocleciano? Contando tudo o que sabemos?

— Se a carta for interceptada pelas tropas que Magêncio plantou nesta ilha, você e eu podemos ser presos por traição. É justamente o que Maximiano deseja.

— Não precisamos assinar a carta. Uma correspondência anônima resolveria o problema.

— É pouco provável que o imperador dê algum crédito a uma mensagem desse tipo. Na realidade, talvez a correspondência nem sequer chegue a ele. Possivelmente será retida por seus secretários. Eu já enviei cartas anônimas antes, com bons resultados, mas os tempos eram outros, e os destinatários, menos importantes. Precisamos de uma pessoa que tenha um canal aberto com Diocleciano, alguém em quem possamos confiar.

— Não consigo pensar em ninguém. — O núbio estava inconsolável. — Sinto muito por isso.

O som de uma carroça foi escutado na rua. Desde os tempos de Júlio César, era proibido que veículos sobre rodas trafegassem pelos centros das cidades romanas durante o dia, para evitar congestionamento. Entregas costumavam ser feitas à noite, e eles estavam perto da avenida do comércio.

Súbito, Tysa levantou a cabeça, encarando o governador.

— Eu acho que tive uma ideia — ela disse.

— Espero que seja uma boa ideia.

— Existe uma pessoa que talvez possa nos ajudar.

— Quem?

— Espere e verá. Pode ser que não dê certo, mas vale a pena arriscar. É nossa única chance. — Ela tornou a se sentar na cadeira. — O que acha? — Esticou-se, apontando para o tabuleiro de latrúnculo. — Quer fazer uma aposta?

Semanas depois, em Sirmio, Valéria Galéria, a jovem esposa de Caio Galério, o césar das províncias centrais, recebia uma carta lacrada com um selo desconhecido, mas destinada objetivamente a ela.

Valéria era filha do imperador Diocleciano e havia sido entregue em casamento a Galério com o objetivo de fortalecer a tetrarquia. Para que a aliança prosperasse, no entanto, era crucial que a donzela gerasse filhos saudáveis, mas Pantaleão, o médico da corte, descobriu que Valéria tinha problemas para engravidar, o que obrigou o marido a procurar uma concubina, com quem se deitou, gerando um menino chamado Candidiano, agora com oito meses. Galério sentia-se culpado por ter dormido com outra mulher, e para compensar tratava a esposa com a maior deferência, satisfazendo-lhe todas as vontades.

Contudo, havia limites. Em 8 de abril daquele ano, ele estava de bruços sobre uma mesa de mármore, na sauna que mantinha na ala sul do palácio, sendo atendido por dois massagistas e sob a supervisão de seu médico particular, quando a cesarina entrou no recinto.

— Galério. — Ela quase nunca o chamava de "Caio". — Meu amor, preciso falar-lhe imediatamente.

O tetrarca ergueu os olhos cinzentos. Era um sujeito de meia-idade, com o rosto oval e uma barba grisalha correndo pelos lados da face.

— O que houve? — Ele ameaçou se levantar, mas Pantaleão pediu que permanecesse deitado, alegando que se mover àquela altura poderia causar sérias lesões musculares. — O que aconteceu de tão importante?

— Recebi esta carta. — Valéria mostrou o documento, embora não se pudesse enxergar as letras em meio ao vapor. — É de Tysa, a viúva do senador Caio Valério Fúlvio, seu amigo. *Nosso* amigo.

— Fúlvio, sim. — O césar se lembrou dos momentos agradáveis que passara com o então governador do Chipre antes de ele falecer. Fúlvio o havia aconselhado em diversas questões. Era um homem notável, pensou, além de extremamente generoso. — O que ela quer? Nos convidar para ir a Pafos?

— Não — exclamou Valéria. — Ela pede que intercedamos junto ao meu pai a fim de salvar um de seus protegidos.

— Um protegido dela?

— Um protegido *dele* — explicou. — Do imperador.

— Espere. — Galério entendeu que o assunto era sério. Pediu que os massagistas encerrassem a sessão, dispensou-os, secou-se com uma toalha, saiu da sauna e se dirigiu a uma câmara anexa. O médico o acompanhou. — Deixe-me ver essa carta — pediu o tetrarca.

Enquanto ele lia, Valéria desatou a falar:

— É um tal de Georgios Graco, afilhado do meu pai. Ele está sendo acusado de fomentar o cristianismo e pode ser condenado à morte.

— Um momento. — O césar apertou as pálpebras, pegou uma lâmpada a óleo e tentou ler o texto integralmente, mas já havia anoitecido, a sala era escura e ele se ateve apenas ao primeiro e ao último parágrafos. — Este documento não está assinado — protestou. — Não é confiável. Não podemos acreditar em toda carta anônima que nos chega. Pode ser um dos nossos inimigos tentando gerar intriga, ou simplesmente um idiota querendo pregar uma peça.

Valéria arrancou o papel das mãos do marido e sacudiu-o no ar, apontando para um trecho que Galério aparentemente não havia notado.

— Esta carta descreve em detalhes os momentos que passamos juntas aqui no palácio, faz dois anos. Com sua experiência, Tysa me ajudou a entender o casamento, a ser uma boa esposa, a me adaptar à vida longe de casa. Se ela não assinou — garantiu a jovem com firmeza —, é porque não queria ser descoberta.

O césar pegou o objeto novamente e o releu.

— Pelo que diz aqui, esse tal de Georgios Graco será julgado por Constâncio Cloro. Fiz um juramento de proteger a tetrarquia e não posso me opor a ele. Seria catastrófico. Não quero criar uma crise política.

— Salvando esse rapaz — sustentou Valéria, afiada —, você *evitará* uma crise política.

— Depende.

— Depende do quê?

— Se ele for inocente, evitaremos o conflito, é verdade — admitiu o césar enquanto vestia a túnica. — Se for culpado, será o nosso fim.

De súbito, o médico falou:

— Georgios é inocente. Posso garantir, césar.

Na hora, Galério e Valéria se viraram para Pantaleão, perplexos. Era um jovem brilhante, cristão, que nunca se envolvia em controvérsias.

— O que foi que disse, doutor? — O tetrarca devolveu a carta à esposa. — Pode repetir?

— Disse que Georgios Graco é inocente — insistiu Pantaleão. Os olhos azuis transmitiam segurança, além de uma certeza inabalável. — Eu o conheci em Antioquia, quando trabalhava no Templo de Hórus. Nos tornamos amigos. Posso atestar que esse cavaleiro é uma das pessoas mais decentes que conheci e um incansável defensor dos valores romanos. O que estamos observando, césar, se me permite dizer, é uma clara tentativa de enfraquecer o imperador, incriminando seu afilhado.

— Eu esperaria uma atitude dessas de Maximiano — argumentou Galério —, não de Cloro.

— Talvez Cloro esteja sendo manipulado — sugeriu o médico. — De qualquer maneira, não me cabe julgá-lo. O que posso afirmar, de todo o meu coração, é que Georgios Graco é inocente.

Pantaleão, embora moço, era sábio, e Galério levava muito a sério tudo o que ele falava. Olhou para a esposa mais uma vez, refletiu por alguns segundos e declarou, finalmente:

— Que seja assim. Enviaremos uma carta ao imperador. Direi exatamente isto: que Cloro talvez esteja sendo enganado e que não sabe o que está fazendo. Desse jeito, preservamos a tetrarquia e avisamos ao divino augusto sobre a prisão de seu protegido.

— Escreverei a carta eu mesma — decretou Valéria — e a assinarei. Em último caso — ela se dirigiu a Galério —, você sempre poderá alegar que foi um surto da minha parte.

Pantaleão completou:

— Como filha do imperador, a senhora está isenta de qualquer punição. De fato — acrescentou ele, com um meio sorriso —, é uma ideia bastante sensata. Se me permitem opinar, lógico.

*

Quando o dia amanheceu, Galério convocou a seu gabinete Opélio Cassiano, seu emissário de confiança, um cavaleiro bonito, de vinte e dois anos, que conhecia o Império como a palma da mão.

— Cassiano? — o césar o chamou. Estava sentado a uma escrivaninha repleta de frascos de tinta, estiletes, carimbos e papéis bagunçados.

O cavaleiro o saudou.

— Às ordens, césar.

— Esta carta — Galério estendeu a ele um tubo de couro — deve ser entregue ao imperador e apenas a ele. Neste momento, Diocleciano está em sua residência de verão, em Salona, na Dalmácia.

Cassiano apanhou o objeto e o enfiou na bolsa. Estava vestido com uma túnica rubra, portava adaga, gládio, mas não usava armadura.

— Sim, césar.

— Perguntas?

— O que faço se o imperador se recusar a me receber?

Galério já esperava aquela pergunta.

— Se você for detido por algum paladino, diga que está a serviço da filha dele.

O mensageiro assentiu.

— Entendido, senhor.

— Quero que parta *agora*. — Ergueu-se, como que para reforçar a ordem. — Boa sorte, rapaz. Que os deuses o acompanhem nesta jornada.

Enquanto Opélio Cassiano cruzava bosques, montanhas e pradarias, Georgios continuava aprisionado nos subterrâneos do palácio, em Tréveros.

Durante três dias, não recebeu nada além de pão e água, que lhe foram entregues dentro de uma cesta, descida à cela por meio de uma corda. Nenhum visitante, nenhum esclarecimento. Gritou tentando chamar os carcereiros e não obteve resposta. Em uma noite — ele supunha que fosse noite —, tentou conversar com um dos guardas enquanto ele baixava a comida, mas o sujeito só resmungou, sinalizando que não falava latim.

No quarto dia, começou a ficar preocupado. Onde estava Constantino, que nem sequer o contatara? Onde estava Theodora, que era esposa do césar — e, supostamente, teria alguma influência sobre ele? O próprio Constâncio Cloro o recebera bem dois anos antes, chamando-o de "senhor Graco" e reconhecendo que ele pertencia a uma linhagem antiga. O que o teria feito mudar de ideia?

Se havia uma acusação, ela precisava ser investigada, mas aquele não era o tratamento correto a se dar a um mitraísta, muito menos a um patrício, que dirá a alguém cujo pai fora um personagem da máxima importância para o Império.

Não fazia sentido.

No quinto dia, a grade se abriu e um carcereiro meteu uma escada no buraco, pedindo que Georgios subisse. Ele obedeceu, galgou os degraus e chegou a um aposento circular, de teto baixo, com três passagens em arco fechadas por portas de ferro. O brilho fraco das tochas feriu seus olhos, depois de tanto tempo no escuro.

Dentro dessa câmara, além do carcereiro e de dois guardas, ele reconheceu um indivíduo pálido, de barba negra, usando uma couraça de bronze.

— Já nos vimos antes — percebeu o equestre.

— Sim — confirmou o oficial. — Sou Cássio Pertinax. Fui eu que o recebi quando você e seu grupo chegaram ao Forte da Rainha. Faz dez meses que trabalho como capitão da guarda do césar Constâncio Cloro.

— Certo — murmurou Georgios, desconfiado. — O que deseja? Veio me tirar deste buraco?

— Não — retrucou Pertinax. — Estou aqui para apresentar suas acusações.

— O césar já me informou.

— É o protocolo. Escute, apenas — ele pediu, em tom de neutralidade. — Georgios Anício Graco, você é acusado de ter se convertido ao cristianismo, de propagar as ideias do Nazareno e de liderar um exército cristão.

— Exijo um advogado. — Ele sabia que era seu direito.

— Sua solicitação está registrada.

— Onde está o duque Flávio Constantino? Quero falar com ele.

— O duque não se encontra na Bélgica. Ele foi transferido — informou o oficial e acrescentou, com perversidade e malícia: — Esqueça os seus amigos. Eles não poderão ajudá-lo. O julgamento acontecerá dentro de algumas semanas. Mais alguma coisa que queira dizer?

Georgios olhou para aquele homem e, de repente, teve uma epifania. Recordou-se da expressão de Pertinax quando, ainda em Castra Regina, ele abriu o pergaminho endereçado a Constâncio Cloro, oferecendo-lhe Theodora em casamento. Compreendeu, então, que o homem contara a novidade para todos os seus colegas — enquanto, na ocasião, nem ele, Theodora ou Constantino sabiam dos planos de Helena. O jantar servido a eles naquela noite tivera, portanto, o objetivo de humilhá-los. Fora armado para que os oficiais do Forte da Rainha rissem da cara dos dois e zombassem dos amantes sem que eles notassem.

Olhou uma segunda vez para o rosto de Pertinax. Sentiu um ódio profundo, crescente, quase incontrolável. Lembrou-se, então, do que Constantino lhe dissera em Viruno:

Georgios, isso não pode acabar bem.

Conteve-se. Deu um passo à frente.

— Eu vou matá-lo — disse.

Pertinax engoliu em seco. Recuperou-se rápido, retomou a compostura e deu uma ordem aos guardas:

— Joguem-no de novo na cela. Reduzam a ração à metade. Ele precisa aprender a se comportar.

Não seria um julgamento, concluiu Georgios, seria um massacre. Ele entendeu que a situação era grave e, na semiescuridão da masmorra, preparou-se lentamente para deixar este mundo.

Fez algumas preces a Mitra, mas especialmente a Marte, a quem prestava louvores desde criança. Meditou por horas, refletindo sobre tudo o que passara até então, pensou em seus amigos e inimigos, nas mulheres que amara e nas que deixara de amar. Não eram tantas, considerou. Sentiu saudade de Tysa, de Ida, de Theodora e lamentou por não poder completar sua jornada.

Na segunda semana, ele já estava muito fraco. Havia emagrecido, a barba crescera e, apesar de cansado, quase não conseguia dormir, porque o piso era duro e o corpo doía.

Na terceira semana entregaram-lhe um cobertor, e Georgios enfim conseguiu pegar no sono.

Desmaiou.

Desnutrido, acordou com o carcereiro enfiando-lhe comida na boca. Dentro do prato de cerâmica havia uma espécie de mingau sem gosto, mas que lhe pareceu a melhor iguaria da terra.

— O césar não quer que você morra — explicou o guarda. — Pelo menos, não ainda.

Georgios bebeu água de uma cuia, tossiu, voltou a comer e olhou ao redor.

Enquanto ele estivera apagado, alguém limpara sua cela. O carcereiro deu-lhe panos para que ele se lavasse e uma túnica nova, de linho cru.

— Um escravo virá fazer sua barba mais tarde — disse. — O pontífice chegou. Seu julgamento começa amanhã.

XLVIII

CORTE GERMÂNICA

NO DIA 8 DE JUNHO, A COMITIVA DE MARCO AURÉLIO MAGÊNCIO CRUZOU A ponte sobre o Rio Mosela. O grupo contava com trinta legionários e quinze cavaleiros da guarda pretoriana, além de um heterogêneo plantel de escravos, incluindo secretários, poetas, enfermeiros e até alfaiates. O pontífice máximo trotava na frente, montado em um cavalo branco e vestido com uma capa púrpura — matiz que, teoricamente, seria reservado apenas ao imperador e seus paladinos. Logo atrás, carregadores traziam uma liteira, e dentro dela encontrava-se Sevílio Druso, que discretamente observava o entorno. O gigante Oxion marchava a seu lado, atento a tudo, desafiando com o olhar quem quer que ousasse encará-lo.

Indiferentes ao vozerio, às crianças que lhes apontavam o dedo, ao sorriso das moças, o cortejo percorreu as principais ruas de Tréveros para enfim chegar ao palácio do césar. Constâncio Cloro os aguardava no pátio na companhia de Theodora, à direita, e de Cássio Pertinax, à esquerda. Numa, seu conselheiro, era, apesar de tudo, um escravo e manteve-se afastado, quieto, sem dizer uma palavra.

Um lacaio se ajoelhou aos pés do cavalo de Magêncio para servir-lhe de apoio. O jovem pisou sobre as costas do homem, desceu para o chão, tirou o capuz e saudou o tetrarca. Cloro retribuiu o cumprimento e deu-lhe dois beijos no rosto.

— Excelência, é um prazer recebê-lo — disse o anfitrião a seu convidado. — Seja bem-vindo à cidade de Tréveros.

— O prazer é meu — respondeu o pontífice, dirigindo-se então a Theodora. — Olá, minha irmã. — Beijou-lhe a mão. — Parabéns pelo menino. — Virou-se para Cloro. — Parabéns pelo herdeiro, césar. Estou ansioso para conhecer o meu sobrinho. Dalmácio é o nome dele, certo?

— Sim — confirmou Theodora, com um pressentimento ruim. — Com certeza vai conhecê-lo.

Cloro sorriu.

— Estou muito animado com sua visita, excelência — disse. — Passaremos bons momentos juntos.

— Sem dúvida, mas antes a obrigação nos chama. — Magêncio chegou um pouco para o lado, abrindo passagem para um sujeito grisalho, de sobrancelhas unidas, que usava uma toga negra. — Quero apresentá-lo a Sevílio Druso. Ele foi advogado de Diocleciano e agora trabalha para nós. É um amigo, antes de tudo. Está me ajudando com o processo.

Constâncio Cloro se mostrou desconfortável.

— Constantino me contou sobre o desentendimento que tiveram — ele falou ao jurista — no passado, na Nicomédia.

— Sim — confirmou Druso, em tom amigável. — Faz alguns anos, o seu filho invadiu os meus aposentos e tentou me matar. Nunca o denunciei porque sei que ele estava sob a influência de Georgios Graco. Para o senhor ver, césar, como esse cavaleiro é perigoso.

— Entendo agora por que está aqui. — Cloro apertou a mão de Druso. — Bom, os senhores devem estar cansados. O capitão da minha guarda pessoal — apontou para Pertinax — vai mostrar-lhes seus aposentos. Os meus escravos se encarregarão do restante da comitiva. Que tal almoçarmos dentro de uma hora?

Os visitantes concordaram, subiram as escadarias e se despediram momentaneamente. Uma vez nos corredores, Numa, apoiado em seu cajado, andou até Theodora e sussurrou para ela, aproveitando que Cloro se afastara:

— Está para acontecer algo terrível. Cesarina, a senhora precisa ser forte.

— Claro que está — retrucou a moça, tentando se conter. — Georgios será condenado à morte!

— Não. É algo que acontecerá com a senhora. Faça o que lhe for ordenado. Não hesite. É o único jeito.

Theodora preferiu não dar ouvidos a ele. Considerava Numa inofensivo, mas um tanto excêntrico.

— É mais uma das suas profecias?

— Não é minha. É uma profecia de Deus. Percebe? — Ele foi recuando. Parecia aéreo. — De Deus.

O almoço foi servido quando o sol já começava a descer.

Os romanos tinham o hábito de fazer as refeições em ambientes abertos, amparados por seus escravos e reclinados em divãs, mas desde que passara a viver em Tréveros Constâncio Cloro adotara o costume gaulês de comer ao redor de uma mesa, com ele à cabeceira e os convidados nas laterais.

O cardápio era vasto. Depois da entrada — cogumelos cozidos, ovos e pão salgado —, os copeiros trouxeram um gamo selvagem assado ao molho de cebolas e temperado com ervas. Para beber, além de água, havia três tipos de vinho, dois tintos e um branco, mais suave e refrescante.

Juntaram-se ao anfitrião sua esposa, Magêncio e Sevílio Druso. Esse último quase não tocou na comida, alegando ter "uma dieta extremamente restrita".

Os comensais se satisfizeram, conversaram sobre assuntos diversos, experimentaram tâmaras de sobremesa e então Cloro dispensou Theodora. Sozinhos no salão, os três homens se entreolharam.

— Só existe uma coisa que pode amargar os nossos planos — expressou-se o tetrarca. — O advogado desse Georgios Graco. Se ele escolher um bom defensor, a maré pode virar contra nós.

Magêncio sorriu com desdém.

— Já cuidamos de tudo. O réu não terá direito a um advogado.

— Isso é possível? — estranhou Cloro. — Nosso sistema de leis confere a ele tal privilégio.

— Desde o reinado de Numeriano — intercedeu Druso, referindo-se a um imperador já falecido — a corte tem a opção de adotar o modelo germânico de julgamento. Esse sistema entende que não há ninguém melhor para representar o réu do que ele próprio. O modelo germânico também dispensa a necessidade de júri. No entanto, exige a presença de testemunhas, que podem protestar contra ou a favor do acusado. O senhor do domínio assume o papel de juiz. No caso — explicou ele — seria o senhor, césar. Por se tratar de uma questão religiosa, o pontífice máximo — apontou para Magêncio — atuará como promotor, e eu serei seu auxiliar.

— Por tudo o que ouvi, o filho de Laios parece ser um sujeito carismático — pontuou Constâncio Cloro, sisudo. — Não devemos subestimá-lo.

— Estudei com ele e o conheço bem — alegou Magêncio. — É um bom lutador, o que explica sua influência entre os soldados. Mas é um completo idiota.

— O inquérito está bastante robusto. — Druso se mostrou confiante. — Juntamos provas irrefutáveis.

— Como? — quis saber Cloro. — Onde?

— Na Germânia — respondeu o jurista. — Infiltrei um dos meus melhores homens em Úlpia Trajana, faz mais de um ano. Ele me entregou documentos que convencerão a plateia de que Graco é cristão.

Pela primeira vez, Cloro sentiu-se incomodado. Algo dentro dele fez com que fraquejasse.

— Mas ele é cristão, realmente?

Segundos depois, Magêncio respondeu com outra pergunta:

— Isso importa, césar?

— Só queria saber — admitiu o governante, ajeitando-se na cadeira — com quem estamos lidando.

— Estamos lidando com um indivíduo que, independentemente da religião, estuprou a minha irmã — exaltou-se. — Um homem que violentou a *sua* esposa.

Cloro aquiesceu.

— Pobre Theodora. Uma alma inocente.

— Seria preferível — acrescentou Druso — que o julgamento começasse e terminasse no mesmo dia.

— Esse é também o meu desejo — assentiu o césar, dirigindo-se agora a Magêncio. — Excelência, imagino que o seu pai deva ter calculado as possíveis consequências políticas desse ato. Georgios Graco é protegido do imperador.

— É óbvio que calculamos. O plano que estamos prestes a pôr em prática é o resultado de noites e mais noites de cálculos e reflexões — declarou o rapaz. — Embora Graco seja afilhado de Diocleciano, o senhor o promoveu a tribuno. Para efeitos legais, ele está sob sua jurisdição. Se o imperador tentar salvá-lo, estará fazendo um aceno ao cristianismo e perderá o apoio das tropas.

Constâncio Cloro bebeu o resto do vinho de sua taça.

— Muito bem — suspirou. — O que mais precisam de mim?

Druso e Magêncio trocaram olhares. O advogado falou:

— César, talvez o senhor tenha acesso a uma peça que poderá ser decisiva no julgamento.

— Uma peça? — Cloro ficou intrigado. — Que peça?

— O senhor estaria disposto a ir até onde — indagou Magêncio — para resgatar a honra de sua família?

O tetrarca afirmou que faria tudo para limpar o nome de Theodora e se vingar do oficial palestino.

Então, os visitantes fizeram a ele uma proposta.

No fim da tarde, Georgios foi transferido do buraco onde estava para uma cela superior, quase na saída do calabouço. O local tinha uma janela que dava para o pátio da prisão, estava equipado com uma latrina decente e uma pequena cama colada à parede.

Dois escravos vieram barbeá-lo. Cortaram também seu cabelo, de modo que ele se sentiu como se estivesse de volta ao primeiro ano da escola, ocasião em que tivera os pelos raspados.

No início da noite, trouxeram-lhe água, cerveja e um prato de lentilhas. Ele se fartou e devolveu a tigela ao carcereiro, que ressurgiu na penumbra acompanhado de um ancião de pele morena, trajando uma veste encardida. Georgios supôs que fosse seu advogado e colocou-se de pé.

O ancião pediu que o carcereiro lhe entregasse a lamparina e os deixasse a sós.

— Quem é você? — perguntou Georgios. — Meu defensor?

O velho achou graça.

— Sou Numa, o conselheiro de Constâncio Cloro — contou, fazendo um gesto na direção da cama. — O senhor se incomodaria se eu me sentasse? Esqueci o cajado. Minhas pernas doem.

Georgios abriu espaço para o eunuco.

— Conselheiro de Cloro? — Ele não entendeu. — O césar o designou como meu advogado?

— Eu não poderia ser seu advogado, mesmo se quisesse. Sou um escravo. Não somos sequer aceitos como testemunha nos tribunais.

— O que está fazendo aqui, então? E o que o seu mestre quer comigo?

— Não venho em nome dele, mas por conta própria — disse e explicou ao rapaz o que ficara decidido e como seria composta a corte: Cloro no papel de juiz, Magêncio como promotor e Druso, seu auxiliar. Informou ainda que os acusadores haviam conseguido uma testemunha-chave, que seria usada para corroborar seus argumentos. — Não sei quem é — admitiu. — Estou tentando descobrir.

— E as *minhas* testemunhas? — perguntou o equestre. — Os meus homens na Germânia deporiam a meu favor. Não só eles. Cidadãos comuns também.

Numa sinalizou negativamente com a cabeça.

— Não há tempo para convocá-los. O julgamento começa amanhã.

— Preciso de um advogado — insistiu.

— O modelo germânico não prevê advogados.

— É um circo. Um teatro — concluiu Georgios. Não pareceu revoltado, pois já esperava esse conluio. — Foi tudo armado. Por que não me executam logo, sem julgamento?

— Para neutralizar uma eventual resposta do imperador, sua condenação precisa ter base legal. Eles lhe darão a oportunidade de se defender. Pode ser uma vantagem, no fim das contas. Nenhum advogado da Gália teria coragem de desafiar o césar. Pelo menos o senhor, que não tem nada a perder, poderá falar abertamente. — E articulou, meticuloso: — O único jeito de conseguirmos a absolvição é ganhando a simpatia do público.

— Que público?

— O modelo germânico exige a presença de espectadores. Plebeus. Gente aqui da cidade.

— O povo de Tréveros deve me odiar.

— Talvez. — Numa deitou-se lateralmente sobre o colchão. — No entanto, é a única chance.

Georgios olhou através da janelinha gradeada. O pátio estava obscuro, iluminado apenas pelo brilho fraco da lua em quarto crescente. Refletiu por alguns instantes e se voltou para o eunuco.

— Por que está me ajudando — perguntou —, se é conselheiro do homem que quer me matar?

O escravo encolheu os ombros.

– Conheci o seu pai em Palmira.

— Muitos homens conheceram o meu pai. O senhor — ele assim passou a se dirigir a Numa, depois de saber que o velho estava ali para ajudá-lo sem pedir ou querer nada em troca — tinha alguma dívida com ele?

— Não é o que parece. Ocorre que — hesitou — eu tive uma visão. Uma visão dos céus.

Para os adeptos da religião romana, as profecias eram coisa séria. Georgios não conhecia a má fama de Numa — muitos o consideravam um charlatão; outros, um lunático — e quis saber mais sobre o que ele tinha enxergado.

— Na realidade, foi uma voz. Escutei uma *voz* — descreveu. — Entre outras coisas, ela ordenou que eu lhe avisasse sobre a Torre Negra da Nabateia. O senhor deve encontrá-la. Uma vez lá, consulte o oráculo.

O jovem tentou digerir aquelas palavras.

— Não sei se entendi. — Ele sabia que as profecias eram confusas e precisavam ser interpretadas. — Isso tem a ver com o julgamento de amanhã?

Numa se levantou com dificuldade. Parecia exausto.

— Sinceramente, não sei. Foi o que me disse a voz. — Bateu com a luminária nas barras da grade para chamar o carcereiro. — Estou cansado. Muito cansado. — E se virou para o rapaz antes de ir embora. — O seu pai era um bom homem. Uma pena o que aconteceu com ele. Simplesmente lamentável.

O ancião saiu. Quando a porta do corredor se fechou, Georgios, na semiescuridão, ouviu um dos guardas comentar com o parceiro:

— Esse velho é maluco.

O outro concordou:

— Completamente senil. Quantos anos ele tem? Setenta? Oitenta?

— Ouvi dizer que tem noventa.

— Pobre homem. Rezo para que os deuses me levem antes. Não quero chegar a esse ponto — murmurou. — Coitado.

XLIX

PROVAS IRREFUTÁVEIS

NO DIA SEGUINTE, LOGO CEDO, UM PORTA-VOZ DA PREFEITURA ANUNCIOU NO FÓrum, em alto e bom som, que um oficial do exército seria julgado na ala inferior do palácio e que o césar abriria suas portas ao público. Menos de duas horas depois, uma multidão de plebeus se aglomerava ao redor do portão, buscando uma chance de assistir ao evento. Só havia cinquenta bancos disponíveis, e pelo menos quinhentas pessoas esperando. Com tanta gritaria, os guardas, irritados e sem paciência, empurraram para dentro os primeiros, indicando-lhes o caminho até o tribunal.

O julgamento aconteceria no pátio da prisão, o mesmo que Georgios enxergara pela janela na tarde anterior. Os bancos para o público foram dispostos sob os alpendres, nas faces sul, leste e oeste. No lado norte, os escravos haviam posicionado a cadeira do juiz, com o assento do promotor à direita e o de seu auxiliar à esquerda. O réu ficaria no centro do pátio, acorrentado a um mourão e de frente para seus acusadores.

Quando Constâncio Cloro apareceu, os cidadãos se levantaram. Ele os cumprimentou com um aceno e não gostou do que viu. Havia cerca de setenta pessoas no recinto — algumas sentadas, outras em pé — e menos de vinte guardas por perto. Se a turba ficasse agitada, eles teriam problemas para controlá-la. Sussurrou para Cássio Pertinax, ordenando que reforçasse a guarnição. Em seguida, sentou-se, e a plateia o imitou. Depois, Magêncio e Sevílio Druso fizeram o mesmo, ocupando seus respectivos lugares.

O temível Oxion permaneceu às costas do jurista, e Pertinax se colocou dois passos à frente do césar.

Houve um alarido quando Georgios foi trazido e acorrentado ao mourão. Ele foi atado não só pelos pés e braços, mas também por uma gargantilha que imobilizava o pescoço. Estava magro e tinha os lábios secos, mas conservava-se altivo, como o cavaleiro que era. Encarou seus três acusadores e descobriu Magêncio no meio deles.

— Olá, Cabeça de Ovo — falou em voz alta, enquanto os carcereiros o prendiam. O público disfarçou o riso. "Cabeça de Ovo" era o apelido que Magêncio adquirira na Escola de Oficiais do Leste, porque tinha a cabeça grande e os fios amarelos, parecidos com uma gema de ovo.

— O réu deve se manter em silêncio — avisou Sevílio Druso — até que lhe seja permitido falar.

— Conheço o procedimento — disse o equestre.

— Que bom que conhece — elogiou o advogado —, porque terá a oportunidade de se defender.

Druso deu então uma curta palestra, explicando aos presentes como funcionava a corte germânica, suas semelhanças e diferenças em relação ao julgamento romano.

Com Georgios devidamente acorrentado, era a hora de começar. Constâncio Cloro — atuando como juiz — levantou-se e suspendeu o braço, pedindo atenção. Não portava armas, mas, por precaução, vestira sua antiga cota de malha.

— Cidadãos de Tréveros, como já foram informados, eu, Constâncio Cloro, o césar das províncias transalpinas, fui autorizado pela lei dos homens e dos deuses a arbitrar esta disputa. — Fez uma pausa. Druso levou até ele um documento e o tetrarca começou a ler: — Georgios Anício Graco, cavaleiro da Púrpura, tribuno da Trigésima Legião de Trajano, filho de Laios Anício Graco, nascido na cidade de Lida, na Palestina, é acusado de usar sua posição como comandante e oficial graduado para professar o cristianismo em terras germânicas.

O público estava agora em completo silêncio.

— Sua excelência, o senhor Marco Aurélio Magêncio — Cloro indicou o filho de Maximiano —, falará em nome do povo e do Senado romano.

O césar recuou e tornou a se sentar. Magêncio ergueu-se e aproximou-se dos cidadãos.

— Povo da Gália — começou ele, abrindo os braços em um gesto amistoso —, meus amigos. Posso imaginar o que os trouxe até esta corte. São homens honestos, trabalhadores e fiéis aos princípios do Estado. Homens que não admitiriam ter seus templos profanados, suas lojas e oficinas tomadas por esses abomináveis seguidores de Cristo. Eles são rebeldes, arruaceiros, vigaristas e praticam magia negra. Nós os toleramos, mas não podemos admitir que um alto oficial do exército se entregue a tal sacrilégio. É imoral, ilegal e, acima de tudo, perigoso.

Magêncio inclinou a cabeça para o césar, devolvendo a ele a palavra. Constâncio Cloro havia estudado o procedimento e sabia que era a hora de escutar o acusado. Sem se levantar, permitiu que Georgios falasse. Como ele não podia se virar — a gargantilha o imobilizava —, teve de projetar a voz, de maneira que todos ouvissem.

— Este julgamento é uma farsa — ele assim iniciou seu discurso. — Os meus acusadores são ao mesmo tempo meus inimigos. Magêncio, a quem hoje os senhores chamam de "pontífice", foi um dos meus rivais na escola de cavalaria. Ele sempre quis me superar, e nunca conseguiu. E, quanto a Sevílio Druso, ordenou um massacre de judeus na Nicomédia sem autorização do imperador. Esses homens querem me condenar por razões meramente pessoais.

Os plebeus reagiram com gritos e vaias. Druso pediu ao juiz para falar, já que seu nome fora citado. Cloro autorizou e o jurista declarou:

— Sim, eu ordenei o massacre — admitiu Druso. — O massacre que o *senhor* executou. É o que os judeus merecem: ser queimados vivos. Eles são ratos!

O espectadores aplaudiram efusivamente. Na Gália havia, então, um forte sentimento antijudaico. Druso se aproveitou desse sentimento para complicar a situação de Georgios.

— Não nos esqueçamos — prosseguiu — que os cristãos são judeus disfarçados. Jesus Cristo era judeu. Defender qualquer um deles constitui, por si só, uma ofensa ao nosso sistema de crenças.

Cloro sinalizou que era o bastante e tornou a passar a palavra ao acusado, perguntando:

— Comandante Graco, o senhor não se declarou ainda. Considera-se culpado ou inocente?

— Sou inocente — garantiu Georgios. — Não nego que já conheci muitos cristãos. Eles são numerosos no Leste, onde nasci. Porém não sou cristão. Poderia provar, mas quero que os presentes saibam que me foi negado o direito de convocar testemunhas. No final, será a minha palavra contra a dos meus adversários.

Magêncio se pronunciou:

— Não traremos testemunhas de nenhuma espécie — prometeu astutamente. — Provaremos que o senhor é culpado sem elas, apenas usando a lógica e a análise de documentos. Portanto, não se sinta injustiçado.

Os plebeus vibraram, as mãos para cima. Queriam ver sangue. Georgios estava em desvantagem.

— Silêncio — gritou Constâncio Cloro. — Ordem no tribunal!

O apelo não surtiu efeito. Os cidadãos conversavam, formulavam teorias, gargalhavam.

Druso percebeu o descontrole e acenou para Oxion. O gigante fez uma careta, apertou a maça e encarou os observadores.

Eles pararam.

Cloro solicitou que o promotor apresentasse os fatos.

— Comandante — Magêncio se dirigiu a Georgios —, soube que liderou um exército cristão na Germânia, durante a chamada Batalha do Reno. O senhor confirma essa informação?

O equestre ficou surpreso ao notar como o pontífice estava bem informado. Quem contara isso a ele?, pensou. Quem seria o delator?

— Sou um cavaleiro da Púrpura — defendeu-se. — Quando recebo uma missão, eu a executo. Recebi do duque Flávio Constantino a incumbência de exterminar os piratas francos e fiz o que precisava ser feito para alcançar esse objetivo. Depois de uma luta contra os bárbaros, perto da fronteira, ordenei que alguns dos inimigos capturados nos guiassem até a base naval dos germânicos, no estuário do Reno. Esses bárbaros eram cristãos. Lutei junto deles, é verdade, quando invadimos o porto de Lugduno, mas se não o tivesse feito os navios romanos jamais teriam chegado à Britânia. Não me arrependo. Combateria até ao lado das górgonas para completar minha tarefa.

Magêncio apanhou uma pasta, sacou um papel, conferiu as anotações e retrucou:

— Os relatos dão conta de que o senhor substituiu o estandarte da tropa por uma cruz de madeira.

— Não era propriamente uma tropa. Nós formamos uma patrulha para realizar a incursão. Empregamos uma diaconisa como intérprete. Ela carregava uma cruz. Não era um estandarte.

O público se agitou. Nenhum oficial permitiria que uma diaconisa marchasse à frente de seus homens. Georgios devia ter sido mais duro com Ida e a impedido de liderar o grupo de Ivar. Mas gostava dela e não teve força para se impor.

— Essa história está mal contada — Magêncio verbalizou o que os cidadãos estavam sentindo. — Se os bárbaros a que se referiu eram cristãos, por que, como tribuno, o senhor não usou suas próprias centúrias?

— Só os bárbaros conheciam o caminho. Eu precisava deles como guias.

— Quantos bárbaros levou consigo?

— Cerca de uma centena.

— Uma centena de guias?

— Eles são úteis — explicou o equestre. — Conhecem os selvagens e sabem como enganá-los.

Sevílio Druso levantou o braço, pedindo para falar. Magêncio o chamou ao centro do pátio.

— Comandante — interveio o jurista. — Por que o senhor não levou, digamos, vinte francos apenas? Não acredita na capacidade militar romana?

O objetivo de Druso, Georgios compreendeu, era reforçar sua falta de patriotismo, era mostrar ao público que ele não tinha fé nas práticas romanas. O acusado não caiu na armadilha.

— Como eu disse, tínhamos acabado de participar de uma batalha na fronteira — repetiu. — Eu precisava manter alguns homens na Fortaleza Velha para o caso de haver mais inimigos à espreita. Podia ser uma cilada. Eu não queria arriscar.

— O senhor fez o certo — declarou o togado. — Desde tempos imemoriais, a grande qualidade do exército romano é se adaptar. Nós recorremos a tudo para buscar a vitória. Empregar tropas estrangeiras não é nem nunca foi um problema. O que está em jogo aqui é a sua associação com a chamada "Igreja Católica", como os cristãos se referem ao conclave. O senhor tem ciência de que essa instituição é uma ameaça ao Império?

Georgios nunca tinha pensado por esse ângulo, mas Sevílio Druso tinha razão. Na história da espécie humana, liderava quem conseguia conquistar corações e mentes. Os bispos, cada vez mais, expandiam sua influência sobre os pobres, sobre os escravos, sobre as pessoas comuns. Em alguns lugares, eles eram mais respeitados que os governadores locais.

— Sim, creio que está certo — admitiu.

— E, no entanto, permitiu que o cristianismo se espalhasse dentro da sua própria tropa?

— Nunca permiti tal coisa.

— O senhor nega — prosseguiu Sevílio Druso — que havia cristãos na Trigésima Legião de Trajano?

— Nego — disse o jovem, convicto. — Soube que alguns soldados assistiam às missas na colônia, mas como observadores.

— Hummm... — Sevílio Druso afagou o queixo, conferiu alguns documentos na pasta de Magêncio, selecionou um deles e o entregou ao promotor. — Senhor pontífice, por favor, leia para mim.

Magêncio pegou o objeto e impostou a voz.

— "Meu caro amigo Otho" — ele começou a ler, palavra por palavra. — "Sei que é um homem pragmático, então serei breve. O dia a dia em Lugduno tem sido calmo depois que derrotamos o *graf*. Não vejo a hora de voltar ao acampamento. Contudo, o comandante Graco disse que precisamos ficar na Batávia até que os piratas apareçam. Nesse meio-tempo, tenho me dedicado à leitura dos evangelhos e à construção de uma igreja. Sei que você jamais aprovaria, mas resolvi pedir dispensa do exército para me dedicar ao cristianismo. Sim, em todos os aspectos, já me considero cristão. Peço-lhe desculpas. O chamado é maior que eu. Espero que possamos continuar sendo amigos quando eu retornar à Germânia. Seu colega de sempre, Círio Galino."

Quando Magêncio terminou, a plateia estava calada, em choque. Mas o pior veio a seguir.

— Esse Círio Galino — perguntou Druso — não era o pretor da legião que o senhor comandava?

— Era — respondeu Georgios. — Que carta é essa?

— Uma carta que interceptamos e que antecede — o jurista frisou a palavra "antecede" — a dispensa. Pelo jeito, ele era cristão enquanto ainda era pretor. Sabia disso?

— Eu sabia que ele estava ajudando na construção de uma igreja. Não sabia que era cristão. De qualquer maneira, quem garante que esse documento não foi forjado?

Constâncio Cloro, como juiz, manifestou-se:

— Comandante, eu lhe garanto que somos homens honrados e não forjamos absolutamente nada. — Sinalizou para Magêncio. — Pontífice, por favor.

Magêncio separou mais alguns papéis. Um deles era o termo de dispensa de Círio Galino, assinado por Georgios e Otho Pólio. A assinatura de Galino era a mesma contida na carta, prova cabal de que quem a havia escrito era mesmo o pretor.

Como era comum nesses julgamentos, Magêncio entregou os dois documentos a Pertinax, que os exibiu aos observadores na primeira fila, de modo que não houvesse mais dúvidas.

O burburinho cresceu. Georgios insistiu:

— Eu não sabia que ele era cristão. Não durante o tempo em que esteve em Lugduno.

Druso e Magêncio não retrucaram. Sentiam-se vitoriosos. Tinham acabado de refutar um argumento do réu e provado que ele, mesmo negando, vivera em meio a cristãos, inclusive dentro do exército. Sua credibilidade estava abalada.

— Senhores — Constâncio Cloro se levantou —, faremos um recesso de trinta minutos. — Olhou para os acusadores e chamou por eles. — Excelências, quero falar-lhes a sós.

L

SALONA

COMO QUALQUER CHEFE DE ESTADO, DIOCLECIANO ERA — *PRECISAVA* SER — cauteloso. Quando foi proclamado imperador, criou uma guarda própria, promoveu reformas militares e transferiu a capital para a Nicomédia, de modo que ficasse longe dos senadores, que já conspiravam para assumir seu lugar. Mesmo no Leste, porém, ele não se sentia completamente seguro e estabelecera a rotina de passar pelo menos cinco meses do ano viajando, percorrendo o Império, visitando as colônias, dificultando a vida dos assassinos que porventura tentassem encontrá-lo.

Com o tempo, essa cautela virou obsessão. Depois de uma década no poder, Diocleciano resolveu construir uma residência alternativa em sua terra natal, a Dalmácia, onde o povo de fato o amava. Foi assim que a cidade de Salona, na costa leste do Mar Adriático, tornou-se o refúgio preferido do imperador e sua corte.

O palácio de Diocleciano em Salona nascera a partir de uma planta quadrada. Quem transpunha as muralhas pelo portão dianteiro se deparava com uma rua larga, orlada por dois prédios, um à direita, reservado às mulheres, e um à esquerda, onde os oficiais descansavam. Depois do cruzamento com as vias leste e oeste, chegava-se a um pátio decorado por colunas votivas que terminava em um arco do triunfo. Esse pátio continha uma imensa esfinge esculpida em basalto, subtraída dos santuários de Mênfis. De um lado, acessava-se o Templo de Júpiter, com suas fontes e chafarizes, e do outro observava-se um grande salão, dentro do qual o imperador recebia seus súditos. O aposento era circular, contava com oito pilares e seis antecâmaras. O teto tinha o formato de abóbada, com uma claraboia através da qual o sol penetrava. No canto oposto à entrada, os arquitetos haviam instalado uma plataforma de mármore e, sobre ela, um trono de ouro cravejado de pedras preciosas.

De todas as construções idealizadas por Diocleciano, o trono foi a mais polêmica, porque desde o fim da monarquia os romanos tinham aversão à ideia de ser governados por um rei, e o trono era o símbolo máximo da realeza. Mas o augusto não se importava com o que diziam a seu respeito, afinal, sem ele, o Império teria se desintegrado. Então, pelo menos em Salona, ele podia se dar ao luxo de exercer sua majestade sem ser criticado e assim o fazia, ouvindo os patrícios, arbitrando disputas, escutando o conselho dos oficiais, reunindo-se com engenheiros e aprovando projetos.

No começo de maio, apareceu nos portões do palácio um singular personagem. Dizia chamar-se Chen Liang, duque e emissário da corte do imperador Hui, da dinastia Jin, o atual governante da China. Como a maioria dos romanos, Diocleciano tinha apenas uma vaga ideia do que era a China. Sabia que se tratava de um país no extremo oriente do mundo, de onde partia a famosa Rota da Seda.

O protocolo determinava que o primeiro contato com um soberano estrangeiro fosse feito por meio de um suborno. O rei interessado oferecia uma soma em ouro, prata, especiarias ou qualquer coisa que o valha, para só depois enviar seu diplomata. Em condições normais, portanto, o augusto jamais receberia aquele sujeito, mas estava de bom humor e, quando escutou alguém comentar que o imperador chinês era reverenciado como um deus, decidiu permitir o ingresso de Liang no palácio.

Diocleciano o recebeu no início da tarde. Era um dia quente de primavera, com um forte cheiro de maresia e gaivotas sobrevoando as torres de guarda. Quatro paladinos faziam a segurança do imperador, com suas capas púrpuras, um deles o conde Erhard, o Louro, que apesar da idade avançada — ele tinha quarenta e seis anos à época — era considerado, ainda, o melhor espadachim do planeta.

Erhard revistou o visitante antes de ele entrar no salão. Liang era um homenzinho magro, cuja pele, muito lisa, parecia feita de cera. Tinha os olhos pequenos, delineados por um lápis escuro, e os cabelos completamente negros presos em uma trança. Sobre os lábios brotava um bigode estranho, delgado e comprido, o que dava a ele uma aparência felina. O roupão de seda apresentava tons pretos brilhantes, com um grande dragão estampado nas costas. Salvo os anéis e os chinelos feitos de sândalo, trazia apenas um frasco minúsculo, guardado em um bolso interno, que alegou ser perfume.

Chen Liang não apenas se ajoelhou diante do trono, mas encostou a testa no solo, demonstrando submissão excessiva. Mesmo Diocleciano, com seus delírios de grandeza, sentiu-se constrangido e pediu que ele se levantasse. O chinês demorou uns instantes para obedecer, e o imperador comentou com o conde Erhard:

— Creio que ele não fala a nossa língua. — O augusto olhou para o chefe dos paladinos. — Nós teríamos algum tradutor na cidade?

Nesse instante, o diplomata ergueu-se.

— Sem necessidade, ilustríssimo — falou o chinês. — Estudei grego por muitos anos. Gostaria de humildemente agradecer pelo privilégio desta audiência.

Diocleciano achou a situação divertida. O homenzinho parecia um boneco.

— Seja bem-vindo, duque — sorriu o imperador. — O que o traz tão longe de casa?

— Ora, sem dúvida a possibilidade de me encontrar com o monarca mais poderoso da terra.

Diocleciano perscrutou o rosto de Liang, procurando traços de ironia. Não encontrou.

— Não sou bem um monarca — rebateu, sem ter muito a acrescentar. — De todo modo, seja bem-vindo — repetiu. — Diga-nos qual é a sua mensagem.

— O meu amo, o imperador Hui, manda saudações — começou o duque. — Ele assumiu o trono faz poucos invernos e deseja se aproximar dos reinos ocidentais. Esta pessoa — ele disse, referindo-se a si mesmo — considera-se afortunada por ter a chance de servir a tão nobre propósito.

O augusto assentiu, afagando a barba. No último inverno, ele havia completado cinquenta e um anos, e todos os seus fios já estavam grisalhos. Contudo, ele se orgulhava de cavalgar "melhor agora", com a experiência que a idade lhe proporcionara.

— Não seria uma ideia ruim. O que o seu amo tem em mente? Uma parceria comercial? Seda com certeza nos interessa. Os lucros podem ser astronômicos.

— Suas sábias palavras me enchem de regozijo, nobilíssimo senhor do Poente, mas o meu amo idealizou alguma coisa de natureza mais bélica. Ele tem uma proposta que poderá consolidar o domínio romano sobre o Leste.

— Sobre o Leste? Que parte do Leste?

— Refiro-me à Pérsia, oh, glorioso. É de conhecimento comum que os seguidores de Zoroastro perturbam os heroicos soldados romanos desde tempos não calculados. Pois eu lhe digo, com o busto repleto de quentura, que o meu amo dispõe de uma arma capaz de derrotá-los.

— Nós já derrotamos os persas diversas vezes — argumentou o imperador. — Eu mesmo, quando jovem, cruzei os portões de Ctesifonte.

— Todavia, a ameaça persiste. É de conhecimento, agora secreto, que os sassânidas estão preparando uma nova ofensiva — disse, semicerrando os olhos. — Não seria excelente acabar com eles de uma vez por todas?

O soberano trocou olhares com Erhard, posicionado na traseira do diplomata. O que era para ser uma recepção divertida tornara-se uma audiência de importância global. Chen Liang dispunha de informações não acessíveis às pessoas comuns. Certamente, não era um mero viajante.

Diocleciano decidiu lidar com ele com a máxima cautela.

— De que arma estamos falando?

— Da arma definitiva, com a qual o valoroso monarca será capaz de perpetuar o Império Romano por, digamos, talvez mais um milênio. Será lembrado como o líder central, como um chefe à altura do próprio Júlio César, como uma entidade, um deus!

— Meu caro duque — o imperador fez um gesto, como se pedisse calma ao visitante —, o que está me dizendo é que a China deseja me oferecer uma grande arma. Isso eu já entendi. Mas com qual propósito e a troco de quê?

— O meu amo poderia oferecê-la a duas grandes nações: a persa ou a romana. Neste momento, um mensageiro como eu está negociando com o rei Narses, da casa Sassânida. Quem apresentar o maior valor terá a relíquia.

O rosto de Diocleciano crispou-se. Quem aquele homenzinho pensava que era? Surgia do nada, sem guardas ou escravos, entrava no salão do imperador e em menos de dez minutos já tentava extorqui-lo. O que ele pretendia, afinal?

O chinês percebeu a reação e acrescentou, educadamente:

— Devo-lhe desde já desculpas pelos meus maus modos, mas perceba que sou apenas um emissário. Só transmito as palavras do meu senhor, o imperador Hui, o segundo membro da dinastia Jin. Sou uma criatura insignificante, uma mosca, um verme, e estou preparado para morrer se assim for necessário.

— Não tenho a intenção de matá-lo, duque — apaziguou o augusto e, diante da completa submissão do chinês, ele prosseguiu com a conversa. — Se é verdade que essa arma existe, quanto o seu amo pediria por ela?

— O meu amo sugere a soma de cem mil talentos de ouro como lance inicial. — E completou: — Claro que esse montante pode subir dependendo de quanto o rei Narses nos oferecer.

Diocleciano não sabia se gargalhava ou se ficava irritado. O homem — ele agora estava convicto — era um demente. Cem mil talentos de ouro era dinheiro o bastante para entulhar o palácio. Seria quase impossível obter aquela quantia, que dirá transportá-la à China.

— Entendo. — O augusto optou pelo caminho do meio. — De fato o preço é módico — ironizou —, mas eu precisaria antes de uma demonstração. Ninguém compra um produto sem ter a chance de examiná-lo. É contra as leis de mercado.

O chinês abaixou a cabeça, triste e contemplativo.

— Infelizmente não é possível atender a tal pedido, pois trata-se de um segredo especial do meu povo. Mas eu trago como garantia a palavra do meu amo. — O homenzinho tornou a se ajoelhar. — Uma promessa do imperador Hui é inquebrável como o diamante.

— Não é assim que as coisas funcionam por aqui — decretou Diocleciano, já cansado da ladainha. — Como sou generoso, porém, deixarei as portas abertas ao seu mestre, para o caso de ele querer ter comigo em um futuro próximo ou distante. Por hoje, duque, eu agradeço pela visita.

Chen Liang mostrou-se desolado. Diocleciano imaginou que os orientais fossem excessivamente sensíveis, porque nenhum diplomata agiria daquele modo. Era como se o mundo dele tivesse caído.

— Nesse caso — prosseguiu o chinês —, minha missão está fracassada. Jamais poderei regressar à minha pátria, ao meu senhor e aos meus filhos. Lamento profundamente, mas compreendo as razões do magnânimo estadista. Despeço-me agora, com dor no peito e tristeza no coração.

Quando o oriental disse isso, os paladinos se prepararam para escoltá-lo até os portões. No entanto, em vez de se levantar, o duque Liang enfiou a mão no roupão e de lá sacou o frasco de perfume. Como qualquer movimento suspeito deveria ser coibido, o conde Erhard saltou sobre ele a fim de tomar-lhe o vidrinho, mas não o fez a tempo.

Chen Liang tinha engolido o conteúdo e agora convulsionava sobre o piso, tremendo como uma cobra que tem a cabeça cortada. Os quatro guardas formaram uma barreira entre o imperador e o diplomata agonizante, enquanto Erhard o observava de perto, com a espada na mão.

Dois minutos depois, o chinês parou de se debater. O chefe dos paladinos testou-lhe o pulso.

— Está morto — anunciou.

— Que louco! — Diocleciano se aproximou do cadáver.

— Louco ou fanático — resmungou o conde. — Nunca saberemos.

O imperador ficou pensando no que Erhard dissera, refletindo sobre o que acabara de acontecer.

— Será que ele estava falando a verdade, capitão?

— Não sei, augusto. Sei apenas que, se estava, nós estamos acabados.

— Como assim?

— Se os chineses possuírem mesmo essa arma — explicou —, os persas se tornarão invencíveis.

— Por ora, prefiro acreditar que esse homem era um charlatão. — Irritado, Diocleciano encerrou o episódio com uma ordem. — Tirem esse defunto da minha frente. Um morto aos pés do meu trono... Má sorte na certa. — Fez um movimento como se espantasse um inseto. — Chega de audiências por hoje. Preciso descansar.

E saiu do salão.

Menos de uma hora depois, Opélio Cassiano, o mensageiro de Galério, alcançou os portões do palácio. Saudou os guardas, apresentou os documentos e foi admitido no interior do complexo.

Depois de prender o cavalo no estábulo, passou por alguns procedimentos burocráticos, assinou dois livros de controle e foi interrogado por um centurião, que entregou o caso ao conde Erhard, responsável pela guarda imperial.

— Esqueça — disse o conde a Cassiano, quando os dois se encontraram no pátio, ao lado da esfinge. — O divino augusto não receberá ninguém esta tarde. Me entregue a carta que eu faço chegar até ele no momento que achar oportuno.

O emissário insistiu:

— Senhor, minhas instruções são para entregá-la apenas ao imperador. E imediatamente.

— De onde você vem?

— Da Panônia.

— Quem o enviou?

— Valéria — informou Cassiano, conforme as orientações recebidas em Sirmio —, a filha dele, esposa de Galério, o césar das províncias centrais.

O paladino se lembrou de que, fazia alguns anos, Galério presenteara Diocleciano com sua espada de cavalaria — uma indiscutível prova de lealdade. De todos os tetrarcas, ele era o único em quem o imperador realmente confiava.

— Como é mesmo o seu nome? — perguntou Erhard.

— Opélio Cassiano.

— Está bem. Eu o levarei ao divino augusto. Mas, se for um truque, eu mesmo o crucificarei.

— Crucificação? Por Júpiter, senhor! — O jovem mostrou-se surpreso. Era um rapaz bonito, de olhos verdes e pele morena, com um sedutor ar de ingenuidade. — Sou apenas um mensageiro. Só cumpro ordens.

— É isso que me preocupa. — O paladino se virou de costas, a capa tremulando ao vento. — Me acompanhe.

LI

VOZ DO POVO

O PÁTIO ONDE GEORGIOS ESTAVA SENDO JULGADO TINHA DUAS SAÍDAS: UMA QUE dava para a rua — por onde os civis haviam entrado — e um corredor em forma de arco que conduzia a outro pátio, menor, ao redor do qual ficavam os escritórios da prisão, o alojamento dos guardas e o acesso às demais alas do palácio.

Depois de determinar o recesso, Constâncio Cloro, sob a escolta de Pertinax e na companhia dos promotores, caminhou até o gabinete do carcereiro-chefe. O aposento cheirava a mofo, tinha uma escrivaninha na parede oposta à entrada, janelas altas e um aparador à direita sobre o qual repousavam uma bandeja de frutas e uma jarra com três copos.

Magêncio serviu-se de água, apanhou uma maçã e deu uma mordida. Cloro pegou algumas uvas e as enfiou na boca. Embora o interrogatório não tivesse sido tão longo, os populares haviam demorado para se acomodar nos assentos e Druso levara quase uma hora explicando como seria o julgamento. Já havia passado do meio-dia e era normal, portanto, que eles estivessem com fome.

Druso foi o único que não tocou na comida. Enquanto mastigava, o césar cheirou a jarra, fez uma careta, foi até a porta e ordenou que Pertinax lhe trouxesse uma caneca de hidromel, "o mais forte que conseguir encontrar". Enquanto esperava, começou a andar de um lado para outro, apreensivo. Como ninguém lhe perguntou nada, ele não se conteve e exclamou:

— A tarde está caindo. A esta hora a cidade inteira já sabe que Georgios Graco está em nosso poder.

Magêncio não entendeu o motivo da preocupação.

— Exatamente como havíamos previsto. O fórum ficará lotado amanhã, com todos reunidos para assistir ao enforcamento.

— Precisamos ter muito cuidado — arfou o tetrarca. Foi até a entrada, pegou a caneca de hidromel das mãos de Pertinax, fechou a porta e bebeu todo o conteúdo em um só gole. — Se o imperador souber o que estamos fazendo, poderá enviar seus delegados e frustrar nossos planos.

— César — Druso cruzou os braços nas costas, tentando transmitir confiança —, o comandante Graco será morto amanhã. Neste momento, o imperador está na Dalmácia. Como o senhor espera que a notícia chegue até ele em *um* dia?

— Não sei. — Cloro tinha agora os olhos injetados, vermelhos. — Já ouvi falar de pombos-correios que viajam extraordinariamente rápido.

Magêncio deu um riso de incredulidade.

— Mesmo que fosse o caso, os tais delegados levariam pelo menos duas semanas para atravessar os Alpes. — E reforçou: — O senhor está preocupado à toa.

— Sou um homem precavido, rapaz — Cloro endureceu. — Já vi coisas estranhas acontecerem.

Sevílio Druso os interrompeu educadamente:

— César, com todo o respeito, ninguém nesta sala viu coisas mais estranhas do que eu. Não se preocupe — acalmou-o. — Aconteça o que acontecer, estamos preparados. Graco não sairá de Tréveros com vida. Prometo ao senhor.

Escutando as palavras de Druso, Constâncio Cloro ficou mais tranquilo. Depositou a caneca vazia sobre a escrivaninha.

— Este julgamento precisa acabar hoje! — exigiu.

— E vai — afirmou Druso. — Já provamos que o comandante Graco permitia o ingresso de cristãos em sua tropa. Só falta provar que ele também é cristão. É a parte mais fácil.

Cloro observou os colegas e assentiu com a cabeça.

— Muito bem. — Abriu a porta do gabinete. — Vamos lá.

*

Durante todo esse tempo, Georgios permanecera acorrentado ao mourão. Um guarda retirou-lhe a gargantilha, ofereceu-lhe um pouco de água e em seguida o prendeu novamente.

Os mesmos guardas distribuíram bebida e pão aos observadores civis. O público estava empolgado. Contariam aquela história para seus netos, lembrando a ocasião em que haviam entrado no palácio do césar, ficado cara a cara com ele, recebido comida de graça e assistido ao julgamento de um oficial romano. Para essas pessoas, em geral muito simples, era um dia de glória.

A plateia mais uma vez se levantou quando Cloro, Druso e Magêncio voltaram ao recinto.

Coube a Sevílio Druso a tarefa de falar aos plebeus, agradecer a eles pela paciência e explicar quais seriam os próximos passos.

— Nos minutos seguintes, provaremos que esse homem — ele apontou para o réu — é um adorador de Jesus Cristo. Ele enganou não só o imperador, como seus amigos e subordinados.

Cloro ergueu o braço e perguntou a Georgios, antes de passar a palavra a Magêncio:

— Comandante, tem algo a dizer em sua defesa?

— Já afirmei e reafirmei que *não* sou cristão. — O jovem tentou sorrateiramente se libertar das algemas, mas elas estavam muito bem apertadas. — Do mesmo modo, não sou vidente. Jamais poderia saber o que se passava na cabeça dos meus oficiais, tampouco dos meus soldados — disse ele, referindo-se à acusação anterior e à carta de Círio Galino. — Sei, porém, o que se passa na *minha* cabeça e garanto que nunca adorei o Nazareno.

Magêncio jogou o capuz para trás, foi até o centro do pátio e examinou o acusado.

— Muito bem, comandante. Comecemos, então, recordando os dias em que viveu na Nicomédia. O senhor cursou a Escola de Oficiais do Leste, sediada naquela cidade?

O rosto de Georgios corou de raiva.

— Você sabe que sim, Cabeça de Ovo.

O público, de novo, teve vontade de rir, mas ao primeiro murmúrio Sevílio Druso esbravejou:

— Quem se diverte com os insultos do réu é cúmplice desse crime hediondo. — E lançou uma advertência ao equestre: — Comandante, zombar do promotor só vai piorar sua situação.

— O senhor Druso está correto — Cloro o apoiou. — Como juiz, ordeno que as duas partes mantenham a compostura. Esta é uma corte civilizada, não uma disputa entre bárbaros.

Georgios estava a ponto de insultá-los, pois sua situação não poderia piorar, quando se lembrou do conselho de Numa, que lhe sugerira ganhar a simpatia do público, e decidiu que venceria Magêncio com argumentos, afinal ele era inocente e a verdade estava a seu lado.

— Sim — respondeu. — Estudei na Escola de Oficiais do Leste.

— O senhor confirma que a abandonou — retomou o pontífice — ao final do segundo ano?

— Confirmo.

— Por quê?

Georgios não facilitaria as coisas para Magêncio.

— Qual é a relevância dessa pergunta?

— O senhor fugiu da cidade na calada da noite, certo? — provocou-o. — Quase como um desertor?

Não fora ele quem fugira da Nicomédia, mas Constantino. Georgios apenas o acompanhara.

De repente, ele teve a sensação de que os acusadores queriam colocá-lo contra Constâncio Cloro, afinal Constantino era o primogênito do césar. Preferiu não cair na armadilha.

— Insisto: que relevância isso tem?

— O senhor verá que tem grande importância.

Cloro determinou:

— Comandante, responda a pergunta.

— O que aconteceu foi que naquela noite — contou o tribuno — Flávio Constantino e eu saímos para beber em uma aldeia fora dos muros. Lá, fomos capturados por um centurião chamado Bores Vigílio, que havia sido um dos nossos instrutores no primeiro ano.

— Capturados? — perguntou Magêncio. — E levados para onde?

— Para Bizâncio.

— Bizâncio fica a algumas horas de viagem da Nicomédia. — O pontífice agora circulava o pátio, olhando ora para o réu, ora para os plebeus à sua volta. — Por que os senhores não reagiram? São ambos homens fortes e foram treinados para o combate.

Georgios hesitou. Ele sabia que Cloro havia solicitado a ajuda de Helena para tirar Constantino da Nicomédia, a fim de salvá-lo dos sicários. O césar, portanto, era parte integrante daquela trama. O equestre, então, olhou para o juiz, como se perguntasse a ele o que deveria fazer. Para seu desgosto, porém, Constâncio Cloro desviou o olhar, envergonhado.

Sem saber se falava a verdade ou se inventava uma história, Georgios prosseguiu:

— Bores Vigílio nos convenceu de que havia um plano para matar Constantino, arquitetado por Maximiano em conluio com alguns senadores. Por esse motivo, fugimos para Bizâncio e depois para cá.

O público se agitou. Uns aplaudiram, outros começaram a vaiar. O burburinho era intenso.

Cloro pediu ordem e o vozerio parou abruptamente.

— Deixe-me ver se entendi — continuou Magêncio. — O senhor está acusando Maximiano, o augusto do Oeste, de planejar o assassinado do filho do césar Constâncio Cloro?

Diante do silêncio total, Georgios aquiesceu:

— É o que parece.

Os plebeus se levantaram e se puseram a bradar. Era difícil entender quem estava contra e quem era a favor de Georgios.

Nesse instante, Sevílio Druso ergueu-se de sua cadeira e exclamou, com uma voz que calou a todos:

— Isso é ridículo. O césar — ele apontou para Cloro, que permanecia quieto — é casado com Flávia Theodora, a filha de Maximiano. Os dois não são apenas amigos, mas pertencem à mesma família. O que o senhor Graco diz não faz o menor sentido. É uma acusação absurda, de um homem desesperado.

Georgios reparou que, sutilmente, dois ou três guardas disfarçaram o constrangimento, como se, em seu íntimo, soubessem que Druso mentia. Na verdade, três anos antes Maximiano havia cercado Tréveros e quase levado o Império à guerra. A paz fora selada com o casamento entre Cloro e Theodora, e muitos dos homens que assistiam ao julgamento se lembravam vividamente do fato, da movimentação das tropas, dos legionários ocupando as muralhas. Sabendo disso, Magêncio se virou para o juiz e perguntou:

— César, o senhor confirma essas afirmações? Existe ou já existiu algum desentendimento entre o senhor e Maximiano?

Cloro fraquejou. Na guerra, ele era um sujeito brutal, mas longe dela considerava-se um homem pacífico, honesto, que valorizava a retidão em detrimento da barbárie.

Por um milésimo de segundo, Constâncio Cloro pensou em falar a verdade — *toda* a verdade. Olhou então para o cavaleiro à sua frente, preso ao mourão, e recordou-se de que aquele rapaz, aquele *monstro*, havia estuprado sua mulher, Theodora, a mãe de seu filho caçula.

Sem remorso, declarou:

— Nunca. Jamais tive atritos com Maximiano. — E completou, inflexível: — Eu o amo como a um irmão.

De pé, com os punhos cerrados, os civis gritavam em uníssono, clamando pela imediata crucificação de Georgios. No fundo do pátio, nas cadeiras de trás, um grupo de talvez quatro homens, ao contrário da maioria, relembrava a ocasião em que as forças de Maximiano haviam montado acampamento do outro lado do rio — e ameaçado a população da cidade.

O único jeito de controlar os espectadores foi oferecer-lhes comida. Os guardas atiraram pães e maçãs à plateia. Depois, entregaram a eles garrafas de água e lentamente a multidão se acalmou.

Isolado na Germânia, Georgios não sabia que Maximiano havia marchado até a Gália — e, portanto, não podia contra-argumentar. Ele já tinha dado sua versão dos acontecimentos, que entretanto fora ignorada pelos funcionários da corte. Não iria adiantar — ele percebeu — acusar Druso de assassinato ou Magêncio de traição. Era a palavra deles contra a sua — e o povo o detestava.

Os promotores, contudo, ainda não haviam provado que ele era cristão — e Georgios estava seguro de que jamais conseguiriam.

— Comandante — era Magêncio que agora falava —, consta nos meus papéis que o duque Flávio Constantino, na época decurião, recebeu da mãe a tarefa de acompanhar a senhora Flávia Theodora de Bizâncio até Tréveros. É verdade que o senhor fazia parte dessa escolta?

Mantendo a calma, Georgios confirmou:

— Sim, é verdade.

— Pelo que soube, nenhum dos senhores tinha visitado a Gália antes. Quem os guiou?

— Bores Vigílio — respondeu o tribuno, atento a eventuais artimanhas. — O centurião.

— Que fim levou esse homem?

— Morreu. — Georgios não sabia para onde Magêncio o estava levando e achou melhor ser lacônico.

— De quê?

— Infecção. De um ferimento que infeccionou.

— E o corpo?

— Seria impossível carregá-lo conosco, então nós o enterramos no meio do caminho. Nas imediações de uma aldeia nos Alpes.

Magêncio pediu um minuto ao juiz, falou com Druso reservadamente e voltou ao interrogatório.

— Esse Bores Vigílio — continuou o pontífice, elevando a voz de propósito — era cristão?

Georgios entendeu o que seu adversário queria.

— Sim, *ele* era — reforçou. — Eu, não.

— Bom, isso explica o motivo de ter sido enterrado. Os cristãos enterram seus mortos — adicionou, indagando: — Quem ficou responsável pelo funeral?

— Nós três — respondeu Georgios, mas era mentira. Ele havia preparado o enterro sozinho, pois era o único que conhecia os detalhes da cerimônia. — Eu, Constantino e Theodora.

Magêncio foi mais a fundo e explicou aos presentes como funcionava o procedimento em questão.

— Comandante — continuou ele, já com ar de vitorioso —, foi o senhor quem recitou as preces e as orações funerárias?

Era o golpe de misericórdia, entendeu o equestre. Se Georgios confirmasse, ficaria provado aos olhos do público que ele era cristão. Seria seu fim. Magêncio venceria — e aquele maldito *não* podia vencer, porque era injusto, porque era perverso, porque era *errado*. O julgamento todo era uma farsa. Então, preferiu agir com argúcia também.

— Não — disparou ele, embora pouco convicto. — Eu apenas o enterrei.

O povo notou — como geralmente acontece — que não havia firmeza naquelas palavras. Georgios era péssimo mentiroso, detestava enganar as pessoas, e ficou no ar o cheiro da dúvida.

Em vez de se frustrar, Magêncio sorriu. Olhou para Druso, depois sinalizou para Pertinax, que trouxe uma quarta cadeira e a posicionou no centro do pátio, de frente para o acusado.

— Comandante Graco — manobrou o pontífice —, temos uma testemunha que diz o contrário.

— Sem testemunhas — protestou ele. — Não era o acordo?

Outra vez, porém, suas queixas foram ignoradas. Georgios imaginou que eles trariam um dos capas vermelhas, os aldeões que os haviam hospedado nos Alpes. Qual não foi sua surpresa, então, quando as grades se ergueram e do corredor saiu ninguém menos que Flávia Theodora, a cesarina em pessoa. Estava maquiada, trajando um vestido branco tradicional, usando braceletes de prata e uma tiara de ouro ricamente adornada.

Era uma visão inspiradora — mais que isso: *sublime*. Theodora havia sido preparada para parecer uma deusa, mas sua postura era tímida. Caminhava a passos lentos, olhando para o chão, amparada por duas escravas que a tratavam como se ela estivesse doente.

As escravas a levaram até seu lugar. Constâncio Cloro a apresentou aos civis, elogiando suas qualidades como mãe, esposa e mulher.

Feitos os devidos preâmbulos, o julgamento recomeçou.

— Cesarina, seja bem-vinda. — Magêncio fez uma mesura. — Poderia nos descrever o funeral do centurião Bores Vigílio?

Como uma lebre encurralada, Theodora começou a ter calafrios e não conseguiu responder. Sem se levantar, Druso gesticulou para o pontífice, sugerindo que ele fosse com calma.

— Cesarina — Magêncio tentou de novo —, o homem que conduziu o funeral de Bores Vigílio está neste recinto?

Trêmula, a esposa de Cloro fez que sim com a cabeça. O público se levantou para observá-la, à espera do grande momento.

O pontífice perguntou:

— Pode apontá-lo?

Georgios, a despeito da perversidade de seus acusadores, estava tranquilo porque confiava na moça — e tinha certeza de que ela jamais o trairia. E Theodora realmente não o traiu, não em um primeiro momento. Ficou paralisada, em choque, presa à cadeira como se fosse uma estátua, até que Magêncio se aproximou dela e sussurrou:

— Pense no que conversamos hoje cedo. Se não colaborar, nós levaremos o seu filho para a Itália — murmurou, sem que ninguém escutasse. — E *você* ficará aqui.

Era um jogo sujo. Uma disputa pesada, uma batalha que ela não poderia vencer.

Com efeito, Theodora não queria vencer. Por maior que fosse sua consideração por Georgios, Dalmácio era seu filho, seu *único* filho, e ela o amava acima de tudo — e sobre todas as coisas.

Dalmácio era seu ponto fraco, seu calcanhar de aquiles. Druso identificara essa fraqueza, preparara o processo com toda a cautela e sugerira que Magêncio a chantageasse.

Deu certo.

Quando Theodora apontou o dedo para Georgios, foi como se milhares de flechas o atingissem no peito.

Georgios Graco era um sobrevivente, que ao longo da vida resistira às mais cruéis tempestades. Perdera o pai quando criança, presenciara o assassinato da mãe e tivera as terras roubadas. Depois, passara pelo inferno para se tornar cavaleiro, enfrentando a fome, o fogo e o aço. Nada daquilo, todavia, se comparava à dor da insídia, de ser traído pela única mulher que até então ele amara.

Tysa, é verdade, fora sua primeira paixão, mas na época eles eram apenas crianças. Em Antioquia, encantara-se por uma menina ruiva, que no entanto nunca chegara a beijar. Na Germânia, conhecera Ida, com quem se relacionara sexualmente. Theodora, por sua vez, poderia ter sido sua esposa, poderia ter-lhe dado filhos e uma família completa — se os deuses não os tivessem amaldiçoado.

Era isso, concluiu: o vinho de Proserpina, que eles haviam bebido sem permissão. Georgios e Theodora estavam sendo punidos — castigados por atentar contra a deusa.

Àquela altura, a confusão se alastrara, com os plebeus enfurecidos, prontos para linchar o prisioneiro. Os guardas traçaram um cordão de isolamento, usando os escudos como barreira. Theodora foi retirada às pressas, depois saíram Druso, Magêncio e Cloro.

Dali, Georgios foi reconduzido às masmorras. Na segurança do pátio menor, além do corredor arqueado, Constâncio Cloro observou o céu de primavera. O sol estava se pondo.

— Não vou mentir — ele falou aos colegas. — Estou preocupado.

— Por quê? — estranhou Magêncio. — Conseguimos o que queríamos. O caso está encerrado.

— Está? Eu não proclamei o veredito.

Druso se manifestou:

— Desnecessário, césar. O comandante Graco foi condenado pelo povo. De acordo com a lei, não há melhor forma de legitimar um julgamento do que escutando o clamor da plateia.

— De que lei estamos falando? Da romana ou da germânica? — perguntou Cloro e, antes que o jurista respondesse, ele se virou para Pertinax. — Capitão, quero que feche os portões da cidade. Ninguém entra e ninguém sai até que Georgios Graco seja enforcado.

— Penso ser um exagero, senhor — intercedeu o pontífice. — Nós o executaremos amanhã à tarde. Está tudo sob controle.

O tetrarca o ignorou.

— Faça o que eu digo, capitão — repetiu ele, tornando a falar com Pertinax. — Imediatamente.

O oficial o saudou e desapareceu pelos corredores. Cloro respirou fundo e acrescentou:

— Foi um dia cheio. Preciso ter com a minha esposa. O jantar de hoje está cancelado — determinou. — O que acham de almoçarmos amanhã ao meio-dia?

Druso e Magêncio aceitaram o convite. O césar lhes deu as costas e saiu sem cumprimentá-los.

LII

PALAVRA FINAL

NAQUELA NOITE, CONSTÂNCIO CLORO DEITOU-SE AO LADO DE THEODORA. ELA, porém, não ficou muito tempo na cama, porque Dalmácio começou a chorar.

— Já deu de mamar ao garoto? — perguntou o césar, contrariado. Estava esticado no colchão, seminu, coberto até a cintura. — Deve ser fome.

— Ele mamou faz uma hora — sibilou a mãe, com o menino no colo. — Só quer ser embalado.

— Bom, se ele já comeu, entregue-o às escravas. Elas sabem embalar uma criança.

Obediente, Theodora abriu a porta do quarto e pediu que um dos homens que montavam guarda no corredor chamasse suas aias. Dois minutos depois, elas apareceram e levaram o bebê para o cômodo ao lado. Só então a moça se juntou ao marido.

Constâncio Cloro apagou os candeeiros, montou sobre a esposa e a penetrou. Quando terminaram, ele se sentia muito melhor, como que revigorado.

— O pesadelo acabou, minha querida — falou com uma voz murmurante. — Imagino como deve ter sido difícil para você ficar cara a cara com aquele calhorda, mas enfim a sua honra foi restaurada. Todo o esforço valeu a pena.

Theodora não disse uma palavra. Cloro não podia ver o rosto dela no escuro. Ao escutá-la fungar, contudo, percebeu que estava chorando.

O tetrarca a abraçou.

— Já acabou — sussurrou ele, afagando-a. — Já acabou.

O dia amanheceu nublado.

Logo ao acordar, a cesarina pediu para não comparecer à execução, alegando que estava muito cansada. Theodora realmente tinha passado por momentos exaustivos no tribunal, e o marido permitiu que ela ficasse no quarto, cuidando do filho e amamentando a criança.

Pouco antes do meio-dia, os moradores de Tréveros escutaram trovoadas no céu. Pelo início da tarde, começou a chuviscar — nada que, na opinião de Cloro, afastasse o público do grande espetáculo. Fazia anos que ninguém era morto no fórum, os plebeus adoravam esse tipo de coisa, e ele tinha certeza de que o evento seria um sucesso.

O almoço, como de costume, foi servido no salão principal. Sentaram-se à mesa, além do césar, Magêncio e Druso, com Pertinax em pé, fazendo a segurança do trio.

Cloro encheu uma caneca de hidromel e propôs um brinde aos convivas. Definitivamente, ele tinha recuperado a disposição; estava alegre e bem-humorado.

Os três celebraram o resultado do julgamento saboreando um delicioso cordeiro ao molho de nozes. Quando a sobremesa chegou, Cloro e Magêncio estavam completamente embriagados. Sevílio Druso lembrou que eles ainda precisavam comparecer ao enforcamento e deveriam parecer respeitáveis. Sugeriu que ingerissem bastante água e urinassem depois.

Constâncio Cloro aceitou o conselho. Ordenou que os escravos trouxessem o urinol e estava prestes a se levantar quando um estranho apareceu na soleira da porta. Pertinax foi surpreendido também e se colocou entre o homem e os comensais, bloqueando o caminho.

O césar ergueu-se, meio trôpego, apoiou-se na cabeceira da mesa e perguntou, franzindo as pálpebras:

— Quem é você?

O sujeito deu um passo à frente, trazendo consigo o cheiro da estrada. O que se observou foi um indivíduo de meia-idade, forte, cabelos e barba louros, olhos azuis, dotado de expressão predatória. Pertinax notou que ele trazia uma espada presa à cintura e que estava protegido por uma cota de malha.

Mas o que realmente os impressionou foi a capa que usava: era púrpura, o matiz exclusivo do imperador e de seus campeões, os paladinos.

— Os senhores sabem quem sou — disse o forasteiro, com cara de poucos amigos. — Em nome do divino augusto de Roma, trago uma mensagem para o césar Constâncio Cloro, seu vassalo.

Houve um silêncio repleto de tensão. Cloro, assim como Maximiano, eram ambos subordinados a Diocleciano. No entanto, reforçar tais compromissos abertamente, e naquelas circunstâncias, soava mais como uma afronta, sinal de que o recém-chegado era alguém importante — e não tinha intenções pacifistas.

— Conde Erhard. — Foi Magêncio quem primeiro o nomeou. — Que bom recebê-lo. Posso perguntar, respeitosamente, como o senhor entrou na cidade?

Erhard, apelidado de "o Louro" pelos colegas do exército, reparou nas vestes do pontífice, que também eram púrpuras, iguais às suas.

— Quem — perguntou ele a Magêncio — lhe deu permissão para usar esse traje?

O rapaz gaguejou.

— Sou o chefe do colégio dos sacerdotes. Usamos mantos assim desde os dias da antiga República.

— O Édito de Ravena, promulgado pelo imperador no quarto ano de seu governo, proíbe qualquer pessoa de ostentar a cor púrpura, à exceção dele próprio e de sua escolta pessoal. Peço, respeitosamente, que me o entregue. Não vou pedir uma segunda vez.

Com a ponta dos dedos gelada, Magêncio se levantou, removeu a peça, dobrou-a e a apoiou sobre a mesa. Cloro, ao ver aquilo, recuperou a sobriedade, deu-se conta de que era o dono da casa, o anfitrião, e que deveria proteger seus hóspedes.

— Caro conde — ele olhou para Erhard —, o pontífice máximo de Roma não é "qualquer pessoa". Além disso, com que autoridade o senhor invade o meu palácio e entra no meu salão sem ser convidado?

Pertinax, já esperando o pior, sacou a espada. Sem se abalar, sem se mover, o paladino falou:

— César, o imperador ordena que liberte Georgios Graco, seu protegido. E que o faça *agora*.

Pela primeira vez, Sevílio Druso se manifestou.

— O comandante Graco foi julgado e condenado à morte — disse. — Ele provou ser cristão. Lamento, mas a decisão é irreversível.

— Fiquei sabendo — retrucou o forasteiro — que ele não teve direito a um advogado.

— É verdade — confirmou Druso. — Ocorre que nós optamos por uma corte germânica.

— Nesse caso, ele poderia ter solicitado um julgamento por combate. É a tradição — afirmou o conde. — Os senhores deram a ele esse direito?

Sem saída, Sevílio Druso pigarreou. Magêncio encolheu-se. Erhard era o único germânico no recinto, e o que melhor conhecia os costumes bárbaros. Constâncio Cloro tentou apaziguar.

— Conde Erhard, o senhor deve estar exausto. Descanse e coma alguma coisa — ele apontou para o banquete — que amanhã conversamos melhor.

O paladino projetou-se salão adentro. Pertinax se preparou para lutar, mas o visitante o ignorou solenemente. Foi até a extremidade da mesa, apanhou a capa de Magêncio e a enfiou debaixo do braço.

— César, em respeito à sua posição, repetirei a mensagem mais uma vez. — O conde ergueu o dedo, didático. — Quanto antes Georgios Graco se apresentar em Salona, melhor. O duque Constantino também aguarda por ele. O imperador tem uma missão especial para os dois.

De novo, silêncio.

Não foi preciso repetir. O recado era claro, direto e transparente. Diocleciano mantinha Constantino como refém na Dalmácia. Se Georgios morresse, o primogênito do césar morreria também.

Magêncio olhou para Druso, perdido, em busca de uma solução. O jurista abanou a cabeça, indicando que não havia nada a fazer. Constâncio Cloro aparentemente chegara à mesma conclusão, porque declarou:

— Que assim seja. — E se virou para Pertinax: — Capitão, solte o tribuno e lhe devolva todos os seus equipamentos, inclusive o cavalo.

Pertinax recolheu a espada. Erhard os cumprimentou, deu meia-volta e saiu. O que restou foi uma atmosfera de apatia, um gosto de fracasso na boca. Com a bexiga cheia, Cloro se aliviou no urinol.

— Ordenei que todos os portões fossem fechados — resmungou ele. — Sabem o que isso significa?

— Significa — volveu Magêncio — que alguém o traiu.

Constâncio Cloro terminou de urinar, voltou para a mesa e se esparramou na cadeira.

— Minha reputação está por um fio — murmurou ele. — Como diremos ao povo de Tréveros que o julgamento foi anulado?

Druso ergueu a mão, procurando tranquilizá-los.

— Tenham calma, senhores. O mundo dá voltas.

— O césar está certo — resignou-se o pontífice. — Fomos humilhados. Feitos de tolos.

— Nem tudo está perdido — reforçou Druso. — Pelo menos, ainda não.

Georgios acordou com a fechadura da cela sendo destrancada. Escutou o ranger das dobradiças e o som da porta se abrindo. Sentou-se na cama e coçou os olhos, tentando enxergar na penumbra. O dia estava escuro e chovia torrencialmente lá fora.

— Como você consegue dormir horas antes de ser executado? — perguntou uma criatura nas sombras.

— Força do hábito — rouquejou ele. — Não é a primeira vez que fico no limiar entre a vida e a morte. — O equestre se levantou, certo de que sua hora tinha chegado. — Estou pronto.

O homem apontou para o chão. Georgios se aproximou dele e ao fogo das lamparinas identificou seus equipamentos espalhados no piso, incluindo a mochila, o uniforme, as insígnias, a armadura de escamas de ouro, as grevas e os braceletes, além da espada e da adaga solar.

Reconheceu, então, o visitante.

— Conde Erhard?

O paladino assentiu com a cabeça. Em seguida, ordenou:

— Equipe-se.

Recordando-se de seus dias de treinamento, o prisioneiro vestiu-se o mais rápido que pôde. Em menos de dois minutos, estava totalmente paramentado e em posição de sentido.

O conde o passou em revista, examinando o tribuno. Georgios estava pálido, fraco, magro e com os dentes sujos, mas em boas condições de saúde.

— Muito bem — prosseguiu o combatente germânico. — Consegue andar? Seria capaz de cavalgar?

Com o peito cheio de esperança, o equestre respondeu:

— Sim, senhor.

— Ótimo. — Erhard deu-lhe as costas. — Venha comigo.

Os dois saíram da prisão, guiados pelo carcereiro. Enquanto percorriam uma escada obscura, que descia em espiral, Georgios solicitou:

— Permissão para falar, senhor.

— Suas preces foram atendidas, comandante — esclareceu o conde, já prevendo a pergunta. — Você está sendo libertado.

— Posso saber, com todo o respeito — ele tateava as paredes, ainda aturdido —, como o senhor convenceu Constâncio Cloro a me soltar?

— Contei a ele que o duque Constantino está na Dalmácia, sob custódia. Foi o bastante para assustá-lo.

O carcereiro os levou a um pátio rodeado de estábulos, onde havia alguns soldados, incluindo Cássio Pertinax. Dois desses soldados traziam cavalos pelas rédeas. Um dos animais era Pégaso.

Georgios observou o horizonte cinzento, as gotas que caíam feito navalhas. Se eles saíssem no meio daquele temporal, logo estariam encharcados.

— Há uma aldeia aqui perto — informou o paladino. — Chegaremos lá ao anoitecer. O importante é deixarmos a cidade o quanto antes.

Enfim, eles receberam os corcéis. Erhard montou. Georgios, ainda no chão, dirigiu-se a Pertinax, que se encontrava sob o alpendre do estábulo, tentando se proteger da chuva.

O filho de Laios mirou-o fixamente nos olhos. Levantou as duas mãos, como quem pede um abraço. Pertinax imaginou que ele queria fazer as pazes e aceitou o gracejo, mas ao chegar à distância de um metro reparou que o rapaz tinha sacado a adaga.

O corte foi veloz e preciso. O aço fez surgir um fio vermelho na garganta do capitão da guarda, degolando-o de ponta a ponta. Ele abriu a boca e gemeu, tentando inutilmente apertar o pescoço.

Ninguém se moveu. Os soldados estavam duros, atônitos.

— Isto não é por mim, é por Theodora — avisou o equestre. — Por ter debochado dela no Forte da Rainha. Por ter zombado de uma princesa romana.

De pouco em pouco, Cássio Pertinax foi empalidecendo, murchando como uma uva exposta ao sol.

Os lábios ficaram azuis, a pele, branca e os olhos, embaçados.

Caiu de joelhos. Balbuciou alguma coisa, sem realmente conseguir se expressar.

Georgios deu-lhe um chute no peito. O corpo tombou para trás.

Olhou à sua volta. Tudo quieto. Os guardas continuavam estáticos.

Montou.

Ele e Erhard cruzaram os portões do palácio, sem resistência.

Lá fora, as ruas estavam vazias e trevosas.

LIII

O ÚLTIMO DUELO

Ao contrário do que Cloro previra, o fórum de Tréveros encontrava-se deserto naquela tarde. Chovia tanto que os bueiros começaram a transbordar, e dentro em pouco a praça inteira estava alagada.

Os dois cavaleiros driblaram as poças maiores e avançaram até a avenida do comércio. O que viram foram lojas fechadas, toldos atirados ao chão, ratos nadando e muita água descendo das calhas.

Depois de alguns minutos, um raio correu pelas nuvens, rasgando o firmamento e estourando sobre o topo de uma colina distante.

— Os deuses estão furiosos — comentou Georgios, elevando a voz para ser escutado. — Senhor, se me permite dizer, talvez seja perigoso viajar com este tempo. Se o imperador mantém Constantino em Salona, em tese estamos seguros. Cloro nada fará contra nós.

— O nosso problema não é Cloro — explicou o conde, espremendo a barba molhada —, mas Druso.

— O jurista? — Era difícil acreditar. — Sem os privilégios de magistrado, ele não passa de um plebeu arrogante.

— Está errado — disse o paladino. — Aquele homem é um bruxo. Precisamos ter muito cuidado com ele.

Georgios estava a ponto de retrucar, então se lembrou de que Erhard era germânico e de que os nortistas acreditavam em fadas, dragões e magia. Preferiu nada dizer — era o melhor que ele poderia fazer —, embora, em seu íntimo, não estivesse preocupado com os supostos poderes de Druso.

Pararam em frente ao portão. O conde acenou para os guardas, que respeitosamente o saudaram, suspendendo as enormes grades de ferro.

Logo na saída de Tréveros, havia uma ribanceira pontilhada de arbustos, que terminava nas margens do caudaloso Rio Mosela. Uma ponte larga e robusta, construída sobre um conjunto de sete arcos e decorada com estátuas de ninfas, ligava a cidade à estrada romana. Eram tão lindas essas estátuas, tão formidáveis, que Georgios jurou ter visto outra imagem de igual perfeição — a de um colosso de bronze, com cerca de dois metros de altura, parado no meio do caminho, interditando a passagem e os encarando.

Um relâmpago coloriu o horizonte, e nesse momento os viajantes entenderam que a criatura realmente existia. Era Oxion, o Crocodilo, o gigante que, três anos antes, derrotara Georgios e Constantino, expulsando-os do palácio na Nicomédia. De pé, o brutamontes os fitava como se os desafiasse, como se os convidasse a lutar. O torso estava protegido por uma couraça metálica, e nas mãos ele carregava sua famosa maça com a cabeça de pregos.

— Esta luta é minha. — Georgios desembainhou a Ascalon. — Deixe-o comigo.

Dito isso, ele soltou as rédeas de Pégaso, que deu um relincho e se projetou adiante.

— Não, Georgios — gritou Erhard, tentando em vão alertá-lo. — Você ainda está muito fraco.

Nada que o conde dissesse, porém, iria detê-lo àquela altura. Com o orgulho ferido e a alma em frangalhos, o impetuoso cavaleiro do Leste estava pronto para enfrentar seu destino. Depois de ser traído pela mulher que amava e libertado da prisão quando não havia mais esperança, ele interpretou a presença de Oxion como uma graça que Marte lhe concedera. O deus talvez o tivesse poupado da forca para que ele, justamente, morresse em combate, como um guerreiro deveria morrer — como *seu pai* havia morrido.

Galopando com invejável destreza, Georgios esticou o braço direito e a espada refulgiu entre as gotas de chuva. Oxion, ao notar que ele preparava sua carga, posicionou-se lateralmente e abriu as pernas para resistir ao impacto. Quando o tribuno entrou em seu raio de ação, entretanto, o malfeitor deu um passo atrás, rodou a maça em um movimento circular e a desceu com força estupenda, acertando o jovem no peito. O corpo de Georgios foi atirado da sela, bateu contra a estátua de uma das ninfas, girou em seu próprio eixo e despencou nas águas do rio.

Erhard, ato contínuo, pulou do cavalo e correu até o parapeito, tentando localizar o filho de Laios. Não o encontrou. Coberto pela armadura, usando capa, botas e grevas, Georgios provavelmente tinha sido arrastado para o fundo, batido a cabeça, perdido a consciência e se afogado.

— Conde Erhard — Oxion falou com notório desprezo. — Ouvi dizer que é o maior espadachim do Império. Como um homem tão pequeno — ele riu entredentes — pode ser um guerreiro tão grande?

— Também já ouvi falar de você. Reza a lenda que é invencível. — Erhard sacou sua espada, a Tyrfing, e a segurou com as duas mãos. — Mas como alguém tão poderoso pode ter tantas cicatrizes na cara?

Oxion murmurou uma resposta. O paladino não lhe deu ouvidos e, gracioso, andou como um tigre na direção do oponente. Por todo um minuto, os dois lutadores ficaram estáticos, estudando-se, compenetrados, até que o Crocodilo acometeu, buscando a face do combatente germânico. Ao invés de se esquivar, no entanto, Erhard permaneceu onde estava, dobrou os joelhos e ergueu a espada, aparando a maça com o fio inclinado.

O gigante esbravejou e, furioso, tornou a levantar o porrete. Menor e mais ágil, Erhard avançou com cautela, na intenção de rasgar-lhe a barriga. O ataque, contudo, foi detido pela couraça de bronze, que era mais espessa do que o conde pensara.

— O que houve, velhote? Perdeu o fôlego? — Oxion o provocou, o rosto transfigurado pelas marcas do ódio. — Sua força o abandonou?

Erhard não se intimidou com aquelas palavras. Em vez disso, manobrou a arma de baixo para cima, como se tentasse espetar-lhe o nariz, e quando o monstro retrocedeu ele chutou-lhe vigorosamente a canela. Oxion sentiu a pancada, ajoelhou-se por um breve segundo, e nesse intervalo o paladino traçou um semicírculo com a lâmina, cortando-lhe parte do supercílio direito.

O sangue escorreu, cegando momentaneamente o colosso, que se aprumou feito um urso e, tomado pela cólera, começou a balançar sua clava, descrevendo longos arcos horizontais, varrendo tudo à sua frente. Diante daquilo, Erhard não teve alternativa a não ser recuar, sempre atento aos movimentos do alvo, esperando que ele cometesse algum erro.

Nessa hora, um raio de sol — o sol vespertino — surgiu entre as nuvens e incidiu sobre eles. Oxion e Erhard haviam retrocedido até o portão e lutavam agora perto da ribanceira, quase colados à muralha.

Combatendo em pé de igualdade, o duelo poderia se prolongar, e entendendo isso o paladino mudou sua estratégia, golpeando a arma do adversário e não ele próprio. O embuste deu certo, e de repente a maça tinha escapado das mãos gigantescas, levada por um choque preciso da Tyrfing.

Como que possuído pelos espíritos da guerra, Oxion abriu os braços e saltou sobre Erhard. Os antagonistas cambalearam e, engalfinhados, acabaram rolando pelo declive, chegando exaustos à beira do Mosela.

Enlameado, com as roupas sujas e as palmas esfoladas, o conde se recuperou primeiro, deu-se conta de que também tinha perdido sua arma e se lançou contra as pernas de Oxion. Com o joelho já dolorido, o brutamontes escorregou, desabando sobre as estacas de um atracadouro em ruínas.

Sem demora, Erhard levou a mão ao cinto e puxou a adaga para esfaquear o gigante, que todavia se levantou muito rápido e o afastou com um pontapé nas costelas.

Sem mais opções, o conde perscrutou o terreno e avistou a Tyrfing submersa no rio. Recuou e a apanhou, colocou-se de novo em guarda, mas ao se virar percebeu que o inimigo tinha ficado de cócoras — e catado uma pedra no chão.

Oxion atirou essa pedra, atingindo Erhard na testa. Zonzo, o paladino caiu de costas e agora jazia no solo, indefeso. O Crocodilo pegou outro fragmento de rocha e caminhou até seu rival.

— Nós, os sármatas, odiamos os germânicos. Seu povo é fraco — praguejou. — Nós temos as estepes, e vocês, as montanhas. Nós criamos homens, enquanto vocês só produzem covardes.

— Se é assim, rogo que os deuses da Sarmátia o recebam — declarou o conde, profético. — E que os demônios das estepes o carreguem.

Oxion gargalhou.

— Prepotente até o fim. Não sou eu quem precisa dos deuses neste momento — cuspiu. — É *você*.

Então, o colosso estufou o peito. Estava prestes a esmagar o crânio de Erhard quando escutou um ruído. Mais por curiosidade que por instinto, ele lentamente se virou para trás.

Ouviu-se um silvo metálico.

Depois outro.

Perplexo, Oxion largou a pedra nos próprios pés.

Sua armadura tinha agora dois rasgos oblíquos: um da esquerda para a direita, começando no ombro e terminando na cintura, e outro na direção oposta, formando um X sobre a couraça de bronze.

De frente para ele, encontrava-se um jovem ofegante, vestido com escamas de ouro, a capa ensopada, os cabelos verdes, cobertos de lodo.

Surgido do nada, esse jovem tinha uma espada na mão — e com ela aplicou seu golpe.

Por um instante — por um único instante — pareceu ao conde Erhard, e também aos guardas que os observavam desde as muralhas, que o mundo todo havia parado.

Uma cigarra cantou.

Os arbustos farfalharam.

O paladino gemeu:

— Georgios?

Concentrado como nunca estivera, o cavaleiro do Leste encravou a Ascalon no ventre do monstro, fazendo jorrar um esguicho de sangue. O corpo de Oxion ficou duro como uma tora de madeira, rodou duas vezes e espatifou-se nas águas.

Como que desperto de um sonho, Georgios sentiu os dedos formigarem. Podia escutar agora o próprio coração pulsando, as gotas de chuva em descompasso, o ar penetrando através da garganta.

Fechou os olhos.

Quando tornou a abri-los, Oxion tinha sumido, desaparecido sob os arcos da ponte.

— Comandante. — Erhard se arrastou até ele. — Pensei que você tivesse...

— Morrido? — Georgios resfolegou, ajudando o Louro a se levantar. — Pensei o mesmo. Suponho que tenha sido esta armadura. — Ele afagou o busto dourado. — Foi resistente o bastante para me proteger e leve o suficiente para não me fazer afundar.

Erhard examinou o artefato.

— É a relíquia de Dalferin?

— Sim, senhor. Eu a obtive a partir dos espólios do *graf* — disse. — Como sabe?

— Sou saxão. Nós e os francos somos inimigos mortais. — Ele tocou as escamas, admirado. — Comandante, esta armadura é mágica — afirmou. — Foi *ela* que salvou sua vida.

Os dois subiram a ribanceira devagar, pois estavam no limite de suas forças. Recuperaram os cavalos e montaram neles.

— É melhor irmos andando — disse Erhard. — O tempo abriu. Logo vai escurecer. — Apontou para o céu. — Sabe se orientar pelas estrelas?

— Receio que não, senhor — respondeu Georgios.

— Ótimo. — O paladino torceu a capa, farejou o ar e prendeu os cabelos. — Está na hora de aprender.

LIV

O GRANDE BLEFE

Nos dias áureos do Império, diversas rotas foram abertas através dos Alpes. Delas, a principal era a Via Cláudia Augusta, que ligava a Itália à província da Récia, seguindo mais ou menos o mesmo percurso feito por Aníbal, o general cartaginês, cerca de quinhentos anos antes. Com o tempo, muitas dessas passagens foram abandonadas e esquecidas — enquanto outras foram ampliadas, ganhando novas trilhas e bifurcações.

O conde Erhard conhecia o trajeto e estava confiante de que Georgios e ele seriam capazes de percorrê-lo. Contudo, no dia 17 de junho, uma semana depois de eles terem partido de Tréveros, uma nova tempestade se abateu sobre a estrada.

— Os cavalos estão exaustos. — Georgios tentava evitar que Pégaso escorregasse na lama. — Precisamos encontrar abrigo.

— Existe um povoado algumas horas adiante. — Erhard apontou para a frente. Eles estavam atravessando um descampado de colinas suaves, com marcos de pedra para assinalar as distâncias. — Vamos apertar o passo.

Mas era impossível. Se eles assim o fizessem, os animais poderiam pisar em falso e se machucar, deixando-os sem montaria por todo o restante da viagem.

Por sorte, logo o temporal amainou, e no começo da tarde eles chegaram a uma aldeia cercada por uma paliçada, com o portão fechado e duas torres de guarda. As línguas de fumaça evidenciavam que havia gente lá dentro, que os moradores estavam recolhidos e não pretendiam sair de casa tão cedo. Um rio de águas barrentas, que o conde afirmou ser o Licca, um braço do Danúbio, contornava o muro pelo lado direito.

Erhard desmontou, antes que qualquer vigia pudesse enxergá-los. Tirou o manto, removeu a capa púrpura, dobrou o tecido e o guardou. Depois, vestiu outra capa, vermelha, e recolocou o manto.

— Tire a sua armadura — ele falou para Georgios.

— Sim, senhor. — O tribuno obedeceu, mesmo sem entender o que seu salvador pretendia.

— Se eles o virem coberto de ouro — disse o conde —, vão nos cobrar o triplo do preço.

— Esta aldeia pertence ao imperador — protestou o rapaz. — Bem como tudo dentro das fronteiras romanas. Eles não têm o direito de nos cobrar.

— Mas cobram — acrescentou Erhard.

— Bom, seja como for — o equestre calculou quanto trazia nos alforjes —, nós temos dinheiro. Podemos pagar.

— O problema é que não temos alternativa. — Ele olhou para o horizonte, totalmente encoberto pelo rigor da borrasca. — Ou aceitamos o preço, ou ficamos desabrigados. Nessas condições, eles podem nos extorquir.

— Eles fariam isso com um paladino?

— Esses aldeões não têm ideia do que é um paladino.

Georgios tirou a armadura, ficando apenas com o colete de couro que trajava sob as escamas metálicas. Não tinha considerado a possibilidade de serem extorquidos porque sempre esperava o melhor das pessoas, mas nem tudo era como ele pensava. Faltava ao jovem certa malícia, e ele entenderia isso nos próximos dias.

— Outra coisa — prosseguiu Erhard. — Você precisará falar com o sujeito do portão. Terá de negociar com ele.

— Posso fazer isso.

— O meu sotaque não vai facilitar a nossa entrada. O povo daqui odeia os germânicos.

— Por quê? — perguntou Georgios, os dois já montados, dirigindo-se à aldeia.

— Este local foi destruído pelos alamanos, uns setenta anos atrás. Ainda tem gente que se lembra. Melhor evitar confusão.

— Mas o senhor não é alamano.

— Eles não sabem a diferença. — O conde reparou nos dois soldados que os espiavam desde a guarita. — Chegamos.

*

Georgios apeou e tocou um sino com o badalo de osso afixado na parede, do lado de fora da paliçada. Um velho narigudo, de capuz preto e dentes podres, apareceu na janelinha recortada no postigo.

— Boa tarde, soldados — ele falou em latim, com certo grau de sarcasmo. — Procurando um teto para passar a noite?

— Não exatamente. — O equestre se aproximou do portão. — Meu nome é Georgios Graco, cavaleiro da Trigésima Legião de Trajano. — Ele abriu o manto para que o sujeito visualizasse as franjas de couro sobre os ombros, marca dos oficiais graduados. — Estamos procurando dois alamanos que escaparam do Forte da Rainha. Por acaso eles passaram por aqui?

— Não que eu saiba. — O velho fez cara de espanto. — Sou só o porteiro.

— Justamente por ser o porteiro, deveria saber.

O homem assumiu uma postura defensiva, agindo como se estivesse sendo interrogado.

— Não sei de nada.

— Receberam algum germânico por estes dias?

— Recebemos muita gente. Esta é a última aldeia antes da subida dos Alpes.

— Tem certeza? — o tribuno o pressionou. — Posso ir embora tranquilo e dizer aos meus superiores que não há germânicos por estas bandas?

O porteiro vacilou. Era impossível ele ter absoluta certeza da origem de cada um que entrava e saía do povoado. Por via das dúvidas, achou melhor não arriscar, porque os alamanos eram monstros, carniceiros, na opinião dos locais.

— Os senhores saberiam reconhecê-los — indagou o homem —, se esses selvagens estivessem aqui?

— Essa é precisamente a nossa missão — confirmou Georgios.

O homem recuou e fechou a janelinha. O conde observou os guardas na torre, analisando e calculando o perigo. Não eram soldados, e sim camponeses, sem treinamento militar. Contudo, estavam armados de arcos e, se soubessem atirar, poderiam trucidá-los, porque a área era descampada, sem arbustos ou árvores que servissem de cobertura.

O portão se abriu.

— Podem entrar — convidou-os o porteiro, desengonçado.

Georgios e Erhard ganharam as ruas, sem ser cobrados pelo acesso. O povoado era composto por uma série de casas amontoadas, com paredes de madeira e telhado de palha, erigidas sobre o esqueleto de construções mais antigas.

Com ar de autoridade, Georgios tornou a perguntar:

— Onde os forasteiros costumam se hospedar?

— Na estalagem da Rua Quatro. — O velho fez um sinal com a mão. — É só dobrar aquela esquina. É a última casa.

— Obrigado.

— Vou avisar imediatamente ao prefeito — sussurrou o porteiro, acompanhando-os através das ruelas.

— O prefeito ainda é o senhor Júlio Pantro?

O velho parou, fitando-os com a fisionomia amarga.

— Não. Cláudio Zora.

— Zora? Espere um momento. Esta é Noviomago?

— Não. Abodiacum.

Georgios encrespou a testa, fingindo surpresa.

— Pelos raios de Júpiter. — Ele olhou para Erhard, balançando a cabeça negativamente. — Viemos ao lugar errado, então.

O sujeito os encarou, entendendo que acabara de ser trapaceado. Se fossem plebeus, certamente seriam expulsos, quem sabe até agredidos, mas eram oficiais romanos e traziam armas. Georgios se desculpou, dizendo:

— Perdão pelo inconveniente, meu caro. Pretendemos ir embora amanhã. — E continuou caminhando.

O porteiro não disse nada. Deu meia-volta e retornou a seu posto, olhando para o chão e resmungando. Quando já estavam distantes, o conde comentou:

— Foi uma boa ideia, mas um tanto arriscada. Se ele não mordesse a isca, ficaríamos na chuva, sem ter para onde ir.

— Todo blefe envolve certo risco.

— Suponho que esteja certo. — Os dois pararam em frente à estalagem, já cansados, sedentos. — Bebamos a isso.

Embora tavernas sejam comuns nas cidades romanas, estalagens costumam ser raras nas províncias do Oeste. Os militares pernoitam nos postos de correio, e os civis, na casa de amigos. É comum alugar leitos em residências particulares ou mesmo em estábulos, caso nenhuma das outras opções esteja ao alcance. Pousadas, no entanto, só são encontradas em regiões estratégicas, e felizmente Abodiacum era um desses lugares.

O conde Erhard estava correto quando disse que a aldeia fora devastada pelos alamanos. O que ele não sabia era que ela nascera como um acampamento do exército. O local fora abandonado nos tempos de Caracala e em seguida ocupado pelos camponeses, que o transformaram em uma espécie de entreposto. No período em que esta história se passa, Abodiacum vivia da hospedagem de peregrinos, da venda de rações secas para viagem e de agasalhos reforçados com lã de carneiro.

O dono da estalagem cobrou um preço razoável e os tratou com respeito, provavelmente porque os clientes eram escassos. Excetuando Georgios e Erhard, só havia mais três pessoas nos quartos: um casal de gauleses, carregadores de sal, e um homem — magro e cheio de manchas pelo corpo — que dizia ser treinador de cavalos.

O salão comum contava com oito mesas redondas e uma maior, comprida. No centro, o proprietário havia colocado uma banheira de ferro adaptada para servir de braseiro.

Georgios e Erhard beberam posca e jantaram pão duro com toucinho. A carne estava queimada, sem gosto e sem tempero, mas era a melhor coisa que eles conseguiriam, então brindaram à graça de Mitra.

O dia escureceu muito rápido. Sentado de frente para o paladino, com uma lamparina acesa entre eles, Georgios discorreu sobre as batalhas que travara à margem do Reno. No meio da conversa, deu-se conta de que estava falando com um legítimo germânico e perguntou:

— Já ouviu falar de Isgerd, a filha de Dalferin?

— Sim, mas no meu tempo Isgerd era só uma criança. — Erhard pegou algumas nozes que trazia consigo e começou a descascá-las. — Quem reinava sobre os francos era a mãe dela, Astrid, esposa do *graf*, uma mulher três vezes pior.

— Hummm. — Georgios se lembrou do encontro com o bode em Grîsburc e aproveitou para tocar em uma questão espinhosa. — O senhor realmente acredita em magia? — E complementou, melindroso: — Veja, eu creio nos deuses e na influência que eles exercem sobre nós, mas, lamento dizer, não acredito que os seres humanos sejam dotados de poderes sobrenaturais.

— Não precisa se desculpar. Eu mesmo já pensei como você — admitiu o paladino. — Mudei de ideia ao ver certas coisas para as quais não há explicação lógica.

— Quando e onde o senhor viu essas coisas?

— Na Pérsia. Certa vez, eu vi um mago conjurar um demônio do vento, chamado por eles de *ifrit*. Já lhe contei essa história, na Nicomédia. — Erhard balançou o indicador na frente do rosto, como que para dar credibilidade ao que dizia. — Os persas são os feiticeiros mais hábeis do mundo e evidentemente os mais perigosos. Isgerd ou Astrid não teriam a menor chance. Nós mesmos estávamos fadados à derrota. Só conseguimos invadir Ctesifonte porque tínhamos um deles do nosso lado, um príncipe que invocou uma tempestade de raios, permitindo que cruzássemos os portões.

Georgios não se recordava daquela história. Lembrava-se de ter escutado sobre o *shiara*, o Rei dos Elefantes, mas não sobre o *ifrit*.

— Que príncipe?

— Não lembro o nome dele, mas dizia ser primo de um sujeito chamado Hormizd, o líder de um grupo de conspiradores que pretendiam usurpar a cadeira do xá.

— E conseguiram?

— Provavelmente não. — O conde encolheu os ombros. — Não tenho ideia do que aconteceu depois que recuamos. Tudo o que sei é que os persas estão quietos. Quietos demais. O que é um péssimo sinal.

Quando Erhard disse isso, o braseiro faiscou e um clima estranho abateu-se sobre o salão, como se um fantasma os tivesse tocado. Georgios encarou o paladino, deu um gole na bebida e indagou:

— Isso teria alguma coisa a ver com a missão que o imperador tem para mim?

— Francamente, não sei o que o imperador está planejando — revelou, quebrando com os dentes uma casca de noz. — Ele só ordenou que eu o resgatasse de Constâncio Cloro.

Georgios parecia desiludido.

— Que pena. Jurava que seria enviado para uma batalha. De qualquer maneira — continuou ele, conformado —, será estimulante reencontrar Constantino. Por mais que o pai dele tenha tentado me matar, nós somos amigos. Sempre fomos.

— Constantino não está em Salona — afirmou Erhard, em outra revelação espontânea. — Talvez esteja em Bizâncio com a mãe.

— Mas o senhor não disse ao césar que Diocleciano mantinha o filho dele como refém?

O conde esboçou um sorriso. Georgios olhou para ele e entendeu que fora enganado.

— Um blefe?

— Lamento. — Erhard deu-lhe uma palmada no ombro. — Não era seguro contar antes. Preferi esperar estarmos longe da Bélgica.

— Uma boa ideia, mas um tanto arriscada. Se Constâncio Cloro não tivesse mordido a isca, nós dois poderíamos, agora, estar pendurados em uma forca.

— Todo blefe envolve certo risco.

— Suponho que esteja certo. — Os guerreiros fizeram um brinde. — Bebamos a isso.

Quatro dias se passaram. O tempo clareou, mas as montanhas continuavam encobertas, impedindo qualquer possibilidade de travessia.

Sem ter muito o que fazer, Georgios e Erhard usaram os fundos da pousada para praticar exercícios. Em meio a cascas de maçã, utensílios quebrados e roupas sujas, o conde ensinou a Georgios um jeito novo de lutar, usando a espada com as duas mãos, sem a necessidade de empunhar o escudo. De acordo com ele, a lâmina da espada servia perfeitamente como proteção, contanto que o guerreiro soubesse manobrá-la.

Georgios gostou de conhecer a técnica, mas os exercícios o deixaram desmotivado, porque Erhard, em qualquer simulação e apesar da idade, derrotava-o todas as vezes, sem precisar fazer muito esforço.

— Sou um fiasco — ele bufou, erguendo um caixote e sentando-se nele. — Uma vergonha como soldado.

— Por quê? — indagou Erhard.

— Não luto nada. Devo ter tido muita sorte das outras vezes. — Ele se lembrou da batalha na ponte. — Derrotei Oxion com um mero golpe de sorte. Fortuna está do meu lado, mas Marte me despreza.

— Diz isso porque não está conseguindo me acertar?

Georgios concordou. Estava agindo como uma criança e sabia disso.

— O combate tem menos a ver com o treinamento físico — ensinou o conde — e mais com o aspecto mental.

— O senhor é filósofo? — perguntou, sem ironia.

— Todo guerreiro é um pouco filósofo. Nos deparamos com a morte cotidianamente. É impossível não pensar sobre certas questões.

— E como filosofar sobre a morte vai me ajudar?

— Eu não disse isso. — Erhard continuava de pé, olhando fixamente para ele. — Você não está conseguindo me acertar porque me enxerga como um amigo. Precisa se desligar desses pensamentos e me encarar como seu inimigo.

— Mas o senhor não é meu inimigo.

— É nesse ponto que, como guerreiro, você fracassa — afirmou o paladino. — Vamos. — Fez um sinal para que ele se levantasse. — Tente.

Georgios obedeceu. A contragosto, mas obedeceu. Voltou ao centro do pátio com a espada em punho.

Erhard começou a circulá-lo, como uma pantera cercando sua presa. O rosto convertera-se em uma máscara assassina, sem vestígios de medo ou compaixão. Era como se algum desses deuses antigos o estivesse controlando, porque ele avançou como um furacão, cobrindo Georgios com uma chuva de golpes, pela direita, pela esquerda, de baixo para cima e de cima para baixo. O jovem só teve tempo de se defender, encolhendo-se, esquivando-se, saltando, movimentando os quadris e retrocedendo. O conde repetiu a saraivada de ações, agora com o dobro da força e o triplo da velocidade. O encontro da Tyrfing contra a Ascalon produziu um clarão de fagulhas ante o inconfundível tilintar dos metais.

Georgios previu que aquele exercício terminaria como os outros, com ele prostrado, à mercê do guerreiro germânico. Foi quando, espertamente, Erhard lhe acertou o nariz com o pomo da espada. O equestre sentiu o impacto, ficou tonto e começou a sangrar.

Recuperou-se depressa, e de repente seu adversário tinha mudado. No lugar do conde, amigo de seu pai, ele enxergou a figura de Räs Drago, depois de Hron, o filho dele, e em seguida de Bufo Tauro. Eram sensações apenas, não delírios. No fundo, Georgios sabia com quem estava lutando, mas, naquelas circunstâncias, era o sentimento que importava.

Na próxima investida de Erhard, o tribuno respondeu com destreza. Passou não só a se defender, com também a atacar. Os dois homens foram tomados por uma estranha euforia, como se os tais deuses sobre os quais Georgios divagara estivessem de fato se apoderando deles. Eram entidades amigas, mas duras, que se alimentavam de sangue, clamavam por sangue, gostavam de vencer e abominavam a derrota.

O duelo seguiu assim, equilibrado. Sem eles se darem conta, o céu abriu. Do outro lado da aldeia, um galo cantou, e no estábulo os cavalos ficaram agitados, querendo sair, loucos para correr e se libertar. Como era jovem, coube a Georgios tentar movimentos mais bruscos. Cansado da troca de golpes, ele esperou o conde relaxar a guarda e desceu a lâmina sobre ele. Erhard deslizou à esquerda com a agilidade de um dançarino, escapou do assalto e — como aquele era um exercício, não uma disputa de vida ou morte — afundou-lhe um soco nas costelas.

Georgios dobrou-se e, já exausto, caiu de bruços, com a cara na lama. O conde o rendeu com a ponta da Tyrfing.

— Foi o seu melhor treino até agora.

O rapaz sentou-se no chão, ofegante.

— Não foi o suficiente. — Ele não conseguia enxergar onde havia errado. — Fiz o que o senhor me ensinou. Estava em foco, totalmente concentrado.

— Eu disse que o combate não tem a ver apenas com o treinamento físico. Mas ele também é importante — declarou o paladino, sugerindo que Georgios era um bom lutador, só precisava de mais empenho. — Mentalmente, você hoje fez um grande progresso.

O tribuno se levantou. Enquanto recolhia a espada, notou que Erhard estava como que paralisado, os olhos abertos, fixos no horizonte, e, depois de tudo o que haviam conversado sobre mágica e feitiçaria, teve medo de que ele estivesse possuído por alguma entidade estrangeira.

— Senhor? — Georgios aproximou-se com cautela.

Sem resposta. O jovem tocou o cabo da arma. Repetiu:

— Conde?

Erhard esticou o braço, o indicador na direção das montanhas.

— Clareou. A passagem norte está liberada. — Olhou para Georgios. — Junte as suas coisas. Estamos de partida.

LV

FEITICEIROS E CLÉRIGOS

No verão, Zenóbia ficou sabendo, por intermédio de seus espiões, que Sevílio Druso havia voltado à cidade de Roma. Juntos, eles tinham montado uma conspiração, compartilhado segredos, então ela achou estranho o fato de o jurista ainda não tê-la procurado. Sendo assim, em uma manhã nublada de agosto, a rainha embarcou em sua liteira e, escoltada por seus guarda-costas, dirigiu-se à mansão onde o colega costumava ficar hospedado, no sopé do Monte Esquilino.

Reparou, logo ao dobrar a esquina, que os muros estavam encardidos, como se não fossem lavados havia meses. Um de seus seguranças bateu com as aldravas na porta e segundos depois a governanta apareceu. Zenóbia já a conhecia: seu nome era Famígela, uma mulher muito velha, de costas curvadas e sem os dentes da frente.

— Majestade. — A empregada saiu para a rua e se prostrou no chão da calçada. — Seja bem-vinda. Como posso ajudar?

— Estou procurando o seu mestre — avisou Zenóbia, austera. — Ele poderia me atender?

— Mas — a idosa ergueu-se — agora?

— Sim — confirmou a monarca. — Se o momento não for propício...

— Não, não. — A mulher mostrou as palmas, como quem pede desculpas. — Vou consultar o meu senhor imediatamente. Por gentileza, aguarde um minuto.

Zenóbia, com efeito, aguardou quinze minutos. Enfim, Famígela reapareceu, sorridente.

— Majestade, me acompanhe — convidou. — O senhor Druso pede apenas que venha sozinha.

Zenóbia concordou. Desembarcou da liteira e entrou no palacete. O lugar cheirava a mofo, o teto tinha marcas de infiltração e os mosaicos do piso estavam descolando.

— Não repare na bagunça — pediu a governanta. — O mestre não permite que eu alugue escravos para me ajudar. Diz que não são confiáveis — resmungou, advertindo logo depois: — O meu amo está muito fraco. Por favor, não se assuste. Ele sabe o que faz.

A empregada abriu a porta de um quarto pequeno, esfumaçado, e lá, deitado sobre uma esteira de junco, seminu, cercado de incensos e velas, encontrava-se Sevílio Druso.

Quando notou a presença de Zenóbia, o ex-procurador sentou-se de pernas cruzadas. Sua aparência era a de um homem enfermo, física e mentalmente arrasado.

— Salve, majestade — ele a cumprimentou com esforço.

Zenóbia permaneceu na soleira. O quarto fedia.

— Druso? — Ela se espantou com a magreza dele. — O senhor está bem?

O anfitrião fez um gesto para dispensar a governanta. Em seguida, explicou:

— Completo hoje doze dias de jejum — revelou, após uma crise de tosse. — Perdi a conexão com Kartir. — Druso estava se referindo ao sumo sacerdote de Zoroastro, o mago persa a quem ele supostamente servia. — Minhas forças mágicas desapareceram. Não consigo mais acessá-las.

— E o senhor acredita — Zenóbia fez uma pergunta retórica — que o jejum é a solução?

— Não — respondeu o advogado. — Na realidade, trata-se de uma penitência. Cometi um erro, majestade. Não sei qual foi, mas cometi. Estou sendo punido e preciso me purificar.

— Mas desse jeito o senhor vai morrer.

— Que seja — rebateu ele, desesperançado. — Nosso plano falhou. Sou um completo fracasso. Não tenho mais motivos para seguir adiante.

Zenóbia ainda não tinha sido informada sobre o resultado do julgamento na Bélgica, tampouco sobre a libertação de Georgios. Druso contou tudo a ela, que ouviu atentamente e comentou:

— Não é culpa sua. Entenda: já é a segunda vez que uma das minhas conspirações é desmontada. Só posso supor que exista uma pessoa agindo nas sombras, fazendo de tudo para gorar nossos planos.

— Uma pessoa? — Druso se interessou. Endireitou a coluna e soltou um pigarro. — Que pessoa?

— Eis a questão. Temos de descobrir. Precisamos eliminá-la, ou nunca teremos sucesso.

De repente, o advogado recuperou o brilho no olhar. Sentiu fome, além de uma sede implacável.

— Um agente que vaga nas sombras. — Ele esfregou as mãos esqueléticas. — Talvez eu possa resolver essa questão, no fim das contas.

— Pode? — Zenóbia ficou curiosa. — Como?

— Por meios místicos, sem dúvida.

— Mas o senhor não disse que seus poderes desapareceram?

— Eu disse que perdi a conexão com o mestre. É possível, no entanto, que ele esteja me testando. Kartir me avisou que este dia chegaria. Provavelmente ele sumiu porque deseja que eu aprenda a caminhar com as minhas próprias pernas.

— É possível — avaliou a rainha. — Bom, existe mais alguma coisa que eu possa fazer pelo senhor?

— No momento, não. — Druso se levantou, escorando-se nas paredes. — Os próximos dias serão decisivos.

De pé, o jurista chamou Famígela, ordenando que ela preparasse uma sopa leve, sem condimentos. Depois, prometeu manter Zenóbia informada.

— Se tudo der certo, os nossos inimigos serão destronados. Não só o filho de Laios como Diocleciano e seus paladinos. E uma nova era — ele murmurou, profético — surgirá dos escombros.

Naquela noite, Sevílio Druso tomou um banho de ervas, pôs sua toga preta, foi até o porão e abriu uma arca pequena revestida de placas de ferro. Lá dentro havia um livro grosso, de capa marrom, com as pontas enegrecidas pela passagem do tempo.

Apoiou o tomo sobre um pedestal. Nas páginas, escritas em aramaico, leu o nome de uma série de entidades macabras, como Samael, chamado de "a Serpente do Éden", Behemot, um monstro grotesco, além de Belzebu e de um certo Moloch.

Essas mesmas páginas traziam instruções detalhadas de como conjurar tais entidades, de como seduzi-las e controlá-las.

Era chegado o momento de Sevílio Druso testar suas habilidades. Com a ajuda da governanta, ele reuniu ingredientes, objetos, decorou as fórmulas mágicas, esperou a próxima lua nova e deu início à cerimônia.

Coincidência ou não, três dias depois, no Chipre, Tysa começou a sentir fortes dores abdominais. Inicialmente, pensou que fosse algo que havia comido, mas quando a noite caiu ela estava de cama, febril, suando frio e regurgitando.

Depressa, as servas chamaram o governador Caio Núbio Cipriota, seu antigo escravo e amigo particular. Cipriota, por sua vez, mandou que buscassem Caleb, um dos médicos mais respeitados da ilha.

— Não há nada que eu possa fazer pela senhora Fúlvia, excelência — disse ele, após realizar um exame minucioso na jovem. — Pelo que reparei, ela está bem fisicamente.

— A senhora Fúlvia não me parece nada bem — retrucou Cipriota, em tom ríspido.

— O que eu quero dizer — prosseguiu Caleb — é que, como médico, estou de mãos atadas.

Eles estavam no pátio interno da mansão, o sol da tarde incidindo sobre os vasos de plantas.

— Em outras palavras — o núbio cruzou os braços —, o senhor não sabe do que se trata. Está tão perdido quanto eu.

— Pelo contrário. — Caleb secou a testa com um pano. Era um dia quente, típico do verão mediterrâneo. — Eu sei muito bem do que se trata. É uma doença espiritual. Provocada por um feitiço, pela ação de um demônio ou por um ritual de magia negra. Ou pelas três coisas.

Cipriota se lembrou, de repente, de que Caleb era cristão e que os seguidores do Nazareno sempre culpavam o "demônio" por tudo o que existia de mau no planeta.

Decepcionado, murmurou:

— Obrigado, Caleb. Pode ir agora.

O médico, contudo, insistiu na questão:

— O senhor não acredita em mim, excelência?

— Lamento, mas não acredito. — Cipriota estava sem forças para discutir. — De todo modo, agradeço por sua visita.

— Já salvei a vida da senhora Fúlvia uma vez. — Ele se recordou da ocasião em que Tysa fora envenenada, vários anos antes. — Por que eu mentiria para o senhor?

— Não acho que está mentindo. Só acho que acredita demais nas baboseiras que o seu bispo lhe conta.

— Zeno é um bom homem — Caleb o defendeu. — Ele certamente poderá ajudar a senhora Fúlvia. — E tornou a afirmar: — Ela foi enfeitiçada, excelência. Não tenho dúvidas.

— Essas superstições não se sustentam — rebateu Cipriota. — Se os bruxos tivessem tanto poder, nenhum chefe de Estado estaria a salvo. O imperador, por exemplo, tem incontáveis inimigos. Por que ninguém até hoje contratou um feiticeiro para amaldiçoá-lo?

— Talvez já o tenham feito. O imperador, no entanto, deve ter pessoas orando por ele — declarou Caleb — e o protegendo nesta batalha espiritual.

— Ora, mas Diocleciano não é cristão. Ele é devoto de Mitra. E não são justamente os cristãos que dizem que só existe um deus, que as entidades romanas são uma farsa?

— O senhor está tentando ser lógico — argumentou o médico. — Não há lógica nos assuntos divinos.

Cipriota estava exausto.

— Se eu precisar de alguma coisa, mando chamá-lo — disse. — Obrigado mais uma vez.

Depois que Caleb foi dispensado, o estado de saúde de Tysa piorou. Ela passou a noite com febre, de modo que o governador não viu alternativa a não ser aceitar o conselho do médico. Não acreditava em demônios, detestava os cristãos, mas estava desesperado e sem opções.

Zeno, o bispo, chegou à Colina dos Ossos bem cedo, acompanhado de dois diáconos. Cipriota os convidou a entrar no palacete. No jardim, preferiu ir direto ao ponto:

— Obrigado por nos atender, bispo. Estou disposto a pagar por seus serviços, mas só se a senhora Fúlvia de fato se curar.

Zeno torceu o semblante, como se não tivesse entendido. Era um homem maduro, atarracado, de barba crespa e pele castanha.

— Pagar? — O religioso deu um sorriso de constrangimento. — Somos cristãos, excelência, não mercadores. — Ele preferiu não se alongar. — Onde está a senhora Fúlvia? Posso vê-la agora?

O núbio os levou ao quarto de Tysa. Como na maioria das casas tradicionais romanas, as janelas eram altas e o cômodo, pouco arejado. O lençol estava molhado de suor e urina, com baldes sujos ao pé da cama.

Tysa pegara no sono. Zeno se aproximou dela.

— Faz três dias que ela só balbucia — informou Cipriota. — Delira, fala palavras incompreensíveis, tosse e regurgita.

Zeno testou o pulso da moça ao mesmo tempo em que, de olhos fechados, recitava uma oração.

— Infelizmente o diagnóstico de Caleb estava certo — afirmou ele, após alguns minutos. — A senhora Fúlvia foi enfeitiçada.

— Mas — o antigo secretário mostrou-se indignado — o senhor nem sequer a examinou.

— Bom, Caleb já o tinha feito, certo?

— Certo.

— É o suficiente para mim — continuou o clérigo, com ar de especialista. — Descartados os agentes físicos, a causa dessa doença só pode ser espiritual. Não existe outra resposta.

— O que o senhor está querendo dizer — perguntou Cipriota, mais para saber até onde Zeno iria com aquela história — é que ela está possuída por um demônio?

A resposta do bispo o surpreendeu.

— Creio que não, excelência. Pessoas possuídas tendem a ficar agressivas, a desafiar seus cuidadores e a se automutilar. Neste caso, me parece que alguma entidade maligna está tentando se apoderar do corpo da senhora Fúlvia. De uma forma ou de outra, ela está resistindo, e é precisamente essa resistência, esse exorbitante gasto de energia, que a está deixando fraca e doente — explicou, perguntando: — Quando isto começou?

— Segundo as escravas — disse Cipriota —, começou há três dias. Ela sentiu cólicas fortes e logo estava de cama.

— Então a minha teoria está certa — cravou Zeno. — Os demônios sempre começam atacando as mulheres pelo ventre. — Ele fez uma pausa e falou a um dos diáconos: — Spiridon, corra até a igreja. Traga dois frascos de água benta e o fragmento hebraico do tefilim. — Olhou para o núbio. — Felizmente chegamos cedo. O dia será longo.

*

Zeno e seus assistentes começaram o ritual ao meio-dia. Enquanto os diáconos rezavam, o bispo percorria o aposento agitando um incensário. Rapidamente, a casa inteira foi tomada pelo cheiro de mirra, substância que, segundo os cristãos, aproxima os fiéis do paraíso celeste.

Ao cair da noite, os três exorcistas estavam esgotados. Zeno saiu do quarto, bebeu um generoso copo d'água, comeu um pedaço de pão, recuperou as energias e admitiu a Cipriota que não havia feito progressos.

— Preciso descobrir o nome desse demônio — confessou, visivelmente frustrado. — Sem isso não conseguirei expulsá-lo.

Para tentar resolver o problema, o bispo despachou seu ajudante à cidade de Salamina, ordenando que ele consultasse Horácio de Cartago, um famoso sábio da região que dizia conhecer o nome de mais de duzentas entidades maléficas.

Mais dois dias se passaram. Tysa já estava em estado vegetativo quando o diácono retornou de sua busca, dizendo que trazia uma boa e uma má notícia. A má era que o sábio havia falecido — e obviamente não poderia mais ajudá-los. A boa era que um pastor de ovelhas encontrara, em uma sinagoga em ruínas, a pedra manchada de sangue que teria ferido o apóstolo Barnabé, assassinado no Chipre trezentos anos antes.

— Uma relíquia. — Zeno apanhou a pedra, fascinado. — Significa que o corpo do santo deve estar perto das ruínas em questão. Estamos prestes a encontrá-lo!

— Sim, senhor — confirmou Spiridon, o diácono, enquanto se sentava em um dos bancos do jardim. Um escravo serviu refresco aos religiosos e outro se ofereceu para abaná-los. — Só não sabemos se a pedra é verdadeira.

— Claro que é — determinou Zeno, manipulando o objeto com a delicadeza de quem toca uma casca de ovo rachada. — Não acha sugestivo que ela tenha aparecido logo agora?

— Logo agora? — Spiridon bebeu o refresco.

O clérigo cofiou a barba crespa.

— Estamos lutando contra o demônio que ronda o corpo da senhora Fúlvia. É a ocasião perfeita para pormos à prova o poder deste artefato.

— Não tinha pensado por esse ângulo — raciocinou Spiridon. — Creio que o senhor está certo.

Zeno pediu aos escravos duas longas tiras de seda, colocou a pedra no meio delas e as amarrou sobre o ventre da moça. Retomou as preces e dentro de poucos minutos Tysa começou a se contorcer.

O ritual varou a noite. Quando o sol nasceu, a jovem viúva já despertara. Comeu, bebeu, fez suas necessidades e à tarde arriscou os primeiros passos com a ajuda de Cipriota, seu amigo para todas as horas.

Finalizado o procedimento, o bispo guardou não só a pedra, mas também os dois pedaços de seda em uma caixinha. Recomendou que Tysa descansasse, pois, embora o demônio, segundo ele, tivesse sido "esconjurado", ela ainda estava muito fraca e precisava se resguardar.

Os quatro homens desceram juntos a Colina dos Ossos. Chegando às ruas de Pafos, Cipriota tornou a agradecer ao bispo e o convidou para jantar em sua mansão, no centro da cidade. Zeno aceitou, e ao escurecer os dois estavam no triclínio do palacete. O prato principal era camarão frito, acompanhado de polvo assado na brasa, pasta de lentilhas e vegetais.

— Sinto muito pelo modo como o tratei — disse o núbio, acomodado em seu divã predileto. — Peço desculpas por ter duvidado de seus poderes.

O bispo achou engraçado.

— Eu não tenho poderes, excelência. — Bebeu um gole de vinho. — Sou um homem comum.

— Bom — o governador fez uma pausa, cortou uma rodela de cenoura, enfiou-a na boca e continuou —, o senhor curou a senhora Fúlvia.

— Não fui eu que a curei. Ela foi salva pelo divino poder de Jesus Cristo. Sirvo como mensageiro de Deus e nada além disso.

— O senhor fala em Deus, mas também em Jesus Cristo. — Cipriota sempre quis fazer aquela pergunta. — Qual é exatamente a diferença entre eles?

Zeno se alegrou em poder conversar a respeito. Pousou a taça sobre a mesa de centro. Limpou os lábios e disse:

— O Pai e o Filho, isto é, Deus e Jesus Cristo, bem como o Espírito Santo, são unos. Imagine uma mesma pessoa que exerce diferentes funções ao longo do dia. Um homem, por exemplo, que é pescador de manhã, vendedor de peixes à tarde e marido à noite. Nós chamamos esse sistema de Santíssima Trindade.

— Não sei se entendi. — O governador inclinou-se para trás. — Se o Deus dos cristãos é assim tão poderoso, por que teve de enviar o seu filho para a terra?

— Porque a palavra de Deus estava sendo corrompida. O sacerdotes da época de Cristo passaram a usar o Templo de Jerusalém como praça de comércio e não mais como santuário sagrado. O Nazareno veio ao mundo para falar a linguagem dos homens e propagar a verdadeira doutrina.

— É por isso que a sua religião tem se espalhado tão rápido? Porque é a única que transmite a verdadeira palavra?

— Existem várias razões — avaliou Zeno, em um tom mais acadêmico. — O cristianismo tem encontrado eco no seio do povo porque aceitamos a todos, sobretudo os humildes. Na Galileia, Cristo falou aos pobres e aos necessitados. Nós não procuramos adeptos entre os mais ricos. Nossa riqueza está em mudar a vida das pessoas, especialmente dos excluídos.

Naquele momento Cipriota era um homem respeitado, um indivíduo importante, mas ele já fora um escravo, sofrendo preconceito não só por sua condição social como também por suas práticas sexuais pouco ortodoxas. De alguma forma, portanto, aquelas palavras calaram fundo em seu peito, e isso, somado à culpa que ele nutria por ter feito pouco-caso de Zeno, o levou a tomar uma decisão controversa.

— Logo que a senhora Fúlvia se recuperar — disse ele —, vou assinar um termo concedendo a região do Templo de Afrodite à Igreja. É o mínimo que devo à comunidade cristã.

Zeno fechou os olhos e uniu as palmas em um gesto de agradecimento.

— Não tenho palavras para expressar minha felicidade, excelência. O senhor é um homem abençoado.

— Sou um homem comum — respondeu Cipriota, repetindo as palavras do bispo —, como todos os outros.

O religioso assentiu, para então perguntar:

— O senhor gostaria de ser batizado? Seria para mim uma honra.

Cipriota sentiu-se a um só tempo surpreso e lisonjeado. De qualquer maneira, não podia aceitar.

— Eu adoraria conhecer melhor o que o seu Deus tem a ensinar. Entretanto, um homem na minha posição precisa respeitar a liturgia romana. Se o Senado soubesse que me converti, eu perderia o cargo de governador.

— Compreendo. — Zeno pegou alguns camarões que jaziam sobre a bandeja e os saboreou. — Permita-me ao menos convidar o senhor e a senhora

Fúlvia para a inauguração da igreja, quando, claro, a área estiver reformada e pronta para receber os fiéis.

Quanto a isso não havia problema, e Cipriota aceitou. Nos próximos dias, adquiriu do bispo uma coleção de pergaminhos contendo os textos cristãos e começou a lê-los secretamente.

E foi assim que aconteceu. No final de setembro, Tysa e Cipriota compareceram à cerimônia de inauguração da igreja. O evento atraiu pessoas ilustres, como o chefe da guilda dos tintureiros, a liga dos pescadores de Pafos e dezenas de comerciantes — nem todos eles cristãos.

O Templo de Afrodite localizava-se sobre uma colina plana, de vegetação árida, distante apenas trezentos metros da praia. O complexo era formado por um conjunto de cinco prédios dispostos ao redor de uma esplanada central. O santuário propriamente dito seguia o modelo grego, com uma ampla escadaria de pedra que culminava no pórtico, sustentado por colunas de mármore. O altar, que tradicionalmente ficava na parte externa dos templos romanos, fora movido para dentro da construção, e sobre ele o bispo organizou os objetos usados na missa: o vinho, o cálice, o pão e o azeite, além de uma cruz de ouro maciço e uma cópia dos evangelhos.

O espaço era claro, arejado, e a manhã estava agradável, nem muito quente, nem fria demais. Tysa e Cipriota foram postos na primeira fila e escutaram o discurso de Zeno, que citou diversas passagens das escrituras e pediu que o povo do Chipre permanecesse "unido contra os inimigos da fé". Em seguida iniciou a eucaristia, e Tysa se surpreendeu com a quantidade de pessoas — ricas e pobres — que fizeram fila para comungar.

À tarde, Zeno ofereceu um banquete aos populares, na esplanada. Os convidados de honra almoçaram em um pátio fechado anexo ao templo, centralizado por um chafariz de concreto.

Cipriota estava protegido por cinco homens armados, pertencentes à guarnição que o Senado lhe enviara. Tysa conversou com Zeno por cerca de meia hora, agradecendo pelo que os cristãos haviam feito por ela. Quando os dois se distanciaram, o núbio se reaproximou da amiga e aproveitou para perguntar:

— Está pensando em se converter ao cristianismo?

Tysa observava os presentes — homens e mulheres abastados em vestes coloridas, acompanhados de seus escravos — com um copo na mão.

— Do mesmo modo que você — ela disse, acenando para um casal que conhecera mais cedo —, tenho certos impedimentos.

— Quais? — O núbio não se lembrava de nada nesse sentido. — Oficialmente, você não ocupa nenhum cargo público.

— Curioso como as coisas mudam, não é? — Tysa encostou-se em uma das colunas do pátio. — No passado, era você quem desconfiava dos cristãos, agora sou eu.

— Curioso mesmo. — O governador não esperava ouvir aquilo. — Pensei que estivesse agradecida por Zeno tê-la salvado.

— De acordo com ele, foi uma pedra que me salvou. Uma pedra manchada de sangue.

— E você não acredita? — Cipriota olhou ao redor para certificar-se de que ninguém podia escutar. — Eu estava lá. Eu *vi* acontecer.

— Eu acredito que o bispo e seus diáconos agiram de boa-fé. Sou grata pelo empenho deles — respondeu a jovem. — Contudo, não creio que uma pedra tenha o poder de curar quem quer que seja.

O governador discordou.

— Não é uma pedra — disse. — É uma relíquia sagrada.

— Pode ser. Como pode ter sido coincidência. O meu corpo talvez simplesmente tenha reagido após dias lutando contra uma febre ou infecção passageira. No fim das contas, jamais saberemos.

— Se não temos como explicar — insistiu Cipriota —, por que não dar crédito aos cristãos?

— Só porque algo carece de explicação lógica, não significa que tenha origens sobrenaturais. — Tysa resolveu dar uma volta pelo pátio. O governador a seguiu. — Já lhe contei a história dos gêmeos trácios? É na realidade um enigma, que eu levei anos para desvendar.

— Nunca. — Cipriota ficou entusiasmado. Ele adorava desafios. — Do que se trata?

— Quando eu era criança, um cavaleiro chamado Yasmir chegou à minha cidade. Ele dizia ser um príncipe exilado, irmão do antigo xá da Pérsia, e logo surgiu o boato de que tinha poderes mágicos. Por razões que não interessam agora, o meu pai decidiu exterminá-lo e para tal enviou dois de seus melhores homens: os gêmeos trácios, que já trabalhavam para ele fazia dez anos. Dias depois, esses capangas voltaram de sua missão. Eles não só haviam falhado em matar o estrangeiro como cometeram suicídio na frente do meu pai, cortando a própria garganta. Por que eles fizeram isso? — perguntou. — O que os motivou?

O núbio coçou os cabelos negros.

— Eles foram enfeitiçados, é lógico.

— O que o faz pensar desse jeito?

— O fato de o alvo ser um bruxo. E de você ter dito que os gêmeos eram fiéis ao seu pai. Além disso, quem se mataria dessa maneira?

Tysa o instigou:

— Um fanático?

— Como assim?

— Os fanáticos — declarou a moça — costumam matar e morrer quando lhes é ordenado.

— Sim, mas o seu pai não ordenou que eles se matassem.

— O meu pai, não. Yasmir ordenou.

— Estou confuso — admitiu o governador. — Se os trácios eram capangas do seu pai, por que receberiam ordens de outra pessoa?

— Eis a chave do enigma — esclareceu a viúva. — Na realidade, ambos eram agentes de Yasmir.

— Não faz o menor sentido — volveu Cipriota. — Eles já não serviam ao seu pai *antes* da chegada do príncipe à cidade de Lida?

— Serviam, o que não diz muita coisa. Sabemos que os persas contam com uma rede global de espiões. É um fato documentado.

— Sim, sabemos — concordou o núbio —, mas o que essa rede tem a ver com o caso?

— Os gêmeos trácios foram implantados em Lida muitos anos atrás, talvez quando ainda eram crianças, e se aproximaram do meu pai porque ele era um dos magistrados urbanos.

— Que história louca. — Cipriota deu um riso de incredulidade. — É uma trama intrincada demais para ser ou mesmo parecer verdadeira.

— Ou aceitamos essa versão — observou ela —, ou acreditamos que os trácios foram encantados.

— Se o tal Yasmir era conhecido como feiticeiro — refletiu o político —, por que eu deveria crer que os suicidas eram espiões ou fanáticos?

— Porque a magia é uma incógnita. Nem digo que não exista. Digo que ninguém até hoje me provou que ela realmente existe. Já espiões e fanáticos são uma realidade palpável em todas as culturas e em todas as eras.

— E daí?

— Quando nos deparamos com um mistério — elucidou Tysa, recordando-se dos textos de Aristóteles —, em geral a resposta mais simples é a correta.

— Entendi o seu ponto. — O senador pensou por alguns instantes. — Só não sei se concordo com ele.

— Pois é. — Tysa se aproximou do chafariz. Lembrou-se, então, dos sicários, que supostamente eram mágicos também. — Eu mesma não sei se concordo. Não é convicção, tampouco certeza — reconheceu ela, contemplando os peixinhos no fontanário. — É só uma hipótese.

LVI

NOITE DE LOBOS

Dois meses antes, na Germânia, o bispo Círio Galino celebrava uma missa em homenagem a Baltazar, Melchior e Gaspar — os três reis magos — e ao encontro deles com o menino Jesus. Dada a importância da cerimônia, Galino convidou algumas figuras notáveis de Úlpia Trajana, incluindo o prefeito, Écio Caledônio, que, embora não fosse cristão, costumava aparecer quando o pregador o chamava.

A missa terminou tarde. Enquanto os fiéis se preparavam para ir embora, o bispo se aproximou do prefeito. Caledônio era um italiano de cinquenta e quatro anos, magro, mas flácido, alto e de pernas finas. Os cabelos negros exibiam fios grisalhos e o sorriso era afetado, carregado de falsidade.

Nos últimos anos, Caledônio realizara obras importantes, praticamente reconstruindo a colônia. Ele e Galino se reuniram perto do altar para discutir a criação de um fundo público especial, dedicado à manutenção das estradas. O diálogo se prolongou e, quando o prefeito deu por si, eles estavam sozinhos no templo.

— Preciso ir andando. — Caledônio apertou a mão do bispo.

Os dois se despediram e o prefeito abriu a porta da igreja na intenção de sair. Otho Pólio, o centurião-chefe da Trigésima Legião de Trajano, estava lá fora, de braços cruzados. Entrou na mesma hora e o empurrou de volta para dentro.

— O que é isso? — Caledônio escandalizou-se ao ver o guerreiro armado e equipado para o combate. — O que está acontecendo? Que ultraje é esse?

Pólio deu-lhe um novo empurrão. O italiano quase tropeçou nos bancos. Endireitou-se e decidiu recuar.

— Está na hora de termos uma conversa — disse o centurião, avançando em postura ofensiva.

Caledônio andou de costas até o presbitério. Olhou para Galino.

— Bispo, faça alguma coisa — protestou. — Esta é a casa de Deus. Como permite isso?

— Sinto muito. — Círio Galino deu de ombros, oferecendo ao convidado uma expressão de tristeza. — Sou um bispo, não um santo.

Écio Caledônio entendeu que Galino não o ajudaria e correu até a saída lateral, que dava para o pátio traseiro. Estava quase chegando ao destino quando dessa passagem surgiram dois homens: o corpulento Cingetorix, sem camisa e portando sua espada mágica, e Ivar, o Errante, o *graf* dos batavos.

O prefeito parou onde estava.

— É isso mesmo que está acontecendo? — ele grasnou, esganiçado. — Os senhores estão ameaçando um patrício romano?

— É exatamente isso — confirmou Cingetorix.

Otho Pólio o fitou.

— Por que está tão nervoso, prefeito?

Caledônio rosnou:

— Porque você acaba de me agredir, capitão.

Pólio suspirou. Observou calmamente os detalhes da igreja. Nunca havia entrado em uma antes. O piso era de madeira, as paredes, de pedra, e havia um grande lustre no teto, com dezenas de candeeiros.

— Georgios Graco não voltou à Germânia — ele afirmou, simulando casualidade. — Sabe por quê?

— Graco, o tribuno?

— Não se faça de tolo.

— Não sei nada sobre o seu comandante — disse o prefeito. — Por que eu saberia?

O centurião sinalizou para Ivar, que entregou a Écio Caledônio algumas cartas recentes, escritas em papiro. Ele se recusou a lê-las, pois sabia que aquelas eram as correspondências que havia trocado com Sevílio Druso, contendo as informações que o jurista usara para incriminar o filho de Laios no julgamento que acontecera na Bélgica.

— Como... — gaguejou Caledônio. — Como conseguiram isto?

Os guerreiros se viraram para Galino, que explicou:

— Os seus escravos são cristãos, prefeito.

— Maldito seja, Galino. Fui *eu* — ele apontou para a cruz de bronze pendurada no altar — que doei essa merda para vocês. Seu ingrato!

Outra vez, o bispo deu de ombros.

— Sinto muito.

Àquela altura, Otho Pólio, Cingetorix e Ivar rodeavam o político, como lobos que assediam a presa.

— Georgios Graco foi condenado à morte — avisou o primipilo. — Mas você já sabe disso, não sabe?

— Talvez, prefeito, o senhor também possa nos dizer — acrescentou Cingetorix — quem fechou os portões da cidade às vésperas da Batalha do Reno. Se eu pego um sujeito desses — cerrou o punho, estalando os dedos —, nem sei o que faço.

Sem saída, Caledônio tentou intimidá-los:

— Só fiz o que qualquer cidadão romano faria, e se vocês não forem embora terei de denunciá-los também.

— Estamos preparados para enfrentar as consequências. — Pólio desembainhou a adaga. — Georgios Graco era o nosso líder, e o pai dele, meu amigo.

— Esperem um minuto. — Caledônio suou frio ante o brilho do aço. — Posso pagar. Sou um homem rico. — Olhou para os potenciais assassinos. — Tenho uma quantidade substancial de ouro escondida aqui em Úlpia Trajana. Posso empregá-los como meus seguranças e pagar-lhes uma fortuna. O que acham?

Otho Pólio fez uma pausa estratégica, como se estivesse pensando no assunto. Depois, sutilmente, encarou os comparsas, que também sacaram suas facas.

O primeiro golpe partiu do próprio Pólio, que atacou o italiano no peito. Seguiu-se a isso uma tempestade de lâminas, uma coleção de gemidos e silvos, até que no chão só restou o cadáver, mergulhado em uma poça de sangue.

Otho Pólio largou a arma, apoiou-se em um dos bancos e, ofegante, sentou-se para respirar. De todos, o único que parecia chocado era Círio Galino, os olhos fixos na cena do crime. O centurião colocou-se de pé e o abraçou.

— Galino — ele disse, as mãos brilhando com o líquido vermelho —, desculpe-me por não ter comparecido ao seu casamento. Foi infantilidade minha.

O bispo achou a conversa absurda, fora de sintonia.

— Tudo bem.

— Quero que saiba que sou seu amigo.

— Nunca duvidei disso.

Pólio deu-lhe dois beijos na face e um nos lábios, como geralmente faziam os companheiros mais próximos. Em seguida, rodou nos calcanhares e saiu da igreja.

Cingetorix e Ivar o acompanharam.

Naquele mesmo dia, mais cedo, no palácio de Tréveros, o novo capitão da guarda entregou a Constâncio Cloro o resultado da investigação conduzida por ele ao longo do último mês. No documento, o oficial dizia ter interrogado uma dezena de legionários e que todos eram unânimes em afirmar que fora Numa, o fiel secretário do césar, que autorizara o ingresso do conde Erhard não só à cidade mas às dependências palacianas.

No inquérito, os interrogados confirmavam ainda que haviam recebido ordens de Pertinax para fechar os portões, mas que horas depois Numa anulara tais ordens. Como Numa era um homem poderoso na corte, naturalmente os soldados obedeceram.

Sozinho em seu gabinete, Cloro deu um soco na escrivaninha, amassou o relatório e tentou atirá-lo pela janela, mas as folhas eram leves e o vento as trouxe de volta. Irado, ele se levantou, apanhou os papéis e os rasgou em mil pedaços. Quando terminou, estava mais calmo.

Sentou-se sobre o tampo da mesa e pôs a cabeça para funcionar. E se Maximiano, por meio de Magêncio, tivesse conspirado para enfraquecê-lo politicamente? Não, concluiu, não seria plausível nem lógico, afinal o próprio Magêncio fora humilhado por Erhard.

Talvez Numa tivesse agido sozinho. Era uma possibilidade, mas por que ele faria isso? Com que objetivo? Numa e Cloro se conheciam havia décadas. Durante esse tempo, o eunuco sempre fora um amigo leal, um conselheiro que o livrara de incontáveis problemas. Por que essa traição logo agora? O que ele pretendia? O que planejava?

Para tirar o assunto a limpo, Cloro saiu de seu gabinete, ordenando que dois guardas o acompanhassem. Os três homens percorreram as galerias escuras e chegaram ao quarto de Numa, na ala norte. O césar fez um gesto, mandando que os soldados esperassem no corredor. Então, prosseguiu até a entrada do cômodo.

O aposento estava com as portas abertas. Era estreito, profundo e modesto demais para alguém tão importante. Só havia dois móveis à vista: um divã onde Numa dormia e um grande baú, dentro do qual ele guardava seus objetos pessoais. Quando o césar entrou no recinto, descobriu o secretário sentado no divã, e sobre o baú, às vezes usado como mesinha de centro, havia uma taça de chumbo, um frasco vazio e uma garrafa de posca.

No quarto existia ainda uma única janela, que projetava luz sobre o conselheiro e seus trastes. Cloro fechou a porta, para que ninguém os escutasse. Estava molhado, suando de raiva, os olhos azuis ficando vermelhos.

Numa, em contrapartida, parecia tranquilo. Sem se levantar, cumprimentou o tetrarca, curvando a cabeça e demonstrando respeito.

— Diga-me que não é verdade — pediu Cloro, tentando se controlar. — Diga-me que os soldados estão mentindo, que tudo não passa de uma conspiração, que você é inocente.

— Ora, césar. Sou um homem de palavra — começou o eunuco. — Prometi que nunca mentiria para o senhor. Jurei que sempre falaria a verdade.

— O que isso quer dizer? — exigiu. — Seja direto, seu... — Conteve-se. — Explique-se!

O secretário ergueu-se. Lentamente, foi até a janela e apreciou a paisagem.

— Sinto muito por não ter lhe contado antes — disse —, mas eu precisava ter certeza de que o filho de Laios Graco estava longe da Bélgica para comunicar a minha decisão oficialmente. No fim das contas, os guardas esclareceram tudo, o que é mais do que justo.

Cloro teve o ímpeto de se lançar sobre o velho, de estrangulá-lo com as próprias mãos, mas se segurou. Precisava saber o que o havia motivado e — o mais importante — quem o havia pagado.

— Diocleciano o subornou, não foi? Diga a verdade. Conte-me tudo, em nome de Júpiter.

— Diocleciano? — Numa deu um riso. — O imperador nem sabe que eu existo. Ademais, para que eu iria querer dinheiro? Não tenho herdeiros — falou com certa ironia, afinal era castrado — e me resta pouco tempo de vida.

Depois de um longo suspiro, Constâncio Cloro indagou:

— Por que me traiu, Numa? Você sempre me foi fiel.

— Eu sempre fui fiel aos *deuses* — lembrou ele. — Jamais menti para o senhor.

— Deuses? — O comentário fez com que o governante se irritasse de novo. — Não me venha com essa conversa. Não tente bancar o vidente para cima de mim. Pensa que não sei que é um charlatão? Que fala essas coisas para manipular as pessoas? — De repente, Cloro recordou-se de Aureliano, o imperador a quem ele e Numa haviam servido muitos anos antes. — Quantas vezes não me calei para protegê-lo? Na Batalha de Palmira, você inventou aquela história de que "o homem grande sairá vitorioso". Puro engodo — gritou. — Numa, você é um impostor, eu o apoiei e agora você me apunhala pelas costas — rugiu. — Por quê?

O conselheiro se afastou da janela e tornou a se virar para Constâncio Cloro.

— O senhor está coberto de razão — assentiu. — Eu era um impostor porque os deuses romanos são uma farsa. Passei noventa anos para entender isso e só agora, já idoso, enxergo com clareza o panorama geral. Essas divindades que veneramos não existem. Foram criadas pelos seres humanos, por pessoas que observavam o mundo e interpretavam os sinais.

Cloro franziu o rosto, sem entender.

— Do que está falando?

— Estou falando disso. — Numa tornou a sentar-se no divã, moveu as almofadas para trás e pegou um objeto escondido entre elas: um grande rolo de papiro, escrito integralmente em grego. Entregou-o ao césar.

— Isto é — Cloro fez uma leitura dinâmica — um texto religioso?

— É um trecho dos evangelhos — respondeu, com um brilho inusitado no olhar. — Nesse baú — ele apontou para o caixote — há mais fragmentos como este. Lucas, Mateus e João foram os que consegui reunir. São um presente para o senhor.

Cloro apertou as pálpebras, mais decepcionado que furioso.

— Malditos cristãos. Eles o seduziram, não foi? Logo você, Numa, que me apresentou a Sêneca, a Epiteto, a Sócrates e a outros filósofos. É triste vê-lo terminar desse jeito, lambendo o pé desses canalhas.

— Esses "canalhas" logo tomarão conta do Império.

O tetrarca endureceu:

— Não se depender de mim.

— Oh, sim. O senhor, como Maximiano, Galério e Diocleciano, são parte da profecia. O seu primogênito abrirá as portas para os seguidores de Cristo. E esse será apenas o começo.

— Basta dessa ladainha! Entendo que esteja senil, e por esse motivo estou disposto a enforcá-lo. Uma morte rápida, indolor e decente. Mas, se insistir nessas loucuras, vou queimá-lo em praça pública. É o que quer?

— Eu tive um sonho — prosseguiu o conselheiro, ignorando completamente o tetrarca. — Nesse sonho, enxerguei dois exércitos se enfrentando sobre as águas do Tibre, as torres de Roma coruscando ao poente. Um desses exércitos era liderado por Flávio Constantino, e o outro, pelo jovem Magêncio. Uma batalha atroz, que coloriu o rio de sangue. No momento final, quando não havia mais esperança, o portentoso filho de Cloro e Helena avistou uma cruz no céu vespertino, e dentro dela radiava o eterno símbolo do Nazareno. Com esse símbolo, com esse sinal, ele venceu. — E declarou, enfático: — Com esse sinal, ele vencerá.

Pacientemente, o césar esperou que ele terminasse, para enfim palpitar:

— É a posca, não é? Exagerou na dose.

— Pensa que estou bêbado? — Pela primeira vez o ancião protestou, e o fez com toda a sua energia. — Deus me mostrou. Ele me iluminou!

— Deus não o iluminou, Numa — disse Cloro, o desgosto estampado na face. — Ele o deixou louco.

Em seguida, o tetrarca chamou os guardas. Eles irromperam quarto adentro, escudos e lanças em riste.

Constâncio Cloro apontou para o escravo.

— Levem este homem para as masmorras — ordenou. — Tranquem-no na cela mais escura do calabouço.

Os dois guerreiros agarraram o prisioneiro pelos braços, mas ele ficou mole como um saco vazio e desabou sobre o chão ladrilhado. Cloro pensou que fosse mais um de seus truques — ele tinha vários — e decidiu testar-lhe os batimentos cardíacos.

— Não pode ser — murmurou o césar. — Ele está morto.

Um dos soldados tomou a iniciativa de cheirar o frasco e a taça depositados sobre o baú.

— Cicuta, senhor — avisou. — É veneno.

— Maldito seja, Numa. — Cloro estapeou o cadáver, tentando em vão ressuscitá-lo. — Seu maldito filho da puta. — Afastou-se. — Você me enganou!

Otho Pólio assumiu, sozinho, a culpa pelo assassinato do prefeito, em carta enviada a Tréveros. Cedo ou tarde, uma guarnição apareceria para prendê-lo, e a punição para o crime seria a morte.

Havia, no entanto, um jeito de ele conservar sua honra.

— Faça um corte profundo, rapaz — disse o centurião, ajoelhado sobre um dos ancoradouros do Reno.

Cingetorix, de pé logo atrás dele, testou o fio do gládio.

— O senhor quer mesmo fazer isso? — perguntou o gaulês. — Digo, tem certeza?

— Estou muito velho para ser preso. — Otho Pólio contemplou o céu, as árvores, as vagas barrentas do rio germânico. — Se é para morrer, que seja diante desta fronteira, que eu tanto lutei para preservar.

Uma abelha zumbiu, passou por eles e deslizou sobre as águas. Na floresta, um lobo uivou. Era uma tarde cinzenta, apesar do calor que caracterizava o verão.

Cingetorix dedilhou o pescoço de Pólio. Encontrou a veia adequada. Encostou a lâmina sobre ela.

— Quando estiver pronto, senhor.

— Enfim eu entendo Isgerd — divagou o veterano de guerra. — O Império está ruindo, e desta vez *nós* somos as vítimas. Romanos e bárbaros têm um inimigo em comum, e o nome dele é Jesus Cristo. — Respirou fundo, fez uma pausa e declamou, com os braços esticados, as mãos para cima: — Júpiter, eu acredito em sua majestade, nunca duvidei. Sei que hoje muitos o desprezam, o tratam como um falso ídolo, mas eu o venero e lhe ofereço o meu corpo. — Fez um sinal para o aquilífero. — Corte.

Contrariado, mas respeitando o desejo do chefe, Cingetorix perfurou-lhe a clavícula, recuando imediatamente em seguida. O sangue esguichou feito um chafariz e continuou jorrando por alguns minutos.

Otho Pólio despencou sobre as tábuas. Um segundo antes de morrer, teve a impressão de ter visto dois oficiais rondando a outra margem, sorrindo e acenando para ele.

O primeiro oficial era Urus.

E o segundo, ao que parecia, era Laios.

Laios Graco.

Que lutara nos portões de Palmira. Que desafiara os persas. Que enfrentara os francos.

E que viria a morrer em seus braços.

LVII

REUNIÃO DE FAMÍLIA

Meu filho querido — UMA VOZ ECOOU NO VAZIO —, *VOCÊ NÃO TEM CULPA.*

Trevas.

Dor.

Sangue.

Georgios acordou com um sobressalto, aos primeiros raios da aurora. Descobriu-se deitado na relva, coberto por uma manta felpuda, sob a proteção de uma oliveira. O conde Erhard já estava de pé, selando e escovando o cavalo.

— Nunca imaginou, não é? — perguntou ele. — Que um paladino dormiria ao relento.

Georgios sentou-se na grama. Os dois haviam se abrigado em uma plantação a apenas dez metros da Via Flávia, uma das estradas mais movimentadas — e mais bem preservadas — do Império. Construída duzentos anos antes para ligar a Itália à Grécia, contava com fontes de água ao longo do caminho, recuos para acampamento, valas de drenagem e marcos de orientação indicando a distância até a metrópole.

— Sempre imaginei — rouquejou o equestre, soltando um pigarro para limpar a garganta — que um paladino não se importasse com esse tipo de coisa.

— Resposta certa. — Erhard apanhou um pedaço de pão nos alforjes. Georgios se levantou, recolheu seus pertences e começou a se equipar.

Uma das promessas que os centuriões tradicionalmente faziam aos futuros soldados era que o exército lhes daria a chance de conhecer o mundo —

e eles estavam certos. Com apenas vinte anos, Georgios percorrera a maior parte dos territórios do Oeste, sem falar nas províncias do Leste, as quais visitara quando criança. De todas essas nações, excetuando a Palestina, sua terra natal, a Dalmácia parecia ser a mais bela. Localizada na costa oriental do Mar Adriático, ela nada mais era que uma versão paradisíaca da Itália, igualmente ensolarada, não tão quente quanto Roma e menos povoada que as cidades italianas. Chamada pelos antigos de Ilíria, tornara-se famosa por seus portos estratégicos, pelas minas de ouro e estâncias de veraneio. Governantes célebres como Júlio César, Caracala e Sétimo Severo tinham, todos eles, propriedades na Dalmácia romana.

Diocleciano, que aliás nascera em Salona, era um desses homens. Seu imenso palácio fora construído perto da praia, era recheado de monumentos exóticos, magníficos jardins e pavilhões suntuosos.

— Falta pouco para completarmos a nossa viagem — avisou Erhard. — Já sabe o que vai dizer ao imperador quando reencontrá-lo?

— Quero pedir a permissão dele para retomar as minhas terras — respondeu o tribuno. — Durante os anos em que servi na Germânia, tinha esperança de reunir homens leais que se juntassem a mim nessa empreitada. Infelizmente as coisas tomaram um rumo que eu não esperava, mas um dia cumprirei meu destino.

— Desejo sinceramente que tenha sucesso em sua missão, comandante — assentiu o conde —, mas lembre-se de que não somos nós que escolhemos o nosso destino. São as Nornas.

— Nornas? Não as conheço, senhor.

— Os gregos as chamam de Moiras, as três irmãs fiandeiras. Desafiá-las pode ser tão perigoso quanto menosprezar a autoridade dos deuses.

— Eu ousei desafiar os deuses uma vez — confessou o rapaz, recordando-se do dia em que ele e Theodora beberam o vinho de Proserpina — e as consequências foram trágicas.

Georgios e Erhard almoçaram em uma estalagem à beira da estrada. O dono, um ex-gladiador nascido na Gália, sentiu-se honrado com a presença do paladino e fez questão de presenteá-lo com uma garrafa de vinho da Trácia, "reconhecidamente o melhor do Império".

Por volta da oitava hora, a dupla subiu uma colina de rochas claras, chegando a um mirante de onde era possível enxergar o porto de Salona, os parques floridos, os estádios e os banhos públicos. O complexo palaciano, conforme se via do alto, ainda estava em construção, mas já ocupava grande parte da área urbana, com um prédio redondo no centro onde, segundo Erhard, o imperador instalara seu trono.

— Sei o que está pensando, comandante: que Roma jamais deveria ter um monarca — disse o Louro. — É uma antiga tradição republicana. No entanto, a República caiu há quase três séculos. Os tempos são outros, e os nossos adversários, muito mais aguerridos — afirmou, reparando em um conjunto de carruagens estacionadas no interior do palácio. — São homens de Sirmio — murmurou, sem muito entusiasmo na voz. — Galério está na cidade.

— Galério? — Georgios segurou firme as rédeas de Pégaso. — O césar das províncias centrais?

— São as cores dele — aquiesceu o combatente. — Não é um bom sinal.

— Por que não? Ele e o imperador não são amigos?

— Sim, e é isso que me preocupa. Os dois são extremamente próximos. Se o augusto o chamou, é porque algo de muito grave está para acontecer.

Prosseguiram estrada abaixo, cruzaram as vilas suburbanas, transpuseram as muralhas e entraram em Salona. Erhard foi saudado pelos legionários e cumprimentado pelos transeuntes, que enxergavam os paladinos como eternos defensores da paz. Mas a paz, pelo que o conde começava a suspeitar, estava por um fio.

Ingressaram no palácio, deixaram os animais no estábulo e caminharam até um dos jardins internos, onde, segundo as sentinelas, o imperador se encontrava. Depois de percorrer uma trilha arborizada, alcançaram um pátio gramado guarnecido por ciprestes italianos. No meio desse pátio havia um pequeno lago, e a suas margens um bebê rolava e brincava na grama. Uma moça, que parecia ser sua mãe, cuidava da criança com a ajuda do pai, um homem maduro, de rosto oval e aparência germânica. Cercada por cinco guardas e um paladino — Libânio, o mesmo que visitara Tysa no Chipre —, a família era composta, ainda, pelos avós do menino: uma mulher morena, trajando uma estola branca, e um sujeito um pouco mais velho, de tez bronzeada e olhos azuis.

Com os braços abertos, esse indivíduo se aproximou dos forasteiros. Georgios o reconheceu como o próprio imperador e imediatamente se colocou em posição de sentido.

— Descansar — Diocleciano pediu. — Georgios. — Ele esqueceu as formalidades, abraçou-o e deu-lhe dois beijos na face. — Graças a Mitra, você está bem. Júpiter seja louvado!

O equestre se surpreendeu com a recepção calorosa. Retribuiu o abraço, visivelmente constrangido.

— Soube de seus feitos na Germânia — prosseguiu o estadista. — Sem sombra de dúvidas, será recompensado. — E, antes que o jovem pudesse retrucar, o soberano apontou para trás e apresentou-o a Galério, à sua filha, Valéria, à sua esposa, Prisca, e a Libânio. — E aquele garoto é o meu neto, Candidiano — sorriu. — Quem diria que eu teria um neto nestes tempos difíceis?

Erhard deu um passo adiante. Não queria estragar o momento, mas precisava transmitir seu relato:

— Magêncio estava usando isto, augusto — apanhou o manto púrpura e o entregou ao seu líder —, no instante em que o encontrei.

— Magêncio? — Diocleciano arqueou as sobrancelhas — O pontífice de Roma?

— Sim, senhor — confirmou o conde. — Ele mesmo.

Libânio, que além de paladino era conselheiro, juntou-se ao grupo e registrou seu protesto.

— Magêncio deve ser castigado — disse. — Sei que não quer criar atritos com o pai dele, mas essa transgressão não pode ficar impune.

— Os senhores estão sendo muito duros. — O imperador encolheu os ombros. — Eu nada posso fazer contra o chefe do colégio dos sacerdotes. Seria uma agressão ao Estado.

Erhard e Libânio se entreolharam. Diocleciano não costumava ser piedoso, sobretudo quando alguém ignorava seus éditos.

Por que a tolerância com Magêncio? Estaria com medo de deflagrar um confronto? De arrastar o Império para uma guerra civil?

O que aconteceu em seguida, porém, foi deveras inusitado. O augusto, silencioso feito uma lebre, deslocou-se para trás de Georgios, retirou-lhe a capa vermelha e a substituiu pela púrpura.

O rapaz ficou como que petrificado. De repente, ele era o centro das atenções.

— É — Diocleciano tornou a olhá-lo de frente, avaliando se a peça havia caído bem em seu corpo —, até que não ficou mau.

Galério se levantou, tentando, também, entender o que se passava. Diocleciano o interpelou:

— Galério, o que acha? Será que este cavaleiro faria um bom trabalho como meu guarda-costas?

— Ele tem ótimas referências — admitiu o tetrarca. — O meu médico costuma dizer que é um bom homem. E eu confio no meu médico.

— Perfeito. — O imperador se voltou para Libânio. — E você? Qual é a sua percepção?

O paladino de cabelos de fogo opinou:

— Se ele for tão perseverante quanto o pai, o senhor estará em boas mãos.

Finalmente, o soberano se dirigiu ao conde:

— Erhard, o que pensa sobre essa situação? Georgios Graco tem condições de usar a cor púrpura?

— Ele ainda é muito moço — ponderou o lutador —, mas tem potencial. Merece uma chance.

— Pois bem. — Diocleciano deu meia-volta e encarou o tribuno. — É a sua vez, comandante. Gostaria de fazer parte do meu corpo de guarda?

Desnorteado, Georgios respondeu:

— Sim, augusto. Seria uma honra.

— Está decidido, então. — Nisso, o imperador tocou o ombro do pretendente. — Georgios Anício Graco, a partir deste momento você é um dos meus homens de confiança. Esta capa lhe confere o direito de falar em meu nome, de lutar e de matar em meu nome. O que eu espero em troca é lealdade absoluta. Deste dia em diante, você cumprirá as minhas ordens à risca, sem questionar, completará sua missão ou morrerá no processo. Entendeu o que eu disse?

— Entendi, senhor.

— Tem alguma pergunta?

— Não me cabe questionar.

O augusto riu.

— Na próxima ocasião em que você e Magêncio se encontrarem, talvez ele pense duas vezes antes de prendê-lo, não é? Se bem que o pontífice não seria tolo de ofender um dos meus paladinos — murmurou, com uma mistura de alegria e cinismo. — Seria uma agressão ao Estado.

Enquanto conversavam, um mensageiro adentrou o jardim e entregou a Diocleciano um bilhete. O imperador leu esse bilhete e sua expressão se encrespou. Libânio, Erhard, Galério e Prisca o cercaram, esperando pelo pior.

— Senhores — ele falou alto, para que os guardas também escutassem —, trago excelentes notícias.

Galério estava agora ao lado do sogro. Perguntou a ele o que tinha acontecido.

— O que eu já esperava há tempos — revelou o estadista romano. — Os persas cruzaram o Eufrates, invadiram a Mesopotâmia e estão prestes a atacar as nossas fronteiras pelo Leste. Sabem o que isso significa?

Os presentes ficaram calados. Diocleciano os fitou como um lobo que controla a matilha — um lobo voraz, com fúria e sangue nos olhos.

— Os bons tempos estão de volta — disse, apontando para o genro em seguida. — Galério, quero que parta ainda hoje. Reúna os seus homens... — Fez uma pausa e se corrigiu: — Quero dizer, *todos* os seus homens, e me encontre na Nicomédia em setembro.

— Sim, augusto.

— Erhard — ele falou aos demais — será enviado à Itália para lidar com os políticos de Roma, e Libânio me acompanhará à capital. — Enfim, o soberano se virou para o equestre. — Comandante, venha comigo — ordenou. — Tenho uma missão especial para o senhor.

Georgios respirou fundo, sacudindo a cabeça para se recompor. Sentia-se como se estivesse sonhando, como se nada daquilo fosse real.

Escoltou o augusto às escadarias do palácio. Contemplando a cúpula do prédio central, ele instintivamente se lembrou do pai, que lutara e morrera para defender o Império. Esse pensamento tão estranho, tão desconexo, de súbito o levou de volta a Grîsburc, o Forte Cinzento dos batavos, à noite em que o bode lhe contara um segredo.

— *O seu pai fugiu para a Pérsia* — teria dito o caprino. — *Ele esta lá. São e salvo.* — E completou, com aquela voz diabólica: — *Laios está vivo!*

Diário pessoal de Flávio Constantino

Éfeso, 12 de setembro.

Flávia Júlia Helena faleceu no palácio imperial de Constantinopla, em uma manhã nublada de primavera.

A notícia nos pegou de surpresa, afinal o prognóstico era excelente. Precisei tirar os meus homens da cama no meio da noite, reunir os soldados, organizar a comitiva, preparar os animais e sair às pressas de Filipópolis.

O triunfo em homenagem à nossa vitória sobre os godos teve de ser cancelado, e os fundos reservados à Cereália foram transferidos para o funeral. Mantive os banquetes públicos e o espetáculo no circo, bem como a feira de cereais. Pouca coisa mudou, na verdade, exceto o sentimento nas ruas. Libertos, escravos, plebeus e patrícios pareciam não acreditar na realidade dos fatos. Os médicos, sempre muito discretos, me garantiram, no entanto, que o tumor que a afligia era realmente incurável. Lesões desse tipo, de acordo com eles, costumam se espalhar pelo corpo, atingindo o sistema nervoso e às vezes reduzindo as dores no estágio mais avançado — dando ao paciente uma falsa ilusão de melhora.

Seja como for, estou certo de que minha mãe cumpriu seu destino. Já idosa, fez uma peregrinação à Palestina, seguiu os passos de Cristo e descobriu os locais por onde ele passou. Em seus últimos anos, dedicou-se a escrever a biografia de Georgios Graco, meu saudoso companheiro de armas, a qual deixou incompleta.

Em respeito a ela — e a ele também —, resolvi dar continuidade ao projeto. Eusébio garante que guardou todas as anotações da augusta, que está familiarizado com os detalhes da trama e tem condições de escrever o terceiro códice sozinho, simulando inclusive o mesmo estilo prosaico. Renovei então o contrato com ele e dei ao bispo essa missão tão importante.

É curioso reparar que, no último capítulo do quinto tomo, Georgios recorda o assassinato de Polychronia, bem como a trágica morte de Laios. Enquanto lia esse trecho, fiquei pensando que talvez seja sobre isso que tratam todas as grandes histórias. Por mais que sejamos influenciados por paixões momentâneas, no fim das contas a família está sempre em primeiro lugar.

Digo isso consciente de que, no passado, culpava e menosprezava minha mãe. Esse tipo de comportamento é comum, porque o jovem tende a enxergar os pais como criaturas inatingíveis, que têm a obrigação de ser perfeitos — enquanto, na realidade, eles são apenas seres humanos.

Olhando para trás, percebo quão cruel fui em certos momentos. Hoje, toda vez que visito o túmulo de Helena, me arrependo de não tê-la tratado com mais candura. A Púrpura, reconheço, fez de mim uma estátua de mármore: dura, gelada e inflexível, mas não posso reclamar, pois fui *eu* que busquei esse poder desde que o oráculo me falou sobre ele, na famigerada prova do porco.

Quanto ao meu pai, também não o culpo. Ele era um homem desagradável, egocêntrico, impiedoso com os inimigos e péssimo marido, que todavia me amava à sua maneira. Se não fosse pelos conselhos dele, eu jamais teria me tornado imperador, então só tenho a agradecer pelos ensinamentos que me transmitiu — os quais me são úteis até hoje.

Confesso que não tinha ideia de que Numa havia feito uma profecia antes de morrer — e que ela dizia respeito a mim! Convivi com o eunuco por meses, durante o tempo em que estive na Bélgica. Numa era divertido, simpático, contava ótimas anedotas, mas já estava ficando senil. Qualquer um que, naquela época, o tivesse ouvido falar sobre "uma cruz no céu vespertino" teria simplesmente ignorado a história. É interessante perceber que, de uma forma ou de outra, esses presságios se cumpriram — embora não como ele esperava.

Numa se referia, certamente, à Batalha da Ponte Mílvia, ocorrida cerca de quinze anos depois dos eventos retratados no livro. O que se deu foi o seguinte: na tarde de 27 de outubro, cheguei aos arredores de Roma e descobri que as tropas de Magêncio — que se negava a me reconhecer como augusto — estavam acampadas às margens do Tibre. Enviei meus batedores e eles me informaram que o contingente adversário era maior que o nosso e estava muito bem equipado. Eu teria continuado a marcha, mas meus homens pareciam exaustos após as lutas em Bréscia e Verona. Foi quando Lactâncio, meu conselheiro, sugeriu que pintássemos os escudos com as letras de Cristo, argumentando que a maioria dos soldados era cristã. A estratégia funcionou, e as centúrias, entusiasmadas, destroçaram o inimigo no confronto perto da ponte supracitada. Magêncio tentou fugir cruzando o rio a nado. Os meus arqueiros o avistaram e dispararam contra ele. Seu corpo foi encontrado no dia seguinte, em Óstia, enrolado em uma rede de pesca.

Por mais estranho que possa parecer, dos meus desafios como imperador, esse foi o mais simples. Unir o Império, dividido entre cristãos e pagãos, ainda tem sido uma tarefa complexa. Faz sentido, portanto, o esforço de minha mãe para escrever a biografia do santo — e de Eusébio para redigir o trabalho. É uma religião nova, que carece de ídolos. Os antigos tinham Perseu, Héracles, Teseu e Belerofonte. É natural que os cristãos queiram valorizar seus mártires.

Eusébio me disse que o terceiro e último volume contará a viagem de Georgios ao Egito, a batalha final contra os persas e sua morte na Nicomédia. O que me aflige a respeito dessa situação é que, se eu tivesse agido mais rápido, poderia tê-lo salvado. Para lidar com o remorso — eu às vezes acordo pensando nessas coisas —, prefiro considerar que os deuses me impediram. Ou que o Deus dos cristãos me deteve. Não era, afinal, esse o plano desde o começo? Destruir o Império Romano? Criar um herói? Produzir um eterno mártir para a cristandade?

Estou cansado. Os candeeiros tremulam; a lua vai alta no céu. Preciso dormir, mas alguns fantasmas me assombram. Quando fecho os olhos, enxergo a minha mãe, assim como Georgios enxergava a sua. Eu a vejo como ela era no dia em que a encontrei em Bizâncio: uma jovem dama vestida de branco, sentada à escrivaninha, fazendo anotações, escrevendo e pesquisando. Se existe uma biblioteca no paraíso, talvez ela esteja lá, com pena e tinta na mão, debruçada em seus livros.

Sou, porém, um homem cético e — que os bispos não me ouçam — não acredito em nada disso.

IHCOYC XPICTOC

NOTA DO AUTOR

No dia 9 de setembro do nono ano da era cristã (sim, 9/9/9, interprete como quiser), uma aliança de tribos germânicas emboscou e destruiu nada menos que três legiões romanas na Floresta de Teutoburgo, perto da atual cidade de Bramsche, no noroeste da Alemanha. Embora o então imperador — César Augusto — tenha feito de tudo para encobrir o desastre, a verdade é que o episódio, além de ter sido um duro golpe no moral do exército, serviu para que os romanos estabelecessem os limites do "mundo civilizado" (nas palavras deles mesmos), tendo o Reno como sua fronteira final. Essa fronteira, a despeito de conflitos e incursões esporádicos, manteve-se mais ou menos estável ao longo de quase três séculos, até que os próprios germânicos (alguns romanizados, outros cristianizados) começassem gradualmente a migrar para o sul. Para todos os efeitos, a fronteira do Reno ficou tão marcada no imaginário europeu que, certa vez, em Frankfurt, no meio de uma conversa sobre o assunto, um amigo meu, Stephan Stölting, o artista alemão responsável pelas primeiras capas da trilogia *Filhos do Éden*, comentou com certo orgulho: "Bom, digam o que quiserem, mas eles [os romanos] nunca conseguiram nos invadir".

Santo Guerreiro: Ventos do Norte se passa cerca de trezentos anos depois da Batalha da Floresta de Teutoburgo, em um período em que o Império já se encontrava em franco declínio. Não vale a pena, aqui, discorrer sobre os fatores que o levaram ao colapso — basta dizer que, hoje, a maioria dos historiadores concorda que esse processo não aconteceu da noite para o dia. O mais provável é que a penetração de valores, hábitos e costumes "estrangeiros" tenha diluído pouco a pouco os pilares da cultura romana, de modo que indivíduos como Urus, o Peludo, que era um oficial romano de origem germânica, e Círio Galino, um dos chefes de legião que abraçou o cristianismo, não só podem como certamente existiram.

Um dos meus objetivos, nesta obra, era mostrar como esses elementos — as invasões bárbaras e o cristianismo, principalmente — contribuíram para a queda de Roma. Outra tarefa a que me propus foi explorar o cotidiano das legiões, a vida dos soldados nos acampamentos e sua relação com a população civil. Por sorte, algumas fontes primárias resistiram ao tempo — como é o caso do famoso *Compêndio da Arte Militar*, de Flávio Vegécio —, mas preferi deixar a tecnicidade com os historiadores e me concentrar no fator humano. Quem eram essas pessoas? Como elas enxergavam a si mesmas e o mundo que as rodeava?

SISTEMA JURÍDICO

Quem entra, hoje, em qualquer faculdade de direito terá de estudar, em algum momento, o sistema jurídico romano. Embora um tanto controverso e bastante truncado a nossos olhos, ele influenciou os reinos ocidentais e, consequentemente, o nosso próprio sistema de leis. Um ambiente jurídico sólido, acreditavam os latinos, era essencial para uma sociedade igualmente sólida — tanto é assim que uma das personalidades mais conhecidas da Roma Antiga foi Marco Túlio Cícero, senador, orador, escritor e, claro, advogado do período republicano.

Qualquer sistema, no entanto, é administrado por seres humanos, sendo, portanto, falível. O próprio Cícero, eleito cônsul em 63 a.C., foi alvo de uma conspiração arquitetada pelo também senador Lúcio Sérgio Catilina, que tentou removê-lo do cargo por meios ilegais. Esses complôs, engendrados com supostas bases legais, me inspiraram a criar o personagem Sevílio Druso, que viria a ser o grande vilão deste livro. Druso, embora fictício, serviu para que eu retratasse não só a realidade dos tribunais como a corrupção de juízes, advogados e promotores. Como Eusébio diz na primeira carta a Constantino, Druso nos alerta para o fato de "como certos processos que se propõem a ser benéficos podem — dependendo da situação e de quem os opera — ser usados para fins obtusos".

PESQUISAS DE CAMPO

Uma das partes mais divertidas de escrever um romance, a meu ver, é a pesquisa. Sempre gostei de viajar e realizar pesquisas de campo. Eu assim fiz com praticamente todos os meus livros anteriores, inclusive *Santo Guerreiro: Roma Invicta*, publicado em 2020.

Preciso ser honesto, então, e dizer que, apesar da alegria que tive em escrever esta obra, me frustrei um bocado por não poder visitar os sítios históricos aqui retratados. Minha ideia era fazer uma longa viagem até a Alemanha para conhecer Castra Vetera (as ruínas ainda estão lá, perto da cidade de Xanten, no estado da Renânia do Norte-Vestfália), mas a pandemia me obrigou a cancelar esses planos. Em minha defesa, digo que vasculhei todos os livros, vídeos, mapas, imagens e artigos sobre o assunto, a fim de reconstruir não só a fortaleza e a colônia de Úlpia Trajana como os personagens que a habitavam. A despeito dos recursos parcos e da distância a que se encontrava da metrópole, a Trigésima Legião de Trajano resistiu bravamente aos ataques externos e internos, segurando a linha de defesa do Reno até o ano de 410. Considerando que o Ocidente caiu em 476, eu diria que eles fizeram um bom trabalho.

Essa heroica resistência dos legionários, mesmo com o Império já em frangalhos, é representada pela figura de Otho Pólio, que preferiu morrer "diante desta fronteira, que eu tanto lutei para preservar".

O IMPÉRIO DO LESTE

Para o leigo, sobretudo aqueles que se encantaram com filmes como *Gladiador* (2000) e *A Queda do Império Romano* (1964) e séries como *Bárbaros* (Netflix, 2020), fica parecendo que os germânicos eram os únicos inimigos de Roma, o que não é verdade. Em diversos aspectos, os persas eram muito piores.

No ano de 296, Narses, o sétimo rei da dinastia sassânida, decidiu seguir os passos do pai, Sapor, e avançar para o Oeste, levando as duas potências a se enfrentar na Batalha de Satala, na Armênia, em 298. Ao mesmo tempo, na Nicomédia, a tensão religiosa aumentava, o que forçaria o imperador Diocleciano a emitir, em 303, uma série de éditos que tinham por objetivo sufocar — e depois perseguir — os adoradores de Cristo.

Essa é precisamente a trama de *Santo Guerreiro: O Império do Leste*, que dará prosseguimento à história contada neste volume. Enfim veremos Georgios Graco como paladino e duque, para então acompanhar os passos que o levaram ao martírio.

A Grande Perseguição de 303, como ficaria conhecida mais tarde, gerou tanta indignação que, em 313, Constantino, já como imperador, promulgaria o Édito de Milão, permitindo a irrestrita liberdade de culto nas províncias controladas por ele. Menos de setenta anos depois, em 380, Teodósio lançaria o Édito de Tessalônica, tornando o cristianismo a religião oficial do Império.

No fim das contas, era uma questão de tempo. Foi o que Numa tentou dizer, no capítulo LVI, a Constâncio Cloro, afirmando que não apenas ele como os outros tetrarcas faziam parte da profecia. Em outras palavras, não importava o que eles fizessem, a Igreja, dali a algumas décadas, enquanto instituição, ocuparia o lugar da decadente aristocracia romana. O único jeito de sobreviver era unir-se a ela, e foi isso que fez Constantino ao adotar, em suas bandeiras, a frase *In hoc signo vinces* — "Com este sinal vencerás" —, um antigo lema usado pelos primeiros cristãos.

Espero que você tenha gostado de *Santo Guerreiro: Ventos do Norte*. E que possamos estar juntos novamente em *Santo Guerreiro: O Império do Leste*, reunidos mais uma vez para a batalha final.

EDUARDO SPOHR, *primavera de 2022*

Santo Guerreiro: Ventos do Norte também está na internet.

Acesse o site:
www.santoguerreiro.com

Fale com o autor pelo Twitter:
twitter.com/eduardospohr

Curta a página no Facebook:
facebook.com/eduardospohr

Siga o perfil no Instagram:
instagram.com/duduspohr

Acompanhe os vídeos no YouTube:
youtube.com/duduspohr

Escute os áudios no Telegram:
t.me/eduardospohr

Confira o website oficial:
www.eduardospohr.com.br

Ou escreva por e-mail:
eduardospohr@gmail.com

Impresso no Brasil pelo Sistema Cameron da Divisão Gráfica da
DISTRIBUIDORA RECORD DE SERVIÇOS DE IMPRENSA S.A.